버지스 형제

이 도서의 국립중앙도서관 출판예정도서목록(CIP)은
서지정보유통지원시스템 홈페이지(http://seoji.nl.go.kr)와
국가자료공동목록시스템(http://www.nl.go.kr/kolisnet)에서 이용하실 수 있습니다.
(CIP제어번호: CIP2017027150)

버지스 형제

THE BURGESS BOYS

엘리자베스 스트라우트 장편소설

정연희 옮김

문학동네

나의 남편
짐 티어니에게

차례

프롤로그

엄마와 나는 버지스네 가족 이야기를 많이 했다. "버지스네 아이들." 엄마는 그렇게 불렀다. 나는 뉴욕에, 엄마는 메인 주에 살았기 때문에 우리는 대개 전화로 그들 이야기를 했다. 내가 엄마를 만나러 가서 근처 호텔에 묵을 때도 우리는 그들에 대해 이야기했다. 엄마가 호텔을 이용해본 적이 별로 없어서 그 시간은 우리가 좋아하는 것들 중 하나가 되었다. 녹색 벽에 분홍색 장미 문양이 스텐실로 띠처럼 둘러진 방에 앉아 지난날에 대해, 셜리 폴스를 떠난 사람들과 그곳에 남은 사람들에 대해 이야기하는 시간 말이다. "버지스네 아이들이 계속 생각나." 엄마는 커튼을 걷고 자작나무들을 바라보며 말하곤 했다.

내 생각에 엄마가 버지스네 아이들을 떨쳐버리지 못하는 것은, 그들 셋 모두 떠들썩하게 시련을 겪은데다 옛날에 엄마가 주일학교 4학년 반에서 그들을 가르쳤기 때문인 것 같다. 엄마는 버지스 형제를 특히 좋아했다. 짐은 그 당시에도 화를 잘 냈지만 자제하려는 노력이 보였다는 이유에서였고, 밥은 이해심이 많다는 이유에서였다. 수전은 특별히 귀여워하지 않았다. "내가 알기로는 다들 그랬어." 엄마가 말했다.

"수전이 어렸을 때는 예뻤잖아요." 내가 기억을 떠올렸다. "머리가 곱슬곱슬하고 눈이 컸어요."

"하지만 커서는 좀 이상한 아들을 낳았지."

"슬픈 일이에요." 내가 말했다.

"슬픈 일은 많아." 엄마가 말했다. 그때 엄마와 나는 둘 다 남편과 사별한 상태여서 엄마가 그 말을 하면 침묵이 흘렀다. 그러다 한 명이 밥 버지스가 드디어 좋은 아내를 찾았으니 얼마나 기쁘냐는 말을 꺼낸다. 밥의 두번째 아내이자 바라건대 마지막 아내였으면 하는 그 여자는 유니테리언교* 목사다. 엄마는 유니테리언교를 좋아하지 않았다. 그 교파 신자들은 크리스마스의 재미만큼은 놓치고 싶어하지 않는 무신론자들이라며 못마땅해했다. 하지만 마거릿 에스테이버는 메인 출신이었고, 그 사실 하나

---

* 삼위일체론을 부정하고 신격의 단일성을 주장하는 기독교의 한 종파.

면 충분했다. "뉴욕에 그렇게 오래 살았으니 밥은 뉴욕 여자와 결혼할 수도 있었을 거야. 코네티컷 속물과 결혼한 짐이 결국 어떻게 됐는지 봐." 엄마가 말했다.

물론 우리는 짐 이야기도 많이 했다. 그가 검찰청에서 살인 사건을 맡다가 어떻게 메인 주를 떠났는지, 그의 주지사 출마를 우리가 얼마나 바랐는지, 그가 갑자기 출마를 포기한 이유가 대체 뭐였는지 같은 이야기를 나누었다. 그러고 나면 우리의 이야기는—자연스럽게—밤마다 뉴스에 짐이 나오던 윌리 패커 재판 시절로 흘러갔다. 그 재판은 텔레비전에서 재판 과정을 중계하는 것이 처음으로 허용되었을 당시에 열렸다. 다른 해에 O. J. 심프슨 사건이 터지면서 윌리 패커 재판에 대한 기억이 많이 묻혔지만, 그때까지는 짐 버지스가 윌리 패커의 무죄 선고를 받아내는 장면을 지켜보며 감탄하던 짐의 추종자들이 미국 전역에 있었다. 우리 세대 사람들 대부분은 선한 인상의 솔 가수 윌리 패커의 마음을 녹이는 감미로운 목소리(이 무거운 마음을 가져가줘요. 내 무거운 사랑의 마음을)를 들으며 어른이 되었다. 그는 백인 여자친구를 살해하기 위해 살인 청부업자를 고용한 혐의를 받고 있었다. 짐은 인종 문제가 큰 영향을 끼치는 하트퍼드에서 재판이 열리도록 했고, 사람들 말로는 짐의 배심원 선정도 탁월했다고 한다. 당시 그는 화려한 언변과 끈질긴 인내심으로, 범죄행위의 핵심 요소인 의도와 행동이 잘 짜여들어갔을 때—혹은 그가 주장하기로, 이 사건의 경우, 잘 짜여들어가지 않았을 때—그 결과가 얼마나 기만적일 수 있는지 설명했다. 전국의 여러 잡지에 만평이 실렸는데, 그중에는 한 여자가 어질러진 거실을 쳐다보는 장면 밑에 "내가 이 거실을 치우겠다는 의도를 가지면, 여기는 언제 깨끗해질까?"라고 써놓은 것도 있었다. 엄마와 내가 그랬듯, 여론조사에서는 사람들 대부분이 윌리 패커를 유죄로 본다는 결과가 나왔다. 하지만 짐이 놀라운 일을 해냈고, 그 결과 그는 유명인이 되었다. (몇몇 잡지에서는 그를 1993년의 가장 섹시한 남자들 중 한 명으로 선정했다. 섹스에 관한 언급이라면 질색하는 엄마도 그것 때문에 짐을 나쁘게 보지는 않았다.) 소문에 의하면 O. J. 심프슨은 짐이 자신의 '드림팀'에 합류하기를 바랐다. 그 사실이 떠들썩하게 방송을 탔음에도 버지스 캠프에서 아무 반응이 없자 사람들은 짐이 "월계관에 안주하고 있다"고 결론을 내렸다. 엄마와 내 사이가 좋지 않았던 시기에 우리는 윌리 패커 재판 덕분에 할 이야기가 생겼다. 그러나 그것은 지나간 시절의 일이다. 이제 나는 메인을 떠날 때 엄마에게 키스하면서 사랑한다고 말하고, 엄마도 내게 사랑한다고 말하게 되었다.

뉴욕으로 돌아온 뒤 어느 저녁, 내가 사는 26층 아파트 유리창 너머로 땅거미가 도시에 내려앉고 눈앞에 펼쳐진 빌딩 들판에서 불빛이 반딧불처럼 켜지는 모습을 바라보면서 엄마와 통화를 하다가 내가 물었다. "밥의 어머니가 밥을 정신과 의사에게 보냈던 거 기억나세요? 아이들이 운동장에서 수군거렸어요. '보비 버지스가 정신병원에 가야 한대.'"

"아이들은 끔찍해." 엄마가 말했다. "정말로."

"오래전이었으니까요." 내가 말했다. "거기서는 심리치료를 받으러 다닌 사람이 아무도 없었어요."

"세상이 달라졌지." 엄마가 말했다. "나하고 스퀘어댄스를 추러 다니는 사람들의 자식들이 심리치료를 받고 있어. 전부 무슨 약을 복용하는 것 같더구나. 지금은 쉬쉬하는 사람도 없는 것 같고."

"버지스네 아버지도 기억나요?" 내가 전에 이미 했던 질문이었다. 우리는 그런 식으로, 우리가 아는 이야기를 다시 끄집어냈다.

"그럼. 키가 컸던 걸로 기억하는데. 공장에서 일했잖아. 감독이었지, 아마. 그러다 아내 혼자 두고 떠났고."

"아줌마가 재혼은 하지 않으셨죠."

"재혼은 안 했지." 엄마가 말했다. "그때 그 사람한테 별다른 기회가 있었을 것 같지도 않구나. 어린애 셋이 딸려 있었으니. 짐, 밥, 그리고 수까지."

버지스네 집은 타운 중심가에서 1마일 정도 떨어져 있었다. 작은 집이었는데, 셜리폴스의 그 구역에 있는 집들은 대부분 작거나 혹은 크지 않았다. 그 집은 노란색이었고, 언덕에 자리를 잡고 있었다. 언덕 한쪽으로 펼쳐진 들판은 봄이 되면 초록이 무성해서, 어렸을 때 나는 소가 되어 그 촉촉한 풀들을 하루종일 와삭와삭 뜯으면 좋겠다고 생각했다. 그 정도로 맛있어 보였다. 버지스네 집 옆쪽 들판에는 소가 없었고, 심지어 텃밭도 없었다. 그저 근교의 농장 분위기만 살짝 풍길 뿐이었다. 여름이면 버지스 아줌마가 이따금 앞마당에 나와 관목 근처까지 호스를 끌고 갔는데, 집이 언덕 위에 있어서 아줌마는 언제나 멀찍이 조그맣게 보였다. 우리가 차를 타고 그 집 앞을 지나갈 때 아빠가 손을 흔들어도 아줌마는 인사를 받아주지 않았는데, 아마 우리를 보지 못해서 그랬을 것이다.

사람들은 타운을 소문이 거품처럼 부글거리는 곳이라고 생각하겠지만, 나는 어렸을 때 어른들이 다른 가족에 대해 이야기하는 것을 거의 듣지 못했다. 버지스네 이야기도 불쌍한 버니 포그가 지하실 계단에서 굴러 사흘 동안 발견되지 않았다거나, 해먼드 아줌마가 자식들을 막 대학에 보내고 뇌종양에 걸렸다거나, 스무 살이 다 되도록 고등학교도 마치지 못한 미치광이 애니 데이가 남학생들 앞에서 원피스를 들어올렸다거나, 뭐 그런 다른 비극적인 이야기들과 마찬가지 방식으로 받아들여졌다. 남 얘기를 쑥덕거리기 좋아하는 쪽은, 그리고 살짝 잔인하기까지 한 쪽은 아이들―특히 우리 어린아이들―이었다. 어른들은 우리를 바르게 키우는 문제에 엄격해서, 운동장에서 누가 보비 버지스를 두고 "자기 아버지를 죽였다"거나 "정신병원에 가야 한다"고 떠들다 걸리면 그 아이는 교장실에 불려가고 부모가 학교로 호출되었다. 그 아이는 간식 시간에 간식도 받지 못했다. 그런 일이 자주 일어나지는 않았다.

짐 버지스는 나보다 열 살이 더 많아서 유명인처럼 멀게 느껴졌는데, 실제로도 그때부터 이미 어느 정도 유명인이었다. 짐은 미식축구 선수에 학급 반장이었고, 짙은 머리색에 정말 잘생긴 얼굴이었다. 하지만 진지한 사람이기도 해서 그의 눈에서 웃음기라고는 찾아볼 수 없었던 걸로 기억한다. 보비와 수전은 짐보다 어렸고, 각각 다른 시기에 베이비시터로 내 여동생들과 나를 돌보았다. 수전은 우리를 관심 있게 돌봐주지 않았다. 어느 날 우리가 자기를 깔봤다며, 우리 부모님이 집을 비울 때 엄마가 늘 우리 몫으로 꺼내놓는 동물 모양 크래커를 치워버렸던 게 관심이라면 관심이었을까. 반발심이 생긴 여동생 하나가 욕실에 들어가 문을 잠가버리자, 수전은 경찰을 부르겠다며 고함을 질렀다. 내 기억에 실제로 벌어진 일은 별것 아니어서, 경찰은 오지 않았고 집으로 돌아온 엄마가 동물 크래커가 그대로 있는 것을 보고 놀랐을 뿐이었다. 보비가 돌봐준 적도 몇 번 있는데 번갈아 우리를 업어주었다. 보비처럼 업어주는 틈틈이 고개를 돌리며 "괜찮니? 괜찮아?" 하고 물어본다면 우리는 그 사람이 친절하고 착하다는 것을 알 수 있다. 한번은 여동생 하나가 진입로에서 뛰어놀다가 넘어져 무릎이 까졌는데 보비가 몹시 안타까워했다. 그는 큰 손으로 상처를 씻어주었다. "와, 너 참 씩씩하구나. 괜찮을 거야."

내 여동생들은 어른이 되자 매사추세츠 주로 떠났다. 하지만 나는 뉴욕으로 갔고, 부모님은 그런 나를 탐탁지 않게 여겼다. 내 행동은 1600년대까지 거슬러올라가는 뉴잉글랜드* 혈통에 대한 배신이었다. 조상들이 여기저기로 흩어져 잘 살아남았지만 어느 누구도 구정물 같은 뉴욕에는 발을 담그지 않았다고, 아빠는 말했다. 나는 뉴요커―사교적이고 돈 많은 유대인―와 결혼했고, 그것이 상황을 더욱 악화시켰다. 부모님은 좀처럼 나를 보러 오지 않았다. 뉴욕을 두려워했던 것 같다. 내 남편이 외국인 같다는 사실을 두려워했던 것 같고, 내 자식들에 대해서도 두려

---

* 메인, 뉴햄프셔, 버몬트, 매사추세츠, 로드아일랜드, 코네티컷의 여섯 개 주를 포함하는 미국 북동부 지역.

워했던 것 같다. 아이들의 경우 어렸을 때는 지저분한 방과 어질러진 플라스틱 장난감 때문에, 나중에는 피어싱을 한 코와 파란색과 자주색으로 물들인 머리카락 때문에 제멋대로 행동하는 응석받이로 보였을 것이다. 그래서 서로 감정이 나빴던 시기도 있었다.

하지만 막내가 대학에 진학하며 집을 떠난 그해에 내 남편이 세상을 떠나자, 한 해 전에 혼자가 된 엄마가 뉴욕으로 왔다. 엄마는 어린 시절 아픈 내게 해주었듯이 내 이마를 쓰다듬으며 그렇게 짧은 기간에 아빠와 남편을 모두 잃은 내가 안쓰럽다고 했다. "내가 어떻게 해주면 좋겠니?"

나는 소파에 누워 있었다. "이야기를 해주세요." 내가 말했다.

엄마가 창가로 의자를 옮겼다. "음, 어떤 게 좋을까. 수전 버지스 남편이 수전을 버리고 스웨덴으로 가버렸잖아. 내 생각에 조상들이 그 사람을 그리로 부른 것 같아. 누가 알겠니. 북쪽에 있는 그 작은 타운 뉴스웨덴 출신이었으니까, 너도 알지. 남쪽으로 내려와 대학에 다니기 전에 말이야. 수전은 그 아들 하나하고 아직 셜리폴스에 살고 있어."

"지금도 예뻐요?" 내가 물었다.

"전혀."

시작은 그랬다. 버지스네 아이들의 삶을 둘러싼 소문과 소식과 기억은 실뜨기 놀이처럼 엄마와 나를, 나와 셜리폴스를 연결하며 우리를 지탱해주었다. 우리는 새로운 소식을 공유하고 이미 알고 있는 내용을 반복했다. 나는 내가 브루클린 파크슬로프에 살 때, 역시 거기 살고 있던 짐의 아내 헬렌 버지스와 마주쳤던 이야기를 다시 했다. 패커 재판 이후 짐이 맨해튼의 큰 로펌에서 일하게 되어 그들 부부가 하트퍼드에서 그리로 이사를 온 것이었다.

어느 날 밤 남편과 내가 파크슬로프의 한 카페에서 저녁을 먹다가 가까운 테이블에 친구와 함께 앉아 있는 헬렌을 발견했다. 우리는 나가면서 그쪽으로 다가갔다. 나는 와인을 좀 마신 뒤였고—그래서 거기로 갔던 것 같다—내가 짐과 같은 타운에서 자랐다고 그녀에게 말했다. 그때 헬렌의 얼굴에 떠오른 어떤 표정이 내 마음에서 떠나지 않았다. 그녀의 얼굴을 스쳐지나간 감정은 공포였다. 내 이름을 묻길래 말해주었고, 그녀는 짐에게서 내 이야기를 들은 적이 없다고 했다. 제가 한참 어렸거든요, 내가 설명했다. 그러자 그녀는 약간 바들거리는 손으로 헝겊 냅킨을 바로잡으며 말했다. "거기 가본 지도 오래됐네요. 두 분 만나서 반가웠어요. 안녕히 가세요."

엄마는 헬렌이 그날 밤 더 친절한 태도를 보일 수도 있었을 거라고 했다. "그 여자 돈 있는 집에서 자랐어, 너도 알지. 자기가 메인 주 출신보다 잘났다고 생각하는 거야." 이제 나도 그런 말은 흘려들을 줄 알았다. 엄마가 자신과 자신이 살아온 메인에 대해 방어적인 태도를 보인다고 해도 더이상 신경쓰지 않았다.

하지만 수전 버지스의 아들이 그 사고를 친 뒤에—그 이야기가 신문에, 심지어 〈뉴욕 타임스〉에까지 실리고 텔레비전 방송에도 나온 뒤에—엄마와 통화하면서 내가 말했다. "버지스네 아이들에 대한 이야기를 써볼까 생각중이에요."

"그거 좋겠구나." 엄마가 그러라고 했다.

"아는 사람 이야기를 쓰는 건 좋지 않다고 사람들이 그럴 텐데요."

그날 밤 엄마는 피곤한 것 같았다. 엄마가 하품을 했다. "글쎄, 너는 그 아이들을 몰라." 엄마가 말했다. "누군가를 제대로 아는 사람은 아무도 없어."

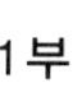

1부

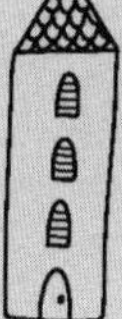

1

살랑살랑 바람이 부는 10월의 어느 오후, 뉴욕 브루클린 파크 슬로프에서 헬렌 파버 버지스가 휴가를 떠나기 위해 짐을 꾸리고 있었다. 커다란 파란색 여행가방이 침대 위에 펼쳐져 있고, 전날 밤에 남편이 고른 옷들이 차곡차곡 개어져 가까운 안락의자에 놓여 있었다. 바깥에서 움직이는 구름 사이로 햇살이 불쑥불쑥 방안으로 비쳐들 때면, 침대의 둥근 놋쇠 장식이 빛을 반사하며 반짝거렸고 여행가방은 새파랗게 보였다. 헬렌은 드레스룸—엄청나게 큰 거울이 있고 말총으로 짠 흰색 직물 벽지를 발랐으며 길쭉한 창문 가장자리는 짙은 색 원목으로 처리했다—과 침실 사이를 왔다갔다했다. 침실에는 지금은 닫아놓았지만 날씨가 풀리면 정원이 내다보이는 덱을 향해 열어두는 프렌치도

어가 있었다. 헬렌은 여행 짐을 쌀 때면 찾아오는 일종의 정신적 마비 상태에 빠져 있던 터라, 갑자기 전화벨이 울리자 마음이 놓였다. 발신번호 표시제한이라는 글자를 보고 남편의 로펌—유명한 변호사들로 구성된 명성이 자자한 회사였다—파트너 중 한 명의 아내이거나 시동생 밥의 전화일 거라고 생각했다. 밥은 옛 날부터 전화번호부에 이름을 등록해놓지 않았지만, 유명하지도 않았고 앞으로도 절대 유명해질 일은 없었다.

"서방님이어서 다행이에요." 그녀는 서랍장에서 화려한 스카프를 꺼내서 들고 있다가 침대에 떨어뜨리며 말했다.

"그래요?" 밥의 목소리는 의외라는 투였다.

"도러시면 어쩌나 걱정했거든요." 헬렌은 창문으로 걸어가면서 정원을 내다보았다. 자두나무가 바람에 휘청거리고 비터스위트의 노란 잎사귀들이 땅바닥에 굴러다니고 있었다.

"도러시 전화가 왜 싫은데요?"

"지금은 도러시랑 말하는 게 좀 피곤해서요." 헬렌이 말했다.

"일주일 동안 같이 휴가 가는 것 아니었어요?"

"열흘이에요. 제가 알기로는."

잠시 침묵이 흐른 뒤 밥이 입을 열었다. "그렇군요." 그 짧은 순간에 다 알아들었다는 듯 그의 목소리가 작아졌다—헬렌은 그것이 그의 강점이라고 생각했다. 몇 초 만에 타인의 작은 세상

에 발을 들일 수 있는 특이한 능력. 그렇다면 그는 좋은 남편이
었어야 하지만 보아하니 그런 것 같지는 않았다. 밥의 아내가 여
러 해 전에 그를 떠났으니까.

"전에도 그 부부와 같이 여행을 갔었잖아요." 헬렌이 상기시켜
주었다. "괜찮을 거예요. 앨런은 정말 좋은 사람이거든요. 재미
는 없지만."

"게다가 짐 회사의 경영 파트너고요." 밥이 말했다.

"그런 이유도 있죠." 헬렌은 노래하듯 즐겁게 말했다. "'이번
여행은 우리끼리 가는 게 좋겠어요'라고 말하기는 좀 어려운 게
사실이죠. 짐이 그러는데, 그 집 큰딸이 한창 말썽을 부리나봐
요. 고등학생인데, 가족 치료사가 도러시와 앨런에게 휴가를 떠
나는 게 좋겠다고 했대요. 자식이 말썽을 부리는데 왜 부모가 휴
가를 떠나야 하는지 모르겠지만요, 어쨌든 그렇게 된 거예요."

"그 이유는 저도 모르겠네요." 밥이 진심을 담아 말했다. 그러
고는 덧붙였다. "헬렌, 방금 일어난 일인데요."

그녀는 리넨 바지를 개며 그의 말을 들었다. "우리집으로 오세
요." 그녀가 그의 말을 막았다. "짐이 돌아오면 길 건너에서 저
녁을 먹을 거예요."

전화를 끊자 그녀는 마음을 잡고 짐을 꾸릴 수 있었다. 흰색
리넨 블라우스 세 장, 검은색 발레 플랫, 짐이 작년에 사준 산호

목걸이를 좀 전에 고른 화려한 스카프와 함께 넣었다. 골프를 치고 돌아온 남편들이 샤워를 마치기를 기다리면서 헬렌은 도러시와 함께 테라스에서 위스키사워를 마시며 이렇게 말할 것이다. "밥은 재미있는 사람이야." 어쩌면 그 사고 이야기까지 꺼낼지 모른다—밥이 네 살 때 자동차 기어를 만지며 놀다가 차가 굴러가 자기 아버지를 치어 죽게 했다는 그 사고. 그들의 아버지는 아이들 셋을 차에 두고 우편함을 고치러 경사진 진입로 아래쪽으로 걸어가 있었다. 정말로 끔찍한 사건이었다. 아무도 그 이야기를 입에 올리지 않았다. 짐은 삼십 년 동안 딱 한 번 헬렌에게 이야기했다. 밥은 불안을 많이 느끼는 사람이었고, 헬렌은 기꺼이 그에게 신경을 써주었다.

"헬렌 당신은 천사로군요." 도러시가 커다란 선글라스로 눈을 가린 채 편히 기대앉아 말할 것이다.

헬렌이 고개를 가로저을 것이다. "도움이 필요한 사람이니까요. 게다가 자식들이 다 크고 나면……" 아니, 자식 이야기는 꺼내지 않을 것이다. 앵글린 부부의 딸이 낙제를 하고 새벽까지 나돌아다니는 한은. 그런데 열흘 동안 같이 지내면서 어떻게 자식들 이야기를 안 하지? 그녀는 짐에게 물어볼 것이다.

헬렌이 아래층으로 내려가 부엌으로 갔다. "애나." 헬렌이 야채용 솔로 고구마를 씻고 있는 가정부에게 말했다. "애나, 오늘밤에 외식할 거예요. 집에 가도 돼요.”

*

여러 빛깔의 어두운 색을 띠고 장엄하게 떠 있는 가을 구름을 바람이 흩어놓았다. 굵은 햇살이 세븐스 애비뉴의 빌딩들에 어른거렸다. 이곳에는 중식 레스토랑, 카드 가게, 보석상, 과일과 야채와 줄줄이 늘어놓은 꽃꽂이용 꽃을 파는 식료품점 들이 있었다. 밥 버지스는 그 가게들을 지나 형의 집으로 걸어갔다.

밥은 키가 크고 나이는 쉰하나였다. 특징이 있다면 사람들이 그를 쉽게 좋아한다는 것이었다. 사람들은 밥과 함께 있을 때 ‘우리’라는 작은 원 안에 있다고 느꼈다. 밥이 자신의 그런 면을 알았더라면 아마 그의 삶은 달라졌을 것이다. 하지만 그는 그런 사실을 몰랐고, 그의 가슴속에서는 종종 원인을 알 수 없는 두려움이 일었다. 또한 그는 불안정했다. 함께 즐거운 시간을 보냈다가도 다시 만나면 그런 일 없었다는 듯 그의 표정이 텅 비어 보인다고 친구들은 입을 모았다. 이혼한 아내가 말해줘서 밥도 그 사실을 알고 있었다. 팸은 그의 정신이 멀리 떠나버린다고 했다.

“짐도 그럴 때가 있는걸.” 밥이 말했었다.

“짐 이야기를 하는 게 아니잖아.”

　도롯가에서 신호등이 바뀌기를 기다리던 밥은 문득 "짐이 돌아오면 길 건너에서 저녁을 먹을 거예요"라고 말해준 형수에게 무척 고마운 마음이 들었다. 그가 보고 싶은 사람은 짐이었다. 밥이 아까 자신의 4층 아파트 창가에 앉아서 지켜본 장면, 아래층 아파트에서 들리던 소리―그것들 때문에 그의 마음은 어지러웠다. 그리고 이제 길을 건너 젊은 사람들이 동굴 같은 어둠 속에서 소파에 앉아 노트북 화면을 홀린 듯 쳐다보고 있는 커피숍을 지나자, 그는 걸어오며 지나친 모든 익숙함에서 멀어진 듯한 기분을 느꼈다. 마치 뉴욕에서 반평생을 살아오지 않은 것처럼, 누군가를 사랑하듯 그곳을 사랑하지 않았던 것처럼, 야생초가 자라는 드넓은 들판을 한 번도 떠난 적 없었던 것처럼, 황량한 뉴잉글랜드의 하늘 말고 다른 하늘은 본 적도 바란 적도 없었던 것처럼.

　"방금 수전이 전화를 했어요." 헬렌이 브라운스톤 주택의 현관 계단 아래쪽에 있는 쇠살문을 열어주며 밥에게 말했다. "짐을 바꿔달라고 했는데 목소리가 심상치 않았어요." 헬렌이 밥의 코트를 받아 벽장에 걸고 돌아보며 덧붙였다. "알아요. 평소에도 그런 목소리라는 거. 그래도 저한테 한 번 웃어준 적도 있어요." 헬렌이 소파 위에 검은 타이츠를 신은 다리를 접어 깔고 앉았다. "제가 메인 억양을 흉내내려고 했을 때요."

밥이 흔들의자에 앉았다. 그의 무릎이 올라갔다 내려갔다 했다.

"메인 출신 앞에서 메인 억양을 흉내내면 안 돼요." 헬렌이 말을 이었다. "왜 그런진 모르지만 남부 출신은 그런 문제에 훨씬 너그러워요, 아무튼 그래요. 남부 출신한테 '안녕하세요, 열분' 하고 인사해도 그 사람들이 히죽거리는 것 같지는 않거든요. 그런데 보비, 많이 불안해 보여요." 그녀가 몸을 앞으로 숙이고 허공을 토닥였다. "뭐 좋아요. 좀 불안하면 어때요. 괜찮기만 하면요. 괜찮은 거죠?"

밥은 평생 누가 친절을 보이면 약해졌고, 지금은 그걸 몸으로도 느꼈다. 가슴에 어떤 물질이 흐르는 느낌. "실은 괜찮지 않아요." 그가 솔직히 인정했다. "하지만 억양에 대한 이야기는 맞아요. 사람들이 '이봐요, 당신 메인 출신이로군요. 여키서 저키카지는 못 카요*'라고 흉내를 낼 때는 정말 힘들거든요. 듣고 있기가 참 힘들어요."

"알아요." 헬렌이 말했다. "이제 무슨 일이 있었는지 말해봐요."

밥이 말했다. "에이드리애나와 프레피 보이**가 또 싸웠어요."

---

* 메인 주 출신이 쓰는 전형적인 표현으로 여겨지며, 대체로 북부 메인 억양을 가미해 'You can't get there from here'를 'You cahn't get they-ah from he-yah' 식으로 발음한다.

** 등록금이 비싼 사립학교 학생이나 졸업생 같아 보이는 청년을 일컫는 말.

“잠깐,” 헬렌이 말을 끊었다. “아, 알겠어요. 아래층에 산다는 그 부부요. 항상 시끄럽게 짖어대는 멍청한 강아지를 키운다는.”

“맞아요.”

“계속해요.” 헬렌이 그 사실을 기억해낸 것이 뿌듯한 듯 말했다. “잠시만요, 밥. 어젯밤에 뉴스에서 본 걸 말해야겠어요. ‘진짜 남자는 작은 개를 좋아한다’ 이런 제목이었어요. 좀 다른 남자들, 그러니까—미안해요—동성애자 같아 보이는 남자들을 인터뷰한 거였는데, 모두 작은 개를 안고 있었어요. 격자무늬 레인코트를 입히고 고무 부츠를 신겨서요. 이게 뉴스야? 하는 생각이 들었죠. 이라크에서 전쟁을 시작한 지 사 년이 다 되어가는데 지금 이걸 뉴스라고 하는 거야? 그게 다 자식이 없어서 그런 거예요. 개들한테 그런 옷을 입히는 사람들 말이에요. 밥, 정말 미안해요. 이야기를 계속해봐요.”

헬렌이 쿠션을 집어들어 어루만졌다. 그녀의 얼굴이 붉어졌고, 밥은 폐경기 열감熱感 때문이라고 생각하며 헬렌의 프라이버시를 존중해주려고 자기 손을 내려다보았다. 하지만 헬렌이 얼굴을 붉힌 것이 사실은 자식이 없는 사람들 운운했기 때문이라는 것은 깨닫지 못했다—밥에게는 자식이 없었다.

“그 사람들은 싸워요.” 밥이 말했다. “싸움이 시작되면 프레피보이는—남편요, 결혼은 했다니까—자꾸 같은 말을 소리쳐요.

'에이드리애나, 젠장, 당신 때문에 미쳐버리겠어.' 그 말만 하고 또 해요."

헬렌이 고개를 저었다. "그렇게 사는 건 생각만 해도. 뭘 좀 마실래요?" 그녀가 일어서서 마호가니 그릇장으로 걸어가 크리스털 잔에 위스키를 따랐다. 그녀는 키가 작았지만, 검은색 스커트와 베이지색 스웨터를 입은 몸매는 여전히 예뻤다.

밥은 잔에 든 위스키 절반을 단숨에 들이켰다. "어찌됐건," 그가 다시 말을 시작하자 헬렌의 얼굴이 약간 굳어지는 것 같았다. 그녀는 그가 "어찌됐건*"이라고 말하는 방식을 싫어했고, 그는 늘 그 사실을 잊어버렸다. 지금도 잊어버렸고, 잘 해내지 못할 것 같은 예감만 들었다. 그 일을 목격하면서 느낀 슬픔을 제대로 전달할 수 없을 것 같았다. "아내가 집에 오면 싸움이 시작돼요." 밥이 말했다. "남편이 늘 하던 대로 소리를 지르죠. 그러고는 개를 데리고 나가버려요. 하지만 이번에는 남편이 나간 뒤에 아내가 경찰을 불렀어요. 전에는 그런 적이 없었어요. 남편이 돌아오자 경찰이 그를 체포했어요. 경찰이 그 사람에게 얘기하는 걸 들었는데, 그의 아내가 남편이 자기를 때렸다고 했대요. 자기 옷을 창밖으로 집어던졌다고요. 그래서 남편은 체포됐어요. 그

---

* 원문은 'anyways'로 'anyway(어쨌든, 아무튼)'의 방언이다.

는 몹시 놀랐죠.”

헬렌은 무슨 말을 해야 할지 모르겠다는 표정을 지었다.

“그 사람은 잘생긴데다 지퍼 달린 스웨터를 입은 모습이 아주 멋져 보였는데, 그런 남자가 울며 서 있었어요. ‘자기, 내가 언제 자길 때렸어. 자기야, 우리가 결혼해서 산 게 칠 년인데 지금 이게 다 뭐야? 자기, 제바아알!’ 하지만 경찰은 대낮에 그에게 수갑을 채워 길 건너 순찰차로 데려갔어요. 그는 오늘밤 유치장 신세를 지겠죠.” 밥이 흔들의자에서 일어나 마호가니 그릇장으로 가더니 위스키를 좀더 따랐다.

“정말 안타까운 이야기네요.” 헬렌이 실망하며 말했다. 좀더 극적인 이야기를 기대했던 것이다. “하지만 아내를 때리기 전에 그 정도 예상은 했겠죠.”

“제 생각에 그 사람이 아내를 때린 것 같지는 않아요.” 밥이 흔들의자로 돌아왔다.

헬렌이 생각에 잠겨 말했다. “그 둘이 계속 결혼생활을 유지할지 궁금하네요.”

“그러지 않을 것 같아요.” 밥은 피곤해졌다.

“보비, 어떤 게 가장 마음이 쓰였어요?” 헬렌이 물었다. “결혼생활이 깨지는 거랑 체포되는 것 중에서요?” 그의 표정이 좋지 않은 것을 그녀는 자신 때문이라고 받아들였다.

밥이 의자를 앞뒤로 몇 번 흔들었다. "전부요." 그가 손가락을 튕겨 딱 소리를 냈다. "사건은 그런 식으로 터져요. 그러니까, 여느 날과 다름없는 평범한 날이었어요, 헬렌."

헬렌은 소파 등받이에 쿠션을 대고 툭툭 쳐서 부풀렸다. "남편을 유치장에 보낸 날이 뭐가 평범하다는 건지 모르겠어요."

밥이 고개를 돌리자 쇠창살이 달린 창문 너머로 형이 보도를 걸어오는 모습이 보였고, 그 모습을 보며 밥은 작은 파도처럼 불안감이 밀려오는 것을 느꼈다. 형의 빠른 걸음걸이, 긴 코트, 두꺼운 가죽가방. 곧이어 문에 열쇠 꽂히는 소리가 들렸다.

"여보, 어서 와." 헬렌이 말했다. "당신 동생이 와 있어."

"그런 것 같네." 짐이 어깨를 으쓱 올려 코트를 벗은 뒤 현관 벽장에 걸었다. 밥은 코트를 직접 걸어본 적이 없었다. 왜 그러는 건데? 그의 아내 팸이 그렇게 묻곤 했다. 왜 그러는 건데, 왜 그러는 건데, 왜 그러는 건데? 왜 그랬던 걸까? 그는 답을 할 수가 없었다. 하지만 밥은 문을 열고 들어갈 때마다, 누가 코트를 받아주지 않으면, 코트를 거는 행위가 쓸데없고…… 뭐랄까, 너무 어렵게 느껴졌다.

"이만 가볼게요." 밥이 말했다. "변론취지서를 검토해야 해서요." 밥은 법률구조협회의 항소부에서 재판 단계의 사건 기록을 검토하는 일을 했다. 변론취지서가 필요한 항소는 늘 있으니 검토할 변론취지서도 항상 있었다.

"말도 안 되는 소리." 헬렌이 말했다. "길 건너에 저녁 먹으러 갈 거라고 했잖아요."

"내 의자에서 비켜, 머저리." 짐이 밥 쪽으로 한 손을 흔들었다. "만나서 반가워. 뭐, 한 나흘쯤 됐나?"

"그만해, 짐. 오늘 오후에 밥이 사는 아파트 아랫집 남자가 수갑을 차고 끌려갔대."

"그 대학원 기숙사에서 말썽이 났어?"

"짐, 그만."

"형은 그냥 평소대로 하는 거예요." 밥이 말했다. 그러고는 소파로 옮겨 앉았고, 짐은 흔들의자에 앉았다.

"들어나보자." 짐이 팔짱을 꼈다. 그는 체격이 좋고 근육이 발달해서, 종종 그러듯 팔짱을 끼면, 커다란 상자 같았고 도전적으로 보였다. 그는 움직이지 않고 듣기만 했다. 그러고는 허리를 굽혀 신발끈을 풀었다. "그 남자가 아내 옷을 창밖으로 던졌어?" 그가 물었다.

"내 눈으로 본 건 없어." 밥이 대답했다.

"가족이란 참." 짐이 말했다. "가족이 없으면 형사사건이 절반으로 줄 거야. 헬렌, 그거 알아? 당신이 당장 경찰에 전화를 걸어 내가 때렸다고 하면 나를 잡아가서 하룻밤 가두는 거?"

"나는 당신을 잡아가라고 경찰에 전화하지 않을 거야." 헬렌이 일상적인 대화를 하듯 말했다. 그러고는 일어서서 치마 허리밴드를 바로잡았다. "옷 갈아입을 거면 가서 갈아입고 와. 배고파."

밥이 허리를 앞으로 숙였다. "지미, 나한텐 충격적이었어. 그 남자가 체포되는 모습을 보는 것 말이야. 이유는 모르겠지만. 아무튼 기분이 그랬어."

"언제 클래." 짐이 말했다. "나 참. 내가 어떻게 해주길 바라는 거야?" 그가 신발 한 짝을 벗고 발을 문질렀다. 그러고서 덧붙였다. "원하면 오늘밤 거기 전화를 걸어서 그 남자가 잘 있는지 확인해줄게. 유치장에 갇힌 예쁘장한 백인 남자라."

밥이 "그래줄래, 짐?" 하고 말하는데 옆방에서 전화벨이 울렸다.

"당신 여동생일 거야." 헬렌이 말했다. "아까 전화했었어."

"없다고 해, 헬리." 짐이 나무 쪽매 바닥에 양말 한 짝을 벗어던졌다. "마지막으로 수전과 통화한 게 언제야?" 나머지 신발 한 짝을 벗으며 짐이 밥에게 물었다.

"몇 달 됐지." 밥이 대답했다. "말했잖아. 소말리족에 대해 논쟁했다고."

"그런데 메인에 왜 소말리족이 있는 거야?" 헬렌이 문을 통과해 옆방으로 가면서 물었다. 그녀가 돌아보며 어깨 너머로 소리쳤다. "족쇄를 찬 게 아니고서야 누가 셜리폴스에 가겠어?"

밥은 헬렌이 그런 식으로 말할 때마다 깜짝깜짝 놀랐다. 버지스 가족의 고향을 싫어하는 티를 노골적으로 내면서도 전혀 거리낄 게 없다는 투였다. 짐이 그녀의 말을 받았다. "그 사람들은 족쇄를 찼으니까. 가난이 족쇄지." 그가 앞서 양말을 벗어던진 쪽으로 나머지 한 짝을 던졌다. 양말이 커피 테이블 모서리에 걸렸다.

"수전은 소말리족이 타운을 침략하고 있다고 했어." 밥이 말을 이었다. "떼를 지어 몰려온대. 삼 년 전만 해도 몇 가구뿐이었는데 지금은 이천 가구나 된다고 했어. 수전이 돌아볼 때마다 그레이하운드 버스에서 사십 명씩 더 내린대. 내가 수전더러 히스테리를 부리는 것 같다고 했더니, 수전 말이 여자들은 툭하면 히스테리를 부린다는 비난을 받는다면서, 소말리족에 대해서는 내가 거기 가본 지가 하도 오래돼서 본인이 무슨 말을 하는지도 모르는 거라고 하더라."

"짐." 헬렌이 거실로 돌아왔다. "수전이 당신하고 꼭 통화를 해야 한대. 지금 몹시 당황한 상태야. 거짓말을 할 수는 없었어. 당신이 방금 돌아왔다고 했어. 미안해, 여보."

짐이 지나가면서 헬렌의 어깨를 가볍게 잡았다. "괜찮아."

헬렌이 짐의 양말을 주우려고 허리를 숙였고, 밥은 그 모습을 보면서, 자신이 짐처럼 코트를 걸었다면 팸이 양말 때문에 그렇게까지 화를 내는 일은 없었을지 궁금해졌다.

긴 정적이 흐른 뒤 그들은 짐이 조용히 질문을 던지는 목소리를 들었다. 무슨 내용인지 알아들을 수는 없었다. 그리고 또다시 긴 정적이 흘렀고, 조용히 더 묻고 말하는 소리가 이어졌다. 하지만 알아들을 수는 없었다.

헬렌이 작은 귀걸이를 만지작거리며 한숨을 쉬었다. "한 잔 더 하세요. 좀더 기다려야 할 것 같네요." 하지만 그들은 편히 기다릴 수가 없었다. 밥은 소파에 기대앉아, 퇴근해 집으로 걸어가는 사람들의 모습을 창문 너머로 바라보았다. 그는 이 집에서 여섯 블록밖에 떨어지지 않은 세븐스 애비뉴의 건너편에 살았지만, 이 블록에 대학원 기숙사에 대한 농담을 할 사람은 없었다. 이 블록에는 성숙한 사람들이 살았다. 이 블록에는 은행 간부, 의사, 기자 들이 살았다. 그들은 서류가방이나 놀랍도록 다양한 디자인의 검은 가방을 들고 다녔고, 특히 여자들이 그랬다. 이 블록은 보도가 깨끗했고, 집 앞 작은 정원마다 관목이 심겨 있었다.

짐이 전화를 끊는 소리가 들리자 헬렌과 밥은 고개를 돌렸다.

짐이 빨간색 타이를 느슨하게 푼 채 입구에 서 있었다. 그가 말했다. "휴가는 못 갈 것 같아." 헬렌이 앞으로 몸을 당겨 앉았다. 짐이 화가 난 듯 타이를 홱 당겨 풀고 밥에게 말했다. "우리 조카가 체포될 거래." 짐의 얼굴은 창백했고 눈은 작아져 있었다. 그가 소파에 앉더니 두 손으로 머리를 꾹 눌렀다. "맙소사. 온 신문에 도배가 될 거야. 짐 버지스의 조카가 기소되다……"

"누굴 죽였대?" 밥이 물었다.

짐이 고개를 들었다. "대체 그게 무슨 소리야?" 짐이 말한 바로 그 순간 헬렌이 조심스럽게 덧붙였다. "이를테면 매춘부를?"

짐이 귀에 물이라도 들어간 것처럼 머리를 빠르게 흔들었다. 그가 밥을 쳐다보며 말했다. "아니, 아무도 죽이지 않았어." 이어서 헬렌을 쳐다보며 말했다. "아니, 그애가 죽이지 않은 사람은 매춘부가 아니야." 그러고는 천장을 응시하더니 눈을 감고 말했다. "우리 조카 재커리 올슨이 모스크 정문으로 냉동 돼지머리를 던져넣었다는군. 기도 시간에. 그것도 라마단* 기간에. 수전은 잭이 라마단이 뭔지도 모른다던데, 그건 믿고도 남을 일이지. 수전도 그게 뭔지 신문에서 읽고서야 알았다니까. 막 해동되기 시작한 돼지머리에서 핏물이 줄줄 흘러서, 거기 카펫이 더러워졌다는군. 그 사람들은 새 카펫을 살 돈이 없고. 율법에 따라 카펫을 일곱 번 빨아야 한대. 그런 이야기였어, 여러분."

헬렌이 밥을 쳐다보았다. 그녀의 얼굴에 어리둥절한 표정이

---

* 이슬람력의 9월. 천사 가브리엘이 무함마드에게 코란을 가르친 신성한 달로, 이슬람교도는 이 기간 동안 해가 뜰 때부터 질 때까지 금식을 해야 하며 매일 다섯 번씩 기도를 드린다.

떠올랐다. "그게 왜 온 신문에 도배된다는 거야, 짐?" 그녀가 마침내 부드럽게 물었다.

"모르겠어?" 짐이 그녀를 돌아보며 조용히 물었다. "이건 증오범죄*야, 헬렌. 마치 당신이 버러파크에서 정통파 유대교 사원을 발견하고는 그 안에 있는 모두에게 아이스크림이나 베이컨을 먹지 않으면 거기서 나갈 수 없다고 강요하는 거나 마찬가지인 거라고."

"알겠어." 헬렌이 말했다. "나는 몰랐어. 이슬람교가 그렇다는 건 몰랐어."

"그걸 증오범죄로 여겨 기소할 거란 말이지?" 밥이 물었다.

"자기들이 할 수 있는 방법을 총동원해서 그럴 작정인가봐. 이미 FBI도 개입했고. 주 검찰청은 시민권 침해를 들먹일 것 같고. 수전이 그게 전국 뉴스에 나왔다고 하는데 지금 그애가 완전히 제정신이 아니라 사실인지는 모르겠어. 우연히 타운에 와 있던 CNN 기자가 지역 방송에서 보도된 내용을 듣고 솔깃해서 전국 방송에 내보냈다는 것 같아. 도대체 어떤 작자가 우연히 셜리폴스에 와 있는 거지?" 짐이 텔레비전을 향해 리모컨을 들었다

---

* 소수 인종이나 민족, 동성애자, 특정 종교인 등 자신과 다른 사람이나 장애인, 노인 등 사회적 약자에게 이유 없는 증오심을 품고 테러를 가하는 범죄행위.

가 소파 위 그의 옆에 툭 떨어뜨렸다. "지금 이런 일이 일어나면 안 돼. 맙소사. 지금은 안 돼." 그가 두 손으로 얼굴과 머리를 쓸었다.

"잭이 지금 잡혀 있대?" 밥이 물었다.

"체포되진 않았어. 잭이 한 짓이라는 걸 몰라. 경찰이 몇몇 펑크족의 소행으로 여기고 수사를 하고 있다는데, 사실은 머저리 같은 열아홉 살짜리 잭이 저지른 일이란 거지. 수전의 아들 잭이."

"언제 그랬대?" 밥이 물었다.

"이틀 전에. 잭 말이, 그러니까 수전이 하는 말이, 이걸 혼자서 '장난'삼아 했대."

"장난삼아?"

"장난삼아. 아니, 정확히 말하면 '멍청한 장난'이지. 난 그저 들은 대로 전하는 거야, 밥. 잭이 번개같이 달아나서 아무한테도 들키지는 않았대. 일단은. 그러다 오늘 뉴스에서 그 보도를 보고 잭이 겁을 집어먹고 수전이 퇴근하자마자 털어놓은 거지. 당연히 수전은 펄펄 뛰었고. 나는 수전한테 당장 자수시키라고 했어. 잭이 진술은 안 해도 될 텐데, 수전이 잔뜩 겁에 질렸어. 잭을 하룻밤 가둘까봐 두려워해. 내가 갈 때까지 아무것도 하지 않고 기다리겠대." 짐이 다시 소파에 털썩 기댔다가 곧바로 다시 앞으로 몸을 숙였다. "맙소사, 젠장." 그는 벌떡 일어나더니 쇠창살이 달린 창문 앞을 서성였다. "경찰서장이 게리 오헤어라는데 처음 듣는 이름이야. 수전이 고등학생 때 그 사람과 데이트를 했다는군."

"두 번 데이트하고 나서 그 사람이 수전을 찼어." 밥이 말했다.

"좋아. 어쩌면 그 사람이 수전한테 잘해줄 수도 있겠군. 수전이 아침에 그 서장한테 전화를 해서, 내가 도착하는 대로 잭을 자수시키겠다고 말하겠대." 짐이 소파 옆을 지나가면서 손을 뻗어 팔걸이를 툭 쳤다. 그러고는 다시 흔들의자에 앉았다.

"변호사는 구했대?" 밥이 물었다.

"내가 알아봐야지."

"주 검찰청에 아는 사람 없어?" 헬렌이 물었다. 그녀는 검은 타이츠에서 보푸라기 한 올을 떼어냈다. "내 생각에 거기는 이동이 많지 않을 것 같은데."

"검사장을 알아." 짐이 팔걸이를 꽉 잡고 흔들의자를 앞뒤로 흔들며 큰 소리로 말했다. "예전에 같이 검사로 일했어. 당신도 크리스마스 파티에서 한 번 만난 적 있을 거야, 헬렌. 딕 하틀리라고. 당신이 그자가 머저리 같다고 했는데 당신 말이 맞아. 하지만 안 돼, 그자한테 연락할 수는 없어, 젠장. 그자가 이 사건에 개입한다, 그러면 완전히 이해관계가 충돌하는 거야. 전략적으로 보면 자살행위지. 짐 버지스가 직접 뛰어들 수는 없어, 젠장, 맙소사." 헬렌과 밥이 시선을 교환했다. 잠시 뒤 짐이 의자 흔들기를 멈추고 밥을 쳐다보았다. "잭이 매춘부를 죽였다고? 그건 무슨 소리였어?"

밥이 잘못했다는 뜻으로 한 손을 들었다. "내가 하고 싶었던 말은, 그저 잭이 종잡을 수 없는 아이라는 거야. 내성적이고."

"잭의 유일한 문제는, 그애가 멍청이라는 거지." 짐이 헬렌을 쳐다보았다. "여보, 미안해."

"'매춘부'라고 말한 건 나야." 헬렌이 일깨워주었다. "그러니까 밥한테 화내지 마. 밥 말이 맞아. 당신도 알다시피 잭은 늘 유별난 데가 있었어. 솔직히 메인에서 일어날 법한 사건이지. 엄마와 단둘이 사는 내성적인 남자가 매춘부를 죽여서 감자밭에 묻는 사건. 잭이 그런 짓을 한 것도 아닌데 왜 우리가 휴가를 포기해야 하는지 나는 모르겠어. 정말 모르겠어." 헬렌이 다리를 꼬고 깍지를 낀 두 손을 무릎에 올렸다. "잭이 자수를 해야 하는 이유도 나는 모르겠어. 메인 주 변호사를 구해주고 그 사람한테 알아서 하라고 해."

"헬리, 화가 났군. 알았어." 짐이 꾹 참으며 말했다. "하지만 수전이 지금 말이 아니야. 잭한테 메인 주 변호사를 구해줄 거야. 그렇지만 잭은 자수를 해야 해, 왜냐하면……" 그는 그쯤에서 잠시 말을 멈추고 방안을 둘러보았다. "잭이 저지른 일이니까. 그게 첫번째 이유야. 또다른 중요한 이유는 잭이 당장 자수를 하고 '오, 바보 같은 짓을 했어요'라고 말하면 더 잘 봐줄 수도 있다는 점이야. 버지스 집안 사람은 도망치지 않아. 우리는 그런 사람이 아니야. 우리는 숨지 않아."

"그래." 헬렌이 말했다. "알았어."

"내가 수전한테 여러 번 말했어. 잭은 기소되겠지만 보석으로 풀려나 곧 집으로 돌아올 거라고. 이건 경범죄야. 하지만 그러려면 수전이 잭을 자수시켜야 해. 공개적으로 보도가 됐으니 경찰이 압박을 받을 거라고." 짐이 눈앞에 있는 농구공을 잡듯이 손가락을 폈다. "당장 할 일은 이 사건이 더 커지지 않게 하는 거야."

"내가 갈게." 밥이 말했다.

"네가?" 짐이 말했다. "비행기도 못 타시는 분께서?"

"형 차를 가져갈게. 아침 일찍 떠날 거야. 그러면 형네는 예정대로 떠날 수 있잖아. 어디로 간댔지?"

"세인트키츠요." 헬렌이 말했다. "짐, 밥이 가는 게 어때?"

"그건……" 짐이 눈을 감고 머리를 숙였다.

"그건 뭐, 내가 못할 것 같아서?" 밥이 말했다. "수전이 형을 더 좋아하는 건 맞지만, 지미, 내가 갈게, 응? 내가 가고 싶어." 아까 마신 위스키가 이제 몸에 퍼지는지 밥은 갑자기 알딸딸해졌다.

짐의 눈은 계속 감겨 있었다.

"짐," 헬렌이 말했다. "이번 휴가는 당신한테도 필요해. 당신 요즘 과로했어." 그녀의 다급해진 목소리에 밥은 새삼스레 외로움을 느끼며 마음이 아팠다. 헬렌과 짐의 동맹은 강력한 것이었다―그토록 오랜 세월이 흘렀는데도 여전히 관계가 서먹서먹한 시누이의 사정 때문에 침해될 수 있는 그런 것이 아니었다.

"좋아." 짐이 말했다. 그가 고개를 들고 밥을 쳐다보았다. "좋아. 네가 가."

"우리 가족은 엉망진창이야, 안 그래, 지미?" 밥이 형 옆에 앉아 형의 어깨에 팔을 둘렀다.

"그만." 짐이 말했다. "그만 좀 할래? 맙소사 제발 그만해."

밥은 어두워진 거리를 따라 집으로 돌아갔다. 아파트가 가까워지자 아랫집에 텔레비전이 켜져 있는 것이 보도에서 올려다보였다. 혼자 앉아 텔레비전을 보는 에이드리애나의 형체를 알아볼 수 있었다. 함께 밤을 보낼 사람이 없는 걸까? 그가 문을 두드리고 안부를 물을 수도 있었다. 하지만 덩치가 크고 머리칼이 희끗하게 센 윗집 남자가 그녀의 집 앞에 서 있는 장면을 그려보자, 그녀가 원하지 않을 것 같다는 생각이 들었다. 그는 계단을 올라가 자신의 집으로 갔고, 코트를 바닥에 벗어던진 뒤 휴대폰을 집어들었다.

"수지." 그가 말했다. "나야."

*

그들은 쌍둥이였다.

사람들은 짐은 처음부터 이름으로 불렀지만 수지와 밥은 쌍둥이라고 불렀다. 가서 쌍둥이 좀 찾아와. 쌍둥이한테 와서 밥 먹으라고 해. 쌍둥이가 수두에 걸려 잠을 못 자네. 쌍둥이들의 유대는 특별한 데가 있다. 예컨대, 신이여 자비를, 이런 식이다. "죽일 놈." 수전이 전화기에 대고 말하고 있었다. "거꾸로 매달아 죽일 놈 같으니."

"수전, 침착해. 네 아들이야." 밥은 탁상용 램프를 켜고 일어서서 거리를 내려다보고 있었다.

"잭 말고 랍비 말이야. 그리고 유니테리언 교회의 그 이상한 여자 목사도. 그 사람들이 성명서를 냈어. 이 사건 때문에 타운뿐 아니라 메인 주 전체가 타격을 입었다나. 아니, 잘못 말했네. 나라 전체가."

밥이 목덜미를 문질렀다. "그래, 수전. 잭은 왜 그랬대?"

"왜 그랬냐고? 네가 자식을 언제 키워봤다고, 밥? 아, 그 문제에 대해서는 내가 말조심을 해야지. 네 정자 수가 적다거나 아예 없다거나 뭐 그런 말은 하면 안 되지. 나는 그런 말 한 적 없어. 팸이 너를 왜 떠났는지, 다른 남자와 아이를 낳으려고 떠났다거나 그런 말은 한마디도 안 했다고. 지금 내 꼴이 이런데 이딴 소리나 하게 만들다니.”

밥이 창가에서 돌아섰다. “수전, 혹시 먹을 약 있어?”

“청산칼리 말이야?”

“아니, 발륨.*” 밥은 형언할 수 없는 슬픔이 가슴속에 퍼지는 것을 느꼈다. 그는 휴대폰을 들고 침실로 천천히 걸어갔다.

“발륨은 안 먹어.”

“음, 이제 먹어야 할 것 같은데. 전화로 의사에게 처방전을 받을 수 있을 거야. 그래야 오늘밤에 잠을 좀 자지.”

수전은 대답하지 않았고, 밥은 지금 자신이 느끼는 슬픔이 짐에 대한 간절한 그리움 때문이라는 것을 알았다. 솔직히 (지미도 그것을 알고 있었다) 밥은 어떻게 해야 할지 몰랐다. “잭은 괜찮을 거야.” 밥이 말했다. “아무도 잭한테 손대지 못할 거야. 너한테도.” 밥은 침대에 걸터앉았다가 다시 일어섰다. 어떻게 해야 할지 정말로 아무 생각도 떠오르지 않았다. 그는 오늘밤 잠을 이루지 못할 것이다. 발륨이야 충분히 있었지만 발륨을 먹어도 소용없을 것이다. 조카가 골치 아픈 사건에 휘말렸고, 불쌍한 아랫집 여자가 텔레비전을 보고 있고, 프레피 보이까지 유치장에 간

---

* 신경안정제.

혀 있으니까. 그리고 지미는 어떤 섬으로 휴가를 떠난다. 밥은 다시 창가 쪽으로 걸어가 탁상용 램프를 껐다.

"물어보고 싶은 게 있어." 그의 누이가 말했다.

어둠 속에서, 길 건너편에 버스 한 대가 멈춰 섰다. 한 흑인 노파가 앉아서 버스 차창 밖을 내다보고 있었다. 그녀의 얼굴은 완고해 보였다. 뒤쪽 좌석에 앉은 한 남자는 고개를 까딱거리고 있었는데, 이어폰으로 음악을 듣는 모양이었다. 그들은 더없이 순수해 보였고, 저멀리……

"이 일이 영화 같아?" 누이가 물었다. "여기가 오지에 있는 마을이고 농부들이 법정으로 몰려가 우리 애 머리를 말뚝에 꽂아야 한다고 밀어붙이는?"

"무슨 소리야?"

"엄마가 돌아가신 게 천만다행이야. 살아 계셨다면 또 한번 돌아가셨을 거야. 그랬을 거야." 수전은 울고 있었다.

밥이 말했다. "큰 문제 없이 지나갈 거야."

"세상에, 어떻게 그런 말을 할 수가 있어? 방송국마다 죄다 보도를 하고……"

"보지 마." 밥이 말했다.

"내가 미친 것 같아?" 그녀가 물었다.

"약간. 지금은."

"참 도움되는 얘기네. 고맙기도 해라. 모스크에서 어린 남자아이가 기절했다는 말은 지미가 해줬어? 돼지머리를 보고 잔뜩 겁을 집어먹고서? 돼지머리가 해동되기 시작하면서 핏물이 흘렀어. 네가 무슨 생각을 하는지 알아. 어떤 애가 엄마 몰래 냉동고에 돼지머리를 넣어뒀다가 이런 짓을 하느냐고? 그런 생각을 했다는 걸 부인하지 못하겠지, 밥. 그래서 내가 미치겠어. 네가 방금 말했듯이 내가 미쳐간다고."

"수전, 너……"

"아이들의 행동 중에는 예측 가능한 것들도 있지. 부모라면 알거야. 아, 너는 모르겠구나. 아무튼 차 사고를 낸다거나 여자친구를 잘못 사귄다거나 성적이 나쁘다거나 뭐 그런 일이야 있을 수 있겠지. 젠장, 아무리 그래도 모스크에서 그런 짓을 할 거란 예상을 어떻게 하겠어?"

"내가 내일 운전해서 그리로 갈 거야, 수전." 그는 수전에게 전화를 걸자마자 이 말을 했었다. "잭을 경찰서로 데려갈 때 나도 같이 갈 거야. 이 일이 더 커지지 않게 도울 거고. 걱정하지 마."

"아, 걱정 안 할게." 그녀가 말했다. "잘 자."

그들은 서로를 얼마나 미워하는가! 밥은 창문을 조금 열고 담뱃재를 떤 뒤 주스잔에 와인을 따랐다. 그러고는 잔을 들고 창가에 놓아둔 금속 접의자에 앉았다. 길 건너 아파트의 다른 집들에도 불이 켜져 있었다. 여기 위쪽 세상에 은밀한 쇼가 펼쳐졌다. 젊은 여자가 상의는 홀딱 벗고 팬티만 입은 채 침실에서 돌아다니고 있었다. 침실 구조 때문에 젖가슴은 보이지 않고 벗은 뒷모습만 보였다. 하지만 그는 자유로워 보이는 그녀의 모습에서 희열을 느꼈다. 어떤 느낌이냐 하면—파란 꽃이 흐드러진 6월의 들판 같다고 할까.

두 집 위 창문으로는 하얀색 주방에서 많은 시간을 보내는 커플이 보였다. 남자는 지금 그릇장에 손을 뻗고 있었다—그가 요리를 하는 것 같았다. 밥은 요리에는 취미가 없었다. 그는 먹는 것을 좋아했다. 하지만 팸이 지적했듯이, 그가 잘 먹는 음식은 아이들이 좋아하는 음식이었다. 매시트포테이토나 마카로니 앤드 치즈 같은 색깔 없는 음식들. 뉴욕 사람들은 음식을 좋아했다. 음식은 아주 중요한 문제였다. 음식은 예술과 같았다. 뉴욕에서 요리사가 된다는 것은 록 스타가 되는 것이었다.

밥은 와인을 더 따르고 창가에 다시 앉았다. 뭐가 됐건. 사람들이 요즘 잘 쓰는 말이었다.

요리사가 되건, 거지가 되건, 이혼을 수없이 하건, 이 도시의 그 누구도 신경쓰지 않았다. 창문을 열고 담배를 피워대다 죽어도. 아내를 겁주다 교도소에 가도. 여기에 사는 것은 천국이었다. 수지는 끝내 그것을 이해하지 못했다. 불쌍한 수지.

점점 취기가 올라오고 있었다.

아랫집 문이 열리는 소리와 계단을 내려가는 발소리가 들렸다. 그는 창밖을 내다보았다. 에이드리애나가 가로등 아래 서서 개의 목줄을 잡고 있었다. 어깨를 움츠리고 바들바들 떨면서. 작은 개도 같이 서서 바들바들 떨고 있었다. "아, 불쌍하기도 해라." 밥이 조용히 말했다. 그는 술기운에 생각이 거창해져서, 어느 누구도—어디에서도—아무런 실마리를 찾지 못했다고 생각했다.

*

여섯 블록 떨어진 곳에서는 헬렌이 남편 옆에 누워 그가 코 고는 소리를 듣고 있었다. 창문으로 보이는 까만 밤하늘에는 비행기가 삼 초에 한 대씩—아이들이 어렸을 때 그랬던 것처럼 시간을 재본다면—라과디아 공항으로 들어오고 있었다. 별들이 날아오고, 날아오고, 또 날아오는 것 같았다. 오늘밤 집에는 공허가 가득했고, 그녀는 아이들이 각자의 방에서 잠들던 시절을, 그것이 얼마나 안정된 느낌을 주었는지를, 밤시간의 나른한 행복감을 생각했다. 저 위 메인 주에 있는 재커리를 생각했지만, 그 아이를 본 지가 오래되어 그저 야위고 창백한, 엄마가 없어 보이는 어린 소년의 모습만 떠올랐다. 그녀는 재커리도, 냉동 돼지머리도, 뚱한 시누이도 생각하고 싶지 않았다. 이미 그 사건은 촘촘히 잘 짜인 직물 같은 그녀의 가족을 성가시게 하는 보풀이 되어 있었다. 지금 그녀는 불면증의 전조로, 따끔거리는 불안감을 느꼈다.

그녀는 짐의 어깨를 떠밀었다. "코 좀 그만 골아" 하고 그녀가 말했다.

"미안해." 짐은 자면서도 그 말을 할 수 있었다. 그가 돌아누웠다.

잠이 싹 달아난 헬렌은 짐과 휴가를 즐기는 동안 화초가 죽지 않았으면 좋겠다고 생각했다. 애나는 화초 관리에 영 소질이 없었다. 화초를 키우는 것은 감感의 문제로, 감을 지녔거나 지니지 못했거나 둘 중 하나였다. 한번은, 애나가 일을 시작하기 몇 년 전에, 버지스 가족 전체가 휴가를 떠나면서 윈도 박스*에 심은 라벤더색 피튜니아를 이웃인 레즈비언 커플에게 맡겼는데, 그들은 그 피튜니아를 말려 죽였다. 헬렌이 끈적거리는 시든 꽃송이를 잘라내고 물을 주고 영양분을 공급하면서 매일 돌보던 피튜니아였다. 집 앞쪽 창문에서 향긋한 온천수가 쏟아지는 것처럼

---

* 창밖으로 내서 만든 화단.

보여서, 지나는 사람들이 꼭 한마디씩 하고 갔다. 헬렌은 레즈비언 커플에게 꽃을 피우는 화초는 여름에 특히 주의를 기울여야 한다고 일렀고, 그들은 알겠다고, 자기들도 잘 안다고 말했었다. 그랬는데 휴가를 마치고 돌아오니 피튜니아가 줄기에 매달린 채 쪼그라들어 있었다! 헬렌은 울었다. 그 커플은 곧 이사를 갔고, 헬렌은 다행이라고 생각했다. 그들이 피튜니아를 죽인 뒤로 그들에게 절대, 정말로, 잘해주지 못할 것 같았기 때문이다. 두 레즈비언의 이름은 린다와 로라였다. 버지스네 집에서는 그들을 뚱보 린다와 린다의 로라라고 불렀다.

버지스네는 나란히 늘어선 브라운스톤 주택들 중 맨 끝 집이었다. 왼쪽에는 높은 석회석 건물이 있었는데, 그 블록의 유일한 아파트였다. 지금은 주택조합 아파트가 되었다. 린다와 로라 커플이 그 주택조합 아파트 1층에 살다가 은행 간부인 '아는' 데버러('뭐든 다 아는' 데버러를 줄인 말로, 같은 건물에 사는 '모든 것을 알지는 못하는' 데브라와 그렇게 구분했다)와 그녀의 남편 윌리엄에게 집을 팔았다. 윌리엄은 잔뜩 긴장해서 자신을 "빌리엄"이라고 소개했다. 가끔 아이들이 그를 빌리엄이라고 불렀지만, 헬렌은 빌리엄이 과거에 베트남전에 참전했으니 그에게 잘해줘야 한다고 아이들을 타일렀다. 게다가 그의 아내인 '아는' 데버러가 지독한 참견쟁이여서, 그녀와 같이 사는 일이 끔찍할

거라고 생각했기 때문이기도 했다. 누구든 뒤뜰에만 나가면 '아
는' 데버러도 어김없이 자기 집 뒤뜰에 나타나서는, 이 분도 안
되어 지금 그 자리에 심는 팬지는 잘 자라지 않을 거라는 둥, 백
합은 햇볕을 더 많이 쪼여야 한다는 둥, 헬렌이 심은 라일락은
토양에 석회가 부족해 죽을 거라는 둥(정말로 죽었다) 이런저런
참견을 해댔다.

한편 '모르는' 데브라는 키가 크고 근심에 싸인 듯하지만 상냥
한 여자였다. 직업이 정신과 의사인데 정신이 약간 나간 사람처
럼 보였다. 남편이 바람을 피우고 있었기 때문에 그것은 슬픈 일
이었다. 그 사실을 알아낸 사람이 헬렌이었다. 헬렌은 낮에 혼자
집에 있다가 벽을 통해 소름이 돋을 만큼 격렬한 섹스 소리를 들
었다. 앞쪽 창문으로 엿보니 데브라의 남편이 먼저 집 앞 계단에
나타났고 곱슬머리 여자가 뒤따라 나왔다. 나중에 헬렌은 그들
이 술집에 같이 있는 것을 보았다. 그리고 한번은 '모르는' 데브
라가 남편에게 이런 말을 하는 것을 들었다. "오늘밤 왜 자꾸 나
한테 못되게 굴어?" '모르는' 데브라는 그렇게 모든 것을 알지는
못했다. 그런 점 때문에, 헬렌은 도시에 사는 것이 늘 좋지는 않
았다. 농구 시즌이 돌아오면 짐은 미친 사람처럼 소리를 질러댔
다. "씨발 저 멍청이가!" 그는 텔레비전을 향해 소리를 질렀고,
헬렌은 이웃들이 짐이 자신에게 소리를 지른다고 생각할까봐 걱

정했다. 웃으면서 슬쩍 이웃들에게 이야기를 꺼내볼까도 생각했지만 진실성에 관련해서는 말을 아낄수록 좋다는 게 그녀의 결론이었다. 거짓말을 하려던 것은 아니었지만.

어쨌거나.

그녀의 머릿속이 빠르게 움직였다. 짐을 챙길 때 빠뜨린 게 있나? 앵글린 부부와 저녁식사를 하려고 옷을 차려입다가 어울리는 구두를 챙겨오지 않은 것을 깨닫는 순간은 생각하기도 싫었다—차림새는 바로 그런 식으로 망가진다. 헬렌은 자기 몸에 퀼트 이불을 잘 덮으면서, 오늘밤 걸려왔던 수전의 전화가 아직도 집안에 떠돈다는 것을 깨달았다. 어둡고 형체 없이 불쾌하게. 그녀는 일어나 앉았다.

잠을 이루지 못하면, 머릿속에 냉동 돼지머리 이미지가 떠오르면 이렇게 되고 만다. 헬렌은 욕실로 가서 수면제를 찾았다. 욕실은 깨끗하고 익숙했다. 침대로 돌아가 남편 옆에 바짝 붙어 누워 곧 스르르 잠이 들면서 그녀는 자신이 '아는' 데버러가 아니라는 게, 혹은 '모르는' 데브라가 아니라는 게 기뻤다. 자신이 헬렌 파버 버지스여서, 자식들이 있어서, 삶을 기쁘게 받아들이는 사람이어서 기뻤다.

*

그러나 아침에 비상사태가 발생했다!

여유롭게 시작된 파크슬로프의 토요일―아이들이 그물자루에 축구공을 담아 공원으로 놀러가고, 아버지들은 신호등을 살피면서 아이들의 걸음을 재촉하고, 젊은 커플들은 아침에 사랑을 나눈 뒤 샤워를 하고 젖은 머리로 커피숍에 간다. 저녁에 파티를 하는 사람들은 벌써 최상품 사과와 빵, 꽃꽂이용 꽃을 사러 공원 끝에 있는 그랜드 아미 플라자 근처 농산물 시장을 둘러보고, 바구니와 종이로 싼 해바라기를 한아름 들고 있다―그 모든 일이 일어나는 와중에, 짜증을 일으키는 전형적인 일들 역시 물론 일어났다. 그런 일은 이 나라 어디에서든 일어났고, 사람들이 대체로 자기가 있고 싶어하는 바로 그곳에 있다는 느낌을 물씬 풍기는 이 지역도 예외는 아니었다. 한 어머니는 아이가 생일선물로 바비 인형을 사달라고 조르자 안 된다고, 여자들이 비쩍 말라 병드는 것이 다 바비 인형 때문이라고 말했다. 8번가에서는 한 아버지가 자전거 뒤쪽을 잡고 다루기 힘든 의붓아들에게 자전거 타는 법을 엄하게 가르쳐주고 있었다. 아이는 무서워서 하얗게 질린 얼굴로 기우뚱기우뚱 나아가면서 칭찬을 해달라는 듯 아버지를 쳐다보았다. (그 남자의 아내는 유방암 화학치료가 끝나가고 있었는데 회복할 가능성은 없었다.) 3번가에 사는 한 부부는 이렇게 화창한 가을날에 십대인 아들이 방에만 처박혀 있어도 되는지를 놓고 다투었다. 그렇게 이런저런 불화가 있었다—그리고 버지스 가족에게도 그들만의 문제가 있었다.

헬렌과 짐을 공항까지 데려가기로 되어 있는 차가 아직 오지 않았다. 보도에 내려놓은 여행가방을 헬렌이 지키는 동안 짐은 집을 들락날락하며 휴대폰으로 카서비스 회사에 전화를 걸었다. '아는' 데버라가 보도로 나와, 이렇게 화창하고 좋은 날씨에 어디 가느냐고, 여행을 자주 다니니 참 좋겠다고 말했다. 어쩔 수 없이 헬렌은 가방에서 휴대폰을 꺼내 (애리조나에서) 아직 곤히 잠들어 있을 아들에게 전화를 거는 시늉을 하며 "잠시만요, 전화할 데가 있어서요" 하고 말했다. 하지만 '아는' 데버라는 빌리엄을 기다리고 있는 것이어서, 계속 헬렌 쪽을 쳐다보며 방싯거리는 통에 헬렌은 통화를 하는 척해야 했다. 마침내 빌리엄이 나타났고, 그들은 손을 잡고 길을 걸어갔다. 헬렌은 그 모습이 과시적이라고 생각했다.

그사이 짐은 현관을 서성이다 차 열쇠 두 개가 모두 문 옆에 걸려 있는 것을 발견했다. 어젯밤에 밥이 열쇠를 가져가지 않은 것이다! 빌어먹을 차 열쇠도 없이 무슨 수로 메인에 가겠다는 거지? 짐이 보도에 있는 헬렌에게 다가가며 그렇게 소리를 질렀고,

헬렌은 또 한번 그런 식으로 소리를 지르면 맨해튼으로 이사를 가겠다고 속삭였다. 짐이 그녀의 얼굴 앞에서 열쇠를 흔들었다. "걔는 무슨 수로 거길 가겠다는 거야?" 그가 잦아든 목소리로 씩씩거렸다.

"당신이 동생한테 우리집 열쇠를 주면 전혀 문제될 게 없어."

검은색 리무진이 모퉁이를 돌아 천천히 달려오고 있었다. 짐이 손을 머리 위로 들고 배영을 하듯 팔을 흔들었다. 그리고 마침내 헬렌이 뒷좌석에 올라탔고, 짐이 휴대폰으로 밥에게 전화를 거는 동안 그녀는 머리를 매만졌다. "전화 받아, 밥." 이어서 들리는 목소리. "어떻게 된 거야? 방금 일어난 거야? 지금쯤 메인으로 가고 있어야 하지 않아? 밤새 깨어 있었다니 무슨 말이야?" 짐이 몸을 앞으로 숙이고 기사에게 말했다. "식스스 애비뉴와 9번가가 만나는 모퉁이에서 잠시 세워주세요." 그가 다시 뒤로 기대앉았다. "내 손에 뭐가 있는지 알겠어? 알아맞혀봐, 머저리. 내 차 열쇠, 맞아. 잘 들어―듣고 있어? 찰리 티베츠. 그 사람이 잭의 변호를 맡을 거야. 월요일 아침에 그를 만날 수 있을 거야. 월요일까지는 거기 있어. 안 되는 것처럼 굴지 마. 법률구조협회 같은 소리는 집어치워. 찰리가 주말에 거기 없지만, 간밤에 그 친구 생각이 나서 내가 통화를 했어. 그가 적임이야. 좋은 사람이야. 너는 앞으로 이틀 동안 이 문제가 더 커지지 않게만 하면 돼,

알겠어? 지금 밑으로 내려와. 우리는 공항에 가는 길이야."

헬렌은 버튼을 눌러 차창을 내리고 고개를 돌려 상쾌한 공기를 얼굴에 맞았다.

짐이 뒤로 기대앉아 그녀의 손을 잡았다. "여보, 최고로 멋진 시간을 보내자. 안내책자에 나온 팔자 좋아 보이는 커플처럼 말이야. 근사할 거야."

밥은 운동복 바지와 티셔츠 차림에 지저분한 스포츠 양말을 신고 건물 앞에 나와 있었다. "이봐, 게으름뱅이." 짐이 불렀다. 그가 열린 차창으로 차 열쇠를 던지자 밥이 한 손으로 받았다.

"즐겁게 지내다 와." 밥이 손을 한 번 흔들었다.

밥이 열쇠를 쉽게 받는 것이 헬렌은 신기했다. "그곳 일이 잘되길 바랄게요." 그녀가 외쳤다.

리무진이 모퉁이를 돌아 시야에서 사라지자 밥은 다시 아파트 건물을 향해 돌아섰다. 어렸을 때, 그는 짐을 대학으로 데려가는 차를 지켜보느니 숲속으로 달려가는 편을 택했는데, 지금도 그곳으로 달려가고 싶었다. 하지만 지금 그는 금이 간 시멘트 보도의 철제 쓰레기통 옆에 서 있었고, 열쇠를 만지작거리자 햇빛의 파편에 눈이 부셨다.

오래전 처음 이 도시에 왔을 때 밥은 일레인이라는 심리치료사를 찾아갔다. 체격이 좋고 팔다리가 유연한 여자로, 그때 그녀의 나이가 지금의 밥과 비슷했는데 당시에는 꽤 늙었다고 생각했었다. 그는 그녀가 풍기는 인자한 분위기 속에 앉아, 가죽소파 팔걸이에 뚫린 구멍을 후비면서 구석에 놓인 무화과 화분(인조나무처럼 보였지만 창문으로 들어오는 실낱같은 햇살 한 줄기를 향해 안쓰럽게 기울어 있는 것과 육 년이 지나는 사이 새잎을 한 장 돋우어낸 것을 보면 살아 있는 것이 확실했다)을 불안하게 흘끔거렸다. 일레인이 지금 이 보도에 있다면 이렇게 말했을 것이다. "밥, 현재를 살아요." 형의 차가 모퉁이를 돌았을 때, 그를 두고 떠났을 때, 밥은 자신에게 무슨 일이 벌어지고 있는 건지 어렴풋이 인식했기 때문에, 그러리라는 것을 희미하게나마 알고 있었지만—오, 불쌍한 일레인, 그를 위해 그토록 애써주고 잘해주었지만 그녀는 몹쓸 병에 걸려 죽고 없었다—안다는 것은 조금도 도움이 되지 않았다. 햇빛이 그를 산산이 부숴놓았다.

아버지가 돌아가셨을 때 밥은 네 살이었다. 기억나는 거라고는 그날 자동차 보닛 위로 쏟아지던 햇살과 담요에 덮인 아버지의 모습뿐이었다. 그리고—예외 없이—어린 수전이 그를 탓하는 목소리가 떠올랐다. "다 너 때문이야, 바보 멍청이."

지금 밥은 뉴욕 브루클린의 보도에 서서, 형이 차 열쇠를 던져주던 순간을 떠올리며 리무진이 떠나가는 것을 지켜봤고, 자신을 기다리고 있는 일을 생각했고, 마음속으로는 지미, 가지 마, 하고 외치고 있었다.

에이드리애나가 문을 열고 밖으로 나왔다.

2

수전 올슨은 시내에서 멀지 않은 좁은 3층집에 살았다. 칠 년 전 이혼한 뒤로 맨 위층은 드링크워터라는 노부인에게 임대했다. 요즘 집밖을 드나드는 횟수가 줄어든 드링크워터 부인은, 잭의 방에서 들리는 음악 소리에 전혀 불평하지 않았고, 집세도 꼬박꼬박 냈다. 잭을 자수시키기 전날 밤에 수전은 계단을 올라가 노부인의 방문을 노크한 뒤 자초지종을 설명했다. 드링크워터 부인은 놀라울 정도로 낙천적이었다. "이런, 이런." 노부인이 작은 책상 옆 의자에 앉아 말했다. 그녀는 분홍색 레이온 가운을 입었고 스타킹은 무릎 바로 위까지 올려 신었다. 희끗하게 센 머리를 뒤에서 머리핀으로 고정했는데 빠져나온 머리칼이 많았다. 외출하지 않을 때 주로 이런 차림이었으므로, 많은 시간을 이런 차림으로 지냈다. 그녀는 불쏘시개처럼 말랐다.

"알고 계셔야 할 것 같아서요." 수전이 침대에 걸터앉으며 말했다. "내일부터 기자들이 몰려와서 잭이 어떤 아이였느냐고 물어볼지도 모르거든요."

노부인이 고개를 천천히 흔들었다. "음, 말이 없는 아이지요." 그녀가 수전을 쳐다보았다. 그녀의 안경은 알이 커다란 삼중 초점 안경이어서, 그녀의 시선이 어디를 향해 있건 눈동자를 똑바로 바라볼 수 없었다. 눈동자가 떠돌았다. "한 번도 내게 무례했던 적 없고요." 그녀가 덧붙였다.

"어떤 말씀을 해달라고 부탁드릴 수는 없어요."

"오빠가 온다니 잘됐네요. 그 유명한 오빠인가요?"

"아니요. 그 유명한 오빠는 부부끼리 여행을 떠났어요."

긴 침묵이 뒤따랐다. 드링크워터 부인이 말했다. "재커리의 아빠는요? 그 사람도 알아요?"

"이메일을 보냈어요."

"아직…… 스웨덴에 사나요?"

수전이 고개를 끄덕였다.

드링크워터 부인은 작은 책상을, 이어 책상 위쪽 벽을 쳐다보았다. "어떤 기분일지 궁금하네요. 스웨덴에서 산다는 거 말이에요."

"좀 주무세요." 수전이 말했다. "번거롭게 해드려 죄송해요."

"잠은 당신이 좀 자야지요. 수면제는 있어요?"

"수면제는 안 먹어요."

"그렇군요."

수전이 일어서서 짧은 머리를 손으로 쓸어넘기며, 뭔가를 하려고 생각했다가 그게 뭐였는지 잊어버린 것처럼 주위를 둘러보았다.

"잘 자요, 수전." 드링크워터 부인이 말했다.

수전은 한 층 내려가 잭의 방문을 살며시 두드렸다. 잭은 귀를 덮는 커다란 헤드폰을 쓴 채 침대에 누워 있었다. 그녀가 헤드폰을 벗으라는 의미로 자신의 귀를 톡톡 두드렸다. 노트북 컴퓨터가 잭 옆에 놓여 있었다. "무섭니?" 그녀가 물었다.

잭이 고개를 끄덕였다.

방안은 어두컴컴했다. 잡지가 잔뜩 쌓인 책장 위로 작은 등 하나가 켜져 있을 뿐이었다. 그 밑에 책 몇 권이 나뒹굴고 있었다. 블라인드가 내려져 있고, 몇 년 전 검은색으로 칠한 벽―어느 날 수전이 퇴근하고 돌아오니 그렇게 되어 있었다―은 포스터나 사진 한 장 없이 텅 비어 있었다.

"아빠한테서 연락 왔어?"

"안 왔어요." 잭의 목소리는 거칠고 낮았다.

"너한테 이메일을 보내라고 했는데."

"그런 부탁 하지 마세요."

"네 아빠잖아."

"엄마가 시킨다고 아빠가 이메일을 보내야 하는 건 아니에요."

짧지만 긴 듯한 순간이 지난 뒤 그녀가 말했다. "잠을 자려고 해봐."

다음날 정오 무렵 그녀는 잭에게 통조림 토마토 수프와 그릴드 치즈 샌드위치를 만들어주었다. 잭은 수프 그릇에 얼굴을 바싹 갖다대보고는 가느다란 손가락으로 샌드위치를 들고 절반쯤 먹은 뒤 접시를 밀었다. 그가 짙은 색 눈동자로 그녀를 올려다보았을 때, 잠시 수전은 어린아이였던 예전의 잭을 보았다. 부족한 사교성이 여지없이 드러나기 전의 잭, 잘하는 운동이 하나도 없다는 사실이 삶에 치명적인 지장을 주기 전의 잭, 콧대가 각져 어른 코가 되고 눈썹이 짙은 일직선이 되기 전의 잭, 수줍음을 타고 유별나게 말 잘 듣는 꼬마였던 잭을. 그때나 지금이나, 입맛은 까다로웠다.

"가서 샤워해." 그녀가 말했다. "좋은 옷으로 갈아입고."

"어떤 옷이 좋은 옷이에요?" 잭이 물었다.

"칼라 달린 셔츠. 청바지는 입지 말고."

"청바지를 입지 말라고요?" 반항심에 한 말이 아니라 걱정이 되어 물어본 것이었다.

"청바지도 괜찮아. 찢어지지 않은 거면."

수전이 전화기를 들고 경찰서에 전화를 했다. 오헤어 서장은 근무중이었다. 그녀는 그와 통화하기까지 자기 이름을 세 번 말해야 했다. 할말은 미리 써두었다. 입이 바짝 마르고 입술이 달라붙어서, 말을 하려면 평소보다 입을 더 움직여야 했다.

"곧 도착할 거예요." 그녀가 할말을 써둔 공책에서 시선을 거두며 결론을 내리듯 말했다. "밥이 올 거예요." 그녀는 큰 손으로 전화기를 잡고 있는 게리의 무표정한 얼굴을 그려보았다. 그는 세월이 흐르면서 몸무게가 엄청 불었다. 그는 자주는 아니지만 이따금씩 수전이 일하는 강 건너 쇼핑몰의 안경점에 와서 아내의 안경이 수리되는 걸 기다렸다. 그는 수전에게 고개를 까딱하곤 했다. 그는 기분이 좋지 않거나 불쾌했다. 수전은 그러리라고 생각했다.

"그렇군요. 수전. 제가 보기엔 말이죠, 지금 여기 상황이 난처해요." 전화기 너머로 들리는 그의 목소리는 지쳐 있었고 직업적으로 들렸다. "범인을 알게 된 이상 사람을 보내 잡아오지 않으면 제 과실이거든요. 이 사건에는 매스컴의 관심이 잔뜩 쏠려 있어요."

"게리." 그녀가 말했다. "제발요. 제발 경찰차를 보내지 마세요. 제발 그러지 마요."

"제 생각을 말씀드리죠. 지금 이 대화는 하지 않은 걸로 합시다. 오래된 친구. 우린 그런 사이잖아요. 곧 당신을 만날 수 있겠지요. 오늘이 가기 전에요. 제 말은 끝났습니다."

"고마워요." 그녀가 말했다.

*

밥은 편안하게 형의 차를 운전했고 차도 흔들림이 없었다. 앞유리로 쇼핑 아웃렛이나 호수를 안내하는 표지판이 보였지만, 보이는 것은 대개 코네티컷 주의 나무들이었다. 나무들은 가까워지는 듯싶다가 어느새 휙휙 스쳐지나갔다. 모든 운전자가 이렇게 빠르게 나아가는 집단의 주민인 것처럼 차량은 빠르게, 공동체 의식을 지닌 듯 움직였다. 에이드리애나의 모습이 밥의 마음속에 떠올랐다. 무서워요, 그녀는 위아래로 적갈색 운동복을 입은 채 문 옆에 서서 그에게 말했다. 그녀의 얼룩덜룩한 금발이 산들바람에 흩날렸다. 그녀의 목소리는 그가 전에 들어본 적 없는 허스키한 목소리였다—그녀는 전에 그에게 말을 건 적이 없었다. 화장기 없는 그녀의 얼굴은 훨씬 어려 보였다. 광대뼈는 창백하고 눈시울이 붉어진 초록색 큰 눈에는 미심쩍은 듯한 눈빛이 떠올라 있었다. 하지만 손톱이 물어뜯겨 있었고 그것을 보자 그는 마음이 아팠다. 그런 생각이 들었다. 얼추, 그녀가 내 딸일 수도 있었는데. 오랫동안 밥은 자식이 없다는 사실을 그림자처럼 데리고 살았다. 좀더 젊었을 때는 놀이터를 지나다가 노란 머리(예전에 자신이 그랬던 것처럼) 아이가 조심조심 사방치기를 하는 걸 보면 그렇게 생각했다. 조금 더 뒤에는 길가에서 친구와 함께 웃고 있는 십대—남자애든 여자애든—를 보면 그런 생각을 했다. 요즘은 그의 사무실에서 인턴으로 일하는 법대생 얼굴에 순간적으로 떠오른 어떤 표정을 볼 때, 이애가 내 아이일 수도 있었는데, 하는 생각이 들었다.

그는 그녀에게 가까이 사는 가족이 있는지 물었다.

부모님이 벤슨허스트에서 아파트 건물 관리자로 일한다고 했다. 그리고 고개를 가로저으며 부모님과 사이가 좋지 않다고 했다. 그녀는 맨해튼에서 법률사무원으로 일하고 있었다. 다만 어떻게 일해야 할지 모르겠다고 했다, 이런 기분으로는…… 그리고 손가락으로 귀 옆에서 원을 그렸다. 그녀의 입술은 핏기가 거의 없었다. 일하는 게 도움이 될 거예요, 놀랄 만큼. 그가 말했다.

계속 이런 기분으로 살아야 하는 건 아니겠죠? 그녀가 물었다.

그럼요. 당연히 아니죠. (하지만 그는 알았다. 결혼생활의 끝은 미칠 것 같은 시간이라는 것을.) 괜찮아질 거예요, 그가 말했다.

그녀의 개가 바들바들 떨면서 코를 땅에 박고 킁킁거릴 때 그는 그 말을 여러 번 했다. 그녀는 여러 번 물었다. 그녀는 직장을 잃게 될지도 모른다고 했다. 육아휴직중이던 여자가 돌아오는데 회사가 아주 작다고 했다. 그는 그녀에게 짐의 로펌 이름을 알려주었다. 큰 회사이고 직원을 수시로 뽑으니 걱정하지 말라고. 어떻게든 살아갈 방도는 생긴다고, 그가 말했다. 정말로 그렇게 생각하세요? 그녀가 물었고, 그는 그렇다고 대답했다.

하트퍼드의 연분홍색 건물들이 옆을 스쳐지나갔다. 밥은 속도를 늦추고 운전에 집중해야 했다. 길이 뚫리기 시작했다. 그가 트럭을 추월했고, 트럭이 그를 추월했다. 마침내 매사추세츠 주로 들어서자 그는 기다렸다는 듯 팸을 떠올렸다. 그가 아끼고 사랑했던 과거의 아내 팸, 그녀는 강렬한 지성과 호기심을 지녔지만 그에 못지않게 본인에게는 그 어느 것도 없다는 강렬한 확신도 가지고 있었다. 그는 삼십 년도 더 전에 메인 대학교 캠퍼스를 걷다가 팸을 만났다. 그녀는 매사추세츠 주 출신이고, 좀 나이가 많은 부모의 외동딸이었는데, 졸업식에서 밥이 팸의 부모를 처음 만났을 때 그들은 천방지축인 딸 때문에 더더욱 늙어 보였다. (그래도 팸의 어머니는 아직 살아 있고, 병이 들어 지금 밥이 달리고 있는 고속도로에서 멀지 않은 요양원에서 지내고 있었는데, 이제 팸이 누구인지 알아보지 못했다. 예전처럼 밥이 찾아간다 하더라도 그 역시 알아보지 못할 것이었다.) 팸은 어렸을 때 체격이 좋고 열정적이었으며 방황을 경험했다. 어떤 일에든 잘 웃었고 늘 이것에 빠졌다가 저것으로 흥미가 빠르게 바뀌었다. 그녀에게 어떤 불안이 있었는지 누가 알았겠는가? 그들이 뉴욕으로 이사한 뒤, 그녀가 어느 밤 술에 취한 채로 웨스트빌리지에 주차된 차 두 대 사이에 쭈그려 앉아 깔깔거리며 오줌을 누던 것이 생각났다. 여성운동을 위하여, 하고 허공에 주먹을 날렸다. 오줌을 갈길 동등한 권리를! 뱃사람처럼 욕을 할 줄 알았던 팸. 그가 아끼고 사랑했던 팸.

그리고 지금, 스터브리지를 안내하는 표지판이 보이자 밥은 열 세대 전에 이 땅으로 건너온 영국 조상들 이야기를 들려주던 할머니를 떠올렸다. 어린 밥은 작은 의자에 앉아 "인디언 나오는 부분 얘기해주세요" 하고 말했다. 오, 머릿가죽을 벗기는 이야기, 납치되어 캐나다로 끌려간 어린 소녀의 이야기, 소녀의 오빠가 걸친 옷이 누더기가 되도록 여러 해가 걸렸지만 끝내 그리로 가서 동생을 구출하고 그들의 해안 마을로 다시 데려오는 이야기가 있었다. 그 시절에는 여자들이 재로 비누를 만들었다고 할머니는 말했다. 귀앓이를 고치는 데는 데이지 뿌리를 썼다. 어느 날 할머니는 도둑질을 하다 걸리면 어떻게 됐는지 말해주었다. 생선을 훔친 도둑은 그 생선을 손에 들고 "제가 이 생선을 훔쳤습니다, 죄송합니다!"라고 외치며 마을을 돌아다녀야 했다. 마을 관리는 북을 치며 그를 따라갔다.

조상들에 대한 밥의 흥미는 그 이야기를 들은 뒤 싹 사라졌다. 동네방네 "제가 이 생선을 훔쳤습니다, 죄송합니다!"라고 외치며 돌아다녀야 했다고?

그만. 이제 그만 됐다.

뉴햄프셔 주로 접어들었다. 고속도로를 빠져나오자마자 뉴햄프셔 주 주류판매점이 나왔다. 하늘에 가을 구름이 낮게 걸려 있었다. 뉴햄프셔 주에는 수백 명으로 구성된 옛 입법부가 있었고 자유가 아니면 죽음을 달라, 라는 자동차 번호판 문구도 여전했다. 교통 체증이 심했다. 단풍 구경을 하러 화이트산맥에 가는 사람들이 회전교차로에서 내리고 있었다. 밥은 커피를 마시고 누이에게 전화를 걸려고 차를 세웠다. "어디야?" 그녀가 물었다. "미치기 직전이야. 이렇게 늦다니 믿을 수가 없어. 어련하겠어."

"이것 참,* 수전. 곧 도착해."

벌써 해가 지고 있었다. 그는 다시 차에 타고, 이곳의 많은 해

---

* 원문은 'oy'로, 놀라움, 슬픔, 고통의 감정을 표현할 때 쓰는 감탄사다. 이디시어에서 유래한 말로 유대인들이 많이 사용하는 것으로 알려져 있다.

안 타운들처럼 새단장을 한 지 제법 된 포츠머스를 뒤로한 채, 그곳을 떠났다. 그 모든 도시재개발 사업은 1970년대에 추진되어, 길에는 조약돌이 다시 깔렸고 오래된 집들이 수리되었으며 고풍스러운 가로등이 세워지고 양초 가게도 여기저기 들어섰다. 하지만 밥은 쇠락한 해군 타운이었던 포츠머스를 기억했다. 땅이 움푹움푹 꺼지고 겉멋이 들지 않았던 거리와 오래전 없어진 백화점의 큰 진열창을 떠올리자 가슴에 그리움이 사무쳤다. 진열창의 디스플레이는 여름에서 겨울로 넘어갈 때만 바뀌는 것 같았고, 마네킹은 부러진 한쪽 손목에 핸드백을 건 채로 언제까지나 손을 흔들어줄 것만 같았다. 눈이 없는 행복한 남자의 발치에 정원용 호스가 놓여 있었고 그 남자 옆엔 눈이 없는 여자가 서 있었다―그들은 정말 미소를 짓고 있었다, 그 마네킹들 말이다. 밥이 그 모든 걸 기억하는 것은 팸과 함께 그레이하운드 버스를 타고 보스턴에 가는 길에 그곳에서 쉬었기 때문이다. 랩스커트를 입고 구부정하게 앉아 있던 팸.

백만 년 전의 일 같았다.

"현재를 살아요." 일레인은 그렇게 말할 것이고, 그는 지금 사랑스럽지 않은 수전에게 가고 있었다. 가족은 가족이다. 그리고 그는 지미가 보고 싶었다. 밥 안에 숨어 있던 과거의 밥이 다시 나타났다.

*

지금 그들은 셜리폴스 경찰서 로비의 시멘트 벤치에 앉아 있었다. 게리 오헤어는 마치 어제 만났던 사람처럼—사실은 만난지 오래되었지만—밥에게 고개를 까딱한 뒤 잭을 취조실로 데려갔다. 한 경찰관이 밥과 수전에게 종이컵에 담긴 커피를 가져왔고, 그들은 고맙다고 말하며 조심스레 컵을 받아들었다. "잭한테 친구가 있어?" 둘만 남게 되자 밥이 물었다. 그는 조용히 그질문을 했다. 밥이 마지막으로 셜리폴스에 왔던 게 오 년 전이어서, 조카를 보고—키가 부쩍 컸고 몸은 비쩍 말랐고 얼굴은 겁에질려 멍했다—그는 깜짝 놀랐다. 수전의 변한 모습도 놀라웠다. 몸이 야위고 굽슬굽슬한 짧은 머리는 이제 거의 세어 있었다. 어디서도 여성스러움을 찾아볼 수 없었다. 꾸미지 않은 얼굴은 그가 예상했던 것보다 훨씬 나이들어 보여서, 그들이 나이가 같다는 것을 믿을 수가 없었다. (쌍둥이인데도!)

"모르겠어." 수전이 대답했다. "잭은 월마트에서 진열대에 물건을 채워넣는 일을 해. 가끔—그런 일은 좀처럼 없지만—같이일하는 남자애를 만나러 차를 몰고 웨스트애넷까지 가긴 해. 하지만 집에 놀러오는 친구는 없어." 그러고는 덧붙였다. "너도 잭이랑 같이 들어가게 해주는 줄 알았는데."

"난 여기 변호사로 등록이 안 돼 있어, 수전. 그 얘긴 이미 했잖아." 밥이 자신의 어깨 너머를 흘끗 돌아보았다. "이 건물은 언제 지었지?" 셜리폴스 경찰서는 예전에 시청 안에 있었고, 커다란 시청 건물은 공원 가장 안쪽에 널찍하게 자리잡고 있었다. 밥의 기억에 옛 경찰서는 내부가 트여 있었다. 들어가면 책상 앞에 경찰들이 앉아 있었다. 이곳은 그렇지 않았다. 시커먼 유리창 두 개를 바라보는 작은 로비가 있었고, 두 창문 중 하나로 누군가를 불러내려면 초인종 비슷한 것을 눌러야 했다. 이곳에 있는 것만으로도 밥은 자신이 죄를 지은 것처럼 느껴졌다.

"오 년쯤 됐나." 수전이 자신 없이 말했다. "나도 몰라."

"왜 새 경찰서가 필요했을까? 메인 주는 인구가 점점 줄어들고 하루가 다르게 가난해지고 있는데, 고작 새 학교와 관청 건물이나 짓고 있으니."

"밥. 관심 없어. 솔직히. 메인 주에 대한 네 의견 같은 거 말이야. 그리고 이곳 인구는 늘어나고 있어……" 수전이 갑자기 소곤거리듯 목소리를 낮추었다. "그 사람들 때문에."

밥이 커피를 마셨다. 맛이 좋지는 않았지만, 그는 요즘 사람들이 많이들 그러는 것과 달리 커피—혹은 와인—에 대해 까다롭지 않았다. "그냥 멍청한 장난이라고 생각했다고 해. 월요일에는 변호사가 올 거야. 더 캐내려고 하겠지만 그 이상은 말하지 마."

밥은 재커리에게 이렇게 당부해두었다. 재커리, 밥이 마지막으로 봤을 때보다 키가 부쩍 크고 비쩍 말랐고 잔뜩 겁먹은 얼굴을 한 그 아이는 그저 밥을 빤히 쳐다보았다.

"잭이 왜 그랬는지 짐작 가는 거 있어?" 밥은 부드럽게 말하려고 애썼다.

"없어." 잠시 뒤 수전이 말했다. "나는 네가 잭한테 물어볼 줄 알았는데."

그 말에 밥은 깜짝 놀랐다. 그는 아이들 다루는 법을 잘 몰랐다. 그가 몇몇 친구들의 아이들을 사랑하고 짐의 아이들을 무척 사랑하는 것은 사실이었지만, 자식이 있는 것과 없는 것은 엄연히 다르다. 그 점을 수전에게 어떻게 설명해야 할지 떠오르지 않았다. 그가 물었다. "잭이 아빠랑 연락은 하고 지내?"

"이메일을 주고받아. 가끔 잭은…… 음, 행복한 건 아니지만 덜 불행해할 때가 있는 것 같아. 스티브가 쓴 이메일 내용 때문인 것 같은데, 잭이 나한테는 그 얘길 하지 않으려 해. 스티브가 떠난 뒤로 나는 그 사람과 대화를 한 적이 없고." 수전의 뺨이 점점 달아올랐다. "잭의 기분이 정말로 안 좋을 때도 있는데, 그것 역시 스티브와 관련이 있는 것 같아. 하지만 이유는 몰라, 밥, 됐어?" 그녀가 자기 코를 꽉 쥐며 심하게 콧물을 훌쩍거렸다.

"자자, 겁낼 것 없어." 밥이 두리번거리며 종이 냅킨이나 클리

넥스를 찾았지만 아무것도 없었다. "지미가 뭐라고 할지, 너도 알지? 야구 경기중에는 우는 게 아니다, 라고 할 거야."

수전이 말했다. "대체 무슨 말이야, 보비?"

"여자 야구단에 관한 영화 있잖아. 명대사야."

수전은 허리를 굽히고 벤치 밑에 종이컵을 내려놓았다. "야구를 한다면 그렇겠지. 내 아들이 저 안에서 체포되기 직전이야."

금속 문이 열렸다가 쾅 닫혔다. 얼굴에 주근깨가 가득한 키 작은 젊은 경찰이 로비로 나왔다. "다 됐어요. 교도소로 이송할 겁니다. 따라가셔도 돼요. 거기서 조서를 꾸미고 보석위원을 부를 거예요. 그러고 나면 집으로 데려가셔도 됩니다."

"감사합니다." 쌍둥이 남매가 한목소리로 대답했다.

늦은 오후의 햇살이 이울자 타운에 어스름이 깔리며 주변이 회색빛으로 어둑어둑해졌다. 경찰차를 따라가는데 뒷자리에 앉은 잭의 머리만 보였다. 그들은 다리를 향해 운전했고, 다리를 건너면 카운티 교도소가 나왔다. "모두 어디 있는 거지?" 밥이 말했다. "토요일 오후인데 타운이 죽은 것 같아."

"죽은 지 오래됐어." 수전은 몸을 앞으로 숙이고 차를 몰았다.

골목을 흘끗거리다 밥은 피부색이 검은 남자가 단추를 잠그지 않은 코트 주머니에 손을 넣고 천천히 걸어가는 모습을 보았다. 코트가 너무 커 보였다. 코트 속에는 발까지 내려오는 긴 흰색 로브*를 입었다. 머리에는 사각형 모양의 천 모자를 썼다. "저기," 밥이 말했다.

"왜?" 수전이 고개를 홱 돌렸다.

"저 사람도 그들 중 하나야?"

"그들 중 하나? 너 지진아 같아, 밥. 뉴욕에서 그렇게 오래 살았으면서, 니그로도 못 봤어?"

"수전, 침착해."

"침착하라고. 미처 그 생각을 못했네. 고맙기도 해라." 경찰차가 교도소 뒤 넓은 주차장으로 들어갔고, 수전이 경찰차 근처에 차를 세웠다. 흘끗 보니 잭의 손목에 수갑이 채워져 있었다. 잭은 내리자마자 경찰차 쪽으로 쓰러져버릴 것처럼 보였다. 경찰관이 그를 교도소 건물로 데려갔다.

"바로 뒤에 우리가 있어, 조카." 밥이 차문을 열며 외쳤다. "얼굴을 가려!"

"밥, 그만해." 수전이 말했다.

"얼굴을 가려." 그가 다시 외쳤다.

그들은 다시 작은 로비에 앉았다. 짙은 파란색 옷을 입은 남자가 딱 한 번 로비로 나와서, 지금 잭의 조서를 꾸미고 지문을 찍

---

* 가운처럼 생긴 길고 헐렁한 겉옷.

는 중이며 보석위원을 불렀다고 알려주었다. 보석위원이 오기까지는 시간이 좀 걸릴 거라고, 남자가 말했다. 얼마나 오래요? 그건 모른다고 했다. 그래서 남매는 자리에 앉았다. 그곳엔 현금인출기와 자동판매기가 있었다. 그리고 여기에도, 시커먼 유리창이 있었다.

"우리도 감시받고 있을까?" 수전이 소곤거렸다.

"아마도."

그들은 코트를 입은 채로 앞만 쳐다보고 있었다. 마침내 밥이 조용히 물었다. "진열대에 물건 채우는 것 말고 잭이 또 어떤 일을 해?"

"잭이 차를 몰고 돌아다니면서 무슨 강도짓이라도 하냐는 거야? 아니면 아동 포르노 중독자라도 되냐고? 아니, 밥. 잭은 그냥…… 잭이야."

밥이 코트 안에서 살짝 몸을 움직였다. "혹시 잭이 스킨헤드 무리와 어울리는 건 아니지? 백인 우월주의 단체나 뭐 그런 거?"

수전이 놀란 표정으로 그를 쳐다보더니 눈살을 찌푸렸다. "아니," 그러고는 한결 부드러워진 목소리로 덧붙였다. "내가 보기에 잭은 어느 누구와도 진정한 관계를 맺고 있지 않아. 하지만 잭은 그런 아이가 아니야, 밥."

"그냥 확인한 거야. 괜찮을 거야. 잭이 사회봉사를 해야 할지도 몰라. 다문화주의 강의를 들어야 하거나.”

“아직도 수갑을 차고 있을까? 그건 끔찍했어.”

“그랬지.” 밥이 말했다. 그는 이웃인 프레피 보이가 길 건너로 끌려가던 모습이 오래전 일처럼 느껴졌다. 아침에 에이드리애나와 대화를 나누었던 것조차 믿어지지 않았고, 머나먼 옛일 같았다. “지금은 수갑을 차고 있지 않아. 그건 그냥 절차 같은 거야. 잭을 이리로 데려오기 위한 절차.”

수전이 지친 목소리로 말했다. “지역 성직자들 중 일부가 집회를 하려고 해.”

“집회? 이 일 때문에?” 밥이 자신의 허벅지에 손을 문질렀다. “이것 참.” 그가 말했다.

“그 ‘이것 참’이라는 말 좀 그만 쓰면 안 돼?” 수전이 화난 듯 말했다. “왜 자꾸 그렇게 말해?”

“난 법률구조협회에서 이십 년 일했어, 수전. 근무하는 사람들 중에 유대인이 많아. 그 사람들이 ‘이것 참’이라고 하니까 나도 모르게 ‘이것 참’이 입에 붙었어.”

“가식적으로 들려. 너는 유대교 신자가 아니잖아, 밥. 너는 뼛속까지 백인이야.”

“나도 알아.” 밥이 동의했다.

그들은 침묵을 지키며 앉아 있었다. 마침내 밥이 입을 열었다.

“그 집회는 언제야?”

“몰라.”

밥은 고개를 숙이고 눈을 감았다.

잠시 뒤 수전이 물었다. “기도하는 거야, 아니면 죽은 거야?”

밥이 눈을 떴다. “잭이랑 짐의 아이들이 어렸을 때 우리가 그 애들을 스터브리지 빌리지*에 데려갔던 거 기억나? 머리를 다 덮는 바보 같은 모자를 쓴 여자들이 살살거리며 안내를 하면서 우쭐대던 거? 나는 자기혐오적인 청교도 신자야.”

“너는 자기혐오적인 괴짜지.” 수전이 말했다. 그녀는 안절부절못하며 목을 쭉 빼고 입구의 시커먼 창문 안쪽을 들여다보려 했다. “뭐가 이렇게 오래 걸려?”

시간은 더디 흘렀다. 그들은 세 시간 가까이 앉아서 기다렸다. 밥은 담배를 피우려고 한 번 밖으로 나갔다. 하늘은 이미 어두워져 있었다. 마침내 보석위원이 나타났을 때 밥은 지칠 대로 지쳐서 커다란 젖은 코트를 입고 있는 것처럼 느껴졌다. 수전이 이십 달러짜리 지폐로 보석금 이백 달러를 냈고, 잭은 백지장처럼 하얗게 질린 얼굴로 문을 통과해 밖으로 나왔다.

그들이 떠날 준비를 마쳤을 때 경찰복을 입은 남자가 말했다.

---

* 18~19세기 미국 뉴잉글랜드 지역의 생활상을 재현한 민속촌.

"밖에 사진기자가 와 있어요."

"어떻게 그럴 수가 있죠?" 수전의 목소리에 놀란 기색이 역력했다.

"겁먹지 마, 가자, 꼬맹아." 밥이 잭을 문 쪽으로 이끌었다. "짐 삼촌은 사진기자들을 아주 좋아해. 네가 언론의 관심을 받으면 짐 삼촌이 질투할 거야."

그 농담이 재미있었는지, 그날의 긴장이 끝나가서였는지, 어느 쪽인지는 몰라도 잭은 문을 나서면서 밥을 향해 히죽 웃었다. 그 순간 쌀쌀한 바깥공기 속에서 플래시가 번쩍 터지며 그들을 맞았다.

3

처음 느껴진 그 부드러운 열대성 미풍의 공격. 비행기 문이 열리자마자 헬렌을 맞이한 것은 그 바람이었다. 차에 짐이 실리기를 기다리는 동안 헬렌은 공기로 목욕을 하는 기분이었다. 그들은 창문에 꽃 넝쿨이 주렁주렁 늘어진 집들과 잘 가꿔진 짙푸른 녹색 골프장을 지나갔다. 그들이 묵을 호텔 앞 분수에서 물줄기가 부드럽게 솟아올랐다. 방에는 테이블에 레몬이 든 그릇이 놓여 있었다. "지미," 헬렌이 말했다. "나 새 신부가 된 것 같아."

"그거 좋은데." 하지만 그의 마음은 딴 데 가 있었다.

그녀가 두 팔을 엇갈리게 하고 손을 자신의 어깨에 올리자(오랫동안 이어온 그들만의 수신호였다) 남편이 다가섰다.

그녀는 밤에 나쁜 꿈을 꾸었다. 생생하고 무서운 꿈이었다. 햇살이 긴 커튼의 열린 틈을 비집고 들어올 때 그녀는 간신히 잠에서 깼다. 짐은 골프를 치러 나가려던 참이었다. "더 자." 그가 그녀에게 키스하며 말했다. 그녀가 다시 잠에서 깼을 때는 드리운 커튼을 통과해 들어오는 밝은 햇살처럼, 환한 행복이 돌아와 있었다. 그녀는 시원한 시트 위로 다리를 쭉 뻗은 채, 이제 모두 대학생이 된 세 아이를 생각하며 행복감에 흠뻑 젖었다. 아이들에게 이메일을 보낼 것이다. 사랑하는 천사들아, 아빠는 골프를 치고 있고 늙은 엄마는 푸른 핏줄이 보이는 발목에 햇볕을 쪼일 참이야. 엄마가 우려했던 대로 도러시는 뚱해 있어—아빠는 그 집 만딸 제시(에밀리, 너는 그애를 좋아한 적이 없었지, 기억나?)가 큰 골칫거리라고 하시더라. 하지만 어제 같이 저녁을 먹을 때 아무도 그 이야기는 꺼내지 않았어. 엄마도 예의를 차려 사랑하는 우리 아가들 자랑을 하지 않았지. 그 대신 우리는 너희 사촌 잭에 대해 얘기했어—그 이야기는 나중에 더 해줄게!—보고 싶어, 너희들 모두……

도러시는 수영장 옆 긴 의자에 늘씬한 다리를 뻗고 앉아 책을 읽고 있었다. "안녕하세요." 그녀가 고개도 들지 않고 인사했다.

헬렌은 볕이 가장 좋은 자리로 의자를 옮겼다. "잠은 잘 잤어요, 도러시?" 그녀는 자리에 앉아서 왕골가방 안의 로션과 책을 꺼냈다. "난 악몽을 꿨어요."

잠시 후 도러시가 잡지에서 눈을 떼고 고개를 들었다. "저런, 어쩌다가."

헬렌은 다리에 로션을 바른 뒤 책을 반듯이 놓았다. "저기 있잖아요, 북클럽에서 빠지게 된 거 기분 나빠하지 마요."

"그런 마음 없어요." 도러시가 잡지를 내려놓고 눈부시게 푸른 수영장을 바라보았다. 그러고는 명상에 잠긴 듯 말했다. "뉴욕 여자들은 대부분 혼자일 땐 괜찮은데 모이기만 하면 바보가 된다니까요. 나는 그게 정말로 싫어요." 그녀가 헬렌을 흘끗 보았다. "미안해요."

"미안할 거 없어요." 헬렌이 말했다. "하고 싶은 말은 하고 살아야죠."

도러시는 입술을 잘근거리며 드넓게 펼쳐진 푸른 수영장 물을 다시 바라보았다. "당신은 참 착해요, 헬렌." 마침내 그녀가 말했다. "하지만 내 경험으로, 사람들은 남이 하고 싶은 말을 다 하는 걸 그리 좋아하지 않죠."

헬렌은 다음 말을 기다렸다.

"심리치료사들도요." 도러시가 여전히 앞을 바라보며 말했다. "가족 치료사한테 제시의 남자친구가 불쌍하다고 말했더니, 진심으로 한 말이었는데—그애가 남자친구를 가지고 놀거든요—그 치료사가 나를 세상에서 가장 나쁜 엄마인 것처럼 쳐다보더라고요. 이런 생각이 들었죠, 맙소사, 심리치료사 앞에서도 진실을 말할 수 없다면 어디서 말하지? 뉴욕에서 자식을 키우는 건 살벌하게 경쟁적인 스포츠와 같아요. 무시무시하고 피가 튀죠." 도러시는 플라스틱 컵에 담긴 물을 쭉 들이켠 뒤 말했다. "이번 달에는 무슨 책을 읽어 오래요?"

헬렌이 책을 손으로 쓸었다. "다른 집들을 청소해주던 여자에 관한 책이에요. 그 여자가 이 집 저 집 기웃거리며 찾아낸 것들로 책을 썼대요." 뜨거운 햇볕 속에서 헬렌의 얼굴이 달아올랐다. 작가는 수갑, 채찍, 유두집게를 찾아냈다―그리고 헬렌은 있는 줄도 몰랐던 것들도.

"그런 허접한 책은 읽지 마요." 도러시가 말했다. "내 말은……세상에 알아야 할 것들이 얼마나 많은데 여자가 여자한테 그런 바보 같은 책을 읽히느냐는 거예요. 여기, 이 기사를 읽어봐요. 짐이 엊저녁에 말한 당신 시누이의 위기와 관련된 기사예요." 도러시가 긴 팔을 뻗어 그녀 옆의 플라스틱 테이블 위 신문을 집어 헬렌에게 건넸다. "그건 그렇고, 짐에 대해서는 당신이 더 잘 알겠지만, 짐은 모든 위기 상황이 자기 일이라고 생각하는 것 같아요."

헬렌은 왕골가방을 뒤적였다. "음, 그러니까 이런 거예요." 그녀가 가방에서 고개를 들고 손가락 하나를 세웠다. "짐이 메인을 떠났어요." 손가락 하나를 더 세웠다. "그리고 밥이 메인을 떠났어요." 손가락 하나 더. "수전의 남편이 수전과 메인을 떠났어요." 헬렌은 다시 가방을 내려다보고 립밤을 찾아냈다. "그래서 짐이 자기가 책임을 져야 한다고 생각하는 거예요. 짐은 책임감이 강한 사람이에요." 헬렌이 입술에 립밤을 발랐다.

"죄의식이든가."

헬렌은 그 말에 대해 생각했다. "아뇨." 그녀가 말했다. "책임감이에요."

도러시는 잡지를 한 장 넘겼을 뿐 대답은 하지 않았다. 그래서 헬렌—그녀는 대화를 하고 싶었고, 몸속에서 수다 방울이 보글보글 차오르는 걸 느꼈다—은 신문을 들고 자신에게 주어진 기사를 읽어야 한다는 압박감을 느꼈다. 햇볕이 점점 뜨거워지자 헬렌의 윗입술 위에 한 줄로 땀이 맺혔다. 손가락으로 계속 닦아냈지만 소용없었다. "어쩜, 도러시." 마침내 그녀가 입을 열었다. 정말 심란한 기사였다. 그렇지만 신문을 읽다 말고 내려놓는다면 도러시는 헬렌을 자기 말고는 세상 어떤 일에도 관심이 없는 (멍청하고) 피상적인 여자로 여길 것이었다. 헬렌은 계속 읽었다.

기사는 케냐의 난민촌에 관한 것이었다. 그곳 난민촌에는 누가 사는가? 소말리족. 그 사실을 누가 알고 있었는가? 당연히 헬렌은 아니었다. 자, 이제는 그녀도 알았다. 이제는 그녀도 메인 주 셜리폴스에 사는 소말리족의 일부가 처음에는 오랫동안 믿기 어려울 만큼 처참한 환경에서 살았던 것을 알았다. 헬렌은 소말리족 여자들이 땔감을 모으기 위해 무법자들에게 강간을 당할 위험을 무릅쓰고 난민촌에서 먼 곳까지 돌아다녀야 했다는 내용을 읽으면서 눈살을 찌푸렸다. 여러 차례 강간당한 여자들도 있었다. 그들의 품에서 굶어 죽은 자식들도 많았다. 살아 있는 자식들은 학교에 다니지 못했다. 학교라는 것이 없었다. 남자들은 둘러앉아서 잎사귀—카트—를 씹으며 계속 취해 있었다. 남자는 아내를 네 명까지 둘 수 있었는데, 그 아내들이 육 주에 한 번씩 배급받는 쌀 조금과 식용유 몇 방울로 간신히 가족을 먹여 살렸다. 기사에는 물론 사진도 실려 있었다. 땔감이나 커다란 플라스틱 물동이를 머리에 인 앙상하고 키가 큰 아프리카 여자들, 찢어진 방수포가 덮인 진흙 오두막, 얼굴 주위에 파리떼가 우글거리는 병든 아이. "끔찍해." 그녀가 말했다. 도러시는 고개를 끄덕이고 계속 잡지를 읽었다.

끔찍한 일이었고, 끔찍한 기분이 들어야 한다는 것도 알았다. 하지만 몇 날 며칠을 걸어서 폭력이 난무하는 자기들 나라에서 탈출한 사람들이 왜 케냐까지 가서 그런 지옥 같은 환경에서 고통을 당하는지, 그녀는 이해할 수가 없었다. 왜 누군가가 이 문제를 해결하지 않는 거지? 헬렌은 그게 궁금했다. 하지만 무엇보다 그녀는 그 기사를 읽고 싶지가 않았고, 그래서 자신이 나쁜 사람이 된 느낌이었다. 멋진 (비싼) 휴가를 즐기고 있는 이곳에서 자신을 나쁜 사람으로 느끼고 싶지는 않았다.

파투마는 땔감을 구하려고 세 시간을 걷는다. 그녀는 늘 다른 여자들과 동행하지만, 그들이 안전하지 않다는 것은 그들 자신도 잘 아는 사실이다. 이곳에서 안전을 말하는 사람은 없다.

뜨거운 열기가 헬렌 위로 쏟아지고 햇빛이 수영장의 새파란 물위를 비명을 지르며 가로지를 때, 헬렌은 문득 예기치 못한 무심한 감정에 사로잡혔다. 이런 상실감—따뜻한 날씨나 부겐빌레아에 관심이 기울지 않는 것, 골프를 치러 간 짐이 돌아오기를 기다리며 아침나절을 덧없이 흘려보내는 것은 어떤 의미에서 상실이라 할 수 있었다—은 곧 괴로움 비슷한 것으로 바뀌었다가 흔들거리며 다시 원래의 무심함으로 되돌아갔다. 하지만 그러는 가운데 뭔가가 훼손되었다. 헬렌은 몸을 약간 뒤척이며 두 발목을 꼬았다. 괴로움 비슷한 것을 느꼈던 그 순간에 그녀의 자식들 역시 상실된 존재로 느껴졌기 때문이다. 그녀의 마음속에서 짧은 경련이 일어나며 요양원에서 지내는 자신의 모습이 그려졌다. 장성한 아이들이 메마른 도리를 지키느라 그녀를 찾아오면 그녀는 "모든 게 참 빨리도 지나가는구나"—물론 인생을 가리킨다—하고 말하는 것이다. 아이들이 그들을 부르는 다급한 삶의 요구들 때문에 그만 일어나도 좋을 때까지 기다리는 동안, 그들의 얼굴에 떠오르는 연민의 표정을 본다. 애들은 나랑 있고 싶어하지 않을 거야, 그 생생한 느낌이 그녀의 마음속을 휘저을 때 헬렌은 생각했다. 전에는 해본 적 없는 생각이었다.

그녀는 야자나무 잎사귀가 살랑거리는 것을 바라보았다.

한심한 여자들의 쓸데없는 걱정이에요. 아들—막내—이 애리조나에 있는 대학에 가게 되어 헬렌이 조바심을 칠 때 북클럽 여자들이 해준 말이었다. 빈 둥지는 자유를 의미한다고, 그들은 말했다. 빈 둥지는 여자들에게 활기를 불어넣어준다. 금이 가고 깨지는 것은 남자들이다. 오십대 남자들은 힘든 시간을 보낸다.

헬렌은 햇빛에 눈이 부셔 눈을 감았다. 웨스트하트퍼드에 살 때 집 마당에 만든 작은 수영장에서 물장구를 치던 아이들 모습이 보였다. 물살을 가르는 아이들의 촉촉하게 젖은 앙증맞고 순수한 팔다리. 아이들이 십대가 되어 친구들과 함께 파크슬로프 보도를 걸어가는 모습도 보였다. 그리고 가족이 좋아하는 텔레비전 프로그램을 보려고 밤에 다 같이 소파에 모여 앉았을 때 그녀 옆에 웅크리고 있던 아이들 체온도 느껴졌다.

헬렌이 눈을 떴다. "도러시."

도러시가 헬렌을 돌아보았다. 도러시의 검은 선글라스가 헬렌을 향했다.

"아이들이 보고 싶어요." 헬렌이 말했다.

도러시가 다시 잡지로 시선을 돌리며 말했다. "유감스럽게도, 나는 동의하지 못하겠네요."

4

개가 근심스럽게 꼬리를 흔들며 문 앞에서 기다리고 있었다. 턱이 하얀 독일산 셰퍼드였다. "안녕, 푸치." 밥은 개의 머리를 쓰다듬어주고는 집안으로 들어갔다. 집안은 매우 추웠다. 교도소에서 돌아오는 내내 말이 없던 잭은 들어오자마자 곧장 자기 방으로 올라갔다. "잭," 밥이 불렀다. "삼촌이랑 이야기 좀 하자."

"혼자 있게 둬." 수전이 밥에게 외치면서 잭을 따라 올라갔다. 잠시 후 그녀는 앞에 순록 그림이 있는 스웨터를 입고 계단을 내려왔다. "안 먹겠대. 아까 갇혀 있었던 것 때문에 겁에 질려서 반죽음 상태야."

밥이 말했다. "내가 직접 이야기해볼게." 그리고 더 조용한 목소리로 덧붙였다. "내가 잭하고 얘기해보기를 원하는 줄 알았는데."

"나중에. 지금은 그냥 둬. 말하고 싶어하지 않으니까. 너무 많은 일을 겪었어." 수전이 부엌문을 열자 개가 죄지은 표정으로 들어왔다. 수전이 주석 그릇에 개 사료를 부어주고 거실로 돌아와 소파에 앉았다. 밥이 그녀를 따라갔다. 수전은 뜨개질 가방을 꺼냈다.

그들은 그냥 그렇게 있었다.

밥은 뭘 해야 할지 아무것도 떠오르지 않았다. 짐은 알 것이다. 짐은 자식이 있지만 밥은 없었다. 짐은 책임을 떠맡는 사람이었고 밥은 아니었다. 밥은 코트를 입은 채로 앉아 주위를 둘러보았다. 굽도리널을 따라 개털이 흩어져 있었다.

"마실 게 좀 있을까, 수전?"

"목시*가 있어."

"그게 다야?"

"그게 다야."

언제나 그래왔듯 그들은 그렇게 교전중이었다. 그는 얼어붙을 듯한 추위 속에서 코트 안에 포로처럼 갇혀 있는데 마실 술도 없었다. 그녀도 그 사실을 알았지만 그를 그냥 그렇게 내버려두었다. 수전은 술은 입에도 대지 않았고, 그들의 어머니도 마찬가지

---

* 19세기부터 생산된 탄산음료로 지금은 특히 메인 주에서 인기가 높다.

였다. 수전은 밥이 알코올중독이라고 생각했겠지만, 밥은 거의 그렇기는 해도 중독까지는 아니라고 생각했다. 그 둘 사이에는 큰 차이가 있다는 게 그의 생각이었다.

수전이 그에게 뭘 좀 먹겠느냐고 물었다. 집에 냉동 피자가 있을 거라고 했다. 혹은 구운 콩 통조림이나. 아니면 핫도그나.

"아니야." 그는 냉동 피자나 구운 콩은 먹고 싶지 않았다.

그는 이런 것은 보통 사람들이 사는 방식과 거리가 멀다고, 그가 지난 오 년 동안 이곳에 오지 않은 이유가 그것이었다고, 견딜 수가 없기 때문이라고 말하고 싶었다. 사람들은 보통 고단한 하루를 마치고 돌아오면 술을 한잔 마시고 따뜻한 음식을 만들어 먹는다고, 그는 그렇게 말하고 싶었다. 난방을 가동하고, 서로 대화를 나누고, 친구들을 부른다고. 짐의 아이들은 늘 뛰어서 계단을 오르내렸다. 엄마, 내 녹색 스웨터 못 봤어요? 나한테 헤어드라이어 좀 주라고 에밀리한테 말해주세요. 아빠, 열한시까지 안 들어와도 된다고 하신 거 맞죠. 가장 말수가 적은 래리조차 웃으며 밥 삼촌, 제가 정말 꼬마였을 때 삼촌이 티피*에 관한 농담 해주신 것 기억나요? 하고 말했다. (스터브리지 빌리지에 갔을 때 아이들이 형틀 구멍 속에 머리와 손발을 요리조리 비틀

---

* 인디언의 원뿔형 천막.

며 밀어넣고는 사진 찍어주세요, 사진 찍어주세요! 하던 것이 떠올랐다. 재커리는 다리가 어찌나 가는지 두 다리를 한쪽 발목 구멍에 넣으면서도 아무 말도 하지 않았다.)

"잭이 감옥에 가게 될까, 보비?" 수전이 뜨개질을 멈추고 갑자기 아이가 된 듯한 얼굴로 그를 쳐다보았다.

"아, 수지." 밥이 주머니에서 손을 빼며 몸을 앞으로 숙였다. "그렇지 않을 거야. 경범죄니까."

"잭이 그 방에 들어갔을 때 정말 무서웠나봐. 그렇게 무서워하는 모습은 처음 봤어. 감옥에 가게 되면 아마 죽으려고 할 거야."

"짐이 그러는데, 찰리 티베츠가 대단한 사람이래. 다 잘될 거야, 수지."

개가 거실로 들어왔는데, 자기 사료를 먹은 것이 두드려 맞아야 할 짓이라도 되는 것처럼 또다시 죄지은 표정을 짓고 있었다. 개가 엎드려서 수전의 발에 머리를 얹었다. 밥은 지금껏 그렇게 슬픈 개는 본 적이 없었다. 그는 뉴욕 아파트의 아랫집에서 앙칼지게 캉캉거리던 작은 개를 떠올렸다. 뉴욕에 있는 그의 아파트, 친구들, 직장을 떠올리려 노력했다─어느 것 하나 현실적으로 느껴지지 않았다. 그는 수전이 다시 뜨개질을 시작하는 모습을 지켜보다가 물었다. "일은 어때?" 수전이 검안사로 일한 지 여러 해가 지났는데, 그녀가 그 일을 어떻게 생각하고 있는지 자신은 전혀 모르고 있다는 사실을 깨달은 것이다.

수전이 털실을 천천히 잡아당겼다. "우리 베이비부머들이 점점 나이가 들어가니까 일거리는 늘 있어. 소말리아인도 몇 명 왔었어." 그리고 덧붙였다. "많이는 아니고, 몇 명."

잠시 뒤 밥이 물었다. "그 사람들 어때?"

그녀는 그것이 떠보는 질문인가 싶어 그를 흘끗 쳐다보았다. "좀 비밀스럽다고 할까, 내가 보기에는. 그 사람들은 예약을 하고 오지 않아. 경계심이 많고. 케라토미터*가 뭔지도 몰라. 어떤 여자는 내가 자기한테 주문이라도 거는 것처럼 행동하더라니까."

"케라토미터가 뭔지는 나도 몰라."

"그걸 누가 알겠어, 밥. 하지만 내가 주문을 거는 게 아니라는 건 다 알아." 뜨개바늘의 움직임이 빨라지기 시작했다. "가격을 흥정하려고 드는데, 처음 그런 일이 일어났을 때는 깜짝 놀랐다니까. 그러고 나서 그 사람들 방식이 원래 그렇다는 얘길 들었어. 물물교환 말이야. 신용카드도 쓰지 않아. 신용 같은 걸 믿지 않거든. 아니, 그보단, 금전적인 관계를 믿지 않아. 그래서 현금을 내. 돈이 어디서 나는지는 모르지만." 수전은 밥을 바라보며 고개를 가로저었다. "생각해봐, 그 사람들은 자꾸 몰려오고 이곳에

---

* 각막 곡률 측정기.

는 충분한 돈이 없었어, 음, 많지 않았지. 그래서 시市는 연방정부의 지원금을 더 받아내야 했고. 셜리폴스가 준비되어 있지 않았던 걸 생각하면 그 사람들한테 정말 잘해준 거야. 그 사실은 우리 타운에 사는 모든 자유주의자들한테 대단한 명분이 됐어. 자유주의자들한테는 늘 명분이 필요하잖아. 너도 잘 알겠지만, 자유주의자로 살아가려면 명분 없이는 안 되니까." 그녀가 뜨개질을 하던 손을 멈추었다. 고개를 들자, 그녀의 얼굴에 어린아이 같은 어리둥절함이 희미하게 떠올라 수전이 다시 한번 어려 보였다. "이런 말을 해도 될까?" 그녀가 물었다.

그가 눈썹을 치켰다.

"내가 하고 싶은 말은, 내가 지켜보니, 잘 이해되지는 않지만, 타운에는 자기네가 소말리아인을 돕는다는 사실을 떠벌리기 좋아하는 사람들도 있다는 거야. 프레스콧 부부처럼. 사우스마켓에서 구두 가게를 했는데, 잘은 모르지만 아마 지금은 가게를 접었을 거야. 어쨌거나 캐럴린 프레스콧하고 그 집 며느리가 걸핏하면 소말리아 여자들을 데리고 쇼핑을 가서 냉장고나 세탁기, 냄비랑 팬 세트를 통째로 사줬어. 그런 걸 보면 소말리아 여자한테 냉장고 사줄 마음이 없는 내가 잘못된 건가? 하는 생각이 들어. 나한테 그럴 돈이 있다는 게 아니라, 만약에 있다면 말이야." 수전은 멍하게 허공을 바라보다가 다시 뜨개질을 시작했다. "하지만 난 그 여자들을 끌고 다니면서 이것저것 사준 뒤에 내가 그랬다고 동네방네 떠벌리고 싶지는 않거든. 그러는 걸 보면 냉소적인 생각이 들어. 하고 싶은 말은 그거야." 수전이 발목을 꼬았다. 그리고 말을 이었다. "나한테 친구가 하나 있는데, 샬린 버저론이라고. 유방암에 걸려서 사람들이 그 친구 애들도 봐주고 치료받으러 갈 때 병원에 데려다주기도 했어. 그러다 몇 년 뒤에 남편과 이혼을 하게 됐지. 그랬더니 끝. 제로. 아무것도 없었어. 아무도 그 친구를 돕겠다고 나서지 않았어. 가슴 아픈 일이야, 밥. 스티브가 나를 떠났을 때 내가 그랬거든. 무서워서 죽을 것 같았어. 이 집에서 계속 살아갈 수 있을지 그것도 알 수 없었어. 나한테 냉장고를 사주겠다는 사람은 아무도 없었어. 식사 한 끼 사주겠다는 사람도 없었어. 솔직히 나는 죽어가고 있었어. 장담하는데, 여기 소말리아인들보다 더 외로웠어. 그 사람들한테는 득시글거리는 가족들이라도 있지."

밥이 말했다. "저런, 수지. 미안해."

"사람들은 웃겨, 그뿐이야." 수전이 손등으로 코를 문질렀다. "어떤 사람들은 이곳에 프랑스어를 쓰는 프랑스계 캐나다 출신 노동자들이 가득하던 시절과 지금이 다르지 않다고 해. 하지만 달라. 아무도 언급하지 않는 사실이 있는데, 소말리아인들은 여기 있고 싶어하지 않는다는 거야. 그 사람들은 집으로 돌아갈 날만 손꼽아 기다려. 우리 나라 구성원이 되고 싶어하지 않아. 그저 하릴없이 기다리면서 우리가 사는 방식이 쓰레기 같고 요란하고 형편없다고 생각하지. 솔직히 그 생각을 하면 기분이 나빠. 그 사람들은 철저하게 자기네 방식만 고수하려 들거든."

"음, 수지, 프랑스계 캐나다인도 오랫동안 자기네 방식을 고수했어."

"그건 달라, 밥." 그녀가 털실을 홱 잡아당겼다. "그리고 그 사람들은 이제 프랑스계 캐나다인이라고 불리지 않아. 프랑스계 미국인이라고 불러야 해. 소말리아인들은 그 사람들과 비교당하기 싫어해. 자기네는 완전히 다르다고 주장하거든. 그 두 집단은 비교할 수 없어."

"그 사람들은 이슬람교 신자들이야."

"그 생각은 못했네." 그녀가 말했다.

밥이 밖으로 나가 담배를 피우고 돌아왔을 때 수전은 냉동실에서 핫도그를 꺼내고 있었다. "그 사람들은 음핵을 절제해야 한다고 믿어." 그녀가 냄비에 물을 받았다.

"이것 참, 수전."

"또 이것 참, 그것 좀 하지 마. 하나 먹을래?"

그는 코트를 입은 채 식탁에 앉았다. "이곳에선 불법이야." 그가 말했다. "오래전부터 그랬어. 그리고 그 사람들은 소말리족이지, 소말리아인이 아니야."

수전이 가슴 옆으로 포크를 든 채 그를 돌아보았다. "이것 봐, 밥. 너희 자유주의자들이 꼴통인 이유가 그거야. 미안한 말이지만, 네가 그래. 그들의 어린 딸들이 피를 철철 흘려. 학교에서 심하게 피를 흘려서 병원에 실려간다고. 아니면 그걸 시키려고 식구들이 돈을 모아 애를 아프리카로 돌려보내지."

"잭한테 배가 고픈지 물어봐야 하지 않을까?" 밥이 자기 목덜미를 문질렀다.

"내가 이걸 방에 올려다줄 거야."

"그리고 '니그로'라는 말도 이제 쓰지 않아, 수전. 너도 알아야 해. '지진아'라는 말도 쓰지 않고. 네가 꼭 알아야 하는 것들이야."

"아, 맙소사, 밥. 아까는 내가 너를 놀린 거야. 네가 그렇게 바보같이 목을 쭉 빼고 있으니까." 수전이 레인지 위에 올려둔 냄비를 들여다보다가 잠시 뒤에 말했다. "짐이 보고 싶어. 기분 나쁘게 받아들이지는 마."

"나도 마찬가지야, 짐이 여기 있으면 좋을 텐데."

그녀가 끓는 물의 수증기 때문에 발갛게 익은 얼굴로 그를 돌아보았다. "월리 패커 재판 직후였는데, 쇼핑몰에 갔다가 어떤 부부가 짐에 대해 이야기하는 걸 들었어. 짐이 검사였다가 변호사가 된 건 큰 사건을 맡아 돈을 벌기 위해서였다고. 무지 속상했어.”

“아, 멍청이들이야, 수지.” 밥이 손을 내둘렀다. “법조인들은 늘 옮겨다녀. 게다가 짐은 이미 하트퍼드에 있는 그 회사에서 변호 일을 하고 있었고. 따지고 보면 다 변호 일이야. 시민을 변호하든가 피의자를 변호하든가. 짐의 손에 그 사건이 떨어졌고, 짐이 훌륭하게 해낸 거야. 사람들이 윌리를 유죄로 보건 무죄로 보건.”

수전이 진지하게 말했다. “하지만 짐을 기억하는 사람들 대부분은 여전히 짐을 좋아하는 것 같아. 짐이 텔레비전에 나오면 다들 짜릿해해. 사람들 말로는, 짐은 모든 걸 다 아는 척하지 않는대. 그리고 그건 사실이야.”

“사실이지. 그런데 짐은 텔레비전에 나오는 걸 싫어해. 회사에서 시켜서 하는 거야. 패커 재판 때는 나도 짐이 대중에게 알려지는 걸 좋아한다고 생각했어. 하지만 지금도 그런지는 잘 모르겠어. 헬렌은 좋아해. 짐이 텔레비전에 나온다고 할 때마다 언제 나오는지 여기저기 알리거든.”

“헬렌이라면. 당연히 그렇겠지.”

짐에 대한 사랑이 그들을 묶어주었다. 밥은 그 기회를 틈타 나가서 다른 음식을 사오겠다며 일어섰다. “그 스파게티집 아직 열었을까?” 그가 물었다.

“응, 열었을 거야.”

거리는 어두웠다. 그는 도시에서 빠져나오면 밤이 정말 어둡다는 사실에 늘 놀랐다. 그는 차를 몰고 작은 식료품점으로 가서 와인 두 병을 샀다. 메인 주의 식료품점에서는 가능한 일이었다. 와인은 뚜껑을 돌려 여는 것으로 샀다. 운전을 하는데, 그가 생각했던 것과 달리 주변을 잘 식별할 수 없자 그는 어린 시절에 살던 집 쪽으로 가지 않으려 조심했다. 어머니가 돌아가신 뒤 (오래전 일이라 이제는 몇 해가 지났는지도 잊었다) 단 한 번도 그 집 앞을 지나간 적이 없었다. 정지 신호에 멈췄다가 우회전했다. 오래된 묘지가 보였다. 왼쪽에는 4층 높이의 목조 아파트 건물이 있었다. 중심가가 가까워지고 있었다. 그는 강 건너에 쇼핑몰이 들어서기 전에 펙스라는 큰 백화점이 있던 곳 뒤로 차를 몰았다. 밥은 어렸을 때 그곳 남자 아동복 매장에서 학교에 입고 갈 옷을 구입했다. 그것은 수치심과 곤욕스러운 자의식이 동반된 기억이었다. 매장 점원이 그의 바짓단을 접었고, 한번은 다리에 줄자를 대고 사타구니까지 치수를 쟀다. 어머니의 고갯짓에 따라 빨간색과 감청색 터틀넥을 샀다. 이제 그 건물은 텅 비었고 창문은 판자로 막혀 있었다. 그는 버스 정류장이 있던 자리, 커피숍과 잡지 가게와 베이커리가 있던 자리도 지나갔다. 갑자기 길에 흑인 남자 하나가 나타나더니 가로등 아래를 걸어갔다. 키가 크고 기품 있어 보였고 낙낙한 셔츠를 입었다. 그 위에 조끼를 입은 것 같은데 확실하지는 않았다. 어깨에는 술이 달리고 검은색과 흰색이 섞인 스카프를 둘렀다. "와, 멋진데." 밥이 나직이 말했다. "또 한 명." 뉴욕에서 여러 해 동안 살아왔고 잠시나마 다양한 피부색과 종교를 가진 범죄자들을 변호하는 일도 맡았던(법정에 서는 스트레스 때문에 항소팀으로 옮기기 전까지) 밥, 헌법의 위대함과 모든 인간에게는 생명권과 자유권, 행복추구권이 있음을 믿는 밥, 그런 밥 버지스마저 술 달린 스카프를 두른 키 큰 남자가 셜리폴스 골목길을 걸어가는 것을 보면서— 이렇게 생각했다, 순간적으로 머리를 스친 것이긴 했지만, 이런 생각을 했다. 그 수가 너무 많지만 않다면야.

좀더 운전해 가자 친숙한 앤토니오스 스파게티 카페테리아가 나왔다. 그 가게는 주유소 뒤쪽에 자리잡고 있었다. 밥은 주차장에 차를 세웠다. 앤토니오스 유리문에는 오렌지색 글씨로 된 간판이 붙어 있었다. 계기판 시계를 쳐다보았다. 토요일 밤 아홉시, 앤토니오스의 문은 이미 닫혀 있었다. 그는 와인 병뚜껑을 돌려서 열었다. 그 기분을 어떻게 말로 설명할 수 있겠는가? 찌르르한 아픔이 퍼지며 거의 에로틱한 느낌마저 들었다. 이런 갈망, 이루 말할 수 없이 아름다운 것을 마주했을 때 가만히 숨이 턱 막히는 것 같은 이런 느낌, 이곳 셜리폴스의 넓고 폭신한 무릎에 머리를 누이고 싶은 욕망.

그는 작은 식료품점으로 차를 몰아 냉동 조개 튀김을 한 봉지 사서 수전의 집으로 돌아갔다.

*

압디카림 아메드는 출입구가 있는 보도를 피해 차도로 내려섰다. 출입구 근처에는 누가 어둠 속에서 어슬렁거리고 있을지도 몰랐다. 친척의 집에 가까워지자 그는 문 위에 켜두는 전등이—또—켜져 있지 않은 것을 보았다. "삼촌." 그를 부르는 목소리들이 들렸고, 그는 아파트 안으로 들어가 복도를 따라 자기 방으로 걸음을 옮겼다. 방 벽에는 페르시아산 러그들이 걸려 있었다. 몇 달 전 그가 이리로 옮겨왔을 때 하웨야가 걸어준 러그였다. 압디카림이 손가락으로 이마를 세게 누르자 벽에 걸린 러그의 색깔들이 움직이는 것 같았다. 오늘 체포된 남자가 동네에서 잘 알려진 사람이 아니라는 사실이 그는 꺼림칙했다. (근처에 사는 남자들 중 하나일 거라고 생각했다. 아침에 집 앞 계단에서 맥주를 마시고, 굵은 팔에는 문신을 하고, 범퍼에 백인이 권력이다, 나머지는 집으로 돌아가라!는 스티커를 붙인 트럭을 요란하게 모는 남자들 중 하나일 거라고.) 그랬다, 이 재커리 올슨이라는 청년에게 직장이 있고, 역시 직장이 있는 어머니와 함께 좋은 집에서 산다는 사실도 꺼림칙했다. 하지만 압디카림에게 줄기차게 두려움을 불어넣고 그의 속을 울렁거리게 만들고 머리를 쥐어짜는 듯한 두통을 일으킨 것은 그 사건이 일어났던 밤 그가 목격한 것이었다. 이맘*이 전화를 하자 경찰관 두 명이 곧 도착했고, 그들은 짙은 색 제복과 총을 찬 벨트 차림으로 모스크 안에 들어와서는, 서서, 돼지머리를 내려다보고, 웃었다. 그러더니 말했다. "자, 여러분." 문서를 작성하고 질문을 했다. 표정이 심각해졌다. 사진을 찍었다. 그들이 웃는 걸 모두가 본 것은 아니었다. 하지만 압디카림은 그들 가까이에 서 있었기 때문에 기도복 안이 축축해진 채로 그 장면을 보았다. 오늘밤 원로들이 그가 본 것을 랍비 골드먼에게 묘사하라고 했다. 그는 그 장면을 재연해 보였다. 소리 없는 웃음, 무전기로 나눈 대화, 두 경찰관 사이에 오간 눈빛, 그들의 조용한 웃음소리. 랍비 골드먼이 슬프게 고개를 가로저었다.

하웨야가 코를 비비며 그의 방 입구에 서 있었다. "배 안 고프세요?" 그녀가 묻자 압디카림은 이포 누르의 집에서 방금 먹고 왔다고 말했다. "문제가 더 있어요?" 그녀가 부드럽게 물었다. 그녀의 아이들이 복도를 달려 그녀에게 왔고 그녀는 긴 손가락

---

* 이슬람교 사원에서 집단 예배를 인도하는 사람.

을 쫙 펴서 아들의 머리 위에 올렸다.

"아니, 모든 게 그대로야."

그녀가 고개를 끄덕이자 귀걸이가 대롱거렸고, 그녀는 아이들을 다시 거실로 데려갔다. 하웨야는 거의 하루종일 아이들을 집안에 붙들어두고 족보를 외우게 했다. 증조부, 고조부, 멀고 먼 조상까지. 미국인은 과거의 가족에 대해서는 별로 관심이 없는 것 같았다. 소말리족은 여러 세대를 거슬러 먼 조상까지 암송할 수 있었고, 하웨야는 자기 아이들이 그 능력을 잃지 않기를 바랐다. 하지만 아이들을 하루종일 집안에 붙들어두는 것은 힘든 일이었다. 하늘을 보지 않고 오랜 시간을 보내는 것은 누구도 좋아하지 않았다. 오마드는 집에 돌아오면—그는 병원의 통역사였다—공원에 가자고 했다. 오마드와 하웨야는 다른 사람들보다 이 나라에 건너온 지 더 오래되었기 때문에 이런 일로 대번에 겁을 집어먹지는 않았다. 그들은 애틀랜타의 아주 험한 동네에서도 살았었는데, 거기서는 사람들이 마약을 하고 자신들이 거주하는 건물의 다른 집을 털었다. 그런 곳에 비하면 셜리폴스는 안전하고 아름다웠다. 그래서 오후에 그녀는 금식을 해서 피곤한데다 청정한 가을 공기 때문에 콧물이 흐르고 눈이 따끔거리는 채로—하웨야는 왜 그러는지 이해할 수 없었다—아이들이 밖에 나가 떨어지는 낙엽을 쫓으며 뛰어다니는 모습을 지켜보았다.

하늘은 파란색에 가까웠다.

하웨야는 부엌을 치우고 바닥을 닦은 뒤 다시 압디카림에게 갔다. 그녀는 그에게 깊은 애정을 품고 있었다. 그는 일 년 전에 셜리폴스로 왔지만 그의 아내 아샤—자식들을 데리고 먼저 건너왔다—가 더는 그를 원하지 않는다는 사실을 알게 되었다. 아샤는 자식들을 데리고 이미 미니애폴리스로 옮겨간 뒤였다. 그것은 수치스러운 일이었다. 하웨야는 이해했다. 모두가 이해했다. 아샤에게 그런 무모한 독립심을 가르친 데 대해 압디카림은 미국이라는 나라를 탓했지만, 남편보다 한참 어린 아샤는 자기가 하고 싶은 대로 할 운명을 타고난 거라고 하웨야는 생각했다. 그런 운명을 타고난 사람들이 있었다. 압디카림의 슬픔이 더 컸던 이유가 있었다. 아샤는 압디카림의 아들 중 유일하게 살아남은 아이의 엄마였던 것이다. 다른 아내들이 낳은 자식들 중에선 딸들만 살아남았다. 많은 사람들이 그랬듯 그도 식구들을 잃었다.

그는 이제 침대에 앉아 주먹으로 매트리스를 꾹 눌렀다. 하웨야가 문설주에 기댔다. "저녁때 마거릿 에스테이버한테서 전화 왔었어요. 걱정하지 말라던데요."

"알아, 나도 알아." 압디카림이 소용없다는 의미로 한 손을 들어올렸다. "에스테이버가 그러는데 그애는 월 왈이래, '미친 청년'."

"아야나는 월요일에 애들을 학교에 보내지 않고 집에 데리고 있겠대요." 하웨야가 소곤거리듯 말한 뒤 재채기를 했다. "오마드가 아야나에게 학교가 가장 안전한 곳이라고 말했는데, 아야나가 '선생님이 안 볼 때 다른 아이들이 발로 차고 주먹질을 하는데도요?'라고 했대요."

압디카림은 고개를 끄덕였다. 그날 밤 이포 누르의 집에서, 모스크 안으로 돼지머리가 굴러들어오는 일이 있었으니 학교와 교사들이 각별히 주의를 기울이겠다고 약속한 것을 두고 이야기가 오갔었다. "약속은 누가 못해." 압디카림이 일어서며 말했다. "편히 자렴." 그가 덧붙였다. "그리고 저 전구 좀 고치고."

"내일 새 전구를 살 거예요. 차로 월마트에 다녀오려고요." 그녀가 장난스럽게 웃었다. "윌 왈이 다시 일하러 오지 않기를 바라야겠어요." 그녀가 걸어가자 귀걸이가 대롱거렸다.

압디카림이 이마를 문질렀다. 그날 밤 이포 누르의 집에서는 랍비 골드먼이 원로들과 함께 앉아 그들에게 이슬람의 진정한 평화를 실천해달라고 당부했다. 그 말은 모욕적이었다. 당연히 그렇게 할 거였으니까. 랍비 골드먼은 소말리족도 여기 살 권리가 있다는 것을 지지하는 주민들도 많으며 라마단이 끝나면 타운 차원에서 시위로 그런 입장을 보여줄 예정이라고 했다. 원로들은 시위는 반기지 않았다. 사람들이 무리 지어 모이는 것은 바람직하지 않다고. 하지만 랍비 골드먼은 관대하게도 그러는 것이 타운의 안녕에 도움이 될 거라고 했다. 타운의 안녕에 도움이 된다니! 한마디 한마디가 막대기로 딱딱 때리면서 여기는 너희 동네가 아니다, 너희 타운이 아니다, 너희 나라가 아니다, 라고 말하는 것 같았다.

압디카림은 침대 옆에 선 채 화가 나서 눈을 꾹 감았다. 압디카림의 맏딸이 아이 넷을 데리고 비행기에서 내려 내슈빌에 처음 발을 디디던 날, 마중나온 사람 하나 없이 에스컬레이터라는 움직이는 계단을 보고 겁에 질려 빤히 바라보기만 하다가 손가락질하며 비웃는 사람들에 의해 옆으로 떠밀릴 때, 미국의 랍비 골드먼들은 어디에 있었는가? 아문이 이웃 사람이 사준 진공청소기를 어디에 쓰는 것인지 몰라 사용하지 않자, 그 이웃 사람이 소말리족은 배은망덕한 사람들이라고 주민들에게 떠들고 다녔을 때 미국의 랍비 골드먼들은 어디에 있었는가? 어린 칼릴라가 버거킹에서 케첩 디스펜서를 손 씻는 곳으로 생각했을 때, 그 순간에 랍비 골드먼들과 에스테이버 같은 목사들은 어디에 있었는가? 칼릴라의 엄마가 딸이 난장판을 만들어놓은 것을 보고 손바닥으로 딸을 찰싹 때렸더니 어느 여자가 다가와 미국에서는 자식을 때리면 안 된다고 말했을 때는? 그때 랍비는 어디에 있었는가? 랍비는 그런 일을 겪는 게 어떤 건지 알지 못했다.

걱정하는 아내가 있는 자신의 안전한 집으로 돌아간 랍비는,

무거운 마음으로 침대에 앉은 압디카림의 가슴속에서 가장 선명하게 머리를 처든 감정이 뭔지 모를 것이다. 그것은 두려움이 아니라, 그날 저녁 무파* 한 조각을 입에 넣고 그 치명적이고 은밀한 맛을 즐기는 순간 슬며시 떠오른 수치심이었다. 난민촌에서 그는 끊임없이 배가 고팠고, 그것은 끊임없이 소모적인 욕구를 동반한다는 점에서 아내라는 존재와 비슷했다. 이곳에 건너와 살고 있는 지금의 자신이 아직도 음식에 대해 동물적인 욕망을 느낀다는 사실은 그에게 굉장히 괴로운 일이었다. 그의 품격이 떨어지는 것 같았다. 먹고 배설하고 잠자는 욕구―이것은 자연의 욕구였다. 그런 자연스러움을 누리는 호사는 오래전에 빼앗겨버렸다.

그는 침대보의 태피스트리를 만지작거리며 "아스타그피룰라", 용서를 구합니다, 하고 중얼거렸다. 지금 고향에서 일어나고 있는 폭력이 진정한 이슬람교 신자의 삶을 살고 있지 않는 자신들의 잘못처럼 느껴져서였다. 그는 눈을 감고 하루의 마지막 알함둘릴라를 읊조렸다. 고맙습니다, 알라신이시여. 모든 선善은 알라에게서 나왔다. 악惡은 마음속에 악의 가지가 꽃을 피우도록 방치한

* 화덕에 구워내는 납작한 옥수수빵으로 소말리족의 전통 음식이다. '무포'라고도 한다.

인간에게서 나왔다. 하지만 이런 일은 왜 생기는가, 왜 악은 악성종양처럼 버젓이 날뛰는가—그것이 압디카림이 늘 빠져드는 의문이었다. 그리고 늘 답은 같았다. 그로서는 알 수 없다는 것.

*

첫번째 날 밤, 밥은 모든 옷을 그대로 입고 코트까지 걸친 채 소파에서 잠을 잤다. 그 정도로 추웠다. 그가 마침내 깜빡 잠이 든 것은 유리창 블라인드 틈새로 햇빛이 비쳐들기 시작할 때였고, 잠에서 깬 것은 수전이 지르는 소리를 듣고서였다. "그래, 넌 일하러 가야 해. 이런 멍청하고 바보 같은 짓을 한 건 너니까! 너를 빼내려고 쓴 이백 달러를 벌어와야 할 것 아니야. 얼른 가." 밥은 잭이 짤막하게 중얼거리는 소리와 뒷문이 닫히는 소리를 들었다. 그리고 잠시 후 차가 떠났다.

수전이 오더니 밥 쪽으로 신문을 홱 던졌다. 신문이 소파 옆 바닥으로 떨어졌다. "잘했네." 그녀가 말했다.

밥이 바닥을 내려다보았다. 1면에 잭이 교도소에서 나오며 히죽 웃는 사진이 큼지막하게 실려 있었다. 헤드라인은 농담이 아닙니다였다.

"이것 참." 밥이 힘겹게 일어나 앉으며 말했다.

"나는 일하러 갈 거야." 수전이 부엌에서 그에게 외쳤다. 그릇 장 문이 쾅 닫히는 소리가 들렸다. 이어서 뒷문이 쾅 닫혔고 수 전의 차가 떠나는 소리가 들렸다.

그는 앉아서 눈동자만 움직여 거실을 둘러보았다. 내려진 블 라인드는 삶은 달걀 색깔이었다. 벽지도 비슷한 색깔로, 부리가 긴 가늘고 푸른 새들이 급강하하는 무늬가 있었다. 나무 장식장 의 맨 위 선반에는 리더스 다이제스트 선집 시리즈가 나란히 꽂 혀 있었다. 구석에는 천 덮개가 해질 정도로 팔걸이가 닳은 윙체 어가 놓여 있었다. 편안함을 주기 위해 만들어진 것은 하나도 없 어 보였고, 그래서 그는 불편했다.

계단에서 인기척이 나자 그는 와락 겁이 났다. 수건 소재의 분 홍색 슬리퍼가 보이더니 빼빼 마른 노부인의 커다란 안경이 그 를 향했다. 그녀가 말했다. "왜 코트를 입은 채로 앉아 있어요?"

"얼어죽을 것 같아서요." 밥이 말했다.

드링크워터 부인이 계단을 마저 내려와 난간을 잡고 섰다. 그 러고는 거실을 둘러보았다. "이 집은 늘 얼어죽을 것처럼 춥답 니다."

그가 주저하며 말했다. "너무 추우시면 수전에게 말씀하시지 그러세요."

노부인이 윙체어로 와서 앉았다. 그녀는 뼈가 불거진 손마디로 커다란 안경을 밀어올렸다. "불평하고 싶지 않아요. 수전한테 돈이 많은 것도 아니잖아요. 몇 년 동안 안경점에서 봉급을 올려 받지 못했어요. 게다가 기름값도 만만치가 않고요." 노부인이 머리 위에서 한 손을 빙글빙글 돌렸다. "자비를."

밥은 바닥에서 신문을 집어 소파 위 그의 옆에 놓았다. 히죽 웃는 잭의 사진이 그를 올려다보아서 그는 신문을 뒤집었다.

"뉴스에도 나왔더군요." 드링크워터 부인이 말했다.

밥이 고개를 끄덕였다. "둘 다 일하러 갔어요." 그가 말했다.

"아, 나도 알아요. 신문을 가지러 내려온 거예요. 수전이 일요일에는 나한테 신문을 주거든요."

밥이 허리를 숙여 신문을 건넸다. 노부인은 신문을 무릎에 올리고 의자에 계속 앉아 있었다. 밥이 말했다. "아, 혹시 말입니다, 수전이 잭을 많이 야단치나요?"

드링크워터 부인이 거실을 빙 둘러보았고, 밥은 그녀가 대답하지 않을 거라고 생각했다. "예전엔 그랬어요. 내가 처음 여기서 살기 시작했을 때요." 그녀가 다리를 꼰 뒤 한쪽 발목을 까딱까딱 움직였다. 아주 큰 슬리퍼를 신고 있었다. "물론 수전의 남편이 떠난 지 얼마 되지 않았을 때였어요." 드링크워터 부인이 천천히 고개를 저었다. "내가 아는 한 그애는 나쁜 짓을 한 적이 없어요. 외로운 아이예요, 정말로요."

"늘 그랬던 것 같아요. 잭은 늘, 뭐랄까, 허약해 보였어요. 정서적으로요. 그저 철이 덜 든 걸 수도 있고요. 뭔가 다른 이유가 있는지도 모르지만요."

"댁은 자식들이 시어스 카탈로그에 나오는 아이들처럼 자랄 거라고 생각하겠지요." 드링크워터 부인이 더 힘차게 발을 흔들었다. "하지만 그렇게 되지는 않아요. 재커리가 다른 아이들보다 더 외로워 보인다는 건 인정할 수밖에 없지만요. 어쨌거나 우니까요."

"울어요?"

"가끔 그애 방에서 우는 소리가 들려요. 돼지머리 일이 있기 전에도요. 고자질쟁이가 되는 것 같지만, 삼촌이시라니까. 나는 남의 일에 참견은 하지 않으려고 해요."

"수전도 그애가 우는 소리를 들었어요?"

"그건 모르겠네요."

개가 밥에게 다가와 긴 주둥이를 그의 허벅다리에 들이밀었다. 그는 개의 뻣뻣한 머리털을 쓰다듬어주고 발로 바닥을 톡톡 쳐 엎드리게 했다. "잭한테 친구가 하나라도 있나요?"

"누가 집에 놀러오는 건 못 봤어요."

"수전은 잭 혼자 돼지머리를 던진 거라고 하던데요."

"그 말이 맞을 거예요." 드링크워터 부인은 커다란 안경을 밀어올렸다. "하지만 그렇게 하고 싶었을 사람들이 많을걸요. 여기 사람들 모두가 그 사람들, 그러니까 소말리아인들을 환영하는 건 아니니까요. 나는 그 사람들 신경 안 써요. 하지만 그 사람들이 그런 복장을 하고 다니니까." 드링크워터 부인이 손을 펴서 얼굴을 가렸다. "눈만 빼꼼 내놓고 다니잖아요." 그녀가 거실을 둘러보았다. "사실인지는 모르겠지만, 소문에 의하면, 그 사람들은 그릇장에 생닭을 넣고 키운대요. 맙소사, 정말 희한한 일이지요."

밥이 자리에서 일어섰고, 코트 주머니에 휴대폰이 있는 것을 확인했다. "나가서 담배 좀 피우고 올게요. 괜찮으시면요."

"그럼요, 그러세요."

밥은 머리 위로 노란 잎들을 드리운 노르웨이단풍나무 아래 서서 담배에 불을 붙인 뒤 눈을 가늘게 뜨고 휴대폰을 쳐다보았다.

5

짐은 자신이 골프를 얼마나 잘 쳤는지 헬렌에게 보여주려고 햇볕에 탄 번질거리는 몸으로 호텔방에서 자세를 잡고 서 있었다. "전부 손목에 달렸어, 봐." 그가 무릎을 살짝 구부리고 팔꿈치를 굽힌 다음 보이지 않는 골프채를 휘둘렀다. "봤어, 헬리? 내가 방금 손목을 어떻게 쓰는지 봤어?"

헬렌은 봤다고 대답했다.

"대단했어. 우리랑 골프를 친 그 띨띨한 의사 놈도 동의했지. 그 의사는 텍사스 출신이었어. 땅딸막하고 역겨운 촌뜨기. 텍사스 티가 뭘 말하는지도 모르더라니까. 그래서 내가 알려줬지." 짐이 손가락으로 헬렌을 가리켰다. "당신네 주州에서 인간을 감자칩보다 더 빨리 튀겨내는 짓을 그만두기로 하면서부터* 사람들을 죽이는 데 쓰는 거라고 말이야. 티오펜탈나트륨, 브롬화판쿠로늄, 염화칼륨을 섞어서. 그 의사 놈 한마디도 못하던걸. 떨떨한 놈. 간신히 미소만 짓더라니까." 짐이 손으로 이마를 닦고 다시 한번 스윙 자세를 취했다. 그의 뒤쪽으로 테라스로 통하는 유리문이 조금 열려 있어 헬렌은 문을 닫으려고 남편과 레몬 그릇이 놓인 테이블을 지나 그쪽으로 갔다. "봤어? 멋지지! 내가 그 쪼다 자식한테 말했어." 짐이 골프 셔츠로 얼굴을 닦으며 말을 이었다. "당신네가 사형의 필요성을 믿는다면, 문명사회가 비인간성에 의해 타락했다는 자명한 지표인 사형의 필요성을 믿는다면, 적어도 당신네 네안데르탈인 같은 사형집행인들에게 텍사스 티를 적절히 투여하는 법은 가르쳐야 하지 않겠느냐고 말이야.** 저번에 사형 집행을 당한 그 불쌍한 작자처럼 근육에 마비 주사를 찔러넣어 꼼짝없이 누워 있게 하는 대신에—그 사람 무슨 의사인 줄 알아? 피부과 의사. 주름 제거. 처진 엉덩이 올리기. 샤워 좀 해야겠어."

"짐, 밥이 전화했었어."

---

* 전기의자에 앉혀 사형시키는 것을 의미한다.

** 텍사스 주는 미국에서 사형 집행의 수도라 불릴 만큼 사형 집행으로 악명이 높다. 미국에서 사형 제도가 부활한 1976년 이후, 텍사스 주에서는 1982년에 찰리 브룩스라는 인물이 최초로 약물 주입에 의해 사형되었다.

짐이 욕실로 가다 말고 돌아보았다.

"잭이 다시 출근한대. 보석금으로 이백 달러를 냈대. 수전도 출근했고. 잭이 몇 주 동안은 기소인부절차를 밟지 않아도 될 거라는데, 밥 말로는 찰리 티베츠가 무슨 티켓*으로 그렇게 했대. 미안, 그 부분은 잘 알아듣지 못했어." 헬렌이 아이들에게 보내려고 구입한 작은 선물들을 짐에게 보여주려고 서랍장의 서랍을 열었다.

"그 위쪽 방식이 그래." 짐이 말했다. "심리일정표라는 게 있거든. 잭이 출두를 해야 하나?"

"몰라. 아닐걸."

"밥은 어떤 것 같았어?"

"밥 같았어."

"그게 무슨 말이야. '밥 같다'니?"

헬렌은 짐의 말투에 서랍을 닫고 그를 향해 돌아섰다. "그게 무슨 말이냐니, 그건 또 무슨 말이야? 밥이 어떤 것 같으냐고 물었잖아. 밥 같았다고. 밥같이 말했다니까."

"여보, 당신 때문에 답답해 미치겠어. 나는 거기 아수라장에서 어떤 일이 일어나고 있는지 알고 싶은 거야. 밥 같았다는 말은

---

* 심리일정표를 뜻하는 docket을 헬렌이 잘못 알아들은 것이다.

도움이 되지 않아. 밥 같았다고 할 때 그게 어떤 의미지? 목소리가 밝았어? 아니면 심각했어?"

"반대신문하듯 하지 마. 골프 치면서 즐기다 온 건 당신이야. 나는 뚱한 도러시하고 붙어 있어야 했어. 게다가 도러시가 나한테 케냐 난민촌 기사를 읽게 했어. 그건 골프를 치는 것만큼이나 재미없었어. 그때 내 휴대폰이 울렸는데—당신도 알겠지만 베토벤 5번 교향곡, 애들이 밥한테서 전화가 오면 그 음악이 울리게 해놨잖아—그래서 밥 전화인 걸 알았지. 나는 거기 앉아 당신 비서처럼 밥하고 통화를 해야 했어. 밥은 감히 당신을 방해할 수 없어서 나한테 전화를 한 거니까."

짐이 침대에 걸터앉아 러그를 내려다보았다. 헬렌은 그 의미를 알아차렸다. 그들은 오래된 부부였다. 짐은 헬렌에게 좀처럼 화를 내지 않았고, 헬렌도 그 점을 고마워했다. 헬렌은 그것을 늘 존중의 표시로 여겼기 때문이다. 하지만 그가 마치 그녀의 철없는 행동에 대해 이성적인 태도를 유지하려고 애쓰는 듯한 모습을 보이면 그녀는 받아들이기가 힘들었다.

이제 그녀는 익살스럽게 말하려 애썼다. "알겠어, 내 말은 취소야. 호응이 없네." 그녀의 목소리는 농담하는 것처럼 들리지 않았다. "부적절했어." 그녀가 덧붙였다.

짐은 계속 러그만 쳐다보았다. 이윽고 그가 말했다. "밥이 전화해달라고 했어, 안 했어?"

"안 했어."

짐은 그녀를 쳐다보았다. "내가 알고 싶은 건 그것뿐이야." 그러더니 일어서서 욕실로 걸어갔다. "샤워를 해야겠어. 당신을 뚱한 도러시와 함께 둬서 미안해. 난 도러시가 좋았던 적이 없어."

헬렌이 말했다. "무슨 소리야? 그러면 우리가 왜 그 부부하고 여길 온 건데?"

"도러시가 우리 회사 경영 파트너와 결혼했으니까, 헬렌." 욕실문이 닫히고 곧 샤워기에서 물이 쏟아지는 소리가 들렸다.

그들은 야외에서 저녁식사를 하며 수면 위로 해가 지는 모습을 지켜보았다. 헬렌은 흰색 리넨 블라우스와 검은색 카프리 바지를 입고 플랫슈즈를 신었다. 앨런이 미소를 지으며 말했다. "여성분들이 오늘밤 아주 아름다우시네요. 내일은 어떤 계획이 있나요?" 앨런은 옆에 앉은 도러시의 팔을 계속 어루만지고 있었다. 그의 손에는 주근깨가 돋아 있었다. 머리가 거의 다 벗어진 두피에도 주근깨가 돋아 있었다.

헬렌이 말했다. "내일은요, 남자분들이 골프를 치는 동안 도러시하고 레몬드롭에서 아침을 먹을 생각이에요."

"멋진데요." 앨런이 고개를 끄덕였다.

헬렌은 귀걸이를 만지며 생각했다. 여자로 사는 건 짜증나. 다음 순간 다시 생각했다. 아니, 그렇지 않아. 그녀가 위스키사워를 한 모금 마셨다. "내 위스키사워 좀 마실래?" 그녀가 짐에게 물었다.

짐이 고개를 가로저었다. 테이블을 내려다보고 있었지만 생각은 딴 데 가 있는 것 같았다.

"금주중인가요, 짐?" 도러시가 물었다.

"짐은 원래 거의 안 마셔요. 아시는 줄 알았는데." 헬렌이 말했다.

"자제력을 잃을까봐서요?" 도러시의 질문에 분노의 바늘이 헬렌의 가슴을 찔렀다. 하지만 그때 도러시가 "저기 좀 봐" 하며 손가락으로 가리켰다. 가까운 곳에서 벌새 한 마리가 긴 부리를 꽃 속에 찔러넣고 있었다. "예쁘기도 해라." 도러시가 의자 팔걸이를 잡으며 몸을 앞으로 숙였다. 헬렌은 짐이 테이블 밑으로 자신의 무릎을 움켜잡는 것을 느끼고 키스의 표시로 입을 살짝 오므렸다. 그들 넷은 은제 포크와 나이프를 쟁그랑거리며 느긋하게 저녁을 먹었다. 헬렌은 위스키사워를 한 잔 더 마신 뒤, 윌리 패커 재판이 끝나던 밤 볼링장 테이블에 올라가 춤을 추었던 이야기까지 늘어놓았다. 그날 헬렌은 스트라이크에 연거푸 성공했다—믿을 수 없었다! 그래서 맥주를 너무 많이 마셨고 테이블에 올라가 춤까지 춘 것이었다.

"못 봐서 유감이네요." 도러시가 말했다.

앨런이 흐뭇하고 몽롱한 표정으로 너무 길다 싶을 만큼 오래 헬렌을 쳐다보았다. 그가 손을 뻗어 헬렌의 손을 가볍게 잡았다. "짐은 행운아예요." 그가 말했다.

"아무렴." 짐이 말했다.

6

밥에게는 끝이 없을 것 같은 시간이었다. 짐이 전화해주기를 기다리는 그 하루가 그에게는 방대하고 공허하게 느껴졌다. 다른 사람이었다면 뭐라도 했을 것이다. 밥도 그 사실을 알았다. 다른 사람이었다면 식료품점에라도 다녀와 수전과 잭이 돌아오기 전에 식사라도 준비했을 것이다. 아니면 해안으로 차를 몰고 가 파도라도 구경했을 것이다. 아니면 산으로 올라가 하이킹을 하든가. 하지만 밥은—담배를 피우러 뒤쪽 포치에 나갔다 들어온 것을 빼면—수전의 거실에 앉아 리더스 다이제스트 선집을 훑어보고 집에 있던 여성지를 뒤적거린 게 전부였다. 여성지를 본 것은 처음이었다. 오랫동안 같이 산 남편과의 성생활에 활력을 불어넣는 법이라든가(섹시한 속옷으로 놀라게 하라), 직장에서 일하면서 살 빼는 법이라든가, 늘어진 허벅지에 탄력을 주는 운동이라든가 하는 기사를 읽자 그는 슬퍼졌다.

수전이 집으로 돌아와서 이렇게 말했다. "아직도 있을 줄은 몰랐네. 기껏 한다는 일이 조간신문에 그딴 기사나 실리게 한 거면서."

"음. 나는 도움이 되려고 온 거야." 밥이 잡지를 내려놓았다.

"이미 말했지만, 네가 여기 있을 줄은 몰랐어." 수전은 개를 내보내고 코트를 벗었다.

"내일 아침에 찰리 티베츠를 만나야 해. 너도 알고 있잖아."

"그 사람이 나한테 전화했어." 수전이 말했다. "오후는 돼야 타운에 돌아올 수 있다고. 일정이 좀 지연됐대."

"알았어." 밥이 말했다. "오후에 만나지 뭐."

잭이 문을 열고 들어오자 밥이 일어섰다. "어서 와라, 재커리. 삼촌하고 이야기 좀 하자꾸나. 오늘 하루는 어땠는지로 시작해 볼까."

잭은 놀라서 하얗게 질린 얼굴로 서 있었다. 짧게 깎은 머리 때문에 귀가 유난히 취약해 보였지만 각진 얼굴 골격은 어른 같았다. "음. 나중에요." 잭이 자기 방으로 올라가자 수전은 이번에도 먹을 것을 올려다주었다. 이번에 밥은 부엌에 남아서 커피 잔으로 와인을 마시고 전자레인지에 데운 냉동 피자를 먹었다.

메인에서는 사람들이 더러 이른 시간에 저녁식사를 한다는 것을 그는 잊고 있었다. 이제 겨우 다섯시 반이었다. 밥과 수전은 저녁 내내 말없이 텔레비전을 보았고, 수전은 리모컨을 꼭 쥔 채 뉴스만 나오면 채널을 돌렸다. 전화벨은 울리지 않았다. 여덟시가 되자 수전은 잠을 자러 갔다. 밥은 뒤쪽 포치로 나가 담배를 피웠다. 그리고 다시 들어와 두 병째인 와인을 비웠다. 졸리지 않았다. 그는 수면제를 한 알 먹었고, 또 한 알 먹었다. 그는 또 코트를 입은 채 소파에서 밤을 보냈고, 그날 밤도 역시 혹독했다.

그는 그릇장 문이 탕탕거리는 소리에 잠을 깼다. 블라인드 사이로 들어오는 아침 햇살이 강렬했다. 수면제를 먹고 잠들었다 일찍 눈을 뜬 탓에 개운하지가 않았다. 그런 상태로 밥은 어제 수전이 화를 냈을 때 놀랍도록 어머니 같았다는 생각을 했다. 그들이 어렸을 때 어머니는 이따금 버럭버럭 소리를 질렀다(밥에게는 결코 그런 적이 없었고, 가족이 키우는 개나 조리대에서 굴러떨어져 깨진 땅콩버터 병, 아니면—주로, 대개는—수전이 그 대상이었다. 자세가 똑바르지 않다거나 셔츠를 제대로 다리지 않았다거나 방 청소를 깨끗이 하지 않았다거나 하는 이유에서였다).

"수전……" 그가 잠긴 목소리로 말했다.

수전이 입구에 와서 섰다. "잭은 이미 출근했고, 나도 샤워하고 곧 나갈 거야."

밥은 경례를 붙이는 시늉을 한 뒤 일어서서 차 열쇠를 찾았다.

그는 몇 주 동안 몸져누워 있던 사람처럼 조심스럽게 운전했다. 앞유리로 보이는 세상이 아주 멀게 느껴졌다. 그는 편의점이 딸린 주유소로 들어갔다. 편의점에 들어서자 온갖 다양한 제품—먼지 묻은 선글라스, 건전지, 열쇠 딸린 자물쇠, 사탕—이 시야에 들어왔고 너무 혼란스러워 무섭다는 느낌마저 들었다. 카운터 뒤에는 피부색이 검은 젊은 여자가 서 있었다. 눈이 크고 검었다. 아직 잠이 덜 깬 그에게 그 여자는 마치 인도에서 온 듯 그곳과 어울리지 않아 보였다. 하지만 그럴 리는 없었다. 셜리폴스의 편의점 점원은 항상 백인이었고 거의 항상 뚱뚱했다. 밥이 예상한 것은 그런 장면이었다. 그런데 이곳 풍경은 누구라도 점원이 될 수 있는 뉴욕의 작은 스냅사진을 끼워넣은 것 같았다. 하지만 이 검은 눈동자의 젊은 여자는 전혀 반기는 기색 없이 밥을 바라보았고 그는 무단 침입자가 된 기분이었다. 밥은 바보같이 통로를 이리저리 돌아다녔는데, 여자의 경계심을 너무나 의식한 나머지 자기가 뭔가를 훔친 것만 같았다. 하지만 그는 평생 어떤 것도 훔쳐본 적이 없었다. "어, 커피는요?" 그가 묻자 그녀가 손가락으로 가리켰다. 그는 스티로폼 컵에 커피를 따르고 슈거파우더를 입힌 도넛 한 상자를 찾았다. 그 순간 바닥에 쌓인 어제 신문들이 보였다. 그의 조카가 그를 쳐다보며 히죽 웃고 있었다. 밥은 나직이 앓는 소리를 냈다. 냉장 진열장 앞을 지나다가 와인이 보이자 그는 걸음을 멈추고 한 병을 집었다. 꺼낼 때 다른 병들과 부딪혀 쟁그랑 소리가 났다. 그는 와인병을 겨드랑이 밑에 꼈다. 오후에 찰리 티베츠를 만나고 나면—바라건대—더 머물지 않을 것이었지만, 혹여 수전의 집에 더 붙들려 있게 되더라도 와인이 있다고 생각하면 좀 안심이 되었다. 그는 카운터에 와인과 커피와 도넛 상자를 내려놓고 담배를 달라고 했다. 젊은 점원은 그를 쳐다보지 않았다. 카운터에 담배를 내려놓을 때도, 돈을 얼마나 내야 하는지 말할 때도 쳐다보지 않았다. 그녀가 말없이 납작한 종이봉투를 밀었고, 그는 직접 물건을 담아야 한다는 사실을 알아차렸다.

그는 차 안에 앉았다. 따뜻한 커피 덕분에 입이 풀렸다. 도넛의 하얀 가루가 코트에 떨어져 손으로 떨어냈더니 그대로 흰색 얼룩이 남았다. 컵을 기어 옆 홀더에 내려놓고 후진을 하는데 무슨 소리가 들렸다. 느리게 흘러가는 듯한 짧은 시간 후에 밥은 그 소리가 사람이 지르는 비명임을 깨달았다. 그는 시동을 껐다. 차가 부르르 떨렸다.

차에서 내리려고 더듬거리며 문을 열기까지 영원 같은 시간이 흘렀다.

긴 빨간색 로브를 입고 속이 비치는 얇은 스카프로 머리와 얼굴 대부분을 가린 여자가 차 뒤쪽에 서서 그가 알아들을 수 없는 언어로 소리를 질러대고 있었다. 그녀가 팔을 위아래로 휘젓더니 손을 뻗어 차체를 쳤다. 밥이 다가서자 그녀는 두 팔을 흔들었다. 그 모든 일이 밥에게는 정적 속에서 느리게 일어나는 것만 같았다. 그 여자 뒤로 옷 색깔이 더 짙지만 차림새가 그녀와 같은 또다른 여자가 서 있는 게 보였다. 그녀가 입을 벙긋거리며 그를 향해 소리를 지르고 있었다. 길고 누런 이가 보였다.

"괜찮아요?" 밥은 이렇게 소리치고 있었다. 여자들이 소리치고 있었다. 밥은 갑자기 숨이 멎는 것 같아 가슴 앞에서 손을 움직여 그 사실을 알리려고 했다. 어느새 편의점 점원이 밖으로 나와 첫번째 여자의 손을 잡더니 밥은 알아들을 수 없는 언어로 그 여자에게 뭐라고 말했다. 그제야 밥은 그 점원이 소말리족이라는 사실을 깨달았다. 점원이 밥을 돌아보며 말했다. "당신이 차로 이 여자분을 치려고 했죠. 얼른 꺼져버려요, 미친놈!"

"그렇지 않아요." 밥이 말했다. "혹시 내가 쳤어요?" 그가 숨을 헐떡였다. "병원이……" 그가 손으로 가리켰다.

그 여자들이 생소한 언어로 빠르게 속닥거렸다.

점원이 말했다. "병원에는 안 가겠대요. 가세요."

"그냥 갈 수는 없어요." 밥이 어쩔 수 없다는 듯 말했다. "경찰서에 가서 알려야 해요."

점원이 목소리를 높였다. "경찰서에는 왜요? 경찰이 당신 친구라도 되나요?"

"내가 차로 저분을 쳤으면……"

"치지는 않았어요. 치려고 했다는 거죠. 가세요."

"하지만 고의가 아니라 사고였어요. 저분 이름이 뭐죠?" 그는 필기도구를 찾으려고 차로 갔다. 그가 다시 차에서 내렸을 때 긴 로브를 입고 긴 스카프를 둘러쓴 두 여자는 거리를 달려가고 있었다.

점원은 다시 가게에 들어가 있었다. "가요." 그녀가 유리문 너머로 소리쳤다.

"저 여자분을 못 봤어요." 그가 어깨를 으쓱하며 손바닥을 내보였다.

문이 찰칵 잠겼다. "어서 가요!" 그녀가 말했다.

밥은 아주 천천히 차를 몰아 수전의 집으로 돌아왔다. 샤워기에서 물이 쏟아지는 소리가 들렸다. 수전은 목욕 가운을 입은 채 수건으로 머리를 말리며 아래층으로 내려왔다. 밥은 여전히 숨이 멎을 듯한 기분을 느끼면서, 자신을 빤히 쳐다보는 수전을 바라보며 말했다. "저기 말이지, 짐에게 전화를 걸어야 해."

7

　헬렌은 커피잔을 들고 호텔방의 테라스에 나가 앉았다. 아래에서 물줄기를 뿜어올렸다 떨어뜨리는 분수 소리가 들렸다. 보이는 테라스마다 인동덩굴이 늘어져 있었다. 그녀는 볕이 드는 곳에 맨다리를 쭉 뻗고 발가락을 꼼지락거렸다. 레몬드롭에서 먹기로 한 아침식사는 취소되었다. 아까 앨런이 전화를 걸어, 도러시가 오전에는 방에서 쉬기로 했다며 헬렌이 기분 상하지 않았으면 좋겠다고 말했다. 헬렌은 기분 상하지 않았다. 그녀는 아침식사를 방으로 주문해 기쁘기 그지없는 마음으로 과일과 요구르트와 롤빵을 먹었다. 짐은 아홉 홀만 돌기로 했으니 그리 오래 나가 있지는 않을 것이다. 그뒤에 함께 시간을 보낼 수 있었다. 헬렌은 자신의 내부에서 달콤하게 압축된 욕망을 느꼈다.

"정말 고마워요." 그녀는 아침식사를 치워달라고 전화를 걸어, 전화를 받은 정중한 남자에게 이렇게 말했다. 그녀는 왕골가방을 들고 로비로 내려갔고, 선물 가게에 들러 가십이 실린 잡지를 구입했다. 옛날에 딸들과 소파에 모여 앉아 영화배우들의 드레스를 구경하던 종류의 잡지였다. "이야, 난 이게 좋아!" 에밀리가 사진을 가리키면 마고가 한숨을 내쉬며 "이것 좀 봐, 이게 지이이인짜 멋지지"라고 말하곤 했다. 헬렌은 다른 여성지도 한 권 샀는데, 표지에 '빈 둥지의 기쁨'이라는 기사 제목이 보여서였다. "정말 고마워요." 그녀는 계산대의 여자 점원에게 말한 뒤 꽃나무들과 바위 정원 사이로 난 길을 따라 해변으로 나갔다. 그리고 햇볕에 발목을 담갔다.

나이를 먹어가는 부부에게는 서로의 눈을 쳐다보는 것이 중요하다고, 기사는 충고하고 있었다. 섹시한 이메일을 보내라. 칭찬을 해라. 뚱한 태도는 전염된다. 헬렌은 선글라스를 낀 채 눈을 감았고, 생각은 자연스럽게 월리 패커 시절로 흘러갔다. 지금까지 누구에게도 이야기한 적 없지만, 그 시절에 그녀는 퍼스트레이디가 되는 기분이 어떤 것인지 알게 되었다. 언제라도 카메라에 찍힐 준비가 되어 있어야 했다. 늘 이미지 관리를 해야 했다. 헬렌은 그 점을 잘 이해하고 있었다. 그리고 그 역할을 훌륭하게 해냈다. 웨스트하트퍼드에서 어울리던 무리 중 누군가가 쌀쌀맞게 굴었지만 헬렌은 아무렇지 않았다. 그녀는 진심으로 짐이 월리를 변호한 것이 옳다고 믿었고, 월리에게 그런 변호를 받을 권리가 있다고 생각했다. 어떤 상황에서 사진을 찍히건—짐과 같이 레스토랑에 있을 때건, 공항에서건, 택시에서 내릴 때건—그녀는 자신의 옷차림이 적절하다고 느꼈다. 정장, 칵테일 드레스, 캐주얼 바지, 어떤 옷을 입어도 그랬다. 서커스라 할 만한 행사도 짐과 헬렌 버지스의 품격이 더해지면 장중한 자리가 되었다. 그때 헬렌은 그렇게 느꼈고, 지금 회상하면서 그 생각은 더욱 확고해졌다.

정말 신났었다! 헬렌이 발목을 돌려 풀었다. 밤이 이슥하고 아이들이 자러 가면 그녀는 짐과 함께 이야기를 나누었다. 그날 법정에서 일어난 일을 이야기했다. 그가 그녀에게 의견을 물었다. 그녀가 의견을 말했다. 그들은 파트너였고 한 팀이었다. 사람들은 그런 재판 때문에 결혼생활이 힘들겠다고 했지만, 짐과 헬렌은 웃음을 터뜨리지 않으려고, 드러내지 않으려고 조심했다. 그것과는 정반대라는 사실을. 오, 정말이지, 정반대였다. 헬렌이 기지개를 켜고 눈을 떴다. 짐에게는 오직 헬렌뿐이었다. 지난 삼십 년 동안 그가 그녀에게 이 사실을 얼마나 많이 속삭였던가? 그녀는 소지품을 챙겨서 다시 호텔방으로 돌아갔다. 크로케를 하는 잔디밭 옆, 조그맣게 쌓아올린 돌들 위로 물줄기가 졸졸 흘렸다. 한 부부—아내는 긴 흰색 스커트에 하늘색 블라우스를 입고 있었다—가 크로케를 하고 있었다. 작고 둔탁한 탁 소리와 함께 공이 잔디밭 위로 굴러갔다. 떨어지는 열대 꽃송이와 푸른 하늘이 오가는 손님들에게 속삭이는 것 같았다. 이제 행복하세요. 행복하세요, 행복하세요. 헬렌은 생각했다. 고마워요, 행복해질게요.

헬렌이 방으로 들어가려는데 안에서 짐의 말소리가 들렸다. "넌 빌어먹을 정신병자야, 밥!" 남편이 그 말을 반복하고 있었다. "넌 빌어먹을 정신병자야! 빌어먹을 구제불능 정신병자라고!" 그녀가 방문에 키를 밀어넣고 들어와 말했다. "그만해, 짐."

그가 침대 옆에 선 채 벌게진 얼굴로 그녀를 돌아보았다. 그러고는 헬렌이 조금만 더 가까이 있었다면 그녀를 후려쳤을 듯이 손을 홱 내렸다. "넌 빌어먹을 정신병자야, 밥! 구제불능 정신병자!" 그의 푸른색 골프 셔츠가 군데군데 땀으로 얼룩져 있었고, 얼굴에서 땀방울이 뚝뚝 떨어졌다. 그는 휴대폰에 대고 다시 고함을 질렀다.

헬렌이 레몬 그릇 앞에 앉았다. 그녀의 입은—그렇게—말라 있었다. 그녀는 남편이 휴대폰을 침대 위에 던지는 모습을 보았다. 그는 계속 소리를 질러댔다. "정신병자! 제기랄, 밥 그놈은 빌어먹을 정신병자야!" 그녀의 마음속에 어떤 기억 한 조각이 불쑥 떠올랐다. 고래고래 소리를 지르며 아내에게 같은 말을 반복한다는 밥의 이웃 남자 이야기. 젠장, 당신 때문에 미쳐버리겠어, 그 남자가 한 말이 이거였다던가? 수갑을 차고 끌려가기 전이었다. 그런데 그녀가 바로 그런 남자와 결혼한 것이다.

이상하게도 그녀의 마음이 침착해졌다. 그녀는 생각했다. 내 바로 앞에 레몬 그릇이 있는데 레몬 그릇이라는 생각이 전혀 들지 않는 느낌이야. 그녀의 마음이 대답했다. 내가 어떻게 해주길 바라, 헬렌? 침착해, 그녀가 마음에게 말했다.

짐은 손바닥에 주먹을 내려치고 있었다. 그가 방안을 이리저리 돌아다니는 동안 헬렌은 가만히 앉아 있었다. 마침내 그가 입을 열었다. "무슨 일이 있었는지 알고 싶어?"

헬렌이 말했다. "나는 당신이 다시는 그렇게 소리를 지르지 않았으면 좋겠어. 내가 바라는 건 그거야. 또 그러면 나는 여기서 나가 비행기를 타고 혼자 뉴욕으로 돌아갈 거야."

그가 침대에 걸터앉아 셔츠 밑단으로 얼굴을 닦았다. 그러더니 팽팽하게 날이 선 목소리로 밥이 소말리족 여자를 차로 칠 뻔했다고 말했다. 밥 때문에 잭의 웃는 얼굴이 신문 1면에 떡하니 실렸다고 말했다. 밥이 아직 잭과 대화도 나누지 않았다고 말했다. 그뿐 아니라 밥이 다시는 운전석에 앉지 않을 것이고, 비행기를 타고 뉴욕으로 돌아올 것이고, 그들 차를 메인에 두고 온다는 것이었다. 짐이 밥에게, 차는 어떻게 돌려줄 건데? 하고 묻자 밥은, 몰라, 하지만 운전은 안 할 거야, 다시는 운전석에 앉지 않을 거야, 나는 오늘밤 비행기를 타고 돌아갈 거고 그 찰리 티베츠라는 사람이 나 없이 이 사건을 해결해야 할 거야, 라고 했다는 것이다. "밥은," 짐이 조용히 내뱉었다. "빌어먹을 정신병자야."

"밥은," 헬렌이 말했다. "네 살 때 정신적외상을 입었잖아. 밥이 지금 운전대를 잡지 않으려고 하는 이유를 당신이 모른다는 게 오히려 놀라워. 정말 실망스럽기도 하고." 그리고 덧붙였다. "하지만 밥이 소말리아인 여자를 치다니, 그건 믿어지지 않을 만큼 어처구니없는 일이네."

"소말리족이야."

"뭐?"

"소말리족이라고. 소말리아인이 아니라."

헬렌이 몸을 앞으로 숙였다. "이 와중에 내 실수를 바로잡겠다는 거야?"

"오, 여보." 짐이 잠시 눈을 감았다 떴다. 더는 대꾸하지 않겠다는 제스처 같았다. "밥이 다 망쳤어. 우리가 그리로 가서 도와야 한다면 그 사람들을 부르는 말이 뭔지 똑바로 아는 게 최선이야."

"나는 안 가."

"같이 가줬으면 좋겠어."

갑자기 헬렌은 크로케를 하던 부부가 몹시 부러워졌다. 바람에 나부껴 올라가던 그 여자의 길고 하얀 스커트. 그녀는 몇 시간 전에 이 방에서 짐을 기다리던 자신의 모습을, 짐이 바라봐주길 기다리던 자신의 모습을 떠올렸지만……

그는 그녀를 바라보지 않았다. 그의 시선은 창문을 향해 있었고, 그의 옆모습에서 그녀는 그의 푸른 눈동자에 비치는 햇살을 보았다. 그의 얼굴에서 긴장이 풀어졌다. "내가 월리의 무죄 선고를 받아냈을 때 밥이 나한테 뭐라고 했는지 알아?" 그가 잠깐 헬렌을 돌아보고는 곧 다시 창밖을 내다보았다. "밥이 그러더군. '짐, 대단해. 정말 대단한 일을 했어. 하지만 형이 그 사람의 운명을 바꿔버린 거야.'"

햇빛이 바닥에 내려앉았다. 헬렌은 레몬 그릇을, 그리고 메이드가 테이블에 펼쳐놓은 잡지들을 내려다보았다. 그리고 남편을, 침대 모서리에 앉아 앞으로 몸을 숙이는 남편을 보았다. 그의 골프 셔츠가 구겨지고 젖은 것을 보았다. 그에게 팔을 뻗고 여보, 좀 쉬자, 여기 있는 동안만큼은 즐겁게 보내자, 하고 말할 참이었다. 하지만 그가 그녀를 돌아보았을 때, 뭔가 아주 다른 고통이 그를 사로잡은 것처럼 보였다. 만약 길에서 그를 스쳐지나갔더라도 그녀는 짐이라는 걸 알아보지 못했을 것 같았다. 그녀는 팔을 내렸다.

짐이 일어섰다. "밥이 나한테 그런 말을 했어, 헬렌." 그가 부자연스럽고 애원하는 듯한 얼굴로 물끄러미 그녀를 바라보았다. 짐이 두 손을 엇갈리게 해 어깨에 올렸다. 오랜 세월 동안 이어온 그들만의 은밀한 수신호였다―그리고 헬렌은 그럴 수 없었는지, 그럴 마음이 없었는지(어느 쪽인지는 그녀도 몰랐다), 일어서서 그에게 다가가지 않았다.

8

그 말은 전적으로 옳았다. 과연 밥은 쓸모가 없었다. 그는 수전의 소파에 꼼짝 않고 앉아 있었다. "너는 쓸모 있었던 적이 없어." 수전이 소리를 지르고는 차를 몰고 나갔다. 처량한 개가 다가와 긴 주둥이를 밥의 무릎 아래로 들이밀었다. "괜찮아." 그가 중얼거리자 개가 그의 발치에 엎드렸다. 시계를 보니 오전이 반이나 지나 있었다. 그는 가만히 뒤쪽 포치로 나가서 계단에 앉아 담배를 피웠다. 계속 다리가 후들거렸다. 바람이 한바탕 불자 노르웨이단풍나무의 노란 잎이 우수수 떨어져 포치로 휩쓸려왔다. 밥이 뒹구는 나뭇잎들 위에 꽁초를 버린 뒤 발로 비벼 끄는 와중에도 다리는 계속 후들거렸다. 그는 또 한 개비에 불을 붙였다. 차 한 대가 속도를 늦추고 진입로로 들어와 멈춰 섰다.

작은 차였는데, 새것은 아니고 차체 바닥이 낮았다. 운전석에 앉은 여자는 키가 커 보였다. 여자는 문을 열고 나올 때 엉덩이를 쑥 들어올려야 했다. 나이는 밥 또래로 보였고, 안경이 콧등을 타고 흘러내렸다. 다채로운 색조의 짙은 금발은 대충 뒤로 넘겨 핀으로 고정해놓았고, 몸 전체를 감싸는 코트는 검은색과 흰색이 섞인 트위드 천으로 된 것이었다. 어딘지 모르게 친근한 느낌이 들었는데, 밥은 메인 출신을 만나면 이따금 그런 느낌을 받곤 했다.

"안녕하세요." 그녀가 인사했다. 그러고는 안경을 코 위로 밀어올리며 그에게 다가왔다. "마거릿 에스테이버라고 해요. 재커리의 삼촌 되시죠? 아니, 아니에요, 일어서실 것 없어요." 그녀가 계단 위 그의 옆에 앉자 그는 놀랐다.

그가 담배를 끄고 그녀에게 손을 내밀었다. 그녀가 손을 잡았지만, 나란히 앉아 악수하니 동작이 어설펐다. "수전의 친구인가요?" 그가 물었다.

"그러면 좋겠네요. 전 유니테리언 교회 목사예요. 마거릿 에스테이버라고 해요." 그녀가 다시 말했다.

"수전은 출근했어요."

마거릿 에스테이버는 그럴 거라고 짐작했다는 듯 고개를 끄덕였다. "수전이 저를 만나고 싶어하지 않을 것 같지만 제 생각에는…… 그래도 와보는 게 좋겠다 싶었어요. 수전이 무척 힘들어 할 것 같은데요."

"네, 그렇죠." 밥이 담배 한 개비를 더 집었다. "괜찮으시면…… 죄송하지만……"

그녀가 손을 내저었다. "저도 예전에 담배를 피웠어요."

그가 담배에 불을 붙이고 무릎을 위로 끌어당긴 뒤 팔꿈치를 무릎에 올렸다. 다리를 떠는 모습을 들키고 싶지 않았다. 담배 연기가 그녀 쪽으로 가지 않게 그가 연기를 후 불었다.

"오늘 아침에야 분명히 깨달았어요." 마거릿 에스테이버가 말했다. "제가 재커리와 어머니한테도 신경을 써야 한다는 사실을 요."

그가 눈을 가늘게 뜨고 그녀를 쳐다보았다. 그녀의 얼굴에서 활기가 느껴졌다. "그게, 제가 상황을 더 망쳐놨어요." 그가 고백했다. "어떤 소말리족 여성이 제가 자기를 차로 치려 했다고 생각해요."

"들었어요."

"그래요? 벌써요?" 또다시 그의 내면에서 두려움이 포효했다. "그럴 의도는 없었어요." 그가 말했다. "정말이에요."

"물론 그러셨겠죠."

"신고하려고 경찰서에 전화를 했어요. 같이 고등학교를 다녔던 경찰한테 말했는데, 게리 오헤어 말고요, 그 사람하고도 같이 다녔지만, 톰 레베스크한테요. 제가 전화를 걸었을 때 그 사람이 근무중이었어요. 걱정하지 말라고 하더군요.”(사실 톰 레베스크는 소말리족은 미친 사람들이라고 했다. “잊어버려.” 톰이 말했다. “그 인간들은 정말 어디서 튀어나올지 모른다니까. 잊어버려.”)

마거릿 에스테이버가 다리를 쭉 뻗고 발목을 교차시켰다. 그녀는 뒤축이 없는 짙은 파란색 클로그를 신었고 양말은 짙은 녹색이었다. 그녀가 하는 말을 듣는 동안 그 이미지가 그의 눈에 가만히 새겨졌다. “그 여자는 당신이 자기를 쳤다고 한 게 아니라 치려고 했다고 말했어요. 그 여자가 고소할 일은 없으니 그 일은 이걸로 끝이에요. 당신도 짐작하겠지만, 소말리족 사람들 다수는 공권력을 신뢰하지 않아요. 물론 지금 좀 예민해져 있는 것도 사실이고요.”

밥의 다리는 여전히 후들거리고 있었다. 담배를 입으로 가져가는 손까지 떨렸다.

마거릿의 말은 계속되었다. “수전이 재커리를 혼자 키운 지 몇 년 됐다고 들었어요. 저희 엄마도 혼자 저를 키우셨는데 즐거운 일이 아니에요. 저도 잘 알아요.” 그리고 덧붙였다. “많은 소말리족 여자들도 아빠 없이 자식을 키워요. 하지만 그 사람들은 자식이 하나보다 훨씬 많죠. 여자 형제들이나 친척 아주머니들도 있고요. 수전은 아주 외로울 거예요."

"맞아요."

마거릿이 고개를 끄덕였다.

"수전이 그러던데, 집회가 열릴 거라고요."

마거릿이 다시 고개를 끄덕였다. "몇 주 뒤에, 라마단이 끝나면요. 관용을 지지하는 시위가 열릴 거예요. 공원에서요. 우리 주州는 이 나라에서 가장 백인 비율이 높은 곳인데, 그 사실은 잘 알고 계시겠지요." 마거릿이 작게 한숨을 쉬고 무릎을 끌어당긴 뒤 몸을 숙여 무릎을 끌어안았다. 그 행동이 젊고 자연스러워 보였고, 밥은 그 점이 어쩐지 놀라웠다. 그녀가 고개를 돌려 그를 흘끗 쳐다보았다. "당신도 짐작하시겠지만, 우리 주는 다양성에 관해서는 약간 뒤처진 곳이에요." 그녀의 목소리에 건조하고 뻐딱한 메인 억양이 약간 있는 것을 그는 알아차렸다.

밥이 말했다. "그게, 재커리는 괴물이 아니에요. 그저 슬픔에 젖은 아이죠. 그 사실만큼은 확실해요. 아이가 있나요?"

"없어요."

동성애자일 거야. 여자 목사라면 뻔하지. 머릿속에 짐의 목소리가 들리는 것 같았다.

"저도 없어요." 밥이 담배를 껐다. "하지만 갖고 싶었죠."

"저도요. 항상. 아이가 생길 줄 알았어요."

청승맞긴. 짐의 빈정대는 목소리가 들렸다.

마거릿이 목소리에 힘을 더 실었다. "수전이 그 시위를 자신이나 재커리를 반대하는 시위로 받아들이지 않았으면 좋겠어요. 이 지역 성직자 중에 그걸 하나로 뭉쳐서 생각하려는 사람들이 있어서 걱정돼요. 뭐든 '반대하는' 거 있잖아요. 폭력에 반대하고, 종교적 차이에 대한 편협함에 반대하고. 그 사람들이 옳아요. 하지만 잘잘못을 가리는 건 법이죠. 목사라면 희망을 불어넣어야 해요. 물론 목소리도 내야 하고요. 하지만 희망을 심어줘야 해요. 진부한 이야기죠?"

진부해.

"진부하지 않은 것 같은데요." 밥이 말했다.

마거릿 에스테이버가 일어섰고, 밥은 그녀의 헝클어진 머리칼과 큼직한 코트를 보며 넘쳐흐른다는 단어를 떠올렸다. 그도 일어섰다. 그녀는 키가 컸지만 그가 더 컸다. 그녀가 주머니에 손을 넣느라 고개를 숙이자 짙은 금발의 뿌리가 희끗희끗한 게 눈에 띄었다. 그녀가 그에게 명함을 건넸다. "아무때나 전화하셔도 돼요." 그녀가 말했다. "진심이에요."

밥은 뒤쪽 계단에 한참 서 있었다. 그리고 안으로 들어가 추운 거실에 앉았다. 그는 잭이 울었다고 한 드링크워터 부인의 말을 떠올렸다. 수전이 소리지르던 것을 떠올렸다. 지금 자신이 떠나면 안 된다는 생각이 들었다. 하지만 암울한 생각이 자꾸 기어들었다. 너는 구제불능 정신병자야.

전화를 받은 남자가 셜리폴스에서 포틀랜드 공항까지 택시 요금이 얼마나 나오는지 말했을 때, 밥은 상관없다고 했다. "최대한 빨리요." 밥이 말했다. "뒷문으로 오세요. 바로 거기 서 있을게요."

2부

1

센트럴파크의 색깔은 소리 없이 가을을 닮아 있었다. 잔디는 빛바랜 초록색, 떡갈나무는 구릿빛, 참피나무는 은은한 노란색으로 변했다. 사탕단풍나무의 오렌지색 잎이 여기서 흩날리고 저기서 떨어졌지만, 하늘은 새파랗고 공기는 따뜻해서 보트하우스의 창문은 이렇게 늦은 오후에도 여전히 열려 있었다. 줄무늬 차양이 수면 위로 내밀어져 있었다. 팸 칼슨은 바에 앉아 사람들이 노를 젓고 있는 보트 몇 척을 지켜보았다. 모든 것이 느리게 움직이는 듯했다. 심지어 바텐더들마저도 느긋이 유리잔을 씻거나 마티니를 흔들고, 젖은 손을 검은 앞치마에 닦았다.

곧—그렇게—공간이 채워졌다. 사람들이 문을 열고 들어왔다. 직장인들은 재킷을 벗었고, 여자들은 머리를 뒤로 쓸어넘겼고, 관광객들은 약간 어리둥절한 표정을 지으며 몰려들었다. 하루종일 등산을 하다 오기라도 한 것처럼 남자들은 옆쪽 그물주머니에 물통이 꽂힌 배낭을 들고 있고 그들의 아내들은 지도와 카메라를 들었는데, 그들의 혼란스러움에 대한 상이라도 되는 것 같았다.

"아, 제 남편 자리예요." 독일인 부부가 그녀 옆의 높다란 의자를 옮기려고 하자 팸이 말했다. 그러고는 의자에 핸드백을 내려놓으며 덧붙였다. "죄송해요." 뉴욕에 오래 살면서 그녀는 많은 것을 배웠다. 예컨대 평행주차를 하는 법, 근무시간이 아니라고 우기는 택시 기사를 협박하는 법, 반품할 수 없는 상품을 반품하는 법, 우체국에서 누군가가 새치기를 하려고 할 때 미안하다는 말 없이 "여기가 줄인데요" 하고 말하는 법. 팸은 몇시인지 확인하려고 핸드백을 뒤져 휴대폰을 찾으면서, 뉴욕에 산다는 것은 위대한 장군들이 역사를 통해 깨달은 진리를 완벽하게 보여주는 표본이라고 생각했다. 가장 용의주도한 사람이 승리한다는 진리 말이다. "잭대니얼 온더록스로, 레몬 곁들여서요." 그녀가 손대지 않은 와인잔 옆으로 카운터를 톡톡 치며 바텐더에게 말했다. "남편이 마실 거예요. 고마워요."

밥은 늘 지각을 했다.

현재의 남편은 몇 시간 동안은 집에 돌아오지 않을 테고, 아들들은 축구 연습을 하러 나가고 없었다. 그들 중 누구도 그녀가 밥을 만나는 걸 신경쓰지 않았다. "밥 삼촌." 아들들은 그를 그렇게 불렀다.

팸은 일주일에 두 번씩 접수원으로 일하는 병원에서 곧장 여기로 왔다. 그녀는 당장 손을 씻으러 가고 싶었지만, 그녀가 일어서면 독일인 부부가 그녀의 자리를 차지할 것이었다. 그녀의 친구 재니스 번스타인—오래전에 의과대학에 다니다 중퇴했다—은 퇴근하자마자 손을 씻어야 한다고 팸에게 말했다. 병원은 박테리아가 우글거리는 배양접시 같은 공간이라고 했고, 팸은 전적으로 동의했다. 손 세정용 로션을 자주 사용했지만(그래서 피부가 건조해졌다) 득시글한 세균이 호시탐탐 기회를 노린다는 생각에 팸은 불안했다. 재니스는 팸이 너무 많은 것에 불안해한다며 그 점은 정말 고치려고 노력해야 한다고 말했다. 더 편안해지기 위해서뿐 아니라, 불안은 사회생활에서 그녀를 극성맞은 사람으로 보이게 하고 그러면 멋이 없다면서. 팸은 멋있게 보이려고 안달하기에는 나이가 너무 많다고 대꾸했지만 사실 그녀는 멋있게 보이려고 안달했다. 보비를 만나는 게 언제나 좋았던 건 그 때문이기도 했다. 밥은 멋하고는 아예 거리가 멀어서—팸의 마음속에서—멋이라는 그 혼자만의 독방에 거주하고 있었기 때문이다.

돼지머리라니. 맙소사.

팸은 의자에서 조금 옮겨 앉으며 와인을 홀짝였다. "더블로 주실래요?" 팸은 바텐더가 내려놓은 위스키잔을 가만히 보다가 이렇게 말했다. 전화로 들은 밥의 목소리는 침울했다. 바텐더가 위스키를 도로 가져갔다가 다시 내려놓았다. "나중에 한꺼번에 계산할게요." 팸이 말했다.

오래전―밥과 결혼해서 살 때―팸은 열대성 질병을 연구하는 어느 기생충학자의 조수로 일했다. 실험실에서 전자현미경으로 주혈흡충 세포를 들여다보며 하루하루를 보냈다. 화가가 색을 좋아하듯 그녀는 입증 가능한 사실을 좋아했고, 정밀성을 목표로 하는 과학에 조용한 전율을 느꼈기 때문에 실험실에서 보내는 하루하루가 좋았다. 텔레비전에서 셜리폴스 사건을 들었을 때, 그리고 이맘이 완전히 폐허가 된 듯한 시내 거리에 있는 상점처럼 생긴 모스크에서 나와 걸어가는 모습을 보았을 때, 온갖 감정이 밀려왔다. 몸과는 거의 따로 작용하는, 한때 익숙한 곳이었던 타운에 대한 향수도 물론 있었지만, 또한―거의 곧바로―소말리족에 대한 걱정이 들었다. 그녀는 즉시 그 감정을 찬찬히 살펴보았다. 그랬다. 소말리아 남부에서 건너온 난민들의 소변에서 방광주혈흡충의 알이 검출되었고, 더 큰 문제는―팸에게는 놀라운 일이 아니었지만―말라리아였다. 미국 이주를 허가

받기 전에 그들은 말라리아 기생충혈증 때문에 설파독신 피리메타민 주사를, 장내 기생충 때문에 알벤다졸 주사를 맞았다. 하지만 팸이 더 걱정한 것은 소말리아 반투족—피부색이 더 검은 부족으로, 몇 세기 전 탄자니아와 모잠비크에서 노예로 끌려왔기 때문에 소말리아에서 무시를 당했다—의 주혈흡충 발견 비율이 훨씬 높다는 사실이었다. 팸이 읽은 국제이주기구 자료에 따르면, 정신적외상이나 우울증 같은 정신 질환도 심각한 문제였다. 그 자료에 의하면 소말리아 반투족에게는 미신도 있어서, 피부가 감염되면 그 부위를 태우고 어린아이가 설사를 하면 젖니를 뽑아버린다.

팸이 그 자료를 읽을 때 느꼈던 감정의 일부가 지금 되살아났다. 나는 잘못 살고 있어. 쓸데없는 생각이었다. 아세톤, 파라핀, 알코올, 포름알데히드 같은 실험실 냄새가 그리운 건 사실이었다. 분젠버너에 불이 확 붙는 것도, 유리 슬라이드와 피펫도, 그녀 주위에 있는 사람들 특유의 깊이 몰두하는 분위기도 그리웠다. 하지만 그녀는 지금 쌍둥이 아들들—하얀 피부와 완벽한 치아에 화상 흉터도 전혀 없었다—의 엄마였고 실험실 생활은 옛일이었다. 그런데도, 기생충이건 심리건 난민들의 온갖 문제를 생각하자, 팸은 자신이 살아보지 않은 삶에 향수를 느꼈다. 묘하게 잘못되었다고 느껴지지 않는 삶.

요즘 그녀의 삶은 그녀가 사는 타운하우스, 그녀의 두 아들, 아이들이 다니는 사립학교, 큰 제약 회사의 뉴저지 지부를 경영하기 때문에 다른 사람들과 반대 방향으로 출근하는 남편 테드, 파트타임 병원 근무, 끊임없이 드라이클리닝 서비스를 이용해야 하는 사교생활이 전부였다. 하지만 팸은 종종 향수를 느꼈다. 무엇에 대해? 그것을 말할 수는 없었고, 그 생각을 하면 그녀는 부끄러웠다. 팸은 와인을 더 마시고 뒤를 돌아보았다. 보트하우스 바의 입구로 반가운 밥이, 덩치 큰 세인트버나드종 개처럼 들어오고 있었다. 그는 그 개처럼 목에 작은 나무 위스키 통을 걸고* 앞발로 낙엽을 파헤쳐 누군가를 찾아낼 준비가 된 듯 보였다. 오, 보비!

"어떻게 알았겠어." 그녀는 계속 그녀 주변을 기웃거리다가 그제야 단념한 독일인 부부를 고갯짓으로 가리키며 소곤거렸다. "세계대전을 두 번이나 일으키고도 여전히 저렇게 집요할 줄."

"그런 바보 같은 말이 어디 있어." 밥이 유쾌하게 말했다. 그는 위스키를 내려다보며 천천히 잔을 돌렸다. "우리가 일으킨 전쟁이 얼마나 많은데 우리도 여전히 집요하잖아."

---

* 세인트버나드는 구조견으로 유명한 견종으로, 목에 작은 위스키 통을 걸고 다니면서 조난자를 찾아내고 조난자가 위스키를 마시고 체온을 유지할 수 있도록 돕는다.

"맞아. 그래, 어젯밤에 돌아온 거야? 이야기 좀 해봐." 그녀는 밥을 향해 머리를 숙인 채 귀기울였고, 오랫동안 가보지 않은 셜리폴스로 되돌아갔다. "오, 보비." 이야기를 들으며 그녀는 슬픈 목소리로 여러 번 그렇게 말했다.

마침내 그녀가 허리를 폈다. "맙소사." 그녀가 바텐더의 주의를 끌고 한 잔씩 더 달라는 표시를 했다. "알겠어. 첫째로, 바보 같은 질문 하나 해도 될까? 그애는 왜 그런 거래?"

"아주 좋은 질문이야." 밥이 고개를 끄덕였다. "나도 그 이면에 뭐가 있는지 몰라. 그애는 자기 행동이 그렇게 심각한 문제가 되는 걸 보고 많이 놀란 것 같았어. 솔직히 이유는 모르겠어."

팸이 머리카락을 귀 뒤로 넘겼다. "그렇구나. 음, 두번째로, 그애는 약물 처방을 받을 필요가 있어. 방에서 혼자 운다며? 그건 의료적인 도움과 보살핌이 필요한 문제야. 그리고 세번째로, 짐은 개새끼야." 팸의 남편 테드는 그녀가 욕설을 내뱉는 것을 싫어했지만, 그녀의 입에서 튀어나온 그 말은 잘 맞은 테니스공 같은 느낌이 들었다. "짐은 개새끼라고. 개새끼. 짐. 월리 패커 재판이 당신 형을 완전히 버려놨어. 하지만 난 그전부터 짐이 밥맛이라고 생각했어."

"당신 말이 맞아." 밥 앞에서 짐에 대해 그런 말을 해도 괜찮은 사람은 팸뿐이었다. 팸은 자격이 있었다. 팸은 가족이자 밥의 가장 오랜 친구였다. "방금 손가락을 튕겨서 바텐더를 부른 거야?"

"그냥 손가락을 움직인 거야. 긴장 좀 풀어. 그래서 이번 시위에 당신이 간다고?"

"아직 몰라. 잭 때문에 걱정이야. 수전이 그러는데 잭이 유치장에 들어갔을 때 이성을 잃을 정도로 겁을 먹었대. 수전은 유치장이 어떻게 생겼는지도 모르지만. 나도 그런 데 들어가면 죽고 싶을 거야. 잭을 한번 보면 나보다도 그런 상황을 못 견딜 아이라는 걸 알 거야." 밥은 고개를 뒤로 젖혀 위스키를 들이켰다.

팸이 손끝으로 바를 톡톡 쳤다. "잠깐. 그럼 잭이 이 사건 때문에 감옥에 갈 수도 있어?"

밥이 손을 펴고 위로 올렸다. "모르겠어. 그 문제는 주 검찰청에서 시민권을 담당하는 여자한테 달린 것 같아. 오늘 조사를 좀 했는데, 그 여자 이름은 다이앤 도지야. 이런저런 단체에서 시민권 운동을 하다가 몇 년 전에 주 검찰청에 들어간 모양이고. 아마 열혈 운동가일 거야. 그 여자가 이 사건을 시민권 위반으로 몰아가기로 결정하고 어떤 조항에든 걸려서 잭의 유죄가 입증된다면, 그렇게 되면 최장 일 년까지 징역을 살 수도 있어. 내 말은 그런 일이 불가능하지는 않다는 거야. 연방검찰에서 어떻게 나올지 누가 알겠어? 엿 같은 상황인 거지."

"짐이 주 검찰청에 있다는 그 여자를 알지 않을까? 거기 있는 누군가를 알 것 같은데."

"음, 검사장 딕 하틀리를 알아. 다이앤 도지는 너무 젊어서 짐과 함께 일했을 것 같지는 않아. 짐이 돌아오면 알아봐야지."

"거기 검찰청에서 일할 때 짐은 잘 지냈잖아."

"정상을 향해 달려가고 있었지." 밥이 잔을 흔들자 얼음조각들이 쟁그랑거렸다. "그러다 엄마가 돌아가셨고, 짐은 너무나 급하게 메인을 떠났지."

"기억나. 좀 이상했어." 팸이 잔을 앞으로 밀자 바텐더가 와인을 따라주었다.

밥이 말했다. "하지만 짐이 개입하거나 딕 하틀리한테 힘을 써볼 수는 없어. 그건 선택 사항이 아니야."

팸이 핸드백 안을 뒤적거렸다. "그래. 그래도. 누가 힘을 써볼수 있다면 그건 짐이야. 사람들은 누가 힘을 쓴다는 사실도 모를걸."

밥은 위스키를 마저 비운 뒤 바텐더에게 잔을 밀었다. 바텐더가 그의 앞에 새 잔을 내려놓았다. "애들은 잘 지내?"

팸이 고개를 들었고, 그녀의 눈빛이 부드러워져 있었다. "아주잘 지내, 밥. 일 년쯤 지나면 나를 미워할 거고 얼굴엔 여드름이나겠지. 하지만 지금 당장은 더없이 사랑스럽고 재미있는 아이들이야."

그는 그녀가 말을 조심하는 것을 알았다. 팸과 그는 아이를 가지려고 지칠 정도로 노력하면서도 검사받는 걸 오랫동안 미루었다(그러면 그들의 관계가 끝나리라는 것을 알기라도 했던 것처럼). 아이는 자연스럽게 생겨야 하고, 그렇게 될 거라며 모호한 대화만 나누었다. 팸이—그녀의 불안은 달마다 커져갔다—그런 생각은 촌스럽다고 불쑥 말할 때까지. "아이가 안 생기는 데는 이유가 있을 거야." 그녀가 울먹이며 말했다. 그러고는 "아마 나 때문일 거야"라고 덧붙였다. 아내처럼 과학적인 기질이 없는 밥은 그 말에 조용히 동의했다. 이런 문제가 남자들보다는 여자 쪽이 더 복잡해 보였기 때문이다. 밥은 난소가 반짝반짝 닦을 수 있는 기계라도 되는 것처럼, 팸이 그것을 정비하는 장면을, 난관을 청소하고, 나머지 부분을 닦아내는 장면을 머릿속으로 막연하게 그려보았다.

하지만 문제는 밥에게 있었다.

그 사실을 알게 되자 밥은 즉시 비탄에 빠졌다—아직도 그랬다. 어렸을 때 그는 어머니가 이렇게 말하는 것을 들었다. "결혼을 했는데도 아이가 생기지 않으면 하느님의 뜻이 그런 거야. 미치광이 애니 데이를 봐. 그애를 입양한 부부도 처음에는 좋은 마음이었지"—어머니의 눈썹이 치켜올라갔다—"하지만 그 사람들은 분명 부모로서는 적당하지 않았던 거야." 오, 그건 바보 같은 소리야! 그들이 밥이 정자를 만들어낼 수 없다는 사실에 적응하려고 애쓰던 그 몇 달 동안 팸은 여러 번 이렇게 말했다. 어머님은 똑똑하셨지, 밥. 하지만 교육을 받지는 못하셨어. 그건 미신적인 생각이야. 터무니없는 소리라고. 미치광이 애니 데이는 처음부터 미쳐 있었어.

결국 말이 씨가 되었다. 정말로 그렇게 되었다.

팸이 입양을 망설이자—"우리 인생이 미친 애니 데이와 함께 끝날 수도 있어"—그는 몹시 괴로웠다. 팸이 기증자의 정자를 받아 인공수정을 하는 것도 망설이자 그는 더더욱 괴로웠다. 그런 가혹한 현실이 그들의 결혼생활을 기어코 허물어뜨리려는 것 같았다. 팸은 그를 떠나고 이 년 뒤 (그 이 년 동안 팸은 종종 그에게 전화를 걸어 멍청한 자식과 멍청한 데이트를 했다며 울먹거렸다) 테드를 만났다. 밥은 "새로 시작하고 싶어"라는 팸의 말이 진심인 것을 알았다. 그녀의 마음은 강해졌고 불안은 걷히고 있었다.

팸이 손가락으로 머리 한 가닥을 빙빙 꼬았다. "세라하고는 어떻게 됐어? 요즘에도 만나? 완전히 헤어진 거야? 아니면 잠깐 헤어진 거?"

"완전히 헤어졌어." 밥이 위스키를 마시고 주위를 둘러보았다. "세라는 잘 지내는 것 같아. 소식은 듣지 못하지만."

"세라는 날 싫어했어."

밥은 그녀가 걱정할 필요 없다는 듯 어깨를 살짝 으쓱했다. 사실 세라는 처음 만났을 때만 해도 밥이 팸과(테드와 꼬마들과도) 계속 연락하고 지낸다는 사실을 멋지고 세련된 것으로 받아들였지만—세라의 전남편은 아주 못된 사람이었기 때문이다—나중에는 팸에게 엄청난 적개심을 드러냈다. 밥과 팸이 몇 주 동안 서로 연락을 하지 않을 때조차 세라는 "그 여자는 자기가 정말로 이해받고 싶을 때는 언제라도 당신에게 전화를 해. 그 여자는 완전히 새로운 인생을 살겠다고 당신을 버렸어, 밥. 하지만 자기를 가장 잘 아는 사람이 당신이라고 생각하니까 아직도 당신한테 의지하는 거야" 하고 말했다.

"나는 팸을 아주 잘 알아. 팸도 나를 잘 알고."

마침내 최후의 통첩이 왔다. 팸과 완전히 끝내지 않으면 세라와의 결혼은 없다. 논쟁, 대화, 끝없는 번민. 하지만 마침내 밥은 그럴 수는 없다고 결론을 내렸다.

헬렌이 말했었다. "밥, 미쳤어요? 세라를 사랑한다면 팸과 연락하지 말아요. 짐, 밥한테 지금 이러는 건 미친 짓이라고 말 좀 해줘."

놀랍게도, 짐은 그 말을 하지 않았다. 그가 말했다. "팸은 밥의 가족이야, 헬렌."

팸이 팔꿈치로 그를 꾹 찔렀다. "이유가 뭐야? 어쩌다 그렇게 됐어?"

"단호했어." 밥이 바에 바짝 붙어 앉은 사람들을 흘끔거리며 말했다. "세라가 단호하게 나왔어. 우리는 끝났어. 그게 다야."

"내 친구 토니한테 당신 이야기를 했는데, 같이 저녁식사를 하고 싶대." 팸은 핸드백에서 명함을 꺼내 탁 내려놓았다.

밥이 눈을 가늘게 뜨더니 안경을 꺼냈다. "당신 친구가 정말로 i의 점을 웃는 얼굴 모양으로 찍은 거야? 이건 아닌 것 같아." 그가 다시 팸에게 명함을 밀었다.

"알았어." 그녀가 명함을 도로 가방 안에 넣었다.

"나한테 여자를 엮어주려는 친구들은 늘 있으니까, 걱정하지 마."

"그런 만남은 끔찍해." 팸이 말했고, 밥은 어깨를 으쓱한 뒤 정말로 그렇다고 말했다.

그들이 자리에서 일어난 무렵 밖은 춥고 어두웠다. 팸은 공원을 가로질러 피프스 애비뉴로 가면서 한두 번 휘청거렸다. 와인을 석 잔이나 마신 탓이었다. 구두는 발가락 쪽이 뾰족하고 굽이 낮은 걸 신었다. 그녀는 그가 마지막으로 봤을 때보다 더 야위어 있었다. "디너파티에 가게 됐는데, 내가 너무 일찍 도착한 거야." 그녀는 이렇게 말하며 구두 안에서 뭔가를 떨어내려고 그의 팔을 잡았다. "파티에 참석한 사람들이 거기 없는 다른 부부에 대해 숙덕거리기 시작했는데, 그 부부한테는 취향이 없다고 했어. 미술품 취향이 나쁘다는 거였지. 그랬던 것 같아. 잘은 모르겠지만. 그 말을 듣고 나니까 몹시 불안해지는 거야, 보비. 사람들이 나에 대해서도 사회생활을 할 때 극성맞고 취향이 없다고 말할지 모르잖아."

그는 참지 못하고 웃음을 터뜨렸다. "팸, 그딴 거 알 게 뭐야?"

그녀가 그를 쳐다보더니 갑자기 신나게 웃어댔다. 오래전부터 익숙했던 그 웃음이었다. "정말 그래. 빌어먹을, 알 게 뭐야?"

"사람들이 팸 칼슨은 정말로 영리하고, 위대한 기생충학자와 같이 연구를 했었다, 그렇게 말할지도 모르지."

"보비, 사람들은 기생충학자가 뭐하는 사람인지도 몰라. 그 사람들이 하는 말을 들어봤어야 해. 뭐라고요? 아, 그거요. 제 어머니가 인도에 갔다 오셨다가 기생충 때문에 이 년 동안이나 아프셨어요, 그런 말이나 하지. 젠장." 그녀가 걸음을 멈추고 그를 쳐다보았다. "아시아 사람들은 걸으면서 막 사람을 치고 다니는 거 알아? 그 사람들한테는 사적인 공간이라는 개념이 없는 것 같아. 맙소사, 정말 짜증나는 일이야."

그가 그녀의 팔꿈치를 가볍게 잡았다. "다음번 디너파티에 가면 그 이야기를 해. 택시 잡아줄게."

"내가 지하철까지 같이 걸어가주려고 했는데, 뭐, 정 그렇다면." 그가 이미 손짓으로 택시 한 대를 부른 뒤였고, 이제 그는 문을 열고 그녀를 택시에 태웠다. "안녕, 보비, 즐거웠어."

"당신은 아무 남자한테나 인사를 하지." 택시가 속도를 내며 다른 차량들 속으로 사라지는 동안 그는 길에 서서 손을 흔들었다. 그의 주위로 네온사인이 쉴새없이 깜박거렸다. 그녀가 뒤를 돌아 뒷좌석 창문으로 손을 흔들었고, 그는 택시가 시야에서 사라질 때까지 손을 흔들었다.

*

메인 주에서 돌아온 날, 밥은 아래층 아파트 문이 열려 있는 걸 보았다. 그는 에이드리애나와 프레피 보이가 결혼생활을 했던 장소를 들여다보려고 잠시 멈춰 섰다. 집주인이 수도를 고치고 있다가 밥을 보고 고개를 까딱했다. 하지만 밥은 흘끗 보고— 커튼도, 소파도, 러그도, 사람이 살고 있는 흔적도 없는 공간— 허무에 사로잡혔다. 거실 한복판에 먼지가 뭉쳐 있었고, 창문으로 비쳐드는 황혼은 무심하고 삭막하게 느껴졌다. 빈 벽이 고단한 사람처럼 밥에게 말을 거는 것 같았다. 미안. 당신은 여기가 집이라고 생각했겠지. 하지만 여긴 이랬어, 줄곧 이랬다고.

오늘밤 밥은 계단을 올라가면서 아파트 문이 또다시 약간 열려 있는 것을 보았다. 텅 빈 공간은 숨겨줄 가치도, 지켜줄 가치도 없다는 듯이. 집주인은 보이지 않았고, 밥은 조용히 문을 닫은 뒤 계단을 올라갔다. 자동응답기가 깜박거리고 있었다. 수전의 목소리가 말했다. "전화해줘, 꼭."

밥이 주스잔에 와인을 따르고 소파에 앉았다.

게리 오헤어는 그날 아침 셜리폴스 시청 회의실에서 기자회견을 열어 모두를 깜짝 놀라게 했다―수전은 놀랐을 뿐 아니라 개인적으로 배신을 당한 느낌까지 받았다. 게리 옆에는 FBI 요원이 서 있었다. "늙다리 뚱보 같으니." 수전이 밥과 통화하면서 말했다. "으스대며 서 있는 폼이 자기가 경찰서장이고 중요한 인물로 보인다는 게 좋아서 죽겠나보더라." 밥에게 이야기를 하려고 전화를 한 것은 아니었다―수전은 통화를 시작하면서 밥에게 그 점을 분명히 밝혔다. 그러나 짐에게 국제전화를 하려고 하는데 휴대폰 번호를 어떻게 눌러야 할지 모르겠고, 짐이 묵는 호텔 이름도 모르겠고……

밥은 두 가지를 모두 알려주었다.

그녀가 말을 이었다. "텔레비전을 꺼버리고 싶었지만 그럴 수 없었어. 온몸이 얼어붙은 것 같았거든. 이제 그 기사가 조간신문에 실릴 거야. 너도 알겠지만, 게리는 소말리아인에 대해서는 개

뿔만큼도 신경쓰지 않아. 그런 놈이 거기 서서 나불거리는 꼴이라니—'이번 사태는 매우 심각합니다. 그냥 넘어갈 문제가 아닙니다.' 자기가 그런 식으로 나오면 소말리아 사회에서 안전하다는 확신을 가질 거라고 생각하는 모양이야. 잘도 그러겠다. 한 기자가 소말리아인들의 자동차 타이어가 칼로 그어져 있거나 창문이 긁힌 사건이 있었는데 어떻게 생각하느냐고 물었어. 게리는 소말리아인들이 나서서 불만을 털어놓지 않는다면 경찰은 어떤 일에도 대응할 수 없다고 거만하게 말하더라. 그것만 봐도 그 인간이 소말리아인을 싫어한다는 걸 알 수 있지. 그 인간이 기자회견까지 한 건 그 빌어먹을 상황 자체를 통제하는 것이 불가능해졌기 때문이야……"

"수전. 잭에게 내가 찰리 티베츠랑 이야기를 하려면 잭의 허락이 필요하다고 전해줘. 찰리한테는 내가 내일 전화할게." 그는 추운 집에서 속이 타들어가고 있는 수전의 모습을 그려보았다. 그러자 슬퍼졌지만 먼 세상 이야기처럼 느껴졌다. 하지만 그렇게 먼 이야기가 아니라는 생각이 대번에 들었다. 수전과 재커리와 셜리폴스의 음울한 기운이 슬며시 그의 집에 스며들 것이다. 아래층의 텅 빈 공간이 그 이웃 부부가 더는 거기 살지 않는다는 것을, 영원한 것은 아무것도 없다는 것을, 믿고 의지할 것은 아무것도 없다는 것을 일깨워주는 것처럼. "괜찮을 거야." 밥이 전화를 끊기 전에 말했다.

얼마 뒤, 그는 창가에 앉아 길 건너 아늑한 아파트의 젊은 여자가 속옷 차림으로 돌아다니는 것을 보았다. 근처에서는 하얀 부엌에서 부부가 함께 설거지를 하고 있었다. 그는 도시에 의해 구원받았다고 느끼는 이 세상 모든 사람들을 생각했다. 그도 그들 중 하나였다. 아무리 어둠이 새어들어와도 이곳에는 늘 불 켜진 창문들이 있었고, 각각의 불빛은 그의 어깨를 어루만지며 이렇게 말했다. 어떤 일이 생겨도, 밥 버지스, 넌 절대 혼자가 아니야.

2

그 웃음 때문이었다. 러그 위에 떨어진 돼지머리를 발견하고
경찰들은 아무렇지 않게 웃었다. 그 소리와 장면이 압디카림에
게 계속 들리고 보였다. 그는 밤중에 깨어나 경찰복을 입은 남자
둘을 떠올렸다. 특히 키가 작은 남자는 눈이 작고 맹해 보였는
데, 키득키득 웃고 나서 허리를 펴고 주위를 둘러보며 "누가 영
어를 할 줄 알죠? 영어 잘하는 사람 없습니까?" 하고 근엄하게
물었다. 마치 그들이 무슨 잘못이라도 저지른 것처럼. 이 생각이
압디카림의 머릿속을 떠나지 않았다. 우리는 아무 잘못도 하지
않았어! 그는 지금 그래섬 스트리트의 모퉁이에 있는 그의 카페
테이블에 앉아 이렇게 중얼거렸다. 여자들이 지나가면서 그를
빤히 바라보는 것, 꼬마들이 부모의 손을 잡고 지나가다가 안전

하다고 생각될 만큼 멀어지면 그 조그만 머리를 돌리고 쳐다보는 것, 굵은 팔에 문신을 한 남자들이 트럭을 몰고 그의 카페 앞을 지나가며 끼익끼익 소리를 내는 것, 여고생들이 속닥거리고 깔깔거리다가 길을 건너가서는 욕설을 내뱉는 것—이런 것들 중 그 어느 것도 그 경찰의 웃음소리만큼 압디카림의 마음을 괴롭히지 않았다. 한 블록 떨어진 모스크에서—그저 어두컴컴한 공간일 뿐 빗물로 얼룩진데다 아름답지도 않았다(하지만 그들의 거룩한 공간이었다)—그를 포함한 전부는 자기를 괴롭히는 아이가 있다고 일러바치는 남학생 취급을 받았다.

오늘 아침 압디카림은 아침 기도를 마치고 어둑한 새벽빛을 통과해 자신의 카페로 걸어갔다. 모스크에는 두려움이 깃들어 있었다. 지난 며칠간 수도 없이 사용한 세제는 그 자체로 두려움의 냄새 같았다. 기도를 올리는 것도 쉽지 않아서, 남자들 몇 명이 먼저 모스크 안으로 들어가 문을 지켰다. 그 아다노*는 아무 일도 없었던 것처럼 다시 월마트로 출근했다. 그 소식이 마을에 퍼지자 잠을 자기가 더 불안해졌다. 경찰서장이 연 기자회견 역시 당황스러웠다. 어제 기자 하나가 카페로 찾아왔었다. "왜 기

---

* adano. '모른다'는 뜻의 영어 문장 'I don't know'의 음가를 딴 것으로 여기서는 '개념 없는 아이'라는 의미로 쓰였다.

자회견에 소말리족이 한 명도 오지 않은 거죠?"

아무도 그들에게 말해주지 않았으니까.

압디카림은 카운터를 닦고 바닥을 쓸었다. 길 건너 건물들 사이로 노란 해가 솟아올랐다. 금식 기간이라, 아메드 후세인만 나중에 뭔가 먹으러 올 것이다. 그는 근처 종이공장에서 일했는데, 당뇨 때문에 차를 마시고 뭉근하게 익힌 염소고기를 약간 먹는 것이 허용되었다. 구슬발을 쳐놓은 카페 안쪽의 작은 공간에서는 스카프와 귀걸이와 양념과 차와 땅콩과 무화과와 대추를 팔았다. 하루종일 여자들이 몰려와 오늘밤 일몰 기도인 마그립에 필요한 것을 사갈 것이다. 압디카림은 바스마티쌀 포대에 내려앉은 먼지를 먼지떨이로 떨어냈다. 그러고는 카운터가 너무 허전해 보이지 않게 쌀 포대들을 잘 정리한 뒤 다시 카페 앞쪽으로 가 창가 의자에 앉았다. 주머니 속 휴대폰이 진동했다. "또 그 소리야?" 그가 말했다. 소말릴란드*에서 걸려온 누이의 전화였다.

"그래, 또 그 소리야." 누이가 말했다. "왜 아직 거기 있어, 압디? 여기보다 거기가 더 위험해! 여긴 돼지머리를 던지는 사람은 없다고."

"가게를 떠메고 돌아갈 수는 없잖아." 그가 애정 어린 목소리

---

* 소말리아를 포함한 동아프리카 지역을 말한다.

로 말했다.

"그놈이 풀려났어. 재커리 올슨, 그놈을 풀어줬다고! 그놈이 당장에라도 오빠 카페로 쳐들어올지 어떻게 알아?"

그녀의 말에 그는 소스라치게 놀랐다. 하지만 부드럽게 말했다. "소식 한번 빠르네." 그리고 덧붙였다. "생각해볼게."

그는 한 시간 동안 창가에 앉아 그래섬 스트리트를 쳐다보았다. 피부색이 겨울 밤하늘처럼 까만 반투족 둘이 가게 앞을 지나갔지만 안을 들여다보지는 않았다. 압디카림은 일어나 가게 안쪽으로 걸어가 스카프와 침대시트 패키지 몇 개와 수건 몇 장을 매만졌다. 간밤에 원로들이 다시 회의를 했고, 카페 앞쪽으로 걸어가는 동안 그들의 목소리가 머릿속에 맴돌았다.

"그놈이 풀려났어. 어디에 있을까? 다시 출근한다는군. 집에서 어머니와 같이 지낸다는데."

"그리고 아버지도"

"아버지는 없어."

"그놈이 구치소에서 나올 때 남자 하나가 같이 있었어. 덩치가 컸는데. 그 작자가 아침거리로 와인 한 병을 사고 차로 아야나를 치려고 했대."

"도서관에서 여자들이 하는 얘길 들었어. 그 여자들은 우리가 지금 과잉 반응을 하는 거라더군. '돼지머리를 던져넣은 게 무례한 일인 건 맞지만, 그것 말고는 한 게 없잖아'라고 말했어."

"그 여자들 말은 잊어버려. 기관총이 겨눠진 채 모가디슈*를 죽어라고 뛰어서 통과한 적도 없는 사람들이야."

"모가디슈! 애틀랜타는 또 어땠고? 거기 사람들은 일 달러만 준대도 우리를 죽일 거야."

"에스테이버 목사는 재커리 올슨은 그런 아이가 아니라고 했어. 외로운 아이라고……"

"그녀가 뭐라고 했는지는 우리도 알아."

압디카림은 다시 머리가 지끈거렸다. 그는 문 쪽으로 걸어가 보도와 길 건너의 건물들을 쳐다보았다. 여기서 평생을 산들 이곳 생활에 익숙해질 수 있을지 알 수 없었다. 가을날 공원의 나무들 말고는 이곳 어디에서도 색깔을 찾기 힘들었다. 회색의 거리는 특징이 없었고, 많은 가게들이 텅 비어 커다란 유리창은 휑뎅그렁했다. 그는 알바라카트의 시장에서 보았던 다채로움과, 실크와 풍부한 색깔의 건티노 로브의 화려함, 생강 뿌리와 마늘과 쿠민 씨앗의 독특한 냄새를 떠올렸다.

모가디슈로 돌아간다는 생각이 심장박동에 맞추어 막대기처럼 그를 찔렀다. 평화를 되찾았을 가능성도 있었다. 올해 초반에

---

* 소말리아의 수도.

는 희망에 부풀었었다. 불안하기는 해도 소말릴란드에 임시연방 정부가 세워졌다. 모가디슈에 있는 이슬람 법정연합이 평화롭게 통치하는 것도 충분히 가능한 이야기였다. 하지만 이런저런 소문이 나돌았고, 무엇을 믿어야 할지 누가 알겠는가? 미국이 이슬람 법정연합을 와해시키기 위해 에티오피아를 부추겨 소말리아를 공격하려 한다는 소문도 있었다. 사실일 것 같지 않았지만 어떻게 보면 사실일 수도 있을 것 같았다. 에티오피아 군대가 부르하카바를 점령했다는 기사가 나온 게 고작 이 주 전이었다. 하지만 다른 기사에 따르면 그곳을 점령한 것은 정부군이었다. 그 모든 일들과 그전에 일어난 모든 일들이 압디카림의 마음을 무겁게 짓눌렀다. 그 무게는 매달 시간이 흐를수록 더욱 무거워져서, 돌아가야 할지 여기 살아야 할지, 그는 결정을 내릴 수가 없었다. 그는 이곳으로 건너온 몇몇 젊은이들이 잘 적응하는 모습을 보았다. 그들은 웃고 농담을 하고 활기차게 대화를 나누었다. 그의 맏딸은 영어 한마디 못하고 굶어 죽어가는 상태로 이곳에 건너왔지만 요즘 내슈빌에서 전화를 걸 때 들으면 벌써 목소리에 활기가 돌았다. 그런 활기찬 봄이 돌아오기에 그는 너무 늙은 것 같았다.

영어를 배우자니 역시 너무 늙은 것 같았다. 영어를 못하니 늘 말이 통하지 않는 세상에서 살았다. 지난달 그가 우체국에 가서 손짓으로 네모난 흰색 상자를 가리키자 파란색 셔츠를 입은 우체국 여자가 자꾸 무슨 말인가를 반복했고, 우체국에 있던 사람들은 다 알아들었지만 그만 몰랐다. 마침내 한 남자가 다가오더니 두 손을 X자로 그어내리며 "피니!*"라고 말했다. 그래서 그는 우체국이 그와는 끝이니 돌아가라는 말로 알아들었고, 그는 돌아왔다. 나중에 알고 보니 가격표를 붙여서 선반에 올려놓은 상자들이 동이 났다는 뜻이었다. 팔 것도 없으면서 그 상자들은 왜 밖에 내놓은 것인가? 또다시, 이해할 수 없는 상황이었다. 난민촌에 살 때와는 전혀 다른 종류의 위험이라는 걸 그는 깨달았다. 돌아설 때마다 끊임없이 이해할 수 없는 상황에 부딪히는 환경─그들도 이해하지 못했고 그도 이해하지 못했다─에서 산다는 것은 불안감을 키우는 일이었고, 그것이 그의 내면의 무언가를 점점 마모시키는 것 같았다. 자신이 원하는 것, 자신이 생각하는 것, 심지어 느끼는 것에 대해서도 그는 늘 확신이 없었다.

휴대폰이 진동하자 그는 깜짝 놀랐다. "네?" 나하딘 아메드, 아야나의 남자 형제였다.

"들었어요? 몬태나에 있는 백인 우월주의 단체가 시위 소식을 들었나봐요. 그 사람들이 웹사이트에 그 시위에 대한 글을 써 올

---

* '끝'이라는 뜻.

리고 있어요."

"이맘은 뭐라고 하나?"

"경찰서에 가서 시위를 막아달라고 부탁했대요. 경찰은 이맘의 부탁을 들어주지 않았고요. 시위가 경찰을 흥분시키는 것 같아요."

압디카림은 히터의 플러그를 뽑고 카페 문을 닫은 뒤 문을 잠갔다. 그리고 다급히 거리를 통과해 그의 아파트로 돌아갔다. 집에는 아무도 없었다. 아이들은 학교에 갔고 하웨야는 일하러 나가고 없었다. 하웨야는 사회봉사 단체에서 일손을 돕고 있었다. 오마드는 통역사로 일하는 병원에 있었다. 압디카림은 모스크에서 기도를 올리는 것도 빼먹고, 언제나처럼 블라인드를 내린 채로 방안에서 아침 시간을 보냈다. 그는 침대에 누웠다. 그의 내면에 어둠이, 방안에도 어둠이 있었다.

*

아침에 구름이 잔뜩 끼어 있었지만 수전은 선글라스를 쓰고 출근했다. 재커리의 사진이 신문에 실린 직후, 수전이 출근을 하려고 쇼핑몰로 가던 도중 신호등에 걸려 고가도로 옆에 차를 세웠을 때였다. 수년 동안 편하게 알고 지내던 여자가 옆 차선에 차를 세웠는데 수전을 못 본 척하더니—틀림없었다—신호등이 바뀔 때까지 라디오를 만지작거렸다. 수전은 몸에서 수분이 싹 빠져나가는 느낌이었다. 스티브가 집으로 돌아와 그녀를 떠날 거라고 말했을 때 받았던 느낌과 다르지 않았다.

지금, 교차로에 차를 세우고 선글라스를 통해 앞을 똑바로 쳐 다보다가, 수전은 이른 아침 꿈에 자신이 찰리 티베츠의 집 뒷마 당에서 잠을 잤던 것을 떠올렸다. 그 순간 문득 어떤 기억이 떠 올랐다. 잭이 태어나고 얼마 후 잠시 산부인과 의사를 짝사랑했 던 일. 그 의사는 타운의 오이스터 포인터 구역에 있는 큰 집에 서 자식 넷과 전업주부인 아내와 함께 살고 있었다. 수전이 기억 하기로 그들은 메인 출신이 아니었다. 그리고 그들은—크리스 마스 주일 예배를 드리러 줄지어 신자석으로 들어갈 때—이국 적인 새떼처럼 아주 아름다웠다. 수전은 재커리를 카시트에 앉 히고 안전띠를 매준 뒤 그들 집 앞을 천천히 지나가곤 했다. 자 기 아이를 받은 남자에게 그녀가 품은 갈망은 그만큼 깊었다.

수전은 그런 기억이 전혀 창피하지 않았다. 오래전 일 같았 고—정말 그랬고, 지금쯤 그 의사도 나이를 먹었을 것이다—그 런 행동을 했던 것이 그녀 자신이 아니라 다른 사람인 것 같았 다. 그녀가 아직 젊다면 차를 몰아 찰리 티베츠의 집 앞을 지나 갔겠지만 그럴 여력은 없었다. 농밀하고 달콤하게 끌어당기는 삶의 활력은 사라져버렸다. 하지만 꿈속에서 그녀는 찰리 티베츠의 뒷마당 잔디밭에서 캠핑을 하고 있었다. 그런 꿈을 꾼 이유를 그녀는 알 것 같았다. 그와 가까이 있고 싶은 욕망 때문이었다. 그는 그녀의 아이를 위해 싸우고 있었고 그것은 그녀를 위해 싸운다는 의미이기도 했다. 수전에게 그것은 완전히 새로운 느낌이었고, 그래서 짐에 대한 존경심도 더욱 커졌다. 수전의 생각에는, 월리 패커 역시 틀림없이 짐을 사랑하게 되었을 것 같았다. 세월이 많이 흐른 지금 그들 둘이 아직도 연락을 하고 지내는지는 수전도 알 수 없었다.

"아니." 수전이 출근한 뒤 밥에게 전화를 걸었을 때 그가 말했다. 가게에 손님이 없을 때였다.

"짐이 그 사람을 보고 싶어하지 않을까?"

"그렇지는 않을 거야." 밥이 말했다. 수전은 몸속에 수치심이 잔물결처럼 퍼지는 것을 느꼈다. 그녀는 자신과 잭이 그저 일거리에 불과하다는 생각은 하고 싶지 않았다.

그녀가 말했다. "짐한테선 아직 연락이 없어."

"아, 수지, 짐은 지금 골프를 치느라 정신이 없어. 짐이 휴양지 같은 데 가면 어떻게 행동하는지 너도 봐야 되는데. 예전에 팸과 내가 형네 부부랑 아루바에 간 적 있는데, 세상에, 불쌍한 헬렌은 가만히 앉아 흑색종*의 원인을 흡수하고 있고, 짐은 미러 선글라스를 쓰고서 자기가 미스터 쿨가이라도 되는 것처럼 수영장 옆을 돌아다니더라고. 내 말은 짐이 바쁘다는 거야. 그리고 걱정하지 마, 찰리 티베츠는 대단한 사람이니까. 어제 이야기를 해봤어. 찰리가 보도 금지령과 보석 조건 변경을 요청할 거야."

"나도 알아. 찰리가 말해줬어." 어이없게도 일순간 그녀는 질투심을 느꼈다. "네가 항소팀으로 옮기기 전에, 밥, 법정 변호를 하던 때 말이야, 넌 의뢰인들을 좋아했어?"

"좋아했느냐고? 그럼, 좋아한 사람도 있지. 하지만 대다수는 쓰레기야. 당연히 모두 유죄고. 하지만……"

"모두 유죄라니, 무슨 말이야?"

"음, 어쨌든 죄가 있는 사람들이야, 수지. 시스템을 거쳐 거기까지 오게 됐다면. 처음 기소된 게 아닌 경우가 많으니까 형량을 가볍게 하려고 노력하는 거라고. 너도 알겠지만."

"강간범을 변호한 적도 있어?"

밥은 곧바로 대답하지 않았다. 수전은 그가 아마도 숱하게 이런 질문을 받았을 거라는 사실을 깨달았다. 수전은 뉴욕에서 칵테일파티에 참석한 밥을 상상했다(수전은 뉴욕에서 열리는 칵테일파티가 어떤지 잘 몰랐기 때문에 그 장면은 모호하고 영화 같

---

* 피부암의 하나.

았다). 삐삐 마르고 예쁘장한 여자가 도전적인 태도로 밥에게 똑같은 질문을 하는 것이다. 전화기 너머로 밥이 말했다. "있어."

"유죄였어?"

"안 물어봤어. 어쨌든 그 사람은 유죄 판결을 받았고, 안됐다는 생각이 들지는 않았어."

"안됐다는 생각이 안 들었다고?" 수전은 설명할 길 없는 눈물이 차오르는 것을 느꼈다. 몇 년 동안 생리하기 전에 이런 기분이 들었다. 바보같이.

"재판은 공정했어." 밥의 목소리에서 인내심과 피곤함이 느껴졌는데, 스티브도 그녀와 함께 있을 때 그런 식으로 말했었다.

수전은 걷잡을 수 없는 두려움에 사로잡혀 가게를 둘러보았다. 잭은 유죄였다. 재판이 공정하게 진행되더라도 징역 일 년 형이 선고될 수 있었다. 그 모든 과정을 거치려면 비용도 만만치 않을 것이다. 신경쓰는 사람도—밥은 신경쓸지도 모르겠지만, 조금은—없을 것이다.

밥이 말했다. "법정 변호를 하려면 강철 같은 심장이 필요해. 항소 사건을 맡는 우리 같은 사람들은, 음…… 어쨌거나 짐은 강철 심장을 가졌다고 할 수 있지."

"보비, 끊어야겠어."

소말리족 여자들 한 무리가 안경점으로 들어왔다. 얼굴만 삐고 온몸을 긴 망토 같은 것으로 가린 그들은 순간적으로 하나의 거대한 존재처럼 보였다. 낯설고 거대하고 공격적인 존재가 그녀 앞에 나타난 것이다. 짙은 빨간색과 파란색 망토, 초록색 머리 스카프가 한데 모여 아른거렸고, 복숭아 빛깔의 커다란 반점이 보였다. 하지만 팔도, 심지어 손도 보이지 않았다. 속삭이는 소리와 여러 목소리가 들리더니, 그 하나의 존재가 흩어졌다. 키가 작고 나이가 지긋해 보이는, 다리를 저는 여자 하나가 구석 의자에 가서 앉았다. 그러자 어떤 상황인지가 수전의 눈에 분명해졌다. 키가 크고 얼굴색이 밝고 (수전이 보기에) 거의 미국인이라 할 만한 생김새에 굉장히 아름답고 눈동자는 검고 광대뼈는 튀어나온, 그중 가장 젊은 여자가, 다리가 부러진 안경을 내밀며 서툰 영어로 고칠 수 있는지 물었던 것이다.

키가 크고 젊은 여자 옆에는 얼굴색이 더 검은 여자가 로브를 입은 채 서 있었다. 커다란 상자처럼 덩치가 크고, 굳은 얼굴에는 경계하는 표정이 떠올라 있고 속을 읽을 수가 없었다. 그녀는 청소용품이 담긴 비닐봉지를 들고 있었다.

수전이 안경을 집어들었다. "여기서 구입한 건가요?" 그녀는 젊은 여자에게 질문했다. 그 여자의 아름다움이 공격적으로 느껴졌다. 키 큰 여자가 덩치 큰 여자를 돌아보았다. 그들은 서로 빠르게 말을 주고받았다.

“네?” 그 여자가 물었다. 복숭아색 머리 스카프가 굉장히 현란해 보였다.

“여기서 구입한 건가요?” 수전이 다시 물었다. 그렇지 않다는 것을 수전은 알고 있었다. 수전의 손에 있는 안경은 드러그스토어에서 구입한 것이었다.

“네, 네.” 젊은 여자는 그렇다고 대답하면서 안경을 고쳐달라는 말을 반복했다.

“알겠어요.” 수전이 말했다. 작은 나사를 만지는 수전의 손이 불안했다. “잠시만요.” 카운터를 비우는 것은 가게 규정을 위반하는 일이었지만, 그녀는 그렇게 말한 뒤 안쪽 별실로 안경을 가지고 갔다. 돌아오자 여자들은 그녀가 자리를 비우기 전에 있던 그대로 있었다. 젊음의 활력을 가진 젊은 여자만 계산대 옆 진열대의 안경테를 만지작거리고 있었다. 수전이 카운터에 안경을 내려놓고 앞으로 밀었다. 덩치 큰 여자 쪽에서 시끌시끌한 소리가 들려서 수전은 그쪽을 쳐다보았다. 여자가 로브 밑으로 팔을 다시 집어넣는데 어린아이 발이 보여서 깜짝 놀랐다. 그 여자가 청소용품이 담긴 비닐봉지들을 내려놓았다가 다시 집어올리려고 허리를 굽히자 반대쪽 옆구리가 왜 불룩했는지가 밝혀졌다. 그녀는 두 아이를 띠로 몸에 묶은 채 서 있었던 것이다. 조용한 아이들. 엄마처럼 조용한 아이들.

"써보고 싶은 안경테가 있어요?" 수전이 물었다. 키가 큰 그 젊은 여자는 진열대의 안경테를 꺼내보지는 않고 계속 만지작거리기만 했다. 어느 여자도 수전을 보고 있지 않았다. 그들은 가게 안에 있었지만, 어디 먼 곳에 있는 듯했다.

"다 고쳤어요." 수전의 목소리가 너무 크게 들렸다. "돈은 안 내도 돼요."

젊은 여자가 로브 밑에 손을 넣자 수전은—그녀의 두려움이 오로지 이 순간을 기다렸다는 듯이—그 여자가 총을 꺼낼 것 같다는 생각에 느닷없이 사로잡혔다. 꺼낸 것은 작은 손가방이었다. "아니에요." 수전이 고개를 가로저으며 말했다. "공짜예요."

"괜찮아요?" 여자는 커다란 눈으로 재빨리 수전의 얼굴을 훑으며 물었다.

"괜찮아요." 수전이 두 손을 들어올렸다.

그 여자는 고친 안경을 손가방에 밀어넣었다. "네. 네. 고맙습니다."

그들이 또 한바탕 자기들 언어로 웅성거렸고, 그 소리는 수전의 귀에 딱딱하고 무뚝뚝하게 들렸다. 아이들이 엄마의 로브 밑에서 뒤척였고, 나이가 지긋해 보이는 여자가 천천히 일어섰다. 그들이 문 쪽으로 걸어갈 때 수전은 나이 지긋해 보이는 그 여자가 실제로는 그렇게 늙지 않았다는 사실을 깨달았다. 어떻게 알게 되었는지 정확히 말할 수는 없었지만, 그 여자의 얼굴에 깃든 고단함이 너무 깊은 나머지, 얼굴에 생기를 주는 것은 무엇이든 깨끗이 지워버린 것 같았다. 그 여자가 수전의 얼굴은 쳐다 보지도 않고 천천히 걸어가는데, 그 얼굴에 깊고 쉽게 지워지지 않는 냉담함만 떠올라 있었다.

가게 입구에서 수전은 그들이 천천히 쇼핑몰을 통과하는 것을 지켜보았다. 십대 소녀 둘이 지나가는 그들을 뚫어져라 쳐다보자, 수전은 깜짝 놀라, 저 사람들을 놀려서는 안 돼, 하고 생각했다. 그와 동시에, 긴 옷을 걸친 이 여자들이 너무도 낯설어서 몸서리를 치며 조용히 한숨을 내쉬었다. 그녀는 그들이 평생 셜리폴스라는 곳을 몰랐다면 좋았을 거라고 생각했고, 그들이 영영 떠나지 않을 거라는 생각에 두려웠다.

3

뉴욕의 정말 좋은 점은—돈만 있으면—음식을 만들고 싶지 않거나, 포크를 찾고 싶지 않거나, 설거지를 하고 싶지 않을 때, 그런 일을 할 필요가 전혀 없다는 것이다. 혼자 살고 싶지만 혼자이고 싶지는 않다면 어느 쪽을 고를 필요도 없다. 밥은 종종 9번가의 바 앤드 그릴로 걸어가, 그곳 스툴에 앉아 맥주를 마시거나 치즈버거를 먹었다. 혹은 바텐더와 대화를 나누고, 한 해 전에 자전거 사고로 아내를 잃은 붉은 머리칼의 남자에게 말을 걸었다. 그 남자는 이따금 눈물이 그렁그렁해서 밥에게 말을 걸었고, 무엇 때문인지는 모르지만 둘은 낄낄거리며 웃기도 했다. 가끔 그 남자가 한 손을 휘휘 젓는 날은 혼자 있고 싶은 밤이라는 의미였다. 단골들 사이에는 그런 암묵적인 이해가 퍼져 있었다.

사람들은 말하고 싶은 것만 말했고, 그 양은 많지 않았다. 대화는 주로 정치 스캔들이나 스포츠에 관한 것이었고 가끔은—스쳐지나가듯—깊은 개인적인 이야기를 할 때도 있었다. 밥은 그 아내가 당한 기이한 자전거 사고에 대해서는 자세히 알았지만 아내를 잃은 붉은 머리칼의 남자 이름은 몰랐다. 세라가 그곳에 밥과 함께 오지 않은 지 몇 달이 지났다는 사실도 누구 하나 언급하지 않았다. 그곳은 원래 그런 장소였다. 안전한 장소.

오늘밤은 바가 거의 꽉 찼다. 바텐더가 빈 스툴 하나를 향해 고개를 까딱하자 밥이 손님 둘 사이에 비집고 앉았다. 붉은 머리칼의 남자가 멀리 떨어진 자리에서, 그들 앞에 있는 큰 거울을 통해 고개만 까딱했다. 구석에 매달린 커다란 텔레비전이 소리 없이 화면으로만 뉴스를 보여주었다. 맥주가 채워지기를 기다리며 흘끔흘끔 텔레비전을 올려다보는데, 히죽 웃는 재커리의 사진 옆에 게리 오헤어의 넓적하고 표정 없는 얼굴이 나타나 밥은 화들짝 놀랐다. 자막이 너무 빨리 지나가 제대로 읽을 수 없었지만, "바라건대" "단독 사건" "쳐다보는" "백인 우월주의 단체" 같은 단어가 눈에 들어왔다.

"세상이 미쳐 돌아가는군." 밥 옆에 앉아 있던, 나이가 더 들어 보이는 남자가 말했다. 그 역시 텔레비전을 보고 있었다. "다들 미쳤어."

"이봐, 머저리." 누군가가 부르는 소리에 밥이 돌아보니 형과 헬렌이 와 있었다. 그들은 방금 들어온 것 같았고, 헬렌은 창가의 작은 테이블에 앉으려는 중이었다. 어두운 조명에도 불구하고 밥은 그들의 그을린 피부를 알아볼 수 있었다. 그는 스툴에서 일어나 그들에게 다가갔다.

"방금 텔레비전 봤어요?" 그가 손으로 가리켰다. "어떠세요? 언제 돌아왔어요? 재미있었어요?"

"재미있게 지내다 왔어요, 보비." 헬렌이 메뉴를 펼치며 말했다. "여긴 뭐가 맛있어요?"

"다 맛있어요."

"생선 요리는 괜찮아요?"

"네, 저는요."

"나는 버거로 할래." 헬렌이 메뉴를 덮고 몸을 바르르 떨더니 두 손을 비볐다. "돌아오니 얼어죽을 것 같아요."

밥이 의자를 당겨 앉았다. "금방 일어날게. 걱정하지 마."

"잘됐네." 짐이 말했다. "아내와 외식을 하러 온 거니까."

밥은 그들의 그은 피부색이 계절에 어울리지 않고 이상하게 느껴졌다. 그가 말했다. "잭이 방금 텔레비전에 나왔어."

"그러게, 젠장." 짐이 어깨를 으쓱했다. "하지만 찰리 티베츠라는 사람은 아주 훌륭해, 밥. 그가 어떤 일을 해냈는지 봤어?"

짐이 메뉴를 펼쳐 잠시 흘끔거리다 덮었다. "게리 오헤어가 그 바보 같은 기자회견을 열자마자 찰리가 곧바로 보도 금지령과 보석 조건 변경을 요청했어. 첫째로는 자기 의뢰인이 공격적이고 부당한 기소를 당했다면서, 경범죄 사건 때문에 기자회견까지 열린 적은 없다고 했지. 하지만 가장 훌륭했던 건—보석 조건에 잭이 어떤 소말리족에게도 가까이 가면 안 된다고 되어 있거든—이거야. 찰리가 판사한테 한 말인데, 헬렌, 뭐였지? '보석위원은 소말리족이 전부 같은 옷을 입고 생김새와 행동도 똑같을 거라는 순진하고 유감스러운 가정을 했다'고 말했어. 굉장하지. 그나저나 넌 우리 차를 어떻게 돌려줄 생각이냐?"

"짐, 밥은 밥대로, 우리는 우리대로 저녁 시간을 즐기고, 그 문제는 나중에 둘이 알아서 하는 게 어때?" 헬렌이 웨이터를 돌아보았다. "피노누아 주세요."

"잭은 어떻대?" 밥이 물었다. "수전이 나한테 몇 번 전화했는데, 잭이 어떻게 지내는지에 대해서는 늘 모호해."

"잭이 어떤지 누가 알겠어. 기소인부절차 때문에 법정에 출두할 필요는 없을 거야. 11월 3일까지는 날짜가 잡히지도 않겠지만. 찰리가 무죄를 주장하면서 사건을 통째로 상급법원으로 올려보냈어. 배심원 재판을 요청했고. 찰리가 잘해내고 있어."

"알아. 찰리와 이야기했어." 밥이 잠시 말을 멈추었다가 다시 말했다. "잭이 방에서 혼자 운대."

"어머, 저런." 헬렌이 말했다.

"어떻게 알았어?" 짐이 동생을 쳐다보았다.

"위층에 사는 할머니가 얘기해줬어. 수전 집에 세 들어 사는 사람. 잭이 방에서 우는 소리를 들었대."

짐의 표정이 변했고 눈은 더 작아 보였다.

"할머니가 잘못 알았을 수도 있어." 밥이 말했다. "약간 괴짜 같거든."

"당연히 잘못 알았을 수 있겠네요." 헬렌이 말했다. "짐, 뭘 먹을 거야?"

"내가 가서 차를 가져올게." 밥이 말했다. "비행기 타고 갔다가 운전해서 돌아오면 돼. 언제 필요해?"

"네가 시간만 된다면 되도록 빨리. 물론 너야 늘 시간이 있겠지. 법률보조원들은 그렇게 강한 노조를 가지고 있으니 참 좋겠어. 휴가가 오 주에다, 일단 아무도 열심히 일하는 것 같지 않고."

"그건 아니야, 짐. 정말로 성실한 사람들이 거기서 일해." 밥이 조용히 말했다.

"바텐더가 너한테 손짓을 하는데. 가서 마시던 맥주나 마셔." 짐이 무시하며 말했다.

밥은 자리로 돌아왔지만 그의 저녁은 이미 엉망이 되어 있었다. 그는 머저리였고, 헬렌조차 그에게 화가 나 있었다. 그는 메인으로 갔지만 천치처럼 행동하고 겁에 질리고 형의 차를 두고 온 것 말고는 아무것도 한 것이 없었다. 그는 우아하고 골격이 큰 일레인이 무화과나무가 있는 사무실에 앉아 있던 장면을 떠올렸다. 그녀는 정신적외상을 일으킨 사건에 대한 반응은 재발하기 마련이라고, 그의 피학적 성향은 그가 철부지 어린 시절에 저지른 행동에 대해 스스로 벌을 받아야 한다고 느끼는 데서 오는 거라고 끈기 있게 설명해주었다. 거울을 통해 그는 붉은 머리칼의 남자가 자신을 쳐다보는 것을 알아차렸다. 눈이 마주치자 그 남자가 고개를 까딱했다. 밥이 그 짧은 시선에서 깨달은 것은, 죄의식을 느끼는 사람들은 말하지 않아도 서로 통한다는 것이었다—붉은 머리칼의 남자는 아내에게 자전거를 사주고 그날 아침 자전거를 타고 나가보라고 했다. 밥도 고개를 까딱한 뒤 맥주를 마셨다.

*

팸은 어퍼이스트사이드의 단골 살롱에 앉아 자신의 발 쪽으로 머리를 숙인 한국인 여자의 머리를 보고 있었다. 발톱에 균이 생기면 치료하기가 쉽지 않기 때문에, 잘 소독된 도구를 쓰는지가 늘 걱정이었다. 게다가 오늘은 팸이 좋아하는 미아라는 아가 씨가 쉬는 날이었다. 오늘 팸의 발가락을 부드럽게 문질러 씻고 있는 이 아가씨는 영어를 전혀 할 줄 몰랐다. 대화는 손짓만으로 이루어졌고, 팸은 철제 도구 상자를 가리키며 지나치게 큰 목소 리로 물었다. "깨끗하죠? 그렇죠?" 마침내 그녀는 긴장을 풀고 버지스네 가족과 보낸 지난 시절을 회상하기 시작했다. 벌써 며 칠째 그 기억에 빠져 있었다.

처음에 팸은 수전을 좋아하지 않았다. 하지만 그것은 그저 그 들이 어렸기 때문이었고—이제 막 대학생이 되어 집을 떠난, 팸 친구들의 아들들과 비슷한 나이로 정말 어렸었다—수전이 대놓 고 밥을 멸시한 것도 팸에겐 개인적인 모욕으로 받아들여졌다. 팸이 모두가 모두를 좋아하길 바라던 시절의 이야기였다. (그녀 는 특히 모두가 자신을 좋아해주기를 바랐다.) 또한 메인 대학교 오로노 캠퍼스에 다니던 학생들이 건물을 돌아가거나 나무 밑을 지날 때 서로 모르는 사이더라도 인사를 건네던 시절이었다. 밥 을 아는 학생이 많았다. 밥의 성격이 친절하기 때문이기도 했지 만, 짐을 아는 사람들이 있었기 때문이기도 했다. 그때 짐은 이 미 졸업한 뒤였지만 재학 당시 학생회장이었고 하버드 로스쿨로 진학한 몇 안 되는 졸업생 중 한 명이어서—물론 전액 장학금을 받았다—그것이 짐의 명성을 더욱 높여주었다. 버지스 형제를 아는 사람은 학생들이 책을 들고 밑으로 지나다니는 떡갈나무와 단풍나무만큼이나 흔했다. (느릅나무도 몇 그루 있었지만 병이 들어 맨 위쪽부터 잎사귀가 시들어갔다.) 밥과 같이 있으면 그의 느긋하고 편안한 태도에 빠져들어, 팸은 지금까지의 그 어느 순간보다 안전하다는 느낌을 받았다. 대학생활의 열정이—삶의 열정은 물론이고—가슴속에 펼쳐져 만개하는 것 같았다. 하지만 수전이 그들을 모른 척하면 그 가슴 벅찬 느낌이 모욕을 받는 것 같았다. 수전은 그들이 동시에 학생회관에 가야 하면 일부러 다른 문으로 돌아갔다. 당시에는 날씬하고 예뻤던 수전은 고개를 홱 돌렸다. 포글러 도서관에서 수전은 밥 옆을 바로 스쳐지나가면서 눈길 한번 주지 않았다. "안녕, 수지." 밥이 말한다. 반응이 없다. 전혀! 팸은 어안이 벙벙했다. 그래도 밥은 아무렇지 않아 보였다. "늘 저런 식이야."

하지만 이후에, 미래의 시어머니 바버라가 있는 셜리폴스의 버지스네 집에 가서 주말이나 명절을 보내기 시작하면서, 팸은 수전을 안쓰럽게 생각하기 시작했다. 바버라가 팸을 맞아준 태도는, 팸이 이해하기로는, 환영한다는 의미였다(그 의미가 전달되는 방식은 대체로 다른 사람들을 깎아내리는 농담을 하는 것이었고, 화강암처럼 무표정하게 흘끗 쳐다보는 것으로 팸도 거기 포함시켰다). 팸은 그것이 놀라웠다. 아마도 그녀는 사람을 안다는 게 프리즘을 보는 것과 같다는 사실을 그때 처음 이해하게 되었을 것이다. 그녀가 본 것은 수전의 겉모습이었을 뿐, 그 뒤에 밝은 빛처럼 커다랗게 도사린 어머니의 부정적인 태도는 완전히 놓치고 있었다. 그런 냉소적인 농담의 희생자는 주로 수전이었다. 어머니가 우등생인 밥과 이야기하는 동안 묵묵히 식탁을 차리는 것도 우등생이 되지 못한 수전이었다. 어머니는 "오, 보비, 그럴 줄 알았어. 네가 똑똑한 건 옛날부터 알았지" 하고 말했다. 머리를 길러 가운데 가르마를 타고 다니면 어머니에게 "머리에 꽃을 꽂는 멍청한 히피 같다"는 소리를 듣는 것도 수전이었다. 지금은 허리가 날씬하고 골반이 밋밋해도, 언젠가는 크리스코, 즉 캔에 든 지방 덩어리처럼 변해서 다른 모든 여자들과 다를 바 없어질 거라는 핀잔을 듣는 것도 수전이었다.

팸의 어머니는 팸을 멸시하지는 않았지만 부모의 책임을 다할 자신은 없었던 것 같았고, 팸이 자기에게 너무 많은 것을 요구한다는 듯—어렸을 때 팸은 지역 도서관에 몇 시간이고 처박혀 책을 읽고, 잡지 광고를 넘겨보며 바깥세상에 대한 힌트를 얻는 아이였음에도—팸과는 늘 거리를 두었다. 팸의 아버지는 조용하고 내성적인 성격이었고, 아이들이 자라면서 보편적으로 부딪히는 장애물을 잘 통과하도록 딸의 곁을 지키며 도와주기에는 어머니보다도 역부족인 것 같았다. 팸이 대부분의 명절을 버지스네 집에서 보낸 것도 그런 삭막한 분위기에서 탈출하기 위해서였다. 버지스네 가족이 사는 작고 노란 집은 도심에서 많이 떨어지지 않은 언덕에 있었다. 팸이 자란 집보다는 작았으나, 많이 작지는 않았다. 하지만 러그가 낡았고, 접시는 금이 갔고, 욕실 타일은 군데군데 달아나고 없었다. 그녀는 이런 것들이 신경 쓰였다. 또다시 뭔가를 알아낸 느낌이었다. 그녀의 남자친구와 그의 가족이 가난하다는 사실을. 팸의 아버지는 작은 문구류 사업을 했고 어머니는 피아노 레슨을 했다. 매사추세츠 서부에 있는 그녀의 집은 늘 새집 같았고, 농지 옆의 안전하고 탁 트인 곳에 자리잡고 있었다. 예전에는 한 번도 해본 적 없는 생각이었다. 그녀가 버지스네 집에서 변색된 바닥 리놀륨이 귀퉁이부터 벗겨져 일어나는 것을 보았을 때, 창틀이 너무 오래되고 뒤틀려 겨울에는 빈틈에 신문지를 쑤셔박아야 하는 것을 보았을 때, 하나뿐인 욕실의 변기에 녹슨 빛깔의 얼룩 줄무늬가 생긴 것을 보았을 때, 샤워 커튼의 색이 너무 바래서 원래 분홍색이었는지 빨간색이었는지 분간되지 않는 것을 알았을 때—그녀는 그녀가 유일하게 알았던, 고향의 정말로 가난한 한 가족을 떠올렸다. 그 집 잔디밭에는 사방에 녹슨 차들이 널브러져 있었고, 아이들은 꾀죄죄하게 학교에 왔다. 팸은 깜짝 놀랐다. 그녀가 사랑하게 된 이 버지스네 남자는 도대체 누구지? 그도 그랬을까? 오로노 캠퍼스에서 그는 여느 남학생과 다르지 않은 것 같았다. 매일 똑같은 청바지를 입고 다니고―하지만 그 시절에는 많은 학생들이 날 마다 똑같은 청바지를 입고 다녔다―기숙사 방의 그가 쓰는 공 간은 지저분하고 세간살이도 거의 없었다. 하지만 남학생들의 기숙사 방은 대체로 지저분하고 세간살이도 거의 없었다. 그러 나 밥은 다른 남학생들보다 존재감이 더 있었고, 성격도 더 느긋 했다. 그래서 그녀는 밥과 그의 불쾌한 누이가 이런 환경에서 자 랐을 거라고는 생각도 하지 못했다.

그녀의 그런 반응은 오래가지 않았다. 밥은 모든 공간에서 그 를 밥답게 만들어주는 무언가를 느끼게 해주었다. 그러자 그 집 은―빠르게―편안한 공간이 되어갔다. 밥과 그의 어머니가 종 종 밤늦게까지 깨어서 도란거렸기 때문에, 팸은 밤에 나직이 이 야기를 하는 그의 편안한 목소리를 들을 수 있었다. 그녀는 그들 이 몇 번이나 '짐'이라고 말하는 것을 들었는데, 마치 그의 존재 가, 오로노 캠퍼스를 떠나지 않은 것처럼 이 집에도 남아 있는 듯했다.

"짐―이렇다면서요, 짐―저렇다면서요." 언젠가 마침내 짐 을 만나게 되면 팸은 이렇게 말할 생각이었다. 바깥에 일찍 어둠 이 깔린 11월의 어느 금요일 오후, 그가 부엌 식탁에 앉아 있었 다. 구부정한 자세로 팔짱을 끼고 의자에 앉아 있는 그는 집에 어울리지 않게 너무 커 보였다. 팸은 그저 "안녕하세요"라고만 말했다. 그가 일어서서 팸에게 악수를 청하면서, 다른 한 손으로는 밥의 가슴을 떠밀었다. "얼뜨기, 잘 지냈냐?" 그가 말하자 밥은 "하버드 맨, 왔구나!" 하고 대꾸했다.

팸의 첫 감정은 자신이 남자친구의 형에게 반하지 않은 데 대한 안도감이었다. 많은 여자애들이 그럴 수 있다는 사실을 그녀는 알았기 때문이다. 짙은 머리카락과 완벽한 턱 모양, 그녀의 취향에는 너무 구식으로 잘생긴 얼굴이었다. 그리고 그는 강했다. 팸은 그 사실을 알아차렸고 그래서 겁이 났다. 다른 사람은 알아차리지 못한 것 같았다. 짐이(바버라가 수전을 놀리는 것만큼 신랄하게) 밥을 놀릴 때 밥은 웃어넘겼다. "우리가 어렸을 때 말이에요." 처음 만난 날 밤에 짐이 팸에게 말했다. "이 녀석 때문에"—밥을 향해 고갯짓을 하며—"돌아버리는 줄 알았어요. 돌겠다니까. 제길, 너 때문에 지금도 돌아버리겠어."

밥은 행복한 표정으로 어깨를 으쓱했다.

"밥이 뭘 어떻게 했길래요?"

"내가 뭘 먹든 간에 자기도 똑같은 것을 먹겠다고 했어요. 어머니가 점심때 뭘 먹겠느냐고 물어보면 '토마토수프' 하고 대답했다가도, 내가 야채수프를 먹는 걸 보면 '아니요, 나도 저거 먹을래요' 하는 거죠. 옷도 마찬가지여서 내가 입는 옷과 같은 것을 입겠다고 했어요. 내가 가는 곳은 어디든 자기도 가겠다고 했고요."

"와우. 엄청 싫었겠네요." 팸이 냉소적으로 대꾸했지만, 자동차의 두꺼운 앞유리에 작은 돌멩이 하나가 날아간 격이었다. 짐은 난공불락이었다.

로스쿨에 다니던 시절, 짐은 어머니를 보러 집에 자주 왔다. 자식 셋이 모두 어머니에게 충실하다는 건 팸도 알 수 있었다. 수전과 밥은 둘 다 학교 식당에서 일했지만 누가 차로 셜리폴스에 간다는 말만 들으면 다른 사람과 순번을 바꿔서 그 차를 얻어 탔다. 그런 모습에 팸은 감동했고 자신의 부모님을 오랫동안 찾아가지 않은 것에 대해 죄스러움을 느꼈다. 하지만 밥이, 그리고 수전이 그들의 집에 가기로 할 때마다 팸도 늘 따라갔다. 수전이 아직 스티브를 만나지 않았고 짐이 아직 헬렌을 만나지 않았던 시절이라, 그때를 돌이켜보면 팸은 자신이 밥을 사랑했을 뿐 아니라 거의 그의 누이 같았다는 생각이 들었다. 그 시절에 그들은 그녀의 가족이나 다름없었기 때문이다. 까다롭게 굴던 수전도 많이 부드러워졌다. 종종 그들은 식탁에 둘러앉아 스크래블 게임을 하거나 거실에 비좁게 붙어 앉아 이야기를 나누었다. 이따금 넷이서 볼링을 치러 갔고, 돌아와서는 밥이 거의 짐을 이길 뻔했다고 바버라에게 말했다. "하지만 못 이겼어요." 짐이 말했다. "이긴 적도 없고 앞으로도 못 이길 거예요." 혹한의 어느 토요일, 팸과 수전이 버지스네 작은 집의 유리로 막은 포치에서 그들의 긴 머리칼을 다리미판에 올리고 조심스럽게 다림질을 했을 때 바버라는 집을 홀랑 태울 뻔했다며 두 사람 모두에게 호통을 쳤다. 버지스네 가족은 음식에 대해서는 아는 것도 없고 관심도 없었지만(스크램블드 햄버거 위에 녹지 않은 오렌지색 치즈를 한 장 덮은 것, 통조림 수프로 만든 참치 캐서롤, 양념을 넣지 않고 심지어 소금도 없이 구운 치킨이 그들의 끼니였다), 팸은 그들이 구운 제과류를 좋아한다는 것을 알게 되었다. 그래서 바나나빵과 설탕쿠키를 만들어주었고, 가끔은 좁은 부엌에서 수전이 팸을 도왔다. 그들은 뭐든 만들기만 하면 굶주린 듯 먹어치웠고, 팸은 그것을 보면 마음이 찡했다─버지스네 아이들은 평생 달콤함에 굶주린 사람들 같았다. 바버라가 다정한 성격은 아니었지만 팸이 보기에 그 본바탕엔 기품이 있어서, 버지스네 세 아이는 서로 다르면서도 그들에겐 공통되게 그 기품이 흘렀다.

짐이 로스쿨에서 들은 강의 내용을 늘어놓으면 밥은 몸을 앞으로 숙이고 질문을 했다. 짐은 처음부터 형사법에 흥미를 느껴서 증거 법칙이나 전문傳聞증거 법칙의 예외 규정, 소송 심리의 절차적 측면, 처벌의 사회적 역할에 대해 이야기했다. 팸은 이미 과학에 대한 흥미가 확고해서 사회를 백만, 천만 개의 세포가 살아 움직이는 하나의 커다란 유기체로 보았다. 팸에게 범죄

행위는 흥미를 끄는 돌연변이로 여겨졌고, 그녀는 주저하며 대화에 끼어들었다. 짐은 밥과 수전에게는 빈정거리면서도 팸에게는 그러지 않았다. 자신에게는 그러지 않는 게 팸은 늘 놀라웠다. 신기하게도 짐은 오만함과 진지함을 모두 지니고 있었고, 그것 역시 종종 놀라웠다. 세월이 흘러 월리 패커 재판 당시, 팸은 짐과 관련된 인터뷰를 읽었는데 어느 하버드 로스쿨 졸업생의 말이 인용되어 있었다. 그 내용에 의하면 짐 버지스는 "늘 겉돌고 속을 알 수 없는 사람"이었다. 그때 그녀는 그 시절에 완전히 이해하지는 못했던 사실을 깨달았다—짐이 하버드에서는 자신을 아웃사이더로 느꼈을 것임을, 짐이 셜리폴스로 돌아온 것은 그럴 수밖에 없었기 때문이었음을. 그것은 그가 살뜰히 돌보던 어머니 때문만은 아니고, 친숙한 억양과 이 빠진 접시와 휘어져 잘 닫히지도 않는 침실 문 때문이었을 거라고. 로스쿨에 다니는 동안 그는 어떤 여자친구 이야기도 꺼내지 않았다. 하지만 어느 날, 그는 자신이 성적도 훌륭하고 예리한 기량도 갖추었기 때문에 맨해튼 검찰청에서 근무하게 되었다고 말했다. 거기서 재판 경험을 쌓고 메인으로 돌아올 거라고 했다.

"아얏." 팸이 비명을 질렀다. 그녀의 종아리 근육을 마사지하던 한국인 여자가 미안해하는 표정으로 그녀를 쳐다보며 알아듣지 못하는 말을 했다. "미안해요," 팸이 손을 빠르게 저으며 말했다. "너무 아파서요." 그녀는 갑자기 그리움이 밀려들어 몸서리를 쳤고, 그녀에게 다가오는, 아마도 권태였을 그 희뿌연 감정을 차단하려고 눈을 감았다. 팸이 셜리폴스를 기적의 장소로 느꼈던 건, 단지 그녀가 젊었고 새로운 사랑에 눈떴기 때문이었을까? 그런 열망과 들뜬 흥분을 이제 다시는 느낄 수 없는 걸까? 나이와 경험은 단지 사람을 차분하게 만드는가?

셜리폴스는 팸이 어른이 된다는 것의 짜릿함을 처음 느낀 곳이었다. 대학생활이 그녀를 많은 사람들과 생각들과 객관적인 사실들―그녀는 그것을 사랑했다, 그 사실들을―의 세계로 데려갔다면, 셜리폴스는 낯선 도시의 마법을 간직한 곳이었다. 팸은 셜리폴스로 갈 때마다 어지러움을 느끼며 어른이 된다는 것의 황홀함 속으로 내던져졌다. 애닛 애비뷰에서 한 가족이 운영하는 빵집에 혼자 가서(그때 밥은 어머니가 지붕 홈통을 청소하는 걸 돕고 있었다) 테이블에 앉아 커피를 마시는 일상적인 행위마저 그런 느낌을 불러일으켰다. 통통한 여자가 무심하게 서빙하는 모습이 멋져 보였고, 창문에는 러플 주름 커튼이 예쁘게 묶여 있었다. 카페 안에는 시나몬 향이 떠돌았다. 정장 차림의 남자들은 법원이나 사무실로 걸어가고 있었고, 원피스를 입고 어딘가를 향해 가고 있는 여자들의 표정은 진지해 보였다. 팸은 자신이 어린 시절 즐겨 다니던 도서관에서 봤던 잡지 광고 속 여자

가 된 것 같았다. 삶의 한창때 커피를 마시며 미소를 짓는 젊은
여자.

이따금 밤이 공부를 하거나 옛 고등학교 주차장에서 짐과 농
구를 할 때, 팸은 그 작은 도시의 변두리에 있는 언덕에 올라가,
성당 첨탑과 벽돌공장이 늘어선 강과 거품이 부글거리는 강물
을 가로질러 놓인 다리를 내려다보았다. 가끔은 다시 언덕을 내
려가 그래섬 스트리트에 있는 가게들을 구경했다. 그 무렵 펙스
백화점은 이미 문을 닫았지만 타운에 백화점이 두 개 더 있어서,
팸은 그 안을 돌아다니며 드레스를 만지거나 금속 봉에 걸린 옷
걸이를 밀어보았고, 그러면 말없이 가슴이 뛰었다. 그녀가 화장
품 매장에서 향수를 뿌리고 돌아오면 바버라는 "너한테서 온통
프랑스 여자 냄새가 나는구나" 하고 말했다. 그러면 팸은 말했
다. "오, 바버라, 방금 백화점을 구경하고 왔거든요!"

"그런 것 같더라니."

바버라와 동맹을 맺기는 쉬웠다. 팸은 수전에게 없는 유리한
점이 자신에게 있음을 깨달았는데, 그것은 자신이 바버라와 피
한 방울 섞이지 않았다는 사실이었다. 그래서 팸은 수전에게는
금지된 블루구스 같은 곳에도 갈 수 있었다. 맥주가 한 잔에 삼십
센트밖에 하지 않는 곳으로, 주크박스가 어찌나 쩌렁쩌렁 울려
대는지 이 무거운 마음을 가져가줘요. 내 무거운 사랑의 마음을⋯⋯

하고 부르는 윌리 패커 밴드의 노래로 테이블이 들썩거렸다. 팸은 밥의 무릎에 손을 올리고 그의 옆에서 가볍게 몸을 흔들었다.

기말시험이 끝났을 때나 생일 때, 혹은 팸과 밥이 우등생이 된 것을 축하하는 날 그들은—다 같이—스파게티 카페테리아인 앤토니오스로 몰려갔다. 애넷 애비뉴에서 골목으로 들어간 곳에 있는 식당으로, 커다란 접시에 스파게티를 듬뿍 담아주었다. 타이니Tiny라는 이름으로 불리는 뚱뚱한 남자가 그곳을 경영했고, 주문도 직접 받았다. 그가 위장접합수술을 받은 뒤 숨졌을 때 팸은 마음이 굉장히 안 좋았다. 다들 같은 마음이었다.

여름 동안 바버라는 팸을 집에서 지내게 해주었다. 팸은 식당 종업원으로 일했고, 밥은 종이공장에서 일했다. 수전은 병원 원무과에서 보조로 일했다. 팸과 수전은 짐과 밥이 자랄 때 같이 쓰던 방을 썼고, 밥은 수전의 방을 썼다. 짐은 집에 오면 소파에서 잤다. "집에 사람이 꽉 차니 좋구나." 바버라가 말했다. 형제가 없는 팸에게 버지스네 집에서 보낸 그런 주중과 주말, 여름의 날들은 말로 표현할 수 없을 만큼 중요한 기억으로 깊이 새겨졌고 또한 훗날 밥과의 결혼생활을 와해시키는 원인이 되었다. 밥이 자꾸만 친형제처럼 느껴졌기 때문이다. 그녀는 그의 과거—어느 누구도 입 밖에 내지 않는 그의 끔찍한 비밀—를 받아들였고, 그들의 어머니가 밥을 애지중지 아끼는 덕을 보았다. 밥이 팸을 사랑하기로 선택했기에 바버라 또한 팸을 사랑했다. 팸은 그 사고로 과부가 된 바버라가 밥에게 느끼는 분노를 극복하기 위해 오히려 밥을 가장 총애하기로 작정한 것이 아닐까 생각해보았다. 어쨌거나 밥은, 그리고 밥의 과거와 현재는 팸의 과거와 현재가 되었다. 그녀는 밥을 둘러싼 모든 것을 사랑했고, 심지어 그의 누이까지 사랑했다. 수전은 여전히 밥을 못마땅하게 여겼지만 팸에게는 충분히 친절했다.

버지스네 가족―특히 버지스 형제―에게는 해마다 즐기는 타운 행사들이 있었다. 팸은 그들과 함께 목시데이 퍼레이드를 구경하러 갔다. 그 행사는 별의별 사람들이 밝은 오렌지색 옷을 입고 모여 메인 주를 대표하는 술―세인트조지프 교회 게시판에 '예수님은 우리의 구세주savior, 목시는 우리의 맛flavor'이라고 써 붙어 있었다―을 기념하는 것이었다. 그 술은 아주 써서 팸은 도저히 마실 수가 없었고, 버지스네 가족도 바버라 말고는 마찬가지였다. 그들은 화려하게 장식한 차들이 지나가면 손뼉을 쳤고, 그중에는 '미스 목시'라는 왕관을 차지한 지역 아가씨를 태운 차도 있었다. 이 아가씨들의 이야기는 세월이 흐른 뒤 종종 신문에 실렸는데, 남편에게 얻어맞거나 약물중독자에게 털리거나 경범죄로 잡혀 들어가는 등 결말이 좋지 않았다. 하지만 그들이 차에 올라타 손을 흔들고 리본 띠를 나풀거리며 셜리폴스 거

리를 누비던 날에는 버지스 형제의 환호를 받았다. 짐마저 진지
하게 박수를 보냈다. 수전은 진작부터 어머니가 그런 타이틀을
두고 경쟁하는 일을 허락하지 않았기 때문에 그저 어깨만 으쓱
했다.

7월에는 프랑코아메리칸 페스티벌이 열렸다. 밥이 가장 좋아
하는 축제여서 팸도 좋아했다. 나흘 밤 동안 공원에서 열리는 콘
서트로, 모두가 춤을 추었다. 중년의 아내들과 공장일에 지친 남
편들이 세시봉 밴드의 시끄러운 음악에 맞춰 엉덩이를 흔들어
댔다. 바버라는 한 번도 그들을 따라가지 않았다. 그녀는 남편이
예전에 현장감독으로 일한 사실을 제외하면, 공장 노동자인 프
랑스계 캐나다인과는 거의 관련이 없었을 뿐 아니라, 음악이나
춤이나 흥청망청 노는 일에도 전혀 관심이 없었다. 하지만 버지
스네 아이들은 그 축제를 구경하러 갔고, 짐은 노동자 파업, 노
동조합 조직 같은 대화에 관심을 보였다. 페스티벌이 열리는 밤
에 짐은 여기저기 돌아다니면서 많은 사람들에게 말을 걸었다.
팸은 그가 머리를 숙이고 귀기울여 듣는 모습이, 반갑다는 듯 어
깨를 툭툭 치는 모습이 지금도 떠올랐는데, 나중에 정치가가 되
고 싶다고 했던 그의 말처럼 그는 그때부터 그런 조짐을 보여주
고 있었다.

팸은 발톱에 바르려고 자신이 고른 색깔이 실패였음을 깨달았

다. 지금 발톱을 내려다보자 확실해졌다. 이런 가을에 왜 하필 그런 황적색을 골랐을까? 한국인 여자가 발톱 위로 작은 브러시를 든 채 그녀를 올려다보았다. "좋아요," 팸이 말했다. "고마워요."

바버라 버지스가 세상을 떠난 지도 이십 년이나 지났다고, 팸은 ("프랑스 여자처럼") 무시무시하게 변한 발톱 색깔을 내려다보며 생각했다. 바버라는 짐이 유명해진 것도, 밥이 자식 없이 이혼한 것도, 수전이 이혼하고 그녀의 아들이 이상해진 것도 보지 못하고 죽었다. 또한 바버라가 평생 딱 한 번 와본 도시에서 팸이 발톱을 오렌지색으로 칠한 것도 물론 보지 못하고 죽었다. 바버라는 짐이 맨해튼 검찰청에서 일할 때 뉴욕을 방문했었다. 바버라가 뉴욕을 얼마나 싫어했던가! 팸이 그때를 회상하며 입술을 달싹였다. 그 무렵 팸도 밥과 뉴욕에 살았는데 가엾게도 바버라는 그들의 아파트 밖으로는 거의 나가지 않았다. 팸은 짐과 갓 결혼한 헬렌을 놀리는 것으로 바버라를 즐겁게 해주었다. 헬렌은 바버라를 메트로폴리탄 박물관에 데려가겠다거나, 브로드웨이 마티네*를 보여주겠다거나, 빌리지 지역에 있는 독특한 카페에 데려가겠다고 제안하는 등 새로 시어머니가 된 바버라를 즐겁게 해주기 위해 최선을 다하고 있었다. "짐은 헬렌의 어떤

---

* 낮시간에 하는 공연.

점을 본 걸까?" 바버라가 침대에 누운 채 천장에 매달린 선풍기를 올려다보며 물었다.

"평범하잖아요." 팸도 바버라 옆에 누워 천장을 올려다보았다.

"그애가 평범해?"

"코네티컷 기준에서는 그런 것 같아요."

"흰색 로퍼를 신고 다니는 게 코네티컷 기준으로 평범해?"

"헬렌 로퍼는 베이지색이에요."

이듬해에 짐은 헬렌과 함께 메인 주로 이사했다. 바버라는 헬렌에게 익숙해져야 했다. 하지만 그들은 셜리폴스에서 한 시간 거리인 포틀랜드에 살아서 그렇게까지 나쁘지는 않았다. 짐은 형사부를 담당하는 검찰청 차관보였는데, 강직함과 품위로 즉시 명성을 얻었으며 언론을 다루는 데도 능수능란했다. 가족들에게는 정계에 입문하겠다는 생각을 공공연히 밝혔다. 주 의회 의원에 출마할 것이고, 주 검사장이 될 것이고, 나중에는 주지사가 될 거라는 뜻도 밝혔다. 모두가 짐이 해낼 거라고 생각했다.

그로부터 삼 년째 되던 해에 바버라가 몸져누웠다. 병 때문에 마음이 약해졌는지 그녀는 수전에게 이렇게 말했다. "너는 항상 착했어. 너희 모두 착했지." 수전은 몇 주 동안 소리 없이 울었다. 짐은 병실에 들어갔다가 고개도 들지 않고 나왔다. 밥은 많이 놀랐는데, 그의 얼굴에는 종종 어린아이의 표정이 떠올라 있

었다. 팸은 그때를 기억하며 콧물을 닦아야 했다. 이 일에서 가
장 이해되지 않는 부분은, 바버라가 세상을 뜨고 한 달 뒤 짐과
헬렌이 갓 태어난 아기와 함께 웨스트하트퍼드에 있는 멋진 집
으로 이사를 했다는 것이었다. 짐은 밥에게 다시는 메인에 돌아
오고 싶지 않다고 말했다.

"아, 고마워요." 팸이 말했다. 한국인 여자가 어서 받으라는
표정으로 화장지를 내밀었다. "정말 고마워요." 한국인 여자는
얼른 고개를 끄덕인 뒤 팸의 발가락 주위에 기다란 솜을 감았다.

*

나무들이 늘어선 파크슬로프 거리의 보도에 나뭇잎이 우수수
떨어지고, 꼬마들은 바스락거리는 나뭇잎 더미에서 놀았다. 꼬
마들이 나뭇잎을 한아름 안아들었다가 바람에 흩날렸고, 엄마들
은 인내심 있게 아이들을 지켜보았다. 헬렌 버지스는 걷다가 불
쑥 멈추는 사람들이나, 배회하듯 돌아다니면서 그녀의 걷는 리
듬을 깨뜨리는 사람들 때문에 짜증이 났다. 은행에서는 긴 줄에
서서 한숨을 폭 쉬며 앞사람에게 "솔직히 왜 창구 직원을 더 많
이 고용하지 않는지 모르겠어요" 하고 말했다. 식료품점에서는
소량 계산대에 줄을 서서 앞사람이 구매한 물건의 수를 헤아리

다가 "당신 물건은 열네 개인데, 저기 안내판엔 열 개라고 돼 있 잖아요"라는 말이 나오려는 것을 간신히 참았다. 헬렌은 그런 사람이 되기는 싫었다. 그것은 헬렌이 생각하는 자기 모습이 아니었다. 그녀는 그때 일을 되짚어 생각하다 뭔가를 깨달았다. 세인트키츠에서 돌아온 다음날, 헬렌은 혼자 침실에서 짐을 풀다가 갑자기 검은색 발레 플랫을 바닥에 던졌다. "망할 인간들!" 그녀가 말했다. 이번에는 흰색 리넨 블라우스를 집어들었다. 그것을 반으로 쫙 찢어버릴 수도 있었을 것이다. 헬렌은 신발을 집어던지거나 뒤에서 욕하는 사람은 되고 싶지 않았기 때문에 침대에 걸터앉아 흐느껴 울었다. 그녀는 화를 내면 품위가 없다고 생각해서 아이들에게도 원한은 품지도 말고, 싸우더라도 해가 질 때까지 그 감정을 끌어안고 있지 말라고* 가르쳤다. 짐은 종종 화를 냈지만 헬렌은 대수롭지 않게 생각했는데, 화를 내는 대상이 그녀였던 적은 거의 없었고 그의 감정을 가라앉히는 게 그녀의 일이었기 때문이다. 그리고 그녀는 그 일을 썩 잘해냈다. 하지만 호텔방에서 화를 내던 그의 모습을 봤을 때 그녀는 괴로웠다. 생각해보니 그녀가 짐을 풀다가 욕을 한 대상은 수전과 그녀의 살짝 미친 아들 잭이었다. 그리고 밥도 포함됐다. 그들이 그녀의

---

* '해가 질 때까지 화를 품고 있지 말라'는 구절이 에베소서 4장 26절에 나온다.

휴가를 빼앗았다. 그녀가 남편과 보낼 친밀한 시간을 그들이 강탈해간 것이다. 남편이 매력 없어 보이던 그 순간은 서서히 잊혀야 했지만 그렇게 되지 않았다. 그러자 헬렌은 불안해졌고, 한편으로 자신도 남편에게 매력적이지 않아 보였을까봐 걱정이 되었다―그랬을 거라고 믿었다. 어느 쪽이든 기분이 매우 나빴다. 그녀는 자신이 늙어버린 것 같았다. 그리고 떽떽거리는 여자가 된 것 같았다. 그런 모습은 그녀가 아니었기에 억울했다. 헬렌은 행복한 결혼생활은 행복한 성생활을 뜻하기도 한다는 것을 가슴으로는 알았다(두 사람만의 특별한 비밀을 갖는 것과 같았다). 하지만 그런 말은 꺼내지도 못했고, 청소하는 여자가 유두집게 같은 것을 발견하는 내용을 읽으면 슬그머니 걱정도 되었다. 그녀와 짐은 서로의 몸 이외에 다른 것이 필요한 적이 없었다. 그게 헬렌의 생각이었다. 하지만 다른 사람들은 어떻게 하는지 그녀가 어떻게 알겠는가? 예전에 웨스트하트퍼드에 살 때, 헬렌의 딸들과 같은 유치원에 딸들을 보내는 한 남자 학부형이 이따금 엄격한 눈초리로 그녀를 쳐다보았다. 그녀는 한 번도 그 남자와 이야기를 나누지 않았다. 당시 그녀는 그 남자가 그녀 안에 존재하는 뭔가를 보았다고 생각했다. 그것은 짐승처럼 도사린 성적 욕망의 습지였다. 그 습지는 저만치 멀리 있었고, 헬렌은 헬렌이라서 그 근처에는 가보지도 못했다. 그녀는 가끔 이제 자신의 삶에서 그런 것을 발견하기에는 너무 늦었다는 생각이 들었다. 그녀는 자기 인생을 다른 어떤 것과도 바꿀 생각이 없었고, 그래서 그 모든 게 바보같이 느껴졌다. 하지만 세인트키츠에서 짐이 골프를 치러 가거나 운동을 하러 가는 등 그녀를 피하는 것 같아 보이자 그녀는 신경이 쓰였다―정말로 그랬다. 그리고 지금 그녀는 집으로 돌아와 자신 말고는 아무도 관심을 기울이지 않는 것 같은 빈 둥지 언저리에 앉아 있었다.

이 감정이 놀라운 건 사라지지 않는다는 것이었다. 하루하루가 지나갔고, 그녀는 아이들에게 선물을 보냈다―애리조나에 있는 아들에게 티셔츠와 모자를 보내면서 뜨거운 햇볕이 익숙하지 않을 테니 꼭 모자를 쓰라는 당부의 말을 함께 써 보냈고, 시카고에 있는 에밀리에게는 스웨터를, 미시간에 있는 마고에게는 귀걸이를 보냈다. 수북이 쌓인 청구서를 처리하고 보관되어 있던 겨울옷을 정리하는데 버지스 식구들에 대한 분노가 되살아났다. 당신들이 나한테서 중요한 걸 빼앗았어, 그녀는 생각했다. 당신들이 말이야.

"말도 안 돼." 어느 밤 그녀가 짐에게 말했다. 짐이 메인에서 열린다는 그 관용 집회에서 연설을 부탁받을지도 모른다는 말을 한 직후였다. "그게 도대체 무슨 도움이 돼?"

"무슨 도움이 되냐니, 그게 무슨 말이야? 내가 하고 싶은지가 문제라면 문제겠지만, 수락하면 확실히 도움이 된다는 걸 전제로 하는 거야." 짐은 무릎에 냅킨을 올리지 않은 채 자몽을 먹었고 헬렌은 그의 기분이 상했다는 것을 알아차렸다.

"고마워요, 애나." 램찹이 식탁에 오르자 그녀가 말했다. "이제 다 나왔네요. 나갈 때 불을 조금만 어둡게 해줄래요?" 키가 작고 얼굴이 귀여운 애나가 고개를 까딱하고는 조명을 조절한 뒤 나갔다. 헬렌이 말했다. "그런 미친 생각은 처음 들어봐. 도대체 누가 그런 생각을 해낸 거야? 왜 나한테는 말 안 했어?"

"나도 오늘 알았어. 누가 생각해낸 건지는 나도 몰라. 그냥 그런 아이디어가 나온 거야."

"어떤 아이디어든 그냥 나오지는 않아."

"아니, 나와. 찰리가 그러는데, 셜리폴스에서 내 이름이 많이 거론된대, 좋은 쪽으로. 그리고 집회를 준비하는 측에서 내가 가면, 그리고―당연히 잭은 언급하지 않고―내가 셜리폴스를 얼마나 자랑스러워하는지 말하면 모두가 좋아할 거라고 생각한대."

"당신은 셜리폴스를 싫어하잖아."

짐이 호방하게 말했다. "당신이 싫어하지." 헬렌이 대꾸하지 않자 짐이 덧붙였다. "조카가 곤경에 처했어."

"그애가 자초한 일이야."

짐이 옥수수를 집듯 두 손으로 램찹을 집었다. 그가 램찹을 먹으면서 그녀를 바라보았다. 그녀가 시선을 돌리자 유리창에 비친 그의 모습이 보였다. 저녁때라 바깥은 어둑어둑했다.

"그래, 미안해." 헬렌이 말을 이었다. "하지만 그애가 저지른 거잖아. 당신과 밥은 정부가 그애를 대상으로 무슨 음모라도 꾸미는 듯 구는데, 내가 이해할 수 없는 건 그애가 책임을 져야 한다는 생각은 왜 안 하느냐는 거야."

짐이 램찹을 내려놓으며 다시 말했다. "그앤 내 조카야."

"그래서 가겠다는 뜻이야?"

"나중에 이야기하자."

"지금 해."

"여보, 헬렌." 짐이 냅킨으로 입을 닦았다. "메인 주 검찰청이 잭을 시민권 위반으로 기소하려는 것 같아."

"나도 알아, 짐. 내가 귀머거리인 줄 알아? 내가 당신 말을 안 듣는다고 생각해? 내가 밥의 말을 안 듣는다고 생각해? 요즘은 온통 그 얘기뿐이야. 밤마다 전화가 오지. 도와줘! 보석 조건 변경 요청이 거부됐어. 도와줘! 보도 금지 요청이 거부됐어. 다 절차상의 문제야, 걱정하지 마, 그래, 잭이 출두하긴 해야 할 거야. 스포츠재킷을 입혀 보내야지, 어쩌고저쩌고, 어쩌고저쩌고."

"헬리." 짐이 잠시 그녀의 손에 자신의 손을 얹었다. "나도 당신하고 같은 생각이야, 여보. 정말이야. 잭이 책임을 져야지. 하지만 잭은 친구가 있다 해도 몇 명 되지도 않고 밤에는 운다는 열아홉 살짜리 어린애야. 게다가 엄마는 매우 예민하지. 그러니까, 만약 이 소란을 잠재우기 위해 내가 할 수 있는 게 있다면……"

"도러시가 당신한텐 죄의식이 있대."

"도러시가." 짐이 램찹을 또 한 조각 집어서 쩝쩝거리며 먹었다. 헬렌은 짐의 그런 버릇이 가난한 환경에서 자라서라는 것을 예전에 깨달았고(정말 싫었다) 신경이 곤두서면 더 쩝쩝거리는 경향이 있다는 것도 알게 되었다. 짐이 말했다. "도러시는 비쩍 말랐고 돈이 엄청 많아. 그리고 정말 불행한 여자야."

"맞아." 헬렌이 수긍했다. 그리고 덧붙였다. "죄의식을 느끼는 것과 책임감을 느끼는 것 사이에는 큰 차이가 있다고 생각하지 않아?"

"그렇지."

"말만 그렇게 하지. 당신은 차이가 있는지 없는지에는 전혀 관심이 없어."

"내 관심은 당신이 행복한가 하는 거야." 짐이 말했다. "내 바보 같은 여동생과 천치 같은 남동생이 우리의 근사한 휴가를 망친 것 같네. 그런 일이 없었더라면 좋았을 텐데. 내가 가는 이유는—그들이 정말 내게 와달라고 부탁할 경우에 말이야—내가 간다면 말이지, 그건 찰리가 파악하기로 시민권 담당 부서의 다이앤 뭔가 하는 검찰청 차관보가 이 사건을 진행하고 싶어하기 때문이야. 멍청이 딕 하틀리가 그 여자 상사니까, 그 사람이 지지해야 일이 진행되겠지. 물론 딕도 집회에서 연설을 할 거고. 그러니까 나한테 딕하고 이야기를 나누면서 지나간 시절을 추억할 기회가 주어지는 거지. 누가 알아? 일이 순조롭게 흘러가서 월요일 아침에 딕이 그 프린세스 다이애나를 사무실로 부른 다음, 그냥 덮어, 하고 말할지. 그렇게 된다면 연방검사가 알았어요, 젠장. 그냥 경범죄로 둡시다, 안녕, 이럴 가능성이 커진단 말이야."

"이번 주말에 영화 보러 가는 거 어때?" 헬렌이 말했다.

"그러자." 짐이 말했다.

그때 시작된 것 같았다. 헬렌이 자신의 목소리를 싫어하게 된 것, 자신의 목소리 아래 깔린 짜증을 느낀 것, 스스로 자신이라고 생각하는 모습으로 되돌아가려고 애쓰는 것, 그 모든 것이. 오늘밤처럼, 그런 일이 있을 때마다, 그녀는 그것이 다른 어떤 것과도 상관없는 그저 하나의 해프닝이기를 바랐다.

4

잭이 법정에 출두하기 전날—법정에서 찰리는 보석 조건 변
경과 보도 금지령을 다시 요청할 것이다—수전은 쇼핑몰의 넓
은 주차장 가장자리에 차를 세우고 차 안에 앉아 있었다. 점심시
간이었고, 아침에 만든 참치 샌드위치가 봉지에 담긴 채 그녀의
무릎에 놓여 있었다. 옆자리에 휴대폰이 있었고 수전은 여러 번
흘긋거린 뒤에야 그것을 집어들고 번호를 눌렀다. "무슨 문제 때
문에 그러세요?" 모르는 여자의 목소리가 수전에게 물었다.

수전은 차창을 조금 열었다. "선생님과 직접 통화할 수 있을까
요? 아주 오래전부터 선생님께 진료를 받았어요."

"차트를 봐야 할 것 같아요, 올슨 부인. 마지막으로 오신 게 언
제죠?"

"맙소사." 수전이 말했다. "예약을 하려는 게 아니에요."

"위급 상황이신가요?" 접수원이 물었다.

"잠을 자는 데 도움을 좀 받으려고요." 수전이 눈을 꼭 감고 주먹으로 이마를 누르며 말했다. 차라리 확성기라도 낚아채 사회 전체를 향해서 재커리 올슨의 엄마가 수면제를 먹어야 한다고 외치고 싶은 심정이었다. 어쩌면 상습 복용자일지도 몰라, 하고 사람들이 수군댈 것이다. 자기 아들이 뭘 하고 다니는지 모르는 것도 놀랄 일은 아니지.

"의사 선생님과 만나서 말씀해보세요. 다음주 목요일 아침은 어떠세요?"

수전이 밥의 사무실로 전화를 걸자 밥이 말했다. "아, 수지, 왜 그렇게 얘기했어? 다른 의사한테 전화를 걸어서 목이 아프고 열이 나서 죽을 것 같다고 해. 그러면 바로 봐줄 거야. 열이 많이 난다고 해. 어른이 고열이 나기는 쉽지 않거든. 그리고 의사를 만나게 되면 그때 찾아간 이유를 말해."

"거짓말을 하라고?"

"융통성을 가져, 그게 내가 하고 싶은 말이야."

그날이 끝나갈 무렵 수전은 진통제와 수면제 한 통씩을 손에 넣었다. 그녀는 자신이 그런 약을 복용한다는 걸 이곳 약국 사람들이 모르게 하려고 두 타운이나 떨어진 곳까지 차를 몰았다. 하지만 한 알을 입에 넣고 검은 잠에 빠져드는 순간을 상상하자 그 것이 죽음같이 느껴져, 그녀는 밥에게 다시 전화를 걸었다.

밥은 잘 들어주었다. "지금 삼켜. 통화하는 동안." 그가 말했다. "졸릴 때까지 내가 계속 얘기할게. 잭은 어디 있어?"

"자기 방에. 잘 자라는 인사는 아까 했어."

"잘했어. 너는 아무 일 없을 거야. 잭은 내일 찰리가 말해도 좋다고 한 것 말고는 더 말할 필요가 없어. 오 분 정도 걸릴 거고, 그러고 나면 나올 수 있어. 이제 긴장 풀어. 잠들 때까지 내가 계속 말을 할게. 짐하고 이야기를 해봤는데, 짐이 뭐라 그랬는지 알아? 관용 집회에 나하고 같이 가겠대. 연설을 할 거래. 정치가들처럼 예수님, 회개합니다,* 이런 걸 하겠다는 거지. 농담이야. 짐은 당연히 예수 이야기는 입에 올리지 않을 거야. 상상할 수 있겠어? 짐의 차례는 딕 하틀리 뒤일 텐데, 딕의 연설을 들으면 졸음이 올 만큼 지루하겠지. 그건 장담할 수 있어, 수지. 짐은 디키, 훌륭한 연설이었어요, 하고 말해서 딕 하틀리의 기분을 좋게 만들어준 다음, 딕보다 연설을 더 잘하지 않으려고 노력할 거야. 하지만 잘하지 않을 수가 없지. 주지사보다도 더 잘할걸. 주지사

---

* come-to-Jesus thing. 개종을 하거나 그와 관련된 의식에서 죄를 고백하는 것 등을 의미하는 관용어.

도 온다는 거 알았어? 짐보다 말을 잘하는 사람은 없어. 우리는 잭의 안전을 확실히 할 거고, 다 끝나면 차를 타고 뉴욕으로 돌아올 거야. 수면제는 삼켰어? 잘 넘어가게 물을 반 컵 마셔. 그래, 적어도 반 컵은 마셔야 해."

"결국 말이지," 밥이 말을 이었다. "셜리폴스 시 당국도—라임이 거의 맞아떨어지네, 셜리폴스Shirley Falls 시 당국City Hall이라—이 사건이 언론의 관심을 받는 게 귀찮을 거야. 짐이 그러는데, 찰리가 전해주기로, 내부에서 불화가 일어나고 있대. 경찰, 시의회, 성직자들 사이에서. 어쨌거나 걱정하지 않아도 될 거야, 수지. 내가 하고 싶은 말은 그거야. 네가 말했던 것처럼 그건 모든 자유주의자들에게 명분을 주니까, 그 사람들한테 좋은 거지. 특히 거기 메인에서는. 미용 체조를 할 때처럼 숨을 들이쉬고, 내쉬고, 우리는 의로운 사람들이다, 우리는 아주아주 의로운 사람들이다. 기분이 어때, 수지? 잠이 와?"

"아니."

"알았어. 걱정하지 마. 노래 불러줄까?"

"아니. 취했어?"

"내가 알기로는 아닌데. 이야기해줄까?"

수전은 짐이 4학년 때 건널목 안전요원을 하다가 눈뭉치를 집어던져서 쫓겨난 이야기, 다른 안전요원들이 동맹파업을 하는 바람에 교장 선생님이 어쩔 수 없이 다시 짐을 넣어준 이야기, 그때가 짐이 처음으로 노동조합의 힘을 이해한 순간이었다는 이야기를 들으며 스르르 잠이 들었다.

5

며칠 뒤 헬렌이 뒷마당에서 낙엽을 긁어모으며 말했다. "수전은 수면제가 헤로인인 것처럼 말해요. 정말 이상해요."

"청교도적인 거죠." 밥이 철제 벤치에서 자세를 조금 바꾸며 말했다.

"이상한 거예요." 헬렌이 갈퀴질을 멈추고 갈퀴를 낙엽 더미에 툭 던졌다.

밥은 뒷문 옆에 팔짱을 끼고 서 있는 짐을 흘끗 쳐다보았다. 짐 옆에 커다란 바비큐 그릴이 있었는데, 지금은 검은색 방수포를 씌우고 지퍼를 잠가놓았다. 그해 여름에 새로 들여놓은 그릴은 밥이 보기에 작은 보트만했는데, 평소에는 목조 테라스 밑에 넣어두었다. 테라스 계단은 정원으로 이어졌고 흩어진 낙엽

이 계단 위를 덮고 있었다. 산울타리를 손질하는 공구가 맨 아래 계단에 기대져 있었다. 밥이 앉은 자리에서 보면, 벽돌 보행로와 한복판에 수반水盤이 있는 원형 공간은 방금 머리를 깎은 사람처럼 단정했지만, 정원의 나머지 땅은 자두나무에서 떨어진 잎으로 뒤덮여 있었다. 낙엽 더미에는 갈래를 위로 쳐든 갈퀴가 놓여 있었다. 다른 집 뒷마당에서 아이들 목소리가 들렸다. 공이 튀기는 소리도 들렸다. 토요일 오후였다.

"뭐, 이상해 보이기는 하죠." 이윽고 밥이 말했다. "하지만 우리의 청교도 조상들한테서 내려온 거예요. 생각해보면 그 사람들도 좀 이상했어요. 잉글랜드에서 계속 살기에는 너무 이상했던 거죠. 청교도들은 수치스럽게 여기는 게 많아요." 그가 덧붙였다. "이해하셔야 해요."

"제 조상은 그렇지 않은데요." 헬렌이 낙엽 더미를 살펴보며 말했다. "제 혈통의 4분의 1은 독일인이에요. 4분의 2는 잉글랜드인―청교도는 아니고요―4분의 1은 오스트리아인이에요."

밥이 고개를 끄덕였다. "모차르트, 베토벤, 다 좋죠, 헬렌. 하지만 우리 청교도들은 음악이나 연극을 좋게 보지 않았어요. '감각을 자극한다'는 이유에서였죠. 지미, 기억나? 앨마 아주머니가 우리한테 그런 얘기 해줬던 거? 나나도 그랬고. 그분들은 우리 역사를 사랑했지. 나는 우리 역사를 사랑하지 않아. 그냥 정말로 아무런 흥미가 없다는 표현이 맞겠다."

"대학원 기숙사로 언제 돌아갈 거야?" 짐이 뒷문 손잡이를 잡았다.

"짐, 그만해." 헬렌이 말했다.

"형수님이 친절하게 따라주신 이 위스키만 다 비우고." 밥이 단숨에 잔을 비웠다. 목구멍과 가슴으로 뜨거운 기운이 확 퍼졌다. "잭이 무사히 법정 출두를 마친 것, 찰리가 더 나은 보석 조건과 보도 금지령을 받아낸 걸 축하하는 자리라고 생각했는데."

"수전이 잠들 때까지 노래를 불러줬다며?" 짐이 다시 팔짱을 꼈다. "너희 둘 서로 미워하는 사이잖아."

"수전이 잠들 때까지 내가 이야기를 해줬어. 그리고 나도 알아. 그래서 더 좋았던 거고. 나쁜 사람들한테 좋은 일이 일어나면 정말 좋은 거잖아. 좋은 사람들한테도 그렇지. 누구한테든 그래." 그가 어깨에 코트를 걸치며 일어섰다.

"와줘서 고마워." 짐이 차분하게 말했다. "다음주에 내 사무실에 들러. 그때 집회에 대한 계획을 세우자. 자꾸 미뤄지고 있지만 곧 열릴 것 같아. 게다가, 망할, 내 차도 찾아와야 해."

밥이 말했다. "내가 천 번은 사과했을 거야. 형의 멋진 연설을 위해 필요한 정보도 모아놨고."

"나는 안 가요." 헬렌이 말했다. "짐은 같이 가자고 하지만 나는 안 갈 생각이에요."

밥이 그녀를 돌아보았다. 헬렌이 원예용 장갑을 벗었다. 그러고는 장갑을 낙엽 더미에 툭 던진 뒤 머리를 뒤로 쓸어넘겼다. 낙엽 한 장이 머리에 붙었다. 퀼트 재킷의 단추가 채워져 있지 않아 그녀가 골반 쪽에 손을 얹자 재킷이 벌어졌다.

"헬렌은 그 일로 자기까지 가야 한다고는 생각하지 않아." 짐이 말했다.

"그래요." 헬렌이 그들 옆을 스쳐 안으로 들어가면서 말했다. "이 문제는 버지스 형제에게 맡기면 되겠죠."

6

경찰서장 게리 오헤어도 수면제를 삼키고 있었다. 그는 침대 옆에 놓인 약병을 열어 한 알을 입안에 넣고 삼켰다. 그의 불면은 불안해서가 아니라 활력이 넘쳐서 생긴 것이었다. 그날 오후 시청에서 회의가 열렸는데, 시장, 검찰청에서 온 그 여자, 시의원들, 성직자들, 그리고 이맘이 참석했다. 이맘을 꼭 불러야겠다고 생각한 건, 소말리족이 그 사건 직후 열린 기자회견에 자신들이 초청되지 않았다는 사실에 잔뜩 화가 났기 때문이다. 게리는 이미 침대에 올라가 있는 아내에게 그 이야기를 들려주고 있었다. 그는 그날 회의에 참석한 사람들에게 자신은 자신이 해야 할 일이 무엇인지 알고 있으며 그 일은 지역사회의 안전을 지키는 것이라고 말했다. 그는 (자신이 그날 참석한 릭 허들스턴이나 다이앤 도지 같은 일부 열렬한 자유주의자들이 받을 관심을 가로채는 데 조금은 성공한 것 같다고 생각하면서, 아내에게 의미 있는 고갯짓을 했다) 연구 자료에 따르면 인종 간 폭력은 지역사회가 나서서 대응할 때 수그러든다고 말했다. 폭력을 인지하지 않고 내버려두는 것은 인종 범죄를 저지르는 데 혈안이 된 시민들에게 허가증을 발급하는 것이나 다름없었다. 순찰관들에게 재커리 올슨의 사진을 뿌렸으니 재커리가 그래섬 스트리트에 있는 모스크 반경 2마일 안에 들어오기만 해도 알아볼 수 있을 거라고 그는 덧붙였다.

회의는 세 시간 가까이 이어졌고, 터질 것 같은 긴장감이 회의실을 가로질렀다. 릭 허들스턴('인종적 명예훼손을 반대하는 모임'을 운영하는 게 유일한 직업이었는데, 사무실을 차릴 만큼 돈이 많기 때문이었다)은 신고되지 않은 사건에 대해 어김없이 장광설을 늘어놓았고—"나는 신고되지 않은 사건, 아니 '확인되지 않은 사건'에는 관심이 없습니다." 게리가 끼어들었다—릭은 멈추지 않고 소말리족 가게 유리창이 박살난 이야기, 소말리족 동네에 세워둔 자동차 타이어가 난도질당한 이야기, 주차장을 지나가는 소말리족 여자들이 인종 모욕적인 욕설을 들은 이야기, 소말리족 아이들이 학교에서 다른 아이들에게 욕지거리를 들은 것은 물론이고 신체적인 공격을 당한 이야기 등을 끝없이 했다.

"저는 이 자리에서 여기 계신 몇몇 분들처럼," 게리가 말했다. "소말리족 사회 내부에는 분열이 전혀 없는 양 가장하지는 않을 것입니다. 아시다시피 순혈 소말리족이 반투 소말리족이나 다른 씨족에게 모욕적인 말을 하는 경우도 있습니다." 그러자 릭 허들스턴이 버럭했다. 게리는 아내에게, 예일 대학에서 공부한 깐깐한 성격의 소유자인 릭이 편견과 관련된 범죄행위 기소에 강경하게 나서는 진짜 이유는 다른 데 있을 거라고 했다. 정말 아름다운 아내 허들스턴 부인과 예쁘고 새침한 어린 딸들이 있지만 아마도 그는 커밍아웃하지 않은 동성애자일 거라고 말이다. 릭은 버럭버럭 소리를 질러대면서 게리가 과거에 소말리족 사회를 충분히 보호해주지 않았다며 비난했다. 릭이 벌게진 얼굴로 물이 출렁 넘칠 만큼 테이블에 물잔을 세게 내려놓으며, 이번 사건이 지역적으로, 전국적으로, 심지어 (게리가 신문도 읽지 않고 뉴스도 보지 않는 바보라도 되는 듯) 국제적으로도 그토록 많은 언론의 관심을 받은 이유가 바로 그거라고 말했다.

시의원 한 명이 눈알을 굴렸다. 커스터드처럼 소박해 보이는 다이앤 도지가 릭의 말에 고개를 끄덕였다. 릭은 어쩔 줄 몰라하며 손수건을 꺼내더니 테이블의 광택을 보존하려는 듯 엎질러진 물을 조심스레 닦았다. 하지만 (게리가 아내에게 눈을 찡긋했다) 회의 테이블은 그의 할아버지의 손궤만큼 낡았고 압착 합판으로 만든 것에 불과했다. 댄 버게런 의원은 이 사건에 매스컴의 이목이 이토록 집중된 것은 워싱턴 소재 이슬람사무위원회의 잘못이라고 열변을 토했다. 그 작자들은 십오 분이라도 자신들이 주목받을 기회가 있으면 잡으려고 안달이라면서.

이맘은 내내 잠자코 앉아 있기만 했다.

"시위중에 폭력이 일어날 수도 있는데 그건 두렵지 않아? 백인 우월주의 단체는?" 게리의 아내가 침대에서 물었다. 그녀는 건막류가 생긴 엄지발가락에 알싸한 냄새가 나는 크림을 바르고 있었다.

"소문일 뿐이야. 우리 지역에 대해 꽥꽥거리려고 몬태나에서 여기까지 올 사람은 없어. 그러고 싶다면 미니애폴리스로 갔겠지. 거기엔 그런 사람들이 사만 명은 있을 테니까." 게리가 셔츠 단추를 풀자 고약한 체취가 풍겼다. 그는 욕실로 가서 빨래 바구니에 셔츠를 쑤셔넣었다.

"버지스 형제가 온다는 게 사실이야?" 그의 아내가 물었다.

침실로 돌아온 게리가 파자마를 입으며 대답했다. "응. 지미가 연설을 할 거야. 내 생각엔, 지미가 너무 거만하게 굴지만 않으면 괜찮을 거야."

"흠, 정말 가보고 싶어지네." 그의 아내가 책을 집어들며 한숨을 쉬고는 베개에 몸을 기댔다.

7

짐의 사무실은 맨해튼 미드타운에 위치한 건물에 있었다. 경비가 밥에게 로비 데스크에 운전면허증을 내라고 했고, 그는 임시 ID가 만들어지는 동안 로비 데스크에서 잠자코 기다렸다. 짐의 사무실까지 가려면 먼저 알리고 허가를 받아야 해서 약간 시간이 걸렸다. 밥은 늘어선 회전 출입구들 옆에 선 제복 입은 남자에게 ID 카드를 건넸고, 남자가 인식판 앞에 카드를 대자 빨간불이 깜박이다 초록색으로 바뀌었다. 14층으로 올라가자 젊은 남자가 안쪽에서 딱딱한 얼굴로 버튼을 눌러주었고, 그러자 커다란 유리벽이 열렸다. 젊은 여자가 와서 밥을 짐의 사무실로 안내했다.

"여기 오는 재미가 좀 달아나네." 젊은 여자가 나가자 밥은 헬렌과 아이들이 담긴 두 장의 사진 앞에서 이렇게 말했다.

"그게 포인트야, 떨떨하기는." 짐이 읽고 있던 서류를 밀어놓고 안경을 벗었다. "치과 치료는? 침이 좀 고인 것 같은데."

"노보카인*을 더 많이 놔달라고 했거든. 우리 어렸을 때는 그런 게 아예 허용되지 않았잖아." 밥은 작은 배낭을 뒤로 멘 채로 짐의 책상 옆 의자 모서리에 앉았다. "오늘 드릴로 뚫는 걸 했는데 소름이 끼쳤어. 그래서 생각했지. 잠깐, 난 어른이잖아. 그래서 더 놔달라고 한 거야."

"대단하네." 짐이 타이를 고쳐 맨 뒤 스트레칭으로 목을 풀었다.

"대단했어. 형이 나라면 어땠을까."

"나는 네가 아니야, 천만다행이지. 자, 이제 두 주 남았어. 계획을 세우자. 나는 바빠."

"수전이 우리가 자기 집에서 지낼 건지 물어보던데."

짐이 책상 서랍을 열었다. "난 소파에서 잘 생각 없어. 특히 실내 온도가 5도쯤으로 맞춰져 있고 정신이 오락가락하는 노파가 하루종일 잠옷 가운을 입고 위층에서 돌아다니는 그런 집의 개 털이 나뒹구는 소파에서는 말이야. 넌 거기서 잘 지내봐. 수전이랑 요즘 아주 친하잖아. 수전이 술을 잔뜩 사놨을걸. 정말 편하

---

* 치과용 국부마취제.

게 지낼 수 있을 거야." 짐이 책상 서랍을 닫고, 읽고 있던 서류로 손을 뻗었다. 그리고 다시 안경을 썼다.

밥이 사무실을 둘러보며 말했다. "빈정대는 건 약자의 무기라는 거, 형도 알잖아."

짐이 서류에서 눈을 떼지 않다가 이윽고 눈을 들어 동생을 찬찬히 바라보았다. 그가 천천히 말했다. "보비 버지스." 그의 입가에 희미한 미소가 떠올랐다. "진지함의 대왕."

밥이 작은 배낭을 벗었다. "지금 평소보다 더 삐딱한 거야, 아니면 줄곧 이렇게 삐딱했던 거야? 진지하게 묻는 거야." 밥이 일어서더니 사무실 벽 쪽에 붙어 있는 딱딱하고 나지막한 소파로 가서 앉았다. "지금 더 삐딱한 것 같은데. 헬렌이 눈치챘어? 내 생각에는 눈치챘을 것 같은데."

짐이 펜을 내려놓았다. 그러고는 의자 팔걸이를 잡고 몸을 뒤로 기댄 채 창밖을 내다보았다. 경직되었던 그의 표정이 풀렸다. 그가 "헬렌은," 하고 말했다. 그러더니 한숨을 쉬며 앞으로 당겨 앉아 책상에 팔꿈치를 올렸다. "헬렌은 내가 거기 가는 게 정신 나간 일이라고 생각해. 그 일에 휘말리는 것 말이야. 하지만 많이 생각해봤는데, 거기 가는 건 의미가 없지 않아." 짐이 밥을 쳐다보더니—갑자기 심각하게—말했다. "들어봐, 나는 아직 그곳에서 어느 정도 인지도가 있어. 어느 정도 인기도 있지. 오랫동안 메인과 상관없이 살았어. 그러니까 이제 돌아가는 거야. 돌아가서 말하는 거지. 자, 여러분, 메인의 인구는 점점 고령화되고 가난해지고 있습니다. 기업들은 대부분 떠났거나 현재 떠나는 중입니다. 사회가 활기를 띠려면 새로운 것이 필요합니다. 셜리폴스는 지금껏 새로운 것을 기꺼이 받아들임으로써 얼마나 멋진 일을 이루어냈습니까. 앞으로도 계속 이렇게 노력합시다.

사실이 그래, 밥. 메인엔 그런 이민자들이 필요해. 젊은 사람들이 메인을 떠나고 있어. 너와 내가 딱 좋은 예지. 또다른 사실은 말이지, 이건 슬픈 이야긴데, 잭이 그런 말썽을 부리기 전부터 나는 매일 인터넷으로 〈셜리폴스 저널〉을 읽고 있었어. 메인은 죽어가고 있어. 생명 유지 장치에 의존하고 있다고. 끔찍한 일이지. 아이들이 대학에 가느라 그곳을 떠난 다음 절대 돌아가지 않아. 왜 돌아가겠어? 거기서는 할 게 없는데. 남아 있는 사람들도 할 게 없는 건 마찬가지야. 백인 노인들은 누가 보살피지? 새로운 사업이 어디서 일어나겠어?"

밥이 딱딱한 소파에 앉았다. 소방차 사이렌 소리가 들렸고, 저 아래 거리에서 빵빵거리는 자동차 소리가 희미하게 들려왔다. 그가 말했다. "형이 아직 메인에 애정을 가지고 있는 줄은 전혀 몰랐어."

"나는 메인을 싫어해."

사이렌 소리가 더 커지다가 마침내 사라졌다. 밥은 사무실을 둘러보았다. 작은 분수의 물줄기처럼 빼빼한 잎을 뻗어올린 종려나무 화분이 있고, 푸른색과 초록색이 꿈틀거리는 듯한 유화가 걸려 있었다. 그가 다시 짐을 쳐다보았다. "매일 〈셜리폴스 저널〉을 읽는다고? 언제부터?"

"오래됐어. 부고를 읽으면 가슴이 뭉클해."

"맙소사. 진짜구나."

"진짜야. 그리고 네 질문에 답하자면, 난 강가에 새로 들어선 호텔에서 묵을 생각이야. 수전의 집에서 지낼 생각이 아니라면 네 방은 따로 빌려. 불면증 환자와 같은 방을 쓸 생각은 없으니까."

밥은 근처 건물의 테라스를 응시했다. 나무들이 자라고 있었는데, 잎은 아직 황금색이었지만 잎이 다 떨어진 나뭇가지들도 있었다. "우린 잭을 여기 데려와야 해." 밥이 말했다. "그앤 건물 옥상에서 나무가 자라는 걸 본 적이 없을 거야."

"그애랑 뭐든 하고 싶은 대로 해. 네가 잭하고 대화나 제대로 해봤는지 모르겠지만."

"잭을 만나보고 얘기해." 밥이 말했다. "잭은 뭐랄까, 모르겠어…… 정신이 실종된 느낌이랄까."

"그 순간이 참 기다려지네." 짐이 말했다. "이건 빈정댄 거야."

밥이 고개를 끄덕이고 손을 포개 무릎 위에 얌전히 올렸다.

짐이 의자에 깊숙이 기대앉으며 말했다. "이 나라에서 소말리족 커뮤니티의 규모가 가장 큰 곳은 미니애폴리스야. 커뮤니티 대학 화장실은 이슬람교 신자들이 기도를 올리기 전에 발을 씻어대는 통에 지저분하기 짝이 없지. 그래서 화장실에 새로 세족대를 들여놓고 있어. 물론 금발의 일부 백인들은 잔뜩 골이 났지만 대체로 미네소타 사람들은 정말 훌륭해. 그렇게 많은 수의 소말리족 사람들이 거기 사는 이유도 그걸 거야. 상당히 흥미로워."

"흥미롭네." 밥도 동의했다. "마거릿 에스테이버와 몇 번 통화를 했었어. 그 여자도 그 문제에 관심이 많아."

"그 여자하고 이야기를 했어?" 짐은 놀란 것 같았다.

"좋은 여자야. 편안하게 해주고. 어찌됐건 내가 듣기로는……"

"'어찌됐건'이라는 말 좀 그만 쓰지? 그 말을 쓰면,"—짐이 앞으로 당겨 앉으며 손을 내둘렀다—"뭐랄까, 네 가치가 떨어지는 것 같아. 촌뜨기같이 느껴져."

밥은 뺨이 달아오르는 느낌이었다. 그는 한참 후에 입을 열었다. "어쨌든," 그가 조용히 자기 손을 내려다보며 말했다. "가장 큰 문제는 타운에 거주하는 소말리족 대부분이 영어를 할 줄 모른다는 데 있는 것 같아. 결국 영어를 할 줄 아는 몇 명이 시 당국과 소말리족 사회의 연결고리가 되는데 그 사람들이 연장자가 아닌 경우도 많아. 그런데 그 문화권에서는 연장자가 결정을 내리잖아. 게다가 순혈 소말리족—어느 씨족인지를 엄청 따져—
과 반투족 사이에는 큰 차이가 있어. 반투족은 셜리폴스로 이주
하기 시작한 지 얼마 안 됐는데, 소말리아에 살 때 다른 씨족들
의 홀대를 받았어. 그러니까 거기서 다 같이 단란한 친구로 지낼
것 같지는 않아."

"뭐라는 거야 지금." 짐이 말했다.

"그리고 나도 동의해." 밥이 말을 이었다. "메인은 그들이 필
요해. 하지만 이 이민자들—이차로 건너온 사람들의 경우엔 맨
처음 도착한 곳에서 다시 옮긴 거라 처음에 연방정부에서 받던
지원도 받지 못해—은 음식과 관련된 직장은 싫어하는데 술이
나 돼지고기, 젤라틴이 들어간 음식은 뭐든 피해야 하기 때문이
야. 담배도 그럴걸. 나중에 알게 된 건데, 수전의 집 근처에서 담
배와 와인을 팔았던 여자는 소말리족이었어—머리에 스카프를
하지는 않았지만—그런데 마치 내가 똥을 만지라고 하기라도
한 것처럼, 봉지를 나한테 내밀면서 직접 담으라고 하더라고. 그
사람들은 영어를 어느 정도 배울 때까지는 거의 직장을 구하지
못해. 대부분이 글도 읽을 줄 모르고. 이걸 알아야 해. 그 사람들
한테는 1972년까지 글이란 게 없었어. 믿어져? 난민촌에서 여러
해를 지내다보면 학교 교육을 받는 게, 설령 가능하다 해도, 힘
들어."

"그만 좀 할래?" 짐이 말했다. "돌아버리겠어. 거기 앉아서 단편적인 사실만 나열하는 것 말이야. 그리고 애초부터 셜리폴스엔 일자리가 없었어. 이민자들이 이주하는 건 대체로 일자리 때문인데 말이야."

"나는 그 사람들이 안전을 위해 이주해왔다고 생각해. 내가 이 이야기를 하는 건 연설에 도움이 됐으면 해서야. 그 사람들은 끔찍한, 아주 끔찍한 일들을 겪었어. 형이 돌아버리겠든 말든, 연설을 하려면 그런 건 알아야지. 소말리아에서 끔찍한 일을 겪고 나왔더니 난민촌에서 또다른 끔찍한 일이 기다리고 있었던 거야. 그러니까 그 사실을 염두에 둬야 한다는 말이야."

"또 뭐가 있어?"

"방금 그만하라고 했잖아."

"흠, 그러면 이제 그만하지 말라고 부탁하지." 짐이 짜증이 터져나오려는 것을 억누르려는 듯 잠시 천장을 응시했다. "네가 해준 이야기가 정확한 사실이길 바란다. 이제 나는 연설을 하고 다니지 않으니까. 연설을 잘못해서 얼굴에 먹칠을 하고 싶지는 않거든. 네가 나에 대해 그 점은 잘 모르나본데, 나는 자기 얼굴에 먹칠을 하는 인간은 아니야."

밥이 고개를 끄덕였다. "형이 또 알아야 할 건, 셜리폴스 주민 대부분이 소말리족이 자동차 바우처 혜택을 받고 있다고 믿는다는 거야. 그건 사실이 아닌데 말이야. 그 사람들이 아무것도 안 하고 복지 혜택만 빨아먹는다는 소문도 있어. 그건 부분적으로 사실이야. 소말리족은 상대방의 눈을 똑바로 쳐다보는 걸 무례하다고 생각하는데, 주민들은—우리 누이가 완벽한 예지—그 사람들이 거만하거나 떳떳지 못해서 그러는 거라고 생각해. 소말리족은 물물교환을 하는데, 사람들은 그것도 탐탁해하지 않아. 사람들은 소말리족이 고마워하는 태도를 보이길 바라지만 그들은 그렇게 보이지 않지. 물론 학교에서 일어나는 사건도 있어. 늘 체육 수업이 문제야. 소말리족 여학생들은 옷을 벗으려고 하지 않고, 어차피 짧은 체육복 바지를 입을 수도 없어. 문제를 해결하려고 이런저런 위원회가 생기지만, 알잖아."

짐이 두 손을 들며 말했다. "부탁 좀 하자. 그걸 글로 써서 줘. 요점을 정리해서 이메일로 보내. 나는 '힐링'이 될 말이 있나 생각해볼게. 이제 가줘. 할 일이 있거든."

"어떤 일?" 밥이 마침내 일어서며 사무실을 둘러보았다. "이 일이 점점 신물이 난다고 형이 그랬었지. 언제 그 말을 했지? 작년이었나? 기억이 안 나네." 그가 어깨에 작은 배낭을 멨다. "사 년 동안 법정에는 들어가보지도 않았다고 했잖아. 모든 큰 사건들이 다 처리됐다고. 그게 형한테 좋은 건지 잘 모르겠네."

짐이 들고 있던 문서를 주의깊게 보았다. "넌 도대체 왜 그렇게 아는 척을 하는 거야?”

밥이 문 쪽으로 걸어가다가 뒤를 돌아보았다. “내가 지금 한 말은, 형이 언젠가 나한테 했던 거야. 형은 법정에서 재능을 펼칠 수 있는 사람이야. 난 형이 그 재능을 계속 써야 한다고 생각하는 거고. 하지만 내가 확실히 아는 건……”

“하나도 없어.” 짐이 책상에 펜을 떨어뜨렸다. “너는 대학원 기숙사 같은 곳 말고 어른들의 집에서 사는 게 어떤 건지 하나도 몰라. 유치원부터 최소 대학까지 애들 사립학교 학비가 얼마나 드는지 하나도 모르잖아. 가정부나 정원사를 쓰는 것도, 아내를 데리고 사는 것도. 너는 하나도 몰라, 이 머저리 꼴통 같은 자식아. 자, 난 일을 해야겠어. 이제 가봐.”

밥이 망설이다 한 손을 올렸다. “간다고.” 그리고 말했다. “갈 테니 잘 봐.”

8

　이제 셜리폴스의 낮이 짧아졌고, 태양은 그리 높이 떠오르지 않았다. 이 작은 도시 위에 구름이 짙게 깔리면 점심을 먹자마자 땅거미가 지기 시작하는 것 같았고, 어둠이 찾아오면 칠흑같이 어두워졌다. 이곳에 사는 사람들 대부분은 평생 여기서 살아온 사람들이고, 그들은 한 해 중 이맘때의 어둠에 익숙해져 있었다. 그렇다고 그들이 이맘때를 좋아한다는 건 아니었다. 이웃들은 식료품점이나 우체국 계단에서 만나면 그런 말을 주고받았다. 종종 명절이 다가오는데 기분이 어떠냐는 말을 보탰다. 명절이 좋다는 사람도 있었지만 그렇지 않다는 사람이 많았다. 명절 때는 연료가 비싸졌고 돈이 많이 들었다.

　소말리족에 대해 타운 주민들 몇몇은 입을 다물었다. 그들은 혹한이나 연료비나 문제아가 되어버린 자식을 견디듯 그들을 견뎠다. 다른 주민들은 입을 다물지 않았다. 한 여자가 쓴 기고문이 신문에 실렸다. "내가 왜 소말리족이 여기 사는 것을 싫어하는지 그 이유를 드디어 알아냈다. 그들은 다른 언어를 쓰는데, 나는 그 소리가 싫다. 나는 메인 억양을 사랑한다. 사람들이 생각하는 우리 억양은 이렇다. '여키서 저키카지는 못 카요.' 이 억양은 사라질 것이다. 이 상황이 우리를 얼마나 바꾸어놓을지 생각하면 무섭다." (짐은 밥에게 이메일로 이 글을 '인종주의자 흰둥이 년이 토착어에 집착하다'라는 제목과 함께 전달했다.) 다른 이들 사이에서는, 쓸쓸하고 침울한 도시가 되어버린 셜리폴스에서 색색의 로브를 입은 소말리족 여자들을 보니 즐겁다는 말도 오갔다. 요전날 도서관에 어린 꼬마 여자아이가 부르카*를 두르고 나타났는데, 깨물어주고 싶을 만큼 귀여웠어. 정말로.

시 지도자들 사이에 감도는 분위기는 훨씬 심각했고, 그건 공황의 분위기였다. 지난 몇 년 동안 이 문제를 해결하기 위해 꾸준히 노력을 기울여왔다—소말리족 여자들은 거의 날마다 시청에 찾아왔지만, 영어를 할 줄 몰랐고 주택이나 정부 지원에 필

---

* 이슬람교 여자들의 복식 중 하나로, 얼굴을 비롯해 온몸을 덮어 가리는 형태의 옷을 말한다.

요한 서류도 작성하지 못했고 아이들 생일조차 말하지 못했다 ("태양의 계절에 태어났대요." 어렵게 구한 통역사가 그렇게 말하면, 그 아이들의 생일은 어림잡은 출생년도 1월 1일로 차례차례 등록되었다). 성인을 위한 영어 강좌가 개설되었지만 처음에는 참석률이 저조했다. 여자들이 무기력하게 앉아 있는 동안 아이들은 옆방에서 놀았다. 사회복지사들이 소말리족의 말을 배우기 위해 노력했다(스박스 와낙산: "좋은 아침이에요." 이스카 와란: "안녕하세요?"). 이들이 누구이며 그들에게 무엇이 필요한지 알아내려는 노력도 있었다. 그런데 이제, 그 모든 노력 끝에, 돼지머리 사건이 기사화되어 주 전체와 온 나라와 일부 외국으로 퍼져나가면서 셜리폴스에는 거대한 파도가 강둑을 넘어 마을을 휩쓸 것 같은 분위기가 감돌았다. 갑자기 셜리폴스는 편협하고 무섭고 인색한 장소로 그려지고 있었다. 그러나 그것은 사실이 아니었다.

부분적인 도움만 주던 성직자들―마거릿 에스테이버와 랍비 골드먼, 가톨릭 사제들, 조합교회 목사 한 명이 포함되었다―이 위기가 정말로 왔다는 사실을 깨달았다. 그들은 위기에 맞서 일어섰다. 그들은 노력했다. 시의원들, 시 행정관, 시장, 그리고 경찰서장 게리 오헤어, 그들 모두가 다양한 방법으로 노력을 기울였다. 그들은 돌연 코앞에 심각한 상황이 들이닥쳤다는 것을 깨달았다. 집회는 '다 함께 관용으로'라는 명칭으로 계획되었고 시 시때때로 회의를 했다. 긴장이 감돌았다—팽배했다. 시장은 이 주 뒤인 11월 첫번째 토요일에 평화를 사랑하는 사람들이 루스 벨트파크를 가득 메울 거라고 약속했다.

그리고…… 우려하던 일이 일어났다. '세계만민교회'라는 이 름의 백인 우월주의 단체가 같은 날 집회를 하겠다며 허가를 요 청한 것이다. 수전은 찰리 티베츠에게 그 이야기를 듣고는 전화 기에 대고 나직이 중얼거렸다. "맙소사, 그 사람들이 우리 애를 죽이겠군요." 아무도 재커리를 죽이려 하지 않을 거라고 찰리가 말했다(고단한 목소리였다). 세계만민교회 사람들은 잭을 영웅 으로 여기니까 당연히 그런 짓은 하지 않을 거라고. "더 안 좋은 거네요." 수전이 울먹였다. 그리고 말했다. "시에서는 왜 그 사 람들한테 허가를 해주나요? 왜 안 된다고 못해요?"

여기가 미국이기 때문이었다. 사람들은 집회를 소집할 권리가 있었고, 셜리폴스를 위해서는 허가를 해주는 편이 더 나았다. 그 래야 통제를 하기가 더 용이했다. 그들에게는 관청가에 모여도 좋다는 허가가 떨어졌다. 타운 변두리였고 공원 근처는 아니었 다. 찰리는 수전에게 이 집회는 잭과 큰 상관이 없다고 했다. 잭 은 경범죄로 기소된 것뿐이고 이 분위기는 곧 잠잠해질 거라고.

하지만 잠잠해지지 않았다. 하루가 멀다 하고 격노한 메인의 자유주의자들이 기고한 사설이 신문에 실렸고, 아울러 보수주의자들의 사설도 실렸다. 보수주의자들은 이곳을 삶의 터전으로 삼은 운좋은 다른 모든 사람들처럼 소말리족 역시 직장을 구하고 교육을 받고 세금을 내야 한다고 조목조목 주장했다. 그러자 직장이 있는 소말리족은 모두 세금을 내고 있으며 우리 나라는 어떤 종교든 선택하고 믿을 수 있는 자유에 기반을 두고 있다는 내용의 편지가 실렸다. 하지만 자유주의자들의 목적의식은 이번 집회에서 백인 우월주의 단체와 경쟁을 하게 된다는 사실 때문에 더욱 고취되었다. 전면적인 노력이 기울여졌다

시민권 단체 연합팀이 학교로 파견되었다. 집회의 목적을 설명했다. 미국 헌법도 설명했다. 소말리족 분쟁의 역사를 설명하려는 시도도 있었다. 지역 교회의 모든 신도들에게 도움을 요청했다. 근본주의 교회 두 곳만 제외하고 나머지는 모두 응했다. 억울함이 쌓여갔다. 메인 주민들에게 어떻게 살아야 하고 무슨 생각을 해야 하는지 말해주는 사람은 아무도 없었다. 셜리폴스에 편견이 심한 사람들이 모여 있다는 사실은 부끄러운 일이었다. 대학들이 참여했고, 시민 단체와 노인 단체, 온갖 부류의 사람들이 소말리족도 앞서 이주해온 다른 무리들처럼 이곳에서 잘 살 수 있다고 말하는 것 같았다. 캐나다에서 이주해온 프랑스인이나, 그 이전에 아일랜드인이 그랬던 것처럼.

인터넷에 올라오는 글은 전혀 다른 문제였다. 게리 오헤어는 컴퓨터 앞에 앉아 여러 웹사이트를 오가며 땀을 뻘뻘 흘렸다. 지금껏 그는 홀로코스트가 자행된 시기가 역사적으로 아름다운 시절이었다고, 셜리폴스에 가스실을 설치해서 소말리족을 집어넣어야 한다고 말하는 사람을 일상에서 만나본 적이 없었다. 그는 자신이 세상에 대해 전혀 모르고 있었다는 생각까지 하게 되었다. 그 자신은 어려서 베트남에 가지 않았지만 아는 사람 중에 참전했던 사람들이 있었기 때문에 그 여파는 그도 익히 알고 있었다. 참전 용사들 중에는 지금 강가 소말리족 근처에 사는, 병적으로 신경이 예민해서 직장생활을 유지하지 못하는 사람들도 있었다. 그렇다고 게리 오헤어가 이제껏 세상 돌아가는 일에 무지했던 건 아니었다. 개집에 감금된 채 몇 날 며칠을 보낸 아이들, 부모가 자식의 조그만 손을 난로에 갖다대는 바람에 흉터가 남은 아이들, 성질이 난 남편에게 머리칼이 쥐어뜯긴 여자들, 몇 년 전에는 몸에 불이 붙은 채 강물로 던져진 동성애자 노숙자도 보았다. 그런 사건들 역시 보기가 참 어려웠다. 하지만 인터넷에 올라온 골수 백인 우월주의자들의 비정한 표현은 새로웠다. 그 중 한 명은 백인이 아니면 누구든 "쥐를 박멸하듯 몰살해야 한다"고 써놓았다. 게리는 인터넷에서 읽은 내용을 아내와 나누지 않았다. "비겁한 놈들." 그가 말했다. "익명이라는 거, 그게 인터넷의 문제야." 게리는 매일 밤 수면제를 삼켰다. 그는 잘 알았다. 이번 일은 그가 지켜보는 곳에서 벌어지고 있었다. 시민의 안전을 지키는 게 그의 책임이었고, 그 말은 보이지 않는 것을 내다볼 줄 알아야 한다는 뜻이었다. 주 경찰이 투입되었다. 주의 다른 지역 경찰 인력도 투입되었다. 창고에서 플라스틱 방패와 곤봉이 꺼내졌고, 군중 통제 훈련이 실시되었다.

어느 아침 재커리 올슨이 집 뒷문으로 들어오더니 울기 시작했다. "엄마," 수전이 출근하려고 집을 막 나서려는데 잭이 그녀를 소리쳐 불렀다. "해고됐어요! 오늘 출근했더니 해고됐대요. 이제 직장이 없어요." 잭이 허리를 굽히고 사형선고를 받은 것처럼 어머니를 끌어안았다.

"회사는 잭에게 이유를 설명할 필요가 없어." 수전이 전화를 걸자 짐이 말했다. "자신들한테 뭐가 유리한지 아는 고용주라면 절대 당사자에게 이유를 설명해주지 않아. 밥과 내가 곧 갈게."

9

11월이 되자 바람이 성난 듯 사납게 불어댔다. 뉴욕의 공기는 쌀쌀해졌지만 아직 춥지는 않았다. 헬렌은 뒤쪽 정원에서 튤립과 크로커스 구근을 심고 있었다. 그녀가 세상에 대해 느낀 짜증은 이제 누그러져 그녀가 어디로 가든 따라다니는 은근한 우울로 바뀌었다. 오후가 되면 그녀는 집 앞 계단에 떨어진 낙엽을 쓸면서, 지나가는 이웃에게 말을 걸었다. 세심하고 싹싹한 동성애자 남자도, 키가 크고 풍채 좋은 아시아인 의사도, 시 청사에서 일하는 지나치게 짙은 금발의 불쾌한 여자도, 몇 집 건너에 사는 첫아이를 기다리는 부부도, 물론 '아는' 데버러와 '모르는' 데브라도 지나갔다. 헬렌은 그들 모두에게 말을 걸었다. 그 시간대가 예전에 그녀의 아이들이 학교에서 느긋하게 걸어 돌아오고 래리의 열쇠가 철대문에 꽂히던 즈음이었기에 그렇게 하면 그녀는 마음이 좀 진정되었다.

일 년 뒤 풍채 좋은 아시아인 의사는 심장마비로 죽고, 동성애자 남자는 부모 중 하나를 잃고, 아이를 기다리던 부부는 아이를 낳은 뒤 집값이 더 적당한 동네로 옮겨가게 되지만, 아직은 그 모든 일이 일어나기 전이었다. 헬렌의 삶에 닥칠 변화들도 아직은 일어나지 않았다(래리가 대학에 진학하기 위해 집을 떠났을 때 그녀는 아이들이 태어난 이래 가장 큰 변화를 경험했다고 생각했지만, 더 큰 변화가 기다리고 있었다). 문 앞 계단을 쓸고 잡담을 나누다 집으로 들어가 애나를 일찍 돌려보내면 그때부터 짐이 돌아올 때까지 집은 그녀 혼자만의 공간이었다. 언젠가 그녀는 이런 늦은 오후 시간을 지금 과거를 회상하듯 돌이켜보게 될 것이다. 아이들이 어렸을 때, 크리스마스이브에 잠시 혼자 거실에서 전구가 켜지고 선물이 걸린 트리를 바라보면 그녀는 흥분이 되면서도 마음이 평화로워져 눈물을 글썽였다. 이제 그런 크리스마스는 없었다. 더이상 아이들은 어리지 않았고 아마 에밀리는 올해엔 남자친구의 집에 간다며 이 집에 오지 않을 것이다—안 돼, 그런 크리스마스가 사라졌다니 믿어지지 않았다.

하지만 이곳에 짐과 함께 살아가는 그녀의 집이 있었다. 애나가 돌아가자 그녀는 집안을 돌아다녔다. 원래부터 있던 낡은 전

등이 매달려 있는 가족실로, 오후 햇살이 비칠 때면 마호가니 장
식이 반짝거리는 2층 응접실로, 프렌치도어로 드나드는 테라스
가 딸린 침실로. 난간에 치렁하게 늘어진 노박덩굴에는 땅콩 같
은 오렌지색 열매가 비틀려 벌어진 껍질 사이로 모습을 드러냈
고 잎이 떨어져나간 자리의 갈색은 아름다웠다. 시간이 흐르면,
그녀는 그런 가을날 저녁에 짐이 문을 열고 들어와 한층 더 넓
은 마음으로 그녀를 감싸주었던 것을 기억할 것이다. 가끔은 그
녀를 불쑥 끌어안고 "헬리, 당신은 정말 좋은 사람이야. 사랑해"
하고 말했던 것을. 그런 순간들 덕분에 그 적막한 집에서 느끼는
아픔은 참을 만한 것이 되었다. 그러면 그녀는 다시 품위를 되
찾은 것 같았다. 하지만―가끔―짐에게서 이전에 보이지 않던
절박함이 느껴졌다. "헬리, 당신은 나를 떠나지 않을 거지, 그렇
지?" 혹은 "당신은 어떤 일이 있어도 나를 사랑할 거지, 그렇지?"
  "바보 같기는." 그녀는 대답한다. 그러나 그가 그럴 때마다 그
녀는 본능적으로 움츠러들었다. 속으로는 자기 자신에게 소름이
끼쳤다. 사랑스러운 아내는 사랑스러워야 한다. 그녀는 줄곧 그
런 아내였다. 그는 자주 월리 패커 재판 이야기를 했고 가장 찬
란했던 순간들을―마치 그녀가 그때 거기 없었던 것처럼―반복
해서 말했다. "내가 그 검사를 한 손으로 때려눕혔어. 코를 납작
하게 만들었지. 그 사람은 그렇게 되리라고는 상상도 못했을걸."

그들이 예전에 했던 것처럼 재미 삼아 회상하는 느낌은 아니었다. 하지만 그녀가 어떻게 확신할 수 있겠는가? 낮이 짧아질수록 큰 집의 공허함이 그녀의 마음을 더욱 어지럽혔다.

"나도 일을 해야겠어." 어느 날 아침을 먹다가 그녀가 말했다.

"좋은 생각이야." 짐은 그 말에 놀란 것 같지 않았고, 헬렌은 그것 때문에 조금 언짢았다.

"그런데 그게 생각처럼 쉽지는 않아." 그녀가 말했다.

"왜?"

"백 년 전쯤 내가 잘나가던 회계사였던—이건 사실이야—시절에는 모든 게 전산화되어 있지 않았거든. 지금 같은 세상에서 난 뭘 어떻게 해야 하는지도 모르겠는걸."

"다시 학교에 가면 되잖아." 짐이 말했다.

헬렌은 커피를 마신 뒤 잔을 내려놓았다. 그녀가 부엌을 둘러보았다. "출근하기 전에 공원에 가서 같이 산책이나 하자. 그래 본 적 없잖아."

걷는 동안 헬렌의 마음은 가벼웠다. 그녀가 짐의 손을 잡았다. 다른 쪽 손은 개를 산책시키려고 아침 일찍 나온 이웃들에게 흔들었다. 그들 모두 마주 손을 흔들었고 소리쳐 인사를 건네는 사람도 있었다. 당신이 상냥하니까 사람들이 항상 반가워해, 짐은 함께 살아온 그 세월 동안 그렇게 말했다. 그 말을 들으면 헬렌은 빅토리아 커밍스의 부엌에서 모이던 여자 친구들 생각이 났다. 그들은 수요일 오후마다 만나서 와인을 마셨다. 오, 헬렌, 왔군요! 그녀가 나타나면 어떤 친구들은 그녀를 부르며 박수를 쳤다. 여기 봐요, 헬렌이 왔어요! 키친 캐비닛, 그들은 수다를 떨며 웃는 그 두 시간을 이렇게 불렀다. 안타깝게도 불쌍한 빅토리아의 결혼생활이 엉망이 되는 바람에 지금은 모임이 중단되었다. 헬렌은 집에 가서 그때 모이던 친구들에게 전화해 자신의 집에서 키친 캐비닛 모임을 하자고 말해야겠다고 결심했다. 그 생각을 더 일찍 하지 못한 것이 놀라웠다. 세상은 더 좋아졌고 여자 친구들도 그들 나름의 색깔로 세상을 비추었다. 운동 강좌에서 만난 재미있는 노부인에게도 오라고 할 것이다. 처음 본 날 노부인은 헬렌에게 이렇게 말했다. 매트에 누우면 하느님께 일어나게 해달라고 기도를 하지요. 언덕을 넘어가자 넓은 갈색 풀밭과, 짙은 갈색의 나무들과, 그들이 지나온 연못의 유리 같은 수면이 보였다. 공원 가장자리를 따라 보이는 건물들의 꼭대기가 이 각도에서는 색다르게 느껴졌는데 웅장하고 고풍스러워 보였다. 헬렌이 말했다. "유럽에 온 것 같아. 저기 풍경이 꼭 그런 느낌이야. 이번 봄에는 유럽에 가자. 우리 둘이서만."

짐이 멍하게 고개를 끄덕였다.

"주말에 그곳에 가는 게 걱정돼?" 헬렌이 다시 아내다운 모습으로 물었다.

"아니. 잘될 거야."

그들이 집으로 돌아오자—헬렌은 짙은 금발 여자가 서류가방을 들고 지나가는 것을 보고 막 인사를 건넨 뒤였다—전화벨이 울리고 있었다. 짐은 침착하게 통화를 했지만 전화를 끊자마자 소리를 질렀다. "젠장, 젠장, 젠장!" 그녀는 거실에 서서 기다렸다. "그 얼뜨기가 직장에서 짤렸대. 수전이 놀랐어. 해고하지 않을 이유가 뭐가 있겠어? 어떤 기자가 캐고 다니고 월마트가 다 알아버렸을 테지. 제길, 메인에 가기 싫어졌어."

"아직 안 간다고 할 수 있잖아." 헬렌이 말했다.

"하지만 그럴 수 없어. 사랑이 어쩌고저쩌고 하는 경찰 때문에."

"그게 뭐? 이제 거기 살지도 않잖아, 지미."

그는 대답하지 않았다.

헬렌은 그를 스쳐 계단을 올라갔다. "그럼 당신 생각에 최선인 걸 해." 하지만 또다시 그녀는 무언가를 빼앗기는 듯한 불안을 느꼈다. 그녀가 아래층을 향해 소리를 질렀다. "사랑한다고 말해줘."

"사랑해." 짐이 말했다.

"진심을 담아서 다시." 그녀가 계단 난간 너머로 그를 내려다보았다.

그는 손으로 머리를 받치고 맨 아래 계단에 앉아 있었다. "사
랑해." 그가 말했다.

10

황혼이 깃들 무렵 버지스 형제는 고속도로를 달리고 있었다. 황혼은 서서히 다가왔고, 쭉 뻗은 길 양쪽에 늘어선 나무들이 어두워질 때도 하늘은 은은한 푸른색으로 남아 있었다. 이우는 해가 라벤더색과 노란색을 하늘 위로 뻗어올렸고, 지평선은 저 먼 곳의 하늘이 살짝 들여다보이는 열린 틈새 같았다. 옅은 구름은 분홍색으로 변해 한동안 그대로 머무르다가, 마침내 어두워지기 시작하더니 거의 완전히 컴컴해졌다. 렌터카로 공항에서 빠져나온 뒤에 형제는 거의 말이 없었다. 짐이 운전대를 잡았고, 해가 지는 마지막 시간 동안 둘 사이에는 침묵이 흘렀다. 밥은 말할 수 없이 행복했다. 그것은 예상하지 못한 느낌이었고, 그 느낌은 더욱 커졌다. 그는 차창으로 상록수가 어둠 속에 묻혀 길게 늘어선 것을 보았다. 여기저기 화강암도 보였다. 잊고 살았던 풍경이었다ー그리고 지금 다시 떠올랐다. 세상은 오래된 친구 같았고 어둠이 두 팔로 그를 감싸안는 듯했다. 형이 말을 건넸을 때 밥은 그의 말을 또렷하게 들었다. 하지만 밥은 무심한 듯 말했다. "뭐라고 했어?"

"이루 말할 수 없이 우울하다고 했어."

밥이 잠시 뜸을 들인 뒤 말했다. "재커리가 일으킨 말썽 때문에?"

"그래, 그것도." 짐이 지긋지긋하다는 어조로 말했다. "당연히 그렇지. 하지만 내 말은…… 이곳 말이야. 이 음울함."

밥이 한동안 차창 밖을 바라보았다. 이윽고 그가 말했다. "수전 집에 도착하면 한결 기분이 나아질 거야. 아주 아늑할걸."

짐이 그를 흘끗 쳐다보았다. "지금 농담하는 거지?"

"자꾸 잊어버려." 밥이 말했다. "우리집에서 빈정댈 자격이 주어진 건 형뿐인데. 수전의 집에 가면 우울해질 거야. 저녁을 다 먹기도 전에 목을 매달고 싶을 거야. 내 생각엔 그래." 행복감에 빠져 있다가 갑자기 곤두박질치자 밥은 거의 현기증을 느꼈다. 그는 육체적으로 타격을 입었다. 어둠 속에서 그는 눈을 감았고, 눈을 뜨자 짐이 한 손으로 운전을 하면서 캄캄해진 고속도로를 묵묵히 쳐다보고 있었다.

문을 연 사람은 잭이었다. 잭이 굵은 목소리로 말했다. "밥 삼촌, 다시 오셨네요." 그가 팔을 앞으로 내미는 듯하다가 다시 가져갔다. 밥은 조카를 끌어당기며 청년의 빼빼 마른 몸과, 놀랄 만큼 뜨거운 체온을 느꼈다. "반가워, 재커리 올슨. 네게 존경스러운 짐 삼촌을 소개할게."

잭은 짐에게 다가가지 않았고, 짙은 갈색 눈동자로 그를 쳐다보더니 나직이 말했다. "제가 문제를 일으켰어요."

"문제를 일으키지 않는 사람이 어디 있겠니? 그런 사람이 있으면 말해봐." 짐이 말했다. "만나서 반갑다." 그가 청년의 등을 툭툭 쳤다.

잭이 말했다. "삼촌은 안 그러시잖아요." 잭의 말은 진심이었다.

"그렇지." 짐이 말했다. "그렇고말고. 수전, 히터 좀 틀면 안 될까? 딱 한 시간만."

"첫마디가 그거야?" 수전이 말했지만, 농담 섞인 목소리였다. 그녀와 짐은 어깨를 내밀어 가볍게 포옹했다. 수전은 밥에게 고개만 까딱했고, 밥도 그렇게 했다.

그리고 그들 넷은 수전의 부엌에 앉아 마카로니 앤드 치즈를 먹었다. 밥은 수전에게 계속 맛있다고 말하면서 더 먹었다. 술 생각이 간절해져 더플백에 넣어온 와인을 떠올렸지만 더플백은 차에 있었다. 그가 말했다. "잭, 오늘밤은 우리랑 호텔에 가 있

자. 내일 우리가 시위에 가 있는 동안 너는 호텔에 있어."

잭이 어머니를 쳐다보았고, 수전이 고개를 끄덕였다. "호텔엔 묵어본 적 없어요." 잭이 말했다.

"아니야, 있어." 수전이 말했다. "네가 기억을 못할 뿐이지."

"붙어 있는 방 두 개를 예약해뒀어." 밥이 말했다. "넌 내 방에서 지내면 돼. 원한다면 밤새 텔레비전을 봐도 좋아. 짐 삼촌은 미인이 되려고 일찍 자거든."

"맛있네, 수전." 짐이 자기 접시를 밀었다. "아주 맛있어." 그들은 예의를 차렸다. 세 남매가 같이 식사를 하는 건 어머니가 돌아가신 뒤로 처음이었다. 하지만 공기 속에는 기다림의 분위기가 가득했다.

"내일 날씨가 좋을 거래. 비가 억수같이 퍼붓기를 바랐는데." 수전이 말했다.

"나도." 짐이 말했다.

"제가 언제 호텔에 갔었어요?" 재커리가 물었다.

"스터브리지 빌리지에 놀러갔을 때. 네가 어렸을 때야. 네 사촌들과 같이 갔었지." 수전이 물잔에 담긴 물을 마셨다. "재미있었어. 너는 신나게 놀았고."

"가자." 밥이 말했다. 그는 바가 닫기 전에 호텔로 가고 싶었다. 지금은 와인이 아니라 위스키가 마시고 싶었다. "코트 가져와, 꼬맹아. 칫솔도.”

잭이 문 쪽으로 가서 섰고 갑자기 얼굴에 두려움이 엄습했다. 수전이 불쑥 뒤꿈치를 들고 잭의 뺨에 키스했다.

“우리가 잘 데리고 있을게, 수지.” 짐이 말했다. “잭은 괜찮을 거야. 도착하는 대로 전화할게.”

*

그들은 강가 호텔에 체크인을 했다. 프런트 직원은 그들이 누구인지 모르거나 관심이 없는 것 같았다. 방마다 퀸 사이즈 침대가 두 개씩 있었고, 벽에는 강을 따라 들어선 오래된 벽돌공장을 담아낸 각기 다른 복제화가 걸려 있었다. 짐은 어깨를 으쓱 올려서 어깨에 메고 있던 오버나이트 가방을 툭 떨어뜨린 뒤 리모컨을 찾아 텔레비전을 켰다. “좋아, 재커리. 뭐 볼만한 게 있나 찾아보자.” 짐이 벽장 안에 코트를 걸고 침대에 드러누웠다.

잭은 코트 주머니에 손을 넣은 채 다른 침대 모서리에 앉았다. “아빠한테 여자친구가 있어요.” 그가 잠시 후에 말했다. “스웨덴 여자래요.”

밥이 짐을 힐끗 보았다. “아, 그래?” 짐이 말했다. 그는 한쪽 팔을 베고 누워 있었다. 머리 위쪽에 그들의 아버지가 감독으로 일했던 공장 그림이 걸려 있었다. 짐은 채널을 이리저리 돌리며 텔레비전에서 눈을 떼지 않았다.

"만나봤어?" 밥이 전화기 옆 의자에 털썩 앉으며 말했다. 프런트로 전화를 걸어 위스키 두 잔을 올려달라고 하려던 참이었다. 미니바에 위스키가 없다는 사실에 그는 적잖이 실망했다.

"제가 어떻게 만나요?" 잭의 목소리는 굵고 진지했다. "스웨덴에 있는데요."

"그렇지." 밥이 말했다. 그가 전화기를 들었다.

"그러지 않는 게 좋을 텐데." 짐이 텔레비전에서 눈을 떼지 않은 채 말했다.

"뭘?"

"프런트에 전화해서 술을 시키려는 거잖아. 왜 이 방에 관심을 끌어?"

밥이 손으로 얼굴을 비볐다. "엄마도 그 여자친구에 대해 아니?" 그가 물었다.

잭이 어깨를 으쓱했다. "모르겠어요. 전 말하지 않을 거예요."

"그래." 밥이 말했다. "뭐하러 말해."

"아빠 여자친구는 뭐하는 사람이야?" 짐이 침대에서 자동차 기어를 잡듯 리모컨을 잡고서 물었다.

"간호사래요."

짐은 자꾸 채널을 돌렸다. "간호사라, 좋은 직업이지. 코트 벗으렴. 오늘밤은 여기서 잘 거야."

잭이 코트에서 빠져나와 벽과 침대 사이의 바닥에 코트를 확 던졌다. 그리고 말했다. "그 여자가 거기 갔었대요."

"코트 걸어라." 짐이 리모컨으로 벽장을 가리키며 말했다. "어디 갔다는 말이야?"

"소말리아요."

"말도 안 돼." 밥이 말했다. "정말이야?"

"꾸며낸 이야기 아니에요." 잭이 코트를 걸고 돌아와서 다시 침대에 걸터앉아 자기 손을 내려다보았다.

"소말리아에는 언제 갔었대?" 짐이 팔꿈치로 몸을 받친 채 잭을 쳐다보았다.

"오래전에요. 소말리아 사람들이 굶주리던 시절에요."

"그 사람들은 지금도 굶주리고 있어. 그 여자가 거기서 뭘 했대?"

잭이 어깨를 으쓱했다. "몰라요. 병원에서 일했다는데, 파키…… 포르투갈…… P로 시작하는 나란데 뭐였죠?"

"파키스탄."

"맞아요. 그 나라 사람들이 식량이나 물자를 지키는 걸 도우러 갔을 때 그 아줌마도 갔었나봐요. 살라미들이 사람들을 많이 죽였대요."

짐이 일어나 앉았다. "맙소사. 모든 사람이 그런다 해도 너만은 '살라미'라는 말을 써서는 안 돼. 네 머릿속에서 그 단어를 뽑아 버릴 수 있겠어? 너도 조금은 도움이 돼야지. 맙소사."

"그만해, 짐." 밥이 말했다. 잭은 안색이 어두워졌고 아까부터 무릎에 올리고 꼼지락거리던 자기 손가락만 쳐다보았다. "잭, 잘 들어. 짐 삼촌에 대한 진실은, 삼촌이 정말 어떤 사람인지, 재수 없는 인간인지 아닌지 아무도 모른다는 거야. 하지만 재수없는 인간처럼 행동할 때가 아주 많은데, 모두한테 그러는 거지 너한 테만 그러는 건 아니야. 지금 마실 만한 게 있나 내려가볼 건데 너도 같이 갈래?"

"미쳤어?" 짐이 말했다. "그 얘기는 이미 끝냈잖아. 잭은 이 방 에서 못 나가. 술을 챙겨왔을 거 아냐, 그거나 꺼내 마셔."

"그 여자가 자선단체에서 일했대?" 밥이 물었다. "아빠 여자 친구 말이야." 그는 침대 위 잭 옆에 앉아 잭의 어깨를 꼭 잡았 다. "그 여자 좋은 사람일 거야. 네 엄마도 좋은 사람이고."

잭이 밥 쪽으로 약간 몸을 기울였고, 밥은 조카에게 팔을 두르 고 좀더 있었다. 잭이 말했다. "아빠 여자친구는 스웨덴으로 돌 아와야 했대요. 같이 일한 간호사들 전부요. 왜냐하면 군인들은 불알이 떨어지고 눈알이 뽑힌 채로 병원에 실려왔는데, 어떤 살라…… 소말…… 소말리아 여자들 몇이 큰 칼을 뽑아들고 그중 한 명한테 난도질을 했대요. 아빠 여자친구는 미쳐버릴 것 같았대요. 다른 간호사 친구들도 그랬고요. 그래서 집으로 돌아간 거래요."

"아빠가 그 이야기를 해줬어?" 짐이 밥을 흘끗 쳐다보았다.

잭이 고개를 끄덕였다.

"그러니까 너는 아빠와 대화를 하는구나?"

"아빠가 이메일을 보내요." 잭이 덧붙였다. "그게 대화나 마찬가지죠."

"그렇지." 밥이 일어서서 주머니 안에 든 동전을 잘랑거렸다. "아빠가 그 얘길 언제 해줬어?"

잭이 어깨를 으쓱했다. "좀 됐어요. 그 사람들이 이리로 옮겨오기 시작했을 때요. 아빠가 이메일을 보내서 그 사람들이 좀 미쳤다고 했어요."

"잠깐만, 잭." 짐이 텔레비전을 껐다. 그러고는 일어서서 잭 앞으로 가 섰다. "아빠가 이메일을 보내서 여기로 이주하는 소말리족을 조심하라고 했다고? 그 사람들이 좀 미쳤다고 하면서?"

잭은 자신의 무릎을 내려다보고 있었다. "정확히 말하면 조심하라고 한 건 아니고……"

"크게 말해."

잭이 짐을 흘끗 올려다봤다. 밥은 잭의 뺨이 발갛게 달아오른 것을 보았다. "정확히 말하면 조심하라는 건 아니고요. 그냥……" 잭은 고개를 숙이고 어깨를 으쓱했다. "그냥, 그 사람들이 좀 미쳤을 수도 있다고."

"아빠하고는 얼마나 자주 연락하지?" 짐이 팔짱을 꼈다.

"몰라요."

"내가 묻잖아, 아빠하고 얼마나 자주 연락하느냐고?"

밥이 조용히 말했다. "그만해, 짐. 신문하는 것도 아니고, 세상에."

잭이 말했다. "가끔 아빠가 이메일을 많이 보낼 때가 있어요. 어떤 때는 제 존재를 아예 잊어버린 것 같고요."

짐은 돌아서서 방안을 서성였다. 이윽고 그가 말했다. "그러니까 내 추측으로는, 넌 네가 모스크 안에 돼지머리를 집어던지면 아빠가 감동을 받을 거라고 생각한 거야."

"제가 무슨 생각을 했는지 저도 모르겠어요." 잭이 말했다. 그러고는 한 손으로 눈을 쓱 비볐다. "아빠는 감동을 받지 않았고요."

짐이 말했다. "그래, 그건 다행이구나. 방금 네 아빠는 머저리라고 말할 뻔했거든."

밥이 말했다. "그 사람은 머저리가 아니야. 잭의 아빠지. 그만해, 제발, 짐."

짐이 말했다. "잘 들어, 재커리. 아무도 네 불알을 떼지 않아. 그 사람들은 그런 상황에서 달아나려고 여기 온 거야. 나쁜 사람들이 아니야." 짐은 다시 침대에 걸터앉아 텔레비전을 켰다. "너는 안전해. 알겠니?"

밥이 더플백을 뒤져서 와인을 한 병 꺼냈다. "삼촌 말씀이 맞아, 잭."

잭이 물었다. "엄마한테 말할 거예요? 아빠가 뭘 써 보냈는지요?"

짐이 피곤한 듯 말했다. "그러니까 네가 그런 짓을 한 이유 말이냐? 엄마가 어떻게 나올 것 같아?"

"소리를 지르겠죠."

"나는 모르겠다." 짐이 마침내 말했다. "어쨌든 네 엄마잖아. 알 건 알아야지."

"엄마한테 그 여자친구 이야기는 하지 마세요. 그건 말씀 안 하실 거죠?"

"안 해, 꼬맹아." 밥이 말했다. "엄마가 그것까지 알 필요는 없지."

"지금은 이쯤 해두자." 짐이 말했다. "내일 중요한 일이 있으니까." 그가 밥을 물끄러미 바라보았다. 밥은 와인병을 따고 있었다. "아빠가 술을 드시니?" 짐이 잭에게 물었다.

"몰라요. 예전에는 안 드셨어요."

"흠, 네가 얼뜨기 밥 삼촌의 유전자를 물려받지 않았기를 바라야겠구나." 짐이 여기저기 채널을 돌렸다.

"이제 알겠니, 재커리? 내가 말한 게 저거야. 잘난 짐 삼촌 말이야. 그는 재수없는 인간일까, 아닐까. 삼촌의 미용사만 알 거야.*" 밥이 호텔방에 있던 잔에 와인을 따르며 잭에게 눈을 찡긋했다.

"잠시만요." 잭이 밥과 짐을 몇 차례 번갈아 쳐다보았다. 그러고는 짐에게 말했다. "삼촌 염색하세요?"

짐이 잭을 흘끗 쳐다보았다. "아니야. 밥 삼촌이 옛날 광고를 가지고 농담한 거야. 넌 너무 어려서 기억도 못하는 광고야."

"휴," 잭이 말했다. "남자들이 염색하는 거 정말 꼴불견이에요." 잭이 침대에 눕더니 짐처럼 한 팔로 팔베개를 했다.

*

아침에 밥은 아래층으로 내려갔다가 시리얼과 커피를 가지고

---

* 1960년대와 1970년대의 클레롤 염색약 광고 슬로건. 아무도 염색한 머리인 줄 모를 거라는 내용으로, 밥은 아무도 모를 거라는 뜻으로 말한 것이다.

올라왔다. 짐은 '다 함께 관용으로' 연합에서 마거릿 에스테이버가 밥에게 미리 보내준 신문들을 살펴보고 있었다. "들어봐. 가난한 사람들을 주 차원에서 책임져야 한다고 생각하는 미국인이 29퍼센트밖에 되지 않아."

"알고 있어." 밥이 말했다. "놀랍지?"

"32퍼센트의 사람들이 인생의 성공은 우리 힘으로 결정할 수 없는 거라고 생각해. 독일에서는 그렇게 믿는 사람이 68퍼센트고." 짐이 신문을 옆으로 밀었다.

잠시 후 잭이 조용히 물었다. "저는 잘 모르겠어요. 그게 좋은 거예요, 나쁜 거예요?"

"미국적인 거지." 짐이 말했다. "프루트룹스*나 먹어."

"그러면 좋은 거네요." 잭이 말했다.

"기억해. 휴대폰으로 걸려온 전화만 받고, 받더라도 아는 번호만 받아야 해." 짐이 일어섰다. "코트 입어, 얼뜨기."

*

11월의 태양—하늘 높이 뜨지 않고 타운을 비스듬히 비췄

---

* 시리얼의 한 종류.

다—이 거리와 아직 초록빛을 띤 잔디밭에 경계를 만들었다. 햇살은 핼러윈이 끝나고 문 앞 계단에 내버려둬 반쯤 썩어 문드러진 호박에도 떨어졌고, 나무둥치와 헐벗은 나뭇가지에도 비쳤으며, 투명한 공기를 갈랐고, 낡은 보도에 박힌 돌비늘을 반짝거리게 만들었다. 그들은 몇 블록 떨어진 곳에 차를 세웠다. 그들이 모퉁이를 도는데 사람들이 떼 지어 공원으로 몰려가는 것을 보고 밥은 깜짝 놀랐다. "다 어디서 온 거야?" 밥이 형에게 말했다. 짐은 아무 말이 없었다. 긴장한 얼굴이었다. 하지만 주위의 얼굴들은 긴장한 표정이 아니었다. 그들과 함께하게 될 사람들은 품성이 선하고 진지해 보였다. 몇 명은 집회 로고가 그려진 손팻말을 들고 있었다. 막대 모양의 사람들이 손을 잡고 있는 그림이었다. "그건 공원에 가지고 들어갈 수 없어요." 누군가가 말하자 유쾌한 대답이 돌아왔다. "알아요." 모퉁이를 돌자 공원이 그들 앞에 펼쳐졌다. 아직 사람들이 아주 많은 건 아니었지만 벌써 제법 모였고, 대부분 무대 근처에 몰려 있었다. 근처 길가에는 텔레비전을 장착한 차량들이 늘어서 있었다. 로고 팻말을 든 사람들이 더 보였다. 공원 가장자리를 따라 말뚝에 오렌지색 테이프를 붙여 울타리를 쳐놓았고, 몇 피트 간격으로 경찰들이 서 있었다. 그들은 계속 눈을 움직이고 있었으나—감시 또 감시—파란색 경찰복을 입은 그들의 모습은 편안해 보였다. 파인 스트리트를 따라 입구가 있었고, 검색대와 금속탐지기가 있는 일종의 보안센터도 차려져 있었다. 버지스 형제가 팔을 벌려 검색대를 통과한 뒤 안으로 들어갔다.

패딩 조끼와 청바지를 입은 사람들이 빙 둘러서 있고, 펑퍼짐한 엉덩이의 백발 노인들이 느릿느릿 움직였다. 소말리족은 대부분 운동장 근처에 모여 있었다. 밥이 가만히 보니, 소말리족 남자들은 양장 차림이었고 몇몇은 코트 안에 품이 낙낙한 셔츠를 입고 있었다. 하지만 소말리족 여자들—얼굴이 넓적한 사람이 많았고 일부만 야윈 얼굴이었다—은 바닥까지 내려오는 로브를 입었다. 그리고 머리에 스카프를 둘렀는데, 밥은 그것을 보자 자신이 어릴 때 이 공원을 지나다니던 수녀들이 떠올랐다. 다만 소말리족의 스카프는 밝은 색상의 나풀거리는 천이라 그때 받았던 느낌과 사뭇 달랐다. 마치 새로운 종류의 오렌지색, 자주색, 노란색 나뭇잎이 이 공원에 날아든 것 같았다. "사람 마음은 늘 뭔가 붙잡을 만한 것을 찾고 싶어하지, 안 그래?" 밥이 짐에게 말했다. "뭔가 익숙한 것을. 바로 저런 거, 이렇게 말할 수 있도록. 하지만 이 풍경에는 익숙한 게 없어. 프랑코 페스티벌이나 목시데이 같지 않아……"

"조용히 해." 짐이 나직이 말했다.

한 여자가 무대에서 연설을 하고 있었다. 마이크에서 흘러나

오는 그녀의 목소리가 막 끝나고 있었고, 사람들은 정중히 박수를 보냈다. 축제 분위기였으나 절제되어 있었다. 밥이 뒤로 물러나고 짐이 무대로 갔다. 그는 언제나 그랬듯 원고 없이 연설을 할 것이었다. 무대에서 내려오는 여자는 마거릿 에스테이버였다. 그녀는 군중 속으로 사라졌고 밥은 군중을 훑어보았다. 백인들이 얼마나 다 똑같아 보이는지, 오늘만큼 절감한 적이 없었다. 그들은 모두 똑같아 보였다. 하얀 피부색, 가리지 않고 드러낸 얼굴, 소말리족에 비해 놀랍도록 평범해 보이는 얼굴. 소말리족은 이제 점점 타운 주민들과 섞여들었고, 긴 로브를 입은 여자들이 군중을 뚫고 지나갔다. 몇 명은 자식들을 데려오기도 했는데, 남자아이들은 미국인처럼 품이 큰 재킷 안에 바지와 티셔츠를 입었다. 밥은 어린 시절을 회상하면서 다시 한번, 음악도 춤도 길에서 파는 음식도 없이 이렇게 많은 사람들이 이곳에 모인 광경이 낯설다고 느꼈다. 자신이 팸 없이 이곳에 있다는 사실도 그랬다. 풍채 좋던 젊은 날의 팸. 그리고 그녀의 목청 좋던 젊은 날의 웃음. 지금 뉴욕에 사는 팸은 빼빼 말랐고 아들들을 뉴요커로 키우고 있었다. (다름 아닌 팸이!)

"밥 버지스." 뒤에서 그를 부른 건 마거릿 에스테이버였다. "아, 아니에요, 정말 괜찮아요." 밥이 그녀의 연설을 놓쳐서 미안하다고 하자 그녀가 말했다. "아름다운 행사가 될 거예요. 우리가 기대했던 것보다 더요." 그녀에게서, 수전의 집 뒤쪽 계단에서 그의 옆에 앉아 있을 땐 알아차리지 못했던 빛이 나는 것 같았다. "관청가에서 열린 반대 집회엔 겨우 열세 명 모였대요. 열세 명요." 안경 너머로 보이는 그녀의 눈동자는 회색이 감도는 푸른색이었다. "여기엔 사천 명이 모인 걸로 추정된대요. 정말 아름답지 않아요?"

그는 자신도 같은 생각이라고 했다.

많은 사람들이 그녀에게 말을 붙여왔고, 그녀는 모두와 악수하며 반갑게 인사했다. 짐이 메인에서 정치가가 되려고 했던 때를 회상하며 밥은 그녀가 상냥한 짐 같다고 생각했다. 누가 마거릿을 불렀고, 그녀가 고개를 끄덕이며 대답했다. "갈게요." 그녀가 밥에게 손을 흔든 뒤 '전화해요' 하는 의미로 주먹을 쥐어 볼에 댔다. 밥은 무대 쪽을 향해 돌아섰다.

짐은 아직 계단을 올라가지 않았다. 그는 덩치가 크고 털이 많아 보이는 남자와 서 있었는데, 밥은 그가 검사장 딕 하틀리인 것을 알아보았다. 짐은 팔짱을 끼고 서서 아래를 내려다보며 고개를 끄덕였고, 그의 머리는 딕 쪽으로 살짝 기울어 있었다. 딕이 뭐라고 말을 하고 있었다. ("사람들이 말을 하게 둬." 짐은 말하곤 했다. "대부분은, 제재하지 않고 놔두면, 스스로 자기 목을 옭아매는 이야기를 하거든.") 짐이 고개를 들고 딕을 향해 싱긋 웃은 뒤 그의 어깨를 툭툭 쳤다. 그러고는 다시 내려다보며 듣는 자세를 취했다. 두 사람은 몇 번이고 키득거리는 것 같았다. 짐이 몇 번 더 딕의 어깨를 툭툭 쳤고, 곧 딕 하틀리가 무대로 불려나갔다. 그가 품위 없이, 마치 자신이 언제나 홀쭉한 편이었지만 오십대 중반이 되자 살이 붙어 자기 덩치를 어떻게 감당해야 할지 모르겠다는 듯 계단을 올라갔다. 준비해온 연설문을 읽으면서 그는 자꾸만 내려오는 앞머리를 계속 쓸어넘겼는데, 그런 행동 때문에—실제로 그랬는지는 모르겠지만—불편해 보였다.

밥은 그의 연설을 들으려고 했지만 생각이 자꾸 딴 데로 흘러갔다. 마거릿 에스테이버의 얼굴이 떠올랐고, 이상하게도, 경찰에 남편을 신고한 다음날 아침 지치고 휑한 눈빛을 보였던 에이드리애나의 표정이 떠올랐다. 하지만 솔직히, 지금 이 순간 여기 어린 시절의 공원에 서 있자니, 자신의 뉴욕 생활이 실재라는 생각이 들지 않았다. 길 건너의 하얀색 부엌을 왔다갔다하던 부부도 실제로 존재하지 않는 것 같았고, 아파트 안을 거리낌없이 돌아다니던 젊은 아가씨도, 밥 자신이 아파트 창밖을 내다보며 숱한 밤을 보낸 것도 실재하는 것 같지 않았다. 그런 자신의 이미지를 떠올리자 어쩐지 슬퍼졌지만, 브루클린의 아파트에 앉아 창밖을 바라볼 때는 슬프지 않았다는 걸 그는 알고 있었다. 그것은 그의 삶이었다. 지금 이 순간 가장 실재한다고 느껴지는 것은 이 공원과 이곳의 익숙해 보이는 사람들, 잘난 척하지 않고 급하게 움직이지도 않는 이 하얀 피부의 사람들이었다. 그리고 마거릿 에스테이버, 그녀의 태도…… 그러다 문득 밥은 소말리족이늘 그가 지금 느끼는 이런 어리둥절한 기분으로, 어느 쪽 삶이 진짜일까 생각하며 살아가는 건 아닐지, 그렇다면 그건 어떤 느낌일지 궁금해졌다.

"지미 버지스가 왔네." 밥은 한 여자의 조용한 목소리를 들었다. 백발에 키가 작고 플리스 조끼를 입은 여자가 남편 같아 보이는 남자 옆에 서 있었다. 남자는 배가 나왔는데 역시 키가 작았고 플리스 조끼를 입고 있었다. "이번에 지미가 온 건 잘한 거야." 그 여자는 시선은 무대를 향한 채 남편 쪽으로 고개를 돌리며 말을 이었다. "와야 한다고 생각했나봐." 그녀는 막 그 생각이 떠오른 것처럼 말했다. 밥은 자리를 옮겼다.

짐이 자신을 막 소개하려는 딕 하틀리를 향해 고개를 까딱한 뒤 무대 계단을 올라가는 걸 지켜보며 밥은 담배 한 대가 간절해졌다. 짐은 이만큼 떨어진 거리에서도 놀라울 만큼 자연스러워 보였다. 밥은 주머니에 손을 찔러넣고 체중을 발뒤꿈치에 옮겨 실었다. 지미가 가진 이것은 뭘까? 꼬집어 말할 수는 없지만 지미를 쳐다보지 않을 수 없게 만드는 그것은?

지미가 어떤 두려움도 드러내지 않기 때문이라는 사실을 밥은 깨달았다. 그는 두려움을 내비친 적이 없었다. 그리고 사람들은 두려움을 싫어했다. 사람들은 그 무엇보다 두려움을 싫어했다. 형이 연설을 시작할 때 밥은 그런 생각을 하고 있었다. ("안녕하십니까." 잠시 침묵. "저는 한때 이 타운의 주민이었던 사람으로 오늘 이 자리에 섰습니다. 가족을 걱정하고 나라를 걱정하는 사람으로 이 자리에 섰습니다." 잠시 침묵. 그리고 나직이, "지역사회를 걱정하는 사람으로 이 자리에 섰습니다.") 밥은 두려워할 것은 오직 두려움뿐이라고 국민을 설득했던 남자의 이름을 딴, 이곳 루스벨트파크에 서서 생각했다. 지미의 존재감이 강력한 건 그가 두려움에 흔들린 적이 없고, 앞으로도 흔들리지 않을 것 같기 때문이라고. ("제가 이 공원에서 뛰놀던 어린아이였을 때―지금 이 공원에서 뛰노는 아이들과 마찬가지로 말입니다―이따금 저는 철로와 작은 기차역을 보려고 저 언덕을 올라갔습니다. 수백 명의 사람들이 일을 하기 위해, 살아가기 위해, 자유로운 신앙생활을 하기 위해 1세기 전에 그 철로를 따라 이 타운에 도착했습니다. 이 타운은 이곳에 이주해온 모든 사람들, 이곳에 살았던 모든 사람들 덕분에 커졌고 번성했습니다.")

그 힘은 흉내낼 수 있는 게 아니었다. 슬쩍 쳐다보는 눈길에서, 입장하는 방식에서, 무대로 걸어가는 걸음걸이에서 그 힘이 드러났다. ("우리는 남녀노소의 이웃 주민들이 고통과 수모를

당하는 것을 무관심하게 지켜보기만 한다면 그들의 고통과 수모가 더 늘어날 것임을 알고 있습니다. 우리 지역사회에 새로 편입된 주민들이 얼마나 대책 없이 방치되어 있는지 우리는 잘 알고 있습니다. 우리는 그들이 상처받는 것을 가만히 앉아 지켜보지만은 않을 것입니다.") 밥은 형을 지켜보면서 공원에 모인 사람들 모두가—이제 공원은 사람들로 가득 메워졌다—짐의 말을 경청한다는 것을 알아차렸다. 사람들은 이동하지도, 돌아다니지도, 소곤거리지도 않았다. 밥은 짐이 사람들을 커다란 숄로 감싸서 자기 쪽으로 더 바짝 끌어당기는 것을 보면서, 자신이 느낀 감정이 질투라는 것은 미처 알아차리지 못했다. 그저 그 자리에서, 아주 기분이 나쁘다는 것만 느꼈다. 조금 전만 해도 마거릿 에스테이버의 들뜬 모습에서 희망을 느끼고 그녀가 행동하고 느끼는 것에 같이 기뻐해주었지만, 이제 해묵은 그 우울함이 또 도져서 얼뜨기 같고 무절제한, 짐과는 정반대인 자신이 혐오스러워지는 것이었다.

하지만 그럼에도 불구하고. 그의 가슴은 사랑으로 열렸다. 짐을 보라, 그의 대단한 형을! 형을 쳐다보는 것은 마치 훌륭한 운동선수, 기품을 타고난 사람, 땅에서 2인치 떠서 걷는 사람을 보는 것 같았다. 누가 의문을 제기할 수 있겠는가? ("오늘 이 공원에 우리 같은 사람들이 수천 명은 모여들 것입니다. 오늘 이 공원에서, 우리가 진실이라고 믿는 것을 외치기 위해 말입니다. 미국은 법이 다스리는 나라지, 인간이 다스리는 나라가 아니라고 말입니다. 안전한 삶을 꿈꾸며 우리 나라로 오는 사람들에게 안전을 제공할 거라고 말입니다.")

밥은 어머니가 그리웠다. 즐겨 입던 두꺼운 빨간 스웨터를 입은 어머니. 그는 자신이 꼬마였을 때 어머니가 침대에 앉아 그가 잠들 때까지 이야기를 들려주던 것을 떠올렸다. 어머니가 그에게 야간등을 사주었는데, 당시만 해도 사치품으로 여겨지는 것이었다. 굽도리널 위의 소켓에 꽂는 둥근 전구. "계집애 같긴." 지미가 말했고, 얼마 안 있어 밥은 어머니에게 이제 야간등이 필요하지 않다고 말했다. "그러면 문을 열어놓고 나갈게." 어머니가 말했다. 계집애 같긴. "누가 침대에서 굴러떨어지거나 엄마를 필요로 할지도 모르니까." 침대에서 굴러떨어지는 것은 밥이었고, 악몽을 꾸다 소리를 지르며 깨어나는 것도 밥이었다. 짐은 어머니만 옆에 없으면 밥에게 빈정거렸고, 밥은 반박하면서도 마음속으로는 형의 조롱을 받아들였다. 루스벨트파크에 서서 형이 유창하게 연설하는 것을 바라보면서도 여전히 그것을 받아들였다. 그는 자신이 저지른 짓을 알았다. 마음씨 고운 일레인은 어느 날, 끈질긴 생명력의 무화과나무가 있는 심리치료실에서, 그의 아버지가 언덕 위의 차 안에 어린아이 셋을 두고 차에서 내린 것은 현명한 생각이 아니었다고 다정하게 말했고 밥은 아니에요, 아니에요, 아니에요, 하며 머리를 흔들었다. 사고 자체보다 아버지에게 책임을 돌린다는 것이 더 견디기 힘들었다! 그때 그는 어린아이에 불과했다. 그도 알았다. 악의를 품고 저지른 짓이 아니었다. 일부러 위험한 상황을 만든 것은 아니었다. 법은 아이에게 책임을 묻지 않았다.

하지만 그가 한 짓이었다.

"죄송해요." 어머니가 병원 침대에 누워 있을 때 그는 그렇게 말했다. 그 말을 하고 또 했다. 그녀가 고개를 저었다. "너희들 모두 얼마나 착한 아이들이었는데." 그녀가 말했다.

밥의 시선이 군중을 훑었다. 공원 가장자리에는 경찰이 서 있었다. 그들 역시 경계를 늦추지 않으면서도 짐의 말을 듣고 있는 듯했다. 저기 운동장 옆에서는 소말리족 아이들이 손을 쳐든 채 빙빙 돌며 춤을 추고 있었다. 햇살이 그 모든 광경을 비추었다. 공원 너머에는 네 개의 첨탑이 딸린 성당이 서 있었고 그 너머에는 강이 있었는데, 여기서 보면 강둑 사이로 구불구불한 작은 띠가 반짝거리는 것처럼 보였다.

그의 형을 향한 박수는 끊이지 않고 계속됐고, 그 소리가 공원 전체에 퍼져나갔다. 박수 소리가 살짝 줄어드는가 싶더니 다시 살아나 부드럽게 공간을 가득 메웠다. 밥은 짐이 무대에서 내려와 사람들과 인사를 나누고 고개를 끄덕이는 것을, 딕 하틀리와 다시 악수를 하고 다음 차례인 주지사와 악수하는 것을 지켜보았다. 그러는 동안에도 박수는 계속 이어졌다. 하지만 짐은 계속 남아 있을 생각이 없는 것 같았다. 밥이 선 자리에서도 그 사실이 보였다. 짐이 걸어나오면서 공손히 응대하는 것을 보고 알았다. 언제나 빠져나갈 준비를 하고 있는 것 같아, 수전이 짐에 대해 그렇게 말한 적이 있었다.

밥은 사람들을 돌아 짐에게 갔다.

그들이 거리로 나가 급하게 걸음을 옮기는데 야구모자를 쓴 청년이 웃으면서 다가왔다. "안녕하세요." 짐이 걸음을 멈추지 않은 채 고개를 끄덕이며 말했다.

청년은 그들과 보폭을 맞췄다. "저 사람들은 기생충이에요." 청년이 말했다. "우리를 싹 쓸어내려고 이곳에 온 거예요. 오늘은 그걸 못 본 모양인데 우린 저 인간들이 그러도록 놔두지 않을 거예요."

짐은 계속 걸음을 옮겼다. 청년은 끈질겼다. "유대인들도 사라져야 해요. 흑인들도 사라져야 해요. 두고 보세요. 그놈들은 온 세상을 빨아먹는 기생충들이라니까요."

"그만 꺼져, 얼간이." 짐은 일정한 보폭을 유지하며 계속 걸었다.

청년은 앳돼 보였다. 많아봤자 스물둘 정도, 그애가 자신이 한 말이 버지스 형제를 즐겁게 해주기라도 한 것처럼 그들을 빤히 쳐다볼 때 밥은 그런 생각을 하고 있었다. 짐이 청년에게 얼간이라고 한 것을 듣지 못했다는 듯이. "기생충이라." 밥이 말했다. 깊은 분노가 울컥 치밀었다. 그가 걸음을 멈췄다. "너는 기생충이 뭔지 몰라. 내 아내가 예전에 기생충을 연구했어, 즉 너를 연구했다는 거지. 너 8학년은 마쳤니?"

"진정해." 짐이 계속 걸음을 옮기며 말했다. "가자."

"우리는 하느님의 진정한 자녀예요. 우리는 멈추지 않아요. 당신들은 그렇게 생각할지 몰라도 우리는 멈추지 않아요."

"너는," 밥이 말했다. "하느님의 창자를 감염시키는 콕시듐이야. 그게 바로 너란 놈이야. 생식기도 안 달린 놈." 그러고는 짐을 따라가면서 뒤를 돌아보며 덧붙였다. "염소 위장에서나 사는 놈."

짐이 격앙된 목소리로 말했다. "넌 어디가 잘못됐니? 입 좀 다물어."

청년이 그들을 따라잡으려고 뛰어왔다. 그러고는 밥에게 말했다. "당신은 뚱보 천치예요. 하지만 저 사람은,"—고갯짓으로 짐을 가리켰다—"위험해요. 악마의 하수인이니까."

짐이 불쑥 걸음을 멈추는 바람에 청년이 그와 부딪혔다. 짐이 청년의 팔을 잡았다. "방금 내 동생보고 뚱보라고 했냐, 이 머리에 피도 안 마른 새끼야?"

애송이의 얼굴에 돌연 공포가 떠올랐다. 그가 팔을 풀려고 했지만 짐은 더 세게 잡았다. 짐의 입술에서 핏기가 사라지고 눈은 작아졌다. 거기서 느껴지는 분노의 힘이란, 놀라웠다. 짐에게 익숙해져 있는 밥조차 놀랐다. 짐이 청년의 얼굴에 자기 얼굴을 바짝 갖다대고 조용히 말했다. "네가 내 동생보고 뚱보라고 했냐고?" 청년이 자기 어깨 너머를 슬쩍 돌아보았고 짐의 손아귀는 더욱 단단해졌다. "널 지켜줄 네 좆만한 친구들은 여기 없어. 한번 더 묻지. 네가 내 동생보고 뚱보라고 했어?"

"네."

"사과해."

청년의 눈에 눈물이 글썽였다. "팔이 부러질 것 같아요. 정말이에요. 팔이 부러지겠다니까요."

"지미." 밥이 중얼거렸다.

"내가 말했잖아, 사과하라고. 네가 느낄 새도 없이 빠르게 목을 분질러버릴 수도 있어. 고통 없이. 운좋은 줄 알아, 쓰레기 새끼야. 고통 없이 죽게 될 테니까."

"죄송합니다."

짐은 즉시 청년을 풀어주었고, 버지스 형제는 주차를 한 곳으로 돌아가 차에 올라탄 뒤 그곳을 떠났다. 밥은 차창으로 청년이 팔을 문지르며 다시 공원으로 걸음을 옮기는 것을 지켜보았다. 짐이 말했다. "걱정하지 마. 저런 놈은 얼마 안 돼. 이제 끝났어. 하지만 사람들을 기생충이라고 부르는 것 좀 그만해. 맙소사."

공원에서 환호성이 터져나왔다. 주지사가 무대에서 어떤 말을 했는지는 몰라도 사람들의 지지를 받는 것 같았다. 하루가 거의 끝나가고 있었고, 짐의 역할도 끝났다. "훌륭한 연설이었어." 밥이 강 건너로 차를 몰며 말했다.

짐은 계속 백미러를 흘끔거리며 주머니에서 휴대폰을 꺼내 플립을 열었다. "헬리? 끝났어. 응, 잘 끝났어. 호텔로 가서 더 얘기해줄게. 그래, 당신도." 그는 다시 휴대폰 플립을 닫고 주머니에 넣었다. 그가 밥에게 말했다. "아까 그 버러지 모자에 '88'이라고 쓰여 있는 거 봤어? 그거, '하일 히틀러'라는 뜻이야. 'HH'라고도 하지. H가 알파벳 여덟번째 글자거든."

"어떻게 그런 걸 다 알아?" 밥이 물었다.

"어떻게 그런 걸 몰라?" 짐이 되받았다.

*

밤이 찾아오자 그날 하루가 셜리폴스의 역사에 길이 남으리라는 느낌이 들었다. 피부색이 검은 사람도 타운의 정당한 주민이 될 권리가 있음을 지지하기 위해 사천 명의 인파가 공원까지 평화 시위를 벌인 역사적인 날로. 플라스틱 방패는 거두어졌다. 묵직하면서도 온유한 단결의 분위기는 있었지만 자축 분위기는 거의 없었다. 뉴잉글랜드 북부 사람들은 원래 그랬다. 하지만 선의에서 이루어진 큰 행사였고, 그냥 묻혀서는 안 되는 행사였다. 압디카림이 거기에 갔던 것은 오로지 하웨야의 아들 하나가 달려와, 공원에 꼭 와야 한다고 한 자기 부모의 말을 전했기 때문이다. 압디카림은 그 광경에 어리둥절했다. 아주 많은 사람들이 그를 보고 웃어주었다. 그는 사람들이 자기를 똑바로 쳐다보고 웃는 게 친근함의 표시라는 걸 알았지만 편하지는 않았다. 하지만 그는 여기 산 지 오래되어 그것이 미국인의 방식이라는 걸 알았다. 미국인들은 덩치 큰 어린아이 같았고 공원에 모인 그 덩치 큰 아이들은 아주 친절했다. 그곳을 떠나고 한참 뒤에도 그는 자신을 보며 미소 짓던 사람들의 표정을 계속 떠올렸다.

그날 저녁 그의 카페에 사람들이 모였다. 대체로 그들은 그 집회의 의미를 확실히 몰랐다. 뭔가 중요한 것 같기는 했다. 그리고 놀라웠다. 오늘 그토록 많은 일반 시민들이 그들을 위해 위험을 무릅쓰고 모이리라고 그들이 짐작이나 했겠는가? 그게 어떤 의미였는지는 오직 시간이 알려줄 것이다. "아무튼 굉장했어요." 압디카림이 한마디 거들었다. 이포 누르는 어깨를 으쓱하고 오직 시간이 알려줄 거라는 말을 반복했다. 그러자 남자들은 고국에 대해 말했다(그들은 늘 그 이야기만 하려고 했다). 미국이 소말리아에서 이슬람 법정연합을 와해하려고 노력하는 군 지도자들을 지원한다는 소문이 나돌았다. 폭력배가 바리케이드를 세웠고, 타이어가 불타며 폭동이 시작됐다. 압디카림은 그 이야기를 들으니 억장이 무너지는 것 같았다. 오늘 공원에 모인 사람들의 상냥한 표정은 그가 날마다 끌어안고 살아가야 하는 비탄과는 완전히 별개였다. 그는 고향으로 돌아가고 싶었다. 하지만 그곳 사람들은 이성을 잃었기 때문에 돌아갈 수 없었다. 워싱턴의 어느 국회의원은 공개적으로 소말리아를 '파탄 국가'라고 지칭했다. 압디카림의 카페에 모인 사람들은 그 사실을 언급하며 씁쓸해했다. 그는 너무 많은 감정들이 일어나 가슴에 담아두기가 힘들었다. 그 국회의원의 말이 일으킨 수치심, 고국에서 총질과 노략질을 일삼고 질서를 어지럽히는 사람들에 대한 분노, 오늘 공원에서 그들에게 웃어준 사람들—하지만 미국은 거짓말을 일삼는 나라, 거짓말하는 지도자들의 나라였다. '평화 회복을 위한 연맹'—그건 웃기는 소리라고, 카페에 모인 남자들이 입을 모았다.

마침내 남자들이 떠나자 압디카림은 남아서 카페를 치웠다. 그의 휴대폰이 진동했고, 그는 딸의 활기찬 목소리에 자신의 얼굴이 기쁨으로 활짝 펴지는 것을 느꼈다. 내슈빌에서 걸려온 전화였다. 잘됐어요, 아주 잘됐어요, 텔레비전으로 루스벨트파크에서 열린 집회를 보고 전화를 한 것이었다. 딸은 그녀의 아들들이 축구를 한다는 것과 이제 거의 흠잡을 데 없는 영어로 말한다는 것을 이야기해주었다. 그의 심장은 질주하는 동시에 정지하는 엔진 같았다. 흠잡을 데 없는 영어로 말한다는 건 그 아이들이 뼛속까지 미국인이 되어 근본이 사라진다는 말이었다. 한편 그 덕분에 강하게 살아갈 수 있었다. "말썽은 안 일으키지?" 그가 물었다. 딸이 그렇다고 대답했다. 맏아들이 고등학교에 입학했는데 학교 성적이 아주 뛰어나다고 했다. 교사들이 깜짝 놀랐다는 것이다. "성적표를 복사해서 보내드릴게요." 딸이 말했다. "그리고 내일은 아버지 휴대폰으로 사진을 좀 보내드릴게요. 우리 애들이 아주 잘생겼어요. 자랑스러우실 거예요." 압디카림은 전화를 끊고 한참 앉아 있었다. 마침내 그가 어둠을 통과해 집으로 돌아왔고, 자리에 눕자 공원에 왔던 사람들이 떠올랐다. 겨울 코트와 플리스 조끼를 입은 채 천진한 얼굴로 그를 똑바로 바라보며 즐겁게 웃어주던 사람들. 밤중에 그는 혼란스러운 마음으로 잠에서 깼다. 무겁게 마음을 잡아당기는 느낌, 오래전부터 익숙한 느낌이었다. 다시 눈을 떴을 때는 첫째 아이 바시의 꿈을 꾼 뒤였다. 바시는 진지한 아이였다. 그 아이의 짧은 인생을 통틀어 압디카림이 존경을 가르친다며 바시를 때린 건 몇 번뿐이었다.

꿈속에서 바시는 아버지를 혼란스러운 눈빛으로 바라보았다.

*

밥과 짐은 수전의 집에서 하루 저녁을 더 견뎠다. 수전은 냉동 라사냐를 전자레인지에 넣어 데웠고, 그러는 동안 잭은 막대아이스크림을 먹듯 포크로 핫도그를 집어먹었다. 개는 개털이 수두룩하게 묻은 잠자리에서 꿈쩍도 않고 자고 있었다. 짐이 당장은 잭과 잭의 아버지에 대해 알게 된 사실을 수전에게 말하지 말자는 의미로 밥을 향해 고개를 한 번 가로저었다. 짐이 다른 방에서 찰리 티베츠로부터 걸려온 전화를 받고 부엌에 돌아와 앉으며 말했다. "잘됐어. 들리는 말로는 사람들이 나를 좋아했고 내가 거기 간 것을 보고 좋은 인상을 받았대. 그런 얘기야." 그가 포크를 집어들고 자기 접시에 음식을 조금 덜었다. "모두들 좋아해. 백인의 죄의식에서 벗어나니 다들 좋은 거지." 그가 잭을 향해 고개를 까딱했다. "네가 분별없이 저지른 잘못이 네가 저지른 딱 그만큼의 잘못으로 되돌려지는 거야. E급 경범죄로. 법정까지 간다 해도 몇 달 뒤가 될 거다. 찰리가 갖은 방법을 동원해 재판을 연기할 테니까. 그렇게만 되면 좋지. 사람들은 가라앉은 사건을 다시 들쑤시고 싶어하지 않을 테니까. 지금은 행복한 한때야.

사람들은 이 분위기를 유지하고 싶어할 거야."

수전이 숨을 크게 내쉬었다. "그러길 바라야지."

"검찰청에서 일하는 그 꼴 보기 싫은 다이앤 도지도 이 사건을 시민권 위반으로 몰아가는 일을 그만둘 것 같아. 그러고 싶어도 딕 하틀리가 동의를 해줘야 하는데, 딕은 동의하지 않을 거야. 오늘 그걸 느꼈어. 딕은 덩치만 컸지 늙어빠진 멍청이고, 사람들이 나를 보고 기뻐했으니 그치가 괜한 분란을 일으키지는 않을 거야. 좀 잘난 척 같지, 나도 알아."

"조금." 밥이 커피잔에 와인을 따르며 말했다.

"감옥에는 가고 싶지 않아요." 잭이 중얼거렸다.

"안 갈 거야." 짐이 다시 접시를 밀었다. "오늘밤 우리하고 지낼 생각이면 코트 가져와. 밥이랑 나는 아침에 먼길을 달려야 하니까."

호텔방으로 돌아가서 짐이 잭에게 말했다. "그 방에서 보석위원을 기다릴 때 어떤 일이 있었지?"

밥이 보기에 주말이 지나면서 얼마간 정상으로 돌아온 것 같았던 잭이 약간 놀란 눈빛으로 빤히 짐을 쳐다보았다. "어떤 일이 있었느냐 하면…… 전, 그냥, 앉아 있었어요."

"말해봐." 짐이 말했다.

"옷방보다 많이 크지는 않았고요, 그 방이요, 죄다 흰색과 금속이었어요. 제가 앉은 자리도 금속이었는데, 교도관들이 근처에서 계속 저를 흘끔거렸어요. 교도관들한테 한 번 '엄마는 어디 계세요?' 하고 물었더니 '바깥에, 기다리고 있어' 하고 대답해줬어요. 그뒤로는 제게 아무 말도 하지 않았어요. 그러니까, 제가 더 말을 시키지 않았어요."

"겁이 났니?"

잭이 고개를 끄덕였다. 그의 표정에 다시 공포가 어렸다.

"너한테 못되게 굴었어? 협박을 하거나?"

잭이 어깨를 으쓱했다. "그냥 무서웠어요. 정말로, 정말로 무서웠어요. 이 지역에 그런 곳이 있는 줄도 몰랐거든요."

"그런 데를 교도소라고 하지. 그런 곳은 어디에나 있어. 거기 다른 사람들도 같이 있었니?"

"어떤 남자가 고래고래 욕하는 소리가 들렸어요. 미친 사람처럼요. 하지만 보이지는 않았어요. 교도관들이 그 사람한테 '아가리 닥쳐' 하고 소리를 질렀어요."

"교도관들이 그 남자를 다치게 했니?"

"그건 몰라요. 안 보였어요."

"교도관들이 너를 다치게 했니?"

"아니요."

"확실해?" 짐의 목소리는 기필코 보호해주겠다는 강렬한 음색이었고, 그것은 그날 집회장 밖에서 펑크족 애송이가 밥을 뚱보 천치라고 불렀을 때 밥이 짐에게서 들었던 목소리였다. 잭의 얼굴에 놀란 기색이 떠올랐고, 그것은 이 사람이 자기를 위해 다른 사람을 죽일 수도 있겠다는 사실을 깨달을 때 일어나는 본능적인 작은 갈망의 표현이었다. 짐은 모두가 원하는 아버지상이라는 걸 밥은 깨달았다.

밥은 일어서서 큰 원을 그리며 방안을 맴돌았다. 그는 자신이 느끼는 감정을 견디기가 힘들었지만, 그 감정이 뭔지 알지 못했다. 그는 잠시 후 걸음을 멈추고 잭에게 말했다. "짐 삼촌이 잘 돌봐줄 거야. 삼촌은 원래 그런 사람이거든."

잭이 한 삼촌에게서 다른 삼촌에게로 시선을 옮겼다. "하지만 삼촌도 절 잘 돌봐주잖아요, 밥 삼촌." 잭이 마침내 말했다.

"아, 잭, 너는 선인善人이야. 정말로 그래." 밥이 다가가 잭의 머리를 쓰다듬었다. "내가 한 일이라곤, 여기 와서 네 엄마 화를 돋운 것뿐이지."

"엄마는 원래 화를 잘 내요. 삼촌한테만 그런 거라고 생각하지 마세요. 아무튼 제가 그 방에서 나왔을 때 삼촌이 엄마랑 같이 기다리고 있었잖아요. 제가 그때 얼마나 기분좋았는데요. 엄청나게 좋았어요. 그런데 선인이 뭐예요?"

"착한 사람."

짐이 말했다. "밥 삼촌이 기다리는 게 그렇게 좋아서 히죽 웃는 네 얼굴이 온 신문에 도배가 됐던 거구나."

"제발, 짐. 지난 일이야."

"텔레비전 봐도 돼요?" 잭이 물었다.

짐이 잭에게 리모컨을 던져주었다. "이제 일을 구해야지. 어떤 직장이 괜찮을지 생각해보면 좋겠구나. 강좌를 몇 개 들으면서 열심히 공부해봐. 성적을 잘 받아서 이곳 센트럴 메인 커뮤니티 대학에 등록하는 거야. 뭔가를 이루기 위해 노력해. 성취는 그렇게 하는 거니까. 너도 사회의 일원이니 사회에 기여하는 게 있어야지."

잭이 아래를 내려다보았다. 밥이 말했다. "직장을 구하고 지금 상황을 바로잡을 시간은 있어. 당장은 마음을 편하게 먹어. 호텔에 있으니까 휴가를 온 것처럼 생각하자. 실제로는 냄새나는 강이 있을 뿐이지만 밖에 해변이 있는 척하는 거야."

"강에선 이제 냄새 안 나, 이 지진아야." 짐이 코트를 걸며 말했다. "강물은 깨끗해졌어. 못 봤어? 너는 아직도 70년대에 사는구나. 맙소사."

"형이 그렇게 최신식이면," 밥이 대꾸했다. "'지진아'라는 말은 이제 쓰지 않는다는 것도 알 텐데. 내가 처음 여기 왔을 때 수전도 그 말을 쓰더라. 나 참. 초등학교를 마치고 21세기로 넘어간 사람은 우리 중에 나뿐인 것 같네."

"나한테 아예 재갈을 물려." 짐이 말했다.

잭은 텔레비전을 보다가 잠이 들었고, 여리게 코 고는 소리가 열린 문을 통해 짐과 밥이 있는 방까지 흘러들어왔다. 짐과 밥은 이쪽과 저쪽에 놓인 침대 두 개에 따로따로 앉아 있었다. "이번 일이 끝났으니 당장은 수전이 안도감을 맘껏 누리게 해주자. 자기 아들 속마음이 뭐였는지는 나중에 말해줘도 되니까. 찰리 티베츠한테는 말해뒀어. 어쨌거나 상관은 없지만. 찰리는 잭이 범죄를 저지른 게 아니라는 취지로 변론을 할 거야." 짐이 말했다. "법으로 따져서 범죄가 되려면, 잭이 그 공간이 모스크이고 돼지고기를 던지는 행위가 이슬람교도에게 모욕이 된다는 사실을 알고 있었어야 해."

"그 말이 통할지 모르겠네. 그게 이슬람교 신자들에게 모욕이 될 줄 몰랐다면 왜 닭대가리를 던지지는 않은 거지?"

"그게 네가 잭의 변호사로 부적격한 이유야. 아니 그냥 변호사로 부적격한 이유지." 짐이 일어서서 열쇠와 휴대폰을 서랍 위에 놓았다. "잭이 돼지머리를 던져넣은 건 그애가 도축업을 하는 친구 집에 갔을 때 거기 있는 거라고는 돼지머리가 전부였기 때문이야. 다른 머리는 없었던 거야. 이 문제는 찰리한테 맡기지 그래? 제발, 밥. 넌 날 피곤하게 해. 네가 법정에 설 때마다 바지에 오줌을 지린 것도 알 만해. 물론 그래서 항소팀으로 옮겼겠지. 이유식이나 먹어야지 네가 별수 있겠어."

밥이 편히 앉아 와인병을 찾았다. "형은 뭐가 문제야?" 그가 조용히 말했다. "형 오늘 정말 잘했잖아." 와인이 조금 남아 있어서 그는 남은 것을 잔에 따랐다.

"내 문제는 너야. 네가 내 문제야. 그냥 그 걱정은 찰리 티베츠 한테 맡기지 그래?" 짐이 말했다. "내가 찰리를 고용했어, 너도 알잖아. 네가 아니라. 그러니 그냥 내버려둬."

"찰리가 못한다는 말은 하지 않았어. 나는 그저 변론의 취지를 이해하려는 거야." 방안에 침묵이 흘렀다. 침묵이 잠시 방안에서 심장처럼 팔딱거리는 것 같았고, 밥은 차마 잔을 들어 그 침묵을 깰 수가 없었다.

"다시는 여기 오고 싶지 않아." 짐이 마침내 말했다. 그는 다시 침대에 앉아 러그를 내려다보았다.

"그러면 오지 마." 밥은 술을 마시고 이내 말을 이었다. "있잖아, 한 시간 전만 해도 난 형이 세상에서 가장 훌륭한 사람이라고 생각했어. 하지만 맙소사, 형은 너무 까다로워. 최근에 팸을 만났는데, 월리 패커 재판이 형을 재수없는 사람으로 만들었는지, 형이 원래 재수없는 사람이었는지 궁금해하더라."

짐이 흘끗 올려다보았다. "팸이 뭐라고 했다고?" 그가 입술을 벌려 작게 미소를 지었다. "패멀라. 만족할 줄 모르고 부유한 패멀라." 그가 뜬금없이 밥을 쳐다보며 싱긋 웃고는 무릎에 팔꿈치를 얹고 팔을 힘없이 툭 내렸다. "사람들이 결국 어떻게 되는지 지켜보는 건 정말 재미있어, 안 그래? 나는 팸이 늘 자기가 갖지 못한 것을 쫓아다니는 사람이 될 거라고는 생각도 못했어. 하지만 생각해보면 팸한텐 그런 면이 줄곧 있었지. 사람들은 늘 자기 본성을 드러내고 다닌다잖아. 팸도 그랬던 것 같고. 팸은 자기 어린 시절이 마음에 안 들어서 네 어린 시절을 가져갔어. 그러고는 뉴욕에 가서 주위를 둘러보니까 다른 사람들이 자식을 키우고 있는 거지. 그래서 자기도 애가 있으면 좋겠다고 생각한 거야. 그러고 나니까 돈도 좀 갖고 싶어진 거고. 뉴욕에는 돈도 많으니까."

밥이 천천히 고개를 저었다. "형이 무슨 얘기를 하는지 도통 모르겠어. 팸은 늘 아이를 원했어. 우린 늘 아이를 원했어. 나는 형이 팸을 좋아하는 줄 알았는데."

"좋아하지. 팸이 현미경으로 기생충 들여다보는 걸 좋아한다는 사실을 재미있다고 생각한 적도 있어. 그러다 어느 날 팸도 일종의 기생충이라는 걸 깨달았지. 나쁜 의미에서가 아니라."

"나쁜 의미에서가 아니라고?"

짐이 됐다는 듯 손을 내둘렀다. "음, 생각을 해봐. 그래……

나쁜 의미는 아니야. 하지만 팸이 실질적으로 우리하고 같이 살기 시작한 건 너희 둘이 아직 어렸을 때였어. 팸은 집이 필요했고 그래서 우리한테 빌붙은 거야. 좋은 남편이 필요해서 너한테 빌붙은 거고. 그러다 같이 자식을 낳고 키울 아버지가 필요하게 됐고 그래서 지금 파크 애비뉴에 살면서 그 욕구를 충족시키는 거지. 팸은 자기에게 필요한 건 어떻게든 가진다, 그게 내가 하고 싶은 말이야. 모두 그러고 살지는 않아."

"짐, 맙소사. 무슨 소리야? 형도 부자랑 결혼했잖아."

짐은 그 말을 무시했다. "너희 부부가 갈라서고 나서 팸을 잠깐 만난 적 있는데, 팸이 그 이야기는 했나?"

"그만해, 짐."

짐이 어깨를 으쓱했다. "난 팸에 대해 많은 걸 알고 있어. 하지만 장담하는데 너는 모를걸."

"그만하라고 했어."

"팸은 술에 취했었어. 팸은 술을 너무 많이 마셔. 너희 둘 다 그렇지. 하지만 아무 일도 없었으니 걱정 마. 퇴근하고 미드타운에서 우연히 마주쳤어. 오래전 이야기야. 술 한잔하러 같이 하버드 클럽에 갔지. 뭐랄까, 오랫동안 팸은 우리 가족이었으니까. 그 정도는 해야겠다고 생각했어. 하지만 몇 잔 걸친 뒤에 팸이 속마음을 털어놓는 잘못된 판단을 했지. 늘 나를 매력적으로 생각했다는 말을 했거든. 나한테 좀 치근덕대듯이. 품격이 좀 많이 떨어져 보였어.”

“제발, 그 입 다물어!” 밥은 일어서려다, 의자가 뒤로 넘어가면서 거대한 몸뚱이도 같이 넘어지고 말았다. 그 소리는 아주 요란했고, 그는 와인이 목에 엎질러지는 것을 느꼈다. 이상하게도 그 순간 분명하게 느낀 것은 그런 감각이었다. 한쪽 다리가 허공에 쳐들릴 때 그의 목 옆을 타고 내려오던 액체의 감각. 불이 켜졌다.

입구에서 잭의 목소리가 들렸다. “삼촌들, 무슨 일이에요?”

“아무 일도 아니야, 꼬맹아.” 밥은 가슴이 쿵쾅거렸다.

“어렸을 때처럼 난투를 벌이며 놀아봤어.” 짐이 손을 내밀어 밥을 일으켜세웠다. “형제끼리 장난을 치는 거야. 형제만한 게 없거든.”

“누가 소리를 지르는 것 같았는데요.” 잭이 말했다.

“꿈을 꿨나보네.” 짐이 잭의 어깨에 손을 얹고 다른 방으로 데려가며 말했다. “호텔에서는 원래 그래. 종종 나쁜 꿈을 꾸거든.”

*

다음날 아침 그들의 차가 셜리폴스에서 멀어지자 짐은 말이 많아졌다. “저거 보여?” 그가 물었다. 이제 막 고속도로로 접어들 참이었다. 밥은 짐이 가리킨 곳으로 눈길을 돌렸고, 조립식 건물과 노란 버스들이 세워진 넓은 주차장이 보였다. "가톨릭교회에서 신자들이 빠져나가고 있어. 벌써 오래됐어. 이런 근본주의 교회들이 대성황이고. 거기 사람들은 버스를 몰고 돌아다니면서 혼자 교회에 가지 못하는 노인들을 낚아채. 저 사람들은 자신들의 예수를 사랑하지, 정말로 사랑해."

밥은 대답하지 않았다. 그는 지난밤 자신이 얼마나 취했었는지 기억을 더듬었다. 취했다는 느낌은 없었지만 그게 취하지 않았다는 말은 아니었다. 어쩌면 그가 들었다고 생각한 말은 그가 정말 들은 말이 아니었을지도 모른다. 그리고 그는 오늘 아침의 수전의 모습이 계속 떠올랐다. 그들이 떠날 때 수전은 포치에 서서 손을 흔들고 있었다. 하지만 잭은 고개를 푹 숙이고 안으로 들어가버렸다. 밥은 그 장면도 계속 떠올랐다.

"너는 내가 그걸 어떻게 알았는지 궁금하겠지." 짐이 고속도로로 진입하며 말했다. "온라인으로 〈셜리폴스 저널〉을 읽으면 온갖 것들을 알게 돼. 그래, 계속 그렇게 입다물고 있어." 그리고 덧붙였다. "오늘 아침에 수전이 개를 돌봐주러 밖에 나갔을 때, 수전한테 잭이 그런 행동을 한 건 아빠한테 잘 보이기 위해서였을 거라고 얘기해줬어. 여자친구 얘기는 꺼내지 않았지만. 스티브가 이메일로 잭한테 소말리족에 대해 좀 부정적인 정보를 흘린 것 같다고만 했어. 그랬더니 수전이 뭐라 그랬는지 알아? '하,' 그러더라."

"수전이 그렇게 말했어?" 밥이 차창 밖을 내다보았다. 잠시 뒤에 그가 말했다. "잭이 걱정돼. 수전이 그러는데, 그날 잭이 그 방에서 오줌을 쌌대. 내가 셜리폴스에 갔던 날 잭이 저녁을 먹으러 내려오지 않은 이유가 아마 그거였을 거야. 너무 수치스러워서. 어제 호텔에서 형이 거기서 무슨 일이 있었는지 물었을 때도 대답하지 않았잖아."

"수전이 언제 그 얘기를 해줬어? 나한테는 아무 말 안 하던데."

"오늘 아침에 부엌에서. 형이 통화중이고 잭이 자기 식사를 들고 위층으로 올라갔을 때."

"내가 할 수 있는 건 다 했어." 이윽고 짐이 말했다. "이 집안과 관련된 건 뭐든 우울하기 짝이 없어. 지금 난 뉴욕으로 돌아가고 싶은 생각뿐이야."

"형은 뉴욕으로 돌아가겠지. 형이 팸에 대해 말한 것처럼, 어떤 사람들은 필요한 건 반드시 손에 넣으니까."

"내가 등신이었어. 잊어버려."

"그냥 잊어버릴 수는 없어. 팸이 정말 형에게 치근덕거렸어?"

짐이 살짝 벌어진 입으로 숨을 내쉬었다. "제기랄, 누가 알아? 팸은 약간 미쳤어."

"누가 아느냐고? 형이 알겠지. 형이 말했으니까."

"방금 말했잖아, 내가 등신이었다고." 짐이 말을 멈췄다. "부풀려서 말한 거야, 됐냐?"

그뒤로 그들은 내내 침묵 속에서 달렸다. 11월의 회색 하늘 아래를 달렸다. 길 옆으로 헐벗고 비쩍 마른 나무들이 스쳐지나갔다. 소나무 역시 비쩍 마른 몸으로 미안한 듯 고단한 듯 서 있었다. 그들은 트럭을 지나쳤고, 사람들이 안에서 담배를 뻑뻑 피워대는 낡아빠진 차들도 지나쳤다. 갈색이 도는 회색 들판도 지나쳤다. 지하차도로도 달렸는데, 거기엔 위에 있는 도로들의 이름이 쓰여 있었다. 앵글우드 로드, 스리로드 로드, 소코 패스. 그들은 다리를 건너 뉴햄프셔 주로, 이어서 매사추세츠 주로 들어섰다. 짐이 마침내 입을 연 건 우스터 외곽에서 차들이 멈춰 섰을 때였다. "제길, 무슨 일이야? 나 참, 무슨 일이 생긴 거야?"

"저기." 밥이 반대쪽에서 달려오는 구급차를 향해 고갯짓을 하며 말했다. 구급차가 한 대 더, 경찰차가 두 대 달려왔다. 그리고 짐은 아무 말이 없었다. 마침내 사고 지점을 지나칠 때 두 형제 모두 그쪽으로 고개를 돌리지 않았다. 그것이 그들의 유대감이었다. 늘 그래왔다. 형제의 아내들은 말없이 그 점을 깨달았고, 짐의 아이들도 마찬가지였다. 밥은 일레인의 심리치료실에서 그것은 존중의 표현이라고 말했고, 그녀는 무슨 뜻인지 알아들었다는 듯 고개를 끄덕였다.

그들이 우스터 반대편에 거의 다다랐을 때 짐이 말했다. "어젯 밤에 내가 너무 재수없게 굴었어."

"그랬어." 밥은 사이드미러로 커다란 벽돌공장이 멀어지는 것을 보았다.

"거기 가면 머리가 뒤죽박죽이 돼. 네 머리는 그렇게 되지 않겠지. 넌 엄마가 제일 좋아하는 자식이었으니까. 그렇다고 불평하는 건 아니야. 그냥 사실이 그렇다는 거지."

밥은 생각했다. "엄마가 형을 좋아하지 않은 건 아니잖아."

"그래. 엄마는 나를 좋아했어."

"엄마는 형을 사랑했어."

"그래, 엄마는 나를 사랑했어."

"지미, 형은 영웅 같은 존재였어. 뭐든 잘했지. 형 때문에 엄마가 슬퍼한 순간은 일 분도 없었어. 물론 엄마는 형을 사랑했고. 수지…… 엄마는 수지를 별로 좋아하지 않았어. 사랑하긴 했지만 좋아하지는 않았지."

"알아." 짐이 한숨을 푹 쉬었다. "수지가 안됐어. 나도 수지를 좋아하지 않았으니까." 그가 사이드미러를 보더니 차 한 대를 추월하려고 옆 차선으로 옮겼다. "지금도 좋아하지 않고."

밥은 수전의 추운 집과 불안해 보이는 개와 수전의 밋밋한 얼굴을 떠올렸다. "이것 참." 그가 말했다.

"담배 피우고 싶은 거 알아." 짐이 말했다. "가능하면 뭘 좀 먹으러 차를 세울 때까지 참아주면 좋겠어. 헬렌이 몇 달 내내 그 냄새를 맡을 거야. 못 참겠으면 창문 열고 피우고."

"참을게." 짐이 예상치 못했던 다정함을 보이자 밥은 말이 많아졌다. "저번에 거기 갔을 때 수전이 내가 '이것 참'이라는 말을 쓴다며 화를 냈어. 나는 유대인이 아니라면서. 난 유대인이 슬픔을 아는 민족이라는 말은 굳이 하지 않았어. 유대인은 뭐든 다 알지. 그러니까 그런 것을 표현하는 멋진 말을 갖고 있는 거고. 고난의 연속Tsuris. 우린 고난의 연속을 경험하고 있어, 지미. 어쨌거나 나는 그래."

짐이 말했다. "수지가 옛날엔 예뻤는데, 그거 기억나? 맙소사, 여자로 태어나 메인에 사는 건 위험한 일이라더라. 헬렌 말로는 화장품 때문이래. 피부 크림. 메인 여자들은 화장은 사치라고 생각해서 마흔 살쯤 되면 얼굴이 남자처럼 변한다는 거야. 그럴 듯한 논리야, 내 생각에는."

"엄마는 수전이 스스로 예쁘다고 생각하게 내버려두지 않았어. 생각해봐, 나는 부모가 아니지만 형은 부모잖아. 어째서 엄마가 자기 자식을 좋아하지 않는 거야? 적어도 어쩌다 한 번쯤은 '참 예쁘구나' 하고 말해줄 수 있지 않아?"

짐이 손을 내둘렀다. "수지가 여자인 거랑 관련 있지. 수지는 여자라서 인생이 꼬인 거야."

"헬렌은 딸들을 좋아하잖아."

"물론 그래. 그건 헬렌이니까. 게다가 우리 세대는 달라. 그런 거 못 느꼈어? 아, 너는 모르겠구나. 우리 세대는 말이야, 자식들과 친구처럼 지내. 그게 이상한 것일 수도 있고 아닐 수도 있지만, 누가 알아. 어떤 거냐 하면, 음, 우리는 자식들한테 그렇게 하지 않고, 친구처럼 지내기로 결심하는 거지. 솔직히 헬렌은 대단해. 하지만 엄마와 수전은 말이야, 그 시절에는 그랬어. 다음 출구에서 뭘 좀 먹자."

코네티컷에 들어서니 뉴욕의 교외에 들어온 느낌이 들었다. 셜리폴스는 저만큼 멀어져 있었다. "잭한테 전화를 해봐야 할까?" 밥이 휴대폰을 꺼내며 물었다.

"해봐." 짐이 심드렁하게 대답했다.

밥이 주머니에 다시 휴대폰을 넣었다. 전화를 걸 힘이 나지 않았다. 밥이 잠깐 운전을 교대할까 묻자 짐은 고개를 저으며 아니라고, 괜찮다고 했다. 밥은 그러리라고 예상했다. 짐은 절대 밥에게 운전을 시키지 않았다. 그들이 철부지였고 짐이 운전면허를 땄을 때, 짐은 밥을 뒷좌석에 앉혔다. 밥은 지금 그때를 떠올렸지만 말은 하지 않았다. 셜리폴스와 관련된 모든 것이 손닿을 수 없는 먼 곳으로 가버린 것 같았고, 그렇게 손을 대지 않는 게 최선이었다.

그들이 맨해튼에 다다랐을 무렵 바깥은 이미 어두웠고, 도시의 불빛이 그들 옆으로 펼쳐졌다. 이스트 강을 가로지른 다리들이 황홀하게 불빛을 깜박거렸다. 거대한 빨간색 펩시 간판이 롱아일랜드시티 쪽에서 불빛을 깜박거리고 있었다. 속도를 줄이고 브루클린브리지로 가는 진입로로 들어설 때 밥은 시청 건물의 첨탑을 보았다. 도로 바로 옆에는 높은 아파트 건물이 밀집해 있었다. 거의 모든 유리창에 불이 켜져 있었고, 마치 그 모든 풍경이 이제 그와는 상관없는, 아주 먼 과거에 살았던 장소인 것처럼 그는 향수를 느꼈다. 다리를 건너 애틀랜틱 애비뉴를 달리자 밥은 익숙하면서도 낯선 고장으로 깊숙이 들어가는 느낌이 들었다. 두 가지 기분이 동시에 들어 밥은 마음이 요동쳤다. 자신이 지치고 뿌루퉁한 아이가 된 것 같았고, 짐과 함께 집으로 돌아가는 길이면 좋겠다고 생각했다.

"다 왔어, 머저리." 형이 밥의 아파트 건물 앞에 차를 세우며 말했다. 짐은 운전대에서 손을 떼지 않은 채 손가락 네 개만 들어 작별의 제스처를 했다. 밥은 뒷좌석에서 가방을 챙겨 차에서 내렸다. 건물 앞의 재활용품 수집함 근처에 포장박스를 자른 커다란 판지들이 놓여 있었다. 계단을 올라가면서 밥은 얼마 전까지만 해도 그의 오랜 이웃이 떠나 텅 비었던 아파트 문 아래에서 불빛이 흘러나오는 것을 보았다. 그날 밤 그는 젊은 부부의 경쾌한 목소리와 아기 울음소리를 들었다.

3부

1

재커리가 살아온 십구 년 중 대부분의 세월 동안, 수전은 자식이 부모의 바람과 다른 아이가 되어갈 때 부모가 흔히 할 법한 행동을 했다—가엾은 희망에 매달려 자식에게 아무 문제가 없는 척하기를 반복하는 것이다. 크면 자기 모습을 찾을 거야. 친구도 사귀고 적극적으로 행동할 거야. 자기 모습을 찾아가고, 철이 들고…… 잠 못 드는 밤이면 수전의 마음속에서 이런저런 생각이 꼬리를 물었다. 하지만 그녀의 마음속에는 또한 어둡고 끈질긴 의심이 자리하고 있었다. 잭은 친구가 없고 내성적이고 늘 우물쭈물했다. 학교 공부는 간신히 따라가는 정도였다. IQ 검사를 하면 결과는 평균 이상이었고 특별한 학습 장애도 없었다—하지만 잭의 여러 면을 합해놓으면 그 결과는 봐줄 만하지 않았다. 이따금 수전의 좌절감은 이런 견딜 수 없는 생각과 함께 점점 커졌다. 그것이 수전의 잘못이라는 생각.

어떻게 그녀의 잘못이 아니겠는가?

대학에 다닐 때 수전은 아동 발달 수업에 흥미를 느꼈다. 특히 애착 이론에 관심이 있었다. 물론 아버지와의 애착도 중요하지만 그보다 어머니와의 애착이 더 중요한 것 같았다. 그러나 어머니라는 존재는 아이가 반영되는 거울과 같았다. 그리고 수전은 딸을 원했다. (그녀는 딸 셋과 짐처럼 자랄 아들 하나를 바랐다.) 수전의 어머니는 아들을 더 좋아했다. 수전은 빨간 색깔을 알아보듯 선명하게 그 사실을 알았다. 그녀의 딸들은 편견 없는 사랑을 받을 것이었다. 집에는 재잘재잘 즐거운 대화가 넘칠 것이었다. 수전은 화장을 할 수 없었지만 딸들은 하게 해줄 것이었다. 남학생들과의 전화 통화도, 파자마 파티도, 옷가게에서 옷을 사 입는 것도 다 허락해줄 것이었다.

수전은 유산을 했다. "사람들한테 얘기하지 말았어야지." 어머니가 말했다. 하지만 임신 중기라 수전의 배가 불러오고 있었는데, 어떻게 말하지 않을 수 있었겠는가? "딸이었어요." 의사가 말했다. 수전이 물어봐서 들은 대답이었다. 그 첫째 날 밤에 스티브는 그녀를 안아주었다. "다음에는 아들이면 좋겠어." 그가 말했다.

아기는 하나가 떨어지고 부서지면 다음 것이 부서지지 않고 집으로 오는, 가게 선반에 있는 장난감이 아니었다. 그녀가 잃은 것은 딸이었다! 그리고 그녀는 혼자만의 슬픔을—새록새록, 가슴 아프게—배웠다. 마치 누군가의 에스코트를 받아 어떤 문을 통과해서, 존재하는 줄도 몰랐던 크고 은밀한 클럽에 들어가는 것 같았다. 유산한 여자 클럽. 사회는 그들에게 별 관심이 없었다. 정말로 없었다. 그리고 그 클럽 여자들은 대체로 말없이 서로를 스쳐지나갔다. 클럽에 속하지 않은 사람들은 말했다. "또 생길 거야."

수전에게 재커리를 안겨준 간호사는 수전이 기뻐서 운다고 생각했을 것이다. 하지만 수전은 그 남자아이의 모습을 보고 운 것이었다. 깡마르고 축축하고 울긋불긋하고 눈도 뜨지 않은 아이. 이 아이는 그녀의 귀여운 딸이 아니었다. 그 사실 때문에 그녀는 이 아이를 용서하지 못할까봐 더럭 겁이 났다. 아이는 젖을 빨 생각은 하지도 않고 그녀의 가슴에 엎드려 있었다. 사흘째 되던 날 간호사가 기운을 차려보게 하려고 아이의 뺨에 차가운 수건을 대주었지만 아이는 눈만 겨우 떴고, 깜짝 놀랐는지 그 작은 얼굴이 이내 슬픔으로 쭈글쭈글해졌다. "오, 제발요." 수전이 간호사에게 애원했다. "다시는 그러지 마세요." 그녀의 젖가슴은 모유 때문에 단단해졌고 그녀는 젖몸살을 앓았다. 물집이 생길 만큼 뜨거운 물로 샤워를 하면서 젖을 짜내야 했다. 깡마르고 쪼그라든 사내아이는 젖은 본체만체했고, 체중도 줄었다. "왜 젖을 안 빨까요?" 수전이 울면서 하소연했지만 답을 아는 사람은 없는 것 같았다. 우유를 조제해 먹이기로 했고, 재커리는 젖병을 빨았다.

"아이가 좀 이상한 것 같아." 스티브가 말했다.

아이는 좀처럼 울지 않았고, 밤중에 아이를 확인해보면 종종 눈을 뜨고 있어 수전은 깜짝깜짝 놀랐다. "무슨 생각을 하는 거야?" 수전이 아이의 머리를 쓰다듬으며 속삭였다. 육 주째 되었을 때 아이가 수전을 쳐다보고 미소를 지었다. 그러나 인내심 많고 친절하지만 지루해하는 사람의 미소 같았다.

"정상인 거 같아요?" 어느 날 그녀가 불쑥 어머니에게 물었다.

"아니. 아닌 것 같아." 바버라가 잭의 작은 머리를 잡고 있었다. 잭은 열세 달이 지나서야 걷는 법을 배워, 한창 소파와 커피 테이블 사이를 돌아다니고 있었다. "나도 잘 모르겠어." 바버라가 아이를 바라보며 말했다. 그리고 덧붙였다. "하지만 사랑스러워."

그리고 잭은 정말로 사랑스러웠다. 까탈을 부리지 않았고 조용했고 엄마만 바라보았다. 수전이 유산한 딸을 잊어버린 것은 아니었지만—그녀는 절대 잊지 않았다—상실한 딸에 대한 사랑이 잭에 대한 사랑과 합쳐지는 것 같았다. 유치원에 보내자 잭은 갑자기 울음을 터뜨린 뒤 그치지를 않았다. "애를 거기 둘 수는 없어." 수전이 말했다. "잭은 절대 안 우는데. 그 유치원에 문제가 있는 거야."

"당신이 애를 계집애로 만들겠어." 스티브가 말했다. "잭도 그런 환경에 익숙해져야 한다고."

한 달 뒤 재커리는 유치원에서 쫓겨났다. 재커리의 울음소리가 지장을 준다는 것이었다. 수전은 강 건너 다른 동네에서 다른 유치원을 찾아냈고, 거기서는 잭이 울지 않았다. 하지만 누구와 노는 것도 아니었다. 수전은 입구에 서서, 유치원 교사가 잭의 손을 잡고 다른 남자아이에게 데려가는 것을 지켜보았다. 그리고 그 아이가 그녀의 아들을 떠미는 것을, 그녀의 가냘픈 아들이 막대기처럼 풀썩 쓰러지는 것을 지켜보았다.

초등학생 때까지 잭이 당한 괴롭힘은 무자비할 정도였다. 중학생 때는 흠씬 두들겨 맞았다. 고등학생 때는 아버지가 떠났다. 스티브가 떠나기 전 그들 부부는 소리를 질러대며 말다툼을 했고, 잭도 틀림없이 들었을 것이다. "잭은 자전거를 탈 줄 몰라. 수영도 할 줄 모르고. 나약해빠졌다고. 당신이 그렇게 만들었어!" 스티브는 벌겋게 달아오른 얼굴로 단호한 태도를 보였다. 수전은 남편의 말을 믿었고, 만약 잭이 지금과 다른 아이였다면 스티브가 떠나지 않았을 거라고 생각했다. 그러니 그것 역시 그녀의 잘못이었다. 이런 실패의 연속이 그녀를 고립시켰다. 오직 잭만이 그녀의 격리된 지역에 존재했고, 말로 하지 않은 좌절감과 서로 느끼는 미안함이 그들 모자를 긴밀히 결속시켰다. 때때로 그녀는 잭에게 소리를 질렀고(그녀가 아는 것보다 더 자주) 그러고 나면 늘 밀려오는 후회와 슬픔에 가슴이 아팠다.

"좋았어요." 삼촌들과 호텔에서 지낸 것이 어땠느냐고 수전이 묻자 잭이 대답했다. "그럼요, 아주 잘해주셨어요." 삼촌들이 잘해주었느냐는 질문에는 이렇게 대답했다. 무엇을 했느냐는 질문에는 "이야기도 하고 텔레비전도 봤어요" 하고 대답했다. 어떤 이야기를 했는지 묻자 기분좋게 어깨를 으쓱하며 "이런저런 이야기요" 하고 대답했다. 수전은 짐과 밥이 떠나자 잭의 기분이 푹 가라앉은 것을 느꼈다. "삼촌들한테 전화해볼까? 뉴욕에 잘 도착했는지 확인도 할 겸." 그녀가 제안했지만 잭은 대답하지 않았다.

그녀가 짐에게 전화를 걸었고, 짐은 피곤한 목소리로 전화를 받았다. 짐은 잭을 바꿔달라고 하지 않았다.

그녀는 밥에게 전화를 걸었고, 밥 역시 피곤한 목소리로 받았다. 하지만 밥은 잭을 바꿔달라고 했다. 수전은 잭의 프라이버시를 지켜주려고 거실로 나왔다. "괜찮아요." 아들의 목소리가 들렸다.

"네, 그랬어요." 긴 침묵. "모르겠어요. 알겠어요. 삼촌도요."

그녀는 물어보지 않을 수 없었다. "삼촌이 뭐래?"

"계속 바쁘게 지내야 한다고요."

"음, 삼촌 말이 맞아."

수전은 짐이 아까 말해준 것, 잭이 아빠에게 잘 보이려고 돼지 머리를 던졌을 수도 있다는 말을 지금은 하고 싶지 않았다. 잭이 심리적으로 약해진 상태라 수전은 화를 낼 수 없었다. 그녀는 스티브에게도 화가 났지만(스티브에 대해서는 거의 늘 그랬다) 그 얘기도 하지 않을 작정이었다. 그녀는 잭에게, 자원봉사를 할 만한 곳이 있는지 전화를 걸어서 알아보겠다고 했다. 바쁘게 지내야 한다는 밥 삼촌의 말이 맞다면서.

수전은 여기저기 알아보았다. 도서관은 어떨까요. (안 돼요, 찰리 티베츠가 말했다. 거기엔 늘 소말리족이 와요.) 노인들한테 식사 배달하는 건 어떨까요. (자원봉사자들이 넘쳐요.) 푸드 팬트리*는요. (안 돼요. 소말리족이 거기도 와요.) 결국 수전이 매일 밤 집에 돌아와 잭에게 오늘은 무엇을 했는지 물으면 잭의 대답은 아무것도 하지 않았다는 것이었다. 그녀는 잭에게 요리를 배워서 매일 저녁식사를 준비해보는 건 어떠냐고 말했다. "진심

---

* 미국에서 가난한 사람들에게 상자째로 음식물을 나눠주는 곳.

이세요?" 잭의 얼굴에 퍼뜩 두려움이 스쳐지나갔다. 그녀가 말했다. "아니야, 이런, 농담이었어."

"짐 삼촌이 저더러 강좌를 들어보라고 하셨는데요. 요리는 아니었어요."

"삼촌이 강좌를 들어보라고 했어?" 그녀가 커뮤니티 대학 카탈로그를 가져왔다. "너 컴퓨터 좋아하잖아, 한번 봐." 하지만 찰리 티베츠는 그런 강좌는 소말리족도 들으러 온다면서 이 사건이 정리될 때까지 한 학기만 기다려보라고 했다. 그땐 잭도 자유롭게 자기 삶을 살아갈 수 있을 거라고. 그래서 그들의 삶은 기다림이 되었다.

추수감사절에 수전이 칠면조 요리를 만들었고, 드링크워터 부인이 그들과 함께 식사를 했다. 드링크워터 부인은 캘리포니아에 사는 두 딸이 있었다. 수전은 그들을 본 적이 없었다. 크리스마스가 되기 일주일 전에 수전이 주유소에서 작은 크리스마스트리를 사왔다. 잭이 거실에 트리 세우는 것을 도왔고, 드링크워터 부인이 꼭대기에 매달 천사를 가지고 아래층으로 내려왔다. 수전은 노부인이 이 집에 들어온 뒤부터 매년 그렇게 하도록 해주었지만 사실은 그 천사가 마음에 들지 않았다. 드링크워터 부인은 그 천사가 자기 어머니 것이었다고 했다. 솜을 두둑하게 넣은 얼굴은 너덜너덜해졌고 그 위로 푸른 눈물이 수놓여 있었다. "당신은 정말 친절해요." 드링크워터 부인이 말했다. "이걸 트리에 달게 해주다니. 남편은 이걸 좋아하지 않았거든요. 그래서 한 번도 달아본 적이 없었어요." 그녀는 분홍색 레이온 가운 위에 남성용 카디건을 입고 윙체어에 앉아 있었다. 실내용 슬리퍼를 신고 스타킹은 무릎까지 올려 신었다. 드링크워터 부인이 말했다. "이번 크리스마스이브에는 세인트피터스 성당에서 자정 미사를 드리고 싶어요. 하지만 야심한 시간에 늙은이 혼자 그 지역에 가는 건 겁이 나네요."

수전은 노부인의 말을 흘려듣다가 되짚어보고서야 간신히 몇 마디를 기억해냈다. "자정 미사를 드리고 싶다고요? 성당에서요?"

"그래요."

"저는 거기 가본 적이 없어요." 수전이 마침내 말했다.

"한 번도? 어쩜."

"가톨릭 신자가 아니거든요." 수전이 말했다. "강 건너 회중 교회에 다녔어요. 거기서 결혼식을 올렸죠. 하지만 거기 간 것도 한참 전이네요." 남편이 떠난 뒤로 그곳에 가보지 않았다는 말이었다. 드링크워터 부인이 고개를 끄덕였다.

"나도 거기서 결혼식을 올렸어요." 노부인이 말했다. "아담하고 예쁜 교회지요."

수전은 망설였다. "그런데 왜 세인트피터스 성당에 가서 미사를 드리고 싶으세요? 여쭤봐도 괜찮다면요."

드링크워터 부인이 트리를 지그시 쳐다보더니 손등으로 안경을 밀어올렸다. "어렸을 때 거기 다녔거든요. 매주 형제들하고 같이 갔지요. 견진성사도 거기서 받았고." 그녀가 수전을 쳐다보았지만, 수전은 커다란 안경 너머 노부인의 눈을 찾을 수 없었다. "내 처녀 적 이름은 저넷 패러디스예요. 칼을 사랑하게 되는 바람에 진 드링크워터가 됐지요. 그이 어머니는 내가 완전히 가톨릭을 버리지 않는 한 결혼은 절대 안 된다고 했어요. 그래서 그 말을 따랐어요. 나는 그런 건 상관없었으니까. 칼을 사랑했거든요. 우리 부모님은 결혼식에 오지 않겠다고 했어요. 나 혼자 입장해야 했지요. 그땐 그러는 사람이 없었어요. 수전, 당신은 누가 데리고 입장했어요?"

"오빠가요. 짐 오빠요."

드링크워터 부인이 고개를 끄덕였다. "그뒤로 쭉 세인트피터스는 전혀 그립지 않았어요. 하지만 요즘엔 이따금 생각나요. 나이가 들면 그렇다고들 하던데. 젊은 시절을 떠올린다고요."

수전은 트리의 낮은 가지에 매달린 빨간 장식물을 떼어 더 높은 곳에 매달았다. 그녀가 말했다. "가고 싶으시면 자정 미사에 모시고 갈게요."

하지만 크리스마스이브에, 드링크워터 부인은 열시쯤 이미 곤히 잠들어 있었다. 크리스마스는 더디게 흘러갔고, 크리스마스와 새해 첫날 사이의 날들은 끝이 없는 것 같았다. 그리고 마침내 끝이 났다. 낮이 짧고 추웠던 날들은 가고 눈 녹는 1월이 왔다. 녹아가는 눈 위로 햇빛이 반짝거렸고, 녹아서 뚝뚝 떨어지는 눈에 젖어 나무둥치가 반짝거렸다. 세상이 다시 꽁꽁 얼어붙어도 낮의 길이가 길어지는 게 보였다. 찰리 티베츠가 전화를 걸어 다 잘되고 있다고, 검사측에서 지체하고 있다는 건 재판까지 갔을 때 이 사건이 별것 아닌 것으로 결론 난다는 의미라고 말했다. 앞으로 조심하겠다는 잭의 약속을 받는 것으로 간단하게 사건이 종결된다 해도 놀랍지 않을 것이었다. 검찰청에서 몇 주가 지나도 소식이 없었고 연방검찰의 움직임도 없었다. 우리가 이길 겁니다, 찰리가 말했다. 그냥 시간이 가기를 기다리면 돼요.

"걱정되니?" 수전이 그날 밤 재커리와 함께 텔레비전을 보다가 물었다.

잭이 고개를 끄덕였다.

"걱정하지 마."

하지만 두 주 뒤 메인 주 검찰청은 시민권 위반으로 재커리 올슨을 기소했다.

2

짐과 헬렌이 사는 브라운스톤 집의 가족실은 다른 공간보다 햇살이 더 빨리 걷혔다. 가족실은 맨 아래층에 있어서, 창턱이 보도와 수평이 될 만큼 낮았다. 창문과 보도 사이에 있는 작은 정원에는 회양목과 우아한 단풍나무가 있었다. 작은 가지들이 창문에 부대꼈다. 겨울이면 헬렌은 잊지 않고 그곳 덧문을 일찌 감치 닫았다. 덧문은 마호가니로 만들어진 아주 오래된 것으로, 벽에 붙박이로 고정된 틀에 달려 있어서 접었다 폈다 하는 식이 었다. 잠들기 전 집을 포근하게 덮어주듯, 헬렌이 기꺼운 마음으 로 의식처럼 그렇게 해온 지도 오래되었다. 하지만 그날 오후에 는 그 일을 하면서도 기쁘지가 않았다. 헬렌은 저녁 시간이 다가 오는 것이 조금 걱정되었다. 도러시, 앨런과 함께 오페라를 보러 가기로 했기 때문이었다. 휴가 시즌 내내 그들은 도러시 부부를 만나지 못했다. 지금까지는 그것이 신경쓰이지 않았다. 추수감사절과 크리스마스에는 집에 아이들이 와 있었고(결국 에밀리는 남자친구네 집에 가지 않기로 했다), 그 기간에는 준비를 하고 찾아오는 사람들을 맞느라 정신이 없었다. 벗어던져놓은 부츠들, 스카프, 베이글 부스러기, 고등학교 시절 친구들, 아직 개지 않은 빨래, 딸들과 같이 바르던 매니큐어, 밤에 바로 이 방에서 가족들이 오순도순 모여 함께 보던 영화들. 더없이 행복했다. 하지만 그 행복 아래에서 소리 없는 두려움이 고동쳤다. 다시는 아이들과 한집에서 살지 못할 거라는 두려움. 그리고 아이들은 떠났다. 집은 적막했다. 무섭도록 적막했다. 변화가 일으킨 오싹함이 집안 곳곳에 감돌고 있었다.

마지막 덧문을 닫으면서 헬렌의 시선이 아래를 향했고, 그 순간 그녀는 결혼반지에 박힌 커다란 다이아몬드가 없어진 것을 알아차렸다. 처음에 그녀는 도저히 그 사실을 받아들일 수가 없었다. 그녀는 알이 빠져 횅뎅그렁한 백금 받침을 물끄러미 바라보았다. 얼굴이 확 달아올랐다. 그녀는 창턱을 살피고, 덧문을 다시 열었다 닫고, 근처 바닥을 훑고, 입었던 옷의 주머니란 주머니는 다 뒤졌다. 헬렌은 짐에게 전화를 걸었다. 그는 회의중이었다. 그녀는 밥에게 전화했다. 밥은 집에서 내일까지 끝내야 하는 복잡한 변론취지서 준비에 여념이 없었다. 하지만 와보겠다고 했다. "저런," 그가 그녀의 손을 잡고 눈을 가늘게 뜬 채로 말했다. "그것 참 난감한 일이네요. 문득 거울을 봤는데 앞니 하나가 빠져 있는 것처럼요."

"오, 보비. 어쩜 그렇게 착해요." 정말로 그랬다.

밥이 소파 쿠션을 들고 살피는데 짐이 심상치 않은 분위기로 씩씩거리며 들어왔고, 헬렌과 밥은 다이아몬드 찾는 것을 멈춰야 했다. "좆같은 딕 하틀리, 등신 같은 다이앤 도지! 멍청해빠진 연놈들, 멍청해빠진 메인 주. 그놈의 멍청한 주가 정말 싫어!" 밥과 헬렌은 그래서 그날 잭이 시민권 위반으로 기소된 것을 알게 되었다.

"찰리마저 놀란 눈치였어." 침실과 분리된, 위층에 있는 짐의 서재 스피커폰에서 흘러나오는 수전의 목소리는 겁에 질려 있었다. "왜 이제 와서 이러는 건지 이유를 모르겠어. 석 달이나 지났잖아. 왜 그렇게 오래 걸린 거지?"

"왜냐하면 그놈들은 무능하니까." 짐은 고함을 지르다시피 했다. 그는 1인용 소파의 팔걸이 양쪽을 꽉 잡고 앉아 있고, 밥과 헬렌은 그 근처에 앉아 있었다. "딕 하틀리가 꼴통이라 그 멍청한 검사 다이앤을 시켜서 일을 진행하는 데 그만큼이나 걸린 거지."

"그 사람들이 왜 그러는지 이유를 모르겠어." 수전의 목소리가 흔들렸다.

"좋은 사람으로 보이고 싶으니까! 그게 이유야." 짐이 몸을 앞으로 홱 숙이는 바람에 의자에서 뚝 소리가 났다. "다이앤 도지가 언젠가 검사장이 되고 싶거나, 주지사나 의회 의원에 출마할 속셈일 테니까. 그 보잘것없는 자유주의자 이력서에 선을 위해 싸웠다는 내용이 있으면 더 좋겠지." 그가 잠시 눈을 감았다. "한심한 년." 그가 말했다.

"짐, 그만해. 넌더리가 나." 헬렌이 몸을 앞으로 숙이고 한 손으로 결혼반지를 감싸듯 가렸다. "수전? 수전? 찰리 티베츠가 잘 처리할 거예요." 그녀는 의자 깊숙이 앉았다가 다시 몸을 앞으로 숙이며 덧붙였다. "나예요, 헬렌이에요."

그녀의 얼굴은 벌겋게 달아올랐고 축축했다. 밥은 이런 모습의 헬렌을 본 적이 있었는지 기억나지 않았다. 그녀가 눈을 가린 머리카락을 뒤로 넘길 때 보니 머리카락조차 고민에 빠져 납작하게 달라붙은 것 같았다. 밥이 헬렌에게 말했다. "안 늦을 거예요. 시간은 충분해요." 그는 그녀가 앵글린 부부와의 오페라 약속을 걱정하고 있는 것을 알았다. 아까 반지에서 빠진 다이아몬드 알을 찾느라 쿠션을 들어올릴 때 헬렌이 이야기해주었다.

헬렌이 가라앉은 목소리로 대답했다. "하지만 지금 수전이 이 끔찍한 소식을 전했으니 짐은 오늘밤 내내 골이 나 있을 거예요…… 오, 이건 보기만 해도 속이 울렁거려요." 그녀가 손가락에 끼워진 반지를 돌렸다.

"거기, 좀 조용히 하지." 짐이 손을 뒤로 저었다. "수전, 연방검찰에서는 어쩌고 있나 얘기해봐."

수전은 떨리는 목소리로, 연방검찰은 아직 자체 수사중이라고 말했다. 연방에서 찰리에게 그렇게 알려주었다고 했다. 찰리는 주 차원에서 사건을 진척시켰기 때문에 소말리족 사회가 연방에 압박을 가하고 있다는 소식도 전했다. 대충 그런 내용이었지만 솔직히 수전은 내용을 전부 제대로 기억하지 못했다. 그들은 화요일부터 일주일 동안 법정에 가야 했다. 찰리는 잭이 법정에 설 때 정장을 입히라고 했지만 잭에게는 정장이 없었고, 수전은 어쩔 줄을 몰라했다.

"수전, 잘 들어." 짐이 천천히 말했다. "지금 네가 해야 할 일은 네 아들을 시어스 백화점에 데리고 가서 정장을 한 벌 사는 거야. 지금 네가 해야 할 일은 다 큰 어른답게 정신 차리고 이 지랄 개똥 같은 상황을 처리하는 거라고." 짐은 손을 뻗어 스피커폰을 끄고 수화기를 들었다. "그래, 그래, 미안해. 이만 끊자, 수전. 내가 몇 군데 전화를 해볼게." 그가 커프스 단추를 풀고 손목시계를 보았다. "아마 아직 사무실에 있을 거야."

"짐, 뭘 하려고?" 헬렌이 일어섰다.

"여보. 반지 걱정은 하지 마. 고치면 돼." 그가 그녀를 쳐다보았다. "오페라 보러 갈 시간도 충분하고."

"하지만 그건 하나뿐인 결혼반지에 박힌 다이아몬드야." 헬렌이 눈물을 글썽였다.

짐이 책상에 놓인 전화기의 번호를 누르고 잠시 기다렸다 말했다. "짐 버지스라고 합니다. 검사님이 이 전화를 받으시면 정말 고맙겠습니다." 그리고 그의 목소리가 이어졌다. "여보세요, 다이앤. 짐 버지스입니다. 우리가 만난 적은 없는 것 같네요. 안녕하시지요? 오늘 거기 눈이 좀 왔다던데요. 맞습니다. 눈 때문에 전화를 드린 건 아닙니다. 그렇죠. 그 문제로 전화를 드린 겁니다."

"이건 못 참겠어." 헬렌이 중얼거렸다. "샤워하러 갈래."

"알고 있습니다." 짐이 말했다. "저도 알고 있습니다. 하지만 이번 사건이 철없는 어린애가 저지른 어리석은 장난이라는 것도 알고 있지요. 따라서 그건 너무 과한 처사……" 그는 전화기를 향해 가운뎃손가락을 들어 보였다. "네, 과한 처사라고 했습니다. 네, 어린 남자아이가 모스크에서 의식을 잃은 사실은 저도 압니다. 재커리도 알고요. 끔찍한 일이지요. 티베츠 씨가 재커리를 변호한다는 사실도 압니다. 제가 티베츠 변호사에게 수임료를 주니까요. 저는 재커리의 변호인 자격으로 전화한 게 아닙니다. 재커리의 삼촌으로서 한 겁니다. 들어보세요, 다이앤. 이건 경범죄예요. 지난번에 이 사건은 형법으로 처리할 문제라는 사실을 확인했어요. 형사재판을 받으면 될 문제예요. 시민권 조항에 해당하는 문제가 아니라⋯⋯" 그가 밥을 돌아보며 "젠장 빌어먹을" 하고 입을 벙긋거렸다. "정치가가 되려고 준비하시는 건가요, 도지 씨? 정치 냄새가 풍기는 것 같아서 말이에요. 아니요, 협박하는 게 아닙니다. 그것만큼은 확실해요. 검사님의 청렴성에 의문이 있느냐고요? 저는 대화를 하려는 거예요. 돼지머리를 던진 사람이 소말리족 아이라 해도 똑같이 하실 건가요? 제가 말하려는 건 그겁니다. 만약 재커리가 트랜스젠더에 양성애자였다면 이렇게 하지 않으셨겠죠. 그애가 어수룩한 철부지 백인이라서 주의 맹렬한 공격을 받는 겁니다. 검사님도 아시잖습니까. 어떻게 석 달 뒤에 이럽니까? 지금 그애를 고문하는 건가요? 좋습니다, 좋아요."

짐은 전화를 끊고 연필로 미친듯이 책상을 두드렸다. 그리고 연필을 양손으로 잡고 반으로 분질렀다. "누가 거기 가봐야 할 것 같은데." 그가 의자를 홱 돌려 밥을 바라보았다. "가봐야 하는 사람이 나는 아닐 테고." 샤워하는 소리가 아래층 홀에서 들렸다. "그런데 넌 여기서 또 뭘 하는 거야?" 짐이 물었다.

"헬렌이 다이아몬드 찾는 걸 도와줄 수 있는지 물어봐서."

짐이 방을 둘러보았다. 그의 눈이 책장 위를, 각기 다른 나이 때 찍은 아이들의 사진을 훑었다. 그러고는 천천히 고개를 흔들며 다시 밥을 쳐다보았다. "그건 그냥 반지야." 그가 나직이 말했다.

"헬렌의 반지야. 헬렌은 당황했고."

짐이 일어섰다. "내가 딕 하틀리에게 알랑거렸는데," 그가 말했다. "딕이 이 일을 승인했어. 그놈들이 내 조카를 몰아붙이고 있다고. 내가 거기 간 건 오로지 이런 멍청한 자유주의적 파시즘을 막기 위해서였는데."

"형은 잭을 도와주려고 거기 갔고 최선을 다했어. 하지만 잘 안 됐지. 그것뿐이야."

짐은 다시 의자에 앉아 무릎에 팔꿈치를 올리고 앞으로 몸을 숙였다. 그가 조용히 말했다. "표현할 수 있다면, 말로 옮길 수 있다면, 전달할 방법을 찾을 수 있다면 좋겠어. 내가 그 주를 얼마나 싫어하는지 말이야."

"전달하는 건 성공했어. 이제 잊어버려. 내가 공판 때 가볼게. 쓰지 않은 휴가가 많거든. 형은 헬렌하고 오페라를 보러 가고 반지도 새로 사줘." 밥이 목덜미를 문질렀다. 가족의 3분의 2가 벗어나지 못했구나, 밥은 그런 생각을 하고 있었다. 그와 수전―수전의 아들까지 포함해서―은 그의 아버지가 돌아가신 날부터 불행이 예정된 사람들이었다. 그들은 노력했고, 어머니도 그들을 위해 노력했다. 하지만 벗어나는 데 성공한 사람은 짐뿐이었다.

밥이 짐을 스쳐지나가는데 짐이 그의 팔목을 잡았다. 형의 예상치 못한 동작에 밥이 걸음을 멈췄다. "왜 그래?" 밥이 물었다.

짐은 창문 쪽을 보고 있었다. "아무 일도 아니야." 그가 말했다. 그리고 천천히 손을 뗐다.

아래층 홀에서 들리던 샤워 소리가 그쳤다. 욕실문이 열리고 헬렌의 목소리가 들렸다. "지미? 그 문제 때문에 오늘밤 내내 골이 나 있을 거야? 오늘 〈로미오와 줄리엣〉 볼 건데, 뚱한 남편과 뚱한 도러시 사이에 끼어 앉아서 보고 싶지는 않아." 밥은 헬렌이 애써 명랑한 척하는 것을 알아차렸다.

짐이 소리쳤다. "여보, 나는 괜찮을 거야." 그리고 밥에게 조용히 말했다. "〈로미오와 줄리엣〉? 맙소사. 좀 고문이겠는걸."

밥이 천천히 어깨를 으쓱했다. "우리 대통령이 요즘 섬에 있는 교도소들에서 하는 일을 생각하면 아내와 메트로폴리탄에 오페라 보러 가는 걸 고문이라고 부를 수 있는지 모르겠네. 하지만 다 상대적인 거니까. 나도 알아." 그는 그렇게 말한 것을 후회하며 짐의 반응에 대비했다.

하지만 짐은 그저 일어서서 이렇게 말했다. "네가 옳아. 네 말이 정말로 맞다고. 멍청한 국가. 멍청한 주. 나중에 봐. 헬렌이 다이아몬드 찾는 걸 도와줘서 고맙다."

*

밥은 형 집에서 나와, 보도를 쿵쿵거리며 걸어가는 개들을 피해 집으로 걸어갔다. 주인들이 힘없이 목줄을 당겼다. 밥의 생각이 꼬리에 꼬리를 물고 그가 형사 전문 변호사로 일하던 시절까지 흘러갔다. 그 시절에 그는 자신의 일이 한 사건에 관련된 사실들로부터 논리가 한 방향으로 흘러가는 걸 막기 위해 배심원단에게 의심의 단초를 제공하는 것이라 생각했다. 그것은 혈관을 폐색시키는 공기 방울 같은 것이었다. 그런 의심이 지금 그의 혈관을 통과하고 있었다. 그의 의심은 셜리폴스에서 짐이 그 단초를 제공한 뒤 점점 커졌고, 재커리가 새로운 위험에 처한 사실을 알고 난 지금도 밥은 사람들을 스쳐지나가며 예전 아내만 생각했다. 뉴욕으로 돌아가는 차 안에서 별일 아니었다고 한 짐의 말도 밥의 의심을 막지는 못했다. 그렇다고 더 말해보라고 짐을 다그치지는 않았다. 팸을 기생충이라고 부른 것은 어이없는 일이라고 그는 생각했다. 팸이 늘 뭔가를 바라고, 자신이 바라는 건 어떻게든 손에 넣는 사람이라는 말은 어이없지 않았다. 하지만 팸이 짐에게 치근덕대고, 그와 대화를 나누면서 "속마음을 털어놓는 잘못된 판단"을 했다는 건, 그건 도대체 무슨 의미인가?

밥이 개를 피해 가자 주인이 개를 끌어당겼다. 결혼생활이 끝나고 그가 얼마나 피폐하게 살았는지 생각하면 끔찍했다. 정적—오랫동안 팸의 목소리, 조잘거리는 소리, 웃음소리, 날카로운 의견을 내는 어조, 눈물이 불쑥 터질 때의 울음소리가 있었던 곳에—그 모든 소리가 사라졌다. 샤워기에서 쏟아지는 물소리도 들리지 않았고, 서랍을 여닫는 소리도 사라졌고, 심지어 밥 자신의 목소리도 들리지 않았다. 집으로 돌아오면 그는 말을 하지 않았고 그날 있었던 일을 이야기할 사람도 없었기 때문이다—그 적막감 때문에 그는 죽을 것만 같았다. 하지만 실제 결말은 희미한 기억이 되었다. 마음속에 어떤 세부적인 기억이 퍼지기 시작하면 밥은 황급히 외면했다. 결혼생활의 끝은 나빴다. 어떤 식의 파국이건 나빴다. (지금은 어디 있는지 모를, 아래층에 살던 불쌍한 에이드리애나.)

그는 지난해에 세라가 했던 말을 떠올렸다. "제삼자의 개입 없이는 어느 쪽도 오래된 결혼을 깨지 않아요. 팸이 바람을 피운 거예요, 밥." 밥은 그렇지 않다고 조용히 말했었다. (사실이었다 해도 이제 와서 무슨 상관인가?) 하지만 짐이 팸의 행동에 대해 넌지시 한 말 때문에 밥은 혼란스러웠다. 그는 올해 팸의 크리스마스 파티에 가지 않았다. 바쁘다고 둘러대고 9번가 바 앤드 그릴에 갔다. 예전에는 팸의 아들들에게 크리스마스 선물을 갖다 주곤 했다. 여전히 그래야 한다고 느꼈지만 그러지 않았다. 그는 자신의 행동이 어처구니없다고도 생각했고, 자신의 오래전 심리 치료사인, 늘 다정했던 일레인을 떠올렸다. 어떤 점이 가장 힘든가요, 밥? 팸이 내 생각과는 다른 사람이었다는 거요. 지금은 그녀가 어떤 사람이라고 생각하세요?

그는 알 수 없었다.

그는 9번가 바 앤드 그릴로 들어갔다. 단골 몇 명이 이미 바 스툴에 앉아 있었다. 붉은 머리 사내가 그에게 고개를 까딱하는데 밥의 휴대폰이 울렸다. "수지," 밥이 말했다. "잠깐만." 그가 위스키를 스트레이트로 주문했다. 그리고 다시 전화를 받았다. "힘들다는 거 알아. 알고 있어. 공판 때 내가 갈 거야. 그래, 찰리한테 잭하고 미리 입을 맞춰보라고 해. 원래 그렇게 하는 거니까. 아니, 그건 거짓말이 아니야. 다 잘될 거야." 그는 들으면서 눈을 감았다. 그가 다시 말했다. "알아, 수지. 다 잘될 거야."

*

헬렌은 도러시가 평가하기를 좋아하고 재미없는 사람이라는 것을 알게 되었지만, 그렇다고 세인트키츠에 다녀오고부터 도러시의 전화가 뜸했던 걸 깨닫고 느낀 불편함이 링컨센터로 가는 길에 없어지지는 않았다. 헬렌은 분명 앵글린 부부가 그들을 지긋지긋하다고 여기게 된 거라고 결론 내렸다. 짐은 그렇지 않다고, 앵글린 부부는 딸 문제로 힘든 시간을 보내고 있고 가족이 다 같이 심리치료를 받고 있으며 앨런은 심리치료가 비싸기만 하지 성과가 없다고 생각하고, 도러시는 상담을 받을 때마다 운다고 말했다.

헬렌은 벌써 몇 년째 시즌티켓으로 맡아두고 있는 박스석에 앉아 도러시와 인사하면서 그 사실을 잊지 않으려 애썼다. 관객이 홀을 채우는 동안 오케스트라가 현악기의 튜닝음과 트릴음의 불협화음을 경쾌하게 울려내는 것이 내려다보였다. 화려하고 멋진 장면이었다. 거대한 샹들리에가 곧 올라갈 것이다. 무거운 커튼은 웅장하게 늘어져서 밑단에 달린 술 장식이 무대 바닥에 닿았다. 소리를 흡수하고 돌려보내는 패널의 높이가 아주아주 높았다—그 모든 것이 헬렌에게는 익숙했고 그녀가 늘 즐기던 것이었다. 하지만 오늘밤 그녀의 마음은 갈피를 잡을 수 없었다. 벨벳으로 만든 관棺 안에 갇힌 기분이었고, 오페라는 너무 길었다. 게다가 헬렌 스스로가 용납할 수 없었기 때문에 그들은 절대 일찍 빠져나올 수도 없었다. 일찍 빠져나오는 사람은 딜레탕트* 처럼 보였다.

---

* 예술을 진지하게 즐길 줄 모르는 아마추어 애호가.

헬렌이 도러시를 돌아보았다. 도러시는 매주 한 번 눈물을 흘리며 심리치료를 받는 사람처럼 보이지 않았다. 도러시의 눈동자는 더없이 투명하고 더없이 완벽했다. 짙은 색깔 머리는 뒤로 넘겨 언제나처럼 목덜미 쪽에서 하나로 묶었다. 헬렌이 머리를 옆으로 약간 기울이며 말했다. "오늘 결혼반지에 박힌 다이아몬드를 잃어버렸어요. 정말 속상했어요." 휴식 시간이 되자 도러시가 헬렌에게 래리가 애리조나 대학교를 마음에 들어하는지 물었고, 헬렌은 아주 좋아한다고 대답했다. 래리에게 애리얼이라는 이름의 여자친구가 생겼는데 듣기로는 괜찮은 아이 같지만—만나보지 않아서—래리에게 맞는 짝인지는 잘 모르겠다고 했다.

헬렌이 그 말을 하는 동안 도러시가 보낸 차분한 시선—웃지도, 고개를 끄덕이지도 않는—은 래리가 캥거루하고 결혼하더라도 누가 상관하겠어, 나는 상관없어, 하고 말하는 것 같았다. 헬렌은 기분이 상했고, 때마침 다시 음악이 시작되었다. 친구들은 늘 서로에게 관심 있는 척했고, 그게 사회가 존재하는 방식이었다. 하지만 도러시는 무대로 시선을 돌리고 꼼짝도 하지 않았다. 헬렌이 다리를 꼬자 검은색 팬티스타킹이 허벅지에서 뒤틀어진 것이 느껴졌는데, 공연 시작을 알리는 징소리를 듣고 화장실에서 급히 올려 신다가 그렇게 된 것이었다. 아직도 여자들이 화장실에서 두 배는 더 오래 기다려야 한다면, 헬렌은 생각했다,

페미니스트들이 여태 이룬 것은 무엇일까?

짐이 앨런에게 말했다. "그녀는 잘하고 있어. 정말 훌륭해."

"줄리엣?" 헬렌이 물었다. "줄리엣이 잘한다고? 나는 그런 것 같지 않은데."

"새로 온 법률사무원 말이야."

"아," 헬렌이 희미하게 말했다. "그래, 그 이야기를 했었지."

커튼이 올라가자 오페라가 다시 시작되었다. 오, 로미오와 줄리엣이 죽기까지 평생이 걸리겠군. 로미오는 땅딸막한 남자였는데 옅은 파란색 타이츠를 신고 있었다. 나이는 적어도 서른다섯은 돼 보였고, 가슴을 한껏 내밀고 노래하는 이 줄리엣의 관심을 끌 만한 남자로는 보이지 않았다. 헬렌이 엉덩이를 조금 움직여 앉으며 생각했다. 제발 좀, 가슴에 그 소품 칼을 찔러넣고 죽어줘.

마지막 박수 소리가 잠잠해지고, 앨런이 짐 앞으로 몸을 기울이며 말했다. "헬렌, 오늘밤도 언제나처럼 아름다워요. 뵙고 싶었습니다. 요즘 저희가 시간이 좀 많아야죠. 아마 짐이 말해줬겠지요."

"저런, 어떡해요." 헬렌이 말했다. "저도 뵙고 싶었어요."

앨런이 손을 내밀어 헬렌의 손을 꼭 쥐었을 때, 그녀는 그 의례적인 인사에 자신의 몸이 순간적으로 일으킨 육체적인 반응 때문에 깜짝 놀랐다.

3

공판은 증축한 새 대법원 건물에서 열렸다. 밥은 낡은 웅장함
이 느껴지는 옛 법정에 익숙해서, 이곳의 광이 나는 목재 패널을
보자 조립식 건물 같다는 생각이 들었다. 마치 누군가의 개조한
차고에 모이라는 요청을 받은 것 같았다. 창문을 통해 강 위로
나지막이 드리운 회색 구름이 보였다. 사람들이 법정으로 들어
오는 동안 수수해 보이는 젊은 여자가 직사각형 모양의 안경을
쓴 채 원고측 테이블에 서류 더미를 올려놓고는 창문 쪽으로 걸
어가 바깥을 내다보았다. 베이지색 원피스 위에 초록색 블레이
저를 입고, 굽 낮은 베이지색 에나멜 구두를 신었다. 밥은 잠시
그녀—신문에 실린 사진 덕분에 검사 다이앤 도지라는 걸 알아
보았다—의 꾸밈없고 나서지 않는 듯한 스타일에 깊은 인상을

받았다. 뉴욕에선 아무도 그렇게 입지 않았다. 겨울에도 그렇고, 아마 어느 때건 그런 옷차림은 하지 않을 것이다. 하지만 그녀는 뉴욕에 살지 않으니까. 그녀가 입을 꾹 다문 채 창가에서 돌아서서 다시 자기 자리로 갔다.

수전은 그날 아침 감청색 원피스를 입었지만 아직 코트를 벗지는 않았다. 허가를 받은 기자 두 명이 들어왔고 사진기자도 두 명 와 있었다. 그들은 카메라와 큼직한 코트를 들고 맨 앞줄에 앉아 있었다. 잭은 수전이 시어스에서 구입한 정장을 입었고 머리는 아주 짧게 깎았고 얼굴은 파스타처럼 파리했는데, 어깨가 둥근 옷을 입은 재판장이 입장하자―다른 모든 사람들과 마찬가지로―자리에서 일어섰다. 재판장이 자리에 앉은 뒤 근엄하고 권위적인 목소리로 재커리 올슨이 종교의 자유를 보장한 미국 연방헌법 수정 제1조를 위반한 혐의로 기소되었다는 내용을 읽었고……

이제 시작이었다.

다이앤 도지가 일어나 등뒤로 깍지를 꼈다. 그녀가 그날 밤 현장에 갔던 경찰들의 증언을 제시하는데, 그 목소리가 놀랍도록 소녀 같았다. 이쪽저쪽으로 걸음을 옮기는 모습은 연극에서 주인공을 맡은 고등학생 같았고, 칭찬을 많이 받아서 꺾을 수 없는 자신감이 가냘픈 몸에 붙어 있는 느낌이었다. 경찰관들은 밋밋한 어조로 대답했다. 그들은 특별한 인상은 받지 못했다고 했다.

압디카림 아메드가 다음으로 증인석에 섰다. 그는 카고팬츠와 칼라가 달린 푸른색 셔츠를 입고 운동화를 신었다. 밥은 그가 아프리카 사람 같지도, 지중해 사람 같지도 않다고 생각했다. 하지만 확실히 외국인 같기는 했고, 그가 입을 열자 굵직하고 익숙하지 않은 억양이 흘러나왔다. 그의 영어는 통역이 필요할 정도로 형편없었다. 압디카림 아메드는 난데없이 돼지머리가 문을 통과해 날아들어왔고, 어린 소년이 기절했으며, 러그는 새것으로 교체할 돈이 없어서 이슬람교 율법에 따라 일곱 번을 빨아야 했다고 말했다. 그의 목소리에는 감정이 거의 없었고 경계심과 고단함이 묻어 있었다. 하지만 그는 잭을 쳐다보았고, 밥을 쳐다보았고, 찰리를 쳐다보았다. 그의 눈은 크고 검었고, 치아는 고르지 않고 누렜다.

마하메드 후세인이 같은 내용을 증언했는데, 그의 영어 실력이 더 나았다. 그의 목소리에는 보다 활력이 있었고 사건 당시 자신이 모스크 문 쪽으로 달려갔으나 아무도 보지 못했다고 말했다.

무서웠나요, 후세인 씨? 다이앤 도지가 자기 목 아래에 손을 갖다댔다.

"아주 무서웠습니다."

위협받고 있다고 생각했습니까?

"네, 정말로요. 우리는 지금도 안전하지 않다고 느껴요. 줄곧 힘들었습니다. 검사님은 모르실 겁니다."

찰리가 이의를 제기했음에도 재판장은 후세인 씨에게 다답 난민촌에 대해 이야기해도 된다고 허락했다. 그곳에서는 시프타, 즉 강도들이 한밤중에 침입해 물건을 훔치고 강간을 하고 어떤 때는 살인까지 했다. 모스크에서 돼지머리를 보았을 때 그들은 케냐에 살 때처럼, 소말리아에 살 때처럼 더럭 겁이 났다. 그때는 평범한 하루 일과를 따르는 것조차 뜻밖의 공격과 죽음으로 이어질 수 있었다.

밥은 두 손으로 얼굴을 가리고 싶었다. 그는 말하고 싶었다. 정말 끔찍해요. 하지만 이 청년을 보세요. 이애는 난민촌에 대해선 들어본 적도 없어요. 어렸을 때 죽도록 놀림을 당했고, 셜리 폴스의 작은 운동장에서 흠씬 두들겨 맞았어요. 강도는 없었지만 그를 괴롭힌 아이들이 이 아이에게는 강도나 다름없었어요. 그리고…… 이 아이가 그저 슬프고 어리숙한 어린아이라는 걸 모르겠어요?

하지만 소말리족 남자들 역시 슬퍼하고 있었다. 특히 증인석에 처음 섰던 남자가 그래 보였다. 그는 증언을 마치고 자리에 앉더니 고개를 푹 숙이고는 주변을 둘러보지도 않았다. 밥은 그

의 옆얼굴을 보며 그가 얼마나 지쳤는지 알 수 있었다. 저번에
마거릿 에스테이버가 밥에게, 그 남자들 다수가 일을 하고 싶어
도 정신적외상 때문에 일을 할 수 없고, 마약 거래상과 중독자들
이 사는 구역에 살며, 여기 셜리폴스에서도 위협과 공격과 강도
에 노출되어 있고, 여자들은 공격적인 인간들 때문에 겁을 먹는
다고 말했었다. 그녀는 밥에게 그 이야기를 하고 나서 수전과 잭
을 위해서도 뭔가 하고 싶다는 뜻을 내비쳤다. 밥이 목을 쭉 빼
고 주위를 둘러보자 법정 뒤쪽에 서 있는 그녀가 보였다. 오래
알고 지내는 사이에 그러는 것처럼 그들은 거의 표시도 나지 않
을 만큼 아주 가볍게 고개를 까딱했다.

재커리가 증인석으로 가서 섰다.*

찰리가 잭에게 웨스트애넷에 있는 도축장에 갔던 이야기를 시
키는 동안 다이앤 도지는 쉴새없이 뭔가를 끼적였다. 잭과 함
께 월마트에서 일하는 직원의 아버지가 도축장을 했고, 잭이 그
곳에 간 것은 그 동료와 친해지고 싶어서였다. 아니, 현 시점에
서 그들은 친구가 아니지만 당시엔 그 동료가 잭에게 놀러와도
좋다고 했다. 아니, 잭은 광우병 규정에 대해 들어본 적도, 척추
가 있는 짐승을 도축하는 특정한 방법이나 도축한 짐승의 머리

---

* 미국 법정에서는 피고가 증인석으로 가서 신문을 받는다.

를 코요테나 곰의 미끼로 쓴다는 이야기를 들어본 적도 없었다. 잭은 자신이 찾아간 도축장에서 어떤 짐승을 도축하는지도 몰랐다. 잭이 돼지머리를 집어온 건 그게 거기 있었기 때문이었다. 왜 가져왔는지는 그도 잘 몰랐다. 아니, 돼지머리는 돈을 주고 산 게 아니고 그 동료가 그냥 가져가라고 준 것이었다. 그는 어쨌거나 그것을 집으로 가져와 냉동고에 넣어두었다가 핼러윈 같은 날 쓰면 될 거라고 생각했다. 나중에 그것을 꺼내서 장난삼아 모스크로 가져갔지만 그곳이 모스크인 줄은 몰랐고, 그저 소말리족 사람들이 들락거리는 곳 정도로만 알았다고 했다. 그런데 그 돼지머리가 손에서 미끄러졌고, 그 점은 정말로 미안하다고 말했다.

잭은 정말로 미안한 표정이었다. 찰리에게 그 말을 하는 잭은 정말 불쌍한 어린아이 같았다. 모두 사전에 연습한 대로였다. 찰리는 이상입니다, 라고 말한 뒤 앉았다.

다이앤 도지가 일어섰다. 이마가 땀으로 번질거렸다. 그녀가 안경을 코 위로 밀어올렸다. 그러고는 카랑카랑한 목소리로 신문을 시작했다. 그러니까 피고인 올슨 씨는 어느 날 그냥 돼지머리를 가져오겠다고 결심했다는 거군요. 도축장에 갔는데 거기 돼지머리가 있어서 그것을 가져오기로 했고, 지금 이 법정에서 선서를 한 뒤 자신이 왜 그런 행동을 했는지는 모르겠다고 말하는 거고요.

재커리는 겁에 질린 것 같았다. 그가 계속 입술을 핥으며 대답했다. "그게 그냥 거기 있었어요."

재판장은 잭에게 물을 좀 마시겠느냐고 물었다.

"아, 아닙니다, 선생님."

정말 괜찮겠어요?

"어. 그러면 주세요, 선생님. 아니, 재판장님. 감사합니다."

그에게 물 한 잔이 건네졌고, 증인석에 자리가 충분했음에도 잭은 입에 가져갔던 잔을 어디 놓아야 할지 모르는 것 같았다. 밥은 곁눈질로 수전을 흘끗 보았다. 그녀는 앉아서, 아들을 보고 있었다.

피고인은 돼지머리를 손에 넣을 목적으로 지금은 친구가 아닌 그 친구의 도축장에 갔다는 거지요?

"아닙니다, 선생님. 아니, 검사님. 아니에요, 검사님." 그의 손이 떨렸고 물이 쏟아졌다. 잭은 몹시 당황하는 것 같았다. 그는 곧바로 바지를 내려다보았다. 찰리 티베츠가 일어서서 재커리의 잔을 낚아채 재커리 오른쪽에 내려놓은 뒤 자기 자리로 돌아갔다. 재판장이 계속하라는 의미로 고개를 까딱했다.

피고인은 양이나 소나 염소의 머리를 가져가지 않았어요, 그렇지요? 피고인은 돼지머리를 가져갔습니다. 맞나요?

"거기 다른 머리는 없었어요. 광우병 때문에요. 그러니까……"

네, 아니요로만 대답하세요. 피고인은 돼지머리를 가져갔어요, 맞습니까?

"네."

그런데 피고인은 그 이유를 모르고요. 우리가 그렇게 믿으면 됩니까?

"네, 검사님."

그런가요. 우리는 그렇게 믿어야 하는 거로군요.

찰리가 일어섰다. 진술을 강요하고 있습니다.

다이앤 도지가 한 바퀴 천천히 돌고 말했다. 피고인은 그걸 어머니의 냉동고에 넣었지요.

"네, 지하실 냉동고에요."

어머니는 거기 돼지머리가 있다는 것을 알고 있었습니까?

찰리가 일어섰다. 이의 있습니다. 추측성 답변을 요구하고 있습니다.

그래서 재커리는 엄마가 몇 년째 그 냉동고를 쓰지 않았다고 대답할 필요가 없었다. 남편이 자신의 뿌리를 찾아 스웨덴으로 떠난 뒤로 수전이 요리를 해줄 사람은 이 빼빼 마른 아이뿐이었기에 지금은 지하실에 있는 냉동고를 쓰지 않아도 된다는 이야기는 할 필요가 없었다. 수전이 메인 주 뉴스웨덴 출신의 젊은 남편과 막 결혼했을 때와는 달랐다. 전남편은 이제 자기 자식에게 전화도 한 통 할 수 없는 듯했고 가끔 이메일만 보낼 뿐이었다―밥은 무릎에 올린 손을 힘주어 쫙 폈다. 냉정한 수전은 자기처럼 황량한 풍경에서 자란 냉정한 남자와 결혼했다. 그리고 여기 어린 잭이 정신을 바짝 차리고 말하고 있었다. "그게 제 손에서 녹고 있었어요. 그래서 놓친 거예요. 피해를 입힐 마음은 없었습니다."

그러니까 피고인은 그 말을 제가 믿을 거라고, 이 법정이 믿을 거라고 기대하는 거군요? 그 돼지머리가 모스크로 굴러들어갈지 전혀 몰랐다는 말을요? 어느 저녁에 그냥 그래섬 스트리트를 지나간 것뿐이고, 냉동 돼지머리는 계속 들고 다닐 생각이었어요, 하는 말을 말이지요?

찰리가 일어섰다. 재판장님, 지금 검사는……

재판장이 고개를 끄덕이며 손을 들었다.

다이앤 도지가 잭에게 말했다. 그게 지금 하고 싶은 말인가요?

잭은 당황한 것 같았다. "죄송합니다. 다시 질문해주실 수 있나요?"

그곳이 소말리족의 모임 장소인 것은 알았지만 예배를 드리는 장소인 모스크라는 것은 몰랐고, 돼지머리가 모스크 안에 들어가면 그들에게 피해를 입히는 거라는 생각은 전혀 하지 못했다는 건가요?

"거기 문 앞을 지나가지 않았으면 좋았을 텐데. 누군가에게 피해를 입힐 마음은 없었어요. 그런 건 전혀 아니에요, 검사님."

저보고 그 말을 믿으라는 건가요. 여기 재판장님께 믿으라는 건가요. 압디카림 아메드와 마하메드 후세인더러 믿으라는 건가요. 그녀가 손을 들어 법정 뒤에 앉은 그들을 가리켰다. 잠깐 그녀의 녹색 블레이저가 벌어졌고 작은 가슴 위로 베이지색 원피스가 드러났다.

찰리가 일어섰다. 재판장님……

검찰측, 다른 식으로 질문하세요.

우리가 그것을 믿기를 기대합니까?

잭은 어리둥절한 표정으로 찰리를 흘끗 쳐다보았다. 찰리가 고개를 가볍게 끄덕였다.

질문에 답하세요, 올슨 씨.

"저는 누구에게도 해를 끼칠 의도가 없었어요."

그때가 이슬람교에서 가장 거룩한 라마단 기간인 것도 물론 알고 있었겠지요?

찰리가 일어섰다. 이의 있습니다. 진술을 강요하고……

다른 식으로 질문하세요.

손에서 돼지머리가 미끄러져서 모스크로 굴러들어간 그때가 거룩한 라마단 기간이었다는 것을 피고인은 알고 있었습니까? 다이앤 도지가 안경을 밀어올리고 다시 한번 등뒤에서 깍지를 꼈다.

"아니요, 검사님. 저는 라마단이 뭔지도 몰랐습니다."

그렇다면 당신의 무지에는 돼지고기가 이슬람교도에게 불결하게 여겨진다는 것도 포함됩니까?

"죄송해요. 질문이 무슨 뜻인지 모르겠어요."

그녀는 그런 식으로 몰아붙이며 신문을 마쳤고, 다시 찰리의 시간이 돌아왔다. 그는 앞서 그랬듯이 조용히 질문했다. 재커리, 이 사건이 일어난 시점에 라마단에 대해 들은 적이 있었습니까?

"그때는, 아니요. 없었습니다."

라마단이 뭔지 처음 알게 된 것은 언제인가요?

"나중에요. 신문에서 읽은 뒤에 알았어요. 그전에는 뭔지 몰랐어요."

그게 뭔지 알고 나서 어떤 기분이 들었죠?

이의 있습니다. 사실과 관련없는 질문입니다.

이 대답은 사실과 전적으로 관련이 있습니다. 만약 제 의뢰인이 기소된 것이……

대답해도 좋습니다, 올슨 씨.

찰리가 다시 물었다. 그때가 라마단 기간이라는 것을 알고 나서 어떤 기분이 들었나요?

“기분이 안 좋았어요. 전 누구에게도 피해를 입힐 마음은 없었어요.”

재판장이 찰리에게 말했다. 다음 질문으로 넘어가세요, 변호인. 이 문제는 이미 다룬 것 같군요.

척추가 있는 짐승을 도축하기 위해서는 특별한 절차를 따라야 한다는 광우병 관련 규정이 따로 있다는 것은 몰랐지요?

“전혀 몰랐어요. 돼지는 척추가 머리까지 올라가지 않는다는 사실도 몰랐어요.”

이의 있습니다. 다이앤 도지가 거의 비명을 지르다시피 말했고, 재판장이 고개를 까딱했다.

돼지머리를 가져가면 뭘 할 수 있을 거라고 생각했나요?

“핼러윈 날에 쓰면 재미있을 것 같았어요. 집 앞 계단에 놓거나 해서요.”

재판장님! 같은 내용을 반복하고 있습니다! 마치 발언할 때마다 표면적인 진실성이 커지기라도 한다는 듯이 말입니다. 다이앤 도지가 일어섰고 얼굴에 떠오른 조롱과 냉소가 어찌나 신랄했던지 밥이 재판장이었다면 법정모독죄로 소환했을 것이다. 그녀의 태도는 분명 모독이라 할 만했다.

하지만 재판장은 그녀의 말에 동의했고, 결국 재커리는 증인석에서 내려왔다. 찰리 옆에 앉은 잭의 뺨이 발갛게 달아올랐다.

재판장이 판결을 고민하는 동안 휴정을 선언했다. 밥이 또다시 마거릿 에스테이버를 쳐다보았고, 그녀는 또다시 고개를 까딱했다. 밥은 재커리, 수전, 찰리 티베츠와 함께 법정과 분리된 작은 방에 가서 앉았다. 한동안 그곳엔 오직 정적만 흘렀고, 마침내 수전이 잭에게 필요한 게 없는지 물었다. 재커리는 시선을 바닥에 떨군 채 고개를 저었다. 사무관이 문을 두드렸고 그들은 다시 법정으로 돌아갔다.

재판장이 재커리 올슨에게 일어서라고 했다. 잭이 일어섰고, 그의 뺨은 잘 익은 토마토처럼 빨갰다. 얼굴 옆으로 땀방울이 줄줄 흘러내렸다. 재판장은 잭에게 시민권 위반의 죄가 성립되고, 그가 미국 연방헌법 수정 제1조의 종교의 자유를 침해하는 폭력적인 위협을 가했으므로, 변호사를 만나는 경우가 아니라면 모스크로부터 반경 2마일 안에 들어가서는 안 되며 소말리족 사회와의 어떤 접촉도 금지한다고 선고했다. 또한 이를 어길 경우 오천 달러의 벌금과 일 년 이하의 징역형을 받게 된다고 선고했다. 그 시점에서 재판장은 안경을 벗고 무덤덤하게(그래서 잔인하게까지 느껴졌다) 잭을 쳐다보며 말했다. "올슨 씨, 지금 이 주에 이런 명령이 이백 개 발효중입니다. 위반한 사람은 여섯 명이고 그 사람들은—모두—복역중입니다." 재판장이 손가락으로 잭을 가리키며 자기 머리를 쑥 내밀었다. "그러니 다음번에 이 법정에서 만나게 된다면, 젊은 양반, 칫솔을 가져오는 게 좋을 겁니다. 필요한 건 그것뿐이니까요. 폐정합니다."

잭은 어머니를 돌아보았다. 잭의 놀란 눈빛이 물결처럼 퍼져 밥에게 닿았고, 밥은 그 눈빛을 영원히 잊지 못할 것이었다.

압디카림 역시 그랬다.

*

마거릿 에스테이버가 복도 한쪽에 비켜서 있었다. 밥이 잭의 어깨를 가볍게 치며 말했다. "이따 집에서 보자."

마거릿과 밥은 같이 차를 타고 셜리폴스의 여러 거리를 지나갔다. 마침내 밥은 말했다. "판결문은 증언을 듣기 전에 이미 작성되어 있었어요. 목사님도 그 사실을 아셨겠죠. 다이앤 도지가 사정없이 밀어붙이더군요."

"그러게요." 마거릿이 동의했다. 그들은 강을 따라 달렸다. 오른쪽으로 텅 빈 옛 공장들이 보였다. 텅 빈 주차장 위 하늘은 옅은 회색이었다.

"다이앤은 즐기더라고요." 밥이 말했다. "완전히 신이 났던데요." 마거릿이 반응을 보이지 않자 그는 그녀를 흘끗 보았다. 그녀는 걱정스러운 얼굴이었다. "잭이 얼마나 안쓰러운 아이인지 아시겠죠." 밥이 덧붙였다. 그는 차에 뒹구는 빈 소다 캔 두 개와 구겨진 종이봉투를 피해 발을 옮겼다. 차 안이 지저분하다고 그녀가 이미 사과를 했다.

"그애가 참 안됐어요." 마거릿이 방향을 돌려 커뮤니티 대학을 지나갔다. 그녀가 말했다. "찰리가 말했는지 모르겠네요. 짐에 대해서요."

"짐이요? 제 형 말이에요? 짐에 대해 무슨 이야기를요?"

"짐이 일을 그르친 것 같다고요. 도움이 되려고 이곳에 온 건 저도 아는데, 연설을 너무 잘하는 바람에 딕 하틀리가 자신이 바보가 됐다고 느꼈나봐요. 더 나쁜 건…… 짐이 그 자리에 남아 있지도 않았다는 거예요."

"짐은 원래 남아 있는 법이 없어요."

"음." 마거릿의 말에 한숨이 섞여 나왔다. "메인 사람들은 그러지 않아요." 머리를 대충 올려 묶은 마거릿의 얼굴에 머리카락 몇 가닥이 흘러내려와 있었다. 그녀가 말했다. "기억나실지 모르겠지만, 주지사가 짐 바로 다음에 연설을 했어요. 주지사가 막 연설을 시작하려던 순간에 짐이 그 자리를 떠난 게—전 그냥 들은 대로 전하는 거예요—무례하게 받아들여진 거죠." 빨간불이 켜져 마거릿은 속도를 늦췄다. "물론," 마거릿이 목소리를 낮춰 말했다. "주지사는 연설을 썩 잘하지 못했어요."

"형만큼 연설을 잘하는 사람은 없어요. 형이 하는 일이 그건데요."

"그렇더군요. 제가 하고 싶은 말은 그게 오거스타*에서는 좋지 않은 결과를 낳았다는 거예요. 제가 여기 검찰청에 아는 사람이 있는데, 딕 하틀리가 그 문제로 몇 주 동안 씩씩거리고 다녔대요. 그러고는 그 사건에서 편견성을 입증할 수 있겠다고 판단이 되자 곧장 다이앤에게 추진하라는 지시를 했고요. 짐이 직접 다이앤한테 전화를 했다던데, 맞아요? 당연히 그 일이 다이앤의 화를 더 돋우었어요. 오늘 다이앤이 그런 식으로 나왔던 데는 그런 이유도 있는 것 같아요."

밥은 차창 밖을 내다보며 스쳐가는 작은 집들을 보았다. 아직 문 앞에 크리스마스 화환이 걸려 있는 집들이 많았다. "〈셜리폴스 저널〉에 이것과 관련된 사설이 실렸나요? 짐이 인터넷으로 그 신문을 읽는 것 같던데."

"아뇨, 전부 내부적인 이야기 같아요. 그리고 현실은…… 음, 그 사람들이 증언하는 걸 보셨잖아요. 마하메드와 압디카림이요. 그 사람들이 감당하기에는 정말 힘든 일이었어요. 다 아시는 거 알아요. 하지만 오늘 이 결정이 연방검찰청을 움직일지도 몰

---

* 메인 주의 주도.

338

라요. 일부 소말리족은 연방에 압력을 넣고 있어요."

"예수님 맙소사." 밥이 조그만 소리로 한탄했다. 그리고 조용히 말했다. "미안해요."

"뭐가요?"

"'예수님'이라고 해서요."

"오, 하느님 맙소사. 정말 진지한 분이시군요." 마거릿이 그를 쳐다보며 눈을 흘겼다. 그녀는 또 한번 방향을 틀어 시내로 향했다. "게리 오헤어는 검찰청이 더 밀고 나가길 바라지 않았어요. 오늘 같은 일이 벌어지는 걸 원치 않았죠. 게리와 수전이 예전에 알고 지낸 사이 같더라고요. 게리는 이만하면 됐다, 줄곧 그런 생각이었던 것 같아요. 하지만……" 마거릿이 어깨를 살짝 으쓱했다. "하지만 '인종적 명예훼손을 반대하는 모임'의 릭 허들스턴 같은 사람들도 있어요. 그런 사람들은 이 사건을 이대로 끝내고 싶어하지 않아요. 그리고 솔직히, 당사자가 재커리가 아니었다면 저라도 끝내고 싶지 않았을 거예요."

"하지만 재커리잖아요." 그는 오래전부터 그녀와 알고 지냈다는 느낌을 지울 수가 없었다.

"그래요." 잠시 뒤에 마거릿이 한숨을 쉬며 말했다. "이것 참."

"'이것 참'이라고 했어요?"

"네. 남편 하나가 유대인이었거든요. 몇 가지 표현을 배웠죠.

아주 표현력이 좋은 사람이었어요."

그들은 고등학교를 지나갔다. 학교 운동장에는 눈이 쌓여 있었다. 말벌아 이겨라, 용을 무찔러라, 라는 문구가 걸려 있었다. "남편이 많았어요?" 그가 물었다.

"두 명이요. 첫 남편은 대학생 때 보스턴에서 만났고, 그 사람이 유대인이었어요. 아직 친구로 지내는데, 대단한 사람이에요. 그리고 고향인 메인에 돌아와서 이 지역 사람과 결혼했어요. 얼마 가지 않아 끝났지만요. 쉰 살이 되기 전에 두 번 이혼을 했네요. 그 사실이 제 신용을 깎아먹는 것 같아요."

"그렇게 생각해요? 제 생각은 달라요. 당신이 영화배우라면 두 명은 기본이죠."

"저는 영화배우가 아닌걸요." 그녀가 차를 수전의 집 진입로로 몰았다. 그녀의 미소는 투명하고 명랑하고 약간 슬퍼 보였다. "만나서 반가웠어요, 밥 버지스. 도움이 필요하면 언제든 전화하세요."

수전과 잭이 그를 기다리고 있었다는 듯 부엌 식탁에 앉아 있어 그는 깜짝 놀랐다. "네가 술을 좀 가져왔길 바라고 있었어." 수전이 말했다. 짙은 감색 원피스를 입은 수전은 더 성숙하고 책임감 있어 보였다.

"더플백 안에 있어. 못 봤어? 공항에서 오는 길에 위스키하고 와인 사왔는데."

"그럴 줄 알았어." 누이가 말했다. "하지만 우리집에서는 개인 소지품을 뒤지지 않거든. 와인만 조금 있으면 돼. 재커리도 조금 마시고 싶다고 했고."

밥이 물잔에 와인을 따랐다. "위스키 좀 안 마시겠니, 잭? 오늘 하루 힘들었잖아."

"위스키를 마시면 속이 울렁거릴 것 같아요." 잭이 말했다. "위스키 마시고 속이 안 좋았던 적이 한 번 있거든요."

"언제?" 수전이 말했다. "대체 언제 그런 일이 있었어?"

"8학년 때요." 잭이 대답했다. "엄마 아빠가 언젠가 밤에 태프트네 집에서 열린 파티에 가게 해줬잖아요. 모두 미친듯이 술을 마셔댔어요. 숲에서요. 저는 위스키가 맥주 같은 건 줄 알고 쭉 들이켰다가 다 토했어요."

"저런, 어쩌다가." 수전이 말했다. 그녀가 식탁 위로 팔을 뻗어 아들의 손을 어루만졌다.

재커리가 자기 잔을 내려다보았다. "사진기자들이 셔터를 눌러댈 때마다 총에 맞는 기분이었어요. 총알이 박히는 기분이요. 찰칵. 그 소리가 정말 싫었어요. 그래서 물을 엎지른 거예요." 그가 밥을 쳐다보았다. "제가 정말 완전히 망친 거예요?"

“네가 망친 게 아니야.” 밥이 말했다. “그 여자가 멍청이였지. 다 끝났어. 잊어버려. 이제 끝났으니까.”

해가 나지막이 걸려 있고, 부엌 창문으로 칼날 같은 파리한 햇살이 들어왔다. 햇살은 식탁에 잠시 머물다가 바닥으로 내려갔다. 와인을 마시며 누이와 조카와 같이 앉아 있는 게 나쁘지 않았다.

“그러니까 밥 삼촌, 음, 그 여자 목사님한테 반하거나 뭐 그런 거예요?”

“반해?”

“네. 그래 보여서요.” 잭이 궁금하다는 듯 눈썹을 치켰다. “나이 많은 어른들이 반하기도 하는지 잘 모르겠지만.”

“음, 어른들도 반하지. 내가 마거릿 에스테이버에게 반했느냐고? 그건 아니야.”

“거짓말하시네요.” 재커리가 갑자기 밥을 향해 히죽 웃었다.

“신경쓰지 마세요.” 잭이 와인을 더 마셨다. “저는 그저 얼른 집에 돌아가고 싶다는 생각뿐이었어요. 거기 있는 내내 그 생각만 했어요. 집에 가고 싶다고.”

“그래, 이제 집에 왔잖아.” 수전이 말했다.

4

가끔 이런 토요일 저녁이 있었다. 팸은 마음이 잘 맞는 남편과 함께 엘리베이터에서 내려 한 아파트 현관으로 들어선다. 저만치 방에 둥근 노란색 전등과 멋진 그림자들이 일렁이고 있다. 그녀는 몸을 숙여 잘 모르는 사람들의 뺨에 키스하고 자기 앞으로 내밀어진 쟁반에서 샴페인을 집어든다. 그러고는 걸음을 옮겨 크리스털 식기가 놓인 긴 테이블을 지나, 짙은 올리브색과 진홍색 벽에 걸려 불빛을 받고 있는 작품들을 감상한다. 그리고 돌아서서 지평선까지 의기양양하게 뻗은 대로를 내려다보며, 달리는 차들이 멀어지면서 붉은색 미등들이 하나로 합쳐지는 황홀한 순간을 맛본다. 그러고는 더할 나위 없이 잘 어울리는 구두를 신고 검은색 드레스 앞에 은이나 금 목걸이를 길게 늘어뜨린 여자들 쪽으로 돌아선다—그리고 팸은 지금처럼, 이렇게 생각하는 것이다. 이게 내가 원했던 거야.

그녀가 원했던 게 정확히 무엇이었는지는 말할 수 없었다. 그것은 그저 부드러운 안락함으로 그녀를 압박하는 진실이었고, 자신이 잘못 살고 있다는 생각은 저 멀리로 사라지고, 사라지고, 사라졌다. 그녀 앞에 펼쳐진 이 순간은 그 자체로 확고했고, 거의 초월적인 것으로 보이는 그 완결성 덕분에 그녀는 평온함을 느꼈다. 분명 그녀의 과거 어느 것도—어릴 때 자전거를 타고 멀리까지 농장 도로를 달렸던 일도, 아늑한 지역 도서관에서 보낸 시간들도, 오로노의 바닥이 삐걱거리는 기숙사도, 버지스네 가족의 아담한 집도, 심지어 성인으로서의 삶의 출발점이었던 셜리폴스에 감돌던 흥분도, 그녀가 무척 좋아했던, 밥과 같이 지내던 그리니치빌리지의 아파트도, 이십사 시간 들리던 거리의 소음도, 그들이 같이 다닌 코미디클럽이나 재즈클럽도—그녀가 이런 것을 원하고 또 얻으리라는 것을 암시하지 않았다. 바로 여기, 그녀에게 고개를 끄덕이며 이야기하는 사람들이 점잖게 그리고 놀라울 정도로 당연하게 받아들이는 이 특별한 아름다움을. 집주인 부부는 그들이 팔 년 전 베트남에 갔을 때 그 그릇을 사왔다고 했다. "오, 거기 좋던가요?" 팸이 물었다. "베트남 좋았어요?"

"그럼요. 좋았다마다요." 그 아내가 팸에게 가까이 다가가 시선으로 주변에 있던 사람들을 아우르며 말했다. "좋았어요. 아주 좋던데요. 솔직히 저는 줄곧 거긴 가고 싶지 않았거든요."

"좀 뭐랄까, 음침하지는 않았어요?" 이 질문을 하는 여자를 팸은 전에도 몇 번 만났다. 유명한 기자와 결혼한 여자였고, 그녀의 남부 억양은, 전에도 느꼈지만, 술을 마시면 더 심해졌다. 그녀의 옷차림은—오늘밤도 단추를 채우는 흰색 하이칼라 블라우스였다—세련되지 않았는데, 오래전 주입된 남부 숙녀의 단정함과 교양 있는 태도를 지키려고 일부러 그 차림을 고수하는 것 같았다. 팸은 그 여자에게, 단추를 끝까지 채우고 다니던 지난 시절에서 벗어나길 거부하는 그 여자의 완고함에 연민을 느꼈다.

"오, 아니에요. 아름다운 곳이에요. 아름다운 나라예요." 안주인이 말했다. "절대 모를 거예요. 음, 그러니까, 거기서 그런 끔찍한 일이 벌어졌다는 걸 알아차리지도 못할 거란 뜻이에요."

팸은 식사실로 옮겨 자리 안내를 받다가—섞여 앉는 게 원칙이라 남편과는 떨어져 앉았다(그녀는 긴 식탁 맞은편에 앉은 남편을 향해 손가락을 꼼지락거렸다)—문득 옛날에 그녀와 밥이 이 도시로 이사 온다는 말을 처음 꺼냈을 때 짐 버지스가 했던 말이 떠올랐다. "당신은 뉴욕에서 버티지 못할 거예요, 팸." 그녀는 그 말을 한 짐을 용서할 수 없었다. 그는 그녀의 욕구를, 그녀의 적응력을, 변화를 갈구하는 그녀의—끊임없는—욕망을 보지 못했다. 물론 그때만 해도 뉴욕은 지금과는 많이 달랐고, 물론 그녀와 밥은 돈이 많지 않았다. 실망한 일도 많았지만 팸의 의지는 언제나 실망감보다 더 강했다. 그들이 처음 살았던 아파트가 욕조에서 설거지를 해야 할 만큼 좁아서 애초의 매력을 잃었을 때에도 그랬다. 지하철이 정말 무서웠지만 그녀는 꿋꿋이 타고 다녔다. 열차가 역으로 들어올 때 끼익하는 소리도 묵묵히 견뎌냈다.

그녀 옆에 앉은 남자는 자신을 딕이라고 소개했다. "딕." 팸이 말했고, 즉각 자기가 뭔가 다른 뜻을 암시한 것처럼 들렸을 거라는 생각이 들었다.* "만나서 정말 반가워요." 그녀가 말했다. 그가 지나치다시피 정중하게 고개를 까딱한 뒤 그녀에게 안녕하세요, 하고 말했다. 팸은—사실—점점 취하고 있었다. 나이가 들면서 그녀는 예전처럼 잘 먹지 않았고, 그 때문에 신진대사가 잘 안 되는지 예전처럼 술이 잘 받지 않았다. 그녀는 그 점을 딕에게 이해시키고 싶었는데, 그게 바로 그녀가 취해가고 있다는 증거였다. 어쩌면 이미 취했는지도 몰랐다. 그래서 팸은 그를 향해 그저 방긋 웃기만 했다. 그러자 그가 정중하게, 이번에는 지나친

---

* 딕(dick)은 남자의 음경, 혹은 얼간이 등을 의미하는 비속어로도 쓰인다.

느낌을 빼고, 집안일 말고 다른 일을 하는지 물었다. 그녀는 파트타임으로 하는 일에 대해 설명한 뒤 이전에는 실험실에서 일했다고 말했다. 그녀는 자신이 과학자처럼 보이지 않을 거라고, 사람들이 그녀에게 과학자처럼 보이지 않는다고 했다고 말했다. 그 말이 무슨 의미인지는 모르겠지만, 그녀는 자기가 과학자처럼 보이지 않았다면 그건 과학자가 아니었기 때문일 거라고 생각했다. 그녀는 과학자의 조수였으니까. 기생충학자의 조수……

딕은 정신과 의사라고 했다. 그는 즐거운 듯 눈썹을 치키고는 냅킨을 무릎 위에 올렸다. "그러면 어떻게든 한번 해보세요." 팸이 말했다. "저를 맘껏 분석해보세요. 저는 전혀 상관없으니까요."

그녀는 다시 남편을 향해 손을 흔들었다. 그는 긴 식탁의 끄트머리 쪽에 앉아 있었고, 그 옆에는 단추를 끝까지 채운 흰색 블라우스를 입은 남부 출신의, 이름이 뭐였더라, 그 여자가 앉아 있었다. 한편 딕은 자신이 분석하는 것은 사람이 아니라 사람의 욕망이라고 했다. 마케팅 회사에 자문을 해준다고도 했다. "정말요?" 팸이 물었다. 다른 날이었다면 이런 대화를 나누다가 문득 '내가 잘못 살고 있구나' 하는 끔찍한 생각이 또다시 슬그머니 고개를 들었을지 몰랐다. 또다른 어떤 날이었다면 딕에게 히포크라테스 선서는 했는지, 혹은 사람들의 소비를 유도하려고 의사들이 쓰는 술수를 그도 쓰는지 힐난하듯 물었을 것이다. 하지만 그날 밤은 아름다웠고, 그런 생각은 제쳐두는 게 좋겠다고 생각했다. 그녀의 세포들이 격분하여 봉기할 수 있는 순간들이 아주 많을 것이고 지금은 그럴 순간이 아니라는 듯이. 그녀는 딕이 정신과 의사로서 어떤 일을 하는지에는 전혀 관심이 가지 않았다. 그가 반대쪽에 앉은 사람과 대화를 나누려고 고개를 돌리자 팸은 식탁을 둘러보며 여기 모인 사람들 몇몇의 성생활(혹은 성생활의 부재)을 상상했다. 그녀는 군턱이 진 남자가 허리가 굵은 여자에게 은근한 눈길을 보내는 장면을 본 것 같았다. 여자는 그의 눈길을 그윽하고 은밀한 시선으로 맞받았다. 사람들의 겉모습이 어떻든 간에 그들이 여전히 옷을 벗고 살을 맞대고 싶어하는 욕망—아이를 낳을 시기를 이미 넘긴 이 여자들에게 생물학적인 이끌림은 오래전에 그 쓰임새를 상실했는데도—을 지닌 것 같다는 사실이 그녀는 짜릿했다…… 그랬다, 팸은 미끈거리는 샐러드를 겨우 절반 먹었을 뿐이지만 술은 이미 너무 많이 마셨다.

"잠깐, 뭐라고 하셨어요?" 그녀가 포크를 내려놓으며 말했다. 테이블 저쪽에서 누군가가 메인 주의 어느 작은 타운에서 돼지머리가 모스크 안으로 던져졌다는 이야기를 했기 때문이다.

한 남자가 팸에게 그 말을 다시 전달했는데, 전에는 만난 적 없는 남자였다. "네, 저도 그 이야기는 들었어요." 팸이 말했다.

그녀가 포크를 집어들었다. 그녀는 재커리를 안다는 말은 하지 않을 작정이었다. 하지만 그녀 자신이 위험에 처한 것처럼 뒤쪽 두피가 후끈 달아올랐다.

"상당히 폭력적인 행위였죠." 그 남자가 말했다. "시민권 위반으로 공판이 열렸다고 신문에 실렸던데요."

"메인에 있는 난민촌에 가본 적 있어요." 딕이 말했다. 그의 목소리가 그녀의 귓가에서 속삭이는 것처럼 아주 가깝게 들렸다.

"시민권 위반 공판이 열렸대요?" 팸이 물었다. "유죄 판결이 내려졌나요?"

"그랬지요, 맞아요."

"그러면 어떻게 되는 거죠?" 팸이 물었다. "감옥에 가게 되나요?" 그녀는 잭이 혼자 방안에서 운다는 밥의 말이 떠올랐다. 그녀에게 번개처럼 불안이 스쳐갔다. 밥은 크리스마스 파티에 오지 않았다. "지금이 몇 월인가요?" 그녀가 물었다.

안주인이 웃었다. "저도 가끔 그래요, 패멀라. 가끔 올해 연도도 모르겠다니까요. 2월이에요."

"처벌 사항을 위반했을 경우에만 감옥살이를 해요." 남자가 말했다. "처벌 사항은 모스크 가까이에 가지 말고 소말리족 사회에 말썽을 일으키지 말라는 거예요. 제 생각엔 메인 주가 이번 일을 계기로 메시지를 전달하기로 한 것 같아요."

“메인은 재미있는 곳이에요.” 누군가가 생각에 잠긴 채 말했다. “그들이 어느 방향으로 가고 있는지 아무도 몰라요.”

“저기요.” 군턱 진 남자를 지그시 쳐다보던 허리 굵은 여자가 말했다. 여자는 큰 흰색 냅킨으로 조심스럽게 입을 닦았고, 사람들은 예의를 차려 그녀가 무슨 말을 할지 잠자코 기다렸다. 그녀가 말했다. “그 청년 행동만 놓고 봤을 때 그 행동이 폭력적이었다는 데는 저도 동의해요. 하지만 이 나라는 두려움에 떨고 있어요.” 그녀는 주먹 쥔 두 손을 조용히 식탁에 내려놓고 이쪽저쪽을 보았다. “오늘 아침만 해도 그레이시 맨션 옆으로 강을 따라 걷는데 뉴욕 시 헬리콥터와 순찰 보트들이 빙빙 돌고 있더군요. 그래서 오, 하느님, 언제 또 공격을 당할지 모르겠구나, 하고 생각했어요.”

“시간문제죠.” 누군가가 말했다.

“물론 그래요. 최선의 방법은 그런 걱정은 잊고 열심히 살아가는 겁니다.” 이름을 모르는 그 남부 여자 옆에 앉아 있던 한 남자가 지겹다는 투로 말했다.

“사람들이 위기에 대처하는 방식이 저는 늘 흥미로워요.” 딕이 말했다.

하지만 지금 팸은 분별없이 마냥 좋았던 그날 저녁의 기분이 싹 달아나는 것 같았다. 재커리의 어두운 존재감—오, 재커리,

짙은 눈동자에 비쩍 말랐던 아이, 정말 안쓰럽고 사랑스러운 아이였는데! ―그의 존재감이 이 방에 들어와 있었지만 물론 그녀 말고는 아무도 느끼지 못했다. 그녀는 재커리의 숙모였다. 그런데도 그녀는 그 아이를 부인하며 거기 앉아 있었다. 그녀의 남편이 아무 말도 하지 않으리라는 걸 그녀는 알았다. 슬쩍 남편 쪽을 보니 그는 옆자리에 앉은 사람과 대화를 나누고 있었다. 그녀는 여기 이 사람들 속에서 혼자였고, 그녀 앞에 버지스 가족이 그려졌다. "오." 갓 태어난 잭을 보러 갔던 때를 떠올리며 그녀는 소리를 낼 뻔했다. 그렇게 이상하게 생긴 아기는 처음이었다. 수전은 또 어찌나 불쌍하던지, 입을 다문 채 망가져버린 사람 같았다―아이가 젖을 빨지 않았다. 팸과 밥은 얼마 뒤부터는 그곳을 찾지 않았다. 거기 가면 너무 우울해져, 팸이 말했기 때문이었고, 밥마저도 그 말에 동의했다. 헬렌은 진심으로 동의했다. 팸은 샐러드가 치워지고 그 자리에 버섯 리소토가 놓이는 것을 지켜보았다. "고마워요." 그녀가 말했다. 그녀는 서빙하는 사람들에게 늘 고맙다고 말했다. 재혼한 뒤 처음 이런 생활을 접하던 무렵 그녀는 오늘 같은 파티에 왔다가 문을 열어준 남자에게 악수를 청했었다. "팸 칼슨이라고 해요." 그녀가 말하자 남자는 약간 언짢은 표정을 지으며 코트를 받아 걸어도 괜찮겠는지 물었다. 그 남자는 집사라고, 친구 재니스가 말했다. 팸은 밥에게 그

이야기를 했다. 물론 그는 훌륭한 태도로 들어주었다. 대수로울 것 없다는 듯 어깨를 으쓱하면서.

"요즘 제가 소말리족 여자가 쓴 굉장한 책을 읽고 있어요." 그 순간 누군가가 말했다. 그리고 팸이 말했다. "그 책, 저도 읽고 싶네요." 자신의 목소리를 들으니 마음속에 들어와 있던 재커리를 밀어내는 데 도움이 되었다. 하지만 아, 슬픔이 밀려왔는데—그녀는 와인을 더 마시지 않겠다는 표시로 잔을 손으로 덮었다—그녀의 지나간 삶, 버지스네 가족과 함께했던 그 이십 년의 삶, 그토록 오랜 세월을 살았다면 누구도 그것이 그냥 사라지리라고 여길 수 없는 것이다! (그녀는 그럴 수 있을 거라고 생각했었다.) 잭뿐만이 아니었다. 밥이 있었다. 그의 다정하고 솔직한 얼굴, 푸른 눈동자, 웃을 때 눈가에 퍼지는 깊은 주름. 죽는 날까지 밥은 그녀에게 집 같은 존재일 것이다—그걸 모르고 있었다니 얼마나 바보 같은지! 이 순간 그녀는 현재의 남편을 돌아보지 않았는데, 남편을 보는지 보지 않는지는 중요하지 않았다. 지금 같은 순간에는 남편이라 하더라도 이 공간에 있는 다른 이들보다 더 친근하달 수 없었다. 동시에 광범한 무관심이 주는 안락함과 함께 주변의 모든 것이 그녀에게서 멀어졌다. 그 모두가 그녀에게는 실제 같지 않았고 거의 아무 의미도 없었기 때문이다. 오직 재커리와 밥—그리고 짐과 헬렌, 그들만이 강한 금속 자석처럼 그녀를 끌어당겼다. 버지스 형제, 버지스 가족! 스터브리지 빌리지에서 봤던 어린 재커리의 모습이 그녀의 마음을 가득 채웠다. 잭의 사촌들이 이걸 하러 가자, 저걸 하러 가자, 하며 잭을 불러댔으나 짙은 머리색의 그 불쌍한 어린것은 재미라고는 아예 모르는 것 같았다. 그날 팸은 잭의 자폐증을 의심했는데 어쨌거나 그들이 잭에게 별의별 검사를 다 받아보게 한 뒤였다. 팸은 그날 스터브리지에서 밥을 떠나겠다는 결심을 이미 굳히고 있었지만 밥은 그 사실을 몰랐고 그는 조카들을 스낵바로 데려가면서 그녀의 손을 잡았다. 그 기억에 그녀는 가슴이 미어질 듯 아팠다…… 그녀는 고개를 돌렸다. 식탁 저 끝에서 테러의 위협을 얕보던 남자가 말했다. "나는 여자 대통령은 찍지 않을 겁니다. 이 나라는 아직 그럴 준비가 되어 있지 않아요. 나도 준비가 되어 있지 않고요."

그때 놀랍게도 이름을 모르는 그 남부 여자가 새빨간 얼굴로 불쑥 말했다. "그럼 씨발 엿이나 먹어요. 엿이나 먹으라고!" 그녀는 포크로 접시를 탕 내려쳤고 공간 전체에 서늘한 정적이 내려앉았다.

택시에서 팸이 남편에게 말했다. "재미있지 않았어?" 그녀는 아침에 일어나자마자 친구 재니스에게 전화를 걸었다. "그 여자 남편이 당황하지 않았을까? 그런들 어때. 정말 멋졌어!" 그리고 두 손을 탁 맞부딪치며 덧붙였다. "올해는 밥이 크리스마스 파티에 오지 않았어. 무슨 일이 있었던 건지 모르겠어." 하지만 더는 그것이 슬프지 않았다. 그날 파티에서 그녀를 내리누르던 슬픔, 버지스네 아이들을 향한 그리움, 지나간 삶에 대한 되살릴 수 없는 익숙함―그것은 위경련이 지나가듯 다 지나갔다. 고통이 없는 상태는 참으로 좋았다. 팸은 창밖을 내다보며 남편의 손을 잡았다.

*

미드타운은 점심때가 되면 북적였다. 보도에는 차들이 막아선 횡단보도를 뚫고 길을 건너려는 보행자들이 넘쳐났다. 아마 몇몇은 사업 협상을 하려고 레스토랑으로 가는 길일 것이다. 하지만 오늘은 북적거리는 가운데 긴박감이 더해졌는데, 그날 지구상에서 가장 큰 은행이 모기지론과 관련해 백억 달러를 훨씬 웃도는 손실을 보고했기 때문이다. 사람들은 그것이 무엇을 의미하는지 몰랐다. 물론 이런저런 의견이 나돌았고, 블로거들은 연말이 되면 다들 자동차에서 살아야 할 거라는 글을 써서 올렸다.

도러시 앵글린은 자동차에서 살 걱정은 하지 않아도 되었다. 그녀에겐 가진 돈의 3분의 2를 잃는다 해도 정확히 지금처럼 생활할 수 있는 돈이 있었다. 그녀는 지금 학내 예술 활성화 프로그램을 위한 모금 행사에서 만난 친구와 함께 식스스 애비뉴 근처 57번가의 트렌디한 카페에 있었다. 하지만 그녀의 생각은 그들이 지금 논의하고 있는 프로그램이나 국가가 직면한 경제적 문제가 아니라, 요즘 늘 그랬듯, 자신의 딸에게 쏠려 있었다. 그녀가 듣는 척하며 고개를 끄덕이는데 저쪽 테이블에 짐 버지스가 새 법률사무원과 함께 앉아 있는 것이 보였다. 친구에게 말하지는 않았지만 그녀는 두 사람을 조심스럽게 주시했다. 그 젊은 여자가 누군지 알 것 같았다. 도러시가 회사에 찾아갔을 때 그 여자와 이야기를 한 적이 있었다. 도러시는 그 여자를 긴 머리에 허리가 가늘고 수줍음이 많은 여자라고 생각했다. 그들은 안쪽 테이블에 앉아 있었고, 어느 쪽도—도러시가 느끼기로는—그녀를 보지 못한 것 같았다. 도러시는 그 젊은 여자가 웃음을 감추려는 듯 커다란 천 냅킨을 얼굴에 가져가는 것을 지켜보았다. 테이블 옆 쿨러에 와인 한 병이 들어 있었다.

짐은 몸을 앞으로 숙였다가 다시 의자에 깊숙이 기대앉으며 팔짱을 꼈고 마치 대답을 기다리는 듯 고개를 옆으로 기울였다. 그녀가 다시 냅킨을 입으로 가져갔다. 그들은 깃털을 활짝 편 공작 두 마리라고 해도 될 것 같았다. 아니면 서로의 궁둥이를 킁킁거리는 개들이나. (헬렌, 도러시는 생각했다. 헬렌, 헬렌, 헬렌. 불쌍하고 어리석은 헬렌. 하지만 속 깊은 말이었다기보다는 그저 마음을 스쳐지나간 말에 불과했다.) 그들이 일어섰고, 짐은 테이블을 떠나면서 젊은 여자의 등에 가볍게 손을 댔다. 도러시가 메뉴를 들어 얼굴을 가렸고, 메뉴를 내리자 보도로 나가 여유롭게 웃으며 걸어가는 그들의 모습이 보였다. 그래, 그들은 그녀를 못 본 것이 확실했다.

뻔한 이야기. 짐은 그 여자의 아버지뻘이었다.

도러시는 테이블 맞은편에 앉은 친구의 말을 듣는 척하면서 그런 생각을 하고 있었다. 이 친구의 딸도 고등학생 때 행동에 문제가 있었지만 지금은 애머스트에서 잘 지낸다고 했다. 그런 이야기를 들으면 도러시의 기분도 좀 나아져야 했지만 자꾸 아까 본 그 장면이 떠올랐다. 헬렌에게 전화를 걸어 아무렇지 않게, 아, 짐이 그 법률사무원과 같이 있는 걸 봤어요. 둘이 잘 지낸다니 좋지 않아요? 하고 말할 수도 있었다. 하지만 그러지 않을 생각이었다.

"별일 아닐 거야." 앨런이 도러시와 침대에 들 준비를 하면서 말했다. "둘이 사건을 같이 맡았는데, 잘하고 있어. 에이드리애나는 형편이 넉넉한 것 같지 않아. 거의 매일 자기 자리에서 플라스틱 용기에 담긴 점심을 먹더라고. 짐이 맛있는 식사를 대접하면서 고맙다는 표시를 한 게 분명해."

"그들은 57번가의 가장 비싼 레스토랑에서 와인을 마시고 있었어. 짐은 휴가 때에도 술은 입에 대지 않잖아." 도러시가 말했다. "식사비를 회사에 청구하는 건 아니겠지."

앨런이 바닥에서 더러운 양말을 집어올렸다. 그가 빨래 바구니로 걸어가면서 말했다. "짐은 요즘 힘들어하고 있어. 조카가 그런 난처한 상황에 휘말린 뒤로. 그 일 때문에 정말 괴로워하는 것 같아. 보면 알아."

"당신이 어떻게 알아?"

"여보, 내가 짐을 안 지가 얼마나 오래됐는데. 짐은 긴장이 풀렸거나 전투 모드가 되면 말이 많아져. 입만 열면 말이 쏟아져나오지. 하지만 뭔가에 정신이 팔려 있을 때는 말이 없어. 그리고 요 몇 달 동안 거의 말이 없었고."

"글쎄, 오늘은 말이 없지 않더라." 도러시가 말했다.

5

압디카림은 잠들지 않으려 애썼다. 밤에 꾸는 악몽 때문이었는데, 그런 꿈을 꾸면 큰 돌덩이가 굴러와 그의 몸을 내리누른 것처럼 침대에서 꼼짝도 할 수 없었다. 매일 밤 같은 꿈이었다. 장소는 모가디슈, 트럭이 천천히 달리다가 속도를 내 그의 가게 문 앞에 끼익하고 서면 아들 바시가 어리둥절한 표정으로 그를 쳐다보았다. 트럭 뒤에는 소년들이 앉아 있었고, 몇 명은 그의 아들보다도 어렸다. 트럭에서 뛰어내리는 그 소년들의 가느다란 팔다리는 어린 나이에 걸맞게 민첩했지만 어깨에는 무거운 총이 메어져 있었고 그들은 휘청거리지 않게 손으로 총을 단단히 잡았다. (꿈속에서) 카운터와 선반이 소리 없이 박살났고, 난데없이 끔찍한 혼란이 일어났다. 지옥 같은 파도가 그들을 덮쳤다.

악이 그들에게 들이닥쳤다. 왜 그런 일은 일어나지 않을 거라고 생각했던 걸까?

압디카림은 많은 밤 동안, 십오 년 치의 밤 동안 생각했지만 언제나 결론은 같았다. 모가디슈를 좀더 일찍 떠났어야 했다. 두 개의 세상에 살고 있던 마음을 하나로 합쳤어야 했다. 시아드 바레*가 모가디슈에서 달아나고 저항 세력이 두 파로 나뉘었을 때 압디카림의 마음도 둘로 나뉘는 것 같았다. 마음이 두 세상 모두에 존재하면 제대로 볼 수가 없다. 한 마음은 이렇게 말했다. 압디카림, 이 도시에는 폭력이 난무해, 아내와 어린 딸들을 멀리 떠나보내야 해—그는 그렇게 했다. 또다른 마음은 이렇게 말했다. 나는 남아서 이 가게를 지킬 거야. 아들과 함께.

눈동자가 검고 키가 큰 아들이 겁에 질린 채 그를 쳐다보고 있었다. 아들의 등뒤로 거리가 보였고 벽이 무너져서 흙먼지와 연기가 피어올랐다. 한 소년이 팔은 이쪽, 다리는 저쪽으로 당겨진 모양새로 바닥으로 떨어지고 있었다. 총을 쏘는 행위만으로도 그 업보가 이번 생에서 다음 생까지 이어지는 충분히 나쁜 짓이었지만 인간성을 상실한 어린 남자들은 그것으로는 충분하지 않은 듯했다. 그들은 벌컥 문을 열고 부서진 선반과 테이블 사이를

---

* 1969년에서 1991년까지 소말리아를 통치한 독재자.

누비며 커다란 미제 총을 마구 휘둘렀다. 무슨 이유에선가—아무 이유 없이—한 명이 남아서 총부리로 바시를 자꾸자꾸 내리쳤고, 압디카림은 아들에게 기어갔다. 꿈속에서 그는 한 번도 아들에게 가닿지 못했다.

비명소리를 들은 하웨야가 달려왔고, 압디카림에게 조그맣게 중얼거리며 차 한 잔을 내려주었다. "미안해할 것 없어요, 삼촌." 비명소리로 하웨야를 깨운 밤이면 압디카림은 늘 미안하다고 했다.

"그 청년 말이야." 어느 밤 그가 그녀에게 말했다. "재커리 올슨, 그 청년 때문에 마음이 아프구나."

하웨야가 고개를 끄덕였다. "하지만 처벌을 받는다잖아요. 연방검사가 벌을 줄 거래요. 에스테이버 목사님도 그 사실을 알고 있고요."

어두워진 방안에서 압디카림이 고개를 가로저었다. 땀이 얼굴에서 목으로 흘러내렸다. "아니, 그 청년이 내 마음을 아프게 한다는 말이야. 너는 못 봤지. 신문에서 봤던 모습과 달랐어. 그냥 잔뜩 겁을 집어먹은……" 그리고 부드럽게 말을 끝냈다. "아이였어."

"우리는 지금 법이 있는 곳에 살고 있어요." 하웨야가 달래듯 말했다. "그 사람은 법을 어겨서 겁을 먹은 거고요."

압디카림은 계속 고개를 가로저었다. "법이 있건 없건," 그가 작은 소리로 말했다. "공포를 일으키는 건 누구에게도 옳지 않아."

"그러니까 그놈은 처벌을 받을 거예요." 그녀가 참을성 있게 같은 말을 반복했다. 그는 차를 조금 마신 뒤 그녀에게 다시 가서 자라고 말했다. 그는 다시 잠들지 못하고 기운 없이 침대에 누워 있었다. 그의 가슴속에 있는 갈망은 언제나처럼 아들이 쓰러진 곳으로 돌아가는 것이었다. 살면서 경험한 최악의 순간이었으나, 그의 가장 깊은 갈망은 그 순간으로 돌아가 아이의 젖은 머리를 만지고 아이의 팔을 잡는 것이었다―그는 그 누구도 그토록 사랑한 적이 없었고, 두려움 가운데서도, 아니 어쩌면 두려움 때문에, 부서진 아들의 몸을 안고 있다는 사실을 하늘이 파랗다는 사실만큼 분명하게 느꼈다. 아들이 마지막으로 누워 있던 자리에 눕는 것, 그 이후 그 땅에서 흙먼지와 파편이 백 번은 갈아엎어졌다 하더라도 그 자리에 자신의 얼굴을 대보는 것, 지금 이 순간 그가 원하는 것은 오직 그것뿐이었다. 바시, 내 아들.

어둠 속에서 그는 침대에 누워 셜리폴스에 처음 왔을 때 도서관에서 빌렸던 DVD를 떠올렸다. 〈미국사의 중요한 순간들〉을 압디카림은 몇 주 내내 한 부분만 반복해서 봤는데, 바로 대통령 암살 장면이었다. 분홍색 정장을 입은 영부인이 남편 신체의 일부가 날아가는 걸 잡으려고 차 뒤쪽으로 넘어가는 장면이었다. 이 유명한 과부의 관심사가 오로지 돈과 옷이었다는 말이 나돌았지만 그는 믿지 않았다. 그 장면은 기록으로 남겨졌고, 그는 보았다. 그가 평생 가슴에 품고 산 것을 그녀 역시 평생 가슴에 품고 살았다. 그녀는 죽었지만(지금 압디카림의 나이만큼 살다가) 그는 그녀를 비밀 친구처럼 생각했다.

아침 기도가 끝난 뒤 압디카림은 모스크에서 그래섬 스트리트에 있는 자기 가게로 걸어가는 대신 마거릿 에스테이버를 만나러 파인 스트리트의 유니테리언 교회로 갔다.

*

한 달이 지났다. 이제 2월 말이 되었고, 셜리폴스의 땅에는 아직 눈이 남아 있었지만 해는 더 높이 떠올라 어떤 날에는 몇 시간 동안 눈을 녹였다. 눈이 건물 벽면을 덥히는 노란 햇살에 부드럽게 녹아 방울방울 떨어졌고 쇼핑몰 주차장 가장자리로 작은 개울이 만들어졌다. 요즘엔 수전이 하루 일을 끝내고 넓은 보행로를 가로질러 걸어갈 때까지도 종종 바깥에 봄의 온화한 햇살이 머물러 있었다. 어느 오후, 그녀가 차에 올라타는데 휴대폰 벨이 울렸다. 수전은 남들처럼 휴대폰에 익숙하지 않았다. 벨이 울리면 여전히 깜짝깜짝 놀랐고 통화를 할 때는 그레이엄 크래커처럼 생명이 없는 대상에게 말을 하는 기분이었다. 그녀가 가방에서 허겁지겁 휴대폰을 꺼냈다. 찰리 티베츠의 목소리가 이번 주말에 연방검찰에서 증오범죄로 재커리를 기소할 거라고 말했다. 그동안 범행 의도가 있었는지를 따지느라 기소가 미뤄졌지만 지금은 기소 요건을 충족한다고 생각한다는 것이다. 내부 소식통이 그에게 알려준 사실이었다. 그의 목소리는 고단했다. "물론 싸울 겁니다." 그가 말했다. "하지만 상황이 좋지는 않아요."

수전은 선글라스를 쓰고 주차장에서 차를 몰고 나왔지만 너무 천천히 운전하는 바람에 뒤에서 차가 빵빵거렸다. 그녀는 소나무가 줄지어 자란 곳을 달리다 교차로에서 잠시 차를 세웠고, 다시 병원과 교회와 오래된 목조 주택들을 지나 집 앞 진입로로 들어섰다.

잭은 부엌에 있었다. "요리는 못하겠어요." 그가 말했다. "하지만 전자레인지는 쓸 줄 알아요. 엄마가 먹을 냉동 라사냐와 제가 먹을 마카로니 앤드 치즈를 샀어요. 애플소스도 있고요. 거의 요리한 거나 마찬가지예요." 잭이 식탁을 차렸다. 자신이 해냈다는 사실에 뿌듯해하는 것 같았다.

"재커리." 그녀는 코트를 걸러 옷장으로 갔다가 옷장 문 앞에서 주르륵 눈물을 흘렸다. 그녀가 장갑으로 눈물을 훔쳤다. 잭이 음식을 다 먹고 나서야 그녀는 찰리의 전화에 대해 말했다. 그리고 자신을 바라보는 잭을 가만히 쳐다보았다. 잭은 벽을, 싱크대를, 다시 그녀를 보았다. 개가 낑낑거리기 시작했다.

"엄마." 잭이 말했다.

"괜찮을 거야." 수전이 말했다.

잭이 입을 약간 벌린 채로 엄마를 쳐다보더니 천천히 고개를 가로저었다.

"아가야. 삼촌들이 틀림없이 다시 와줄 거야. 너한테 큰 힘이 되어줄 거야. 생각해봐, 지난번에도 잘해냈잖아."

그래도 잭은 고개를 계속 가로저었다. 그리고 말했다. "엄마, 인터넷에서 찾아봤어요. 엄마는 몰라요." 잭의 입안이 말라서 말할 때 쩍쩍 소리가 났다. "훨씬 더 나쁜 상황이에요." 그가 일어섰다.

"뭘 말이니, 아가야?" 그녀가 조용히 물었다. "엄마가 뭘 모른다는 거야?"

"연방에서 하는 증오범죄 기소요. 엄마."

"말해봐." 수전이 식탁 밑에 있는 개를 힘껏 떠밀었는데, 그녀의 무릎에 코를 박고 낑낑거리는 그 가여운 짐승에게 소리를 지르고 싶었기 때문이다. "앉아, 아가. 앉아서 말해봐."

잭은 여전히 서 있었다. "그러니까, 십 년 전에 어떤 남자가—어디였는지는 기억 안 나요—아무튼 그 남자가 흑인의 잔디밭

364

에서 십자가를 태웠다가 팔 년 동안 감옥살이를 했대요.” 잭의
눈이 가는 실핏줄로 붉어지더니 촉촉하게 젖어들었다.

“재커리. 너는 흑인의 잔디밭에서 십자가를 태우지 않았어.”
그녀가 나직한 목소리로 조곤조곤 말했다.

“그리고 또 어떤 남자는 흑인 여자한테 소리를 지르면서 무슨
협박을 했다가 육 개월 동안 징역을 살았어요. 엄마. 나는……
나는 못하겠어요.” 잭의 가녀린 어깨가 올라갔다. 그가 다시 천
천히 의자에 앉았다.

“그런 일은 일어나지 않을 거야, 재커리.”

“그걸 어떻게 알아요?”

“넌 그런 일을 하지 않았으니까.”

“엄마, 엄마도 그 판사를 봤잖아요. 다음번엔 칫솔을 가져오라
고 했다고요.”

“그건 으레 하는 말이야. 과속 딱지를 받은 아이한테도 그러
고. 어린 사람들한테 겁을 주려는 거야. 헛소리라고. 헛소리야,
헛소리.”

재커리가 식탁 위에 긴 두 팔을 뻗어 포개고 그 위에 머리를
얹었다.

“찰리가 이 문제를 잘 처리할 수 있게 짐 삼촌이 도와줄 거
야.” 그녀의 아들이 팔에 머리를 묻은 채 뭐라고 중얼거리자 수

전이 "왜 그래, 아가?" 하고 말했다.

재커리는 고개를 들고 슬픈 눈빛으로 그녀를 쳐다보았다. "엄마, 아직 모르시겠어요? 짐 삼촌은 아무것도 못해요. 그리고 짐 삼촌이 밥 삼촌을 밀어서 넘어뜨린 것 같아요. 호텔에서 지낸 마지막날 밤에요."

"짐 삼촌이 밥 삼촌을 밀었다고?"

"괜찮아요." 잭이 더 곧은 자세로 앉았다. "괜찮아요, 엄마. 제 걱정은 하지 마세요."

"아가……"

"하지 마세요, 정말로." 잭은 아까의 두려움이 간단히 사라져 버렸다는 듯 가볍게 어깨를 으쓱했다. "괜찮아요. 정말이에요."

수전이 개를 밖으로 보내려고 일어섰다. 열린 입구에 서서 문 손잡이를 잡은 채로, 그녀는 아직 멀지만 서서히 다가오는 봄의 촉촉한 기운을 희미하게 느꼈다. 그리고 잠시, 그렇게 문을 열어두면 그들이 계속 자유로울 것 같다는 느닷없고 어리석은 생각에 사로잡혔다. 문을 닫는 순간 그들이 영원히 갇히기라도 할 것처럼. 문을 꼭 닫은 뒤, 그녀는 부엌으로 돌아갔다. "이제 설거지를 해야겠어. 텔레비전에 볼만한 게 있나 찾아보렴."

"네?"

그녀가 방금 한 말을 반복했고, 아들은 고개를 끄덕이며 조용히 대답했다. "그럴게요."

몇 시간이 흐른 뒤에야 그녀는 개를 다시 들여놓지 않았다는 걸 깨달았다. 하지만 개는 그냥 그곳에, 뒤쪽 포치에 있었다. 수전의 발치에 엎드린 개의 털이 차가웠다.

6

"헬렌," 그날 아침 짐이 침대 모서리에 걸터앉으며 말했다. "당신은 정말 좋은 사람이야." 그가 양말을 끌어올렸다. 그녀를 지나 드레스룸으로 가면서 그가 그녀의 머리에 손을 얹었다. "당신은 좋은 사람이야. 사랑해." 그가 말했다.

그녀는 돌아서서 드레스룸으로 걸어가는 그를 지켜보다가 하마터면 "지미, 오늘은 출근하지 마" 하고 말할 뻔했다. 하지만 그러지 않았다. 아침에 깨어났을 때 자신이 불안에 휩싸인 아이처럼 느껴졌고 정말 그런 아이처럼 말하면 더 기분이 안 좋아질 것 같아서였다. 그녀는 일어나서 목욕 가운을 입고 말했다. "이번 주말에 연극 보러 가자. 좀 작은 공연을 보고 싶은데. 오프오프브로드웨이* 연극 같은 거."

"그래, 헬리." 그가 드레스룸에서 외쳤다. 그녀는 봉에 걸린 옷걸이들이 밀리는 소리를 들었다. "뭐가 있는지 찾아봐. 같이 가자."

그녀는 여전히 목욕 가운을 입은 채로 부엌에서 분리된 방으로 가서 가족이 쓰는 컴퓨터 앞에 앉아 뉴욕에서 하는 모든 연극을 훑었다. 그러다보니 그녀는 오히려 브로드웨이 연극이 더 보고 싶어져 그것으로 골랐다. 광고에 따르면 알래스카에 사는 한 가족이 좌충우돌 벌이는 재미있는 이야기였다. 그러고는 옷을 입다가 문득, 나이가 지긋했던 어느 친척 아주머니를 떠올렸다. 그 아주머니가 어느 날, 헬렌, 이제 더는 배고픈 게 안 느껴져, 하고 말했다. 그리고 몇 달 지나지 않아, 안타깝게도 돌아가셨다. 그 기억에 헬렌은 눈물이 차올랐다. 그녀는 전화기가 있는 곳으로 가서 병원에 검진 예약을 했다. 음식에 대한 욕구가 사라진 것 같지는 않았지만, 뭔가 놓치고 있는 욕구가 있는 것 같았다. 의사는 다른 예약 환자가 취소를 했다면서 월요일에 오라고 했다. 그러자 그녀는 유능한 사람이 된 느낌이 들었고, 전화를 끊으며 오늘 아침에 짐이 참 다정했던 것을 기억해냈다. 기분좋은 선물을 받

---

* 뉴욕 브로드웨이 극장가의 상업주의에 대항하여 1950년대에 일어난 실험적인 소극장 운동인 오프브로드웨이가 브로드웨이 진출의 등용문으로 변해가자, 이에 반발해 젊은 예술가들이 새롭게 시작한 연극 운동.

아놓고 그 사실을 깜박 잊고 있었던 것처럼, 마음이 따뜻해졌다. 낮에는 맨해튼에 갈 것이다. 그녀는 수화기를 들고 키친 캐비닛 여자 둘에게 전화를 걸었다. 한 명은 임플란트 때문에 밖에서 전화를 받았고, 다른 한 명은 나이 많은 시어머니와 함께 점심을 먹고 있었다. 그들의 대답—오, 헬렌, 나도 마음대로 다닐 수 있으면 좋을 텐데!—을 듣자 헬렌은 우쭐한 기분이 들었다.

블루밍데일스 백화점 앞 보도에서 헬렌은 통통한 여자가 휴대폰으로 "거실에 놓을 쿠션을 찾았는데, 내가 원하던 딱 그 색깔이야" 하고 말하는 소리를 들었다. 그러자 헬렌은 갑자기 즐거운 향수에 젖어들며 마음이 따뜻해지는 것 같았다—그 계절에 처음 꽃을 피운 크로커스와 마주친 기분이었다. 이 통통한 여자는 걸을 때 넓적한 허벅지에 부드럽게 부딪히는 큰 쇼핑백들을 들고 행복하게 자기 삶 속에 머물러 있었다. 그것은 평범함이 주는 사치였다. 헬렌은 자신이 의식하지 못한 채 놓치고 있다고 느낀 게 무엇인지 깨달았다. 하지만 모두 그녀 곁에 있었다. 그것은 바로 그녀와 시간을 보내고 싶어하는 키친 캐비닛 친구들, 사랑하는 남편, 건강한 아이들이었다. 아니, 애초에 그녀가 잃은 것은 없었다.

그녀가 블루밍데일스 7층에 있는 카페에 앉아 시나몬 스쿼시 수프로 이른 점심을 먹고 있는데 휴대폰 벨이 울렸다. "믿기지 않겠지만," 짐이 말했다. "잭이 없어졌어. 사라져버렸어."

"지미, 잭이 그냥 사라질 리는 없어." 그녀는 입에 수프가 묻은 것 같아, 얇은 휴대폰을 붙잡고 동시에 냅킨으로 입을 닦으려 애쓰고 있었다.

"당연히 사라질 수 있어. 지금 사라졌고." 화난 목소리는 아니었다. 짐은 넋이 나간 사람 같았다. 넋이 나간 남편의 목소리는 헬렌에게 생소했다. "오늘 오후 비행기로 갈 거야."

"나도 같이 갈까?" 그녀는 이미 계산서를 달라고 종업원에게 손짓을 하고 있었다.

"당신이 원한다면. 수전이 정말 힘들어하고 있어. 잭이 쪽지를 남겼어. '엄마, 미안해요'라고 적혀 있었대."

"쪽지를 남겼어?"

그녀는 택시를 잡아타고 FDR 드라이브와 브루클린브리지를 건너는 내내 재커리가 쪽지를 남기는 모습을 그려보았다. 수전은—수전의 모습은 그려볼 수가 없었다—집안을 서성이고 경찰에 전화를 할까? 사람들은 이런 상황에서 어떤 행동을 하지? 누군가는 짐에게 전화를 한다. 그런 행동을 하는 것이다. (솔직히 말하면, 택시가 쿨렁거리며 애틀랜틱 애비뉴를 달리는데, 헬렌의 내면에서 은빛의 작고 날카로운 무언가가 그녀를 흥분시켰다. 이미 그녀는 아이들에게 그 이야기를 늘어놓고 있었다. 아,

정말 깜짝 놀랐어. 네 아빠가 어찌나 당황하던지, 그런 모습은 처음이었단다. 내가 서둘러 돌아가서 아빠와 비행기를 탔지.)

7

찰리도 말렸고 짐도 말렸지만 수전은 짐과 밥이 도착하기를 기다리다 기어코 전화기를 집어들어 게리 오헤어에게 전화했다. 저녁식사 시간이 가까웠기 때문에 게리의 아내가 전화를 받으면 끊을 생각이었지만 게리가 전화를 받았다. 수전은 재커리가 실종됐다고 불쑥 내뱉었다. "게리, 어떻게 하면 되죠?"

"실종된 지 얼마나 됐는지 말해봐요."

그녀는 몰랐다. 그녀가 집에서 나온 여덟시에는 잭이 집에 있었다. 적어도 그의 차는 있었다. 하지만 손님이 뜸하고 사장이 점심시간을 충분히 가지라고 해서 그녀가 열한시에 집에 돌아와 부엌에 들어가보니 식탁 위에 이런 쪽지가 놓여 있었다. "엄마, 미안해요." 그리고 잭의 차도 없었다.

"없어진 건 없어요? 옷은 가져갔어요?"

"몇 벌 챙겨간 것 같아요. 더플백이랑 휴대폰이 없고요. 컴퓨터도 없어요, 지갑도. 노트북 컴퓨터를 가져갔어요. 죽을 작정이라면 컴퓨터를 가져가진 않겠죠? 혹시 그런 사람이 있었나요?"

게리는 누가 침입한 흔적이 있는지 물었고 그녀는 없다고 대답했다. 세 들어 사는 진 드링크워터 부인이 위층에 있었지만 그녀 역시 아무 소리도 듣지 못했다.

"낮에는 문을 잠가두나요?"

"그래요."

"사람을 보내 집을 둘러보게 할 수는 있지만……"

"그러지 마세요. 전 그냥 알고 싶은 거예요—지금 형제들을 기다리고 있는데, 곧 도착할 거예요—스스로를 해치려는 사람이 컴퓨터를 챙겨가는지 그것만 알고 싶어요."

"그걸 알 수는 없어요, 수전. 잭이 우울해하던가요?"

"무서워했어요." 이제 그녀는 말을 더듬었다. 그녀는 연방검찰에서 이번 주말에 움직일 거란 사실을 게리도 틀림없이 알 거라고 생각했지만, 지금 그녀가 원하는 건 누구라도 그녀의 아들이 살아 있다고 말해주는 것뿐이었다. 그리고 그 말을 해줄 수 있는 사람은 아무도 없었다.

게리가 말했다. "지금 우리가 알고 있는 건, 한 성인 남성이 자

374

기 물건을 챙겨서 차를 몰고 집을 나갔다는 거예요. 잘못된 선택을 할 거라는 암시는 없어요. 실종 사건에서 처음 스물네 시간 동안은 신고 접수도 하지 않아요."

찰리와 짐에게 들어서 그녀도 아는 내용이었다. "미안해요, 귀찮게 해서." 그녀가 말했다.

"귀찮게 하지 않았어요, 수전. 엄마가 해야 할 일을 한 거죠. 형제들이 곧 온다고 했나요? 오늘밤에 혼자 있는 건 아니겠지요?"

"막 집에 도착했어요. 고마워요, 게리."

게리는 그의 아내가 저녁식사가 준비됐다고 말할 때까지 오랫동안 거실에 서 있었다. 경찰로 일해온 긴 세월 동안 그는 어떤 일이 왜 이 사람에게는 일어나고 저 사람에게는 일어나지 않는지 제대로 이해하려 해본 적이 없었다―그래야 할 이유가 어디 있는가? 게리의 아들들은 잘 자랐다. 한 녀석은 주 경찰관이 되었고 다른 녀석은 고등학교 교사가 되었다. 그와 그의 아내가 그런 행운을 누려온 이유를 누가 말할 수 있겠는가? 행운은 내일 끝날 수도 있었다. 그는 사람들의 행운이 전화 한 통으로, 문을 두드리는 노크 한 번으로 끝나는 것을 봐왔다. 그는 식사실로 가서 아내의 의자를 빼주었다.

"뭐하는 거야?" 그녀가 농담처럼 물었다. 그녀가 그의 목에 두 팔을 두르는 바람에 그는 깜짝 놀랐다. 그들은 잠깐 동안 그들이 좋아하는 노래를 흥얼거렸다. 결혼생활 초기에 좋아했던 월리 패커의 노래였다. 당신이 내 것이 될 것 같은 야릇한 기분이 들어요……

*

버지스 아이들이 식탁에 둘러앉아 무슨 일이 일어났는지 짚어나갔다. 헬렌도 거기 함께 앉아 있었지만 겉도는 기분이었다. 개가 그녀의 무릎에 계속 머리를 들이밀어서, 헬렌은 아무도 보지 않는 틈을 타 힘껏 개를 밀어냈다. 개가 낑낑거리자 수전이 손가락을 팅기며 말했다. "엎드려." 수전의 손이 떨리고 있었다. 밥은 진정제를 먹으라고 했고, 그녀는 이미 한 알 먹었다고 대답했다. 그리고 말했다. "나는 잭이 살아 있는지 그것만 알면 돼."

"한번 샅샅이 둘러보자." 짐이 말했다. "어서." 형제가 수전과 함께 잭의 방으로 올라갔다. 헬렌은 코트를 입은 채 그대로 앉아 있었다. 집이 추웠다. 그녀의 머리 위로 그들이 돌아다니는 소리와 웅성거리는 목소리가 들렸다. 그들은 위층에 한참을 있었다. 계속 벽장문이 열리고, 서랍이 열리고 닫혔다. 조리대에 〈단순한 사람들을 위한 간단한 식사〉라는 제목의 잡지가 있었고, 마침내 헬렌은 그 잡지를 뒤적였다. 레시피 하나하나가 명랑한 문체로 쓰여 있었다. 당근에 버터와 흑설탕을 바르면 아이들을 감쪽같이 속이면서 몸에 좋은 걸 먹일 수 있어요. 그녀는 한숨을 쉬며 잡지를 내려놓았다. 개수대 위 창문에 걸린 커튼 색깔은 번트 오렌지색이고 밑단에는 작은 러플 주름이 달려 있었다. 맨 위쪽에도 가로로 달려 있었다. 그런 커튼을 보는 건 오랜만이었다. 그녀는 결혼반지를 끼지 않았다는 사실을 느끼며 무릎에 손을 올리고 앉아 있었다. 그 반지는 지금 보석상에 있었다. 손가락에 끼고 있는 밋밋한 반지가 이상하게 느껴졌다. 문득 월요일 병원 예약을 취소하지 않은 게 떠올랐고, 내일 아침 일어나자마자 잊지 않고 전화를 하려면 시계를 반대쪽 손목에 차는 게 낫지 않을까 잠시 생각했으나 그냥 가만히 앉아 있었다. 그때 버지스 형제와 수전이 내려왔다.

"가출한 것 같아." 짐이 말했다. 헬렌은 대답하지 않았다. 대답할 말이 떠오르지 않았다. 그날 밤 밥은 집에 남기로 했고 헬렌과 짐은 호텔에 가기로 했다.

"스티브한테 알렸어요?" 헬렌이 일어서면서 수전에게 묻자, 수전은 헬렌이 줄곧 거기 있었다는 것을 몰랐다는 듯 헬렌을 쳐다보았다.

"그럼요." 수전이 말했다.

"뭐라던가요?"

"점잖게 대했대. 걱정도 많이 하고." 짐이 대답했다.

"잘됐네요. 어떻게 해보자는 말은 없고요?" 헬렌이 장갑을 꼈다.

"거기서 스티브가 뭘 어쩔 수는 없으니까." 이번에도 짐이 여동생을 대신해 대답했다. "2층에 스티브가 보낸 메일을 출력해 놓은 게 있어. 학교 잘 다녀라, 관심사나 취미로 할 만한 걸 찾아 봐라, 그런 내용을 써서 보냈더군. 갈 준비 다 됐어?"

밥이 말했다. "수지, 내가 있는 동안만이라도 난방을 할 수 있을까?" 수전이 그러라고 했다.

그들이 차로 다리를 건너 호텔로 갈 때 헬렌이 물었다. "가출했다면 잭이 어디로 갔을까?"

"우리도 모르지. 어떻게 알겠어."

"어떻게 할 계획이야, 지미?"

"기다려야지."

헬렌은 양옆으로 흐르는 잉크색 강물이 얼마나 불길해 보이는지, 이곳의 밤이 얼마나 깜깜한지 생각했다. "수전이 불쌍해." 그녀는 진심이었다. 그러나 자신의 말이 거짓처럼 들린다는 생각이 들었고, 짐은 아무 대답이 없었다.

*

다음날 오후, 호텔에서 결혼식이 열렸다. 날씨는 화창하고 하늘은 푸르렀다. 공기 중에 다이아몬드를 듬뿍 뿌려놓은 것처럼, 눈도, 강물도 반짝거렸다. 강 옆의 넓은 호텔 테라스에서는 결혼식에 참석한 사람들이 사진을 찍으려고 줄을 맞춰 서서, 춥지 않은 듯 웃고 있었다. 헬렌은 발코니에서 그 장면을 구경했지만 소리는 듣지 못했다. 지금 그녀가 있는 발코니가 높은 층인데다 강물 소리가 사람들 소리를 삼켜버렸기 때문이다. 신부는 흰 웨딩드레스에 털이 북슬북슬한 흰색 재킷을 입었다. 헬렌은 신부가 젊지 않다는 것을 알아차렸다. 분명 두번째 결혼식일 것이다. 그게 맞다면 신부가 전통적인 드레스를 입는 것은 우스꽝스러운 일이었지만 요즘엔 다들 자신이 하고 싶은 대로 했고, 또한 이곳은 메인이었다. 남편은 통통한 편이고 행복해 보였다. 헬렌은 묘한 질투를 느꼈다. 그녀는 다시 방안으로 들어갔다.

"지금 수전한테 갈 건데. 당신도 갈래?" 짐이 침대에 앉아 발을 닦고 있었다. 그는 호텔 피트니스센터에서 운동을 한 뒤 방금 샤워를 마쳤고 지금은 맨발을 박박 닦고 있었다. 헬렌이 느끼기로는 그들이 여기 도착한 뒤로 그는 계속 발을 닦는 것 같았다.

"내가 도움이 된다면 당연히 갈 거야." 헬렌이 말했다. 그녀는 이미 시누이의 집에서 오전 나절을 통째로 견뎌낸 뒤였다. "하지만 내가 간다 해도 달라지는 게 없을 것 같아."

"마음대로 해." 짐이 말했다. 카펫에 하얀 각질이 흩어져 있었다.

"지미, 그만 좀 해. 발이 떨어져나가겠어. 주변이 온통 지저분해졌잖아."

"가려워서."

헬렌이 책상 옆 의자에 앉았다. "여기 얼마나 더 있을 거야?"

짐은 발 긁기를 멈추고 그녀를 쳐다보았다. "몰라. 상황이 어떻게 되는지 지켜봐야지. 나도 몰라. 내 양말 어딨지?"

"침대 저쪽에." 헬렌은 양말을 만지고 싶지 않았다.

그가 허리를 숙이고 천천히 양말을 신었다. "지금 당장은 수전을 혼자 둘 수 없어. 이 상황을 잘 이겨나갈 수 있게 도와줘야 해. 지금이 어떤 상황이건. 결국 어떤 상황이 되건."

"스티브를 여기 오게 했어야 해. 스티브가 오겠다고 했어야 하고." 헬렌은 일어서서 다시 테라스로 갔다. "저 아래에서 결혼식을 하고 있어. 한겨울에. 야외에서."

"수전이 왜 스티브한테 와달라고 해야 하지? 수전은 스티브를 칠 년 동안 안 보고 살았고, 스티브도 자기 아들을 칠 년 동안 안 보고 살았어. 그런데 왜 이제 와서 수전이 곤욕스럽게 스티브를 불러야 해?"

"그건 말이야, 둘이 같이 아이를 낳았으니까." 그녀가 돌아서서 남편을 마주보았다.

"헬리, 당신 때문에 점점 미치겠어. 당신하고 싸우고 싶지 않아. 왜 자꾸 내가 당신과 싸우게 만들어? 내 여동생이 지금 부모로서 경험할 수 있는 최악의 상황에 처해 있어. 자기 자식이 어디 있는지 모른단 말이야. 살아 있는지조차 모르고."

"그건 당신 잘못이 아니야." 헬렌이 말했다. "내 잘못도 아니고."

짐이 일어서서 구두를 신었다. 그는 주머니를 툭툭 쳐서 차 열쇠를 확인했다. "여기 있고 싶지 않으면, 헬렌, 집으로 돌아가. 오늘밤에 비행기를 타. 어차피 수전은 상관하지 않을 테니까. 눈치도 못 챌걸." 그가 코트 지퍼를 올렸다. "진심이야. 그래도 괜찮아."

"당신을 두고 나 혼자 돌아가진 않을 거야."

그녀는 오후에 옷을 잔뜩 껴입고 강가를 따라 난 보행로를 걸었다. 햇살이 눈밭과 강물을 여전히 밝게 비추고 있었다. 전쟁 기념비 같은 것이 보여서 그녀는 걸음을 멈추었다. 전에는 보지 못했던 것이었지만, 어쨌거나 마지막으로 셜리폴스에 온 게 언제였는지도 그녀는 기억나지 않았다. 커다란 원 안에 넓고 판판한 화강암들이 수직으로 세워져 있었다. 그녀는 그것들을 유심히 들여다보다가 그중 하나가 최근에 이라크에서 사망한 젊은 여성을 기리는 것임을 알고 깜짝 놀랐다. 앨리스 리우. 스물한 살. 에밀리와 같은 나이. "어머나, 어리고 사랑스러운 나이에." 헬렌이 나직이 중얼거렸다. 햇빛 속에서 그녀 주위로 슬픔이 퍼져나갔다. 그녀는 돌아서서 다시 호텔로 돌아갔다.

객실 청소부가 수건을 담은 카트를 가지고 그들 방 밖에 있는 걸 보고 헬렌은 깜짝 놀랐다. 그 여자는 머리에서 발끝까지 내려오는 로브를 입어 얼굴만, 둥근 갈색 뺨과 초롱초롱한 짙은 색 눈만 보였고, 그건 그녀가 소말리족이라는 뜻이었다. 메인 주 셜리폴스에 다른 흑인 이슬람교 신자가 있을 거라고는 생각할 수 없었기 때문이다. "안녕하세요!" 헬렌이 밝은 목소리로 말했다.

"안녕하세요." 그 젊은 여자—중년 여성일 수도 있었는데, 이런 얼굴에 익숙지 않아 헬렌은 전혀 나이를 짐작할 수가 없었다—가 수줍은 듯 물러섰고, 헬렌이 들어가보니 방은 이미 정돈되어 있었다. 잊지 않고 팁을 넉넉히 줘야겠다고 생각했다.

밥이 다섯시쯤 나타났다—술도 마시고 비탄에 잠긴 누이로부터 잠시 벗어나 있을 겸 온 거라고 헬렌은 생각했다. "들어와요, 들어오세요." 그녀가 말했다. "수전은 어때요?"

"똑같아요." 밥이 미니바에서 작은 스카치 병 하나를 꺼냈다.

"저도 마실게요." 헬렌이 말했다. "수전은 호텔로 오지 못하게 하세요. 청소부가 소말리아 사람인 것 같아요. 소말리족이요. 잘못 말했네요." 헬렌은 손동작으로 그 여자가 입었던 머리부터 발끝까지 가리는 천을 표시했다.

밥은 약간 영문을 모르겠다는 표정으로 그녀를 쳐다보았다. "수전이 소말리족 사람들한테 화가 난 것 같지는 않아요."

"그래요?"

"지방검사, 연방검사보, 지방 검찰청, 그리고 언론에 화가 났죠. 그러니까, 그 전체에요. 저기, 뉴스를 틀어도 될까요?"

"그럼요." 하지만 그녀는 괜찮지 않았다. 그녀는 호텔방에 있는 위스키잔을 들고 분위기를 의식하며 앉아 있느라, 어제 주가지수가 416포인트 떨어졌다는 뉴스를 듣고 깜짝 놀랐지만 그런 말은 할 수 없었다. 잭 때문에 버지스 집안이 난리도 아닌데 그 이야기를 하는 건 결례일 테니까. 또한 그녀는 슬펐다. 이라크에서 일어난 폭발로 미군 여덟 명과 민간인 아홉 명이 숨졌다는 뉴스가 들리자 그것이 아까 강가에서 봤던 기념비와 연관 지어졌기 때문이다. 오, 너무도 많은 사람들이 어디에서나 죽어가는데 무엇을 할 수 있지? 아무것도! 그녀는 익숙한 모든 것으로부터 떨어져 있었다(그녀의 아이들, 그녀는 목욕을 마친 뒤 촉촉하게 젖은 아이들을 떠올리며 아이들이 다시 그만큼 어려지기를 바랐다)—"저는 내일 돌아갈 것 같아요." 그녀가 말했다.

밥이 고개를 끄덕이고 계속 텔레비전을 봤다.

*

강물 위로 떨어지는 오후 햇살이 얇게 깔린 구름 뒤에서 흐려졌고, 호텔방의 회색 카펫은 옅은 회색 하늘보다 좀더 짙은 색이었다. 창문을 통해 보이는 작은 발코니의 난간은 보다 더 짙은 회색의 가늘고 단단한 선 같았다. 짐은 지쳐 보였다. 그날 아침 그는 헬렌을 포틀랜드에 있는 공항까지 태워다주었고, 그가 돌아왔을 때 수전은 경찰서에 실종 신고를 하기로 했다. "아직 연방에서 잭의 체포 영장을 발부한 것도 아니잖아." 그녀가 주장했고, 그 말은 옳았다. "게다가 보석 조건이나 시민권 위반에 따른 법원 명령을 보면 잭은 소말리족 사회에서만 떨어져 있으면 돼." 그녀가 주장했다.

"그래도," 밥이 참을성 있게 말했다. "지금 잭을 실종자로 신고하는 게 좋은지는 잘 모르겠어."

"하지만 실종된 건 사실이야." 수전이 소리를 질렀고, 그들은 그녀와 함께 경찰서로 가서 실종 신고를 했다. 잭이 몰고 간 차의 정보—번호판이 컴퓨터 모니터에 나타났다—가 신고서에 올라갔고, 이제 경찰이 그 차를 찾을 거란 사실에 밥의 두려움은 한층 커졌다. 그리고 희망도. 밥은 작은 모텔방에 있는 잭의 모습을 상상했다. 옷을 넣은 더플백을 바닥에 내팽개치고 컴퓨터로 음악을 들으며 침대에 누워 있는 잭을. 기다리고 있는 잭을.

짐과 밥이 수전을 집까지 데려다주었다. 짐은 진입로에 차를 세우고 운전석에 앉은 채로 말했다. "수지, 잠깐만 혼자 있어. 밥과 난 일 때문에 호텔로 돌아가 전화할 데가 좀 있어. 곧 돌아올게. 저녁식사 시간에 맞춰서."

"드링크워터 부인이 저녁을 준비하고 있어. 하지만 못 먹겠어." 수전이 차에서 내리며 말했다.

"그러면 먹지 마. 진짜 금방 돌아올게."

밥이 말했다. "잭이 옷을 가져갔잖아, 수지. 괜찮을 거야." 수전이 고개를 끄덕였고, 형제는 그녀가 포치 계단을 올라가는 것을 지켜보았다.

호텔방에 돌아가서 밥은 코트를 벗어 침대 옆 바닥에 훌렁 집어던졌다. 짐이 코트를 그대로 입고서 주머니에서 휴대폰을 꺼내 침대에 던졌다. 그가 밥을 쳐다보며 고갯짓으로 휴대폰을 가리켰다.

"왜?" 밥이 말했다.

"잭 거야."

밥이 휴대폰을 집어들고 쳐다보았다. "수전이 잭 전화기랑 컴퓨터가 없어졌다고 했잖아."

"컴퓨터는 가져갔어. 휴대폰은 방에서 찾았어. 침대 옆 서랍장에 있던데. 양말 밑에. 수전한테는 얘기 안 했어."

밥은 겨드랑이 밑이 따끔거리는 것 같았다. 그는 다른 침대에 천천히 앉았다. "옛날에 쓰던 걸 수도 있어." 이윽고 그가 말했다.

"아니야. 최근 전화 기록이 있어. 지난주 거야. 대부분 수전 직장으로 건 거야. 마지막은 사라지던 날 나한테 한 거고."

"형한테? 회사로?"

짐이 고개를 끄덕였다. "나한테 걸기 직전엔 전화번호 안내를 받았어. 로펌 전화번호를 물어봤겠지. 구글에서 찾아보면 나왔을 텐데 왜 그러지 않았는지 모르겠어. 아무튼 난 그 전화를 못 받았고, 잭은 접수원에게 메시지를 남기지도 않았어. 오늘 아침에 포틀랜드에서 돌아오는 길에 회사로 전화를 걸었더니 접수원이 나를 찾는 전화가 왔었다고 하더라. 이름은 알려주지 않았고 용건을 물어보니까 그냥 끊더래." 짐은 두 손으로 얼굴을 비볐다. "접수원한테 소리를 질렀어. 바보 같았지." 그가 주머니에 손을 넣고 창문으로 걸어갔다. 그가 나직이 욕설을 내뱉었다.

"컴퓨터는 정말 가져간 게 맞을까?" 밥이 물었다.

"그런 것 같아. 그리고 더플백도. 그럴 거야. 더플백에 대해선 수전이 알겠지. 나는 알 수 없어." 그가 창가에서 돌아보았다.

"술 좀 없어, 얼뜨기? 지금은 정말 술이 고파."

"수전 집에 있어. 하지만 미니바가 있잖아."

짐이 미니바의 나무문을 열어 보드카 작은 병 두 개를 꺼내고 뚜껑을 연 뒤 잔에 따라 물처럼 들이켰다.

"맙소사." 밥이 말했다.

짐이 얼굴을 찡그리고 크게 숨을 내쉬었다. "그래." 그가 다시 미니바를 열고 이번에는 맥주 캔을 꺼냈다. 맥주를 따자 거품이 부글부글 올라왔다.

"지미, 진정해. 그렇게 마실 거면 뭘 좀 먹어야지."

"알았어." 짐이 여전히 코트를 입은 채 의자에 앉으며 흔쾌히 말했다. 그가 고개를 뒤로 젖히고 맥주를 들이켰다. 그리고 마시라며 밥에게 캔을 내밀었다. 밥은 고개를 저었다. "진심이야?" 짐이 고단한 듯 싱긋 소리 없이 웃었다. "네가 술을 마다할 때도 있어?"

"정말로 심각한 상황일 땐 안 마셔." 밥이 말했다. "팸이 떠나고 일 년 동안은 술은 입에 대지도 않았어." 짐은 대답하지 않았고, 밥은 형이 캔을 들고 맥주를 홀짝이는 것을 지켜보았다. "어디 가지 마." 그가 형에게 말했다. "내려가서 형이 먹을 걸 좀 가져올게."

"어디 안 가." 짐이 다시 싱긋 웃고 맥주를 비웠다.

                                      *

　수전은 소파에 앉아 텔레비전을 보고 있었다. 디스커버리 채
널이었는데, 펭귄 수십 마리가 뒤뚱거리며 드넓은 빙판을 걸어
가고 있었다. 드링크워터 부인은 윙체어에 앉아 있었다. "깜찍하
기도 해라, 안 그래요?" 그녀는 그렇게 말하며 두르고 있던 앞치
마 주머니를 만지작거렸다.
　얼마간 시간이 흐른 뒤 수전이 말했다. "고마워요."
　"내가 뭘 한 게 있다고."
　"같이 있어주시잖아요." 수전이 말했다. "요리도 해주시고요."
그녀가 덧붙였다.
　펭귄들이 한 마리씩 빙판에서 물속으로 미끄러져들어갔다. 부
엌에서는 아까 드링크워터 부인이 오븐에 넣은 닭고기 냄새가
났다. 수전이 말했다. "이 모든 게 현실 같지가 않아요. 꿈을 꾸
는 것처럼요."
　"알아요, 수전. 형제들이 와서 다행이에요. 올케는 갔어요?"
　수전이 고개를 끄덕였다. 시간이 흘렀다. "저는 올케가 싫어
요." 수전이 말했다. 시간이 좀더 흘렀다. "어르신은 따님들과 사
이가 좋으세요?" 수전이 계속 텔레비전을 보면서 이렇게 물었다.
대답이 없자 그녀는 드링크워터 부인을 보았다. "죄송해요. 괜한

388

소리를 했네요."

"오, 아니에요, 정말 괜찮아요." 드링크워터 부인은 똘똘 뭉친 화장지로 커다란 안경 아래의 눈을 닦았다. "솔직히 딸들하고 문제가 좀 있어요. 특히 첫째랑."

수전은 다시 텔레비전을 보았다. 펭귄들이 머리를 간닥거리며 물속을 돌아다녔다. "괜찮으시면 얘기해주세요. 도움이 될 것 같아요." 수전이 말했다.

"아, 물론 그래야죠. 애니는 마리화나 담배를 피웠어요. 그 문제로 집에서 난리가 났고 나는 남편 편을 들었어요. 애니는 사귀는 남자가 있었는데 징집영장이 나온 거예요. 베트남전이 시작됐을 무렵이었는데, 기억나죠? 그 청년이 징집을 피해 캐나다로 도망쳤고, 애니도 그때 따라갔어요. 두 사람은 헤어졌지만 애니는 돌아오지 않았어요. 우리 나라처럼 타락한 곳에서는 살고 싶지 않다고, 애니가 그렇게 말했어요." 드링크워터 부인은 잠시 말을 멈추었다. 그녀는 손에 쥔 화장지를 물끄러미 쳐다보고 무릎 위에 펼치려고 하다가 다시 똘똘 뭉쳤다.

수전이 텔레비전을 향해 말했다. "잭이 옷을 가져갔어요. 입지 않을 거면 챙겨가지 않았을 거예요." 그녀가 표정 없이 덧붙였다. "따님을 찾아가서 만나보지는 않으셨어요?"

"그앤 우리를 받아주지 않았어요." 드링크워터 부인이 고개를 가로저었다.

펭귄들이 지느러미발로 주르륵 미끄러지며 다시 빙판 위로 올라가고 있었다. 평평한 발이 펭귄의 몸을 똑바로 버텨주었다. 펭귄의 눈은 물에 젖어 반짝이는 작은 몸만큼이나 영롱하게 빛났다.

"애니는 캐나다에 대해 낭만적인 생각을 갖고 있어요." 드링크워터 부인이 말했다. "자기 증조부가 거기서 여기로 어떻게 오게 됐는지는 생각도 하지 않아요. 그분은 파산을 하는 바람에 농장을 떠나야 했어요. 채권자들이 얼마나 야비하게 굴었는지 몰라요. 애니는 부패에 대해서는 자기가 전부 안다고 생각했어요. 내가 그애한테 그랬죠. '하!'" 드링크워터 부인이 실내용 슬리퍼를 신은 발을 까딱거렸다.

수전이 말했다. "따님이 캘리포니아에 있다고 하지 않으셨던가요? 예전에 그러셨던 것 같은데."

"지금은 거기 있어요."

수전이 일어섰다. "짐과 밥이 돌아올 때까지 위층에 올라가 쉬어야겠어요. 고맙습니다. 저한테 정말 잘해주셨어요."

"바보 같은 소리만 지껄여댄걸." 드링크워터 부인이 민망하다는 듯 손을 내둘렀다. "형제들이 도착하면 부를게요." 드링크워터 부인은 의자에 그대로 앉아 앞치마를 잡아뜯듯 만지작거리고 화장지를 잘게 찢었다. 화면에서 펭귄이 사라지고 열대우림 지역이 나오고 있었다. 드링크워터 부인은 화면을 보고 있었지만 마음은 자꾸 다른 곳을 맴돌았다. 그녀가 어릴 적 살던 집에는 남녀 형제들이 북적였다. 퀘벡으로 돌아가자고 하는 친척 어른도 있었지만 실제로 그렇게 한 사람은 없었다. 그녀는 남편 칼을 생각했고, 그들이 함께 꾸려간 삶을 떠올렸다. 딸들에 대해선 생각하고 싶지 않았다. 딸들이 자신들은 전혀 책임이 없다고 생각하는 저항과 마약과 전쟁의 시절에 유년을 보내게 되리라고는 예측할 수 없었다. 누구도 미래를 예측할 수 없는 법이다. 그녀는 민들레 홀씨가 날아가는 것을, 그녀의 가족이 거의 무게가 없는 하얀 홀씨처럼 멀리 흩어져버리는 모습을 상상했다. 삶에 자족하는 비결은 이유를 묻지 않는 것이다. 그녀는 오래전에 그 사실을 깨달았다.

열대우림은 초록색으로 반짝였다. 드링크워터 부인은 발을 까딱이며 화면을 보았다.

*

밥은 샌드위치 두 개를 들고 호텔방으로 돌아갔다. "지미?" 그가 불렀다. 방은 비어 있었다. 욕실 세면대 위 전등이 켜져 있었다. "지미?" 그가 침대 위 잭의 휴대폰 옆에 샌드위치 봉지를 던졌다.

그의 형은 발코니에, 곧 쓰러질 것처럼 호텔 벽에 기대 있었다.

"이것 참." 밥이 말했다. "형, 취했어."

"아니, 안 취했어." 짐이 조용히 말했고, 강물 소리는 요란했다.

"형, 들어와." 갑자기 그들 위로 산들바람이 불어왔다.

짐이 한 손을 들어, 강과 그 너머의 도시를 향해 바람을 가볍게 쓸어냈다. 지붕과 나무들 위로 교회 첨탑들이 보였다. "일이 이런 식으로 흘러갈 거라고는 생각도 못했어." 그가 손을 아래로 떨어뜨렸다. "메인 주 사람들을 옹호하려고 그런 거였는데."

"맙소사. 형, 지금 자괴감에 빠질 때가 아니야."

짐이 밥 쪽을 돌아보았다. 그는 아주 어리고 지치고 어리둥절해 보였다. "밥, 잘 들어. 잭이 헛간 서까래나 나무에 목을 매단 걸 어느 농부가 발견했다고 주 경찰이 언제 전화할지 몰라. 잭이 정말 컴퓨터를 가져갔는지도 모르겠어. 더플백? 그게 무슨 대수라고." 짐이 자기 가슴을 엄지로 톡톡 쳤다. "어느 정도는 말야, 어떻게 보면 말이지, 내가 그애를 죽인 거나 다름없어." 그가 소매로 얼굴을 닦았다. "내가 딕 하틀리가 받아야 할 관심을 가로챘고, 다이앤 도지한테 소리를 질렀어. 강한 척 으스대면서 상황을 더 엉망으로 만들었다고."

"짐, 그런 바보 같은 말이 어디 있어. 잭이 죽었는지는 모르는 일이야. 그리고 어떤 일이 일어나든 그건 형 잘못이 아니야. 이런 맙소사."

"잭이 로펌으로 내게 전화를 걸었어, 밥. 그런데 너무 비대한 회사라 나한테 연결도 되지 않았지. 어찌나 대단한 곳인지." 짐이 다시 강을 바라보며 천천히 고개를 저었다. "한때 난 이 나라 제일의 형사소송 전문 변호사였어. 믿어져?"

"짐, 그만해."

짐은 곤혹스러운 표정을 지었다. "여기 남아서 모두를 돌보는 게 내가 할 일이었는데."

"그래? 누가 그래? 이제 들어와서 뭘 좀 먹어."

짐은 손을 휘휘 저어 질문을 물리치고, 강을 바라보면서 난간을 잡았다. "하지만 나는 달아났고 유명해졌지. 모두 내 의견을 듣고 싶어했어. 토크쇼며 연설이며 여기저기서. 돈다발을 줬댔어. 헬렌 돈에 의존하지 않아도 되니까 난 기뻤지. 하지만 내 솔직한 심정은, 누구도 변호하지 않는 사람들을 변호하고 싶었어." 짐은 그 자리에 서서 강물을 바라보았다. 그가 말했다. "그런데 다 개소리가 된 거야." 그가 고개를 돌려 밥을 보았다. 밥은 형의 눈이 젖어 있는 것을 보고 깜짝 놀랐다. "화이트칼라 범죄?" 짐이 말했다. "헤지펀드로 수백만 달러를 벌어들인 사람들을 변호하는 거? 개소리야, 밥, 이제 퇴근하고 집에 가면 휑해. 애들이—젠장, 애들이 전부였어, 그리고 애들 친구들도—있던 집이 이젠 적막해. 그래서 무서워, 보비. 죽음에 대해 많이 생각하게 돼. 이번에 여기 오기 전에도 그랬어. 죽음을 생각하면 내가 나 자신을 애도하는 느낌이야. 아, 보비, 젠장, 상황이 마음먹은 대로 돌아가지 않아."

밥이 형의 어깨를 잡았다. "지미. 그러니까 무서워지려 그래. 형 지금 취했어. 당장은 수전과 잭 문제를 해결해야 해. 형은 괜찮을 거야."

짐이 밥에게서 떨어져 다시 벽에 기대고 눈을 감았다. "넌 사람들한테 언제나 그렇게 말하지. 하지만 괜찮아지는 건 아무것도 없어." 그가 눈을 떠서 밥을 보더니 다시 눈을 감았다. "미련하고 불쌍한 새끼."

"그쯤 해둬." 밥의 마음속에서 분노가 출렁거렸다.

짐이 다시 눈을 떴다. 눈동자는 색깔이 없는 것 같았고 작게 벌어진 틈 속에서 푸른색이 희미하게 반짝일 뿐이었다. "보비." 거의 속삭이는 소리처럼 들렸다. 짐의 얼굴에 눈물이 흐르기 시작했다. "나는 거짓말쟁이야." 그가 손으로 얼굴을 닦을 때 바람이 호텔 모퉁이를 돌아 거세게 불어왔다. 아래쪽에 있는 관목들이 쏴아쏴아 부대끼며 휘어졌다.

"안으로 들어와." 밥이 다정하게 말했다. 그가 형의 팔을 잡았지만 짐은 그를 밀어냈다. 밥이 뒤로 물러서며 말했다. "잭이 전화한 걸 형은 몰랐어."

"밥, 내가 죽였어."

바람이 휘몰아쳐 밥의 코트 소매가 캔버스 돛처럼 펄럭였다. 밥은 가슴께에서 팔짱을 끼고 구두코를 발코니 맨 아래 난간에 대고 꾹 눌렀다. "어떻게 죽였어? 평화 집회에서 연설을 해서 죽였어? 열심히 지켜주다가 죽였어?"

"잭 말고."

밥은 내려다보이는 자신의 발이 아주 크게 느껴졌다. "그러면 누구?"

"우리 아버지."

그 말은 일상 대화를 하듯 자연스럽게 흘러나왔고, 또한 그들이 같이 주기도문을 암송하기를 짐이 기다리고 있는 듯한 느낌도 들었다. 하늘에 계신 우리 아버지. 밥은 잠시 멍했다. 그가 형을 돌아보았다. "아니야, 형이 그런 게 아니야. 기어 옆에 앉았던 사람은 나야, 우리 모두 아는 사실이지."

"네가 아니었어." 이제 짐의 얼굴은 젖어서 아주 늙고 쭈글쭈글해 보였다. "넌 뒤에 앉아 있었어. 수지도. 너는 네 살이었어, 밥, 그러니까 하나도 기억이 안 날 거야. 나는 여덟 살이었어. 아홉 살이 코앞이었지. 기억이란 걸 할 나이야." 짐은 여전히 벽에 기댄 채로 앞만 쳐다보고 있었다. "좌석은 파란색이었어. 앞좌석에 앉겠다고 너랑 내가 싸웠지. 진입로를 내려가기 전에 아버지가, 좋아, 이번엔 지미가 앞에 앉는다, 쌍둥이는 뒤에, 하고 말했어. 나는 운전석으로 넘어갔어. 운전석에 앉으면 안 된다는 말을 수백 번 들었는데도 말이야. 운전하는 시늉을 했어. 클러치를 밟았어." 짐이 거의 알아차릴 수 없게 고개를 저었다. "차가 굴러 내려갔지."

"형 취했어." 밥이 말했다.

"엄마가 집에서 나오기도 전에 내가 널 앞자리에 앉혔어. 경찰이 도착하기 한참 전에, 난 뒷좌석에 올라탔어. 여덟 살이었어. 아홉 살을 코앞에 둔 나이. 나는 그때부터 그렇게 교활했던 거야. 굉장하지 않아, 밥? 나는 그 영화 〈나쁜 종자〉에 나오는 애 같았어."

밥이 말했다. "왜 이런 이야기를 꾸며내는 거야, 짐?"

"꾸며내는 게 아니야." 짐이 천천히 턱을 들어올렸다. "그리고 난 취하지 않았어. 왜 취하지 않는지 모르겠어. 저 빌어먹을 걸 다 마셔버렸는데."

"형이 한 말 안 믿어."

짐이 고단한 눈빛으로 불쌍하게 밥을 쳐다보았다. "물론 믿기지 않겠지. 하지만 보비 버지스, 네가 그런 게 아니야."

밥은 천둥소리를 내며 흘러가는 강을 내려다보았다. 강둑을 따라 자리한 바위가 크고 암울해 보였다. 하지만 그 모든 게 비현실적이고 뒤틀리고 고요했다. 시끄럽던 강물마저 조용하게 느껴졌는데, 마치 밥이 물속에서 수영을 하고 있어서 소리가 작게 들리는 것 같았다. "왜 하필 지금 그 말을 하는 거야?" 그의 시선은 여전히 강물과 사람이 없는 아래층 테라스에 머물러 있었다.

"견딜 수 없었으니까."

"오십 년이 지났는데, 이제 와서 견딜 수가 없다고? 지미, 이건 말이 안 돼. 형이 한 말 못 믿겠어. 기분 나쁘게 생각하지 마, 근데 형 지금 좀 제정신이 아닌 것 같아. 우린 수전을 돕기 위해 여기 온 거야. 그것만으로도 충분히 벅차다고. 맙소사, 지미, 제발 좀." 형제가 서로 마주보고 섰다. 그리고 차갑고 거센 바람이 불어왔다. 짐은 이제 눈물을 흘리지 않았다. 안색이 어두웠고 병들고 늙어 보였다. 밥이 말했다. "농담한 거지, 그렇지? 형은 그냥 좆같이 역겨운 농담을 한 거야. 형이 이러니까 정말 무섭다고."

짐이 조용히 말했다. "보비, 농담 아니야." 그가 등을 벽에 기댄 채 스르르 허물어지더니 발코니의 시멘트 바닥에 주저앉았다. 그는 무릎을 세우고 힘없이 손을 무릎에 얹었다. "그게 어떤 기분인지 알아?" 그가 밥을 올려다보며 물었다. "한 해 두 해 시간은 흘러가는데 입을 꾹 다물고 있는 나 자신을 지켜보는 기분. 어렸을 때 계속 생각했어, 오늘은 말할 거야. 학교 갔다 와서 엄마한 테 말하는 거야, 그냥 말하면 돼. 십대가 되었을 땐, 편지로 써서 학교 가기 전에 엄마에게 슬쩍 줘야겠다고 생각했지. 그러면 엄마가 온종일 편지 내용에 대해 생각할 수 있을 테니까. 하버드에 다닐 때도 생각했어. 엄마한테 편지를 보내겠다고. 하지만 많은 날들을, 아니, 내가 그런 게 아니야, 하는 생각으로 보냈어." 짐이 어깨를 으쓱하고 다리를 쭉 폈다. "내가 하지 않았다고. 그게 다라고."

"형이 하지 않았어."

"아, 젠장, 그만 좀 할래?" 짐이 무릎을 다시 가슴께로 끌어당기고 동생을 올려다보았다. "제발 부탁이야. 돼지머리 사건에 대해 알게 된 날 내가 뭐라고 했는지 기억해? 내가 이렇게 말했지. 잭이 저지른 일이니까 자수해야 한다고. 버지스 집안 사람은 달아나지 않는다고, 우리는 도망자가 아니라고. 내가 그렇게 말했어. 믿어져?"

밥은 아무 말도 하지 않았다. 하지만 이제 천둥처럼 쏟아지는 강물 소리가 들렸다. 그리고 방안에서 전화벨이 울리기 시작했다. 밥은 안으로 들어가다 문턱에 발이 걸려 넘어질 뻔했다.

수전이 흐느끼고 있었다. "침착해, 수지. 네 말을 알아들을 수가 없어."

짐이 밥을 따라 방에 들어왔다가 밥의 손에서 전화기를 낚아챘고, 책임을 떠안으려 하는 짐으로 돌아와 있었다. "수전, 침착해." 그가 고개를 끄덕이며 밥을 흘끔 쳐다보더니 엄지를 들어올렸다.

재커리가 스웨덴에 아버지와 함께 있다고 했다. 방금 전화가 왔다고 했다. 그애 아버지는 잭에게 지내고 싶은 만큼 거기 있어도 좋다고 했고, 수전은 울음을 그칠 줄 몰랐다. 잭이 죽었다고 생각했기 때문이다.

다시 수전의 집으로 가니, 앞치마를 걸치고 부엌에서 돌아다니고 있는 드링크워터 부인의 뺨마저 눈물로 번들거리고 있었다. "수전도 이제 뭘 좀 먹을 수 있겠네요." 노부인이 비밀을 공유하려는 듯 고개를 끄덕이며 밥에게 말했다.

수전의 눈은 얼마나 퉁퉁 부었는지 감은 것이나 다름없었고 얼굴은 눈물로 번질거렸다. 그녀는 기쁜 마음을 주체하지 못하고 짐과 밥을, 드링크워터 부인을, 그리고 개를 끌어안았다. 개는 열심히 꼬리를 흔들어댔다. "살아 있어, 살아 있어. 살아 있다고. 내 아들 재커리가 살아 있어." 밥도 자연스레 미소가 떠올랐다. "지금은 너무 좋아서 음식이 넘어가지 않을 것 같아." 수전이 식탁 주변을 돌고 의자 등받이를 톡톡 치며 말했다. "놀라게 해서 미안하다고 잭이 계속 말했지만 난 괜찮다고, 아가, 너만 무사하면 엄마는 정말 괜찮아, 그렇게 말했어."

"수전이 위태로워 보여." 짐이 호텔로 돌아가는 길에 말했다. "지금은 잭이 죽지 않았다는 사실에 잔뜩 기뻐하고 있지만 곧 잭이 떠나버렸단 걸 깨달을 거야."

"잭은 돌아와." 밥이 말했다.

"내기할까?" 짐은 운전대 너머를 물끄러미 쳐다보았다.

"그건 나중에 걱정하자." 밥이 말했다. "지금은 기뻐하게 둬. 세상에, 나도 이렇게 좋은데." 하지만 지금 밥 옆에는 아까 호텔 발코니에서 들은 끔찍한 말이 그대로 남아 있었다. 어둠 속에서 섬뜩한 분위기의 어린아이가 그를 쿡쿡 찌르며 잊어버리지 마, 나 여기 있어, 하고 말하는 것 같았다. 하지만 현실 같지가 않았다. 잭이 무사하다는 소식에 흥분한 지금, 밥은 정말 그런 대화가 현실 같지 않았고, 무의미하게 느껴졌다. 차에서 할 만한 이야기도 아니었고, 밥의 삶에 끼어들 만한 이야기도 아니었다.

짐이 말했다. "미안해, 밥."

"형은 흥분했어. 이해할 수 있어. 걱정하지 마."

"아니, 내가 미안한 건……"

"짐, 그만해. 그건 사실이 아니야. 사실이었다면 엄마가 알아냈을 거야. 사실이라 해도, 사실이 아니지만, 그래서 뭐? 그렇게 찌푸리고 있지 마. 형의 기분이 엉망이면 내가 겁난단 말이야.
다 괜찮아.”

짐은 대답하지 않았다. 그들은 다리를 건넜고, 그들 아래로 밤
의 검은 강물이 흘렀다.

“자꾸 웃음이 나.” 밥이 말했다. “재커리가 살아서 아빠와 같
이 있다니. 게다가 수전이 그렇게 좋아하는 모습을 보니…… 그
래, 자꾸 웃음이 나.”

짐이 조용히 말했다. “너도 위태로워 보여.”

4부

1

　브루클린의 파크슬로프는 사방으로 그 경계를 확장했다. 여전히 세븐스 애비뉴가 중심가였지만, 두 블록 아래인 피프스 애비뉴에 트렌디한 레스토랑이 하나둘 문을 열고 있었다. 부티크에서는 유행하는 블라우스와 요가 바지, 보석, 구두를 맨해튼에서나 예상할 법한 가격으로 팔고 있었다. 차량과 모래 때문에 엉망진창이었던 포스 애비뉴엔 이제 놀랍고 갑작스럽게도, 창문이 크게 난 콘도들이 오래된 벽돌집들 사이에 불쑥불쑥 들어섰다. 모퉁이에 작은 식당들이 들어섰고, 토요일에는 사람들이 공원까지 걸어갔다. 아기들은 스포츠카만큼 멋진 유모차를 타고 다녔는데, 바퀴가 빠르게 잘 굴러가고 지붕을 접었다 펼쳤다 할 수 있는 유모차였다. 부모의 가슴속에 걱정과 실망이 가득하다 해도, 그들의 반짝이는 치아와 잘 그을린 팔다리에서는, 특히 브루클린브리지를 걷거나 롤러블레이드를 타고 건너가는 보다 더 정열적인 사람들에게서는 그런 속사정을 전혀 눈치챌 수 없었다—저기 이스트 강, 자유의 여신상, 예인선, 거대한 바지선이 있고, 인생은 세차게 흐른다. 기적처럼 굉장하게.

4월이었다. 종종 날씨가 쌀쌀했지만, 앞쪽 정원에 꽃을 피운 개나리와 이따금 낮시간 내내 파란색인 하늘은 생동감을 주었다. 3월에 기록적인 추위가 찾아오고 기록적인 비가 쏟아진데다, 그 뒤에 겨울의 가장 고약한 눈이 내린 때문이었다. 하지만 이제 4월이었다. 주택 거품이 꺼지기 시작했다는 보도가 나왔지만 파크 슬로프는 전혀 움츠러드는 것 같지 않았다. 브루클린 식물원을 거닐며 수선화가 자란 비탈을 가리키고 아이들을 부르는 사람들은 아무 걱정 없고 행복해 보였다. 다우존스 산업평균지수가 사정없이 곤두박질쳤다가 다시 치솟아 기록을 경신했다.

밥 버지스는 이 모든 것을—특별히—인지하지 못했다. 금융시장, 몰락에 대한 예측, 도서관 옆 담벼락을 따라 핀 개나리, 롤러블레이드를 타고 그의 옆을 스쳐가는 젊은이들. 그가 어리둥절하게 보였다면 정말 그가 어리둥절해서 그런 것이었다. 기억상실증 환자는 지나간 일을 기억하는 능력을 잃을 뿐 아니라 미래를 상상할 수도 없다고 했는데, 어떻게 보면 밥이 그랬다. 자신의 과거로 알았던 것이 자신의 과거가 아닐 수도 있다는 사실이 밥에게는 자기 앞에 놓인 일을 이해하는 능력에 영향을 미친 것 같았다. 그래서 그는 뉴욕의 여러 거리들을 돌아다니며 많은 시간을 보냈다. 돌아다니는 것이 도움이 되었다. (9번가의 바 앤드 그릴에서 그를 찾을 수 없는 이유도, 그가 술을 끊은 이유도 이것이었다.) 주말에 그는 맨해튼의 센트럴파크를 거닐었는데, 거기로 간 건 그곳이 브루클린의 포로스펙트파크만큼 익숙하지 않아서였다. 공원에 그를 지나치는 여행자들이 많다는 걸 알게 되었는데, 그들은 카메라와 지도를 들었고 여러 언어를 썼고 운동화를 신었고 지친 아이들을 데리고 다녔다.

"에벨리시모!"* 밥은 어떤 여자가 공원으로 들어서며 탄성을 지르는 것을 들었다. 그는 잠시 평소와는 다른 시선으로 큰 나무들이 열을 맞춰 늘어서고, 사람들이 자전거를 타고, 아이스크림 가판대들이 보이는 대로를 바라보았다. 밥이 오래전 팸과 함께 여기로 이사 왔을 때 봤던 센트럴파크와는 많이 달라져 있었다. 어깨를 드러낸 한국인 신부들이 바들바들 떨며 사진을 찍고 있었다. 호수로 가는 계단 근처에는 주말마다 온몸에 금색 스프레이를 뿌리고 리어타드, 타이츠와 토슈즈 차림으로 나오는 한 젊

---

* '아름답다'는 뜻의 이탈리아어.

은 여자가 박스 위에 올라가 포즈를 잡고 움직이지 않았다. 관광객들이 그 여자의 사진을 찍었고, 아이들은 빤히 쳐다보다가 부모의 손을 잡았다. 밥은 그녀가 버는 돈이 얼마나 될지 짐작할 수 없었다. 그녀가 올라선 박스 앞 하얀 통에 지폐가 수북했는데, 일부는 오 달러짜리 같았고 어쩌면—그가 알 수는 없었다—이십 달러짜리도 한 장 있는 것 같았다. 그녀가 그 시간 동안 견뎌낸 침묵은 밥의 내면에 들어앉은 침묵과 맞먹는 것 같았다.

그는 자꾸 불안한 생각도 들었는데, 오랫동안 자기 집이라고 여겼던 공간에서조차 이방인이 된 듯 느껴졌기 때문이다. 그는 방문자가 아니었지만 그렇다고 자신이 뉴요커인 것 같지도 않았다. 그에게 뉴욕은 선의의 무관심으로 그를 재워주는 친절하고 복잡한 호텔 같은 곳이었다. 그 사실에 그는 이루 말할 수 없는 고마움을 느꼈다. 뉴욕이 그에게 알려준 것은 더 있었다. 가장 큰 사실 하나는 사람들이 정말 말을 많이 한다는 것이었다. 사람들은 뭐든 이야기했다. 버지스 가족은 그렇지 않았다. 이것이 문화적 차이라는 것을 밥이 이해하기까지는 시간이 한참 걸렸고, 인생의 절반을 뉴욕에서 보내고 나서는 그도 확실히 전보다 말을 더 많이 하게 되었다. 그러나 그 사건 이야기는 하지 않았다. 밥의 마음속에는 그 사건의 이름도 없었다. 그 사건은 버지스 가족의 가슴 밑바닥에 가라앉아 있을 뿐, 그가 입 밖에 냈다고 해도 오래전 친절한 일레인의 심리치료실에서 중얼거리듯 짧게 말한 것이 전부였다. 그토록 긴 세월이 지나 짐이 그 이야기를 수면 위로 끌어올린 건 (자신이 했다고 주장하면서!) 어처구니없고 혼란스러웠으며 이해도 되지 않았다. 공원을 걸어다니며 그는 긴 잠을 자다 다른 시간 다른 장소에서 깨어난 느낌을 받았다. 뉴욕은 풍요롭고 깨끗했고 젊은 사람들로 가득했다. 그가 호수 주변을 도는 동안 그들은 몸에 딱 붙는 러닝 타이츠를 입고 그를 휙휙 스쳐지나갔다.

그가 맞닥뜨린 문제는 이것이었다. 어떻게 해야 할지 모르겠다는 것.

두 달 전 셜리폴스에서 비행기로 돌아오면서 그는 짐과 함께 잭에 대해, 잭의 아버지에 대해, 연방에서 기소장이 올 때까지 잭이 돌아오지 않으면 어떻게 되는지에 대해 이야기했다. 6월로 예정된 경범죄 재판과 배심원 선정이 얼마나 중요한지에 대해 이야기했다. 그리고 브루클린으로 돌아가는 택시 안에서, 밥이 마침내 말을 꺼냈다. "저기, 짐…… 형이 한 얘기 말이야. 그냥 혼란스러워서 그랬던 거지? 응? 지난가을에 팸에 대해 했던 그 개소리처럼. 그냥 좀 얼이 빠져서 이상하게 굴었던 거지?"

고속도로에 들어서자 택시가 속도를 냈고, 짐은 고개를 돌려 차창 밖을 내다보았다. 짐이 밥의 손을 가볍게 잡았다가 놓았다.

그가 조용히 말했다. "네가 한 게 아니야, 보비."

그뒤로 둘은 침묵했다. 택시는 밥의 아파트에 먼저 도착했다. 밥이 내리면서 말했다. "지미, 걱정 마. 이제 그런 건 중요하지 않으니까."

하지만 그는 뭔가에 홀린 사람처럼 좁은 현관의 기울어진 계단을 기우뚱기우뚱 올라가 이웃이 격하게 말다툼을 하던 집 앞을 지나갔다. 정말 거기가 그의 집이 맞는지 잘 믿기지 않았다. 하지만 그의 책이 있었고, 옷장에는 그의 셔츠가 있었고, 욕실 세면대 옆에는 구겨진 수건이 있었다. 그곳은 밥 버지스가 사는 곳이었다. 물론 그랬다. 하지만 그것이 현실이 아니라는 느낌은 무서웠다.

그는 처음 얼마간 그런 나날을 보냈고, 이어 고뇌에 휩싸였다. 마음이 이랬다저랬다 갈피를 잡지 못했고, 그건 사실이 아니고 사실이라 해도 중요하지 않아, 하고 속살거렸다. 그런다고 위로가 되지는 않았는데, 그 생각을 끊임없이 반복한다는 것 자체가 그런 자기 암시가 틀렸다는 반증이었기 때문이다. 어느 밤, 그는 창문을 열고 담배를 피우면서 와인을 너무 많이, 너무 빠르게— 잔을 비우고 또 비우고—마셨다. 그러자 생각이 분명해졌다. 형의 말은 사실이었고 또 중요했다. 짐이 알면서도 의도적으로, 밥을 밥의 삶이 아닌 다른 삶에 감금한 것이다. 그러자 물밀듯 기억이 밀려왔다. 어렸을 때 밥이 형에게 달려가면 지미는 이렇게 말했다. "네 얼굴만 봐도 구역질 나. 꺼져." 어머니가 부드럽게 나무랐다. "지미, 밥한테 잘해줘야지." 어머니는 돈이 거의 없으면서도 밥을 심리치료사에게 데려갔고, 심리치료사는 책상에 놓인 그릇에서 사탕을 집어먹게 해주었다. 집에 돌아오면 짐이, 어머니는 들을 수 없는 곳에서 "보비, 이 쪼끄만 얼뜨기 쪼다. 돼지 같은 놈"이라며 괴롭혔다.

취해서 오히려 정신이 말똥말똥해진 밥은 자기 형이 악마라고 해도 될 만큼 비양심적인 인물로 여겨졌다. 재킷을 입는 밥의 심장이 빠르게 뛰었다. 형의 집으로 가서, 그래야 한다면 헬렌 바로 앞에서라도, 고래고래 소리를 지르며 분노를 표출할 것이다. 마음이 급해서 문을 잠글 여유도 없었다. 밥은 아파트 건물의 좁은 현관 맨 아래 계단에서 넘어졌다. 그렇게 드러누워 있으려니 망연자실할 뿐이었다. 그가 나직이 중얼거렸다. "어서, 밥, 일어나." 하지만 일어나지지 않았다. 이 건물에 사는 누군가—이 아파트에는 젊은 사람들만 살았다—가 밖으로 나와서 이렇게 드러누운 그를 발견하게 되지 않을까 생각했다. 그는 어깨를 움직여 몇 차례 시도한 끝에 간신히 돌아누웠고, 계단에 깔린 까끌까끌한 카펫을 손으로 힘껏 짚고서야 마침내 일어설 수 있었다. 그는 난간을 잡고 다시 자신의 아파트로 올라갔다.

그뒤로 밥은 술을 끊었다.

며칠 뒤, 밥의 전화벨이 울리고 액정에 형의 이름이 떴다―그리고 그렇게, 세상이 제자리로 돌아왔다. 짐의 이름이 밥의 전화기에 뜨는 것보다 더 자연스러운 일이 뭐가 있겠는가?

"잘 들어." 밥이 말하기 시작했다. "잘 들어, 짐……"

"믿어지지 않는 소식인데," 짐이 말을 가로막았다. "들을 준비 됐어? 연방검찰청에서 찰리에게 의뢰인에 대한 수사를 더는 진행하지 않겠다고 연락해왔대. 놀라워! 그 사람들이 그 뭣 같은 광우병 때문에 잠시 시간을 끌더니 고의성이 없다고 결론을 내린 모양이야. 아니면 그냥 지쳐서 그런 걸 수도 있고. 굉장하지 않아?" 기쁨에 겨워 짐의 목소리가 커졌다.

"아, 그래, 굉장하네."

"수전은 당장에라도 잭이 돌아왔으면 하지만 잭은 그리고 싶지 않은가봐. 거기서 아버지와 함께 지내는 게 좋은 거지. 잭은 경범죄 재판 일정에 맞춰 돌아와야 해. 찰리가 계속 날짜를 연기하고 있고. 그는 잘하고 있어. 찰리 말이야. 와우, 정말 잘해. 얼간이, 듣고 있어?"

"그래."

"너는 한마디도 안 하는구나."

밥이 실내를 둘러보았다. 소파가 작아 보였다. 소파 앞의 러

그도 작아 보였다. 짐이 두 사람 사이에 아무런 이야기도 오가지 않은 것처럼 친근하게 말한다는 사실—그 사실이 밥은 혼란스러웠다. "짐, 있잖아. 형 때문에 나는 좀 혼란스러운 상태야. 형이 했던 말. 난 아직도 그게 농담인지 아닌지 모르겠어."

"이런, 밥." 짐은 밥이 어린아이라도 되는 것처럼 말했다. "나는 지금 좋은 소식을 알려주려고 전화했어. 그런 이야기로 이 순간을 망치지 말자."

"그런 이야기? 그건 내 인생이야."

"이봐, 보비."

"저기, 짐. 난 지금 형이 진실도 아닌 그런 말도 안 되는 이야기를 나한테 털어놓지 않았더라면 좋았을 거라고 말하고 있는 거야. 도대체 무슨 생각으로 그런 거지?"

"밥. 이런 젠장 맙소사."

밥이 휴대폰 플립을 닫았다. 짐은 다시 전화를 걸지 않았다.

형제가 대화 없이 지낸 지 한 달이 지났다. 화창하고 바람이 불던 어느 날, 쓰레기 조각이 거리에 휩쓸려다니고 사람들이 코트를 여며 쥘 때, 밥은 점심을 먹고 사무실로 돌아가는 길에 떠오른 한 생각에 마음이 편안해졌다. 그 생각은 전에도 했던 것이지만 이제는 분명해졌다. 그는 짐의 회사로 전화를 걸었다. "형이 더 나이가 많다고 해서 형의 기억이 맞다는 보장은 없어. 형 기억이 잘못됐을 수도 있어. 형사 전문 변호사가 아는 사실 한 가지는 기억이란 정말로 믿을 만하지 않다는 거야."

짐이 크게 한숨을 쉬었다. "너에게 말하지 말았어야 하는데."

"하지만 말했지."

"그래, 말했어."

"하지만 형이 잘못 안 걸 수도 있어. 내 말은, 형이 잘못 알았어야 한다는 거야. 엄마는 내가 그랬다고 알았으니까."

침묵이 흘렀다. 그리고 짐이 조용히 말했다. "내 기억은 생생해, 밥. 그리고 엄마가 그렇게 믿은 건 내가 그렇게 꾸몄기 때문이야. 그때 설명했잖아."

그 순간 밥은 오싹했고 심장이 쿵 떨어지는 것 같았다.

짐이 말했다. "생각해봤는데. 누구든 찾아가봐. 처음 여기 왔을 때 심리치료사 일레인을 찾아갔었잖아. 너는 그 사람을 좋아했고. 그 사람은 널 도와줬지."

"일레인은 내 과거 문제를 도와줬어."

"새로운 사람을 찾아봐. 다시 널 도와줄 만한 사람."

"형은?" 밥이 물었다. "형은 누구를 찾아갔어? 거기 있을 때 엉망진창이었잖아. 형은 과거 문제로 도움이 필요하지 않아?"

"나는 필요 없어. 정말이야, 밥. 그건 과거야. 되돌릴 수 없고. 우린 나름대로 잘살아왔어. 그리고 솔직히, 보비? 그런데 말이지, 지금 무정한 소리를 하고 싶지는 않지만, 한편으론 말이야, 이미 일어난 일이 뭐가 달라져? 네 입으로 한 말이야. 우리 모두 이 시점까지 와버렸어. 그러니까 계속 가는 수밖에."

밥은 대답하지 않았다.

"헬렌이 보고 싶어해." 짐이 마침내 말했다. "언제 우리집에 들러줘."

밥은 들르지 않았다. 짐에게는 알리지 않고 간단히 짐을 챙겨서 맨해튼 어퍼웨스트사이드에 있는 아파트로 이사했다.

*

헬렌은 그림자 하나가 계속 그녀 뒤를 밟는 것처럼 마음이 불편했다. 헬렌이 걸음을 멈추면 그림자도 멈추고 기다렸다. 지난 일을 되짚으며 생각을 거듭하다 겨우 찾아낸 이유는 잭이 엄마를 버리고 떠났다는 사실이었다. 그 일이 왜 그렇게 그녀에게 영향을 미치는지, 더 정확히는 왜 그렇게 짐에게 영향을 미치는지 그녀는 이해할 수 없었다. "잭이 아빠 집에 있다니 다행이야, 당신도 그렇게 생각하지?"

짐이 말했다. "물론 그렇지. 누구든 아버지가 있어야 하니까." 헬렌은 그의 말투가 불편했다.

"연방기소가 없던 일로 됐잖아. 당신이 정말 기뻐할 거라고 생각했는데."

"누가 기쁘지 않겠어, 헬렌?"

"보비는 요즘 어디서 지내?" 헬렌이 물었다. "회사로 전화를 했더니 애매하게 둘러대면서 바쁘다고 하더라."

"어떤 멍청한 여자 때문에 정신이 빠져 있어."

"보비가 그런 일 때문에 오지 않은 적은 없었어." 헬렌이 덧붙였다. "보비가 팸 만나는 걸 포기할 필요가 없다는 당신 얘기는 틀렸어. 세라가 보비더러 팸을 만나지 말라고 한 건 충분히 납득할 만한 이야기고. 나라도 이혼한 아내와 계속 만나는 남자와는 결혼하지 않을 거야."

"당신은 그럴 필요 없잖아, 안 그래?"

"지미, 요즘 왜 늘 기분이 안 좋아?" 헬렌이 침대 위의 베개를 툭툭 쳐 부풀리며 말했다. "애나가 요즘 꾀를 부리는 것 같아."

짐이 그녀를 스쳐 서재로 갔다. "일이 점점 힘들어져."

그녀가 그를 따라갔다. "무슨 일인데, 짐? 당신, 그 회사에서 일하지 않아도 돼. 우리에겐 돈이 많아. 뉴스에서는 이 나라에 뭔가 문제가 생긴 것처럼 말하지만."

"자식 셋이 대학생이야, 헬렌. 대학원에 보내야 할지도 모르고."

"우리에겐 돈이 있어."

"당신에게 있지. 처음 만난 날부터 당신은 당신 재산을 따로 관리했어. 내가 그걸로 당신을 탓한 적은 한 번도 없었어. 그러니 우리에게 돈이 있다는 말은 하지 마. 우리에게 돈이 있다고 해도 그건 내가 버는 돈이니까."

"짐, 맙소사. 이건 중요한 문제야. 당신이 정말로 좋아서 일하는 게 아니라면……"

그가 돌아섰다. "그래, 난 내 일을 정말로 좋아하지는 않아. 그게 뜻밖은 아니겠지, 헬렌. 전에도 말했으니까. 난 부유한 의뢰인을 만나기 위해 비싼 옷을 입어. 약을 만들 때 쓰레기 같은 독성 물질을 사용한 문제로 기소된 제약 회사는 대단한 짐 버지스를 고용할 수 있는지 알고 싶어하지. 하지만 이제 그는 대단하지 않아. 아무튼 그 문제는 잘 해결되고 있어. 하지만 나는 그런 사람인 거지. 사람들한테, 셜리폴스에 사는 사람들한테 쓰레기 같은 약을 먹이는 회사 편을 드는 사람. 알 게 뭐야! 자, 헬렌, 빌어먹을, 처음 듣는 얘기 아니잖아. 내 말뜻을 알겠어?"

헬렌의 얼굴이 달아올랐다. "그래. 알았어. 그런데 나한테 왜 그렇게 함부로 말하는 거지?"

짐이 고개를 가로저었다. "미안해. 오, 헬렌. 이런. 미안해." 그가 그녀의 어깨를 잡고 부드럽게 끌어당겼다. 그녀는 그의 심장박동을 느꼈고, 프렌치도어 너머로 다람쥐 한 마리가 테라스

난간을 달려가는 것을 보았다. 빠르게 움직이는, 낯익은 다람쥐의 발소리가 희미하게 들렸다. 나한테 왜 그렇게 함부로 말하는 거지? 그 말이 어떤 기억에 가 부딪혔다. (몇 달 뒤 그것이 무엇이었는지 알아냈다. '모르는' 데브라가 남편에게 했던 말이었다. 오늘밤 왜 자꾸 나한테 못되게 굴어?)

2

셜리폴스엔 봄이 더디 찾아왔다. 밤은 추웠지만 새벽빛이 지평선을 따라 슬쩍 내비치는 모습, 그와 함께 스치듯 피부를 어루만지는 부드럽고 촉촉한 공기는 본격적인 여름이 멀지 않았음을 예고했다. 그리고 공기 중에 떠도는 모든 조짐은 고통으로 다가왔다. 압디카림은 아직 어둠이 가시지 않은 시간에 아침 기도를 마치고 그의 카페로 걸어가면서 이 계절의 쓰라린 달콤함을 느꼈다. 몇 동네 떨어진 곳에 사는 수전에게 아침은, 재커리가 없다는 사실을 다시금 깨닫는 시간이었다. 어떤 날은 눈을 뜨면, 기억나지는 않지만 그녀의 잠옷을 축축하게 만든 꿈 때문에 밤사이 파도처럼 덮쳐온 공포를 잠재워야 했다. 그런 아침이면 수전은 일찌감치 집을 나서서 레이크새버넉까지 차를 몰았다. 그곳에서는 이따금 보이는 얼음 낚시꾼 말고는 아무도 마주치지 않고 2마일을 걸을 수 있었다. 낚시꾼들 옆에는 얼음이 녹지 않은 봄의 호숫가 기슭으로 이동식 집칸을 옮겨줄 트럭이 세워져 있었다. 그녀는 늘 선글라스를 꼈고, 고개만 까딱하고 계속 걸었다. 공포를 잠재우기 위해, 뭔가 큰 잘못을 했다는 느낌을 잠재우기 위해 걸었다. 수치심에 빠진 그녀를 관찰하는 시선이 이 진흙길에는 없을 것 같았다. 그녀의 수치심은 너무도 깊어서, 다른 사람들과 있을 때면 사람들이 그녀를 낙오자나 범죄자로 알고 손가락질을 할 것만 같았다. 물론 그녀는 아무 잘못도 하지 않았다. 얼음 낚시꾼도 그녀를 봤다고 경찰에 알리지 않을 것이다. 누군가가 가게에서 그녀를 기다리다가 "갑시다, 올슨 부인" 하는 일도 없을 것이다. 하지만 그녀의 꿈에서는 달랐다. 그녀는 삶이 덜커덕거리며 와해되는 다소 위험한 영역에 (아마도 오래전부터) 들어가 있었다. 남편이 떠났고 아들이 떠났고 희망도 떠났다. 그녀는 평범한 삶의 영역을 벗어난 머나먼 곳에 던져졌고, 사회로부터 배척된 사무치게 외로운 사람들의 땅을 배회했다. 두 가지 사실―아들이 살아 있다는 것과, 놀랍게도 연방검찰이 기소하지 않은 것―도 밤에 꾼 꿈이 아침까지 남긴 슬픔을 덜어주거나 막아주지 않았다. 걸으면서 그녀는 어렴풋이 풍경의 아름다움을 알아차렸다. 조용한 호수에 반짝이는 햇살, 알몸이 된

나무—아름다웠다. 몰랐던 것은 아니지만 의미 없고 머나먼 세상의 이야기 같았다. 대체로 그녀는 진흙에 박힌 뿌리만 내려다보고 걸었다. 인적이 드문 길이라 지면이 고르지 않아 걸어가려면 요령과 집중력이 필요했다. 그녀가 하루를 시작할 수 있는 것도 아마 그런 집중력 덕분이었을 것이다.

오래전에, 대학에서 미래의 남편을 만났을 때—그녀는 4학년이었고 그는 북쪽으로 몇 시간 거리에 있는 뉴스웨덴이라는 작은 공장 타운 출신의 신입생이었다—그녀는 그가 초월명상 수련을 한다는 사실을 알고 깜짝 놀랐다. 초월명상이 유행하기 시작하던 시기이긴 했지만 말이다. 아침저녁으로 삼십 분 동안은 그를 방해하지 않아야 했다. 딱 한 번을 빼고 그녀는 방해한 적이 없었다. 그날은 토요일 늦은 아침이었고 수전이 그의 방에 들어갔더니 그가 침대 위에 가부좌를 틀고 앉아 멍하니 허공을 바라보고 있었다. "어머, 미안해." 그녀는 화들짝 놀라 나갔지만, 그의 그런 모습에 무척 당황했었다. 마치 그가 혼자 자기 몸을 만지고 있는데—세월이 흐르고 그녀가 그러게 되지만—그녀가 불쑥 들어간 기분이었다. 결혼 초기에 그는 자신이 명상할 때 읊조리는 단어를 그녀에게 알려주었다—원래 말하면 안 되지만 그녀에게 특별히 친밀하다는 표시로 말해준 것이다. 그건 구루*에게 돈을 주고 받은 단어였고, 구루는 그 단어를 주면서 스티브의 '기氣'에 맞춰 고른 거라고 했다. 그 단어는 '옴'**이었다.

"'옴'?" 그녀가 말했다.

그가 고개를 끄덕였다.

"그게 자기가 받은 단어라고?"

지금 차에 올라타 햇볕에 따뜻해진 좌석에 앉으면서 그녀는 어쩌면 그때 자신이 전혀 이해하지 못한 것 같다는 생각이 들었다. 허공을 바라보며 '옴'이라고 말하는 것이나 지금 그녀처럼 내디딜 발걸음만 생각하며 걷는 것이 다르지 않은 것 같았다. 어쩌면 스티브는 아직 명상을 하고 있을 것이다. 재커리가 지금쯤 명상을 배웠을 수도 있다. 이메일을 보내 물어볼 수도 있지만 그녀는 그러지 않을 것이다. 그들이 주고받는 이메일은 조심스럽고 정중했다. 서로 이메일을 주고받은 적이 없는 엄마와 아들은 새로운 언어를 배워야 했지만, 그러기에는 두 사람 다 수줍음이 많았다.

---

* 힌두교, 불교, 시크교 및 기타 종교에서 자아를 터득한 영적 지도자를 일컫는 말.
** 베다 성전을 통독하기 전후, 혹은 일반적으로 만트라나 기도 문구 전에 제창하는 성음(聖音).

경찰에 실종 신고를 했던 것 때문에 작은 신문에 재커리 올슨의 실종을 보도하는 기사가 실렸다. 그리고 곧, 재커리가 외국에 가 있다는 기사가 실렸다. 재커리가 이곳을 떠남으로써 그가 맞서야 할 문제를 피하기라도 한 것처럼, 그 일을 두고 일부 타운 사람들 사이에서 이런저런 말이 많았다. 찰리 티베츠는 그 자신이 요청한 보도 금지령을 어기고 재커리는 일부 사람들 말처럼 보석중에 달아난 것은 아니라고 기자들에게 말했다. 잭의 보석은 E급 경범죄에 해당하는 것이었고, 거기에 잭이 나라를 떠나면 안 된다는 조항은 없었다. 또한 찰리는 자신의 의뢰인이 이제 연방검찰청의 조사를 받지 않게 되었으며 그 결정은 존중되어야 한다는 정보도 흘렸다.

경찰서장 게리 오헤어는 우려를 표명했다. 지역사회의 안전에 대한 우려였다. 그는 앞으로 어떤 시민이건 안전하지 않다고 느껴지면 경찰에 신고하기를 당부한다고 말했다. (아내에게는 안심이 된다는 속마음을 털어놓았다. "그 녀석이 경범죄 재판 전에 돌아오면 좋겠어. 그러지 않으면 평생 거기서 사는 게 좋을 거야. 이번엔 간신히 잘 넘어갔어. 타운이 잘 대처했어. 또다시 소동이 일어나는 건 곤란해." 게리의 아내는 그 아이가 영영 돌아오지 않으면 수전의 가슴이 찢어질 거라고 말했다. 하지만 그 엄마와 아들의 관계는 어딘지 모르게 건강하지 않은 면이 있었다고, 당신은 그렇게 생각하지 않아? 하고 물었다. 그 둘은 늘 붙어 다녔잖아.)

그런 기사가 난 것은 2월이었고, 4월이 되자 재커리 올슨의 이름은 거의 거론되지 않았다. 소말리족 사회의 원로 일부는 여전히 화가 나 있었다. 일찍이 그들은 '인종적 명예훼손을 반대하는 모임'의 릭 허들스턴을 찾아가기도 했고, 릭 허들스턴 역시 격분했지만 더이상 할 수 있는 일이 없었다. 압디카림은 노엽지 않았다. 공판이 열리던 날 그가 법정에서 본 키 크고 비쩍 마르고 눈동자가 검은 청년은 더이상 공포의 대상이 아니었다. 더는 월 왈, '미친 청년'이 아니라 그저 월, '청년'이었다. 압디카림은 그 청년에게 마음이 갔고 그 마음은 그날 법정에서 저만치 있는 키가 크고 비쩍 마른 청년을 보면서부터 시작되었다. 그전에도 압디카림은 신문에서 그 청년의 사진을 봤지만, 실제로 변호인 옆에 서 있는 모습과 이어 증인석에 앉아 물잔을 넘어뜨리던 모습을 보고는 조용히 놀랐다. 실제로 눈을 보기 전에 어떻게 상상했었는지 생각났다. 땅을 덮은 차갑고 하얀 것. 하지만 눈은 그런 것이 아니었다. 하늘에서 떨어지는 눈송이를 처음 본 그날 밤, 눈은 고요하고 섬세하고 신비로 가득했다. 그리고 여기 살아

숨쉬는 청년, 무력하게 공격에 노출된 검은 눈동자의 그 청년 역시 압디카림이 상상했던 것과는 전혀 달랐다. 그 청년이 모스크 안에 돼지머리를 던져넣은 이유는 수수께끼로 남겠지만 악의에서 비롯한 소행이 아니라는 것은 알 수 있었다. 다른 사람들—그의 조카 하웨야를 포함해서—은 청년의 내면에 너무도 분명하게 존재하는 두려움 때문에 마음이 동요하지 않았다는 것도 알았다. (하지만 하웨야는 청년을 직접 보지 않았다.) 그래서 압디카림은 청년이 폐부 깊숙이 두려움을 느낀 것을 확신하고도 그런 말은 하지 않았고, 가슴이 아프고 고단했지만, 법정 저만치 떨어져 있던 청년에게 마음이 기울었던 것이다.

그 청년이 스웨덴에서 아버지와 함께 지내고 있다는 사실을 마거릿 에스테이버가 알려주었다. 그 소식을 듣자 압디카림은 반가운 마음에 몸이 뜨거워졌다. "잘됐네요, 정말 잘됐어요." 그가 목사에게 말했다. 하루에도 몇 번씩 그는 그 사실을 생각했다. 청년이 스웨덴에서 아버지와 살고 있다는 생각을 할 때마다 다행이라는 생각에 몸이 뜨거워졌다.

"잘됐어요. 좋은 상황이에요. 피칸 살라드.*" 마거릿 에스테이버가 그렇게 말하면서 환하게 웃었다. 그들은 그녀의 교회 옆 보

---

* '좋은 상황'이라는 뜻의 소말리어.

도에 서 있었다. 교회 지하실에는 푸드 팬트리가 있었다. 일주일에 두 번씩 줄을 서서 시리얼 박스와 크래커, 통 양상추, 감자, 종이 기저귀를 받아가는 사람들은 대체로 소말리아 반투족 여자들이었다. 압디카림은 그들과는 대화를 나누지 않았지만, 이따금 교회 앞을 지나다 마거릿 에스테이버를 보면 걸음을 멈추고 대화를 나누었다. 그녀는 소말리어를 조금씩 익히고 있었다. 그녀가 틀려도 겁을 내지 않고 소말리어를 하는 것을 보자 그도 마음의 문이 열렸다. 그가 영어를 배우려 노력한 것도 그녀 때문이었다.

"그 청년이 돌아올 수 있을까요?" 그가 목사에게 물었다.

"그럼요. 그리고 경범죄 재판 전에는 돌아와야 하고요. 그러지 않으면 더 곤란해질 거예요. 이곳에 와야 해요." 마거릿 에스테이버가 압디카림의 얼굴에 떠오른 혼란을 보며 말했다. "재판일까지는요."

"설명해주세요." 압디카림이 말했다. 설명을 들은 뒤 그가 말했다. "기소를 없었던 일로 하려면 어떻게 해야 하죠? 연방기소처럼요."

"연방기소는 애초에 없었어요. 그러니까 취하할 필요가 없었지요. 지방검사가 경범죄 기소를 취하하려면 어떻게 해야 하느냐, 우선 그게 가능한지도 잘 모르겠네요."

"알아봐줄 수 있어요?"

"알아볼게요."

이런 날이 아니면, 압디카림은 그의 카페나 카페 앞 보도에 모인 소말리족 사람들과 대화를 나누며 하루를 보냈다. 날씨가 풀리면서 밖에 있는 시간이 더 많아졌다. 그들은 야외를 더 좋아했다. 모가디슈에서 전투가 벌어진 뒤로 남자들은 그 이야기만 했다. 이 년 동안 셜리폴스에 살다—향수병에 시달리다 못해—짐을 꾸려 2월에 모가디슈로 돌아간 가족이 있었다. 최근에 그들의 소식을 듣지 못했는데, 두려워했던 일이 사실이 되었다는 것을 알게 되었다. 그 가족이 그 전투 때 사망한 것이다. 지난주에는 반란군이 정부에 총격을 가했고, 에티오피아인들이 기거하는 대통령 관저와 국방부에도 총격을 가했다. 그곳의 에티오피아인들이 맞받아 총격전을 펼쳐—무차별적으로 잔인하게 난사했다—천 명 이상의 사람과 그들이 키우는 동물들까지 죽었다. 그 소식이 휴대폰으로, 인터넷으로 퍼져나갔고, 셜리폴스의 타운 도서관에서도 확인할 수 있었다. 푼틀란드의 수도인 가로웨의 89.8 FM 단파 라디오 뉴스에도 나왔다. 여기 사는 소말리족 남자들은 다른 우려의 말도 했다. 미국이 에티오피아를 지원한다는 것이다. 대통령과 CIA—그들은 개입하지 않았을까? 개입했을 것이다. 소말리아가 테러리스트를 숨기고 있다고 주장하면서. 이슬람은 평화의 종교였고, 압디카림의 카페 앞 보도에 모인 남자들은 방어적인 태도를 보이며 수치스러워했다.

압디카림은 주로 듣기만 했다. 그도 다른 남자들이 느낀 것을 느꼈다. 하지만 그는 자신이 점점 나이를 먹어간다고 생각했는데, 지금 그의 가슴속에서 뭔가 내밀한 느낌이 자리를 잡고 있었기 때문이다. 그것이 희망은 아니라 해도 희망의 형제뻘은 될 것 같았다. 그의 고국이 병들어 발작을 일으키고 있었다. 도움을 준다는 사람들은 다른 속셈을 품은 듯해 신뢰할 수 없었다. 하지만 다가올 세상에서는, 그가 살아서는 볼 수 없겠지만, 그의 고국은 다시 강해지고 좋은 나라가 될 것이다. "이 사실을 알아야 해요." 그가 남자들에게 말했다. "소말리아가 아프리카에서 가장 늦게 인터넷을 사용하는 나라일지라도 칠 년 뒤에는 인터넷 보급률이 가장 크게 성장할 거고 휴대폰 통화료도 가장 싸질 거예요. 소말리족이 얼마나 똑똑한지 증거가 필요하다면 이 거리만 봐도 알죠." 그는 팔을 뻗어 셜리폴스에 겨울 동안 우후죽순 생겨난 사업체들을 가리켰다. 통역 회사, 새 카페 두 곳, 전화카드 가게, 영어학원.

하지만 남자들은 외면했다. 그들은 고국에 돌아가고 싶어했다. 압디카림은 그런 마음을 너무도 잘 이해했다. 다만 압디카림은, 날마다 조금씩 지평선이 더 오래 열려 있듯 자신의 영혼이 열리는 걸 느꼈고, 그 느낌을 막을 수 없었다.

3

　팸의 생활은 수많은 약속과 잡다한 볼일, 파티와 플레이데이트*로 빈틈이 없어서, 친구 재니스에게도 말했듯, 조용히 생각할 시간이 없었다. 하지만 요즘은 불면증 때문에 생각할 시간이 많았고, 그래서 미칠 지경이었다. 재니스는 호르몬 때문이라고 했다. 호르몬 상태를 검사하고 호르몬제라도 좀 먹어. 하지만 팸은 아이들을 임신할 때 이미 어마어마한 분량의 호르몬제를 먹었다. 자신이 무릅쓴 위험을 잘 알고 있었기 때문에 더한 위험은 이제 사양이었다. 그래서 밤에 그저 가만히 누워 있었는데, 신기하게도 이따금 마음이 평안해졌다. 팸이 어쩐지 길게 느껴지는

---

* 아이들과 부모들이 함께 만나 아이들끼리 놀게 해주는 시간.

자기 삶의 이런저런 일들을 돌이켜볼 때, 어둠이 본래의 색깔을 숨긴 짙은 보라색 깃털 이불처럼 마음을 달래주는 젊은 날의 기억으로 그녀를 포근히 감싸주었다. 그녀는 속으로 조용히 놀랐는데, 지나온 날들의 많은 시기가 하나로 정리되는 것 같았기 때문이다. 이름을 붙일 수는 없어도 느낄 수는 있었다. 가을의 고등학교 축구장, 첫 남자친구의 가느다란 상체, 지금은 믿어지지 않는 자신의 순수함, 어떻게 보면 순수함 중 가장 별것 아닌 성적인 순수함. 오래전 매사추세츠 주 시골 타운에서 성장한 어린 소녀가 품었던 소박하고 진실하고 간절한 희망에 붙일 적당한 이름은 없었다―그리고 오로노, 대학 캠퍼스, 셜리폴스, 밥, 밥, 또 밥, 최초의 불륜(순수함은 모두 사라지고, 어른으로서의 두려운 자유가 주어지는 그 모든 복잡함 속으로 뛰어든다는 것!), 그리고 재혼과 그녀의 아들들. 그녀의 아이들. 상상대로 된 것은 아무것도 없었다. 그녀의 마음은 이 단순하고 놀라운 생각 안을 맴돌았다. 변수가 너무 많았고, 구체적인 사건들은 너무나 특수했다. 그림자를 드리운 가슴의 열망이 물질세계의 불변하는 측면으로 전환되는 것이 삶이었다―그녀를 감싼 보라색 깃털 이불과 가볍게 코를 골고 있는 남편처럼. 이따금, 이런 것을 더 잘 이해하기 위해 고등학생 때 사귀었던 남자친구를 지금 만나―어머니가 지내는 요양원 근처의 작은 식당에서, 아마도 그는 카운터에 기댄 채, 호기심 어린 잔잔한 눈빛으로—이야기를 나누는 장면을 상상했다. 이런 일, 이런 일, 또 이런 일이 있었잖아. 말은 그렇게 해도 내용은 정확하지 않을 것이다. 그녀는 어떤 말도 정확할 수 없다고 생각했다. 힘없는 단어들이, 넓게 펼쳐진 우둘투둘하고 거친 삶이라는 천 위에 간절하지만 마구잡이로 쏟아져내렸다—그에게 그녀의 경험을 펼쳐놓으려면 어떤 단어를 골라야 할까? 그도 그 나름의 경험을 했겠지만 그녀는 그것에 별로 흥미가 일지 않았고, 그녀도 그 사실을 알았다. 끔찍하게—그러나 자유롭게, 보라색 어둠 속에서 그녀는 혼자였기 때문에—그녀는 자신이 만지고 바꾸고 형성하고 탐닉하고 싶은 것이 다른 사람의 삶이 아니라 자기 자신의 삶이라는 걸 깨달았다.

그녀의 마음은 점점 지치고 고단해졌다.

그녀는 요양원에서 지내는 뼈만 남은 어머니를 떠올리지 않으려 애썼다. 그 뿌옇고 혼란스러운 눈과 그녀가 보기에는 아무것도 알아보지 못하는 엄마, 엄마. 아니면 돌아누우며, 이불을 끌어올리며, 팸은 학부모인 (젊은) 두 엄마를 떠올리지 않으려 애썼다. 길에 서서 수업 마치는 종이 울리기를 기다리며 그녀와 이런저런 대화를 나눌 때 그들은 늘 탐탁지 않은 표정이었다. 왜 그러는 걸까? 왜 그녀에게 적대감을 보이는 걸까?

등등.

이런 생각이 들 때는 책을 읽는 게 최선이라서, 그녀는 작은 독서등을 켜고 소말리아에 관한 책을 읽기 시작했다. 그 남부 여자가 참지 못하고 나섰던 호화로운 디너파티 때 누군가가 말했던 책이었다. 처음엔 지루했지만 곧 속도가 붙었고 팸은 점점 무서워졌다. 믿을 수 없었다. 모두 그녀가 알지 못했던 사실이었고, 그녀의 삶과는 완전히 달랐다. 아침에 밥에게 전화를 해야겠다고 생각했으나, 아침이 되자 그녀가 병원에서 하는 일이 이제 곧 사라질 직종이라는 사실을 알게 되었고 그러자 정말로 겁이 더럭 났다.

어쨌거나—아마도 옛날에 품었던 꿈과 관련이 있을 것이다—그녀는 간호사가 되겠다는 생각을 아직 간직하고 있었다. 그래서 지난 몇 주 동안 간호사 과정을 알아보면서, 자신이 주사기에 주사액을 넣고 혈액을 채취하고 응급실에서 할머니의 멍든 팔을 잡고 있는 장면을 상상했다. 그리고 의사들이 그녀를 존경 어린 눈빛으로 힐끔거리는 장면도. 그녀는 자신이(어쩌면 드디어 보톡스를 고려해볼지도 모른다) 겁이 나서 이성을 잃기 직전의 한 젊은 부모에게 이야기하는 장면을 상상했다. 학교 앞에서 그녀에게 쌀쌀맞게 굴었던 그런 엄마들 같은 부모에게. 상상 속에서 당당하게 수술실 문으로 들어서는 그녀의 동작 하나하나에서 권위가 넘쳤다. (그녀는 간호사들이 요즘 입는 볼품없는 옷 대신의무적으로 하얀 간호사 복장을 하고 하얀 모자를 쓰면 좋겠다고 생각했다. 요즘엔 온갖 종류의 유치한 운동화를 신어도 괜찮았고 다들 배기팬츠를 입었다.) 혈액 주사를 놓거나 진료 차트를 들고 있거나 의료진 사이에 서 있는 자신의 모습도 그려보았다.

그보다 더 나쁜 직업은 없어, 재니스가 말했다. 간호사가 되면 열두 시간 동안 앉지도 못하고 미친듯이 일해야 해. 게다가 실수라도 하면 어떡해?

어리석게도, 그녀는 그런 생각은 해보지 않았었다. 물론 그녀는 실수를 할 것이다. 하지만 분명 그녀보다 똑똑하지 않은 사람들이 병원에서 간호사로 일했고, 그들은 늘 껌을 찍찍거리거나 눈꺼풀이 반쯤 감겨 있었다—아, 하지만 그들은 젊었고 자신감이 넘쳤다. 청춘의 자신감은 무엇과도 바꿀 수 없었다.

하지만 그런 어리석은 고민을 하며 몇 주를 보낸 뒤 그녀가 정말로 깨달은 것은—그녀가 파트타임 학생으로 학교에 다니더라도 이 문제는 해결할 방법이 없었다—아들들이 그리울 거라는 사실이었다. 아이들의 숙제를 도와주던 때가 그리울 것이고(늘 지겨워 죽을 것 같았지만), 아이들이 아프거나 폭설이 쏟아지던 날 함께 집에 있던 때가 그리울 것이었다. 아이들이 쉬는 날에도 그녀는 공부를 해야 할 것이었다. 동서였던 헬렌과는 달리 그녀는 가정부를 쓰는 데 곤란을 겪었는데, 간호사 공부를 하려면 가

정부의 도움이 많이 필요할 터라 그것 역시 문제였다. 팸은 놀라운 속도로 베이비시터와 가정부를 갈아치웠다. 그녀는 과잉 친절을 베푸는 경향이 있었고, 그들이 그녀를 이용하는 것 같으면 실망했다. 그리고 거의 사전 통보도 없이 그들을 해고했고, 갑작스러운 통보에 그들이 불쾌감을 드러내면 돈을 건네며 고개를 저었다. 아니, 안 될 것 같아요. 그녀는 자신을 위로하는 의미로 머리를 잘랐는데, 이마에 내려온 머리카락의 각도가 마음에 들지 않았다.

그녀는 밥에게 사무실로 전화를 걸어 자신이 처한 딜레마를 설명했다. "모르겠어, 밥. 어쩌면 정말로 간호사가 되고 싶지는 않은 건지도 몰라. 그냥 그쪽 공부를 하고 싶은 걸지도 모르고. 해부학 같은 거. 대학생 때처럼 말이야."

긴 침묵이 흐른 뒤 그가 말했다. "팸, 해줄 말이 별로 없네. 원한다면 해부학 강의를 들어봐."

"잠깐, 보비. 나한테 화났어?" 팸은 솔직히 그가 그럴 수 있다는 생각을 해본 적이 없었다. 지금까지 그녀는 필요할 때마다 밥에게 전화를 걸었고, 그는 항상 친절하게 열심히 들어주었다. 그래서 그녀는 그것 말고 다른 반응은 기대하지 않게 되었다. 그녀가 말했다. "있잖아, 당신이 이번 크리스마스 때 안 와서 아이들이 속상해했어. 당신을 못 본 지 한참 됐고. 돌이켜 생각해보니까, 음, 솔직히 말할게, 나랑 통화할 때 당신 좀 퉁명스러워졌어.
세라와 다시 합쳤어? 세라가 나를 좋아하지 않았던 거 알아."

"세라와 다시 합치지 않았어, 아니야."

"그러면 뭣 때문에 그래? 내가 뭘 잘못했어?"

"그냥 바빠서 그래, 펨. 신경쓸 일이 많아서."

"적어도 이건 말해줘. 재커리는 아직도 아빠하고 지내? 기소
는 어떻게 됐어?"

"연방검사는 아예 기소하지 않았어."

"와우. 그러면 잭이 괜히 달아난 거네."

"아빠하고 지내는 게 괜한 일인지는 모르겠는데."

"그래, 그 말은 맞아. 수전은 어때?"

"수전은 수전이지."

"밥, 내가 읽을 거라고 했던, 소말리족 여자가 쓴 책 말이야.
그 이야기를 하고 싶었어. 그 책을 다, 거의 다 읽어가는데 좀 혼
란스러워."

"어땠는지 말해봐, 펨. 그리고 곧 회의가 있어. 젊은 변호사가
새로 왔는데 좀 가르쳐야 하거든."

"알았어, 알았어. 나도 할 일이 있어. 그 여자는 소말리아에서
여자로 산다는 게 얼마나 미친 일인지 아주 구체적으로 써놨어.
혼외 자식이 생기면 그걸로 끝장이야. 말 그대로 끝나는 거라고.

길에서 죽을 수도 있지. 아무도 신경쓰지 않는대. 또 어떤 내용
이 있나 하면, 끔찍해라, 다섯 살짜리 여자애들을 데려가서 거길
자르고 다시 꿰맨대. 그렇게 된 여자아이들은 오줌도 제대로 못
눠. 생각해봐. 여자애가 오줌을 세게 누는 소리가 들리면 그애를
놀리라고 가르친대."

"팸, 듣기 거북하다."

"나도 그래! 당신은 그 사람들 생활 방식을 존중하고 싶겠지
만 어떻게 그런 걸 존중할 수 있겠어? 물론 의학계에서도 논란이
있어. 그 여자들 중 일부는 아기를 낳은 뒤에 거길 다시 꿰매고
싶어하는데 서구권 의사들은 내켜하지 않아. 솔직히, 밥. 그건
좀 미친 짓이잖아. 그 책 쓴 여자가—이름을 뭐라고 발음해야 하
는지 모르겠는데—진실을 밝힌 것 때문에 살해 협박을 받았대,
놀랄 일도 아니지. 왜 말이 없어?"

"왜냐하면, 첫번째로 팸, 언제부터 그렇게 됐어? 나는 당신이 그
사람들 기생충이나 정신적외상을 걱정하는 줄 알았는데……"

"걱정해……"

"아니, 아닌 것 같아. 그 책은 우익의 꿈 같은 책이야. 모르겠
어? 이제 신문은 안 봐? 두번째로, 난 잭의 공판이 열린 그 법정
에서 소위 미쳤다는 그 사람들을 봤어. 그런데 그거 알아, 팸? 그
사람들은 미치지 않았어. 그들은 지쳤어. 그들이 지친 건 어디

북클럽에서 그들의 문화 중에서 가장 치욕스러운 부분만 가려내서 읽고 그것 때문에 그들을 싫어하는 당신 같은 사람들 때문이기도 해. 트윈타워가 무너진 뒤로 무지하고 나약한 우리 미국인들이 가슴 밑바닥에서 정말로 하고 싶어하는 게 바로 그거야. 그 사람들을 싫어해도 좋다는 허락을 받는 것."

"오, 이런 맙소사." 팸이 내뱉었다. "어쩜 그런. 버지스 형제. 당신들은 미쳐 돌아가는 이 세상을 편드는 변호사들이야."

*

밥의 새 아파트 건물은 높았고 경비도 있었다. 그는 경비가 있는 건물에 살았던 적이 없고, 이렇게 큰 건물에 살았던 적도 없었다. 하지만 즉시 올바른 결정이었다는 것을 깨달았다. 엘리베이터에는 아이들과 유모차를 미는 엄마들, 개들과 노인들이 많이 탔고, 양복을 입은 남자들과 서류가방을 든 여자들이 아침에 젖은 머리로 탔다. 새로운 도시로 이사 온 기분이었다. 그가 사는 층은 18층이었고 맞은편에는 노부부 로다와 머리가 살았다. 밥이 이사를 온 첫 주에 그들은 환영의 의미로 그를 초대해 술을 마셨다. "우리 층이 최고로 좋아요." 두꺼운 안경을 쓰고 지팡이를 짚고 다니는 머리가 말했다. 머리는 지팡이를 그들의 집 거실

이곳저곳에 휘둘렀다. "나는 해가 중천에 뜰 때까지 잠을 자는데 로다는 매일 아침 여섯시면 일어나 커피 원두를 갈아요. 그 향기가 죽은 사람들도 깨울 것 같아요. 아이가 있어요? 혹시 이혼? 뭐 어때요, 로다도 이혼했어요. 내가 삼십 년 전에 낚아챘지. 요즘은 누구나 다 이혼을 하잖아요."

"아쉬워할 것 없어요." 자식이 없다고 하니 로다가 말했다. 그녀가 밥의 와인잔을 채워주었다(몇 주 만에 처음 마시는 와인이었다). "우리 애들은 정말 골칫거리였어요. 애들을 사랑하긴 하지만, 걔들은 정말 날 돌아버리게 만들죠. 나한테 있는 건 이 캐슈너트뿐인데, 얼마나 오래된 건지는 모르겠네요."

"앉아, 로다. 이 양반은 그 캐슈너트를 먹고도 고마워할 거야." 머리가 커다란 의자에 깊숙이 앉더니 옆쪽 바닥에 지팡이를 살며시 내려놓았다. 그가 밥을 향해 잔을 들어올렸다.

로다가 소파에 풀썩 앉았다. "저 복도 끝에 사는 부부 봤어요? 그 부부의 어린 자식 하나가, 뭐라더라, 그러니까," 그녀가 두 손가락을 딱 부딪쳤다. "음, 뭔가가 척추 성장에 영향을 미쳤댔어요. 그 엄마는 성녀나 다름없고, 그 여자 남편도 아주 훌륭해요. 버지스라고 했나요? 짐 버지스와 무슨 관련 있어요? 정말요? 오, 그 재판, 정말 대단했는데! 그 빌어먹을 자식은 유죄지만 말이에요. 재판은 정말 흥미진진했지요. 우린 정말 재미있게 봤어요."

밥은 자신의 아파트로 돌아가 짐에게 전화를 걸었다.

"이사한 거 알아." 짐이 말했다.

"안다고?"

"당연히 알지. 네가 살던 곳을 지나가는데 창문에 커튼이 달려 있더라고. 진짜 사람 사는 집 같아 보여서 네가 거길 떠났다는 걸 알았지. 이사 간 곳을 알아내려고 우리 직원한테 조사를 시켰어. 어째서 아직도 전화번호를 등록하지 않은 거야? 네가 우리집에 전화를 걸 때마다 발신번호 표시제한이라고 떠서 너인 줄 알았어. 왜 그러는 건데?"

버지스로 살아가지 않으려는 것이었다. 월리 패커 재판 시절에, 팸은 그들 부부가 짐 버지스와 무슨 관계인지 물어보는 전화를 받는 것에 넌더리가 난다고 했었다. "그게 내가 원하는 방식이니까." 밥이 대답했다.

"너 때문에 헬렌이 속상해해. 전화도 안 하고. 한마디 말도 없이 떠났지. 헬렌한테는 여자 때문에 정신이 빠져 지냈다고 말해야 할 거야. 내가 그렇게 말해뒀으니까."

"왜 진실을 말하지 않았지?"

침묵이 흘렀다. 이윽고 짐이 말했다. "무슨 진실? 나는 네가 이사한 이유가 뭔지 그 진실을 몰라, 얼뜨기."

"형이 나를 심란하게 만들었잖아. 젠장. 헬렌한테 그 이야기는 했어?”

“아직 못했어.” 전화기를 통해 짐이 한숨을 쉬는 소리가 들려왔다. “맙소사. 이봐, 최근에 수전과 통화한 적 있어? 많이 외로운 것 같던데.”

“물론 외롭겠지. 수전에게 여기로 오라고 할 거야.”

“수전을? 수전은 평생 뉴욕에 와본 적이 없어. 뭐, 그래, 그럼 잘해봐. 우리 부부는 래리를 보러 애리조나에 갈 거야.”

“그러면 형이 돌아올 때까지 기다릴게.” 밥이 전화를 끊었다. 그는 형이 자신의 행방을 추적했다는 사실을 음미하다—놀라웠지만 일순간 아릿하게 기분이 좋았다—짐의 어조에 그런 기분이 싹 가셨다. 밥은 소파에 앉아 강이 바라보이는 창밖을 응시했다. 작은 요트들이 이동하고 있었고, 더 큰 배 한 척이 그 뒤를 따라가고 있었다. 그의 삶에서 짐은 언제나 밝은 중심을 차지했고, 그렇지 않았던 날은 전혀 떠오르지 않았다.

4

수전의 침실 문 앞에 드링크워터 부인이 서 있었다. 침실 안에는 수전이 옆구리에 손을 얹은 채 서 있었다. "들어오세요." 수전이 말했다. "생각이 잘 정리되지가 않아요."

드링크워터 부인이 수전의 침대에 걸터앉았다. "예전에 나는 뉴욕 사람이 검은색 옷을 많이 입는다고 생각했어요. 지금도 그런지 모르겠네요."

"검은색이요?"

"예전에는 그랬어요. 내가 펙스 백화점 일을 그만둔 지 백 년은 지난 것 같지만, 당시에 여자 손님이 검은색 드레스를 사러 오는 경우가 가끔 있었어요. 장례식에 입고 가는가보다 했지요. 그래서 눈치껏 잘 골라줬는데 뉴욕에 가는 거라고 하더라고요.

그런 일이 몇 번 있었어요."

수전이 침대 옆 테이블에 반듯하게 놓인 사진 한 장을 집어들었다. "살이 쪘어요." 그녀가 사진을 건네며 말했다. "겨우 두 달 만에요." 드링크워터 부인이 "어쩜" 하고 말했다.

노부인은 사진 속 주인공이 재커리라는 것을 곧바로 알아보지는 못했다. 부엌 조리대 앞에 선 잭은 카메라를 향해 거의 미소를 짓고 있었다. 머리칼도 더 자라 이마를 덮었다. "겉으로 보기에는……" 드링크워터 부인이 말을 멈췄다.

"평범해 보이죠?" 수전이 물었다. 그녀가 침대 끝에 앉아 다시 사진을 받아들고 물끄러미 들여다보았다. "처음 이 사진을 봤을 때 저도 그렇게 생각했어요. 세상에 맙소사, 내 아들이 평범해 보여, 하고요." 그리고 덧붙였다. "오늘 우편으로 받았어요."

"엄청 좋아 보여요." 드링크워터 부인이 수긍했다. "그렇다면 행복하다는 거겠죠?"

수전이 사진을 다시 침대 옆 테이블에 놓았다. "그런 것 같아요. 아빠의 여자친구하고 같이 지낸대요. 간호사고, 요리도 잘한다는데, 저야 모르죠. 잭이 그 여자를 좋아해요. 그 여자도 잭 또래의 아이들이 있대요. 그 아이들이 근처에 사는가봐요. 뭘 해도 다 같이 한대요." 수전이 천장을 올려다보았다. "잘됐죠." 그녀가 코를 꼬집으며 눈을 깜박였다. 그러고는 무릎에 손을 올리고 방안을 둘러보았다. 이윽고 그녀가 말했다. "펙스 백화점에서 일하신 줄 몰랐어요."

"이십 년이나 일한걸요. 그 일을 좋아했어요."

"전 가서 개한테 사료를 줘야겠어요." 하지만 수전은 계속 침대에 앉아 있었다.

드링크워터 부인이 일어섰다. "내가 할게요. 그러고 나서 스크램블드에그를 만들어 저녁을 먹으려고 하는데 어때요?"

"저한테 정말 잘해주세요." 수전이 어깨를 올리며 한숨을 쉬었다.

"괜찮아요. 검은 터틀넥과 검은 바지만 찾으면 준비 끝이에요."

수전은 다시 사진을 보았다. 잭이 서 있는 부엌은 매끈하게 각이 진데다 스테인리스스틸 제품이 많아 수술실에 가까워 보였다. 그녀의 아들이(그녀의 아들이!) 솔직한 표정으로, 수줍음이 아니라 미안함 비슷한 심정으로 카메라를, 그녀를 쳐다보고 있었다. 야위어서 각지고 어색해 보였던 잭의 얼굴이 이제는 살이 올라 잘생겨 보였다. 크고 검은 눈동자에 턱이 강하고 섬세했다. 거의, 그게 이상해서 그녀는 잭을 보고 또 보았는데, 그러니까 거의, 잭은 젊은 날의 짐과 닮아 보였다. 처음 사진을 봤을 때는 기쁘고 가슴이 벅찼으나 이제 그 기분은 뭔가 견딜 수 없는 감정—상실감—으로 바뀌었고, 어머니이자 아내로서 자신의 과거를 잠시 돌아보게 되었다.

기억. 기억이 손을 펴고 눈앞에 있는 과거의 장면들 앞을 지나가다가, 손을 싹 오므리며 그 시작과 끝을, 그 장면들을 감싸던 틀을 가져가버렸다. 하지만 그 잠시의 순간에 자신의 모습―스티브와 잭에게 소리를 지르는 모습―을 보면서 그녀는 자기 어머니를 보았고, 부끄러워서 얼굴이 벌겋게 달아올랐다. 이전에는 미처 깨닫지 못했던 사실이었다. 벌컥벌컥 화를 내는 어머니의 모습을 보며 수전은 화내는 것을 당연시하게 되었고, 어머니가 자신에게 말하던 방식 그대로 그녀도 다른 사람들에게 말해왔던 것이다. 수전, 미안해, 그렇게 말하지 말았어야 했는데, 그녀의 어머니는 그렇게 이야기해준 적이 결코 없었다. 세월이 흘러, 자신이 그런 식으로 말하면서도 그녀 역시 한 번도 미안하다는 말은 하지 않았다.

그리고 이제는 너무 늦었다. 무언가가 너무 늦었다고 믿고 싶은 사람은 없겠지만, 언제나 조금씩 더 늦어지고, 그러다보면 마침내 너무 늦어버린 순간이 온다.

5

애리조나에서, 헬렌과 짐은 샌타캘리포니아산맥의 산자락에 위치한 리조트에 묵었다. 그들의 방에서는 거대한 초록색 사과로 선인장이 내다보였는데, 굵은 초록색 팔 하나를 위로 쳐들고 다른 팔 하나는 아래로 내리고 있었다. 수영장도 내다보였다. "있잖아," 그곳에서 맞이하는 두번째 아침에 헬렌이 말했다. "래리가 여기 있는 학교에 다니게 돼서 당신이 실망한 건 알지만 이렇게 들르기엔 참 아름다운 곳이야."

"당신이 실망했겠지, 나는 아니야." 짐은 휴대폰으로 뭔가를 읽고 있었다.

"너무 머니까."

"그리고 애머스트도 예일도 아니니까." 짐이 휴대폰에 엄지가 날아갈 만큼 빠른 속도로 뭔가를 치고 있었다.

"그래서 실망한 건 당신이었어."

"나는 아니야." 짐이 고개를 들었다. "나도 주립학교에 다녔어, 헬렌. 난 주립학교를 싫어하지 않는다고."

"당신은 하버드에 다녔지. 내가 실망한 건 래리가 오늘 우리와 하이킹을 가지 않는 것, 그것뿐이야."

"보고서를 써야 한다고 래리가 그랬잖아. 오늘밤에 또 볼 거고." 짐이 휴대폰을 탁 닫았다가 곧바로 열고는 다시 쳐다보았다.

"지미, 뭘 하는지 모르겠지만 나중에 하면 안 돼?"

"잠깐이면 돼. 일 때문이야, 잠시만."

"하지만 일 분이 다르게 해가 높아지고 있어. 게다가 난 잠을 설쳤고, 아까 말했잖아."

"헬렌, 제발."

"그 하이킹 코스는 네 시간이 걸려, 지미. 더 짧은 걸 찾는 건 어때?"

"거기가 네 시간짜리 코스라는 건 나도 알아. 하지만 경치가 아름다워서 좋아. 지난번에 당신도 좋아했잖아. 지금 나한테 잠깐만 시간을 주면 이번에도 즐겁게 갔다 올 수 있을 거야."

그들이 호텔을 떠났을 때는 열한시였고 31도였다. 그들은 여행자 안내센터 근처에 차를 세우고 포장도로를 한참 걸어갔다.

이어서 큰길에서 벗어나 양옆으로 선인장과 메스키트나무가 자라는 흙길로 들어섰고 이어 강에 다다르자 넓고 반들반들한 징검돌을 디뎌 강을 건넜다. 헬렌은 새벽 네시에 잠에서 깨서 다시 잠들지 못했다. 저녁식사 때는 래리의 여자친구 애리얼이 끔찍했던 새아버지 이야기를 계속해서 늘어놓는 바람에 와인잔에 짙은 붉은색 와인을 끊임없이 채워야 했다. 애리얼이 긴 머리칼을 잡아당기며 속사포처럼 말을 쏟아내는 동안, 래리는 그런 애리얼을 어린아이 같은 존경심을 품고 쳐다보았다. 둘이 같이 자는 사이야, 아니면 그런 눈빛으로 쳐다보지 않겠지. 헬렌은 그 사실을 알아차렸다. 우리 애가 왜 이런 백치 같은 계집애와 사귀는 거지? 그녀는 마음이 조금 아팠다.

"그리 나쁘지 않던데." 짐은 그 말뿐이었다. 그것 역시 그녀의 마음을 조금 아프게 했다.

지금 헬렌은 짐의 등산화 뒤축을 보며 쫓아갔다. 날은 너무나 뜨거웠고 길은 좁았다. 작은 도마뱀 한 마리가 후다닥 길을 건넜다. "지미, 우리가 얼마나 걸었지?" 그녀가 마침내 물었다.

짐이 시계를 보았다. "한 시간." 그가 가져온 물을 마셨고, 헬렌도 물을 마셨다.

"호수까지 갈 수 있을지 모르겠어." 그녀가 말했다.

그의 미러 선글라스가 그녀를 향했다. "못 걷겠어?"

“좀…… 어지러워.”

“일단 지켜보자.”

햇살이 쨍쨍했다. 헬렌은 더 빨리 걸었다. 바위를 올라가고, 작은 가지들과 말라비틀어진 것 같은 식물들을 스쳐지나갔다. 말은 하지 않았지만, 짐이 종아리를 긁으려고 손을 내릴 때 그의 손목시계에서 또 삼십 분이 지나 있는 것을 보았다. 그들이 작은 산마루에 이르렀을 때 더위는 살아 있는 무시무시한 생물이 되어 있었고 헬렌은 그것이 자신을 줄기차게 쫓아오다 마침내 삼켜버렸음을 알았다. 눈 아래쪽으로 커다란 검은 반점들이 어른거렸다. 그녀는 작은 나무의 그루터기에 털썩 기대앉았다. “지미, 쓰러질 것 같아. 도와줘.”

그는 그녀에게 다리 사이에 머리를 집어넣으라고 말한 뒤 마실 물을 주었다. “괜찮을 거야.” 그가 말했다. 그녀는 아니야, 몸이 이상해, 하고 말했다. 토할 것 같았다. 주차장에서, 여행자 안내센터에서, 안전한 곳에서 거의 두 시간이나 떨어져 있었다. 그녀가 말했다. “누구한테든 전화를 해봐, 제발. 여기까지 오려면 한참 걸릴 거야.” 그는 휴대폰을 가져오지 않았다고 말했다. 그녀에게 물을 좀더 주면서 천천히 마시라고 했다. 그러고는 왔던 길로 그녀를 이끌었다. 그녀는 다리가 몹시 후들거려서 계속 픽픽 쓰러졌다. “지미.” 그녀가 팔을 앞으로 뻗으며 죽어가는 목소

리로 말했다. "지미, 여기서 죽고 싶지 않아." 그녀는 애리조나
의 사막에서, 아들과 몇 마일 떨어지지 않은 곳에서 죽고 싶지는
않았다―그녀는 속이 메슥거리는 가운데 아들이 그 소식을 듣
는 장면을 상상했다. 죽음의 실제적인 측면은 이런 것이다. 누군
가가 죽고 자식들이 그 소식을 듣는다. 래리는 매우 슬퍼할 것이
고, 그것은 자연스러운 일이겠지만, 이미 그의 슬픔은 그녀와는
먼 일처럼 느껴졌다.

"얼마 전에 건강검진 받았잖아." 짐이 말했다. "죽지 않을 거야."
나중에 그녀는 그가 실제로 건강검진 이야기를 꺼냈는지, 아
니면 그녀 혼자 생각한 것인지 의문이 들었다. 건강검진, 그런
터무니없음이라니. 그녀가 구부정하게 걷다가 휘청했고 짐이 그
녀를 잡았다. 강바닥에 가느다란 물줄기가 흘렀다. 짐이 허리에
묶었던 셔츠를 풀어 물을 적시고 그녀의 이마에 대주었다. 그들
은 그런 식으로 간신히 협곡을 통과해 왔던 길을 되돌아갔다.

포장도로에 이르자 헬렌은 길을 잃었다가 집으로 돌아가는 길
을 다시 찾은 어린아이처럼 기뻤다. 그들은 벤치에 앉았고 그녀
가 짐의 손을 잡았다. "당신이 보기에는 래리가 잘 지내는 것 같
아?" 그녀가 물을 거의 다 마시고 나서 물었다.

"그앤 사랑에 빠졌어. 욕망에 빠졌거나. 그걸 뭐라고 부르건
말이야."

"지미, 성의 없는 대답이야." 헬렌은 이제 살았다는 생각에 한결 마음이 가벼워졌다.

짐이 그녀의 손에서 손을 빼내 자기 이마를 닦았다. "이제 됐어."

"가자." 헬렌이 일어섰다. "저 위에서 죽지 않은 게 정말 다행이야."

"당신은 안 죽어." 짐이 말했다. 그가 다시 배낭을 들어 어깨에 멨다.

그들은 도로에서 빠져나오는 지점을 한 번 놓쳤다. 헬렌이 그 도로 옆에 난 샛길―그 샛길이 다른 도로로 이어졌다―을 놓친 사실을 깨달았을 때는 이미 너무 늦었다. 그들은 언덕길을 올라가 긴 커브길을 돌아갔다. 하지만 두 사람 다 그 샛길이 맞는 길인지는 몰랐다. 짐은 걱정하지 말라고 했다. 이 길을 따라가면 여행자 안내센터가 나올 거라고. 하지만 태양이 비명을 질러댔고, 반시간을 걸어도 더 가까워진 것 같지 않았다. 짐의 셔츠를 적실 물도 없었다. "지미." 그녀가 외쳤다.

그는 자기 물통에 조금 남은 물을 그녀의 머리에 부어주었고, 그녀는 다리의 힘이 풀려서 자기 다리가 자기 것이 아닌 것처럼 느껴졌다. 길옆으로 비켜 풀썩 무릎을 꿇고 앉자, 지금 의식을 잃으면 영원히 되찾지 못할 것 같았다. 사막에서 벗어나려고, 여기까지 오려고 그녀는 있는 힘을 모두 고갈해버렸다. 짐이 먼저 모퉁이에 가보려고 빠른 걸음으로 언덕을 올라갔고, 그녀의 시야에서 그의 형체가 아물아물 사라졌다. "짐, 나를 두고 가지 마." 그녀가 그를 불렀고, 그가 다시 돌아왔다.

"길이 멀어." 그의 목소리에 걱정이 담겨 있었다.

그녀는 그가 휴대폰을 가져오지 않은 이유를 이해할 수 없었다.

그녀의 손이 부들거렸고 눈앞에 어른거리는 반점들은 더 크고 검게 변했다. 커다란 벌레 소리 같은 것이 귓가에 윙윙거렸다. 더위는 잔인하고 기세등등했다. 아까 그들이 벤치에 앉았던 그때부터 이미 그녀를 갖고 놀았던 것이다. 모든 것을 다 가졌다고 생각하는 이들 부부를 호시탐탐 노리면서.

트롤리 밴이 모퉁이를 도는 것을 보고 짐은 미친 사람처럼 손을 흔들었다. 헬렌은 이미 한 번 토한 뒤였다. 트롤리 밴에는 승객이 없었고, 운전기사가 짐과 힘을 합해 그녀를 들어올려 뒷좌석 차양 밑으로 옮겼다. 운전기사는 이런 상황에 익숙했다. 좌석 밑에 게토레이가 있었고, 운전기사가 그걸 천천히 마시게 하라고 짐에게 당부했다. 그녀의 귀에 운전기사의 말소리가 들렸다. "사람들이 국경을 넘다 왜 죽는지 이제 아시겠죠?"

짐이 나직이 말했다. "옳지, 헬리. 착하지, 여보." 그가 게토레이를 그녀의 입안에 흘려넣어주었는데, 그녀가 어린 자식들에게 컵 사용법을 가르쳐주던 것과 다르지 않았다. 하지만 그녀는 짐이 멀게 느껴졌고, 모든 것이 멀게 느껴졌다―뭔가가 있었다. 그게 뭐지? 그녀의 남편은 두려워하고 있었다. 그 작은 깨달음은 공기 중의 작은 먼지 입자에 지나지 않았다. 사라질 것이고 사라져가고 있었다……

그들은 호텔방으로 돌아와 블라인드를 내리고 침대에 누웠다. 헬렌은 으슬으슬해서 포근한 퀼트 이불을 푹 덮어썼다. 그들은 손을 잡고 나란히 누웠다. 문득 그녀는 함께 죽을 고비를 넘긴 사람들은 함께 머무는 것이다, 하는 생각이 들었는데, 왜 그런 생각이 들었는지 이상했다.

"어디에 계셨어요?" 그곳에서 지낸 마지막 밤에 애리얼이 물었다.

애리얼.

헬렌은 "정말 예쁜 이름이네" 하고 말했었지만 이제는 그 이름이 견딜 수 없게 못마땅했다. 그녀는 황혼의 햇살에 눈을 찌푸리며 애리얼을 쳐다보았다. 그들은 호텔 주차장에서 작별인사를 나누는 중이었다. 래리와 짐은 차 반대쪽에 서서 대화를 나누고 있었다. "언제 어디 있었느냐는 거니?" 헬렌이 애리얼에게 물었다. 아들과 같이 잠을 자는 이 아가씨에게.

헬렌의 얼굴에 닿는 공기가 차갑고 건조했다.

"래리가 여름 캠프에 갔을 때요."

헬렌은 피고측 변호사와 오래 살면서 익숙해진, 덫에 걸리는 듯한 느낌을 받았다. "무슨 말인지 설명을 좀 해줘야 할 것 같구나." 그녀가 차분하게 말했다. 애리얼이 대답하지 않자 헬렌이 덧붙였다. "무슨 말을 하는지 모르겠어."

"제 말은…… 어디에 계셨느냐고요? 래리는 그런 데 가고 싶어하지 않았어요. 아주머니도 알고 계셨잖아요. 적어도 래리는 아주머니가 알고 계셨을 거라고 생각해요. 그런데도 아주머니는 래리를 캠프에 보내셨죠. 그래서 비참했대요. 래리는 그게 아버지 때문이라고 생각해요. 아버지가 가야 한다고 강요한 거라고요. 하지만 제가 여쭤보고 싶은 건, 아주머니는 어디에 계셨느냐는 거예요."

오, 젊은 사람들이란! 그들은 모르는 게 없다!

헬렌은 한동안 침묵을 지켰고, 그러는 동안 애리얼은 샌들을 신은 발을 내려다보다가 자갈밭에 발가락 쪽을 대고 선을 찍 그었다.

"내가 어디에 있었느냐고?" 헬렌의 목소리는 싸늘했다. "뉴욕에, 아마 쇼핑을 했을 거야."

애리얼이 슬쩍 그녀를 쳐다보고 피식 웃었다.

"아니, 정말이야. 거의 확실해. 물건을 사서 애들한테 매주 소포를 보냈으니까. 소포에는 캔디랑 브라우니랑 캠프측에서 보내지 말라는 온갖 것들이 잔뜩 들어 있었지."

"래리가 싫어했던 거 모르셨어요?"

그때 헬렌은 그 사실을 알고 있었고, 지금 애리얼이 자기 심장에 칼을 찔러넣는 느낌이었다. 잔인하기도 해라. "애리얼, 아가씨도 자식을 낳으면 알겠지만, 부모는 자식에게 최선이라고 생각되는 쪽으로 결정을 내리기 마련이야. 그때 우린 래리가 향수병에 굴복하지 않는 게 최선이라고 생각했고. 이제 아가씨 학업에 대해 말해볼까?"

그녀는 애리얼이 하는 말을 듣지 않았다. 며칠 전 하이킹을 하러 갔다가 몹시 아팠던 것을 생각했다. 자신이 지금껏 짐을 기쁘게 해주려고 얼마나 애써왔는지 생각했다. 그녀가 래리의 여름 캠프장에 찾아갔던 날들을, 래리가 희망에 부푸는 것을 보며 가슴이 무척 아팠던 것을, 집으로 돌아가야 하는 이유를 미리 준비해뒀지만 말해봤자 소용없다는 것과 사 주를 더 견뎌야 한다는 것을 깨닫고 낙심하던 래리의 모습을 생각했다. 그녀는 왜 래리를 집에 데려와야 한다고 강력하게 밀어붙이지 못했을까? 짐이 래리를 집에 데려오면 안 된다고 했기 때문이었다. 두 사람의 의견이 완전히 다르면 어느 한 사람의 의견이 최종 의견이 될 수밖에 없기 때문이었다.

헬렌은 뭔가 애리얼의 마음을 다치게 할 말을 하고 싶었다. 그래서 애리얼이 차 앞좌석에 손을 넣어 그날 그들에게 주려고 특별히 직접 만든 쿠키 상자를 건네자 이렇게 말했다. "음, 난 이제 초콜릿을 먹지 않아. 하지만 짐한테 주면 괜찮겠구나."

6

밥은 공항 수하물 찾는 곳에서 수전을 찾을 수가 없었다. 샌들과 밀짚모자 차림의 사람들, 코트를 손에 든 채 꼬마들을 데리고 있는 사람들, 밥보다 어려 보이는 부모들이 걱정스럽게 무빙벨트를 살피는 동안 귀에 이어폰을 꽂고 카트에 기댄 채 힘없이 늘어져 있는 십대들이 보였다. 그의 근처에 머리숱이 적고 머리가 희끗하게 센 여자가 휴대폰의 숫자를 누르고 있었는데, 핸드백은 겨드랑이 밑에 단단히 끼고 누가 훔쳐갈까봐 걱정이 되는지 발로는 여행가방을 감싸서 지키고 있었다. "수전?" 그가 말했다. 그녀는 딴사람 같았다.

"딴사람 같은데." 수전이 휴대폰을 핸드백에 넣으며 말했다.

밥이 수전의 작은 여행가방을 굴리며 택시 승차장으로 갔다.

"항상 이렇게 사람이 많아?" 수전이 물었다. "방글라데시에 온 것 같아. 맙소사."

"네가 방글라데시에 마지막으로 간 게 언제야?" 그는 자기 말투가 꼭 짐 같다고 생각했다. 그리고 덧붙였다. "재미있을 거야. 걱정하지 마. 브루클린에 가서 짐도 만날 거고. 나도 짐을 본 지 엄청 오래됐어." 수전은 택시 승차 안내인을 보고 있었다. 안내인이 호각을 불고 소리를 지르고 택시 문을 열면서 사람들을 여기저기 태울 때마다 그녀는 고개를 이리저리 움직였다. 밥이 물었다. "잭한테서 연락 왔었어?"

구름이 잔뜩 긴 날씨였지만 수전은 핸드백에 손을 집어넣어 선글라스를 꺼내 썼다. "잭은 잘 지내."

"그게 다야?"

수전은 하늘을 올려다보았다.

"한동안 잭의 소식을 못 들었어." 밥이 말했다.

"잭은 너한테 화가 나 있어."

"잭이 화가 났다고? 나한테?"

"이제 가족과 함께 사니까, 그 오랜 세월 너랑 짐은 어디서 뭘 했는지 궁금해졌나봐."

"지금껏 자기 아빠가 어디서 뭘 했는지는 궁금하지 않고?"

수전은 대답하지 않았다. 택시에 탈 때 밥은 문을 세게 닫았다.

그는 수전을 록펠러센터에 데려갔다. 센트럴파크에도 데려가서 온몸에 금색 스프레이를 뿌린 젊은 여자를 보여주었다. 브로드웨이 뮤지컬도 보러 갔다. 수전은 수줍음을 타는 어린아이처럼 고개를 끄덕거렸다. 그는 그녀에게 침대를 내주고 자신은 소파에서 잤다. 둘째 날 아침 그녀가 식탁 앞에 앉아 커피가 담긴 머그컵을 두 손으로 잡고 물었다. "이렇게 높은 데 살면 무섭지 않아? 불이 나면 어쩌려고?"

"그런 생각은 안 해." 밥이 말했다. 그가 식탁 가까이로 자기 의자를 끌어당겼다. "그 사고 말이야, 혹시 기억나는 거 있어?" 그가 물었다.

수전이 놀라서 그를 쳐다보더니 이윽고 작은 목소리로 말했다. "아니."

"아무것도?"

수전의 표정이 꾸밈없이 순수해졌고, 눈동자는 그때 일을 생각하느라 이리저리 움직였다. 그녀는 혹시 잘못된 대답을 하는 건 아닌지 걱정하는 듯 망설이며 말했다. "그날 날씨가 정말 화창했던 것 같아. 어디를 바라봐도 눈이 부셨어." 그녀는 커피가 담긴 머그컵을 밀었다. "아니면 비가 왔었는지도 모르겠네."

"비는 오지 않았어. 해가 떴던 건 나도 기억해." 그들이 이 일에 관해 서로 이야기를 나눈 건 처음이었다. 밥은 수전을 쳐다보면 안 되기라도 하는 것처럼 자신의 아파트를 둘러보았다. 아파트는 아직 새집이라 익숙하지 않았고 부엌은 반짝거릴 만큼 깨끗했다. 이곳이라면 짐도 대학원 기숙사라고 부르지 않을 것이다. 여기에서라면 밥도 창밖으로 담배를 피우지 않을 것이다. 그는 사고에 대한 말은 꺼내지 말 걸 그랬다고 생각했다. 이건 수전에게 스티브와의 은밀한 사생활에 대해 묻는 것보다 더 어색했다. 뼛속까지 파고드는 수치심이 그의 팔을 조여왔다.

수전이 말했다. "나는 늘 내가 그랬다고 생각했어."

"뭐라고?" 밥이 그녀를 돌아보며 말했다.

"그래." 그녀는 그를 잠시 쳐다보고서 무릎에 포개 올린 자기 손을 내려다보았다. "엄마가 나한테 그렇게 소리를 지르는 이유가 그거라고 생각했어. 오빠랑 너한테는 소리를 지르지 않았잖아. 그래서 종종 내가 그런 걸 거라고 생각했지. 잭이 떠나고 나서 계속 끔찍한 악몽에 시달렸어. 잠에서 깨어나면 기억이 안 나는데 끔찍한 꿈이야. 그 꿈이 얼마간은, 뭐랄까, 그런 느낌이야."

"수지, 네가 한 게 아니란 거 너도 알잖아. 어렸을 때 넌 맨날 나한테 그랬어. '다 네 탓이야, 이 바보 멍청이'라고."

수전의 눈동자에 부드러운 표정이 떠올랐다. "오, 보비. 물론 내가 그런 말을 했지. 나는 겁먹은 꼬마였으니까."

"그 말을 했지만 전부 진심이 아니었다는 거야?"

"무슨 생각으로 그런 말을 했는지는 나도 몰라."

"있잖아, 짐이 나한테 그때 일에 관해 이야기를 해줬어. 짐은 기억하고 있어. 기억하고 있대."

"짐이 뭘 기억하는데?" 그녀가 물었다.

밥은 차마 그 말이 나오지 않았다. 그는 식탁에 올린 손을 폈다. 그리고 어깨를 으쓱했다. "구급차. 경찰이었던 것 같아. 하지만 네가 그러지 않았다는 건 짐이 확실히 알아. 그러니까 그런 걱정은 하지 마."

한동안 쌍둥이는 말없이 앉아 있었다. 창문 너머에서 강물이 반짝였다. 이윽고 수전이 말했다. "여기 있는 건 죄다 아주 비싸. 여기서 커피를 마실 돈으로 우리 동네에서는 샌드위치를 살 수 있어."

밥이 일어섰다. "가자." 그가 말했다.

복도에서 머리가 "안녕하시오!" 하고 불렀다. 그러고는 악수를 하려고 손을 내밀었다. 로다는 수전의 팔을 잡았다. "지금까지 어디어디 갔다 왔어요? 밥이 피곤할 정도로 끌고 다니지는 않게 해요. 몸이 힘들면 무슨 재미가 있겠어요? 브루클린에 가요? 그 유명한 오빠 만나러? 만나서 반가워요. 즐겁게 지내다 가요!"

보도에서 수전이 말했다. "저런 사람들한테는 어떻게 말을 해야 할지 모르겠어."

"따뜻하고 친절한 사람들 말이야? 그래, 정말로 말문이 막히게 하는 사람들이지." 밥은 이번에도 자신이 짐처럼 말한다고 생각했다. 하지만 그는 수전 때문에 믿을 수 없을 만큼 지쳐 있었다.

지하철에서 수전은 무릎에 놓은 핸드백을 두 손으로 단단히 잡고서 꼼짝도 하지 않고 앉아 있었고, 밥은 손잡이를 잡은 채 흐느적거렸다. "예전엔 날마다 이 지하철을 타고 다녔어." 그가 말했지만 그녀는 대답하지 않았다. "수전," 그가 말했다. "아까 이야기했던 것 말이야. 네가 한 게 아니야. 걱정하지 마."

그녀는 그 말을 들은 내색은 전혀 하지 않았지만, 눈동자는 아주 잠시 그를 향했다. 이제 그들은 지상으로 나왔고, 그녀는 고개를 돌려 열차의 차창 밖을 내다보았다. 그가 자유의 여신상을 가리켰으나 그녀가 그가 가리킨 곳으로 시선을 돌렸을 때는 이미 지나가버려 보이지 않았다.

*

"어떻게 지냈어요?" 헬렌이 문에서 물러서며 물었다. 헬렌은 헬렌답지 않아 보였다. 키가 더 작고 더 늙어 보였고 예전만큼 예쁘지 않았다.

"한동안 못 와서 미안해요." 밥이 말하자 헬렌이 대답했다.

"이해해요. 각자 생활이 있으니까요."

"어이, 얼뜨기. 오래전에 잃어버린 여동생을 찾아왔군. 수전, 요즘 어때?" 키가 크고 말쑥한 짐이 들어왔다. 그가 밥의 어깨를 툭툭 치고는 수전과 잠깐 포옹했다. "뉴욕은 마음에 들어?" 그가 그녀에게 물었다.

헬렌이 말했다. "수전, 정말 무서웠나보네요."

수전은 들어오자마자 욕실을 쓰겠다고 한 뒤 욕조 가장자리에 앉아 울었다. 그들은 전혀 몰랐다. 그녀는 뉴욕을 싫어했지만 문제는 뉴욕이 아니었다. 들판 대신 콘크리트 바닥이, 지상 대신 지하로 다니는 교통이 있는 뉴욕은 몇 에이커의 땅에서 복작거리는 주州 박람회처럼 약간 우스꽝스럽게 느껴졌다. 모든 것에서 어딘지 모르게 천박하게 화려한 분위기가 풍겼고, 지하철로 내려가는 계단에선 오줌 냄새가 났다. 도로경계석에는 쓰레기가 굴러다녔다. 조각상에서 더러운 비둘기 똥이 떨어졌고 공원에는 황금색 스프레이를 뿌린 여자가 서 있었다. 아니, 수전을 무섭게 만든 것은 도시가 아니었다. 그것은 그녀의 형제들이었다.

그들은 누구지? 어떻게 이런 식으로 살아갈 수 있지? 그들은 그녀가 어린 시절에 알던 밥과 짐이 아니었다. 밥이 사는 곳은 본질적으로 호텔과 다르지 않았다. 그의 아파트 건물 현관문은 출입구에 지나지 않았고, 거기서 이어지는 카펫 깔린 복도는 타인들의 방을 숨기고 있었다. 로비에선 제복을 입은 경비가 노숙자들이 불쑥 들어오지 못하게 막거나 회전문을 밀어주었다. 지독한 생활 방식이었고 인간적이지도 않았다. 밥은 수전에게 강이 내려다보이는 전망이 괜찮은지 물었다. 비행기 창문으로 내려다볼 때처럼 까마득히 내려다보이는 강이 뭐가 좋겠는가? 게다가 무엇보다 이상했던 건 누구도 입 밖에 내지 않기로 암묵적인 약속이 되어 있는 아버지의 사고 이야기를 그런 장소에서 꺼냈다는 사실이었다. 그 이야기를 꺼내다니! 이런 상황이 닥치자수전은 혼란스러웠고 정말로 쓰러질 것 같았다.

그녀의 형제들은 셜리폴스를 떠난 이후에도 여전히 형제들이었다. 하지만 지금은 아니었다. 수전이 지금 휴지에 코를 풀면서경험하는 것은 우주가 기우뚱하는 느낌이었다. 그녀는 철저히혼자였고, 자신이 마음을 붙일 사람은 더는 그녀를 필요로 하지않는 아들뿐이었다. 그녀가 와 있는 이 집을 보라(그녀는 얼굴에물을 끼얹고 욕실에서 나가려고 문을 열었다). 짐은 여기서 세아이를 키우고 디너파티를 열고(이 생각은 거실로 돌아오면서했다) 성대한 가족 크리스마스 파티도 열었다. 주말 아침에 파자마를 입고 돌아다니고, 커피 테이블에 신문을 던지고, 아이들과아내와 함께 텔레비전을 보면서 숱한 밤들을 보냈다. 가정 같지도 않은 이 집에서. 이 집은 커다란 가구나 다름없었다. 천장이 높은 박물관이나 마찬가지였다. 그리고 어두웠다. 누가 이렇게 어두운 곳에서, 정교하고 화려하게 세공된 목재, 오래된 골동품 같은 조명이 있는 곳에서 살겠는가? 누가 이렇게 살겠는가?

그들이 그녀에게 뭐라고 말을 하고 있었다. 헬렌이 집을 구경 시켜줄 테니 2층으로 올라오라고 손짓했다. 헬렌이 다른 사람들 집을, 그리고 드레스룸을 구경하는 것은 재미있다고 말했다. 이 도시에 자기 옷보다 남편 옷이 더 많은 여자는 그녀뿐일 거라고 했다. 그들은 정장을 쭉 걸어놓은 곳을 지나갔는데, 백화점처럼 진열을 해놓았다. 옷도 전망을 내다봐야 하는지, 창문도 나 있었 다. 한쪽 벽에는 한 면 가득 크고 높은 전면거울이 달려 있었다. 수전은 자기 모습을 쳐다볼 수밖에 없었다. 머리가 희끗하게 센 얼굴이 하얀 여자가 헐렁한 검은색 바지를 입고 서 있었다. 하지 만 몸에 잘 맞는 니트 드레스와 스타킹 차림의 거울 속 헬렌은 아담한 몸집에 아주 말쑥해 보였다. 헬렌은 그런 스타일로 입는 법을 어떻게 알았을까?

그랬다. 세상이 기우뚱했다. 안전한 줄 알았던 자신이 무너지 는 것은 무서운 일이었다. 아버지가 없고, 어머니가 없고, 남편 이 없고, 형제들이 없고, 아들이……

"수전." 헬렌의 목소리가 날카로웠다. "뭐 좀 마실래요?"

*

　뒤쪽 정원에 수전과 밥이 각자 소다수가 담긴 잔을 들고서 철제 벤치에 나란히 앉아 있었다. 헬렌은 다리를 꼰 채로, 거의 꽉 채운 커다란 와인잔을 들고서 정원 의자 모서리에 앉아 있었다. "짐, 좀 앉아." 남편이 자꾸 서성이기만 하자 그녀가 말했다. 짐은 허리를 숙이고 눈을 가늘게 뜨고서 비비추와 백합 싹을 쳐다본다거나—그는 정원에서 자라는 식물에는 전혀 관심이 없던 사람이었다—테라스를 받친 기둥에 몸을 기댔고, 심지어 집에 들어갔다가 빈손으로 나오기도 했다.

　헬렌은 이렇게 화난 적이 있었나 싶을 정도로 화가 났지만, 물론 이전에도 그런 적이 있었을 것이다. 하지만 바로 이 순간, 바로 여기에서, 뭔가 잘못돼도 크게 잘못된 것 같았다. 헬렌이 아는 것은 그 누구도 도움이 되지 않으며 이렇게 다 모인 자리에서 분위기를 가라앉지 않게 만드는 것이 오로지—어른이 넷이나 있는데도 어째서인지—오로지 자신에게 달렸다는 사실뿐이었다. 수전을 탓하는 게 가장 쉬웠고, 그래서 헬렌은 그렇게 했다. 수전은 자세부터 방관자 같았다. 게다가 볼품없는 터틀넥 스웨터는 질이 나빠서 밑단 쪽에 보풀이 일어나 있었다—이 모든 것이 헬렌을 우울하게 만들었고, 또한 연민이 그녀의 가슴을 스치

듯 찌르고 지나갔다—마음속에서 이런 여러 갈래의 분노가 부글부글 끓어올라 정신이 아뜩했다. "짐, 좀 앉지 그래." 헬렌이 다시 말했다. 짐은 그녀의 날카로운 목소리에 놀란 듯 의아한 표정으로 그녀를 바라보았다.

"맥주 좀 가져올게." 그가 집안으로 들어갔다.

헬렌이 머리 위 나뭇가지에 매달린 작은 초록색 자두 열매를 올려다보며 말했다. "저 자두들 좀 봐요. 작년에는 저렇게 열매를 많이 맺지 않았는데 과일수는 그렇다고 하더라고요. 한 해 걸러 열매를 풍성하게 맺는다고요. 다람쥐들은 좋겠어요. 자두가 많이 열린 파크슬로프에 사는 다람쥐들은요."

버지스네 쌍둥이가 벤치에 앉아서 멍하니 헬렌을 바라보았다. 밥은 예의를 갖춰 소다수를 홀짝였고, 그의 눈썹은 무기력한 표정을 만들며 위로 치켜올라갔다. 수전도 소다수를 홀짝였다. 그러고는 헬렌에게서 살짝 시선을 돌렸는데, 그녀의 표정은 꼭 이런 말을 하는 것 같았다. 헬렌, 나는 이곳에 어울리지 않아요, 난 이 큰 집과 당신이 정원이라고 부르는 이 바보 같은 뒷마당이 싫어요, 여기 있는 모든 것이, 위층의 커다란 드레스룸이, 여기 밖에 둔 커다란 그릴이 전부 속물적으로 느껴져요, 나는 이 모든 게 싫어요, 흥청망청 돈을 쓰는 코네티컷 출신의 부유한 당신이, 현대사회의 물질주의자인 당신이.

헬렌은 시누이의 얼굴에서 그런 속마음을 읽으며 촌뜨기라는 단어를 떠올렸다. 그러자 가슴속 저 아래에서부터 넌더리가 났다. 그런 생각은 하고 싶지 않았고, 그런 사람이 되는 것도 싫었다. 그런 단어가 떠오른 게 불쾌했다. 그 단어를 떠올리자마자 검둥이라는 단어가 떠올라 더럭 겁이 났다. 전에도 가끔 그런 적이 있었는데, 검둥이, 검둥이, 하면 마음이 투레트증후군*에 걸린 것처럼 끔찍한 생각들이 걷잡을 수 없이 일어났다.

"저걸 드세요?" 밥이 물었다.

헬렌의 등뒤에서 문이 열리며 짐이 맥주 한 병을 들고 나타났다. 그가 야외용 의자를 끌고 왔다. "다람쥐?" 그가 밥에게 말했다. "구워서 먹지." 그러고는 턱으로 그릴을 가리켰다.

"자두 말이야. 자두를 먹느냐고."

"너무 써요." 헬렌은 대답하면서 속으로, 이 사람들을 편안하게 만드는 것은 내 책임이 아니야, 하고 생각했다. 그러나 물론 그녀의 책임이었다. "살이 빠졌네요." 그녀가 밥에게 말했다.

그가 고개를 끄덕였다. "요즘은 술을 안 마시거든요. 많이는요."

"왜 안 마셔요?" 헬렌은 자기 목소리에서 비난의 어조를 느꼈고 밥이 짐을 흘끗거리는 걸 보았다.

---

* 갑작스럽고 반복적으로 특정한 동작을 하거나 소리를 내는 신경 질환.

"피부를 좀 태웠네요." 수전이 말했다.

"짐과 헬렌은 늘 그래." 밥의 말에 헬렌은 두 사람이 모두 미워졌다.

"래리를 만나러 애리조나에 갔었어요. 알고 있는 줄 알았어요." 헬렌이 대답했다.

수전이 다시 시선을 돌렸고, 헬렌은 무엇보다 그것이 괘씸하다고 느꼈다. 자기 자식이 실망을 안겨준 뒤 자길 두고 달아났다고 해서 조카의 안부도 묻지 않다니.

"래리는 잘 지내요?" 밥이 물었다.

"아주 잘 지내요." 와인을 꿀꺽 삼키자 헬렌은 머리끝까지 취기가 도는 것 같았다. 잔이 깨지는 소리와 조그맣게 전화벨이 울리는 소리가 동시에 나더니 수전이 벌떡 일어서며 말했다. "오, 안 돼, 오, 안 돼, 죄송해요."

수전의 휴대폰이 울렸는데, 그 소리에 놀라 잔을 떨어뜨린 듯했다. 수전이 핸드백을 뒤져 휴대폰을 찾을 때―좀 이상하게 보였지만 수전은 근처에 서 있다가 다가온 짐에게 곧장 휴대폰을 넘겨주었다―헬렌이 말했다. "걱정하지 마요. 치우면 돼요." 하지만 속으로는, 벽돌 보행로에 유리 파편들이 박히면 매년 이맘때 매주 오는 정원사가 짜증을 낼 거라고 생각했다.

"찰리 티베츠," 짐이 말했다. "수전은 바로 여기 있어요. 아, 저

더러 대신 통화하라고 해서요." 짐은 전화기를 귀에 바짝 갖다대고 고개를 끄덕이며 정원을 돌아다녔다. "네, 네, 듣고 있어요." 그러고는 오케스트라 지휘자처럼 허공에 한 손을 내둘렀다. 그가 마침내 수전의 휴대폰을 탁 닫고 돌려준 다음 말했다. "다 됐어, 여러분. 이제 끝났어. 잭은 이제 자유야. 기소가 유예됐어."

침묵이 흘렀다. 짐이 다시 자리에 앉더니 고개를 뒤로 젖혀 병째 맥주를 마셨다.

"무슨 뜻이야, '유예'되다니?" 결국 헬렌이 질문을 했다.

"보류됐다는 뜻이야. 잭이 바르게만 행동한다면 기록이 완전히 사라지는 거지. 이 사건 자체가 사라지는 거야. 이런 일은 실제로 늘 일어나고, 찰리가 바라던 게 이거였어. 하지만 이번 경우에는 정치적으로 휘말린 게 문제였지. 소말리족 사회의 원로들 중에서, 누가 요청한 건지는 모르겠지만, 이 사건에 유예 처분을 내려도 괜찮다고 했대." 짐이 어깨를 으쓱했다. "누가 알았겠어?"

수전이 말했다. "하지만 이제 잭은 돌아오지 않을 거야." 수전에게서 행복하다는 말을 들을 거라 예상했던 헬렌은 수전의 목소리에서 괴로운 심정이 느껴지자 그럴 수도 있겠다고 생각했다—잭이 영영 돌아오지 않을 수도 있겠다고.

"오, 수전." 헬렌이 중얼거렸다. 그러고는 일어서서 시누이에게 다가가 부드럽게 등을 쓸어주었다.

형제는 앉아 있었다. 밥이 계속 짐을 흘끔거렸지만, 짐은 밥을
쳐다보지 않았다.

*

7월의 어느 포근한 날, 에이드리애나 마틱이 앨런 앵글린의 사
무실로 가서 조용히 서류를 건넸다. 문서의 규격과 글씨체로 보
아 고소장이라는 걸 그는 대번에 알 수 있었다. "이게 뭐죠?" 그
가 상냥하게 묻고는 책상 앞에 놓인 의자를 향해 고개를 까딱했
다. "앉아요, 에이드리."

에이드리애나가 앉았다. 앨런이 서류를 잠깐 읽고 나서 그녀를
흘끗 보았다. 긴 금발을 뒤로 넘겨 아래쪽에서 하나로 묶었고 안
색은 파리했다. 그녀는 늘 조용한 젊은 여성이었고, 그와 시선을
마주치는 순간에도 말이 없었다. 그녀는 시선을 피하지 않았다.

그가 고소장을 전부 읽었다. 네 쪽 분량이었고, 냉방이 잘된
방인데도 앨런은 책상에 고소장을 내려놓는데 얼굴에 땀이 나는
게 느껴졌다. 그는 우선 본능적으로 일어나 문을 닫고 싶었으나,
이 고소장의 성격으로 보아 이 여자는 위험했다. 조용히 앉아 있
지만 그녀의 무릎에 자동소총이 놓여 있는지도 모를 일이었다.
그녀와 단둘이 있는 것은 총알이 든 탄창을 더 건네주는 것과 다

름없었다. 그녀는 보상금으로 백만 달러를 요구했다.

"좀 걸을까요?" 앨런이 일어서며 말했다. 그녀도 따라 일어섰고, 그는 그녀에게―여자니까―먼저 나가라는 표시로 손짓을 했다.

바깥에는 쏟아지는 열기 때문에 미드타운의 보도가 후끈거렸다. 사람들이 선글라스를 쓴 채 서류가방을 들고 걸어갔다. 노숙자 남자 하나가 길모퉁이 신문 가판대 근처에서 쓰레기를 뒤적이고 있었다. 그는 주머니가 찢어진 겨울 코트 차림이었다.

"이런 더위에 어떻게 저런 걸 입고 다닐까요?" 에이드리애나가 조용히 말했다.

"아픈 사람이라서 그래요. 조현병일 가능성이 높아요, 망상장애요. 그런 사람들은 추위를 많이 타거든요. 그게 증상 중 하나죠."

"조현병이 뭔지는 저도 알아요." 에이드리애나가 약간 기분이 상한 듯 말했다. "하지만 체온에 대해서는 몰랐네요."

그는 신문 가판대에서 물을 두 병 샀다. 그가 한 병을 내밀자 그녀가 그걸 받았고 그때 보니 그녀의 손톱이 속살까지 물어뜯겨 있었다. 그는 새삼 큰 위험을 느꼈다. 그들은 그늘이 진 벤치에 앉았다. 이렇게 더운 날씨에도 사람들이 그들 주위를 빠른 걸음으로 돌아다녔다. 노부인이 비닐 쇼핑백을 꼭 쥐고 느릿느릿

지나갔다. "왜 아무 말이 없지요?" 앨런이 에이드리애나를 돌아보며 상냥하게 물었다.

그녀가 말을 시작했다. 그는 그녀가 준비는 되어 있지만 한편으로는 두려워한다는 것을 알 수 있었다. 하지만 그녀가 그를 두려워하는 것인지, 자신을 믿어주지 않을까봐 두려워하는 것인지는 확실히 알 수 없었다. 그녀는 휴대폰 문자, 음성 메시지, 레스토랑 영수증, 호텔 영수증을 보관하고 있었다. 사적인 계정으로 받은 이메일도 있었고, 회사 계정으로 받은 이메일도 있었다. 그녀는 커다란 핸드백에서 서류철을 꺼내 살피더니 일부를 그에게 건넸다.

앨런은 자신이 오랫동안 알고 지냈던 한 남자, 거의 형제처럼 사랑했던 한 남자가 겁에 질린 채 써서 보낸 편지를 읽으며 추잡하다는 생각을 했다. 이 남자 역시 많은 남자들이 저지르는 실수를 저질렀고(설마 짐이 그러리라고는 예상하지 못했지만, 살다 보면 그런 일도 종종 있다) 에이드리애나는 경멸을 담아 그의 아내에게 연락하겠다고—앨런은 '헬렌'이라는 글자를 보고는 잠시 눈을 감았다가 계속 읽어나갔다—하며 그를 궁지로 몰았다. 그랬다, 그 편지에서 그는 협박을 했다. 그건 멍청한 짓이야. 지금까지 쌓아온 경력을 모조리 창밖으로 내던지는 거라고. 지금 상대가 누군 줄 알고 덤비는 거야?

그게 끝이 아니었다.

"신문에 실리게 할 거예요." 에이드리애나가 침착하게 말했다.

"그런 일만큼은 일어나지 않도록 해봅시다."

"아마 실리게 될 거예요. 당신은, 그러니까 이 로펌은 제가 상대하기엔 너무 크고 너무 유명하니까요."

"이게 신문에 실려도 괜찮겠어요?" 그가 물었다. "우린 올바른 일을 해야 하고, 에이드리 씨 말대로 그 내용이 신문에 실릴 수도 있겠죠. 그런데 그렇게 되면 에이드리 씨가, 에이드리 씨의 사생활이 신문에 실리는 거예요. 그런 것에 대한 마음의 준비는 되어 있나요?"

그녀가 하이힐을 내려다보았다. 다리를 앞으로 쭉 뻗고 있었다. 스타킹을 신지 않은 게 보였다. 물론 스타킹을 신기에는 너무 더운 날씨였다. 하지만 그녀의 다리는 핏줄도 보이지 않고 반점 하나 없이 완벽했다. 정강이는 매끄럽고 너무 그을거나 너무 하얗지도 않았다. 하이힐은 앞이 뚫린 갈색이었다. 그는 속이 울렁거렸다.

"다른 사람한테 이 얘기 한 적 있어요? 변호사를 찾아갔다거나?" 그가 물을 사고 받은 종이 냅킨으로 입을 닦았다.

"아직요. 고소장은 제가 직접 썼어요."

앨런이 고개를 끄덕였다. "이 얘기를 다른 누구한테 하지 말고 하루만 더 참아달라고 부탁해도 될까요? 내일 나하고 다시 이야기합시다."

그녀가 물을 조금 홀짝였다. "그래요." 그녀가 말했다.

*

짐과 헬렌이 몬토크에 있는 콘도를 빌려 지내고 있을 때였다. 앨런은 도러시에게 전화를 하고, 곧 짐에게 전화를 했다. 그리고 펜 역으로 가 몬토크행 기차를 탔다. 그가 플랫폼에 내리자 짐이 마중나와 있었다. 공기가 짭조름했고, 그들은 해변으로 차를 몰았다. 파도가 한가롭게, 그리고 끊임없이 철썩이고 있었다.

*

"가봐요." 로다가 소파에 앉아 손을 흔들었다. "그 유명한 형이 전화해도 답이 없어요? 그럼 콘도 앞에 직접 찾아가봐요."

밥과 팸이 부부였을 때, 여러 해 동안, 그들은 여름마다 몬토크에 있는 짐과 헬렌의 콘도에서 함께 일주일을 지내곤 했다. 팸은 부기보드를 타며 큰 소리로 깔깔거렸고, 헬렌은 아이들에게 로션을 발라주었다. 짐은 칭찬을 기대하며 해변을 따라 3마일을 달렸고, 돌아와서 실제로 칭찬을 받고 나면 넘실거리는 바다로 뛰어들었다…… 팸이 떠난 뒤에도 밥은 계속 그곳에 갔고, 깊은 바다로 나가 짐과 래리(불쌍한 래리, 늘 뱃멀미를 했다)와 낚시를 한 뒤 저녁에는 술을 들고 발코니에 앉았다. 시시각각 변하는 세상에서 변하지 않는 게 있다면 바로 그런 여름날이었다. 망망한 바다와 모래밭은 메인 주 해안선을 따라 보이던 것과는 사뭇 달랐다. 그들이 할머니 손에 이끌려 놀러갔던 메인의 바다는 험준한 바위와 해초가 많았다. 차를 타고 가는 동안 미지근해진 포테이토칩과 보온병에 담긴 얼음물, 말라버린 땅콩버터 샌드위치가 있었다. 몬토크는 즐거움을 끌어안은 곳이었다. "저기 버지스 형제 좀 봐요." 헬렌은 쟁반에 치즈와 크래커와 차가운 새우를 내오면서 이렇게 말하곤 했다. "자유, 자유, 마침내 자유예요."

날짜를 따져보면, 짐이 혹은 헬렌이 그를 부르지 않은 것은 처음 있는 일이었다. "가요, 가서 멋진 여자를 만나요." 로다가 말했다.

"로다 말이 맞아요." 머리가 의자에 앉은 채 조언했다. "뉴욕은 여름에 최악이지요. 공원에도 죄다 노인들만 벤치에 앉아 있고. 꼭 녹아내리는 양초들 같다니까. 보도에서는 쓰레기 냄새가 나고요."

"저는 여기가 좋아요." 밥이 말했다.

"물론 그렇겠지요." 머리가 고개를 끄덕였다 "뉴욕 전체에서 가장 좋은 층에 사니까."

"가봐요." 로다가 다시 말했다. "형이잖아요. 돌아올 때 선물로 조가비를 갖다줘요."

*

밥은 짐의 휴대폰에 메시지를 남겼다. 헬렌의 휴대폰에도 남겼다. 둘 다 답이 없었다. 밥이 마지막으로 남긴 메시지는 이랬다. "제발 전화 좀 해줘. 살아 있긴 한 거지?" 물론 그들은 살아 있었다. 살아 있지 않다면 누군가가 밥에게 알려줬을 것이다. 그래서 밥은 그 상황을 형네 부부가 오랫동안 그들의 집과 가정을 개방해준 끝에 결국 자신을 밀어내는 것으로 여겼다.

그는 몇 차례 친구들과 버크셔스에 갔고, 케이프코드에도 한 번 갔다 왔다. 하지만 그의 가슴은 슬퍼서 쪼그라들었고 그 마음을 감추는 건 힘들었다. 케이프코드에서의 마지막날에 그는 짐을 보았다. 갑작스럽게 밀려오는 행복감에 온몸이 얼얼했다. 우체국 앞에 조각처럼 잘생긴 짐이 미러 선글라스를 쓰고 팔짱을 긴 채 레스토랑에 페인트로 칠한 간판 글씨를 읽으며 서 있었다. 형! 밥은 순간 너무나 기쁜 나머지 비명을 지르다시피 했지만,

남자가 팔짱을 풀고 얼굴을 문지르자—그는 짐이 아니라 종아리에 뱀 문신을 한 근육질 남자였다.

밥이 정말 형을 보았을 때, 처음에 그는 몰라보고 지나칠 뻔했다. 42번가와 피프스 애비뉴가 만나는 곳의 공립 도서관 앞에서였다. 밥은 친구가 소개해준 여자와 점심을 먹기로 되어 있었다. 도서관에서 일하는 여자였다. 날이 아주 더웠고 밥은 선글라스를 쓰고 눈을 찡그렸다. 방금 스쳐지나간 야구모자와 미러 선글라스를 쓴 남자가 은근슬쩍 시선을 피하는 모습이 잔상에 남지 않았다면 형인 줄 까맣게 몰랐을 것이다. 밥이 돌아서서 그를 불렀다. "짐!" 그러자 남자는 더 빨리 걸었고 밥이 따라잡으려고 달려가자 걸어가던 사람들이 옆으로 비켜섰다. 정장 재킷을 입은 짐의 몸은 위축되어 보였고, 아무 말이 없었다. 그는 움직이지 않고 서 있었고, 씰룩거리는 턱 말고는 야구모자 아래로 보이는 얼굴에도 움직임이 없었다.

"지미……" 밥의 목소리가 흔들렸다. "지미, 어디 아파?" 밥은 선글라스를 벗었지만 미러 선글라스에 가려진 형의 눈은 여전히 보이지 않았다. 짐의 조각 같은 얼굴은 짐답게 반항하듯 턱을 들어올릴 때에만 드러났다.

"아니, 안 아파."

"무슨 일이야? 왜 전화를 안 받았어?"

짐이 하늘을 올려다보고 뒤를 돌아보더니 다시 밥을 쳐다보았다. "몬토크에서 올해 멋진 시간을 보낼 작정이었지. 아내하고." 밥은 그뒤로 몇 달 동안 이 순간을 회상했는데, 형이 단 한 번도 그를 쳐다보지 않았다는 생각이 들었다. 이어진 대화는 짧았고, 그가 유일하게 기억할 수 있는 것은 자신의 간절한 목소리와 짐의 마지막 말뿐이었다. 짐의 입술은 얇고 거의 푸른색이었다. 그의 말은 느리고 신중했으며 목소리는 크지 않았다. "밥, 단도직입적으로 말해야겠다. 난 늘 너 때문에 돌아버릴 것 같았어. 네가 지긋지긋해, 밥. 좆같이 지긋지긋하다고. 뼛속까지 너다운 그런 태도가 말이야. 정말 나는…… 밥, 네가 그냥 없어졌으면 좋겠어. 젠장, 제발 가."

이따금 사람들은 놀라운 정신력을 발휘한다. 밥은 간신히 시끄러운 거리에서 커피숍으로 들어가 점심을 같이 먹기로 한 여자에게 전화를 했다. 그가 침착하고 정중하게 말했다. 갑자기 중요한 업무가 생겨서, 정말로 미안하지만, 나중에 다시 전화를 걸어 약속을 잡겠다고.

그러고는 땀으로 셔츠를 흠뻑 적시며 더워서 후끈한 거리를 무작정 돌아다녔고, 이따금 걸음을 멈추고 계단에 앉아 담배를 피우고 피우고 또 피웠다.

7

8월 중순이 되자 날이 아직 더운데도 단풍나무 몇 그루는 윗부분이 이미 오렌지색으로 변해 있었다. 그중 한 그루는 길 건너 수전과 드링크워터 부인이 앉아 있는 뒤쪽 포치의 야외용 의자에서도 보였다. 바람은 불지 않았고, 습한 공기 중에는 뿌리덮개*의 희미한 흙냄새가 배어 있었다. 노부인은 스타킹을 발목까지 내리고, 허옇고 앙상한 두 다리를 약간 벌린 채로 앉아 있었고, 원피스 자락은 무릎 위까지 끌어올렸다. "어렸을 땐 아무리 더워도 힘들다고 느끼지 않았다는 게 참 신기하죠." 드링크워터 부인이

---

* 갓 심은 나무나 농작물의 뿌리를 보호하기 위해 그 위에 나뭇잎이나 짚, 흙 따위를 펴놓은 것.

잡지로 부채질을 했다.

수전이 맞장구를 치며 유리잔에 담긴 아이스티를 홀짝였다. 뉴욕에 다녀온 뒤로—재커리가 기소유예 처분을 받은 사실을 알게 된 뒤로—수전은 아들과 일주일에 한 번씩 통화했다. 그때마다 아들의 깊고 풍성한 음성에서 은은한 행복을 느꼈고, 그런 뒤에는 갑자기 슬픔에 사로잡혔다. 끝났다—아들이 체포된 뒤 미친 사람처럼 걱정하던 것, 시위 때까지 커져가던 걱정(아주 오래전 일처럼 느껴졌다), 잭이 감옥에 가게 될지도 모른다는 끔찍한 생각—다 끝났다. 그녀는 그 사실을 받아들이기가 힘들었다. 수전은 발치에 내려놓았던, 물방울이 맺힌 유리잔을 들어올리며 말했다. "잭이 병원에서 일하고 있대요. 자원봉사자로요."

"어쩜." 드링크워터 부인이 손등으로 안경을 밀어올렸다.

"요강을 비우는 일은 아니고요. 수납장에 반창고 같은 걸 채워 넣는 일인가봐요."

"하지만 사람들과 함께 지내네요."

"그렇죠."

길 저만치에서 잔디 깎는 소리가 들렸다. 잔디 깎는 기계가 집 뒤로 옮겨갔는지 그 소리가 작아졌을 때 수전이 말했다. "오늘 스티브랑 몇 년 만에 처음으로 통화를 했어요. 그 사람한테 내가 나쁜 아내였다고, 미안하다고 했어요. 그 사람은 끔찍이도 다정하더군요." 그녀가 우려했던 대로, 눈물 한 방울이 맺히더니 또르르 흘러내렸다. 수전은 손목으로 눈물을 훔쳤다.

"정말 잘됐어요, 수전. 그 사람이 다정했다니요." 드링크워터 부인이 안경을 벗어 화장지로 닦았다. "후회는 재미없어요. 정말 재미없지요."

눈물을 쏟고 나니 수전의 슬픔이 좀 가셨다. 그녀가 말했다. "부인은 나쁜 아내였던 걸 후회할 일은 없으셨겠죠? 제가 듣기로 부인은 완벽한 아내였던 것 같아요. 남편분을 위해 가족까지 버리셨잖아요."

드링크워터 부인이 가볍게 고개를 끄덕였다. "딸들에 대해서는 후회해요. 난 좋은 아내였어요. 딸들보다 칼을 더 사랑했던 것 같고, 그건 부자연스러운 거죠. 애들이 외로웠을 거예요. 화도 났을 테고." 노부인은 다시 안경을 밀어올리고 한동안 말없이 풀밭만 바라보았다. 그리고 말했다. "그런 일은 흔해요. 자식 하나가 말썽을 일으키는 거요. 하지만 두 자식이 다 그러면."

노르웨이단풍나무 아래 그늘진 흙땅에서 개가 꿈을 꾸며 낑낑거렸다. 개는 꼬리로 땅을 한 번 툭 치고는 다시 평화롭게 잠이 들었다.

수전은 시원한 잔을 잠깐 목에 댔다. 그녀가 말했다. "소말리아인들은 자식이 열두 명은 돼야 한다고 생각한대요. 그렇게 들

었어요. 그 사람들은 자식이 둘이라고 하면 안타까워한대요." 그
리고 덧붙였다. "그러니까 자식이 하나라고 하면 염소를 낳기라
도 한 것처럼 이상하게 생각할 거예요."

"예전부터 난 가톨릭교회의 본질이 어린 가톨릭 신자들을 계
속 양산하는 일이라는 생각을 갖고 있었어요. 어쩌면 소말리아
인들도 계속 소말리아인들을 양산하고 싶은 걸 거예요." 커다란
안경을 쓴 드링크워터 부인이 수전에게 시선을 돌렸다. "내 두
딸 모두 아이를 낳지 않았어요. 그 생각을 하면 정말 속이 상해
요." 그녀가 손을 오므려 뺨에 갖다댔다. "둘 다 엄마가 되고 싶
지 않다고 했어요. 어쩜."

수전이 운동화의 발가락 부분을 물끄러미 내려다보았다. 젊은
시절부터 신던 굽이 낮은 평범한 운동화였다. 그녀가 다정하게
말했다. "전 완벽한 삶의 방식은 없다고 생각해요." 그리고 노부
인을 쳐다보았다. "자식이 없으면 없는 대로 사는 거죠."

"그래요." 드링크워터 부인이 동의했다. "완벽한 삶의 방식은
없어요."

수전이 생각에 잠기며 말했다. "뉴욕에 갔을 때 그런 생각이
들었어요. 어쩌면 소말리아인들도 그런 기분을 느꼈을 거라고
요. 물론 똑같지는 않겠지만, 아마 약간은요. 여기로 왔을 때 모
든 것이 혼란스러웠을 거예요. 저는 지하철을 어떻게 타는지도

몰랐는데 뉴욕 사람들은 전부 빠른 속도로 움직이고 있었어요. 그 사람들은 알고 있으니까요. 뭔가를 당연하게 여긴다면 그게 익숙해서 그런 거예요. 전 매 순간 어리둥절했어요. 기분이 좋지 않았어요. 정말 별로였어요."

드링크워터 부인이 새처럼 고개를 들었다.

"가장 이상했던 건 형제들이었어요." 수전이 덧붙였다. "만약 소말리아 가족들이 여기 오게 되면 이곳에 먼저 와서 한동안 지낸 다른 가족들, 아마 그 사람들도 이상해 보일 거예요." 수전이 발목을 긁었다. "그냥 그런 생각을 했어요."

스티브는 수전보다 자기 잘못이 더 크다고 말했다. 당신은 성실하고 괜찮은 사람이었어, 그가 말했다. 잭은 당신을 정말 좋아해.

드링크워터 부인이 말했다. "세상이 달라지지 않았다면 얼마나 좋았을까 하는 생각을 가끔 해요." 그녀가 수전을 쳐다보았다. "방금 펙스 백화점에 대한 기억이 떠올랐어요."

"어떤 기억인지 얘기해주세요." 수전은 건성으로 들으며 아이스티를 홀짝였다. 그녀는 펙스에 가본 적이 별로 없었다. 남자였던 짐과 밥은 거기서 학교에 입고 다닐 옷을 샀지만 수전 옷은 어머니가 직접 만들었다. 수전은 부엌 의자에 올라서서 밑단이 마무리되기를 기다려야 했다. "가만히 있어." 어머니가 말했다.

"제발 좀."

우린 최선을 다했어, 스티브가 오늘 아침에 전화로 말했다. 우리 둘 다 어린 시절을 수월하게 지내지 못했어, 수전. 우리 둘 다 우리가 뭘 하고 있는지도 몰랐지. 자책하지 않았으면 좋겠어, 그가 말했다.

드링크워터 부인은 이야기를 마무리하고 있었다. "멋지게 차려입었어요, 펙스에 오는 여자들요. 쇼핑하러 다니는 여자들이니 얼마나 멋지게 입었겠어요. 그 시절을 생각하면."

스티브의 어머니는 어렸을 때 저 먼 북쪽의 작은 타운을 떠돌다가 지저분한 몰골과 맨발로 발견되었다. 친척들이 그녀를 데려갔고, 그들 사이에 오랫동안 불화가 지속되었으며, 가족들은 서로를 비난했다. 수전과 만났을 무렵 그녀는 살이 많이 찐데다 이혼한 상태였다.

"저도 생각나는 이야기가 있어요." 수전이 말했다.

드링크워터 부인이 수전 쪽으로 의자를 살짝 돌렸다. "오, 이야기 좋지요."

"몇 년 전에 북쪽 타운에서 교회 집사가 커피 마시는 시간에 커피에 독을 타서 두 명을 죽인 사건이 있었는데, 기억나세요? 그게 뉴스웨덴에서 일어난 사건이었어요. 스티브의 고향이요."

수전을 쳐다보는 드링크워터 부인의 시선이 흔들렸다. "그곳이 남편 고향이었다고요?"

수전이 고개를 끄덕였다. "그곳 사람들이 좋은 사람이라는 생각을 해본 적은 없어요. 1800년대에 사람들이 스웨덴 사람들을 데려와 공장에서 일을 시켰어요. 그곳에 백인들이 살기를 바랐으니까요."

"나 같은 캐나다 사람 말고요." 드링크워터 부인이 고개를 가로저으며 유쾌하게 말했다. "사람들은 참 재미있어요. 그 사건은 까맣게 잊고 있었네. 집사가 커피에 독을 타다니. 어쩜."

"그게, 지금 그 타운은 없어진 거나 마찬가지예요. 공장은 문을 닫았고요. 사람들은 떠났어요. 스티브처럼 스웨덴에 가버렸거나요."

"남아서 서로 독을 먹이느니 떠나는 게 낫네요." 드링크워터 부인이 말했다. "그 집사는 어떻게 됐었죠? 기억이 안 나네."

"자살했어요."

그들은 편안한 침묵 속에 앉아 있었다. 태양이 나무 뒤로 움직이고 있었고 공기는 아주 조금씩 시원해지고 있었다. 개는 아직도 잠을 자며 한가롭게 꼬리를 툭툭 쳤다.

"말씀드린다는 걸 깜빡했는데요." 수전이 말했다. "게리 오혜어—같이 학교 다녔다던 그 경찰서장 말이에요—그 사람 아내가 전화를 해서 뜨개질 모임에 들어오지 않겠느냐고 했어요."

“하겠다고 했길요.”

“그랬어요. 약간 걱정이 되긴 해요.”

“저런, 걱정할 것 없어요.” 노부인이 말했다.

8

헬렌이 청과물 가게에서 도러시와 마주친 것은 노동절 다음 날이었다. 헬렌은 계산대에서 해바라기 세 송이를 계산하고 있었다. 남자 점원이 종이에 해바라기를 싸고 있었고, 헬렌은 지갑을 열어 계산을 하려다 고개를 돌려 도러시를 봤다. "안녕하세요!" 헬렌이 말했고, 도러시를 보자 그녀는 지난날의 우정이 그리워졌다. "어떻게 지내요? 버크셔스에서 막 돌아온 거예요? 우린 여기서 8월을 보냈어요. 여기 남았던 건 참 오랜만이었는데, 물론…… 짐이 새 출발을 하고 싶대서요." 헬렌이 꽃값을 지불하고 꽃을 팔로 안아들었다. "우리 둘 다 흥분은 되는데, 한 시대가 끝난 기분이에요."

"뭐가 흥분되는데요, 헬렌?"

훗날, 헬렌은 도러시가 그날 무엇을 샀는지는 기억나지 않고, 그저 그날 도러시가 그녀 뒤에 줄을 서 있었고, 자신이 "짐이 독립할 거래요" 하고 신나게 말했던 것만 기억날 것이다.

도러시가 말했다. "해바라기가 참 예쁘네요, 헬렌."

또한 놀라움을 감춘 도러시의 얼굴에 얼마간의 연민이 떠오른 것을 기억할 것이다. 훗날 (그리고 남은 평생 동안) 짐이 회사를 떠나달라는 앨런의 요청을 받은 사실과 성희롱 고소 협박을 받은 사실을 알게 된 뒤 헬렌이 떠올린 것은 그것이었다. 짐이 부하 직원과 친밀한 육체적 관계를 가졌고 자기 권력과 영향력을 이용해 그 부하 직원을 불편하게 만들었다고 했다—그 사건은 그 젊은 여성이 상당한 돈을 손에 넣으면서, 그리고 신문사에서 그 소식을 입수하지 못하면서 빠르게 묻혔다. 오 주 동안 짐 버지스는 매일 아침 출근 복장으로 서류가방을 들고 문간에서 헬렌에게 키스한 뒤 맨해튼 공립 도서관으로 갔다. 그는 헬렌에게 회사 방침이 새로 정해졌다면서, 사적인 통화는 휴대폰으로만 해야 하고 접수원을 통하면 안 된다는 점을 강조했다. 그녀는 당연히 그러겠다고 했다. 짐은 회사생활이 만족스럽지 않다는 점을 더 자주 언급했고, 헬렌은 "그러면 이참에 독립해서 자기 회사를 차리지 그래? 당신 인지도와 능력이면 하고 싶은 일을 골라서 할 수 있잖아" 하고 말했다.

그가 사무실 운영비를 걱정했다. "우린 돈이 있어. 내 돈을 좀 쓰면 돼." 헬렌이 문제없다는 듯 말했다. 저녁마다 그들은 같이 앉아 임대료와 청구서 발행 서비스 및 과실보험 비용, 비서 급여 등을 계산했다. 그녀가 맨해튼에 있는 상가 전문 부동산 회사에서 일하는 친구의 친구에게 전화를 걸었다. 맨해튼 도심에 있는 건물 24층에 둘러볼 수 있는 사무실 공간이 있고, 그곳이 마음에 들지 않으면 다른 곳도 있다고 했다. 헬렌은 짐이 그토록 독립을 바랐던 것치고는 그만큼 즐거워하지 않는 것 같다고 생각한 게 사실이다. 훗날 그녀는 이 사실도 떠올릴 것이다. 그리고 그해 봄, 헬렌이 세탁소에 맡길 옷을 정리하다가 짐의 셔츠에 옅은 색 긴 머리카락이 붙어 있는 것을 발견한 것도 사실이다. 하지만 헬렌 파버 버지스가 옅은 색 긴 머리카락을 보고 무슨 생각을 할 수 있었겠는가? 그녀는 법의학자가 아닌데.

청과물 가게에서 도러시를 만나고 며칠 뒤(짐은 애틀랜타에 증언 녹취를 하러 가고 없었다) 헬렌은 아침에 짐의 바지 주머니에서 스스로를 '라이프 코치'라 광고하는 누군가의 명함을 발견했다. 당신의 인생이 제 일입니다. 헬렌은 침대에 앉았다. '일'이라는 말이 거슬렸다. 거슬리지 않는 것이 없었다. 그녀는 남편에게 휴대폰으로 전화를 걸었다. "아, 그 멍청한 여자." 그가 말했다. "같은 사무실을 보러 왔었어. 아무한테나 자기 명함을 주더라고,

부동산 중개업자한테도 주고."

"라이프 코치가 당신이랑 같은 사무실을 보러 왔다고? 라이프 코치한테 얼마나 넓은 공간이 필요한데? 대체 라이프 코치가 뭐야?"

"헬리, 나도 몰라. 여보, 그냥 넘어가자."

헬렌은 한동안 침대에 앉아 있었다. 그녀는 짐이 그동안 잠을 설쳤다는 사실을 떠올렸다. 몸무게가 줄어들었다는 사실을 떠올렸다. 밥의 어색한 행동—잭이 수전에게서 떨어져나간 것처럼 밥도 짐에게서 멀어진 것 같았다—이 분명 이 일과 관련이 있을 것 같았다. 그녀는 밥에게 전화를 걸려다가 요즘 그의 방문이 뜸한 것에 괘씸한 생각이 들었다. 마침내 그녀는 전화기를 들고 친구의 친구인 부동산 중개업자에게 전화를 걸어, 짐이 보고 있는 사무실을 보고 싶다고 했다. 그러자 부동산 중개업자가 어리둥절해하며 말했다. "버지스 부인, 남편분은 사무실을 보러 오지 않으셨는데요."

짐에게 휴대폰으로 전화를 거는데 헬렌은 몸이 부들부들 떨렸다. 짐은 잠시 침묵하더니 나직이 말했다. "할 얘기가 있어." 잠시 후 그가 더 나직이 말했다. "내일 집에 갈 거야. 그때 이야기하자."

"당신이 지금 당장 비행기를 타고 집으로 오면 좋겠어. 지금

이야기하고 싶어." 헬렌이 말했다.

"내일, 헬리. 증언 녹취를 끝내야 해."

헬렌은 심장이 새의 가슴처럼 벌렁거렸고, 전화를 끊을 때에는 코와 턱이 욱신거렸다. 허리케인 경보가 내려졌을 때처럼, 생수와 손전등, 건전지, 우유, 달걀을 사와야 할 것 같은 묘한 기분이 들었다. 하지만 그녀는 나가지 않았다. 텔레비전을 보면서 식은 치킨 한 조각을 먹었다. 남편이 문을 열고 들어오기를 기다리면서.

9

메인에서는 더 많은 단풍나무가 붉게 물들어가고 자작나무가 노란 속살을 드러냈다. 낮은 따뜻했지만 저녁 공기는 쌀쌀했다. 낮이 짧아지자 사람들은 양모 스웨터를 꺼내 입었다. 오늘밤 압디카림은 품이 넉넉한 퀼트 조끼를 입었다. 그는 몸을 앞으로 숙이고 하웨야와 그녀의 남편이 하는 이야기를 들었다. 아이들은 자고 있었다. 그들의 첫째 딸은 이제 중학생인데, 착하고 예의바르고 말도 잘 들었다. 하지만 딸아이는 집에 와서, 열두 살짜리 여자애들이 가슴이 거의 다 드러나는 탱크톱을 입고 복도나 학교 뒤에서 남자애들과 키스를 한다는 이야기를 했다. 하웨야는 이런 날이 오리란 걸 알았지만 이런 기분일 거라고 예측하진 못했다. 묵직하고 불안하고 침울한 기분이었다.

"정착할 때까지는 오빠가 우리를 돌봐줄 거예요." 그녀가 계속 말했다. 그녀의 오빠는 나이로비에 살고 있었고, 그곳에는 소말리족 커뮤니티가 형성되어 있었다.

오마드는 나이로비에서 살고 싶은 생각이 없었다. "거기 사람들도 우리를 싫어해요." 그가 말했다.

하웨야가 고개를 끄덕였다. "하지만 당신이 라시드, 노다 오야, 그리고 다른 사촌들을 많이 알잖아요. 거기서는 우리 애들이 계속 소말리족으로 살아갈 수 있어요. 여기서는 애들이 이슬람교 신자로 살아갈 수는 있지만 소말리족으로 살 수는 없어요. 애들은 소말리계 미국인이 될 테고, 전 그걸 바라지 않아요."

압디카림은 그들과 같이 가지 않을 생각이었다. 옮겨다니는 생활은 할 만큼 했다. 그에게는 카페가 있었고, 내슈빌에 딸이 있었고, 손자들이 곧 셜리폴스로 놀러 혹은 살러 올 수도 있었다. 압디카림은 혼자 이런 꿈을 꾸곤 했다. 손자들이 여기로 와서 그와 함께 일하는 꿈. 가끔 젊은 아내 아샤와 아들의 사진을 받았으나, 여전히 그의 마음은 닫혀 있었다. 아들의 표정은 늘 종잡을 수 없었고, 최근에 받은 사진에선 어딘지 모르게 빈정거리는 표정까지 엿보였다. 보살펴주는 사람도, 가르쳐주는 사람도 없는 듯 보이는 게, 그래섬 스트리트에서 얼쩡거리는 아다노 소년들의 표정과 비슷했다. 압디카림은 하웨야의 두려움을 이해했다. 그도 하웨야의 아이들이 부모에게 영어로 말하는 것을, 자기들끼리 미국적인 표현을 쓰는 것을 보았다. 너 겁나 멋있다. 너 완전 쩐다. 물론 미국에서 더 오래 살수록 더 미국적이 될 것이다. 그들은 '계'가 붙는 사람들이 될 것이다. 소말리계 미국인. 소말리족은 전부 해적일 거라는 인상을 부여해놓고 흡족해하는 나라에 무슨 계 하는 식으로 연결되다니 참 이상하다고 압디카림은 생각했다. 소말리족 해적들이 봄에 아덴만에서 중국 배의 선장을 살해했다. 그 일로 셜리폴스에 사는 소말리족 사회도 고통을 겪었다. 용납할 수 없는 사건이었다. 하지만 기자들은 독성 폐기물로 조업 지역이 오염되어 고기가 예전처럼 잘 잡히지 않는다는 사실을 이해해볼 마음도, 그럴 능력도 없었다―미국인들은 그런 절박한 심정을 정말 이해하지 못했다. 아덴만을 소말리족 해적들이 통치하는 무법지대라고 생각하는 게 더 쉽고, 또한 분명히 더 만족스러웠을 것이다. 미친 부모, 그것이 미국이었다. 한편으로는 선량하고 개방적이지만, 다른 한편으로는 타인들에게 멸시적이고 잔인했다. 그런 생각에 빠진 채 압디카림은 손가락으로 이마를 눌렀다. 어떻게 보면 그가 자신의 살아남은 아들, 즉 아샤의 아들을 대하는 방식도 그와 같다고 할 수 있었다. 이렇게 생각하자 잠시 그는 아들에게가 아니라 미국에 더 관대해진 느낌이었다. 산다는 것은 어려운 일이고, 결정을 내린다는 것은……

"내일 마거릿 에스테이버를 찾아가볼게요." 하웨야가 말했다. 그녀가 압디카림을 쳐다보았고, 그는 고개를 끄덕였다.

*

마거릿 에스테이버의 사무실은 꼭 마거릿 같았다. 어수선하고 친절했고 누구라도 환영했다. 하웨야는 마거릿을 쳐다보며 앉아 있었다. 그녀는 머리에 꽂은 핀에서 머리카락이 너저분하게 빠져나온 이 여자를 점점 좋아하게 되었다. 하웨야의 계획을 들은 뒤로 마거릿은 계속 창밖을 내다보고 있었다. "신호등을 좋아하신다고 생각했어요." 이윽고 마거릿이 말했다.

"좋아해요. 신호등을 정말 좋아해요. 사람들이 따르는 거잖아요. 나는 헌법도 좋아해요. 하지만 제 아이들은……" 하웨야가 손을 내둘렀다. "아이들을 아프리카 사람으로 키우고 싶어요. 여기서 계속 살면 그렇게는 안 될 것 같아요." 하웨야는 지난 삼십 분 동안 말했던 것을 되풀이하고 있었다. 오빠가 케냐에서 사업을 하고 있고, 남편도 동의했다고. 말하고 또 말했다.

마거릿이 고개를 끄덕였다. "보고 싶을 거예요." 그녀가 말했다.

바람이 불자 갑자기 창밖의 나뭇잎들이 부대끼기 시작했고,

조금 열려 있던 창문이 쾅 소리를 내며 닫혔다. 하웨야는 몸을 곧추세우고 가슴이 진정되기를 기다렸다. 그리고 말했다. "나도 보고 싶을 거예요." 대화를 나누자 그녀는 가슴이 찡하게 아파왔다. "목사님의 도움이 필요한 사람들이 많아요, 마거릿. 목사님이 하는 일은 무척 중요해요."

마거릿 에스테이버가 하웨야를 향해 고단한 미소를 지은 뒤 창문을 다시 열려고 몸을 기울였다. "아까 그 쾅 소리 미안해요." 그렇게 말한 뒤 그녀는 창턱과 창틀 사이에 책을 받치고 다시 하웨야를 돌아보았다. 하웨야는 말은 하지 않았지만 받친 책이 성경인 것을 보고 깜짝 놀랐다.

하웨야가 말했다. "미국에서는 개인이 중요해요. 자기실현 같은 거요. 식료품점이나 병원에 가서 잡지를 펴보면 온통 자기, 자기, 자기뿐이에요. 하지만 우리 문화에서는 지역사회와 가족이 중요하죠."

마거릿이 말했다. "저도 알아요, 하웨야. 설명하지 않아도 돼요."

"설명하고 싶어요. 나는 내 아이들이—그걸 뭐라고 하죠?—권리의식을 가지기를 바라지 않아요. 여기 사람들은 아이들이 권리의식을 느끼도록 키워요. 아이는 뭔가를 느끼면, 그것이 어른한테 무례한 것이라 해도, 자기 느낌을 얘기해요. 그러면 부모는 그러죠. 아유, 신통해라, 얘가 자기 의견을 말하네. 난 아이가 권리의식을 가지기를 바라요, 하고 그들은 말하죠."

"다 그렇지는 않아요." 마거릿이 숨을 크게 들이마셨다가 천천히 내뱉었다. "나는 이 타운에 사는 많은 가족들을 돌봐요. 여기 사는 많은 아이들은요, 미국 아이들 말이에요, 권리의식을 느끼지도 못하고 자신이 필요한 사람이라는 느낌도 받지 못해요. 정말이에요." 하웨야가 대답하지 않자 마거릿은 하웨야의 말에 수긍했다. "하지만 어떤 뜻으로 하신 말씀인지는 알아요."

하웨야가 농담을 시도했다. "네, 저는 제 의견을 말할 권리가 있지요." 그러나 그녀는 마거릿이 농담할 기분이 아니라는 것을 알아차렸다. "고맙습니다." 하웨야가 말했다.

마거릿이 일어섰다. 마거릿은 하웨야가 생각했던 것보다 더 나이들어 보였다. 마거릿이 말했다. "당신의 아이들에 대해 말씀하신 부분은 절대적으로 옳아요."

하웨야도 일어섰다. 그녀는 이렇게 말하고 싶었으나 하지 않았다. 당신이 소말리족이었다면 혼자가 아니었을 거예요, 마거릿. 어딜 가나 형제자매가, 친척 어른들이 있을 테니까요. 매일 밤 빈방뿐인 집으로 돌아가지 않아도 될 거예요. 하지만 어쩌면 마거릿은 빈방 같은 건 상관하지 않을지도 모른다. 하웨야는 미국인들이 뭘 원하는지 정확히 알았던 적이 한 번도 없었다. (모든 것을 원하지, 그녀는 이따금 생각했다. 그들은 모든 것을 원해.)

10

오, 헬렌, 헬렌, 헬렌!

"왜 그랬어?" 그녀는 남편이 말하는 모습을 지켜보며 끊임없이 중얼거렸다. "왜 그랬어? 왜, 짐?" 남편은 무기력하게 그녀를 바라보았다. 그의 눈은 작고 건조했다.

"모르겠어." 그가 거듭거듭 말했다. "헬리, 모르겠어."

"그 여자를 사랑했어?"

"아니."

날씨는 따뜻했고, 헬렌은 일어나서 창문을 하나씩 닫았다. 그리고 덧문을 닫았다. "그럼 사람들도 다 알겠네." 그녀가 커피 테이블 모서리로 가 앉으며, 경악에 차서 나직이 말했다.

"아니야, 헬리. 그냥 조용히 묻기로 했어."

"그런 일을 조용히 묻어둘 리가 없어. 그 요망한 계집애가 떠벌리고 다닐 거야."

"아니야, 헬리. 그게 협상의 일부였어. 그 여자는 그 이야기를 하고 다니지 못해."

"오, 당신은 바보야. 짐 버지스. 지독히 멍청한 바보. 그런 계집애한테는 친구들이 있어. 여자애들은 입이 가볍고. 그 계집애들이 멍청한 아내라고 떠들어댈 거야. 그 여자한테 내 이야기도 했어?"

"맙소사, 당연히 안 했지."

하지만 그가 말했다는 것을 그녀는 알았다. 그랬을 거라고 생각했다. "당신이 나한테 신경을 안 써서 내가 애리조나에서 죽을 뻔한 이야기도 했어? 내가 호텔로 돌아가고 싶다고 했는데도 당신이 안 된다고 해서?"

그는 대답하지 않고 그저 팔을 내린 채 서 있기만 했다.

"매일 집에서 나가 도서관에 간 거였어? 매일매일 나한테 거짓말을 한 거였어?"

"무서웠어, 헬리."

"그 여자를 보러 갔던 거야?"

"오, 아니야. 맙소사, 아니야."

"어젯밤에는 어디 있었어?"

"애틀랜타에. 헬렌, 증언 녹취를 했어. 사건을 마무리하려고."

"맙소사. 당신 지금 거짓말을 하고 있어."

"헬리, 제발. 아니야. 믿어줘."

"그 여자는 어디 있어?"

"나도 몰라. 그 여자가 아직 회사에 다니는지 아닌지도 몰라. 가끔 앨런하고 이야기하는 거 말곤 거기 사람들과 이야기도 안 해. 앨런이 나한테 사건을 주니까."

"거짓말! 당신이 어젯밤에 애틀랜타에 있었다면 누구든 회사 사람이랑 같이 있었을 거야. 그러니까 당신은 애틀랜타에 없었거나, 앨런 말고도 다른 회사 사람들과 이야기를 한다는 말이지. 그리고 당신은 그 여자가 어디 있는지 아주 잘 알고 있어!"

"애틀랜타에서 같이 있었던 사람은 다른 동료였어. 그 사람은 그 여자 이야기는 꺼내지도 않았고, 그 여자를 알지도⋯⋯"

"토할 것 같아." 욕실에서 그녀는 그가 머리를 쓸어주려는 걸 거의 내버려둘 뻔했지만, 막상 토하려고 하니 괜찮아져서 그를 밀어냈다. 그녀의 동작에는 어딘지 모르게 극적인 느낌이 있었지만, 그녀가 한 모든 말이 진심이듯, 그 동작 또한 진심이었다. 그러나 그녀가 팔을 움직이는 방식, 말을 하는 방식은 예전에는 그럴 필요가 없던 것이었고, 그래서 낯설었다. 그녀는 한번 감정이 터져나오면 그 낯선 느낌에 휩싸여 걷잡을 수 없어질 것을 알았기에—그러고 나면 히스테리를 부린 뒤의 공허가 기다릴 것이다—마음을 가라앉히려고 무진 애를 썼다. 그녀는 시간을 끌었다.

"이해할 수가 없어." 그녀는 그 말을 되풀이했다. 짐이 계속서 있자 그녀가 앉으라고 했다. "내 옆에 앉지는 마. 당신이 내 옆에 오는 게 싫어." 그리고 큰 소리로 말했다. "당신이 내 옆에 오는 게 싫어." 그녀는 소파 끝으로 더 멀찍이 옮겨 앉았다. 그를 벌하기 위해서 그렇게 말한 게 아니었다. 그가 가까이 있는 것이 싫었을 뿐이었다. 그녀는 그와 멀리, 멀리 떨어져 있고 싶었다. 거미처럼 몸이 오그라드는 것 같았다. "오, 맙소사." 그녀는 속삭였다. 그녀를 기다리고 있는 황폐함 속으로 자신이 점점 다가가고 있음을 느꼈다.

"내가 뭘 잘못했어?" 그녀가 물었다.

그는 가죽 오토만의 모서리에 앉아 있었다. 입술은 거의 하얗게 질려 있었다. "잘못한 거 없어."

"그렇지 않아, 짐. 내가 잘못한 게 있을 거야. 당신이 얘기해주지 않은 것뿐이고."

"아니, 없어, 헬리."

"제발 이유를 말해줘." 그녀의 목소리는 다정했고, 그것은 두 사람 모두를 속이는 일이었다.

그는 그녀를 쳐다보지 않았다. 하지만 천천히 이야기를 늘어놓기 시작했다. 잭을 돌봐주러 메인에 갔지만 그도 잘해내지 못하고 밥도 잘해내지 못하자 화가 치밀더라고, 쇳물이 파이프를 통과하듯 분노가 몸안을 통과하는 것 같더라고 했다.

"이해할 수가 없어." 그녀의 말은 진심이었다.

그는 자신도 이해할 수가 없다고 했다. 어디 먼 곳으로 떠나 다시는 돌아오고 싶지 않았다고 했다. 잭의 엉망진창인 삶과 밥의 공허한 삶을 보는 건……

"밥의 공허한 삶?" 헬렌은 비명을 지르다시피 말했다. "밥의 삶이 공허해서 당신이 그런 추잡한 사내 불륜을 저질렀다는 말이야? 그리고 밥의 삶은 공허하지 않아! 무슨 말을 하는 거야?"

그가 작고 놀란 눈으로 그녀를 바라보았다. "나도 모르겠어, 헬렌. 난 모두를 보살펴야 하는 사람이었어. 자라면서 늘 그랬지. 그게 내 일이었어. 엄마가 돌아가셨을 때 나는 그곳을 떠났고, 스티브가 떠났을 때는 수전이나 잭 곁에 있어주지 않았어. 그리고 밥은……"

"그만, 그만해. 당신이 모두를 보살펴야 했다고? 아주 눈물나는 사연이네. 그게 무슨 새로운 소식이라도 돼? 이런 이야기는 전에도 한 것 같지 않아? 솔직히…… 그래, 솔직히, 짐, 나는 솔직히 당신이 지금 그런 말을 한다는 게 믿어지지가 않아."

그가 아래를 내려다보며 고개를 끄덕였다.

"하지만 계속해봐." 그녀가 마침내 말했다. 그녀도 달리 어떻게 해야 할지 몰랐다.

그는 실내를 둘러보고는 다시 그녀를 보았다. "애들은 모두 떠났어." 그는 집이 텅 비었다는 의미로 팔을 뻗어 허공에 휘둘렀다. "모든 게 너무…… 너무 끔찍하게 느껴졌어. 에이드리하고 같이 있으면 내가 중요한 사람이 된 것 같았어."

그러자 헬렌이 울기 시작했다. 길고 고통스러운, 흐느낌과 통곡이 섞인 울음이었다. 짐이 다가가 주저하며 그녀의 팔을 잡았다. 그녀는 이따금 단어나 구절을 내뱉었는데, 밥의 삶은 공허하지 않다고, 공허한 건 짐의 삶이라고 했다. 헬렌은 자식들이 떠나서 슬픔에 잠겨 있을 때 전혀 짐의 위로를 받지 못했는데도 자신은 중요한 사람이라는 느낌을 받기 위해 다른 남자와 자겠다는 생각은 하지 않았다고, 어떻게 모든 것을 망쳐놓고서 자기가 한 짓을 모를 수 있느냐고 했다. 그는 그녀의 팔을 어루만지며 자기도 안다고 했다.

다시는—다시는—그 소름 돋는 여자의 이름을 입 밖에 내지 마. 이 집에서 감히 그 여자 이름을 말하다니! 그 여자한테 자식은 없지? 당연히 없겠지. 그 여잔 바닥에 싸갈긴 오줌이나 다름없어, 그런 여자야. 그러자 짐은 헬렌 말이 맞다고, 다시는 그 이름을 말하지 않겠다고, 다시 말하고 싶지도 않다고, 여기서든 어디서든 그러지 않을 거라고 했다.

그날 밤 그들은 잠옷을 입고 부둥켜안은 채로 잠이 들었다. 두려워서였다.

헬렌이 일찍 일어나보니 햇살이 푸르스름하게 비쳐들었으나 날이 완전히 밝지는 않았다. 남편이 옆에 없었다. "짐?" 그는 창가 의자에 앉아 있다가 그녀를 돌아보았지만 아무 말도 하지 않았다. 그녀가 나직이 말했다. "지미, 그런 일이 정말 있었어?" 그가 고개를 끄덕였다. 그의 눈 밑이 거무스름했다.

그녀는 즉시 일어나 앉아서 자기 옷을 찾았다. 드레스룸으로 가서 전날 입었던 옷을 입다가 그 옷을 벗어버리고―그 옷은 내다버릴 것이었다―다른 옷을 입었다. 그녀가 다시 침실로 돌아가 말했다. "애들한테는 당신이 직접 말해." 짐은 괴로운 표정으로 고개를 끄덕였다. 그녀는 즉시 말을 바꿨다. "내가 말할게." 아이들에게 충격을 주고 싶지 않아서였지만, 물론 아이들은 충격을 받을 수밖에 없었다. 그녀도 이 정도로 충격을 받았던 적은 없었으니까.

그가 말했다. "제발 나를 떠나지 마."

그녀가 말했다. "내가 떠나는 게 아니야. 당신이 떠났지." 그녀가 의미한 것은 그가 그녀를 혼자 두고 먼저 일어나 침대에서 나왔다는 것이었다. 하지만 그녀는 이렇게 말했다. "당신이 가버리면 좋겠어."

그녀는 그가 가버리는 것을 원하지 않았지만, 자꾸 그 말을 했으니 분명 원했을 것이다. 그가 가방에 짐을 꾸리는 동안에도 그녀는 그 말을 반복했다. "당신이 가버리면 좋겠어. 내가 원하는 건 그저 당신과 떨어져 있는 거야." 그가 그녀의 말을 그대로 믿어버리는 것이 그녀는 믿기지 않았다. 그녀가 원한 건 이 혐오스럽고 무서운 사람이 가버리는 것이었다. 그가 걸음을 멈추고 겁에 질린 멍한 표정으로 그녀를 쳐다보았을 때 그녀는 "가! 가버려! 당신이 가버리면 좋겠어" 하고 말했다. 그가 밉다고 말했다. 그녀는 그에게 자신의 인생을 바쳤다고 말했다. 언제나 그를 믿었다고 말했다. 자신은 단 한 번도 그를 배신하지 않았다고 말하면서 문까지 그를 쫓아갔다. 그가 가버리면 좋겠다고, 그녀는 또 한번 말했다.

그녀는 철문이 닫히는 소리를 듣지 않으려고 계단을 뛰어올라갔다. 그러고는 집으로 들어가면서 "짐! 짐!" 하고 소리쳤다. 그녀는 그가 그러는 것이, 그냥 그렇게 가버리는 것이 믿기지 않았다. 그녀는 지금 상황의 그 어떤 것도 믿기지 않았다. "짐." 그녀가 불렀다. "짐."

*

허드슨 강에는 늘 바지선과 예인선과 범선이 떠다녔다. 밥에게 더욱 인상적이었던 것은 시간대와 날씨에 따라 시시각각 변하는 강의 모습이었다. 오전 나절에 강은 잔잔한 회색이지만 오후가 되면 햇빛이 찬란하게 일렁였다. 토요일에 밥이 사는 18층 아파트 창문에서 내려다보면 범선이 장난감 함대처럼 모여드는 게 보였다. 저녁이 되면 태양이 만들어낸 분홍색과 붉은색이 돌풍을 일으키듯 하늘을 뒤덮었고, 강물은 마치 생명을 얻은 그림처럼 반짝거렸다. 붓칠을 해놓은 듯한 색깔들이 농밀하고 황홀하게 움직였고 뉴저지의 불빛들은 이국의 해안을 보고 있는 느낌을 주었다. 그는 뉴욕에서 살아온 그 시간 내내 (지금 생각해보면) 뉴욕의 역사에는 놀라울 정도로 관심이 없었다. 그는 일찍이 메인에서 아베나키 인디언에 대해 배웠다. 그들은 봄마다 앤드로스코긴 강을 따라 이동하는데, 떠나는 길에 농작물을 심고 돌아오는 길에 수확한다고 했다. 하지만 이곳에 흐르는 강은 허드슨 강이었다. 이 강은 어떤 역사를 간직하고 있는가. 밥은 책을 구입해 한 권씩 읽어나갔고 지금은 엘리스 섬에 대해 읽고 있었다. 물론 그는 그 섬에 대해 알았지만 제대로 아는 것은 아니었다. (셜리폴스에서 자라면서 그는 엘리스 섬을 통해 이 나라로 왔다는 친척은 한 명도 만나보지 못했다.) 그는 텔레비전으로 다큐멘터리를 보면서 거대한 인파가 몰려나오는 장면에서 몸을 더 앞으로 숙였다. 그들은 희망과 두려움을 안고 이 땅에 발을 디뎠다. 그들 중 일부는 되돌려 보내질 운명이었고—의사가 그들 눈이 멀었는지 매독에 걸렸는지 혹은 미쳤는지 진단했다—그들도 그 사실을 알고 있었다. 통과해도 좋다는 허락을 받으면 그들은 다시 앞으로 나아갔다. 흑백 화면 속, 동작이 뚝뚝 끊어지는 그 사람들. 밥은 그들 하나하나에 대해 안도감을 느꼈다.

밥은 모든 것이 가능하게 느껴지는 세상을 맞으려 하고 있었다. 예기치 않은 일이었고, 점진적으로, 그러나 또한 빠르게 진행되었다. 가을이 이 도시를 다시 일상으로 돌려놓자 그는 지금껏 덮어쓰고 있던 의혹의 껍질을 벗고 새로운 삶을 시작했다. 그는 그 껍질에 너무나 익숙한 나머지, 그것이 벗겨질 때까지 그것을 덮어쓰고 있었다는 것조차 몰랐다. 8월에 대한 기억은 거의 없었다. 그저 도시의 서걱거림과 더위와 그의 내면에서 포효한 바람뿐이었다. 상상도 못했던 일이 일어났다. 그의 삶에 짐이 존재하지 않았다. 가끔 괴로움 속에 잠에서 깨면 그가 생각할 수 있는 건 오직 짐뿐이었다. 하지만 밥은 젊지 않았고, 상실이 무엇인지 알았다. 그에 뒤따르는 적막과 극한의 두려움도 알았고, 또한 상실은 늘 묘하고 감지하기 어려운 해방감을 동반한다는 것도 알았다. 그는 딱히 사색적인 사람이 아니어서 그 문제에 대해 깊이 생각하지 않았다. 하지만 10월이 되자 정직이라는 가치가 더 크게 보이고 유연하게 풀어지면서 뭔가가 부드럽게 그를 끌어당기는 느낌이 드는 날이 많았다. 그것은 어린 시절의 어느 날을, 그가 드디어 선 안에 색깔을 칠할 수 있게 된 날을 떠올리게 했다.

직장에서 밥은 사람들이 종종 자신에게 도움을 청하러 온다는 것을 알았고, 그들의 눈빛에서 그의 조언을 기꺼이 따르겠다는 마음을 읽었다. 어쩌면 지금까지 줄곧 이런 식이었을 것이다. 그는 경비가 "안녕하세요, 밥 씨" 하며 고개를 끄덕여 인사하는 것에도 익숙해졌고, 로다와 머리가 문을 열며 "바바밥! 들어와요, 와인 한잔합시다" 하는 것에도 익숙해졌다. 어느 밤엔 복도 끝에 사는 어린 사내아이들을 봐주었고, 이웃의 개를 산책시켰고, 떠난 사람의 화분에 물을 주었다.

그는 자기의 아파트를 깨끗이 치웠는데, 이런 행동은—술은 좀처럼 마시지 않고 담배는 하루에 한 개비만 피운다는 사실보다 더—확실히 알게 해주었다. 그가 변했다는 것을. 그는 왜 자신이 코트를 걸고, 접시를 치우고, 양말을 빨래 바구니에 넣는지 그 이유는 몰랐다. 하지만 그가 그러지 않았던 것 때문에 팸이 얼마나 짜증이 났었을지는 알 수 있었다—이제 다른 관점에서 보게 되었다. 하지만 팸은 그를 위해 사라졌다. 어쨌거나 짐과 함께 사라졌다. 그 두 사람은 이제 내면의 어둡고 언짢은 것을 넣어두는 주머니 속으로 들어가버린 것 같았다—정신이 혼란스러워질 만큼 술을 많이 마시지 않는 한, 그들은 그의 주머니 안에 머물러 있을 것이다.

그는 매주 수전에게 전화를 걸었다. 수전은 늘 재커리의 안부를 가장 먼저 말했다(수전과 잭은 스카이프로 대화했고, 잭은 스웨덴어를 섞어 말했다). 그녀가 밥에게 말했다. 지금 잭이 느끼는 행복이 그녀가 나쁜 엄마였다는 반증 같아서 두렵다고. 그녀와 함께 지낼 때는 잭이 이렇게 행복해한 적이 없었으니까. 하지만 그녀가 원하는 것은 그저 잭이 지금처럼 건강한 것뿐이라고 했다. 밥은 그녀의 걱정에 일일이 대꾸해주다가, 그녀의 목소리가 우울한 여자의 목소리가 아니라는 걸 알아차렸다. 그녀는 뜨개질클럽에서 활동하고 있었고—게리의 아내인 브렌다 오헤어는 무지무지 친절했다—매일 밤 드링크워터 부인과 식사를 했다. 노부인의 집세를 내려줘야 할까? 아니, 몇 년 동안 한 번도 집세를 올려 받은 적이 없지 않느냐고, 밥이 조언했다. 어느 날 수전은 '인종적 명예훼손을 반대하는 모임'의 릭 허들스턴과 식료품점에서 마주쳤다. 그는 그녀가 악마라도 되는 것처럼 쏘아보았다. 속상했겠다, 밥이 말했다. 정말 그랬다면 못난 놈이지.

나도 속으로 그렇게 말했어, 수전이 말했다. (이제야 그들은 남매 같았다. 쌍둥이 같았다.) 수전은 딱 한 번 짐의 소식을 물었고, 짐에게 전화를 했는데 짐이 다시 전화해주지 않았다고 말했다. 신경쓰지 마, 밥이 말했다. 나도 짐 소식을 못 들었어.

월리 패커는 다시 체포되었다. 이번에는 불법 무기 소지 때문이었는데, 체포 당시 저항하며 경찰을 협박해서 징역살이를 할 수도 있었다. 쌍둥이는 이 문제를 놓고 의견을 나누었다. 수전이 체념한 목소리로, 그 사건이 놀랍지는 않다고 했고, 밥도 동의했다. 그 이야기를 하면서도 두 사람 다 짐을 언급하지 않았고, 밥은 월리 패커 문제로 (혹은 무슨 문제로든) 짐과 이야기를 하지 않아도 된다는 사실을, 말하다가 자존심이 상할 일도 없다는 사실을 깨닫고는 살랑대는 바람 같은 자유를 느꼈다.

지금과 같은 기분을 느끼리라고는 거의 예측하지 못했었다.

10월 중순에 뉴욕이 갑자기 아주 따뜻해졌다. 햇살이 여름처럼 쏟아졌고, 노상 카페는 사람들로 북적였다. 어느 아침 출근하는 길에 밥은 사람들이 커피와 신문을 들고 앉아 있는 곳을 지나갔다. 그때 전혀 생각지도 못하게 그의 이름을 부르는 소리가 들렸다. 팸이었다. 팸은 밥이 지나가는 것을 보고 벌떡 일어서다 의자를 넘어뜨릴 뻔했다. "밥! 기다려! 아, 젠장!" 커피를 쏟았기 때문이다. 그가 걸음을 멈췄다.

"팸. 여기서 뭐해?"

"방금 새 심리치료사를 만나고 나오는 길이야. 같이 걸어도 될까?" 그녀가 테이블에 지폐 몇 장을 얹고 그 위에 쏟은 커피가 담겼던 컵을 툭 내려놓았다. 그러고는 그가 있는 보도 쪽으로 걸어왔다.

"출근하는 길이야."

"알아, 보비. 방금 당신 생각을 하고 있었어. 이 심리치료사는 정말 괜찮아. 그 사람이 그러는데, 우리 사이에 해결되지 않은 문제들이 있대."

밥이 걸음을 멈췄다. "언제부터 심리치료사에 대해 긍정적으로 생각하게 됐어?"

팸은 말랐고 걱정이 많아 보였다. "몰라. 그냥 한번 해봐야겠다고 생각했어. 요즘 계속 표류하는 기분이었거든. 당신은 사라진 거나 마찬가지였고. 얘기 좀 들어봐." 그녀가 그의 팔을 잡았다. "이번 심리치료사한테 가기 전에—아무튼 이 사람 꽤 괜찮아—여자 심리치료사를 찾아갔었는데, 그 사람이 자꾸 셜리폴스를 '쉘리폴스'라고 발음하는 거야. 참다 참다 내가 결국 말했어. 왜 발음을 똑바로 못하세요? 그 여자가 그러더라. 오, 패멀라, 작은 실수잖아요, 이해해주세요. 그래서 내가 그랬어. 셜리폴스에 사는 사람들은 그걸 작은 실수라고 하지 않을걸요. 만약

제가 여기 사무실을 플랫부시 애비뉴에 있다고 하면 어떠시겠어요. 파크 애비뉴와 헷갈렸네요, 미아아안해라!"

밥이 그녀를 빤히 보았다.

"그 여자 진짜 별로였어. 계속 나를 '패멀라'라고 불렀거든. 내 이름은 팸이라고 했더니 그 여자가 그 이름은 아이 이름이고 나는 어른이라는 거야. 솔직히, 빨간색 블레이저를 입고 커다란 책상 앞에 앉은 거지발싸개 같은 여자였어."

"팸, 심리치료사한테 돈을 지불하면서까지 셜리폴스 이야기를 하는 이유가 뭐야?"

그녀가 깜짝 놀란 표정을 지었다. "그러니까, 내가 계속해서 그 이야기만 하는 건 아니야. 그냥 그 이야기가 나오는데, 음, 내가 그때를 그리워하거나 뭐 그런가봐."

"타운하우스 저택에 살고 있고 벽에 피카소 그림이 걸린 파티에 가는 사람이, 그런 당신이 셜리폴스를 그리워한다고?"

그녀가 땅바닥을 내려다보았다. "가끔은."

"팸. 잘 들어." 그는 그녀의 얼굴에 두려움이 떠오른 것을 보았다. 출근하는 사람들이 그들을 스쳐지나갔다. 사람들의 가슴에는 서류가방 끈이 대각선으로 걸려 있었고 보도에는 구두굽이 또각거리는 소리가 들렸다. "한 가지만 물어볼게. 우리가 갈라서고 나서 짐을 찾아가서 술에 취해 짐에게 매력적이라고 말한 적 있어? 우리가 아직 부부였을 때 당신이 생각했었던 걸 짐한테 얘기했어? 그것만 말해줘."

"뭐라고?" 그녀는 그가 어디 있는지 찾는 것처럼 고개를 앞으로 살짝 숙였다. "뭐라고?" 그녀가 다시 물었다. 두려움이 혼란으로 바뀌었다. "내가 당신 형한테 매력적이라는 말을 했느냐고? 짐한테?"

"나한테 형은 짐뿐이야. 그래, 짐. 형을 매력적이라고 생각하는 사람들은 많아. 1993년의 가장 섹시한 남자 중 하나이기도 했고." 밥은 버스 정류장이나 지하철역을 향해 몰려가는 사람들을 피해 뒤로 물러났다. 팸이 그를 따라갔다. 그들은 거의 차도로 내려섰다. 밥은 시위에 참여하려고 셜리폴스에 갔을 때 짐이 호텔에서 해준 이야기를 팸에게 해주었다. "당신이 속마음을 털어놓는 잘못된 선택을 했다더라." 그가 이야기를 끝맺었다.

"그거 알아?" 팸이 손가락을 펴서 머리카락을 쓸어넘겼다. "당신 잘 들어, 밥 버지스. 난 당신 형을 참을 수가 없어. 왠 줄 알아? 짐은 나랑 같은 부류거든. 그와 내가 같지 않은 점은, 짐은 독한 성격이라 성취도가 높고 스스로 어떻게든 말을 들어줄 새로운 사람들을 찾아낸다는 거야. 나는 걱정이 많은데다 좀 한심하고 내 말을 들어줄 사람을 못 찾아내지. 내가 이 심리치료사를 찾아가는 이유도 부분적으로는 그거야. 돈을 내더라도 내 말을 들어줄 사람을 찾아야 하니까. 하지만 짐과 나는 말이지, 우리는 서로를 잘 알아. 줄곧 알고 있었어. 짐은 간접적인 방식으로 날 공격해서 바보로 만들지. 짐은 관심을 갈구해. 관심받고 싶은 욕구가 너무 훤히 보여서 역겨울 정도야. 불쌍한 헬렌이 그걸 견딜 수 있는 건 그 사실을 알아차릴 만큼 똑똑하지 않기 때문이야. 짐은 관심을 요구하면서도 일단 바라던 것을 얻고 나면 사람들이 더이상 그에게 다가오지 못하게 막아. 관심을 바라는 것과 사람들과 관계를 맺는 건 아무 상관이 없거든. 대부분의 사람이 바라는 건 관계지만. 그래, 맞아, 짐이랑 한잔했어. 짐은 내가 뭔가를 말하게끔 만들었지. 짐이 하는 일이 그거니까. 평생 사람들이 그가 원하는 것을 말하게 만드는 게 직업이었으니까. 그게 고백이건 거짓말이건 간에. 내가 짐한테 매력적이라고 했다고? 내가 그런 단어를 쓸 것 같아? 어머, 짐, 나는 늘 당신이 정말 매력적이라고 생각했어요. 장난해? 그건 코네티컷에서 태어난 불쌍하고 돈 많은 헬렌이나 할 말이야."

"형은 당신이 기생충이라고 했어."

"친절하기도 해라. 그 말을 다시 해주다니 당신도 정말 친절하네."

"아, 팸. 형이 뭐라고 했든 무슨 대수야?"

"당신한테는 대수지! 그게 아니라면 나를 이렇게 몰아붙이지 않았을 테니까."

"몰아붙이는 게 아니야. 그저 알고 싶은 거지."

"내가 원하는 건, 당신 형한테 당신 머릿속을 헤집어놓지 말라고 말하는 거야. 기생충은 당신 형이야. 윌리 패커 등에 붙어서 단물을 빨아먹고. 그다음엔 화이트칼라 범죄자들 등에 붙어서 단물을 빨아먹고. 얼마나 신성한 일이야, 안 그래?"

그녀는 울지 않았다. 울먹거리지조차 않았다. 그녀는 최근 수년간 본 모습 중에 가장 팸다웠다. 그는 사과했다. 그리고 택시를 잡아주겠다고 했다.

"집어치워." 그녀가 말했다. 그리고 가방에서 휴대폰을 꺼냈다. "지금 당장 전화 걸어서 따질 거야. 내가 그 인간한테 뭐라고 하는지 당신 귀로 똑똑히 들으라고." 그녀가 휴대폰을 들어 밥의 가슴 쪽을 가리켰다. "짐과 나는 사실 기생충이 아니야, 밥. 그냥 수많은 사람들 중 하나야. 사회를 위해 대단한 기여를 하게 될 거라고 스스로 생각했는데 결국 그러지 못한 베이비부머 두 명이 세상에 더 추가된 것뿐이야. 우린 그래서 징징대고 있는 거고. 그래, 나는 벽에 피카소 그림이 걸려 있는 디너파티에 가고, 보비, 가끔은—죽고 싶을 만큼—슬퍼져. 난 내가 아프리카를 돌아다니며 기생충을 발견하는 과학자가 될 줄 알았어. 사람들이 날 대단한 사람이라 여기게 될 줄 알았어. 반쯤 죽어가던 사람이

나 덕분에 목숨을 건지고. 제길, 내가 소말리아 사람들 모두를 구할 거라고 말이야! 턱없는 망상이지, 보비. 내가 할 수 있는 말은 이것 역시 다른 것처럼 병이라는 거야⋯⋯

잠시만 있어봐. 좆같은 당신 형한테 할말이 있으니까. 전화번호가 뭐야? 됐어. 411에 전화해서 물어보면 되지 뭐. 네, 맨해튼이요. 회사예요. 로펌이요. 앵글린 대븐포트 앤드 시스요. 고마워요.”

“팸⋯⋯”

“왜 그래? 내 심리치료사가 바로 삼십 분 전에 왜 당신 가족은 전부 짐의 비위를 맞춰주느냐고 물었어. 그래서 생각했지, 그러네, 왜 그럴까? 짐이 항상 당신한테 그렇게 못되게 구는데도 왜 아무도 짐에게 뭐라고 하지 않았을까? 그날 짐이 나한테 그랬어—아니야, 됐어. 당신에 관해 자기가 뭐라고 했는지 직접 말하라고 하면 돼. 당신이 자길 돌아버리게 만든다는 말 말이야—네, 짐 버지스와 통화하고 싶은데요. 팸. 팸 칼슨이요.”

“팸, 왜 굳이 심리치료사를 찾아가서⋯⋯”

그녀가 그를 바라보며 고개를 저었다. “아, 알겠습니다. 지금은 전화를 받을 수 없군요. 그러면 전화 좀 해달라고 전해주세요.” 그녀가 화난 목소리로 냉정하게 자기 전화번호를 불렀다. “네?” 그녀는 고개를 갸웃하고는 손가락 하나로 다른 귀를 막았다. 그리고 얼굴을 잔뜩 찌푸린 채 영문을 모르겠다는 표정으로 밥을 쳐다보았다. "방금 뭐라고 하셨죠, 버지스 씨가 회사를 그만뒀다고요?"

*

파크슬로프로 가는 길은 길지도, 짧지도 않았다. 밥에게 그 시간은 그저 열차가 맨해튼 거리 밑을, 이어서 이스트 강 밑을 덜컹덜컹 달려가는 동안 다른 사람들 사이에 끼여 있는 한 토막의 시간에 지나지 않았다. 밥은 지하철에 탄 사람들 모두가 순수하고 소중하게 느껴졌다. 그들의 눈동자는 그들만 알고 있을 아침의 몽상 때문에, 어쩌면 전에 들은 말 때문에, 혹은 그들이 하려고 꿈꾸는 말 때문에 초점이 흐려져 있었다. 신문을 읽는 사람도 있었고, 이어폰으로 그들만의 사운드트랙을 즐기는 사람도 많았다. 하지만 대부분은 밥처럼 멍하니 어딘가를 응시하고 있었다—그는 자신이 본 사람들 각각의 개성과 신비로움에 가슴이 뭉클했다. 그의 마음속은, 누가 들여다봤다면, 이상하고 충격적인 생각들로 가득했겠지만, 밥은 여기 이 사람들—가방의 어깨끈을 단단히 고쳐 메고, 열차가 역에 정차하면 몸이 기우뚱 쏠리고, 누군가의 발을 밟으면 미안하다고 읊조리고, 괜찮다는 의미로 고개를 까딱하는 사람들—의 마음속에 일상적인 고민들이 있을 거라고 생각했다. 하지만 그가 무슨 수로 알겠는가, 어떻게 알겠는가. 열차가 다시 덜컹거리며 앞으로 달려갔다.

보도에서 팸과 헤어진 뒤 짐에게, 다음으로 헬렌에게 전화를 걸었다가 통화에 실패했을 때 그의 머릿속에 가장 먼저 들었던 생각—혹은 찾아온 감정은, 정확히 생각은 아니었으니—은 뭔가 엄청난 범죄가 저질러졌다는 것이었다. 짐 버지스가 은밀히 누군가를 살해했거나 혹은 살해된 것이다. 타블로이드판 신문 1면을 장식하는 추악하고 끔찍한 사건이 일어나 가족이 도망을 치고 있는 것이다—어처구니없는 생각이라는 것은 밥도 알았지만, 그런 두려움이 들자 그는 주변에 있는 평범한 사람들의 순수함을 사랑하게 되었고 은근히 그들을 부러워하는 마음이 생겼다. 그들은 그날 하루의 일을 두려워할 수도 있고 그렇지 않을 수도 있지만, 열차 안에 서서 형이 살해되었을 거라는 생각을 하고 있지는 않을 것이다. 그의 머리는 제정신이 아니었고, 그도 그 사실을 알았다. 사람들이 계속 열차에서 내렸고 파크슬로프 역에 정차했을 땐 열차에 남은 사람이 몇 없었다. 조용히 격앙되어 있던 그의 마음도 가라앉아 있었다. 짐에게 무슨 일이 일어나고 있는지는 모르지만—밥의 예감으로는—극적인 사건은 아니고 그저 쓸쓸하고 평범한 사건일 것이다. 밥은 걸음을 옮기며 고단함을 느꼈다. 상상 속에서도 그의 형은 팸이 말한 그 턱없는 망상을 요구하고 있었다.

하지만 꺼림칙한 생각은 지워지지 않았다. 그는 짐의 집에서 네 블록 떨어진 곳에 와서 조카 래리에게 전화를 걸었고, 놀랍게도 래리는 전화를 받더니 더욱 놀랍게도 오, 밥 삼촌, 큰일났어요, 잠시만요, 다시 전화드릴게요, 라고 말했다. 래리는 다시 전화를 걸어와, 네, 엄마는 집에 계세요, 삼촌이 오셔도 괜찮대요, 하지만 두 분은 헤어지셨어요, 밥 삼촌, 아빠가 같은 회사에서 일하는 어떤 여자랑 잤대요, 하고 말했다. 밥은 숨을 헐떡이며 형이 사는 거리로 걸음을 재촉했다.

*

집에 들어서면서 밥은 뭔가가 달라졌음을 감지했다. 단지 누가 떠난 것 때문은 아니라는 걸 깨닫기까지는 시간이 조금 걸렸다. 물건도 사라졌다. 예를 들면 늘 현관에 걸려 있던 코트가 없어졌다. 헬렌이 입는 짧은 검은색 코트뿐이었다. 거실 책장에서는 적어도 책 절반이 사라졌다. 대형 평면 스크린 텔레비전도 없어졌다.

"헬렌, 형이 자기 것을 전부 챙겨갔어요?"

“짐이 가져간 건, 집에 돌아와 그 추잡한 법률사무원과 어떤 일이 있었는지 말할 때 입고 있던 옷뿐이에요. 다른 건 내가 전부 내다버렸어요.”

“형 옷을 버렸다고요? 형의 책도요?” 밥은 잠시 형수를 쳐다보았다. 헬렌은 머리를 뒤로 묶고 있었는데, 귀 주변의 짧은 머리카락이 희끗하게 세어 있었다. 헬렌은 안경을 쓰는 사람이 안경을 벗었을 때의 적나라한 얼굴을 하고 있었지만, 평소 그녀는 책을 읽을 때 코에 걸치는 안경 말고는 안경을 쓰지 않았다.

“그랬어요. 그 대형 텔레비전은 그 사람이 좋아하던 거라 버렸어요. 지하실에서 옛날에 쓰던 것을 가져왔어요. 그 사람과 관련된 건 전부 이 집에서 치웠어요.”

“와우.” 밥이 천천히 말했다.

“와우?” 헬렌이 소파에 앉으며 그를 쳐다보았다. “나를 평가하려고 들지 마요, 밥.”

“평가하는 거 아니에요.” 그가 두 손을 들었다. 흔들의자도 사라졌다. 그는 이전에 본 기억이 없는 낡은 가죽의자에 앉았다.

헬렌이 발목을 꼬았다. 그녀는 아주 왜소해 보였다. 신발은 검은 나비 리본이 달린 발레 슬리퍼였다. 장신구는 하지 않았고 손가락에 반지도 없었다. 그녀는 그에게 마실 것을 주지 않았고, 그도 달라고 하지 않았다. “괜찮아요, 헬렌?” 그가 조심스럽게 물었다.

"그 대답은 하기도 싫어요."

그가 고개를 끄덕였다. "그렇겠네요. 저기, 제가 도울 일이 있을까요?"

"이혼 경험이 있으니까 그게 어떤 기분인지 안다고 생각하겠죠. 하지만 모를 거예요." 그녀가 그렇게 말했으나 냉정한 목소리는 아니었다.

"그럼요, 그럼요, 헬렌. 모르고말고요."

그들은 앉았다. 헬렌이 그에게 덧문을 닫아도 되겠는지 물었다. 창문을 열어놓고 있었지만 그녀는 문이 닫혀 있을 때 마음이 더 편했다.

밥이 일어나서 덧문을 닫고 다시 앉았다. 그가 가까이에 있는 램프를 켰다. "형은 어디에서 지내요?"

"어디 돈 많은 아이들이 다니는 작은 대학에서 가르친다나봐요. 주 북쪽이래요. 어느 타운인지는 몰라요. 알고 싶지도 않고요. 하지만 어떤 학생을 침대에 눕히면 그 직장마저 잃겠죠."

"아, 지미가 그러지는 않을 거예요." 밥이 말했다.

"그렇게"—헬렌은 여기까지 말한 뒤 몸을 앞으로 숙이고 분노에 차서 목소리를 낮췄다—"씨발, 이해가 안 돼요?"

밥은 헬렌이 그 단어를 쓴 것을 들은 적이 없었다.

"그렇게 이해가 안 되느냐고요?" 그녀가 눈물이 글썽글썽해서 물었다. "그이는. 내가 생각했던. 그런 사람이. 아니었어요." 밥이 말을 하려고 입을 벌렸지만 헬렌은 여전히 몸을 숙인 채로 말을 계속했다. "그 여자 누군지 알아요? 사무실에서 같이 일했다는 그 잡년이요? 서방님 아래층에 산다고 했던, 남편을 내쫓았다던 그 여자예요. 그 여자한테 짐 회사에 지원해서 그 멍청하기 짝이 없는 일자리를 구해보라고 했다면서요."

"에이드리애나요? 에이드리애나 마틱이요? 농담하시는 거죠?"

"농담이라고요?" 헬렌의 목소리가 조용해졌고, 그녀는 의자 깊숙이 기대앉았다. "농담 근처에도 가지 않았어요, 밥. 전혀 농담이 아니에요. 그 여자를 왜 짐한테 보낸 거죠, 보비? 대체 왜 그런 거예요?" 그녀가 정말로 영문을 모르겠다는 표정으로 밥을 쳐다봐서 그는 대답을 하려고 입을 뗐다. "헬렌……" 하지만 헬렌이 앞섰다. "음탕한 년인지 아닌지 구분도 못해요? 아니, 당신은 못 알아보겠네요. 난 팸도 그런 난잡한 기질을 가졌다고 줄곧 생각해왔거든요. 당신은 아무것도 모르겠죠, 밥. 여자가 아니니까 모를 거예요. 하지만 좋은 가정을 꾸리고 자식을 키우고 몸매를 유지하는 여자로 사는 거, 그건 쉬운 일이 아니에요. 그런데 남자는 어느 시기가 되면 고등학생 때나 그런 때를 상기시키는, 만화에나 나올 법한 추잡한 여자를 원하게 되죠. 모르겠어요. 하지만 가슴이 아파요, 밥. 상상이 안 될 거예요. 자기한테 그런 일이 일어나리라는 생각은 절대 하지 않으니까요. 내가 밖에 나가지 않는 이유가 그거예요. 여기로 찾아와서 내 손을 잡아주고 싶어하는 친구들이 있어요. 하지만 그러느니 차라리 죽고 말겠어요, 진심으로요. 친구들도 마음속 깊은 곳에서는 행복을 느낄 거예요. 그런 일이 자신들한테는 일어나지 않을 거라고 생각하니까. 하지만 일어날 수 있어요."

"헬렌……"

"그 여자가 자기를 중요한 사람이라고 느끼게 해줬다고, 짐이 그러더군요. 짐이 그 여자의 이혼에 대해 조언을 해줬대요. 서른세 살, 그 사람 딸이 거의 그 나이예요. 그 여자가 모든 걸 낱낱이 기록해뒀다가 들이밀었어요. 짐이 나한테 말을 하느냐고요? 당연히 안 하죠. 그이는 하수관을 타고 깊이 빠져서 지옥까지 가기로 결심한걸요—아니, 잠깐, 자기가 지옥에서 살았다고 했어요. 상상이 돼요? 내가 자기 자신을 지옥으로 밀어넣은 짐 버지스를 안쓰럽게 여겨야 할 것 같더라니까요, 짐은 실제로 그렇게 행동했어요, 밥, 마치 내가 자기를 안쓰럽게 여겨야 할 것처럼, 언제나 언제나, 언제나 자기중심적으로—그래서 라이프 코치와 눈이 맞아 달아난 거예요, 밥. 아직도 충분히 놀랍지 않다고 생각한다면 말인데, 그 여자가 그 사람을 파이어아일랜드까지 데려갔어요. 그 여자 남편이 집을 비운 동안에요. 짐은 나한테 애틀랜타에 있었다고 했어요. 내가 그 사실을 알아낸 건 그 여자가 여기로 그 사람을 찾는 전화를 걸었기 때문이에요. 그가 떠난 뒤에요. 믿어져요? 그렇게 오래 나한테 거짓말을 했으니, 또 어떤 거짓말이 있겠어요?" 헬렌은 멍하게 앞쪽을 응시했다. "무의미해. 또다른 거짓말은 무의미해요. 모든 것이 무의미하니까."

한동안 침묵이 흘렀다. 이윽고 밥이 자신에게 말하듯 조용히 말했다. "짐이 그 모든 걸 다 했다고요?"

"그 모든 걸 다 했어요. 어쩌면 더 있을 거예요. 아이들도 말이 아니에요. 나를 돕겠다고 비행기를 타고 여기까지 왔었어요. 하지만 애들도 무서워 죽으려고 하는 게 보였죠. 나이가 몇 살이건 간에, 밥, 자식들은 부모가 필요해요. 애들은 황금 같은 아버지상을 잃었어요. 그게 무서운 거예요. 애들에게 비참한 어머니까지 보여줄 수는 없었어요. 그래서 내가 강한 척하면서 아이들을 위로해서 돌려보냈어요. 그렇게 하려니 너무 힘이 들었어요. 잘 모르실 거예요."

"아, 헬렌. 미안해요."

그는 미안했다. 진심으로 미안했다. 또한 말할 수 없이 슬펐다. 우주가 절반으로 갈라지는 기분이었다. 헬렌과 짐은 하나의 단위였고, 둘로 나눌 수 없을 것 같았다. 그는 아이들이 사무치게 안쓰러웠고, 아이들이 잃어버린 것을 그 역시 똑같이 잃어버렸다고 느꼈다. 하지만 아이들은 어렸고 그들 부모에게 일어난 일이기에 훨씬 더 나빴다. "이것 참," 그가 말했다. "이것 참."

헬렌이 고개를 끄덕였다. 잠시 뒤, 그녀가 생각에 잠겨 말했다. "나는 그를 위해 모든 걸 다 했어요."

"그러셨죠." 밥이 보기에도 그 사실은 분명했다. 밥이 남편을 경찰에 신고한 에이드리애나 이야기를 하던 그날, 헬렌은 바로 여기에서, 짐이 바닥과 커피 테이블에 집어던진 양말을 줍고 있었다. (에이드리애나! 밥은 그날 아침 보도에 서서 그녀가 참 안됐다고 생각했었는데!) "오, 맙소사, 헬렌, 그 여자한테 짐의 로펌을 알려줘서 미안해요. 그 말이 그냥 튀어나왔어요. 신뢰할 수 없는 여자라는 걸 깨달았어야 했는데. 그날 그 여자가 신고한 내용이 사실이 아닌 것 같다고 내 입으로 말했으면서."

헬렌이 그를 멍하니 쳐다보았다. "무슨 말이죠?"

"에이드리애나요. 그 말이 맞아요. 그 여자가 좋은 여자가 아니라는 사실을 깨달았어야 했어요."

헬렌이 슬프게 웃었다. "오, 보비." 그녀가 중얼거렸다. "자책하지 마요. 그이는 그 여자가 아니었어도 다른 여자를 찾아냈을 테니까요. 그 라이프 코치 같은 여자요. 밖에 그런 여자들이 널린 것 같으니까. 모르겠어요. 거긴 내가 모르는 언어를 쓰는 세상이에요. 나는 어떤 단어를 사용해야 불륜을 시작할 수 있는지 조차 모르는걸요."

밥이 고개를 주억거렸다. "당신은 좋은 사람이에요, 헬렌."

"그이도 그런 말을 했어요." 헬렌이 힘없이 손을 들어올렸다가 다시 무릎에 툭 떨어뜨렸다. "그 말을 들으면 기분이 좋았었는데. 맙소사."

밥이 천천히 방안을 둘러보았다. 헬렌은 집을 아름답게 꾸몄고 인내심이 많았고 인자한 어머니였다. 짐은 이웃들을 거만하게 스쳐지나갔지만 헬렌은 다정하게 대했다. 그녀는 집을 식물과 꽃으로 채웠고, 가정부 애나에게 잘해주었고, 비싼 휴가를 떠날 때 가방을 쌌고, 짐이 골프 치는 걸 기다려주었다. 그리고 헬렌은 (팸의 말이 이 점에서는 옳았는데) 짐이 자기가 그날 법정에서 얼마나 잘했는지, 자기가 이 업계에서 최고이고, 그 사실을 모르는 사람이 없고…… 등등 자기 이야기만 줄기차게 늘어놓을 때도 대체로 다 들어주었다. 커프스 단추를 사서 서랍 한가득 채워주었고, 그가 갖고 싶다고 입버릇처럼 말한 터무니없이 비싼 시계도 사주었다.

하지만, 그럼에도 불구하고, 가정을 파괴하는 것은 안 될 일이었다. 사람들은 이것을 이해하지 못했다. 가정과 가족은 파괴되면 안 된다는 사실을. 밥이 말했다. "헬렌, 짐이 우리가 몇 달 넘게 서로 말하지 않는 이유를 말해줬나요?"

헬렌이 손을 살짝 들어올렸다. "당신이 여자를 만난다면서요, 잘 모르겠지만."

"아니에요. 우리가 싸웠기 때문이에요."

"관심 없어요."

"관심을 가져야 해요. 짐이 싸운 이유를 말하지 않았죠? 짐이 내게 무슨 말을 했는지?"

"안 했어요. 그리고 난 관심을 가질 필요가 없어요. 오히려 그 반대가 필요하죠. 관심을 갖는 것에서 벗어나야 해요."

그는 재커리가 실종됐을 때 짐이 호텔 발코니에서 했던 말을 해주었다. "짐은 평생 그런 자신을 끌어안고 살았어요, 헬렌. 자기 아버지를 죽인 남자, 혹은 자기 아버지를 죽였다고 생각하는 남자를요. 그런데 너무 무서워서 아무한테도 말을 못했대요. 헬렌?"

그녀는 잔뜩 눈살을 찌푸리고 있었다. 그녀가 말했다. "그 말을 들으면 기분이 더 좋아져야 하나요?"

"짐이 왜 그렇게 망가졌는지 알게 해주려는 거예요."

"기분만 더 나빠졌어요. 중년의 위기를 겪는 거라고 혼자 생각했는데 알고 보니 평생 계산적인 거짓말쟁이였군요."

"그걸 거짓말이라고 할 수는 없어요, 헬렌. 두려워서 그랬던 거예요." 밥은 지금 변호하는 투로 말하지 않으려고 애쓰면서, 변호사처럼, 짐을 변호하고 있었다. "어떤 아이라도 그렇게 할 거예요. 그런 짓을 저지르면 달아나려고 할 거예요. 그때 짐은 여덟 살이었어요, 헬렌. 어린아이였어요. 법적으로도 여덟 살은 아이예요. 그러니까 짐은 사고를 쳤지만, 혹은 사고를 쳤다고 생각하지만, 시간이 지나면서 더 말을 못하게 된 거예요. 시간이 지날수록 더 말하기 어려워지는 법이니까요. 그래서 평생 두려움을 안고 살았던 거예요. 언제라도 발각되어 벌을 받을 것처럼요."

헬렌이 일어섰다. "밥, 그만해요. 상황을 더 악화시키네요. 이제 나에겐 착하고 정직한 남편과 살았던 결혼생활이 단 하루도 없어요. 진정 내 것이라고 생각했던 결혼생활이 말이에요. 어떻게 해야 할지 모르겠어요. 어떻게 하루하루를 살아가야 할지 모르겠어요. 정말이에요. 죽은 사람들이 부러워요, 밥. 내 우는 소리가, 밤에 여기서 혼자 한심하고 불쌍하게 우는 소리가 역겨워서 이제는 울지도 못해요. 변호사들에게 이혼합의서를 써달라고 부탁했는데 그러고 나면…… 어떻게 해야 할지 모르겠네요. 어디 다른 데로 이사를 갈 거예요. 이제 가줘요, 제발."

"헬렌." 밥이 일어서면서 한 팔을 내밀었다. "헬렌, 부탁이에요. 형을 가엾게 봐주세요. 형을 떠나실 수 없어요. 그럴 수 없어요. 형은 혼자예요. 형은 형수님을 사랑해요. 형수님은 형의 가

족이에요. 제발요, 헬렌. 형의 아내잖아요. 맙소사. 삼십 년이에
요. 그 세월을 그냥 훌훌 털어버릴 수는 없어요."

오, 그 가엾은 여인은 완전히 이성을 잃었다. 그녀는 미쳐갔
고, 자신이 미쳐가도록 내버려두었다. 밥은—나중에 종종 그 일
을 다시 생각할 때—헬렌이 터져나오는 감정을 어디까지 통제
했던 것인지 알 수 없었다. 그때 그녀가 아주 믿을 수 없는 말을
했기 때문이다.

헬렌은 (밥은 그 말을 회상할 때마다 "맙소사" 하고 작게 내뱉
었다) 늘 버지스 집안이 형편없다는 생각을 품고 살았다고 했다.
사실은 쓰레기에 가깝다고. 그들이 자란 그 끔찍하고 작은 집은
촌티나는 깡촌에 있는 시골 쓰레기 같은 곳이었다고. 수전은 재
수없는 계집애였다고. 그 시절에 수전은 처음 만난 순간부터 자
신에게 쌀쌀맞게 굴었다고. 어느 해에 수전이 헬렌에게 크리스
마스 선물로 뭘 줬는지 아느냐고. 우산이었다고!

헬렌은 밥에게 당장 나가라고 했다. 그가 문을 열고 나가 복도
를 반쯤 걸어갔을 때 뒤쪽에서 헬렌의 고함소리가 들렸다. "심지
어 검은색 우산! 그딴 건 사양해요!"

11

밥은 차를 몰아 달리고 또 달렸다. 차는 커브길을 휙 돌아 언덕으로 올라갔고 개울을 따라 내려와 집 몇 채와 주유소가 한 곳만 있는 타운을 통과했다. 몇 시간을 달리자 대학 표지판이 나왔다. 먼길을 달리는 내내 길은 좁고 구불구불했으며, 양옆으로 솟은 언덕은 가을 햇빛에 황금색으로 물들어 있었다. 이따금 길은 그중 한 언덕의 등줄기를 따라 이어져서, 밥은 저멀리까지 펼쳐진 부드러운 구릉과 갈색, 노란색, 초록색 등 다양한 색깔의 들판을 볼 수 있었다. 그 위로는 끝도 없는 푸른 하늘에 흰 구름이 군데군데 흩어져 있었다. 하지만 그 아름다운 풍경도 그를 감동시키지는 못했다.

"오, 맙소사." 밥이 대학이 있는 작은 타운인 윌슨으로 접어

들면서 중얼거렸다. 이 상황을 직시하려고 그가 소리 내어 말했다. "짐이 여기 대학에서 가르치고 있어. 상황은 변하는 거야. 이건 공포영화가 아니야." 하지만 그런 느낌이 들었다. 밥은 그 느낌을 떨쳐낼 수가 없었다. 이 작은 타운에는 어딘지 모르게 석연찮은 구석이 있었고, 하나뿐인 작은 중심 도로는—어딘지 모르게 불길한 느낌을 주었다. 숨어서 그를 지켜보는 시선들이 느껴졌다. 토요일 오후 윌슨의 텅 빈 거리를 지나가는 외로운 빨간색 렌터카 한 대를.

형의 아파트는 대학 캠퍼스에서 그리 멀지 않았다. 아파트 건물은 언덕 안쪽에 자리잡고 있었고, 건물 현관까지 가려면 나무 계단을 한참 올라가야 했다. 밥은 초인종을 누른 뒤 기다렸고, 마침내 안쪽에서 발소리가 들렸다.

짐이 문을 조금 열고 거기 기대섰다. 눈 밑에 자주색 다크서클이 있었고, 옷은 안에 셔츠를 입지 않고 운동복 상의만 입고 있었다. 목에 힘줄이 드러나고 쇄골은 불거져 보였다. "왔어?" 짐이 짧게 인사하며 손을 들어올렸다. 밥은 짐을 따라 지저분한 카펫이 깔린 계단을 올라가면서 더러운 양말을 신은 짐의 발과 너무 헐렁한 청바지를 보았다. 두번째 층계참에 있는 문을 지나면서는 그 안에서 툭툭 끊기는 외국어 소리를 들었다. 마늘과 양념이 뒤섞인 달짝지근하고 톡 쏘는 냄새가 났다. 온통 그 냄새에

찌들어 있었다. 짐이 뒤를 돌아보며 위를 향해 고갯짓을 했다. 계속 올라와.

아파트로 들어가서 짐은 초록색 격자무늬 소파에 털썩 앉더니 고갯짓으로 구석에 있는 의자를 가리켰다. 밥이 주저하며 앉았다. "맥주 마실래?" 짐이 물었다.

밥이 고개를 저었다. 짐이 앉은 소파 뒤쪽으로 큰 창문이 나 있었지만 볕이 잘 드는 것 같지는 않았다. 짐은 안색이 어두웠다.

"형편없는 곳이지?" 짐이 램프 옆에 있는 반창고 상자를 열고 마리화나 담배를 꺼냈다. 그가 손가락을 핥았다.

"지미……"

"어떻게 지냈어, 내 동생?"

"지미, 형은……"

"나도 여기가 싫어. 네가 물어본다면 대답은 그거야." 짐이 손가락 하나를 들어올려 얇은 입술 사이에 마리화나 담배를 물었다. 그러고는 주머니에서 라이터를 찾아 불을 붙이고 한 번 쭉 빨아들인 뒤 뱉지 않고 가만히 있었다. "학생들이 싫어." 그는 여전히 연기를 머금은 채 말했다. "캠퍼스도 싫고, 이 아파트도 싫어." 이제 연기를 내뱉었다. "아래층 사람이—어느 나라 사람인지는 모르겠지만, 아마 베트남인 것 같은데—아침 여섯시에 빌어먹을 기름 냄새랑 마늘 냄새 풍기는 것도 싫어."

"지미, 몰골이 엉망이야."

짐은 그 말을 무시했다. "윌슨은 소름 돋는 곳이야. 오늘은 풋볼 시합이 있는 날이야. 하지만 사람 그림자 하나 없지. 교수들은 언덕 쪽에 살고 학생들은 기숙사나 남학생 회관에서 살아." 그가 다시 연기를 빨아들였다. "끔찍한 곳이야."

"아래층에서 올라오는 냄새 때문에 속이 메슥거려."

"그래, 그래, 정말 그래."

짐은 냉정해 보였다. 그는 한쪽 팔을 문지른 뒤 다리를 꼬았다. 그러고는 고개를 젖혀 소파에 대고 연기를 뱉은 뒤 잠시 천장을 응시했다. 그다음에 다시 고개를 바로하고 동생을 보았다. "널 보니까 반갑다, 보비."

밥이 몸을 앞으로 숙였다. "맙소사, 지미. 내 말 좀 들어봐."

"듣고 있어."

"여기서 뭘 하는 거야?" 짐의 안색이 어두운 것은 까칠하게 자란 수염 때문이었다.

"도망친 거지." 짐이 말했다. "내가 여기서 뭘 한다고 생각해? 난 아름다운 캠퍼스에서 똑똑한 아이들을 가르치며 새로운 기회를 찾을 거라고 생각했어. 하지만 난 어떻게 가르쳐야 할지 몰라. 그게 진실이야."

"마음에 드는 학생이 없어?"

"나는 학생들이 싫어, 아까 말했잖아. 재미있는 이야기 해줄까? 그애들은 월리 패커가 누군지도 몰라, 정말 몰라. 이런 식이야, 아, 그 노래, 알아요. 월리 패커가 프랭크 시나트라 같은 사람이라고 생각해. 그 재판에 대해서 아무것도 몰라. 심지어 O. J. 심프슨이 누군지도 몰라. 대부분이 그래. 그 사건이 일어났을 때 아기였으니까. 알지도 못하고 관심도 없어. 그애들은 아주아주 특권층이야. 산업계 거물들의 자식들이지. 그냥 그런 애들이야. 어느 교수가 나한테 그러는 거야, 이 학교는 기업 간부들이 자기 자식들이 공부를 마친 뒤에도 계속 공화주의자로 남을 거라고 믿고 보내는 곳이라고."

"이 일은 어떻게 구했어?"

짐이 어깨를 으쓱하고는 담배 연기를 좀더 내뿜었다. "여기 교수 중에 앨런이 아는 사람이 수술을 해서 휴가를 갔다나. 앨런이 연결해줬어."

"그거 많이 해?" 밥이 짐의 손에 들려 있는 마리화나 담배를 향해 고갯짓을 했다. "마리화나 중독자치고 형은 좀 말랐어."

짐이 다시 어깨를 으쓱했다.

"뭐야…… 그보다 더한 것도 해? 전에 형은 절대…… 맙소사, 짐. 자신을 망가뜨리며 살기로 하면서 그것도 같이 시작한 거야?"

짐이 피곤한 듯 손을 내둘렀다.

"설마 코카인 같은 건 안 하지, 그렇지? 심장을 생각하는 게 좋을 거야."

"내 심장. 그래. 심장을 생각해야지."

밥이 일어서서 냉장고로 걸어가 그 안을 살폈다. 맥주, 우유, 올리브 병이 있었다. 밥은 짐이 있는 곳으로 돌아왔다. "학생들도 지금은 O. J.가 누군지 알 거야. 다시 수감됐잖아. 아니, 잠시 풀려났던가. 하지만 평생 교도소에서 썩게 될 거야." 그가 천천히 의자에 앉았다. "형 친구 월리와 함께."

"그래, 그래. 그건 사실이야." 짐의 눈시울이 붉어졌다. "하지만 윌슨에 있는 학생은 아무도 관심이 없어."

"어느 누구도 관심이 없겠지." 밥이 말했다.

"그래, 네 말이 맞아."

잠시 후 밥이 물었다. "월리한테서 연락은 왔었어?"

짐이 고개를 끄덕였다. "월리 혼자 해나가고 있어."

"징역을 살 것 같아? 난 별로 관심을 두지 않았어."

짐이 고개를 끄덕였다. "그렇게 될 거야."

슬픈 순간이었다. 살다보면 슬픈 순간들을 마주하게 되는데, 지금이 그런 순간이었다. 밥은 형이 맞춤 정장에 값비싼 커프스단추를 한 차림으로, 매일 하루가 끝나갈 무렵 법원 앞 계단에

서서 수많은 마이크에 대고 말하던 장면을 떠올렸다. 무죄 선고를 받아냈을 때의 그 환희를. 그리고 이제 그때의 그 피고는 이토록 긴 세월 끝에, 아마도, 어쩌면 징역을 살게 될 것이다. 경솔했던 죄로, 무모했던 죄로, 소란을 일으켰던 죄로. 그리고 여기, 그를 변호해준 짐 버지스는 비쩍 마르고 면도도 하지 않은 채로 숲속의 작은 아파트에, 코를 찌르는 고약한 마늘 냄새가 벽을 통해 스멀스멀 풍겨나오는 작은 아파트에 앉아 있었다.

"짐."

그의 형이 눈썹을 치키며 재떨이에 담배를 톡톡 떨었다. 그러고는 작은 봉지에 남은 담배를 조심스럽게 넣어 다시 반창고 상자 안에 넣었다.

"여길 떠나는 게 좋겠어."

짐이 고개를 끄덕였다.

"학교측에 못 있게 됐다고 말해. 내가 얘기해줄게."

짐이 말했다. "나도 몇 가지를 생각해봤는데."

밥은 기다렸다.

"한 가지 분명한 건, 정말로 아주 분명한 건─세상에 분명한 건 많지 않아, 정말이야, 하지만 이거 하나는 분명해─이 나라에서 검은 피부로 산다는 게 어떤 건지 내가 전혀 모른다는 거야."

"뭐라고?"

536

"진심으로 하는 말이야. 너도 몰라."

"음, 당연히 모르겠지. 나 원 참. 내가 언제 안다고 했어? 형이 언제 안다고 했고?"

"안 했지. 하지만 그게 아니야."

"핵심이 뭔데, 짐?"

짐은 혼란스러운 얼굴이었다. "잊어버렸어." 그러더니 갑자기 앞으로 몸을 숙였다. "내 말 잘 들어, 메인 출신 동생아, 잘 들어 두라고. 모르는 사람과 인사를 하게 됐을 때 만나서 반가워요,* 라고 하면 안 돼. 그 말은 천박하게 들려. 너무 흔하고 품격이 떨어지거든." 그가 깊숙이 기대앉았다. "안녕하세요,** 라고 말해야 해." 짐이 고개를 주억거렸다. "틀림없이 넌 몰랐을걸."

"몰랐어."

"우리가 메인 출신 촌뜨기라서 그래. 이 나라에서 정말로 상류 사회에 속한 사람들은 누구를 처음 만날 때 안녕하세요, 라고 말해야 한다는 걸 알아. 만나서 반가워요, 하고 말하는 사람은 비웃음거리가 돼. 내가 이 학교에서 알게 된 게 그거야."

---

* 원서에는 'Nice to meet you'.

** 원서에는 'How are you'. 소설 중반부 팸이 디너파티에서 처음 보는 남자에게 'How nice to meet you'라고 인사하자 상대가 'How are you'라고 답하는 장면이 나온다.

"맙소사." 밥이 말했다. "지미, 형 때문에 무서워지려 그래."

"무서우라고 한 소리야."

밥이 일어서서 짐의 침실로 걸어갔다. 옷가지가 흩어져 있었고, 서랍들이 열려 있었다. 침대는 정돈이 되지 않아 매트리스 일부가 드러나 보였다. 밥이 돌아보았다. "학기가 끝날 때까지 몇 주 남았어?"

짐이 벌게진 눈으로 그를 쳐다보았다. "칠 주." 그는 앞으로 약간 옮겨 앉았다. "그 성희롱 사건 말이야, 그건 사실이 아니었어. 섹스를 한 건 사실이야. 그건 맞아. 하지만 그 여자가 날 무서워해서 그랬다거나 직장을 잃을까봐 그랬다는 건 사실이 아니야. 무서워했던 사람은 나였어."

"뭐가 무서웠어?" 밥이 물었다.

"뭐가 무서웠느냐고?" 짐이 한 손을 들어올렸다. "이거! 헬렌을 잃는 거! 하지만 에이드리애나가 백만 달러를 노릴 거라고는 생각하지 못했어. 내가 직장을 잃게 될 거라고도 생각하지 못했고."

"그 여자가 그만큼을 받았어?"

"오십만 달러를 챙겼어. 그런 사람들은 보통 백만 달러에서 시작해. 내가 그 돈을 내야 해, 너도 알겠지만. 회사 지분으로 처리할 거야." 짐은 팔을 양옆에 내린 채 앉아 있었고 가슴팍은 야위어 보였다. 그가 머리를 살짝 흔들었는데 이러든 저러든 상관없다는 투였다. "네가 브루클린에 살 때 너랑 같은 아파트 건물에 살던 여자야. 네가 안됐다고 생각했던."

"알아. 내가 그 여자한테 형네……"

짐이 손을 휘휘 저었다. "그 여잔 어떻게든 거기까지 왔을 거야. 돈이 목표였으니까. 큰 회사에는 모조리 지원했던데. 결국 수완 좋은 협상가였던 셈이지. 원하는 걸 손에 넣었으니까."

"직장을 잃을까봐 두렵지 않았어? 그런 생각이 전혀 떠오르지 않았다고? 어떻게 머릿속에 그런 생각이 떠오르지 않을 수 있어, 짐? 형은 변호사야."

"보비, 이 딱한 녀석아. 진심이야, 화는 내지 마. 넌 어린아이처럼 생각해. 세상만사가 다 순리대로 될 거라고 믿고. 어떤 국회의원이 버스 터미널 화장실에서 누군가를 때리려고 한다, 그러면 사람들은 말하지, 오, 어떻게 그렇게 멍청한 짓을. 그렇지. 당연히 멍청한 짓이지."

밥이 옷장 안을 살피다 여행가방을 꺼내 가져왔다.

짐은 모른 척했다. 그가 말했다. "세상에는 파멸과 은밀히 사랑에 빠지는 사람들이 있어. 그게 내 생각이야. 솔직히 말해볼까? 잭이 돼지머리를 집어던졌다는 말을 들은 그 순간부터 마음 깊은 곳에서는 내가 좆됐다는 걸 알고 있었어. 당신은 당신의 마음을 속이려 하지만 언젠가는 진심을 알게 될 거야.* 그 노래가 머릿속에서 떠나지 않았어. 하지만 나는 평생—특히 잭이 그 지경이 됐을 때, 그리고 애들이 다 떠나서 집이 텅텅 비었을 때, 그리고 회사에서 의미 없는 엿 같은 일을 해야 했을 때—생각했어. 죽은 자는 쓰러진다. 시간문제일 뿐이다." 그런 말을 하고 나자 짐은 지친 것 같았다. 그가 눈을 감고 피곤한 듯 손을 움직였다. "난 버틸 수 없었어."

"여기를 떠나야 해, 지미."

"계속 그 말만 하는구나. 내가 어딜 갈 수 있겠어?"

밥의 휴대폰이 울렸다. "수전," 그가 말했다. 그리고 들었다. 그런 다음 말했다. "잘됐네. 정말 잘됐어. 내가 차로 갈게. 그래, 정말이야. 짐도 데려갈 거야. 지금 월슨에 짐이랑 같이 있어. 짐 꼴이 말이 아니니까 마음의 준비를 단단히 해둬." 그가 휴대폰 플립을 닫고 형에게 말했다. "지금 메인으로 갈 거야. 우리 조카가 돌아온대. 모레. 포틀랜드까지 버스로 올 거래, 우리 셋이 마중을 갈 거야. 알았지? 가족이니까."

짐이 고개를 가로젓고 얼굴을 비볐다. "래리가 줄곧 날 미워했던 거 알았어? 래리는 집에 돌아오고 싶어했는데 나는 그앨 캠프에 머무르게 했어."

---

* 행크 윌리엄스의 노래 〈Your Cheatin' Heart〉의 가사.

"그건 옛날 일이야, 짐. 래리는 형을 미워하지 않아."

"옛날 일이란 건 없어."

"총장Chairman 이름을 알려줘." 밥이 말했다.

"여자야." 짐이 말했다. "여총장Chairwoman. 그냥 총장Chair-person. 망할 여총장인지 총장인지 그게 무슨 대수라고."

12

　버지스 형제는 업스테이트 뉴욕에서 메인까지 차를 몰면서 구불구불한 길을 따라 완전히 허물어진 농가들과 완전히 허물어지지는 않은 농가들, 작은 집들과 집 앞에 차 세 대나 스노모빌이나 방수포를 덮은 보트를 세워놓은 커다란 주택들 앞을 지나갔다. 그들은 잠시 주유소에 들렀다가 다시 길로 나왔다. 운전은 밥이 했다. 짐은 그의 옆에 힘없이 앉아 이따금 깜박 잠이 들거나 하염없이 차창 밖을 내다보았다.

　"헬렌 생각해?" 밥이 물었다.

　"항상 하지." 짐이 자세를 더 똑바로 했다. "그 얘긴 하고 싶지 않아." 잠시 후 그가 덧붙였다. "내가 메인으로 가고 있다는 게 믿기지 않아."

"그 말은 벌써 몇 번이나 했어. 형이 빠져 있던 구덩이보다는 거기가 더 나아. 그리고 차를 타고 움직이는 게 도움이 돼."

"왜?"

"양수 안에서 흔들리는 느낌과 비슷하다던가. 뭐 그런 이유야."

짐이 다시 차창 밖을 내다보았다. 그들은 더 많은 들판과 주유소와 도로변의 작은 쇼핑몰과 골동품 가게를 지나갔고, 길은 계속 이어졌다. 그들이 스쳐간 모든 집들이 밥에게는 고립되고 쓸쓸하게 느껴졌다. 짐이 "독일어과 어떤 교수가 업스테이트 뉴욕이 메인과 비슷해서 내가 거길 좋아할 거라고 하더라" 하고 말하자, 밥은 그곳이 메인과 전혀 비슷하지 않다고 했다. 그러자 짐이 말했다. "내 생각도 그래."

이제 그들은 매사추세츠 주로 들어섰다. 구름이 낮게 걸려 있었고, 나무는 관목처럼 키가 작았다. 멋대로 자란 들판을 지나가며 그들은 마음이 차분해졌다. "짐, 그분이 기억나?"

짐이 아주 먼 곳에서 보듯 밥을 쳐다보았다. "누구?"

"우리 아버지. 하늘에 계신."

짐은 좌석에서 무릎이 좀더 밥 쪽을 향하도록 다리를 옮겨 자세를 틀었다. 잠시 후 그가 말했다. "아버지가 날 얼음낚시에 데려갔던 게 기억나. 빙판 한가운데에 작은 구멍을 뚫고 그 안에 띄운 작은 오렌지색 공을 지켜보라고 했어. 공이 아래로 쑥 들어가면 물고기가 문 거라면서. 우린 한 마리도 못 잡았어. 아버지 얼굴은 기억나지 않지만 그 작은 오렌지색 공은 기억나."

"또 뭐가 기억나?"

"이따금 여름에 날씨가 너무 더우면 아버지가 호스로 우리한 테 물을 뿌려줬는데, 그거 기억나?"

밥은 기억나지 않았다.

"가끔 노래를 부르셨어."

"노래? 술에 취해서?"

"오 맙소사, 아니야." 짐이 차 천장을 올려다보며 고개를 저었 다. "뉴잉글랜드에서 온 청교도 신자들이나 그렇게, 술에 취해야 노래를 부른다고 생각해. 그렇지 않아, 밥. 아버지는 그냥 한번 씩 노래를 부르고 싶으셨던 것 같아. 〈언덕 위의 집〉 같은 곡이었 을 거야."

"아버지가 우리에게 소리를 치기도 했어?"

"그러셨던 것 같지는 않아."

"그러면 아버지는…… 아버지는 어떤 사람이었어?"

"너랑 좀 비슷했던 것 같아." 짐이 생각에 잠긴 채 그렇게 말 했고, 그의 손은 이제 무릎 아래에 깔려 있었다. "아버지가 어떤 사람이었는지는 모르겠어, 물론, 기억나는 건 많지 않지만 생각 해본 적은 많아. 알겠지만, 밥, 너한테는 특유의 바보 같은 면이 있잖아. 그게 어쩌면 아버지를 닮은 게 아닌가 생각했었어." 짐이 오래도록 침묵하는 동안 밥은 기다렸다. 이윽고 짐이 말했다. "팸이 돌아와서 다시 받아달라고 했다면, 애원했다면 받아줬을 것 같아?"

"응. 하지만 팸은 그런 말을 한 적이 없어. 어쨌든 너무 오래 기다리는 걸 원하는 사람은 없을 거야."

"헬렌은 정말로 화가 많이 났어."

"그래, 알아. 헬렌은 정말로 화가 났어. 화나는 게 당연하지."

짐이 조용히 말했다. "네가 아직 모를까봐 말해주는데, 사람들은 자기가 상처를 준 사람들한테 더 차갑게 대해. 참을 수가 없거든. 말 그대로야. 우리가 누구한테 그런 짓을 했다는 생각만으로도 참을 수가 없어져. 내가 그랬으니까. 우리는 우리가 한 행동을 정당화하려고 온갖 이유를 다 끌어대. 수전은 지금 이 상황을 알고 있어?"

"내가 말해줬어. 헬렌을 만난 다음에. 형을 찾으러 윌슨에 간다고 수전한테 말했지."

"수전은 언제나 헬렌을 좋아하지 않았어."

"수전은 헬렌을 비난하지 않아. 도대체 누가 헬렌을 비난할 수 있겠어?"

"나도 노력했어. 헬렌은 돈이 많아, 너도 알잖아. 장인어른한테 물려받은 돈. 헬렌은 그 돈을 별도로 관리하다가 애들한테 물려줄 생각이야. 헬렌이 죽더라도 난 땡전 한푼 받지 못해. 곧바로 애들한테 넘어가게 돼 있거든. 장인어른이 그걸 바라셨어."

짐이 다리를 뻗었다. "사실 가족 재산은 그렇게 하는 경우가 적지 않지."

"확실히 그래."

짐이 말했다. "이게 내가 헬렌에 대해 생각해낼 수 있는 비난의 전부야. 내가 멍청한 화이트칼라 범죄를 변호하는 멍청한 일을 싫어한다고 해서 그게 헬렌 잘못은 아니니까. 헬렌이 거기를 관두라고 한 지도 오래됐고. 그게 내가 원하는 일이 아니라는 걸 알았거든. 이 문제는 언급하고 싶지 않아. 한 가지만 더, 내가 라이프 코치와 같이 보낸 그날 밤 때문에 헬렌이 크게 상처를 받은 것 같아."

"짐, 외도한 일이 또 있었다 해도 털어놓지 마. 충고할게. 알았어?"

"어떻게 하면 좋지, 밥? 나는 이제 가족이 없어."

"형은 가족이 있어." 밥이 말했다. "형을 미워하는 아내가 있잖아. 형한테 잔뜩 화난 자식들도 있고. 형을 돌아버리게 만드는 동생들도 있고. 머저리같이 굴었지만 지금은 그렇게 머저리가 아닌 조카도 있고. 그런 게 가족이야."

짐은 가슴에 닿을 듯 고개를 숙이고 잠이 들었다.

*

그들이 집 앞 진입로로 들어섰을 때 수전이 그들을 맞으러 나왔다. 수전이 짐을 부드럽게 끌어안았는데, 밥이 미처 알지 못했던 면이었다. "안으로 들어가자." 그녀가 말했다. "오늘밤에는 내가 소파에서 잘 거야. 짐, 내 방을 써. 샤워랑 면도도 좀 하고. 식사 준비는 해놨어."

수전이 그들을 재촉하며 움직이게 만드는 방식이 밥은 놀라웠다. 밥은 짐과 시선을 마주치려 했으나, 수전이 수건과 잭이 예전에 쓰던 면도칼 하나를 찾아주는 동안 짐은 그저 어리둥절한 표정만 짓고 있었다. 수전은 밥에게 잭의 방을 쓰라고 하면서 가방을 들려서 그를 그 방으로 밀어넣었다. 밥은 샤워기에서 물이 쏟아지는 소리를 들으며 말했다. "곧 돌아올게. 잠깐 어디 좀 다녀오려고."

마거릿 에스테이버가 그녀의 교회 앞 보도에 서서 키가 크고 피부색이 검은 남자와 이야기를 나누고 있었다. 밥은 차를 도로 경계석에 바짝 붙여 대고 차에서 내렸다. 그가 다가가자 그녀의 얼굴이 활짝 펴졌다. 그녀가 그 남자에게 뭐라고 말하자 그 남자가 밥을 향해 고개를 까딱했다. 밥은 가까이 갈수록 그 남자가 낯익어 보였다. "이분은 압디카림 아메드예요." 마거릿이 말했고, 그 남자가 손을 내밀며 말했다. "만나서 반갑습니다, 만나서 반가워요." 그의 눈동자는 검고 지적으로 보였다. 웃을 때 드러난 치아는 치열이 고르지 않고 색깔이 누렜다.

마거릿이 말했다. "재커리한테서 소식은 있어요?" 밥이 압디카림을 흘끗 쳐다보았다. 잭의 공판 때 법정에서 봤던 남자들 중 하나 같았다. 확신이 서지는 않았다.

그 남자가 말했다. "잘 지낸대요? 아버지하고요? 그 청년이 돌아올까요? 이제는 돌아와도 될 것 같은데요."

"내일 돌아와요." 밥이 말했다. 그리고 덧붙였다. "걱정 마세요. 잘못된 행동은 말끔히 고쳤으니까요. 행동도 더 바르게 하고요." 그는 마지막 말을 크게 말했는데, 외국인이나 귀먹은 사람들에게나 그런 식으로 말한다는 것을 말하고 나서야 깨달았다. 마거릿이 그를 흘겨보았다.

"집으로 돌아온다고요." 남자의 표정이 환해졌다. "정말 잘됐네요, 정말 잘됐어요." 그가 다시 악수를 청했다. "만나서 아주 반가웠어요. 그 청년이 잘살면 좋겠어요." 그는 고개를 숙여 인사한 뒤 떠났다.

남자가 그들의 말이 들리지 않을 만큼 멀어지자 마거릿이 말했다. "잭을 봐주자고 한 사람이 저분이에요."

"저분이라고요?"

밥은 그녀를 따라 사무실로 들어갔다. 창문에 가을의 어둠이 내릴 때 그녀가 어떻게 램프를 켜고 그 공간이 어떻게 불빛에 적셔졌는지, 그는 영원히 잊지 못할 것이다. 그는 자신이 미래에 그녀와 함께하리라는 것을 깨달았던 순간이—어쩌면 압디카림의 따뜻함, 그리고 어째서인지 셜리폴스의 따뜻함을 담은 램프 불빛이 켜졌던 그 순간일 수도 있었다—언제였는지 결코 정확히 짚어낼 수 없을 것이다. 그들은 긴 대화를 나누지도, 서로에 대해 이야기하지도 않았다. 그녀는 짐에게 행운이 있기를, 그리고 잭이 무사히 돌아오기를 빌었다. 그는 새 소식이 있으면 뭐든 알려주겠다고 했다. 그녀는 그렇게 해달라고 말했고 차를 세운 곳까지 그를 데려다주지는 않았다.

"짐 상태가 엉망이야." 그의 누이가 거실을 향해 고갯짓을 하며 중얼거렸다. "짐이 헬렌한테 세 번이나 전화를 했는데 안 받았어. 하지만 잭한테서 방금 이메일이 왔는데 굉장히 들떠 있었어. 너랑 짐이 마중 나간다니까 좋아서 죽더라. 적어도 그건 좋은 소식이야."

밥은 거실로 가서 짐의 맞은편에 앉았다. "형이 해야 할 일은 이거야." 밥이 말했다. "파크슬로프로 가서 헬렌이 들여보내줄 때까지 집 앞 계단에서 자."

"헬렌이 경찰을 부를 거야." 짐이 턱에 주먹을 대고 러그를 응시했다.

"그러라고 해. 아직 형 집이잖아, 안 그래?"

"헬렌이 법원에서 접근금지명령을 받아낼 거야."

"헬렌을 때린 건 아니겠지? 맙소사."

그 말에 짐이 고개를 들었다. "무슨 소리야, 밥. 그런 적 없어. 빌어먹을 헬렌 옷 한 장 창밖으로 집어던진 적 없다고."

"알았어." 밥이 말했다. "알았어."

*

아침에 드링크워터 부인이 계단 꼭대기에서 그들의 대화를 엿듣고 있었다. "어쩜." 그녀는 소리는 내지 않고 입만 벙긋거렸다. 세 아이들—그녀는 그들이 어린아이처럼 느껴졌는데, 배우자나 자식이 없다는 사실이 그들을 유년 시절로 데려간 것처럼, 그들이 말할 때, 특히 수전이 말할 때 경쾌하게 통통거리는 느낌이 들었기 때문이다—이 잭의 미래(대학에 갈지도 모른다)와 짐의 위기(그가 모든 것을 망쳐놓아서 딸 하나만 그와 말을 섞는 것 같았다)와 수전의 삶(일주일에 한 번씩 그림을 배울지도 모른다—수전이 그림을 그리고 싶어하는지 전혀 몰랐기 때문에 드링크워터 부인은 특히 그 사실이 놀라웠다)에 대해 열심히 대화를 나누고 있었다.

부엌 의자가 뒤로 밀리는 소리가 들리자 드링크워터 부인은 자기 방으로 돌아가려고 몸을 거의 돌려세웠다. 하지만 부엌 개수대에서 수돗물 소리가 들렸다 멈추더니 다시 대화가 시작되었다. 밥이 수전에게 같이 일하는 사람이 아는 어떤 여자 이야기를 해주었다. 그 여자는 가난하게 자라서 늘 옷을 K마트에서 사 입었는데, 갑부와 결혼해 오래 결혼생활을 한 뒤에도 계속 K마트에서 옷을 사 입는다는 거였다. "왜?" 수전이 물었을 때 드링크워터 부인도 같은 의문을 품고 있었다. "익숙하니까." 밥이 대답했다.

"갑부와 결혼한다면 난 예쁜 옷을 사 입겠어." 수전이 말했다.

"생각은 그렇게 하겠지." 밥이 말했다. "하지만 생각처럼 안 될 수도 있어."

그리고 한참 동안 대화가 없어서 드링크워터 부인은 이제 방으로 돌아가야겠다고 생각했다. 그때 수전의 목소리가 들렸다. "지미, 헬렌을 되찾고 싶어? 스티브가 떠났을 때 내 친구들은 사람들이 으레 하는 뻔한 말만 해줬어. 그 사람 없이 더 잘살 거야, 그런 말. 그 사람 잘못을 찾아낼 만큼 다 찾아냈지만, 그래도 난 그 사람이 오면 받아줄 것 같았어. 그 사람이 돌아오기를 바랐어. 오빠가 헬렌을 되찾고 싶다면 내 생각에는 매달려야 할 것 같아."

"내 생각에도 형이 매달려야 할 것 같아." 밥이 말했다.

드링크워터 부인은 몸을 앞으로 숙이다가 계단에서 굴러떨어질 뻔했다. 그녀도 소리치고 싶었다. 나도 매달리라고 하겠어요. 하지만 분별력이 그녀를 막았다. 지금은 그들이 함께하는 시간이었다.

"넌 헬렌을 싫어하잖아." 짐이 말했다.

그러자 수전이 대답했다. "그러지 마, 짐. 헬렌은 괜찮은 사람이야. 내 문제로 돌리지 마. 돈 많은 와스프*와 결혼하고 오빠도 전적으로 마음이 편하지는 않았겠지만 그게 헬렌 잘못은 아니야." 수전이 덧붙였다. "나는 내가 와스프라는 사실조차 오랫동안 모르고 살았으니까."

밥이 말했다. "언제 알았어?"

"스무 살 때."

"스무 살 때 무슨 일이 있었는데?"

---

* WASP, White Anglo-Saxon Protestant. 미국의 앵글로색슨계 백인 프로테스탄트를 말한다.

"유대인 남자와 사귀었지."

"그랬어?" 이번에는 짐의 목소리였다.

"그 사람이 유대인인 줄 몰랐어."

"오, 그래. 하느님께 감사할 일이네. 몰랐으면 용서를 받을 테니까."

드링크워터 부인은 짐이 냉소적이라고 생각했다. 그녀는 짐을 좋아했다. 예전에 텔레비전에서 밤마다 그를 봤을 때도 그를 좋아했다.

"그 사람이 유대인인 줄은 어떻게 알았어?" 밥이 물었다.

"그냥 알게 됐어. 누가 자기더러 유대인이라고 했다고 그러길래, 곰곰이 생각해봤지. 하, 틀림없이 유대인이겠더라고. 그런데 나는 상관없었어. 상관할 게 뭐가 있어? 하지만 그 사람이 나를 머피라고 부르기 시작하길래 왜 나를 머피라고 부르냐고 그랬지. 그러니까 그 사람이 그러더라. 와스프 여자들을 그렇게 부른다고. 그래서 마침내 알게 된 거지."

"그 사람은 어떻게 됐어?" 밥이 물었다.

"졸업했어. 그리고 자기가 태어난 매사추세츠로 돌아갔어. 나는 이듬해에 스티브를 만났고."

"수지에게 그런 사연이 있었군." 짐이 말했다. "누가 알았겠어."

다시 의자를 빼는 소리가, 이어서 접시를 포개는 소리가 들렸다.

“너무 불안해서 속이 불편해. 잭이 날 보고 싫어하면 어쩌지?”

“잭은 널 사랑해. 집으로 온다잖아.” 이번엔 밥의 목소리였다.
드링크워터 부인은 자기 방으로 돌아갔다.

13

　그들은 버스 터미널에 앉아 있었다. 그곳은 그들에게 익숙한 어린 시절의 포틀랜드 버스 터미널이 아니라, 광대한 주차장 한복판처럼 보이는 곳에 새로 들어선 터미널이었다. 커다란 유리창을 통해 택시—노란색은 아니었다—안에 앉아 버스가 들어오기를 기다리는 기사 몇 명이 보였다. "잭이 왜 셜리폴스까지 오는 버스를 타지 않은 거야?" 짐이 물었다. 그는 플라스틱 의자에 쓰러질 듯 앉은 채 주위를 둘러보지도 않았다.

　"어차피 여기서 버스를 갈아타야 하는데, 그러려면 몇 시간은 기다려야 하거든. 그 버스는 셜리폴스에 정말로 늦게 도착해." 수전이 말했다. "그래서 내가 여기로 와서 데려가겠다고 했어."

　"당연히 그래야지." 밥이 말했다. 그는 마거릿을 생각하고 있었다. 그녀에게 이 모든 이야기를 어떻게 해줄지에 대해. "수지, 잭이 쭈뼛거리면서 너를 끌어안지 않더라도 당황하지 마. 아마 잭은 자기가 요즘 다 큰 어른이 됐다고 느끼고 있을 거야. 내 생각엔 잭이 내 손을 잡고 악수를 할 것 같아. 그러니까 실망하지 말라고. 내가 하고 싶은 말은 이거야."

"나도 다 생각해봤어." 수전이 말했다.

밥이 일어섰다. "저기 자동판매기에서 커피를 뽑아올게. 뭘 좀 사다줄까?"

수전이 말했다. "아니, 됐어." 짐은 아무 말도 하지 않았다.

밥이 매표소로 가는 것을 두 사람 중 하나가 봤다 하더라도 어느 쪽도 말은 꺼내지 않았다. 여기엔 보스턴, 뉴욕, 워싱턴, 그리고 뱅고어로 가는 버스가 있었다. 밥이 커피를 들고 돌아왔다. "저 택시 기사들 봤어? 두어 명은 소말리족이야. 미니애폴리스에서 일부 소말리족은 택시 기사를 할 수가 없어. 술을 마신 사람들을 안 태우려고 하거든."

"누가 술을 마셨는지 그 사람들이 어떻게 알아?" 수전이 물었다. "그리고 남이야 술을 마시든 말든 무슨 상관이래? 내 말은, 그렇게 일자리 찾는 게 절박하다면 말이야."

"수지큐*, 수지큐. 그 생각은 너 혼자 하는 걸로 끝내. 네 아들이 돌아올 수 있는 건 압디카림이라는 사람 덕분이야." 밥이 눈썹을 치키며 고개를 끄덕였다. "진짜야. 잭 공판 때 증언했던 그 사람. 그 사람은 소말리족 사회에서 대단히 존경받는 사람이야. 그 사람이 진심으로 잭한테 관심을 갖고, 잭을 위해 연장자들을 설득했어. 그 사람이 그러지 않았다면 지방검사는 아마 기소유 예 처분을 내리지 않았을 거고, 그랬다면 잭은 아마 지금쯤 재판을 받고 있을걸. 어제 내가 그 사람과 이야기를 나눴어."

수전은 그 말을 받아들일 수 없었다. 그녀가 얼굴을 찡그린 채 밥을 쳐다보았다. "그 소말리족 남자가 그런 일을 해줬다고? 왜?"

"방금 말했잖아. 잭을 좋게 봤다고. 잭을 보고 고향에서 죽은 아들이 생각났나봐."

"무슨 말을 해야 할지 모르겠어."

밥이 어깨를 으쓱했다. "음, 알잖아. 잘 새겨둬. 결국 우리는 잭을 교육해야 하니까."

이런 대화가 이어지는 내내 짐은 계속 말없이 앉아만 있었다. 그가 일어섰고 수전은 어디로 가느냐고 물었다. "화장실. 괜찮 지?" 그가 야윈 몸으로 구부정하게 터미널을 가로질렀다.

수전과 밥이 그를 지켜보았다. "짐이 정말로 걱정돼." 수전이 말했다. 그녀의 시선은 짐의 뒷모습에 머물러 있었다.

---

* 수전을 부르는 애칭.

"저기, 수지……" 밥이 커피를 바닥에, 발 옆에 내려놓았다. "짐이 자기가 한 일이라고 했어. 내가 그런 게 아니라고."

수전이 그를 쳐다보며 기다렸다. "뭘 했다는…… 그거? 정말이야? 오, 이런. 하지만 짐이 그랬을 리 없어. 그 말이 사실이라고 생각하는 건 아니지?"

"우리는 끝까지 알 수 없을 거야."

"짐은 자기가 그랬다고 생각하는 거고?"

"그런 것 같아."

"짐이 언제 그 이야기를 했어?"

"잭이 실종됐을 때."

그들은 짐이 터미널을 가로질러 돌아오는 것을 지켜보았다. 그는 예전처럼 키가 커 보이지 않았다. 긴 코트를 입은 그는 늙고 수척해 보였다. "내 얘기 하고 있었어?" 그가 그들 사이에 앉았다.

"그래." 그들이 동시에 말했다.

커다란 스피커에서 뉴욕행 버스에 탑승하라는 안내방송이 흘러나왔다. 쌍둥이 남매가 서로를, 그리고 짐을 흘끗 쳐다보았다. 짐의 턱이 씰룩거렸다. "버스를 타, 지미." 수전이 부드럽게 말했다.

"표가 없어. 짐도 챙겨오지 않았고. 게다가 줄이 너무……"

"버스를 타, 짐." 밥이 형에게 버스표를 쓱 내밀었다. "가. 휴대폰은 계속 켜둘게. 어서."

짐이 앉았다.

수전이 짐의 팔꿈치 아래를 잡았고, 밥은 그의 반대쪽 팔을 잡았다. 세 사람은 일어섰다. 그들은 짐을 죄수처럼 양쪽에서 잡고 문까지 데려갔다. 수전은 짐이 밖에서 기다리는 버스까지 걸어가는 것을 지켜보며 갑자기 절망감이 가슴을 찌르고 들어오는 것을 느꼈다―잭이 다시 그녀를 떠나려는 것처럼.

짐이 돌아보았다. "내 조카에게 안부 전해줘." 그가 말했다. "잭이 돌아와서 기쁘다는 말도 전해주고."

그가 버스에 올라타는 동안 그들은 서 있었다. 거무스름한 차창 유리로는 그의 모습이 보이지 않았다. 그들은 버스가 빠져나갈 때까지 기다렸다가, 앉아 있던 플라스틱 의자로 돌아왔다. 이윽고 밥이 말했다. "정말 커피 안 마셔?"

수전이 고개를 저었다.

"시간이 얼마나 남았어?" 그가 묻자 수전이 십 분이라고 대답했다. 그가 그녀의 무릎을 가볍게 잡았다. "지미 걱정은 하지 마. 그 문제에 관한 한 우리가 있잖아." 수전이 고개를 끄덕였다. 그들이 앞으로 두 번 다시는 아버지의 죽음에 대한 이야기를 꺼내지 않을 거라는 사실을 그는 알 수 있었다. 사실이 무엇인지는 중요하지 않았다. 그들의 이야기가 중요했고, 그들 각자의 이야기는 오로지 그들 각자의 것이었다.

"저기 온다." 수전이 그의 팔을 쳤다. 터미널 유리창을 통해 버스 한 대가 친숙한 대형 애벌레처럼 주차장으로 들어오는 게 보였다. 문 옆에서 기다리는 시간은 끝이 없을 것 같았지만 어느새 끝나 있었다. 재커리가 불쑥 나타났기 때문이다. 키 큰 잭이 머리카락으로 이마를 가린 채 수줍게 웃고 있었다.

"안녕, 엄마." 쌍둥이 누이가 아들을 부둥켜안는 동안 밥은 뒤로 물러서 있었다. 그들은 몸을 앞뒤로 조금씩 흔들며 부둥켜안고 또 부둥켜안았다. 사람들이 예의를 갖춰 그들을 피해 갔고, 어떤 이들은 지나가면서 잠시 미소를 짓기도 했다. 그리고 잭이 밥을 끌어안았다. 젊은 조카에게서 강인함이 느껴졌다. 밥이 잭의 어깨를 잡고 잭을 떼어내며 말했다. "정말 근사해졌구나."

사실, 당연하게도 잭은 예전의 잭과 크게 다르지 않았다. 그가 손가락으로 머리를 자꾸 쓸어넘기자 이마에 송송 솟은 여드름이 보였다. 살이 좀 붙기는 했지만 여전히 부자연스럽게 말라 보였다. 달라진 건 잭의 얼굴에 감정이 살아 있다는 점이었다. "이상해요. 이상하죠, 그렇죠? 정말 이상하게 느껴져요." 차를 세워둔 곳으로 가면서도 잭은 쉬지 않고 말했다. 밥이 예상하지 못했던 것은—아마 수전도 그랬을 것이다—잭이 말을 한다는 거였다. 많은 말을. 잭은 아버지가 말해줬다면서 스웨덴에선 세금을 많이 내지만 원하는 것을 전부 가진다고 했다. 병원, 의사, 완벽한 소방서, 깨끗한 거리에 대해서도 말했다. 사람들이 여기에서보다 더 가깝게 지내면서 서로 더 살뜰히 챙겨준다는 말도 했다. 여자들이 얼마나 예쁜지도 말했다. 믿을 수 없을 거예요, 밥 삼촌. 어디를 가든 예쁜 여자 천지여서 처음에는 자신이 못난이처럼 느껴졌지만 여자들이 늘 잘 대해주었다는 말도 했다. 제가 말을 너무 많이 하나요? 잭이 물었다.

"절대 아니지." 수전이 말했다.

하지만 집 앞에 이르자 잭은 주춤했고, 밥은 그 사실을 알아차렸다. 잭이 개의 머리를 긁어주고 주위를 둘러보며 말했다. "하나도 안 변했네요. 변하지 않은 것도 아니지만."

"나도 알아." 수전이 말했다. 그러고는 의자에 기댔다. "꼭 여기서 살지 않아도 돼, 아가. 네가 원하면 언제든 돌아가도 괜찮아."

잭이 손가락을 넣어 머리카락을 쓸어넘기며 어머니를 향해 바보처럼 싱긋 웃었다. "아니에요, 여기서 살고 싶어요. 그냥 느낌이 이상하다는 거였어요."

"어쨌든 영원히 여기서 살 수는 없어." 수전이 말했다. "그건 자연스럽지 않아. 게다가 청년들은 이제 메인에 남지 않거든. 여기엔 일자리가 없으니까."

"수지," 밥이 말했다. "너무 단정적으로 말하네. 잭이 노인의학을 전공한다면 평생 여기서 일할 수도 있어."

"그런데요, 엄마, 밥 삼촌, 짐 삼촌은 어디 갔어요?"

"짐 삼촌은 바빠." 밥이 말했다. "정말 바빠. 그랬으면 좋겠구나."

*

이스턴시보드에는 몇 시간 전부터 어둠이 깔려 있었다. 해는 메인 주 해안 타운인 루벡에서 가장 먼저 지고, 이어서 셜리폴스에서 지고, 그런 다음 해안선을 따라 매사추세츠, 코네티컷, 뉴욕 주에서 삼시간에 저물었다. 짐 버지스를 태운 버스가 동굴 같은 포트어소러티 터미널로 들어섰을 무렵엔 날이 어두워지고 몇 시간 지난 뒤였다. 그가 택시를 타고 브루클린브리지를 건너면서 차창 밖을 내다볼 때도 밖은 어두웠다. 압디카림은 그날의 마지막 기도를 끝낸 뒤 밥 버지스를 떠올리고 있었다. 지금쯤 그는 짙은 색 눈동자의, 이제는 어머니에게 돌아온 그 청년과 함께 집에 있을 것이다. 그 청년은 방금 어머니를 향해 "이런, 이 방에 페인트칠을 다시 해야겠어요" 하고 말한 참이었다. 밥은 아래층으로 내려가 개를 밖으로 내보낸 뒤 지금은 추운 포치에 서 있었다. 하늘에는 달빛도, 별도 없었다. 이토록 어둡다는 것이 그는 믿어지지 않았다. 그는 경이로운 마음으로, 자신의 운명을 이해하는 가슴으로 마거릿을 생각했다. 그는 메인으로 돌아오리라는 생각은—꿈에도—해본 적이 없었다. 그는 잠시 걱정이 되어 몸을 부르르 떨었다. 날마다 두꺼운 스웨터를 입어야 하고, 걸을 때는 부츠 신은 발에 쌓인 눈이 차이고, 추운 방으로 들어가야 하는 이곳. 그는 여기서 달아났고, 짐도 달아났다. 하지만 그의 앞에 놓인 삶이 낯설게 느껴지지는 않았다. 인생은 그런 거라고, 그는 생각했다. 짐에 대해서는 아무런 생각이 없었다—어두운 하늘만큼 광대한 어떤 느낌이 휩쓸고 지나갔을 뿐. 그는 개를 불러 집안으로 들어갔다. 수전의 소파에서 잠들면서 밥은 짐이 전화를 할까봐 휴대폰을 진동으로 바꾼 뒤—밤새도록—손에 들고 잤다. 하지만 휴대폰은 진동하지도, 불빛을 깜박이지도 않았고, 파리한 여명이 염치없이 블라인드 틈새를 비집고 들어올 때까지 그렇게 그대로 있었다.

　이 책을 쓰는 데 큰 도움을 준 캐시 체임벌린, 몰리 프리드리히, 수전 카밀, 루시 카슨, 벤저민 드라이어, 짐 호와닉, 엘런 크로스비, 트리시 라일리, 피터 슈윈트, 조너선 스트라우트에게, 더불어 이민자들을 잘 이해할 수 있도록 귀중한 시간을 내어준 수많은 분들에게도 감사의 마음을 전한다.

모든 것이 가능해지는 세상

엘리자베스 스트라우트의 소설을 읽거나 번역하면서 그녀의 작품을 그림에 비유해 생각해본 적이 있다. 『에이미와 이저벨』이 군데군데 붉고 노란 원색을 뭉텅뭉텅 찍은 유화 같다면, 『올리브 키터리지』는 비정하고 쓸쓸한 풍경을 시간이라는 물을 섞어 얼마간 담백하게 희석시킨 수채화 같고, 『내 이름은 루시 바턴』은 가난한 여행자가 터벅터벅 길을 걸으며 그려낸 외롭고 적막한 순간들의 스케치 같고, 2013년에 발표된 이 소설 『버지스 형제』는 길을 걷다 우연히 마주친 벽화 같다고. 누군가에게 중요한 메시지를 전달하고 싶은 절실한 욕망에서, 자신이 풀어낸 인간 개개인에 대한 사유와 인간과 인간 사이의 지향성에 대한 신념을 큰 벽에 하나의 이야기로 펼쳐낸 사실적인 그림. 그래선지

『버지스 형제』에서 엘리자베스 스트라우트의 생각은 묵묵히 스며들었다가 은은히 배어나오듯 읽히는 것이 아니라, 조금 더 직설적이고 직접적으로 전달되는 듯하다. 그녀의 낯선 일면. 하지만 정작 엘리자베스 스트라우트 본인은 내가 그녀에 대해 낯설다고 말하는 사실에 좀 어리둥절해할지도 모르겠다. 나 원래 이런데? 하면서. 하긴 나 혼자 그녀를 오해했던 건지도 모른다. "누군가를 제대로 아는 사람은 아무도 없어."(19쪽) 작중인물의 입을 빌려 그녀가 말하지 않았는가.

그녀는 법학을 전공했고 법과 관련된 일을 육 개월 동안 했다. 이 소설에는 그런 배경에서 비롯했음직한 그녀의 법적 지식과 관심이 깊이 녹아들어가 있고, 그녀가 가진 사회에 대한 문제의식도 좀더 분명히 드러난다. 증오범죄, 빈 둥지 증후군, 다문화 갈등, 난민 문제, 이혼 가정, 결혼생활과 자녀 문제, 중년의 성性과 외도 등 『버지스 형제』에서 다뤄지는 이슈들은 모두 묵직하고 예민하다. 그녀에게는 사회를 바로잡고자 하는 의욕도 다분히 있어 보이는데, 소설가의 일은 팔을 걷어붙이고 바로잡는 것보다는 그 일그러진 균형을 부각시키고 그 속에서 부대끼며 사는 사람들이 느끼고 생각하는 것을 섬세히 잡아내는 것일 테니, 엘리자베스 스트라우트가 해내는 것도 그 일이고, 그녀는 여전히 그 일을 훌륭히 해낸다.

전작 『에이미와 이저벨』의 배경이기도 한 메인 주 셜리폴스를 공간적 배경으로, 『버지스 형제』는 모녀간의 대화를 통해 우리의 관심을 한 가족의 이야기로 이끈다. 이 도입부는 이후의 작품인 『내 이름은 루시 바턴』의 서술 방식을 떠올리게 하면서 한편으로 『에이미와 이저벨』의 결말에서 이십 년이 흐른 뒤 모녀가 대화를 나누는 모습을 상상하게 만든다. 그와 같은 엘리자베스 특유의 장치에 의해 환한 빛 아래 드러나는 버지스 가족의 이야기. 그들의 이야기는 열아홉 살이 된 잭이 라마단 기간에 모스크 안으로 돼지머리를 던져넣은 사건과, 버지스 세 남매의 어린 시절 경사진 진입로에 세워둔 차가 그들 중 하나의 잘못된 조작으로 굴러 그들의 아버지가 사망하는 사건을 중심으로 전개된다. 전자는 2006년에 메인 주 루이스턴에서 실제로 일어난 사건이었다고 하고, 후자는 TV 뉴스를 통해 한 번쯤 봤거나 다른 경로로 들었음직한 낯설지 않은 사건이다. 이 소설에서 전자는 현재의 일이자 사회의 위기 사건이고, 후자는 과거의 일이자 가정의 위기 사건이다. 소설 전반에서 엘리자베스 스트라우트는 이 두 사건들을 얽어가고 그 사건들의 배경과 맥락이 만들어내는 또다른 일상의 사건들을 가미하여 한 사회의 내부와 개개인의 내면을 비추고, 그로 인해 흔들리고 휘청거리는 사회와 가족 전체의 모습을 보여준다.

떠남, 머묾, 들어옴, 돌아옴. 이런 결심들이 뒤섞여 있는 것이 장소다. 셜리폴스에도 그런 결심들이 뒤섞여 있다. 짐과 밥은 셜리폴스를 떠났고, 수전은 머물렀고, 압디카림은 들어왔고, 밥은 아마도 돌아올 것이다. 이 결심들을 이끌어내는 것은 저마다의 사연이다. 사연이 있어 떠나고, 사연이 있어 머물고, 사연이 있어 낯선 곳에 발을 디디고, 사연이 있어 떠났던 곳으로 되돌아온다. 묵직한 사연들이 부추긴 결심들에 의해 만들어진 이런 움직임들이 한 공간에 모이고 겹치면 이질성이 부각된다. 이질성이 불러오는 이슈들. 이질성이 만들어내는 갈등들. 그리고 그 안에 감도는 불안한 기운들, 흔들림. "내가 왜 소말리족이 여기 사는 것을 싫어하는지 그 이유를 드디어 알아냈다. 그들은 다른 언어를 쓰는데, 나는 그 소리가 싫다. 나는 메인 억양을 사랑한다."(233쪽) 사회적으로는 물론이고 부부, 형제자매 사이라고 예외는 아니어서, 아니, 오히려 더해서, 헬렌과 짐의 욕구가 얼마나 다른지에, 짐과 밥의 삶에 대한 태도가 얼마나 다른지에, 쌍둥이인 밥과 수전의 성장 환경과 현재의 선택이 얼마나 다른지에 우리는 불안함을 느낀다. 잭이 일으킨 사건은 사회적인 이질성과 그 이질성으로 인한 몰이해가 극단적인 갈등으로 이어진 사건이고, 뒤따르는 불안은, 지금까지의 역사가 그래왔듯, 흔들리는 개개인과 사회를 어느 방향으로 이끌고 갈지 모르게 만든다.

그래서 버지스 세 남매는 줄곧 휘청거린다. 주인공들뿐 아니라, 배경인 셜리폴스도 휘청거린다. 그 휘청거리는 모습을 보면 우리 사회는, 가정은, 개개인은 어느 한순간에 균형이 일그러져 버릴 수 있는 아슬아슬한 구조물 같다. "그랬다. 세상이 기우뚱했다. 안전한 줄 알았던 자신이 무너지는 것은 무서운 일이었다. 아버지가 없고, 어머니가 없고, 남편이 없고, 형제들이 없고, 아들이……"(464쪽) 균형점의 완전한 상실은 서서히 무너지는 건물처럼 오랜 시간에 걸쳐 일어날 수도 있고, 어느 시점에 치고 들어온 거대한 힘에 의해 순식간에 일어날 수도 있다. 짐과 헬렌, 수전과 스티브, 밥과 팸, 밥이 바라본 또다른 타인의 풍경인 에이드리애나와 프레피 보이 등 그들 각각과 그들의 관계에서 일어난 일이 그랬듯 말이다. 우리의 삶에는 어쩌면 균형이 완벽하게 잡혀 있는 순간이 단 한 순간도 없을지 모른다. "밥은 소말리족이 늘 그가 지금 느끼는 이런 어리둥절한 기분으로, 어느 쪽 삶이 진짜일까 생각하며 살아가는 건 아닐지, 그렇다면 그건 어떤 느낌일지 궁금해졌다."(264쪽) 알게 모르게 늘 휘청거리는 우리의 삶.

가끔은 너무 아름답게 들리는 단어 '진실'은 종종 아름답기는

커녕 추악한 고백을 담고 있다. 그럴 때 진실은 알게 되더라도

더 행복해지는 것이 아니고, 알게 된 직후에는 가뜩이나 휘청거

리던 삶을 더욱 휘청거리게 만들어놓는 것이다. 잭의 진실이 그

랬고, 짐의 진실이 그랬다. 진실은 자기만 흔드는 게 아니라, 주

변 모두를 흔든다. "웃으면서 슬쩍 이웃들에게 이야기를 꺼내볼

까도 생각했지만 진실성에 관련해서는 말을 아낄수록 좋다는 게

그녀의 결론이었다. 거짓말을 하려던 것은 아니었지만."(54쪽)

하지만 진실이 밝혀지고 우리가 휘청거린 뒤에는 어떤 변화가

일어나는가. 최선의 결과라면 다시 균형을 찾는 일이겠으나, 기

울어진 채로 계속 걸어가거나 쓰러져 다시 일어나지 못하는 경

우도 있을 것이다. 엘리자베스 스트라우트는 늘 다시 균형을 찾

는 쪽의 결말을 선택하는 것 같다. 그리고 자신이 가장 잘할 수

있는 방식으로 그 불안들이 우리를 어디로 데려갈 수 있는지, 그

리고 그 흔들림이 잠잠해져 화합의 상태가 되려면 어떤 시선들

이 필요한지를 보여준다. "밥은 모든 것이 가능하게 느껴지는 세

상을 맞으려 하고 있었다."(507쪽) 그것은 결코 예전으로 돌아

간다는 말이 아니라, 모든 것이 와해된 듯 보이는 막막한 순간에

새로운 균형점을 찾는다는 말일 것이다. 그래선지 그녀의 소설

에서는 한없이 불가능해 보이던 것을 충분히 가능한 것으로 만들어 보이는 힘을 느낄 수 있다. 그리고 그 힘은 희망에 닿아 있다. 작중 마거릿 에스테이버가 말한다. "목사라면 희망을 불어넣어야 해요. 물론 목소리도 내야 하고요. 하지만 희망을 심어줘야 해요. 진부한 이야기죠?"(141쪽)

균형을 되찾고 희망을 되살리려면 통과의례처럼 질문들이 필요한 것 같다. "메인 주민들에게 어떻게 살아야 하고 무슨 생각을 해야 하는지 말해주는 사람은 아무도 없었다."(236쪽) 엘리자베스 스트라우트는 이 소설을 통해 사회적이고 시대적인 여러 질문들을 던졌다. 그리고 그 질문들은 사회와 시대를 거슬러 이미 우리 마음속에 존재하는 보편적인, 어쩌면 진부할 수 있는 질문일 것이다. 개개인인 우리를, 인간과 인간의 관계를 무너지게 하는 것은 무엇인가? 그것을 다시 일으켜세우는 것은 어떤 것인가? 그 질문들은 잊고 있다 큰 사건이 터질 때 기억해내고 그렇게 잊고 기억해내기를 반복하다가 당면한 나 자신의 문제가 되기 전까지는 어떤 무게도 갖지 않는 질문이기 쉽다. 하지만 이 소설을 읽은 이상 그 질문들을 밀쳐낼 수는 없다. 우리가 작가의 호소를 들었다면, 그리고 작가가 전달하고자 하는 메시지에 동의하고 공감했다면, 그 답은 어쩌면 생각보다 훨씬 간단한 것일지 모른다. 간단한 것이 물론 쉬운 것은 아니지만.

아울러 작가는 이 소설을 통해 흔들리는 물결 속에서 개개인의 마음이 요동치는 순간을 포착하는 특유의 재능도 멋지게 펼쳐내고 있다. 빈 둥지가 되어버린 가정에서 느끼는 허전한 감정, 타지인들이 들어온 고향 풍경을 바라보면서 느끼는 복잡한 감정. 우리를 둘러싼 가깝고 먼 세상들이 흔들릴 때 우리 각자가 서로 어떻게 흔들리는지, 어떻게 가누는지를 들여다보는 그녀의 여전한 시선이 언제나 반갑고 좋다. "아무리 어둠이 새어들어와도 이곳에는 늘 불 켜진 창문들이 있었고, 각각의 불빛은 그의 어깨를 어루만지며 이렇게 말했다. 어떤 일이 생겨도, 밥 버지스, 넌 절대 혼자가 아니야."(162쪽) 밥의 독백이 따뜻하다. 그리고 그것이 그녀가 그려낸 모든 그림들을 엘리자베스 스트라우트의 것이라고 알아볼 수 있게 만드는 그녀만의 따뜻하고 섬세한 터치일 것이다.

정연희

지은이 **엘리자베스 스트라우트**

1956년 미국 메인 주 포틀랜드에서 태어나, 메인 주와 뉴햄프셔 주의 작은 마을에서 자랐다. 1998년 첫 장편 『에이미와 이저벨』을 발표하며 작품성과 대중성을 동시에 인정받는다. 이 작품은 오렌지상, 펜/포크너 상 등 주요 문학상 후보에 올랐고, '로스앤젤레스 타임스 아트 세덴바움 상'과 '시카고 트리뷴 하트랜드 상'을 수상했다. 스트라우트는 2008년 발표한 장편 『올리브 키터리지』로 2009년 퓰리처상을 수상했다. 이후 『버지스 형제』『내 이름은 루시 바턴』『무엇이든 가능하다』 등의 소설을 꾸준히 발표하며 많은 사랑을 받고 있다.

옮긴이 **정연희**

서울대학교 영어교육과를 졸업하고 미국 펜실베이니아 대학에서 석사학위를 받았다. 번역가로 활동하고 있으며, 옮긴 책으로 『디어 라이프』『운명과 분노』『내 이름은 루시 바턴』『에이미와 이저벨』『헬프』『비둘기 재앙』『사랑의 묘약』『라운드 하우스』『인문학의 즐거움』 등이 있다.

문학동네 세계문학

버지스 형제

초판인쇄 2017년 11월 10일 | 초판발행 2017년 11월 20일

지은이 엘리자베스 스트라우트 | 옮긴이 정연희 | 펴낸이 염현숙
기획 이현자 | 책임편집 이봄이랑 | 편집 윤정민 이현자 홍유진 | 독자모니터 양은희
디자인 김이정 이원경 | 저작권 한문숙 김지영
마케팅 방미연 정진아 김혜연 | 홍보 김희숙 김상만 이천희
제작 강신은 김동욱 임현식 | 제작처 한영문화사(인쇄) 경일제책사(제본)

펴낸곳 (주)문학동네
출판등록 1993년 10월 22일 제406-2003-000045호
주소 10881 경기도 파주시 회동길 210
전자우편 editor@munhak.com | 대표전화 031) 955-8888 | 팩스 031) 955-8855
문의전화 031) 955-8896(마케팅) 031) 955-1929(편집)
문학동네카페 http://cafe.naver.com/mhdn | 트위터 @munhakdongne

ISBN 978-89-546-4880-6 03840

www.munhak.com